COLLECTION « BEST-SELLERS »

DU MÊME AUTEUR
chez le même éditeur

LE LIEN MALÉFIQUE, 1990.

ANNE RICE

L'HEURE DES SORCIÈRES

roman

traduit de l'américain
par Annick Granger-de Scriba

ROBERT LAFFONT

Titre original : LASHER

ISBN 2-221-07744-X
(édition originale :
ISBN 0-679-41295-6 Alfred A. Knopf, New York)

Avec toute mon affection,
à Stan Rice,
Christopher Rice et John Preston,
Vicky Wilson, pour son courage, sa clairvoyance, son esprit,
Patricia O'Brien Harberson, ma tante et marraine, femme de cœur qui m'a tenue sur les fonts baptismaux,
et
en mémoire d'Alice Allen Daviau, la sœur de ma mère, qui m'a tant donné.

La truie est entrée avec la selle
Le petit cochon a poussé la balancelle
Le plat a sauté comme une mouche
Pour voir la soupière avaler la louche
La broche qui se cachait derrière la porte
A jeté par terre la grande cuiller à pot.
« Sacrebleu, a dit le Gridiron,
Faut-il toujours que vous vous disputiez?
Je suis le gardien de la paix!
Qu'on me les amène, nom d'un bidon! »

Mother GOOSE

Les Mayfair ne sont pas des gens ordinaires : de génération en génération, les femmes de la famille se transmettent leurs pouvoirs de sorcellerie. Depuis des siècles, un esprit nommé Lasher les hante et s'allie aux plus puissantes d'entre elles. Grâce à lui, elles ont appris à utiliser leurs dons pour échapper aux persécutions et survivre. Au XXe siècle, enfin en paix, elles mènent à La Nouvelle-Orléans l'existence des femmes de leur époque. Lasher, frustré de voir ses sorcières se détourner de la magie, attend avec une impatience confinant à la folie le moment où il lui sera possible de s'incarner dans un être humain pour devenir le plus redoutable sorcier de tous les temps. Dans l'ombre, Aaron Lightner, membre du Talamasca, une société secrète d'érudits et de chercheurs, observe le clan Mayfair. Mais dans quel but?

Au début des années 60 la dernière-née des Mayfair, Rowan, a été séparée de sa mère, Deirdre, afin que soit rompue la chaîne de sorcellerie. En Californie, loin de la famille, elle mène une brillante carrière de neurochirurgien. Avec, cependant, une petite ombre au tableau : ceux qu'elle n'aime pas et dont elle souhaite, même un bref instant, la disparition finissent tous par mourir. Elle est donc la grande sorcière que Lasher attendait.

Lorsque Rowan, enceinte, est sur le point d'accoucher, Lasher réunit tous ses pouvoirs pour s'incarner dans le nouveau-né. La nuit de Noël, Rowan donne naissance à un enfant prodigieux : en quelques heures, il acquiert sa taille adulte, parle et marche. Après des siècles d'errance dans le monde des ténèbres, Lasher est devenu un être humain doté de pouvoirs exceptionnels. Mais il est aussi immature, jaloux, perturbé psychologiquement... Les sorcières Mayfair et le Talamasca pourront-ils faire face au déferlement de violence qui se prépare?

Un

Au commencement était la voix de père.

– Emaleth! murmurait-il près du ventre de mère quand celle-ci dormait.

Ensuite, il lui chantait les longues mélopées du passé. Des chansons sur la vallée et le château de Donnelaith, où ils iraient un jour ensemble. Il lui expliquait qu'une fois qu'elle serait née elle saurait tout ce qu'il savait. « C'est ainsi », lui disait-il dans leur langage secret, que les autres ne pouvaient comprendre.

Pour les autres, leur langage ressemblait à un murmure ou à un sifflement, une succession de syllabes prononcées trop rapidement pour une oreille normale. Ils se chantaient des chansons. Emaleth pouvait presque parler...

– Emaleth ma douce, Emaleth ma fille, ma tendre amie.

Père l'attendait. Il fallait qu'elle grandisse et devienne forte pour lui. Le moment venu, mère l'aiderait. Elle lui ferait boire son lait.

Mère dormait. Mère pleurait. Mère rêvait. Mère était malade. Et quand père et mère se disputaient, le monde tremblait. Emaleth connaissait la peur.

Après, père venait. Il chantait pour elle et lui rappelait que les paroles de la chanson étaient trop rapides pour que mère les comprenne. La mélodie donnait à Emaleth l'impression que le petit monde rond dans lequel elle vivait s'agrandissait et qu'elle flottait dans un espace sans limites, bercée par le chant de père.

Les poèmes de père étaient magnifiques. Les rimes la faisaient frissonner de bien-être. Emaleth étirait ses jambes et ses bras et balançait doucement la tête. C'était si bon!

Mère ne lui parlait jamais. De toute façon, elle n'était pas censée savoir qu'Emaleth était là. Père disait qu'Emaleth était minuscule mais parfaitement formée. Elle avait déjà ses longs cheveux.

Mais quand mère parlait, Emaleth la comprenait. Quand mère

écrivait, elle voyait les mots. Elle entendait souvent mère murmurer. Elle savait que mère avait peur. Parfois, elle voyait même ses rêves. Elle voyait le visage de Michael. Elle voyait une bagarre. Elle voyait le visage de père tel que mère le voyait. Et ça rendait mère très triste.

Père aimait mère mais elle le mettait en colère. Et, quand il la frappait, elle avait mal. Parfois, elle tombait même par terre. Emaleth se mettait alors à crier. Enfin, elle essayait. Mais père venait toujours, après, quand mère dormait, pour rassurer Emaleth. Il expliquait qu'ils iraient ensemble dans le cercle de pierres de Donnelaith, il lui racontait des histoires des temps anciens, quand toutes les belles gens vivaient sur une île, un paradis, bien avant l'arrivée des autres, et des Petites Gens.

Quelle tristesse que la faiblesse des humains et la méchanceté des Petites Gens. Ce serait bien mieux lorsqu'ils auraient tous été chassés de la Terre.

– Je te dis ce que je sais et ce qu'on m'a raconté, disait père.

Alors, Emaleth voyait le cercle de pierres et la grande silhouette de père. Elle le voyait pincer les cordes d'une harpe. Tout le monde dansait. Les Petites Gens se cachaient dans l'ombre, malveillants et furieux. Elle ne les aimait pas et ne voulait pas qu'ils s'infiltrent dans la ville.

– Ils nous haïssent d'instinct, disait père. Comment pourrait-il en être autrement? Mais ils ne comptent pas. Ils ne sont que des vestiges de rêves qui n'ont pu se réaliser.

Elle voyait père autrefois, les bras écartés. C'était Noël et le vallon était couvert de neige. Les pins d'Écosse étaient tout près. Les gens chantaient des hymnes. Emaleth adorait les modulations de leurs voix. Elle avait tant encore à découvrir!

– Si, un jour, nous étions séparés, mon adorée, va dans le vallon de Donnelaith. Tu le trouveras. Il y a des gens qui recherchent mère et qui veulent nous séparer. Rappelle-toi, lorsque tu viendras au monde, tu sauras tout ce qu'il faut savoir. Tu as compris?

Emaleth essaya en vain de répondre.

– Taltos, dit-il en embrassant le ventre de mère. Je t'entends, ma chérie. Je t'aime.

Quand mère dormait, Emaleth était heureuse car, dès son réveil, mère se mettait à pleurer.

– Tu crois que je ne pourrais pas le tuer? disait père à mère. Ils se disputaient à propos de Michael.

– Je pourrais le tuer sur-le-champ, poursuivait père. Si tu me quittes, qu'est-ce qui te fait croire que je ne le ferai pas?

Emaleth voyait bien cet homme, Michael, que sa mère aimait mais pas son père. Il vivait à La Nouvelle-Orléans, dans une grande maison. Père voulait retourner dans cette maison, en prendre possession. C'était la sienne et il était furieux que Michael y soit installé. Mais il était obligé de patienter jusqu'à la naissance d'Emaleth. Alors, ce serait le Commencement. Ils iraient ensemble dans le vallon de Donnelaith. Sans Commencement, il n'y aurait rien.

Prospère, ma fille.

Taltos.

Donnelaith était désert, pour l'instant. Ils iraient vivre là-bas. Père, Emaleth et leurs enfants. Des centaines d'enfants. Ce serait le lieu saint du Commencement.

Il faisait sombre. Mère pleurait dans l'oreiller. Michael, Michael, Michael.

Emaleth savait quand le soleil se levait. Tout prenait une couleur brillante. Elle voyait la main de mère très haut au-dessus d'elle, sombre, fine et immense, couvrant le monde.

Deux

La maison avait sombré dans l'obscurité. Une lampe brillait à la fenêtre de Michael Curry, dans la chambre où la cousine Deirdre était morte. Mona avait compris tout ce qui s'était passé ce soir et se sentait heureuse. Elle avait presque tout prévu, presque...

Elle avait dit à son père qu'elle rentrerait à Metairie avec oncle Ryan, Jenn et Clancy. En réalité, bien sûr, elle n'avait rien dit à oncle Ryan. Il était parti depuis longtemps, persuadé comme tout le monde qu'elle était rentrée à Amelia Street avec son père. En fait, elle était allée au cimetière avec David et avait perdu son pari : il lui avait bel et bien fait l'amour, ce soir de mardi gras, devant la tombe des Mayfair. Cela n'avait rien eu d'une expérience inoubliable mais, pour un garçon de quinze ans, il ne s'était pas trop mal débrouillé. Filer en douce avec David, effrayé et excité, grimper par-dessus le mur blanc du cimetière et se faufiler entre les hautes tombes de marbre avaient été un moment exaltant. Elle n'avait pas hésité une seconde à s'allonger sur le gravier du chemin, dans l'humidité et le froid, puis avait arrangé sa robe sous elle pour pouvoir baisser son slip sans se salir.

– Vas-y! avait-elle ordonné à David, qui ne s'était pas fait prier, pour une fois.

Elle avait contemplé le ciel nuageux au-dessus de lui, fixé une étoile entre toutes puis, tournant son regard vers les tombes rectangulaires, elle avait aperçu le nom de Deirdre Mayfair.

David avait fini.

– Tu n'as vraiment peur de rien, lui avait-il dit après.

– Je devrais peut-être avoir peur de toi? avait-elle répondu.

Elle s'était assise, déçue. Elle n'avait même pas fait mine de jouir malgré son excitation et elle n'aimait décidément pas beaucoup son cousin David. Mais c'était une bonne chose de faite.

Mission accomplie, écrirait-elle plus tard dans le répertoire secret de son ordinateur, intitulé \WS\MONA\JOURNAL, auquel elle confiait toutes les victoires qu'elle ne pouvait partager avec personne. Nul ne pouvait entrer dans son système informatique, pas même oncle Ryan ni son cousin Pierce qu'elle avait surpris à plusieurs reprises en train de fouiller dans ses répertoires. C'était le clone d'IBM 386 le plus rapide du marché, avec une capacité de mémoire maximale et le meilleur disque dur. Les gens n'y connaissaient vraiment rien aux ordinateurs. Ça l'étonnait toujours.

Oui, son ordinateur serait le seul témoin de cette victoire. C'était d'ailleurs probablement le début d'une longue série, maintenant que ses parents étaient trop occupés à se laisser tuer par l'alcool. Il y avait tellement de Mayfair à conquérir. Pour l'instant, son journal n'avait prévu aucune victime en dehors de la famille. À l'exception, bien évidemment, de Michael Curry. Mais c'était un Mayfair, maintenant. La famille l'avait annexé.

Michael Curry tout seul dans cette grande maison. L'occasion était trop belle. Il était 10 heures du soir, la nuit de mardi gras, trois heures après le défilé. Elle se trouvait seule à l'angle de First et de Chestnut, en train d'observer la maison, avec toute la nuit devant elle pour faire ce que bon lui semblait.

À l'heure qu'il était, son père était très certainement ivre mort. Quelqu'un l'avait probablement ramené en voiture à la maison car marcher jusqu'à Amelia aurait tenu du miracle. Il était déjà si bourré avant le passage du défilé qu'il s'était assis par terre sur Saint Charles Avenue, les genoux relevés et les mains crispées sur une bouteille de Southern Comfort. Buvant au goulot devant tout le monde, il avait ordonné à Mona en termes non équivoques de lui ficher la paix.

Cela avait bien fait son affaire. Michael l'avait soulevée comme un poids plume et l'avait portée sur ses épaules pendant tout le défilé. Quel bonheur de chevaucher cet homme fort, une main enfouie dans sa douce chevelure noire et bouclée! Elle avait frissonné au contact de ses joues contre ses cuisses, qu'elle avait serrées juste ce qu'il fallait. Son père était bien trop soûl pour remarquer quoi que ce fût.

Quant à Alicia, sa mère, elle était ivre morte depuis l'après-midi. C'eût été un miracle qu'elle se réveille à temps pour voir passer le défilé. Évelyne l'Ancienne était avec elle, bien entendu. Toujours muette mais les sens en éveil. Elle avait compris le danger. Si Alicia mettait le feu à son lit, Évelyne l'Ancienne appellerait de l'aide. On ne pouvait plus laisser Alicia seule.

Bon, tout était prévu. Même tante Vivian, la tante de Michael, n'était plus à First Street. Elle passait la nuit chez tante Cecilia. Mona les avait vues s'éloigner ensemble après le défilé. Et le mystérieux Aaron Lightner était parti avec tante Béa. Elle les avait entendus discuter pour savoir quelle voiture ils allaient prendre. Elle était heureuse qu'ils soient ensemble. Aaron Lightner faisait dix ans de moins quand Béatrice était là. Elle était ce genre de femme aux cheveux gris qui attirait les regards des hommes. L'attrait qu'elle exerçait sur eux était presque comique. Mais c'était Aaron Lightner qu'elle voulait.

Peu importait si Eugenia, la vieille domestique, était à First Street. Sa chambre était tout au bout et l'on disait qu'une fois qu'elle avait bu son petit porto du soir rien ne pouvait la réveiller.

Donc, pour ainsi dire personne dans la maison, à part son homme. Et maintenant qu'elle connaissait l'histoire des sorcières Mayfair, depuis qu'elle avait mis la main sur le dossier d'Aaron Lightner, rien ne pourrait l'empêcher d'entrer dans la maison. Bien entendu, elle se posait des questions sur ce qu'elle avait lu : treize sorcières dont l'origine remontait à un village écossais nommé Donnelaith, où la première d'entre elles, une pauvre femme simple d'esprit, avait été brûlée sur un bûcher en 1659. C'était exactement le genre d'histoire croustillante dont elle avait toujours rêvé.

Mais certains points de cette longue saga avaient pour elle une signification toute particulière et le long récit de la vie d'oncle Julien en était le plus curieux.

Même Gifford, la tante de Mona, était loin de La Nouvelle-Orléans ce soir. Elle se terrait dans sa maison de Destin, en Floride, et se rongeait les sangs. Elle avait supplié la famille de ne pas se réunir à First Street pour mardi gras. Pauvre tante Gifford ! Elle avait chassé de sa maison et de sa conscience l'histoire des sorcières Mayfair révélée par le Talamasca. « Je ne crois pas à ces trucs ! » avait-elle dit.

Tante Gifford vivait dans la terreur. Elle fermait ses oreilles à tous les récits des temps anciens. La pauvre ne supportait la présence de sa grand-mère, Évelyne l'Ancienne, que parce que celle-ci ne prononçait pratiquement plus un mot. Et tante Gifford n'aimait pas non plus dire qu'elle était la petite-fille d'oncle Julien.

Mona se sentait parfois si désespérément triste pour elle que les larmes lui montaient aux yeux. Tante Gifford avait l'air de souffrir pour toute la famille et personne n'était plus retourné qu'elle par la disparition de Rowan Mayfair. Pas même Ryan, son mari. Tante Gifford avait le cœur sur la main et était la seule personne avec qui on pouvait parler des petites choses de la vie : quelle tenue mettre pour le bal de l'école, s'épiler les jambes ou non, quel parfum était le plus approprié pour une adolescente de treize ans (Laura Ashley nº 1)? Sur ce plan-là, Mona était bourrée de lacunes.

Bon, qu'allait-elle faire de sa liberté ce soir? Elle le savait très bien. Elle était prête. First Street lui appartenait. C'était comme si la grande maison sombre et ses colonnes blanches lui murmuraient : Mona, Mona, entre vite! C'est ici qu'oncle Julien a vécu et est mort. C'est la maison des sorcières, Mona. Et tu en es une. C'est ta maison.

Était-ce oncle Julien qui lui soufflait tout ça? Non, avec l'imagination qu'elle avait, elle pouvait pratiquement voir et entendre ce qu'elle voulait.

Une fois à l'intérieur, peut-être verrait-elle le fantôme d'oncle Julien? Ce serait fantastique. Surtout si c'était le même oncle Julien débonnaire et espiègle dont elle rêvait en permanence.

Elle traversa le carrefour, se retrouva sous la voûte des grands chênes et escalada rapidement la vieille grille en fer forgé pour se retrouver dans les épais buissons. La fraîcheur et l'humidité du feuillage contre son visage étaient désagréables. Elle remit sa robe rose en place, quitta sur la pointe des pieds la terre détrempée et atteignit les dalles de l'allée.

Des lampes jetaient une faible lueur de part et d'autre de la grande entrée en forme de trou de serrure. La véranda était plongée dans l'obscurité. Le jardin semblait se rétrécir pour la forcer à pénétrer à l'intérieur de la maison. Celle-ci était comme elle avait toujours été : belle, mystérieuse, accueillante. Toutefois, au fond d'elle-même, Mona devait admettre qu'elle préférait lorsqu'elle était toute délabrée, avant que Michael ne la remette en état avec son marteau et ses clous. Telle qu'elle était du temps où tante Deirdre était perpétuellement assise dans son fauteuil à bascule, sous la véranda latérale, et que la vigne vierge menaçait de tout engloutir.

Évidemment, Michael l'avait sauvée. Si seulement Mona avait pu y entrer quand tout risquait de s'effondrer! Elle savait qu'on avait retrouvé un cadavre dans la mansarde. Sa mère et tante Gifford en avaient parlé pendant des années.

Mona était née quand sa mère avait treize ans et, aussi loin que remontaient ses souvenirs, tante Gifford avait toujours été là. À une certaine époque, Mona ne savait pas exactement laquelle des deux, Alicia ou Gifford, était sa mère. Il y avait aussi Évelyne l'Ancienne, qui la tenait tout le temps sur ses genoux. Elle parlait rarement mais elle lui chantait de vieux chants mélancoliques. Gifford aurait été une mère plus appropriée parce qu'Alicia était déjà alcoolique. Mais Mona s'en était toujours arrangée : à Amelia Street, c'était elle la véritable maîtresse de maison.

Qu'est-ce qu'on avait pu parler de ce cadavre! Et aussi de

Deirdre, l'héritière, qui dépérissait de sa catatonie. Et de tous les mystères qui entouraient First Street.

La première fois que Mona y était venue – juste avant le mariage de Rowan et Michael – elle s'était imaginé pouvoir sentir l'odeur du cadavre. Elle aurait voulu monter et poser ses mains sur l'emplacement. Mais tante Gifford lui avait dit : « Ne bouge pas ! » en lui avait lançant un regard sévère chaque fois qu'elle essayait de s'éloigner.

Ce que Michael avait accompli dans cette maison était tout de même prodigieux. Mona aurait bien voulu qu'on en fasse autant dans la sienne.

C'était l'occasion ou jamais de monter dans cette mansarde. Grâce au dossier, elle savait que le mort était un jeune enquêteur du Talamasca s'appelant Stuart Townsend, mais elle ignorait encore qui l'avait empoisonné. Probablement oncle Cortland, qui n'était pas vraiment son oncle mais son arrière-arrière-grand-père.

Les odeurs. Il fallait qu'elle trouve d'où venait celle qui flottait dans l'entrée et le salon de First Street. Rien à voir avec un cadavre, celle-là. Elle persistait depuis le drame de Noël et, apparemment, personne d'autre qu'elle ne la sentait, sauf si tante Gifford lui avait menti quand elle lui en avait parlé.

Tante Gifford était comme ça. Rien à faire pour qu'elle admette « voir des choses » ou sentir des odeurs bizarres. « Je te dis que je ne sens rien », avait-elle affirmé avec énervement. C'était peut-être vrai, après tout. Les Mayfair pouvaient lire dans les pensées des gens mais ils étaient tout aussi doués pour s'autocensurer...

Mona avait envie de tout toucher. Et puis elle voulait trouver le Victrola. Les perles, elle s'en fichait. Elle voulait le Victrola. Et, pardessus tout, elle voulait percer le grand secret de la famille : qu'était-il arrivé à Rowan le jour de Noël ? Pourquoi avait-elle quitté Michael qu'elle venait d'épouser ? Pourquoi l'avait-on retrouvé, lui, à demi mort dans la piscine glacée ?

Comme les autres, elle avait sa propre version des faits. Mais c'était insuffisant. Elle voulait celle de Michael. Et, pour l'instant, il n'en avait donné aucune, officiellement, du moins. S'il avait parlé à quelqu'un, c'était à son ami Aaron Lightner, l'homme du Talamasca. Mais on pouvait compter sur Aaron pour rester muet comme une tombe.

La nuit de Noël, Mona avait réussi à entrer dans la chambre d'hôpital de Michael et à tenir sa main. Il ne mourrait pas. Son cœur avait souffert, évidemment, parce qu'il avait cessé de respirer pendant un long moment dans l'eau froide, mais il suffisait qu'il se repose pour se remettre. Il n'était en aucun cas mourant, elle l'avait su dès qu'elle avait senti son pouls. Elle avait eu l'impression de toucher un Mayfair. Michael avait quelque chose de spécial propre à tous les Mayfair. Par exemple, il était capable de voir des fantômes, elle le savait. Le dossier des sorcières Mayfair ne parlait pas de Rowan et de lui, mais elle le savait. Lui dirait-il la vérité à ce sujet?

Encore tant de zones d'ombre à éclairer! Et le fait de n'avoir que treize ans était un handicap, une sorte de mauvaise plaisanterie.

Mais l'important était que, depuis ce soir, elle savait que Michael avait suffisamment de forces pour lui faire l'amour. Si elle réussissait à l'y amener, ce qui n'allait pas être une tâche facile...

À l'âge de Michael, les hommes sont à leur niveau optimal de conscience morale et de maîtrise de soi. Arriver à ses fins avec un vieil homme comme le grand-oncle Randall avait été un jeu d'enfant, et avec un jeune comme le cousin David, n'en parlons pas. Mais une adolescente de treize ans avec un Michael Curry... Autant songer à escalader l'Everest, pensa-t-elle en souriant. J'y arriverai, dussé-je en mourir. Ensuite, elle obtiendrait peut-être des confidences sur Rowan, sur leur bagarre le jour de Noël et sa disparition. Après tout, ce n'était pas vraiment tromper Rowan. Ce n'était pas comme si elle était morte; elle était seulement partie avec quelqu'un, ça c'était sûr, en laissant la porte ouverte derrière elle.

Mona contempla un instant l'énorme entrée en repensant à toutes les photos de famille qui avaient été prises devant, au fil des ans. Le portrait du grand-oncle Julien était toujours accroché au mur, à Amelia, même si Alicia l'enlevait chaque fois que Gifford venait, bien que ce fût une insulte à l'égard d'Évelyne l'Ancienne. Celle-ci parlait rarement. Sa rêverie n'était troublée que par son inquiétude pour Mona et ses parents : Alicia, que la boisson finirait sûrement par emporter, et Patrick, qui prenait le même chemin et ne savait déjà plus vraiment qui il était.

Mona voyait presque Julien dans cet encadrement, avec ses cheveux blancs et ses yeux bleus. Et dire qu'autrefois il avait dansé avec Évelyne l'Ancienne! Ça, le Talamasca l'ignorait. Le dossier ne mentionnait ni Évelyne l'Ancienne, ni ses petites-filles, Gifford et Alicia, ni Mona, la fille unique d'Alicia.

Mais oncle Julien n'était pas là. Il fallait qu'elle fasse attention; ses visions n'étaient pas la réalité. La réalité était encore à venir.

Elle emprunta l'allée pavée menant sur le côté de la maison et contourna la véranda de tante Deirdre. Pauvre tante Deirdre!

La véranda était propre et jolie, maintenant. Les portes-moustiquaires avaient été ôtées. Oncle Michael avait remis en place le fauteuil de Deirdre. Il y restait parfois assis pendant des heures, comme s'il était devenu aussi fou qu'elle. Les fenêtres du salon étaient ornées de voilages en dentelle et de jolis rideaux de soie. Tant de luxe!

Et là, au détour de l'allée, c'était l'endroit où tante Antha était morte en tombant par sa fenêtre, bien des années auparavant. Elle était une sorcière condamnée, comme sa fille Deirdre, après elle. Son crâne s'était brisé et son sang s'était répandu.

Personne pour empêcher Mona de se mettre à genoux et de poser les mains sur les dalles. L'espace d'une seconde, elle eut l'impression de voir Antha à dix-huit ans, avec ses grands yeux morts et son collier d'émeraude ensanglanté emmêlé dans ses cheveux.

Encore un tour de son imagination, certainement : elle avait entendu tant d'histoires toute sa vie et fait des rêves si étranges. Elle revoyait Gifford assise, sanglotante, à la table de la cuisine d'Amelia Street.

– Cette maison est maudite, maudite, je te dis. Ne laisse pas Mona y aller.

– Mais, Gifford, elle tient à être la demoiselle d'honneur de Rowan à son mariage !

Un honneur, en effet. Le plus grand mariage de tous les temps dans la famille. Mona avait adoré cette journée. Si tante Gifford n'avait pas passé son temps à la surveiller, elle aurait procédé à une fouille en règle de la maison pendant que tout le monde buvait du champagne, parlait de choses et d'autres et se posait des questions sur M. Lightner, qui ne leur avait pas encore transmis le dossier de la famille Mayfair.

Et Mona n'aurait pas eu le droit d'aller au mariage si Évelyne l'Ancienne ne s'était pas levée pour faire taire Gifford.

– Laisse-la y aller, avait-elle murmuré sèchement.

Elle avait quatre-vingt-onze ans maintenant. Et l'atout majeur des gens qui ne parlaient pratiquement jamais était que, quand ils le faisaient, tout le monde s'arrêtait pour les écouter.

Il y avait des moments où Mona détestait tante Gifford à cause de ses craintes, de ses inquiétudes, de l'air terrifié qu'elle arborait constamment. Mais personne ne pouvait vraiment détester tante Gifford. Elle était trop bonne envers tout le monde, surtout envers sa sœur, Alicia, la mère de Mona, que tout le monde considérait comme perdue. On l'avait fait hospitaliser trois fois pour désintoxication et ça n'avait rien arrangé. Tous les dimanches sans exception, Gifford venait à Amelia pour faire un peu de ménage, balayer l'allée et s'asseoir auprès d'Évelyne l'Ancienne. Elle apportait des robes à Mona, qui détestait faire des courses.

Mona resta longtemps agenouillée sur les dalles du jardin, jusqu'à ce qu'elle ait froid aux genoux.

– Pauvre Antha ! murmura-t-elle.

Elle se leva, arrangea de nouveau sa robe rose et rejeta ses cheveux en arrière, s'assurant que son nœud de satin était bien attaché. Oncle Michael adorait son nœud de satin.

– Tant que Mona portera son nœud, avait-il dit ce soir sur le chemin du défilé, tout ira bien.

– Je vais avoir treize ans en novembre, lui avait-elle murmuré en s'approchant pour prendre sa main. Tout le monde me dit de ne plus mettre de ruban.

– Toi ? Treize ans ?

Il l'avait examinée du regard, s'attardant une fraction de seconde sur ses seins et se mettant à rougir.

– Je ne me rendais pas compte, avait-il poursuivi. Gare à toi si tu arrêtes de porter ce ruban ! Dans mes rêves, je vois des cheveux roux ornés de ce ruban.

Évidemment, il avait dit ça pour être gentil et pour plaisanter. C'était un homme pur et innocent. Vraiment adorable. Ça sautait aux yeux. Mais il avait quand même un peu rougi. Pour la plupart des hommes de son âge, une fille de treize ans, même formée, n'est qu'une gamine sans intérêt. Pas pour Michael.

Bon, elle repenserait à sa stratégie une fois à l'intérieur de la maison et près de lui. Pour l'instant, elle avait envie de faire le tour de la piscine. Elle gravit les marches et avança sur la plage dallée. Les spots allumés donnaient à l'eau une couleur bleu fluorescent. Des volutes de vapeur s'élevaient çà et là. Mais pourquoi l'eau était-elle chauffée alors que Michael ne se baignait plus jamais ? Il l'avait dit. C'était probablement en prévision de la Saint-Patrick. Quelle que soit la température, des centaines d'enfants Mayfair allaient venir s'y baigner.

Elle alla jusqu'à la cabine, là où on avait trouvé du sang dans la neige, signe qu'il y avait eu lutte. Tout était propre et balayé, à part quelques feuilles mortes. Le jardin avait du mal à se remettre des fréquentes chutes de neige de cet hiver rigoureux, si peu courant à La Nouvelle-Orléans. Mais, grâce à la chaleur de la semaine passée, les belles-de-nuit étaient revenues. Mona sentait leur odeur et distinguait leurs petites fleurs dans la pénombre. Difficile de se représenter cet endroit couvert de neige et de sang, d'imaginer Michael Curry flottant à la surface de l'eau, le visage ensanglanté et le cœur arrêté.

C'est alors qu'une autre odeur la frappa, la même odeur bizarre qu'elle avait sentie dans l'entrée et le salon, là où se trouvait autrefois le tapis chinois. Elle était à peine perceptible mais elle était bien là, près de la balustrade. C'était un délice. Un peu comme du caramel, sauf que ce n'était pas une odeur de nourriture.

Soudain, elle se sentit furieuse contre celui qui avait blessé Michael. Elle avait apprécié cet homme dès qu'elle l'avait vu. Et pareil pour Rowan Mayfair. Elle avait attendu longtemps une occasion de se retrouver seule avec eux pour leur poser des questions et leur parler de certaines choses. Par exemple, leur demander de lui donner le Victrola s'ils le trouvaient. Mais l'occasion ne s'était jamais présentée.

Elle s'agenouilla à nouveau et toucha les dalles froides. Le contact avec ses genoux nus était désagréable. Il y avait bien l'odeur, mais elle ne voyait rien. Elle leva les yeux vers l'appartement des domestiques. Pas une lueur. Puis elle regarda vers l'ancienne remise à voitures à cheval, derrière le chêne de Deirdre. Une lumière. Henri ne dormait pas. Aucun problème de ce côté : pendant le dîner, elle s'était aperçue qu'Henri avait peur de cette maison, qu'il n'aimait pas y travailler et, probablement, n'y resterait pas longtemps. Toutefois, il aurait fait n'importe quoi pour faire plaisir à Michael.

Non, il n'avait plus aucun problème cardiaque, mais les médecins continuaient à l'effrayer en le bourrant de médicaments. Il y avait bien ces petites douleurs par moments, dont il avait parlé à Ryan, qui lui montraient les limites de ce qu'il pouvait faire. Mona était bien décidée à les explorer, ces limites...

Elle resta un long moment près de la piscine en repensant aux détails qu'elle connaissait : la disparition de Rowan, les traces de fausse couche dans l'entrée, du sang partout, Michael blessé et inconscient dans la piscine. L'odeur avait-elle un rapport avec la fausse couche ? Elle avait demandé à Béa. Non. Elle avait demandé à Ryan. Bien sûr que non. Cesse donc de voir le mystère partout ! Elle repensa au visage défait de tante Gifford dans le couloir de l'hôpital, le soir de Noël, quand tout le monde croyait que Michael ne survivrait pas, et à la façon dont elle avait regardé oncle Ryan.

– Tu sais très bien ce qui s'est passé ! lui avait-elle reproché. Je ne veux pas que les enfants soient au courant. Tiens-les à l'écart de cette maison, je t'en conjure.

– Comme si c'était ma faute !

Pauvre oncle Ryan. Juriste et protecteur de la famille, il représentait l'exemple type du conformiste. À tout point de vue, il était le mâle au physique parfait, l'archétype du héros avec sa mâchoire carrée, ses yeux bleus, ses larges épaules, son ventre plat et ses mains de musicien. Mais il passait inaperçu. Elle, si elle était milliardaire et puissante, elle créerait son propre style.

Cette dispute dans le couloir de l'hôpital avait montré combien oncle Ryan se faisait du souci pour Michael. Il n'avait pas voulu blesser tante Gifford. Il ne le faisait jamais.

Tante Béa était arrivée et les avait calmés. Mona aurait bien voulu dire à tante Gifford que Michael n'allait pas mourir, mais cela n'aurait fait que l'effrayer davantage. Impossible de lui parler de ce genre de chose.

Et comme la mère de Mona était soûle du matin au soir, impossible de lui parler non plus. Quant à Évelyne l'Ancienne, elle ne répondait pratiquement jamais lorsque Mona lui adressait la parole. Mais si, exceptionnellement, elle se laissait aller à dire trois mots, on voyait bien qu'elle avait toute sa tête. Activité mentale parfaite, avait dit son médecin.

Mona n'oublierait jamais le jour où elle avait demandé à visiter la maison, du temps où Deirdre était prostrée dans son fauteuil.

– J'ai fait un rêve la nuit dernière, avait-elle expliqué à sa mère et à tante Gifford. J'ai rêvé qu'oncle Julien était dans la maison, qu'il me disait d'escalader la grille, même si tante Carlotta était là, et de m'asseoir sur les genoux de Deirdre.

C'était la vérité. Mais tante Gifford était devenue hystérique.

– Je t'interdis de t'approcher de cousine Deirdre, avait-elle explosé.

Alicia était partie d'un rire inextinguible tandis qu'Évelyne l'Ancienne se contentait de les regarder.

– Tu as déjà vu quelqu'un près de ta tante Deirdre en passant devant la maison? avait interrogé Alicia.

– CeeCee, arrête tout de suite! avait imploré Gifford.

– Juste le jeune homme qui ne la quitte jamais.

Cette réponse avait mis Gifford dans tous ses états et on avait fait jurer à Mona de ne jamais s'approcher de First Street ni même de poser les yeux sur la maison. Évidemment, elle n'en avait tenu aucun compte. Elle y allait chaque fois qu'elle le pouvait. Deux de ses amies de l'école du Sacré-Cœur habitaient tout près et elle les raccompagnait parfois après les cours; elles appréciaient énormément que Mona les aide à faire leurs devoirs et elles lui racontaient des choses sur la maison.

– Cet homme est un fantôme, lui avait chuchoté sa mère en présence de Gifford. Ne dis jamais aux autres que tu l'as vu. Mais, à moi, tu peux en parler. À quoi ressemblait-il?

Elle avait alors éclaté de rire jusqu'à ce que Gifford se mette à pleurer. Évelyne l'Ancienne ne disait rien mais n'en perdait pas une miette. Rien qu'en observant ses petits yeux bleus, on savait si elle écoutait ou non. Qu'est-ce qu'elle pouvait bien penser de ses deux petites-filles?

Plus tard, Gifford avait demandé à Mona de la raccompagner à sa voiture,une Jaguar, évidemment.

– Je te supplie de me croire quand je te dis qu'il faut rester à l'écart de cette maison, avait-elle insisté. Elle est maudite.

Mona lui avait fait une vague promesse mais sa décision était prise. Elle voulait absolument tout savoir sur cette maison. Et maintenant, depuis la dispute de Rowan et Michael, c'était devenu une priorité : entrer dans la maison et comprendre.

Le dossier du Talamasca sur les sorcières Mayfair qu'elle avait subtilisé sur le bureau de Ryan avait décuplé sa curiosité. Donnelaith en Écosse. La famille ne possédait-elle pas une propriété là-bas? Quelle histoire! Les détails concernant Antha et Deirdre étaient un pur scandale. Pour elle, il ne faisait aucun doute que ce document était inachevé. Il devait avoir une suite : l'histoire de Michael et de Rowan Mayfair. Mais, pour l'instant, la situation était au point mort.

Aaron Lightner avait interrompu son « récit », comme il l'appelait, à la naissance de l'héritière actuelle. C'était pour ne pas violer la vie privée de personnes en vie. Cela dit, le Talamasca avait estimé que la famille avait le droit de connaître son histoire.

Ces gens du Talamasca étaient bien étranges. Et tante Béa va épouser l'un d'eux, se dit Mona. Réjouissances en perspective.

Le fait que Rowan Mayfair ait échappé à Mona, qu'elle n'ait jamais passé cinq minutes seule avec elle, était une tragédie qu'il fallait enregistrer dans le fichier \WS\MONA\ÉCHEC.

Mona avait l'impression que, comme les autres, Rowan avait peur de ses pouvoirs. Pour Mona, c'était tout le contraire : plus le temps passait, plus elle se sentait proche d'atteindre son achèvement. Elle ne mesurait qu'un mètre cinquante-cinq et ne grandirait plus énormément, mais son corps était chaque jour un peu plus mature.

Elle était heureuse d'être forte et différente des autres. Elle aimait lire dans les pensées des gens et voir ce qui demeurait invisible pour les autres. Le fait que l'homme qu'elle avait vu auprès de Deirdre soit un fantôme l'exaltait. Et l'apprendre n'avait pas vraiment été une surprise. Si seulement elle avait pu entrer dans la maison à cette époque-là.

C'était trop tard. Le passé était révolu et le présent était passionnant. La disparition de Rowan avait bouleversé la famille et les langues s'étaient un peu déliées. Et voilà qu'elle se trouvait devant la grande maison déserte. Déserte ? Enfin presque : il y avait Michael, et elle.

Mona avança vers la véranda de derrière et vérifia une à une les serrures des nombreuses portes de la cuisine. Si seulement il y en avait une d'ouverte... Mais non, Henri avait fait de la demeure une forteresse imprenable. Tant pis, de toute façon elle savait par où entrer.

Elle se faufila jusqu'au bout de l'ancienne cuisine, qui avait été transformee en salle de bains, et regarda la fenêtre. Qui fermerait une fenêtre à cette hauteur ? Et comment l'atteindre ? Elle descendit l'allée, attrapa une des grandes poubelles en plastique par sa poignée et la fit rouler jusque sous l'ouverture. Elle grimpa dessus, à genoux, d'abord, puis se rétablit sur ses pieds, qui creusèrent légèrement le couvercle souple. Elle ouvrit les volets verts et souleva le châssis à guillotine. Un jeu d'enfant ! Elle se hissa à la force des bras, se glissa dans l'entrebâillement et retomba en douceur sur la moquette de la pièce.

Enfin dans First Street ! Elle s'attarda un instant dans la petite salle de bains, se remémorant un rêve récent dans lequel oncle Julien l'emmenait dans cette maison et montait l'escalier avec elle.

Ce rêve était maintenant confus dans sa mémoire, comme tous les autres, mais elle l'avait consigné dans son journal, dans un fichier intitulé \WS\RÊVES\JULIEN, avec tous ceux dont elle se souvenait à son réveil. Oncle Julien avait mis en marche le Victrola, celui qui était censé revenir à Mona, et s'était mis à danser dans sa longue robe de chambre de satin. Il avait dit que Michael était « trop bien ». Les anges ont tous leurs limites.

– Je ne me suis jamais laissé défaire par la pure perfection, tu comprends, Mona..., avait-il expliqué avec son charmant accent français.

Dans ses rêves, il s'adressait toujours à elle en anglais, alors qu'elle parlait le français à la perfection.

– ... mais elle représente toujours une nuisance, sauf pour celui qui est si purement parfait.

Purement parfait. Mona avait tapé sur son ordinateur : purement succulent, purement délicieux, un morceau de choix! Puis elle était entrée dans le fichier intitulé « Michael » et avait tapé quelques phrases.

« Réflexions concernant Michael Curry : il est encore plus séduisant depuis sa crise cardiaque. Il ressemble à une bête énorme qui s'est blessée à la patte, à un chevalier qui s'est cassé un membre, à lord Byron avec son pied bot. »

Elle avait toujours trouvé Michael « à mourir », selon l'expression à la mode. Elle n'avait pas eu besoin de ses rêves et de tous les drames évoqués par oncle Julien pour comprendre, d'une part, que Michael était une magnifique conquête et, d'autre part, qu'à l'âge de treize ans – le sien – Évelyne l'Ancienne avait couché avec Julien dans la mansarde de First Street, et que de cette union illicite était née la pauvre Laura Lee, la mère de Gifford et d'Alicia. Oncle Julien avait remis le Victrola à Évelyne l'Ancienne et lui avait dit de l'emporter hors de la maison « avant qu'ils ne viennent ».

– C'était fou, avait-il expliqué. Je n'ai jamais cru à la sorcellerie, Mona, comprends-moi bien. Mais il fallait que je tente quelque chose. Mary Beth avait commencé à brûler mes livres, dehors, sur la pelouse, me traitant ainsi comme un enfant dépourvu de tout droit. Le Victrola était un peu magique, il était le point central de ma volonté.

Pendant son rêve, tout lui avait paru parfaitement clair et compréhensible. Mais, le lendemain, ça ne l'était plus tellement. Bon. Le Victrola. Oncle Julien veut que je le récupère. Ah! La sorcellerie, tout ce que j'aime!

Il en avait vu de drôles, ce satané Victrola! D'abord, il avait fallu le faire sortir de la maison, en 1914, parce que Julien avait couché avec Évelyne l'Ancienne et qu'il allait y avoir un sacré grabuge dans la famille. Ensuite, quand Évelyne l'Ancienne avait voulu le transmettre à Mona, Gifford et Alicia s'étaient querellées comme jamais. Ce fut un jour terrible entre tous.

– Ne t'en fais pas, avait dit Évelyne l'Ancienne à Mona. Gifford ne détruira jamais le Victrola. Tu l'auras. Aucun Mayfair n'oserait détruire le Victrola de Julien. Quant aux perles, elle peut les garder pour l'instant.

Mona se fichait pas mal des perles.

Ce furent les seules paroles d'Évelyne l'Ancienne pendant trois ou quatre semaines.

Gifford était ensuite tombée malade pendant plusieurs mois. Les querelles l'affaiblissaient, ce qui n'avait rien de surprenant. Oncle Ryan avait dû l'emmener à Destin, en Floride, pour qu'elle se repose dans leur maison sur la plage. Il s'était produit la même chose après les obsèques de Deirdre : tante Gifford avait été si malade que Ryan avait dû l'emmener à Destin. C'était toujours là qu'elle se réfugiait, près de la plage blanche et de l'eau claire du golfe, dans la paix et la quiétude d'une petite maison moderne sans toiles d'araignée et sans histoires.

Mais, pour Mona, le drame était que Gifford ne lui avait jamais donné le Victrola. Quand elle avait réussi à la coincer pour lui demander où il se trouvait, Gifford avait répondu :

– Je l'ai emporté à First Street, avec les perles. Je les ai mis dans un lieu sûr, là où doit se trouver tout ce qui appartenait à oncle Julien, dans cette maison, avec sa mémoire.

Alicia s'était mise à crier et elles avaient recommencé à se chamailler.

Dans un des rêves de Mona, oncle Julien s'était mis à danser en écoutant un disque et avait dit :

– C'est une valse de *La Traviata* de Verdi, mon enfant. C'est la musique idéale pour une courtisane.

Elle avait parfaitement entendu la mélodie et était même capable de la chantonner, ce qui était rare pour une musique entendue en rêve. Évelyne l'Ancienne avait tout de suite reconnu la valse de Violetta.

– C'était un disque de Julien, avait-elle fait remarquer.

– Comment me procurer le Victrola ? avait demandé Mona dans son rêve.

– Est-ce que personne n'est capable de comprendre les choses tout seul, dans cette maison ? avait dit oncle Julien d'un ton désespéré. Je suis si fatigué. Tu ne vois pas ? Je m'affaiblis de plus en plus. Chérie, porte un ruban violet, s'il te plaît. Je n'aime pas les rubans roses. Porte du violet pour ton oncle Julien. Je suis si las...

– Pourquoi ? avait-elle demandé.

Mais il avait déjà disparu.

Ce rêve datait du printemps dernier. La cousine Deirdre était morte en mai, juste après et First Street était passée aux mains de Rowan et de Michael, qui avaient entrepris de grands travaux de restauration.

Elle n'avait pas noté les dates de ses rêves. Quand ils avaient commencé, elle ne s'attendait pas à ce qu'il y en ait autant. Ils flottaient dans l'espace. Elle avait eu tort de ne pas les consigner dès le début pour reconstituer la chronologie des événements survenus dans la famille. Depuis, elle avait créé un nouveau fichier dans son ordinateur : \WS\MAYFAIR\CHRONO. Tous les mois, elle découvrait de nouveaux trucs dans son ordinateur, d'autres façons de garder des traces de tous ses sentiments, ses pensées, ses projets.

Elle ouvrit la porte de la salle de bains et passa dans la cuisine. Au-delà des portes vitrées, la piscine se mit à scintiller comme si un vent vagabond avait effleuré sa surface, comme si elle était vivante. Lorsqu'elle avança, une minuscule lumière rouge se mit à clignoter sur le détecteur de mouvements, mais un coup d'œil sur le panneau de contrôle lui indiqua que l'alarme n'avait pas été branchée. Quelle chance ! Elle avait complètement oublié cette saleté d'alarme. C'était pourtant elle qui avait sauvé la vie de Michael. Il se serait bel et bien noyé si les sauveteurs n'étaient pas arrivés, les pompiers de cette même caserne où le père de Michael avait travaillé jusqu'à sa mort.

Michael. Elle s'était sentie irrésistiblement attirée par lui dès qu'elle l'avait vu. Sa haute taille, l'épaisseur parfaite de son cou n'y étaient pas pour rien. Mona savait apprécier les cous des hommes. Elle était capable de regarder un film jusqu'au bout rien que pour apercevoir le cou de Tom Berenger.

Et puis, il y avait son éternelle bonne humeur. Il lui souriait souvent et lui lançait même des clins d'œil. Elle adorait ses immenses yeux bleus si innocents. « Carrément indécents », avait dit Béa un jour. Mais c'était un compliment. « Ce type est la provocation faite homme. » Même Gifford l'avait compris.

En règle générale, les hommes bien bâtis n'avaient rien dans la cervelle. Les Mayfair intelligents, eux, étaient parfaitement proportionnés. Ceux qui ne trouvaient pas à s'habiller chez Brooks Brothers ou Burberry's étaient illégitimes. Dès leur sortie d'Harvard, les vrais Mayfair se comportaient comme des jouets qu'on remonte. Ils étaient toujours bien peignés et bronzés et serraient les mains des gens comme il se doit.

Même le cousin Pierce, qui faisait la fierté et la joie de Ryan, prenait ce chemin-là. Réplique parfaite de son père, ses cheveux blonds étaient coupés à la mode de Princeton. Il aimait la cousine Clancy, ce qui était on ne peut plus logique puisque Clancy était une sorte de clone de tante Gifford, la souffrance en moins. Pierce, Ryan et Clancy. Ils avaient tous l'air d'être en vinyle. Et tous juristes. Mayfair & Mayfair était une société pleine de gens en vinyle.

– Qu'est-ce que ça peut faire? lui avait dit un jour sa mère. Le principal est qu'ils gèrent la fortune familiale de sorte que toi et moi n'ayons pas besoin de nous en préoccuper.

Michael Curry était d'une autre trempe que les hommes Mayfair. Costaud, détendu, superbement hirsute, il ne possédait pas ce physique de bon élève peaufiné par Ryan, mais un air de doux dur craquant, surtout lorsqu'il portait ses lunettes à monture noire pour lire du Dickens. Elle l'avait vu faire dans l'après-midi lorsqu'elle était montée dans sa chambre. Il se fichait pas mal de mardi gras et n'avait pas voulu descendre avec les autres. Il souffrait toujours de la disparition de Rowan. Le temps était devenu pour lui une notion abstraite car, s'il avait commencé à y penser, il aurait dû calculer depuis combien de temps Rowan n'était plus là.

– Qu'est-ce que tu lis? lui avait-elle demandé.

– *Les Grandes Espérances*, avait-il répondu. Je passe mon temps à les relire. J'en suis au passage sur la femme de Joe, Mme Joe. Sur sa façon d'écrire le *T* sur le tableau. Tu l'as lu? J'aime bien relire ce que j'ai déjà lu. C'est comme écouter sans arrêt sa chanson préférée.

Ce grand corps dissimulait un homme de Neandertal d'une intelligence supérieure, qui attendait son heure pour vous traîner par les cheveux dans sa caverne. Oui, un homme de Neandertal doté d'un cerveau de Cro-Magnon, qui pouvait être un vrai gentleman, tout sourire, et d'une éducation à la hauteur des normes imposées dans cette famille. Il possédait un vaste vocabulaire, quand il voulait bien s'en servir. Mona l'admirait beaucoup pour ça. Son vocabulaire à elle était très étendu. Quelqu'un avait même dit un jour qu'elle était le plus petit corps ayant jamais contenu un si grand nombre de mots.

Lorsqu'il s'exprimait, Michael pouvait aussi bien prendre le ton d'un policier de La Nouvelle-Orléans que celui d'un proviseur. « Une combinaison d'éléments sans pareille », avait écrit Mona dans son journal informatique. Puis elle s'était rappelé l'avertissement d'oncle Julien : « Cet homme est trop bien. »

– Suis-je mauvaise? avait-elle murmuré dans le noir.

En fait, elle était convaincue de ne pas être mauvaise. De telles pensées étaient vieux jeu et typiques d'oncle Julien, surtout tel qu'il se présentait dans ses rêves. Quand elle était petite, elle ne connaissait pas encore les termes appropriés, mais, maintenant, c'était différent : dévalorisation de soi, autodérision. Elle les avait écrits dans le sous-répertoire \WS\JULIEN\CARACTÈRE dans le fichier RÊVE13.

Elle traversa la cuisine puis l'office étroit. Une jolie lumière blanche provenant de la véranda éclairait les lames du parquet. Quelle grande salle à manger! Michael pensait que le plancher avait été posé dans les années 1930 mais Julien avait dit à Mona qu'il datait des années 1890. À l'époque, on appelait ça un tapis de bois et il avait été livré en rouleaux. Qu'est-ce qu'elle était censée faire de tout ce que Julien lui avait appris dans ses rêves?

Elle fut surprise de distinguer les fresques murales en dépit de la pénombre : la plantation de Riverbend, le lieu de naissance de Julien, et son univers de moulins à sucre, de huttes d'esclaves, d'étables et de voitures à cheval avançant sur la vieille route longeant le fleuve. Elle avait des yeux de chat. Elle le savait depuis longtemps. Dans l'obscurité, elle se sentait en sécurité et très à l'aise. Ça lui donnait envie de chanter. Mais comment expliquer aux gens qu'elle se sentait bien quand elle se promenait seule dans le noir?

Elle contourna la longue table débarrassée des restes des agapes de la journée. Les Mayfair devaient se rendre malades à force de manger quand ils venaient à First Street, se dit-elle. Tout le monde était si content que Michael continue de recevoir malgré la disparition de Rowan dans des circonstances suspectes. Savait-il où elle se trouvait?

– Il a le cœur brisé, avait dit tante Béa, des larmes dans les yeux.

Mona passa dans le hall de l'entrée principale et s'arrêta, s'imprégnant du silence, de l'immensité de la maison, de l'odeur du bois.

Cette autre odeur. Elle revenait. Elle lui donnait... presque faim. C'était délicieux. Ni du caramel, ni du chocolat, mais quelque chose d'aussi épais. Une senteur qui semblait composée d'une centaine d'arômes comprimés en un. Comme la première fois qu'on mord dans une cerise enrobée de chocolat.

Non, la comparaison n'était pas excellente. C'était plutôt quelque chose qui ne se mangeait pas. Du goudron chaud, peut-être. Non, c'était plus que cela.

Reprenant sa progression dans l'entrée, elle remarqua le clignotement d'autres dispositifs d'alarme. Aucun n'était branché. L'odeur se fit encore plus forte quand elle atteignit le bas de l'escalier.

Oncle Ryan avait fouillé toute cette zone et, une fois toutes les taches de sang nettoyées et le tapis chinois du salon enlevé, il avait employé un produit chimique spécial qui avait fait ressortir encore d'autres traces de sang. Tout était parti maintenant. Il s'en était occupé avant le retour de Michael de l'hôpital. Et il avait juré ne rien sentir de particulier.

Mona aspira une longue goulée de cette odeur. Oui, ça donnait un peu l'impression d'avoir faim. Ça lui rappelait une de ses escapades. Elle se promenait seule en tramway, les poches pleines de beignets, lorsqu'une délicieuse odeur de barbecue était parvenue à ses narines. Elle était descendue du tram pour suivre l'odeur, qui l'avait menée jusqu'à un petit restaurant, dans un immeuble délabré du quartier français, sur Esplanade Avenue. Le goût avait été loin d'être aussi bon que l'odeur.

Elle jeta un regard dans le salon, s'étonnant à nouveau que Michael ait tout changé après le départ de Rowan. Évidemment, le tapis chinois ensanglanté n'était plus là. Mais pourquoi avoir supprimé le principe du double salon? C'était un blasphème, pour les Mayfair.

Ce n'était plus qu'une seule et unique vaste pièce meublée d'un immense canapé moelleux, de jolies chaises françaises ayant appartenu à oncle Julien, retapissées de damas doré ou de tissu à rayures, et d'une table de verre à travers laquelle on apercevait l'énorme tapis ancien de couleur ambre foncé. Il devait bien faire dix mètres de large, ce tapis, pour couvrir le sol d'une cheminée à l'autre. Et comme il avait l'air vieux. Il devait provenir de la chambre de la mansarde. Michael l'avait peut-être descendu avec les chaises dorées.

À son retour à la maison, il avait juste ordonné d'abattre la cloison du double salon et d'y mettre des meubles ayant appartenu à Julien.

Pourquoi pas? Il avait dû vouloir effacer toute trace de Rowan, transformer ces pièces dans lesquelles ils avaient été heureux ensemble. Quelques-unes des chaises n'étaient pas de première jeunesse, car des petits morceaux de bois manquaient çà et là. Le tapis était posé à même le plancher de pin, fin et soyeux.

Peut-être y avait-il eu du sang sur tous les meubles? Personne ne voulait dire à Mona ce qui s'était passé. D'ailleurs, à part Julien, on ne lui disait jamais rien. Dans ses rêves, elle avait rarement la présence d'esprit de poser des questions. Oncle Julien passait son temps à parler et à danser.

Pas de Victrola dans cette pièce. Dommage qu'ils ne l'aient pas descendu avec les autres objets! Mais elle n'avait pas entendu dire qu'on avait retrouvé un Victrola là-haut.

Quant au rez-de-chaussée, elle en avait exploré le moindre recoin à chacune de ses visites. Michael avait juste un petit magnétophone dans la bibliothèque.

Malgré tout, ce salon était magnifique. Du canapé moelleux, on voyait tous les miroirs, les deux cheminées de marbre blanc, une à gauche et une à droite, et les deux portes en face de l'ancien porche de Deirdre. Dans le double salon d'Amelia, il arrivait à Mona de danser sur le sol nu en rêvant d'emprunter de l'argent à Mayfair & Mayfair pour faire des investissements lucratifs.

Je me donne encore un an pour faire un malheur sur le marché boursier. À condition que quelqu'un veuille bien me suivre, parmi tous ces empotés de la firme familiale.

Inutile de leur demander de restaurer Amelia Street. Évelyne l'Ancienne avait toujours renvoyé tout artisan qui pointait le bout de son nez. Elle voulait être tranquille chez elle. De toute façon, à quoi bon rénover une maison dans laquelle Patrick et Alicia ne dessoûlaient pas et où Évelyne l'Ancienne faisait partie du mobilier?

Mona avait son espace à elle, la grande chambre du haut qui donnait sur l'avenue. Elle y avait son matériel informatique, ses disquettes, ses fichiers et ses bouquins. Son heure de gloire viendrait. En attendant, elle avait tout son temps après les cours pour étudier les problèmes d'actions, d'obligations, d'instruments monétaires et autres.

Son rêve était de créer son propre fonds commun de placement, qu'elle appellerait Mona One. Elle proposerait aux Mayfair d'y entrer et trierait sur le volet toutes les sociétés dans lesquelles elle investirait. Elle n'accepterait que celles concernées par les problèmes de l'environnement.

Grâce au *Wall Street Journal* et au *New York Times*, elle se tenait au courant de tout. Les entreprises du secteur de l'environnement faisaient d'énormes profits. C'était l'avenir. Mona One deviendrait une légende parmi les fonds communs de placement, au même titre que Fidelity Magellan ou Nicholas II. Si quelqu'un lui donnait sa chance, elle pourrait se lancer tout de suite. Si seulement on la laissait jouer dans la cour des grands!

Oncle Ryan était certes intéressé, amusé, étonné, mais loin d'être prêt à courir le risque.

– Pour l'instant, continue des études, avait-il dit. Mais je m'avoue impressionné par ta connaissance du marché. Où as-tu appris tout cela?

– Tu plaisantes ou quoi? J'ai les mêmes sources que toi! Le *Journal*, le *Barron's* et les statistiques que je consulte en direct à n'importe quel moment du jour et de la nuit.

Elle faisait allusion au modem qu'elle avait fait installer sur son ordinateur, grâce auquel elle pouvait consulter une multitude de cotes officielles.

– Si tu veux un renseignement sur des actions au milieu de la nuit, avait-elle poursuivi, n'appelle pas ton bureau. Appelle-moi!

Pierce était parti d'un grand éclat de rire.

– C'est ça! Appelle Mona.

Oncle Ryan avait été très intrigué, mais pas suffisamment impressionné pour s'abstenir d'un piètre commentaire:

– Eh bien, je suis content de voir que tu t'intéresses un peu à tout ça.

– Un peu? avait répliqué Mona. Mais je suis prête! Je te parle de fonds à forte expansion. Et le Japon? Tu dois savoir que si tu soldes à l'étranger des investissements faits sur le marché boursier américain tu...

– Arrête, arrête! l'avait-il interrompue. Qui va investir dans un fonds s'appelant Mona One?

– Mais tout le monde! avait-elle répondu du tac au tac.
Ryan s'était mis à rire.

Mona aurait bien poursuivi la conversation sur le fonds commun de placement mais c'était mardi gras, tout le monde était fatigué, et oncle Ryan s'était engagé dans une conversation polie et stérile avec oncle Randall, qui avait tourné le dos à Mona pour l'exclure.

Il faisait toujours ça depuis qu'elle avait couché avec lui. Elle s'en fichait pas mal. C'était juste une expérience, rien de plus, pour faire une comparaison entre un homme de plus de quatre-vingts ans et des jeunes garçons.

Son prochain objectif était Michael. Au diable, l'oncle Randall! Il avait été un cas intéressant parce qu'il était très vieux et que la façon dont les hommes de son âge regardaient les jeunes filles était très excitante. Mais, contrairement à Michael, oncle Randall n'était pas gentil. Et Mona appréciait énormément la gentillesse. Elle avait découvert ce trait de caractère depuis bien longtemps et se plaisait parfois à diviser le monde en deux catégories : les gentils et les pas gentils.

Demain, ou après-demain, elle constituerait le portefeuille de Mona One à partir des sociétés cotées en Bourse ayant obtenu les meilleurs résultats des cinq dernières années. Mona One prendrait une telle ampleur qu'elle devrait créer Mona Two puis Mona Three. Elle voyagerait dans le monde entier à bord de son jet privé.

Elle réaliserait des études sur des usines de Chine, des bureaux de Hong Kong, des centres de recherches scientifiques à Paris. Elle se voyait avec un chapeau de cow-boy sur la tête. Pour l'instant, son truc c'était le nœud dans les cheveux, mais quand elle descendait de son avion imaginaire, elle était toujours coiffée de son grand chapeau. Tout cela allait venir. Inéluctablement.

Bon, mais, pour l'instant, elle avait d'autres préoccupations. Elle se trouvait là, et n'avait qu'une priorité en tête : la conquête d'un certain Michael et la découverte du mystérieux Victrola.

Elle quitta le salon et parvint au pied de l'escalier. Très sombre, là-haut, songea-t-elle. On dirait une échelle s'élevant vers la voûte obscure. Elle toucha le pilastre et entama son ascension. Dans la maison, libre et seule, dans le noir!

La porte de la chambre de maître était ouverte et une faible lumière était allumée.

Tu es donc seul, pensa-t-elle. Ça t'est bien égal d'être dans la chambre où sont mortes Deirdre et la grand-tante Mary Beth. Tu te fiches pas mal de tout ça et de ce qui a pu se passer là, encore avant.

Gifford avait déploré que Michael s'installe dans cette pièce maudite. Mais Mona le comprenait. Il ne pouvait pas rester dans la chambre conjugale après le départ de Rowan. Du reste, cette chambre était la plus jolie et la plus gaie de la maison. Il en avait lui-même restauré le plafond et le médaillon et avait remis à neuf l'énorme lit à baldaquin.

Comme elle comprenait bien Michael! Lui aussi aimait l'obscurité, à sa façon. Sinon, il n'aurait pas épousé quelqu'un de cette famille. Quelque chose en lui était attiré par l'obscurité. Il se sentait bien au crépuscule et dans le noir, comme elle. Elle l'avait vu marcher la nuit dans le jardin.

Elle avança et s'arrêta sur le pas de la porte. Michael était allongé sur le lit, tournant le dos à la porte. Une de ses mains était posée sur l'édredon, à demi ouverte, comme prête à recevoir un cadeau. Mona l'écouta prendre une longue inspiration difficile. Il ne l'avait pas entendue. Il était en train de rêver.

Elle se glissa dans la pièce.

Le journal intime de Michael était sur la table de chevet. Elle reconnaissait sa couverture; il y avait écrit quelque chose ce soir. Elle aurait donné cher pour en lire quelques mots, mais ce serait inconvenant. Allez, juste l'entrouvrir.

« Reviens, Rowan. Je t'attends. »

Elle le referma en poussant un soupir silencieux.

Tous ces flacons de médicaments! On l'abrutissait de drogues. Elle connaissait presque tous les noms parce que les Mayfair étaient des habitués de ce genre de substance. Il y avait surtout des remèdes pour la pression sanguine, et puis du Lasix, un diurétique atroce qui éliminait tout le potassium – Alicia en avait fait les frais quand elle avait voulu perdre du poids – et trois autres potions aux noms redoutables, vraisemblablement responsables de l'état d'hébétude permanent de Michael.

Je te rendrais un grand service en jetant toutes ces saletés à la poubelle, pensa-t-elle. Ce qu'il te faut, c'est la potion magique des sorcières Mayfair. En rentrant à la maison, elle vérifierait tous ces médicaments dans les manuels de pharmacologie de sa bibliothèque. Et voilà du Xanax. De quoi transformer n'importe qui en zombie.

Quelle pièce sinistre! Mona aimait le lustre et la décoration, mais cette chambre avait quelque chose de funeste. Et l'odeur était là aussi, très légère, mais présente.

Elle s'approcha du lit très haut, comme la plupart des lits anciens, et regarda oncle Michael dormir, le visage enfoui dans le coton blanc de l'oreiller, ses cils et ses sourcils noirs étonnamment distincts. Quel homme! Une perfection.

C'était sûrement à cause des médicaments qu'il n'avait plus ce don dans les mains. Jusqu'à Noël, il avait porté en permanence des gants en prétendant qu'il avait les mains très sensibles. Ce soir, il avait fait remarquer à plusieurs reprises qu'il n'avait plus du tout besoin de gants. Évidemment! Avec deux milligrammes de Xanax toutes les quatre heures, en plus du reste! C'était exactement comme ça que Deirdre avait perdu ses pouvoirs. Quel gâchis!

Et ce petit flacon, là? Elavil. Encore un sédatif. Et quelle dose! C'était un vrai miracle que Michael ait pu descendre ce soir. Et dire qu'il l'avait portée sur ses épaules pendant tout le défilé. Le pauvre, c'était presque du sadisme.

Elle toucha doucement sa joue. Bien rasé. Il ne s'éveilla pas et expira de nouveau profondément.

Elle pouvait très bien le réveiller. Il n'était pas dans le coma, après tout. Une pensée gênante lui vint alors à l'esprit : elle avait déjà fait l'amour avec David, ce soir. Zut! Ils avaient fait ça très proprement, mais quand même! Elle ne pouvait pas réveiller Michael avant de s'être purifiée dans un bon bain chaud.

Et dire qu'elle n'y avait même pas pensé. Ses vêtements étaient tout sales. C'est le problème quand on a treize ans : la plus brillante intelligence peut avoir des ratés. On oublie des évidences. Même Alicia le lui disait.

– Dis donc, ma chérie, il y a un instant tu étais un petit prodige de l'informatique et maintenant tu râles parce que tu ne trouves pas tes poupées. Je t'ai déjà dit qu'elles étaient dans le placard. Personne ne te les a prises, tes sacrées poupées! Qu'est-ce que je suis heureuse de savoir que je n'aurai jamais plus treize ans. Tu sais que j'avais treize ans quand tu es née?

Oui, je sais. Et tu avais seize ans quand j'en avais trois et tu m'as emmenée à Maison Blanche et tu m'as perdue pendant deux heures.

L'expérience n'avait rien eu de traumatisant. Elle avait passé son temps à monter et descendre les escalators jusqu'à plus soif.

– Prends-moi dans tes bras, murmura-t-elle en regardant Michael. J'ai eu une enfance atroce, tu sais.

Il dormait comme si une sorcière lui avait jeté un sort.

Tout compte fait, ce n'était pas la nuit idéale pour coucher avec lui. Il fallait que tout soit parfait pour l'assaut final. D'ailleurs, non seulement elle avait couché avec David mais, en plus, elle s'était salie dans le cimetière. Quelques feuilles mortes étaient même restées accrochées dans ses cheveux. Très Ophélie mais pas très sexy.

C'était plutôt une nuit à faire des recherches dans la mansarde. À trouver le Victrola et à le remonter à la manivelle. Peut-être y avait-il de vieux disques avec, celui qu'Évelyne l'Ancienne écoutait, par exemple? En fait, c'était plutôt le moment de rencontrer oncle Julien dans l'obscurité que celui d'être avec Michael.

Mais il était si attirant dans son sommeil, son Endymion [1], avec sa petite bosse sur le nez et ses légères rides sur le front. Très Spencer

1. Roi légendaire plongé par Zeus dans le sommeil éternel et que sa maîtresse, Séléné, visite chaque nuit sans le réveiller *(N.d.T.)*.

Tracy, l'homme de ses rêves. Et ces grandes mains douces! Ça, c'était des mains d'homme. Jusqu'ici, elle avait toujours trouvé plus sexy les hommes délicats aux mains de violoniste. Comme son cousin David, avec son menton imberbe et ses yeux attendrissants. Décidément, ses goûts en matière d'homme étaient en train de changer radicalement.

Elle effleura la mâchoire de Michael, l'ourlet de son oreille, sa nuque. Elle toucha ses cheveux noirs bouclés, si doux et si fins. Sa mère et Gifford avaient les mêmes. Les cheveux roux de Mona n'auraient jamais cette douceur. Elle sentit l'odeur de sa peau, subtile, agréable et chaude, et se pencha pour embrasser sa joue.

Ses yeux s'ouvrirent et se refermèrent. Elle ne put s'empêcher de s'étendre près de lui. Il se retourna. Que faire maintenant? Elle avait soudain très envie de lui. Ce n'était pas érotique mais plutôt romantique. Elle avait envie qu'il l'entoure de ses bras, qu'il l'étreigne, qu'il l'embrasse. Des choses aussi simples que ça. Des bras d'homme, pas de jeune garçon.

Elle se rendit compte qu'il la regardait. Dans la faible lueur venant de la rue, son visage était pâle mais clair.

– Mona! murmura-t-il.

– Oui, oncle Michael. On m'a oubliée. Est-ce que je peux passer la nuit ici?

– Il va falloir appeler tes parents.

Il s'assit lentement. Ses cheveux noirs tombaient sur ses yeux. Il était complètement abruti, c'était certain.

– Non, dit-elle, rapidement mais doucement.

Elle posa la main sur sa poitrine. C'était bon.

– Papa et maman dorment, poursuivit-elle. Ils croient que je suis avec oncle Ryan à Metairie. Et oncle Ryan croit que je suis à la maison. N'appelle personne. Ça ne ferait que les inquiéter et il faudrait que je prenne un taxi toute seule. Je n'en ai pas envie. Laisse-moi passer la nuit ici.

– Mais ils s'en apercevront...

– Mes parents? Ils ne s'apercevront de rien du tout, tu peux me croire. Tu as vu dans quel état était papa, ce soir?

– Oui, je sais.

Il essaya de réprimer un bâillement. Il eut l'air ennuyé, tout d'un coup, comme s'il était malvenu de bâiller pendant une discussion sur son père alcoolique.

– Il ne vivra plus longtemps, dit-elle d'une voix lasse. Je ne supporte pas la maison quand mes parents sont tous les deux soûls. Il n'y a qu'Évelyne l'Ancienne et elle ne dort jamais. Elle les surveille.

– Évelyne l'Ancienne, c'est un surnom adorable. Est-ce que je la connais?

– Non. Elle ne quitte jamais la maison. Elle leur a demandé un jour de t'inviter; mais ils ne l'ont jamais fait. C'est mon arrière-grand-mère.

– Ah oui! les Mayfair d'Amelia Street. La grande maison rose.

Il bâilla à nouveau et se redressa encore.

– Béa me l'a montrée, reprit-il. C'est une belle maison. Italianisme. Béa m'a dit que Gifford y avait grandi.

Italianisme. Un terme d'architecture. Fin du XIXe siècle.

– Oui, c'est un style courant à La Nouvelle-Orléans, dit Mona. Construite en 1882, modifiée par un architecte du nom de Sully. Bourrée de meubles hétéroclites venant d'une plantation nommée Fontevrault.

Michael était intrigué.

Mais elle n'avait pas envie de parler d'histoire ni d'architecture. Elle avait envie de lui.

– Alors, tu veux bien que je reste? demanda-t-elle. Il faut vraiment que je reste, oncle Michael. Je n'ai pas vraiment le choix, tu sais.

Il s'assit contre les oreillers en essayant de garder les yeux ouverts.

Soudain, elle attrapa son poignet. Il n'eut pas l'air de comprendre qu'elle prenait son pouls, comme l'aurait fait un médecin. Sa main était lourde et légèrement froide. Mais les battements de cœur étaient réguliers. Impeccable. Il était bien moins malade que le père de Mona, à qui il ne restait que six mois à vivre. Mais, lui, c'était le foie, pas le cœur.

En fermant les yeux, elle vit l'intérieur des cavités du cœur de Michael. Elle vit des choses magnifiques et complexes, dont elle ignorait les noms, semblables à une peinture moderne. Un monde de couleurs, de lignes et de formes. Cet homme était en parfaite santé. Faire l'amour ne le tuerait pas.

– Tu sais ce que c'est, ton problème? demanda-t-elle. C'est tous ces médicaments. Jette-les à la poubelle. Ils ne peuvent que te rendre malade.

– Tu crois?

– Tu as en face de toi Mona Mayfair, vingt fois membre de la famille Mayfair. Celle qui sait des choses que les autres ignorent. Oncle Julien était trois fois mon arrière-arrière-grand-père. Tu sais ce que ça veut dire?

– Trois liens de descendance avec Julien?

– Oui, sans compter le méli-mélo de filiation avec tous les autres. Sans ordinateur, on ne s'y retrouve pas. Mais moi, j'ai un ordinateur et j'y ai entré toutes les données. J'ai plus de sang Mayfair que n'importe quel autre membre de la famille. Mon père et ma mère étaient des cousins trop proches pour se marier mais mon père a mis ma mère enceinte, et voilà. De toute façon, il y a eu tellement de mariages à l'intérieur de la famille que ça ne change pas grand-chose...

Elle s'arrêta au milieu de son numéro. Elle parlait trop pour un homme de cet âge à moitié endormi. Un peu plus de doigté, voyons!

– Tu es en pleine forme, tu sais. Débarrasse-toi de toutes ces drogues.

Il sourit.

– Tu veux dire que je vais vivre? Que je vais à nouveau grimper sur des échelles et enfoncer des clous?

– Tu vas pouvoir manier le marteau comme Thor, dit-elle. Mais il faut d'abord flanquer en l'air toutes ces saletés. Je ne sais pas pourquoi on te drogue comme ça. Ils craignent probablement que tu te laisses mourir à cause de tante Rowan.

Il rit doucement et prit affectueusement la main de Mona. Mais un voile avait couvert son visage, ses yeux et, l'espace d'un instant, sa voix.

– Mais, toi, tu me fais confiance, Mona?

– Totalement confiance. Et je suis amoureuse de toi.

– Mais non! dit-il.

Il tenta de retirer sa main mais elle la retint. Oui, son cœur était impeccable. C'étaient les médicaments qui lui faisaient du mal.

– Je suis amoureuse de toi mais, pour toi, ça ne change rien, oncle Michael. Il faut juste que tu t'en montres digne.

– D'accord. M'en montrer digne, c'est exactement ce que je pense, jeune fille du Sacré-Cœur!

– Oncle Michael! J'ai eu mes premières aventures érotiques à l'âge de huit ans. Je suis une femme qui fait semblant d'être une petite fille. À treize ans, on ne peut pas faire autrement car tout le monde connaît ton âge. Jouer à la petite fille est tout simplement une décision politique. Logique. Mais, tu peux me croire, je ne suis pas celle que j'ai l'air d'être.

Il éclata d'un rire franc.

– Et si Rowan rentrait et nous trouvait en train de parler de sexe et de politique?

– Ta femme ne rentrera pas, dit-elle en regrettant immédiatement ses paroles. Je veux dire, elle...

– Elle quoi, Mona? Parle, dit-il d'un air devenu très sérieux. Qu'est-ce que tu sais? Dis-moi ce qu'il y a dans ton petit cœur de Mayfair? Où est ma femme? Fais un peu de sorcellerie.

Mona soupira. Elle essaya de prendre une voix aussi douce et calme que possible.

– Personne ne le sait, dit-elle. Tout le monde craint le pire mais personne ne sait. Mon impression à moi, c'est que... qu'elle n'est pas morte, mais que... rien ne sera plus jamais pareil. Tu vois ce que je veux dire?

– À ton avis, elle ne reviendra pas, c'est ça?

– Oui, en quelque sorte. Mais je ne sais pas ce qui s'est passé ici le soir de Noël. Je ne te le demande pas, d'ailleurs. Tout ce que je peux dire, c'est que je suis en train de tenir ton poignet, que nous parlons de tout ça, que tu es très inquiet mais que ton pouls est parfait. Tu n'es pas malade du tout. On t'a drogué pour rien. C'est totalement illogique. Ce qu'il te faut, c'est te désintoxiquer.

Il poussa un soupir, l'air défait. Mona se pencha pour l'embrasser sur la bouche. Ils furent tous les deux un peu surpris.

C'était une question d'âge. Embrasser un homme qui avait eu des dizaines de femmes n'avait rien à voir avec embrasser un garçon qui avait fait l'amour deux fois.

– Attends un peu, dit-il en la repoussant gentiment.

Ce geste la rendit malheureuse. Il ne se laissait pas faire et elle n'obtiendrait jamais ce qu'elle voulait.

– Oncle Michael, tu dois comprendre que nous avons des traditions dans cette famille.

– Ah bon?

– Oncle Julien a couché avec mon arrière-grand-mère dans cette maison. Elle avait treize ans. Je tiens beaucoup d'elle.

– Moi aussi, j'ai hérité quelque chose de mes ancêtres. C'est ce qu'on appelle les valeurs morales.

Il leva les sourcils, lui sourit, prit sa main et la caressa doucement comme celle d'un enfant.

Mieux valait faire machine arrière. Il avait l'air encore plus groggy qu'au début et ce n'était pas le moment de le séduire. Pourtant, elle avait tant envie d'intimité avec lui, d'entrer dans ce monde d'adultes qu'il symbolisait à lui tout seul. Confinée dans l'enfance, elle se sentit soudain anormale et mal à l'aise. Elle en aurait pleuré.

– Je vais t'installer dans la chambre de devant, dit-il. Elle est propre et rangée, comme quand Rowan était là. Tu veux y dormir? C'est une chambre agréable.

Sa voix était léthargique. Il parlait les yeux fermés. Il lui caressait affectueusement la main.

– Ça me va, dit-elle.

– Tu y trouveras des chemises de nuit en flanelle. C'est moi qui les ai offertes à Rowan. Elles seront un peu longues pour toi. Attends, tante Viv ne dort peut-être pas encore. Je vais la prévenir que tu es là.

– Tante Viv est en ville avec tante Cecilia. Elles ont bien sympathisé. Je pense que tante Viv est maintenant une Mayfair à titre honoraire.

– Aaron. Il est dans l'autre chambre, dit Michael.

– Aaron est avec tante Béa. Ils ont une liaison. Ils sont dans la suite d'Aaron à l'hôtel Pontchartrain. Béa est trop convenable pour amener un homme chez elle.

– Ah bon? Aaron et Béa? Je n'avais pas remarqué.

– Ça ne m'étonnerait pas qu'il devienne aussi un Mayfair à titre honoraire, un de ces jours.

– Bien! Béatrice est parfaite. Une femme qui apprécie les gentlemen est idéale pour Aaron, tu ne trouves pas?

– Oncle Michael, ça n'existe pas les femmes qui n'apprécient pas les gentlemen.

Il ouvrit les yeux.

– Tu sais décidément tout sur tout.

– J'aimerais bien. Non, en fait, qui aimerait tout savoir?

– Tu es un sacré bout de femme, Mona.

– Attends de me voir en chemise de nuit.

– Certainement pas. Tu vas fermer ta porte à clé et te coucher. Aaron pourrait rentrer et Eugenia ne va pas tarder à commencer sa promenade nocturne.

– Promenade nocturne?

– Oui, tu sais ce que c'est avec les vieilles personnes. Écoute, j'ai très sommeil. Pas toi?

– Et si j'avais peur, toute seule dans cette chambre?

– C'est ça!

– Tu ne me crois pas?

– Tu serais plutôt du genre à n'avoir peur de rien. Tu le sais et tu sais que je le sais.

– Tu ne veux pas coucher avec moi?

– Non.

– Menteur!

– Peu importe. Je ne ferai pas quelque chose de contraire à la morale. Je crois vraiment qu'il faut que je prévienne quelqu'un.

– Pas la peine. Je vais me coucher et nous prendrons le petit déjeuner ensemble demain matin. Henri prétend réussir à la perfection les œufs Benedict.

Michael sourit faiblement, trop fatigué pour discuter encore, probablement trop épuisé pour se rappeler un quelconque numéro de téléphone. Quelle saloperie, ces médicaments! Elle détestait ça. Elle ne touchait jamais à l'alcool ni aux médicaments. Elle voulait garder son esprit aiguisé comme une faux.

– Comme une faux? murmura-t-il en riant.

Alors, il avait lu dans ses pensées. Pas question de le lui faire remarquer: il ne s'était pas aperçu qu'elle n'avait pas parlé tout haut. Elle sourit. Elle avait envie de l'embrasser encore une fois mais ce n'était probablement pas la chose à faire. Bien au contraire. Dans une minute, il dormirait comme une souche. Elle allait prendre un bon bain puis se mettre à la recherche du Victrola au dernier étage.

Soudain, à sa grande surprise, Michael rejeta ses couvertures et sortit du lit.

– Allez, viens! Je vais te montrer où c'est, dit-il.

Il bâilla une nouvelle fois, prit une profonde inspiration et la mena hors de la pièce.

La chambre du devant était aussi magnifique que le jour du mariage. Il y avait même un bouquet de roses jaunes et roses sur le manteau en marbre de la cheminée, comme ce jour-là. La robe de soie blanche de Rowan était étalée sur le couvre-lit en damas, prête à l'accueillir si elle revenait.

Michael s'arrêta un moment et regarda tout autour de lui, comme s'il avait oublié ce qu'il était venu faire. Il cherchait désespérément à se le rappeler. C'étaient les effets des médicaments : ils faisaient oublier jusqu'aux choses les plus simples.

– La chemise de nuit, se souvint-il enfin.

Il fit un petit geste sans conviction vers la porte de la salle de bains ouverte.

– Je trouverai toute seule, oncle Michael. Retourne au lit.

Il la fixa un long moment, incapable de se concentrer sur ce qu'elle venait de dire. Mais il était déterminé à se montrer protecteur, à prendre soin d'elle.

– Si tu as peur... commença-t-il.

– Mais non, oncle Michael. Je plaisantais. En règle générale, c'est plutôt de moi qu'il faut avoir peur.

Il ne put réprimer un sourire, hocha la tête et sortit de la chambre en lui jetant un dernier regard bleu et charmant, bien que voilé par les effets des drogues. Il ferma la porte derrière lui.

Dans la salle de bains, une pile d'épaisses serviettes blanches moelleuses était rangée sur une étagère en osier. Mona trouva les chemises de nuit de flanelle bien empilées tout en haut d'un placard. Elle choisit la plus voyante : rose avec des roses rouges. Elle fit couler l'eau dans la grande baignoire.

Avec précaution, elle ôta de ses cheveux le nœud de taffetas rose et le posa sur la coiffeuse, à côté de la brosse et du peigne.

Quelle maison de rêve! songea-t-elle. Si différente d'Amelia Street, avec ses baignoires sabots, ses planchers pourris par l'humidité, ses rares serviettes de toilette élimées qui attendaient d'être remplacées par tante Béa. Mona était la seule à les laver à la machine. D'ailleurs, elle était la seule à laver quoi que ce soit, à part Évelyne l'Ancienne qui balayait le trottoir – la banquette, comme elle disait – tous les jours.

Cette maison de First Street était l'illustration de ce qu'on pouvait faire par amour. Un vieux carrelage blanc sur les murs, mais une épaisse moquette lie-de-vin toute neuve par terre. Une robinetterie de cuivre qui fonctionnait vraiment et des abat-jour en parchemin sur les appliques de chaque côté du miroir. Une chaise avec un coussin rose, un petit lustre à quatre ampoules en forme de bougie suspendu au médaillon du plafond.

– Et l'argent, n'oublie pas l'argent, lui avait dit récemment Alicia quand Mona avait suggéré qu'Amelia Street pourrait être une belle maison.

– Pourquoi ne pas demander de l'argent à oncle Ryan? avait insisté Mona. Nous sommes des Mayfair. Il y a l'héritage, bon sang! Et je suis assez vieille pour engager un entrepreneur et faire venir un plombier. Tu ne vois pas que tout est pourri ici?

Alicia avait fait un geste de répulsion. Réclamer de l'argent revenait à demander qu'on se mêle de leurs affaires. À Amelia Street, personne ne voulait de la police des Mayfair. Évelyne l'Ancienne n'aimait pas le bruit ni les étrangers. Le père de Mona ne voulait pas qu'on lui pose des questions. Et ainsi de suite. Toujours des prétextes.

Tout rouillait, pourrissait et se détériorait et personne ne faisait rien. Deux des salles de bains étaient inutilisables depuis des années. Les volets étaient cassés ou cloués. La liste des dégâts était interminable.

Une petite idée diabolique traversa l'esprit de Mona. Que dirait Michael de l'état délabré de la maison? Il pourrait faire quelques suggestions. Lui dire, par exemple, si le plâtre de sa chambre allait continuer à partir en lambeaux. Il saurait, lui. Après tout, la restauration des maisons était sa spécialité. L'amener à la maison pour qu'il la voie, songea-t-elle.

Mais, dans ce cas, l'inévitable se produirait. Il verrait qu'Alicia et Patrick étaient soûls en permanence et téléphonerait à oncle Ryan. C'était ce que tout le monde finissait par faire. Il y aurait les engueulades habituelles et tante Béa suggérerait à nouveau une cure de désintoxication.

Mais ce que personne ne voulait comprendre, c'était que ces hospitalisations faisaient plus de mal que de bien. Alicia revenait encore plus folle et plus décidée que jamais à noyer ses malheurs dans l'alcool. La dernière fois avait été la pire : elle avait essayé de tout casser dans la chambre de Mona, qui avait dû faire un rempart de son corps pour protéger son ordinateur.

– Enfermer ta propre mère? Tu as fait ça! Avec la complicité de Gifford, espèce de sale petite sorcière. Je n'aurais jamais fait ça à ma mère. Tu es une sorcière, Évelyne l'Ancienne a raison. Enlève ce nœud de tes cheveux.

Elle s'était jetée sur elle et Mona avait dû la saisir par les poignets pour la tenir en respect.

– Allez, maman! Arrête!

Comme d'habitude, Alicia avait fini par s'effondrer par terre en sanglotant et en tapant du poing. Et quel choc d'apercevoir Évelyne l'Ancienne sur le pas de la porte! Ça voulait dire qu'elle avait monté l'escalier toute seule, ce qui n'était pas bon pour elle. Elle avait eu des paroles très dures.

– Ne fais pas de mal à cette enfant! Alicia, tu n'es qu'une ivrogne. Et ton mari ne vaut pas mieux que toi.

– Elle me fait mal, avait gémi Alicia.

Non, pas question de renvoyer sa mère à l'hôpital. Mais d'autres pouvaient le faire. Allez savoir! Tant pis pour la maison, Michael resterait à l'écart. Mauvais plan.

Le temps qu'elle se déshabille, la pièce était remplie d'une exquise vapeur chaude. Elle éteignit les lumières pour ne laisser que la lueur orange de la veilleuse du chauffe-eau. Elle s'immergea dans l'eau chaude en laissant flotter ses cheveux, se prenant à nouveau pour Ophélie.

Elle tourna la tête plusieurs fois pour bien mouiller ses cheveux et retira les feuilles mortes. C'était ce mouvement dans l'eau qui épaississait ses cheveux et les rendait si brillants. Les douches, à l'inverse, les aplatissaient complètement.

Du savon parfumé, un flacon de shampooing aux reflets irisés. Ces gens savaient vivre! Elle se serait crue dans un grand hôtel.

Elle lava lentement ses cheveux et son corps en se frottant doucement, appréciant chaque seconde qui passait, puis s'immergea pour se rincer. Peut-être pourrait-elle faire restaurer Amelia Street en expliquant à oncle Michael qu'il devait se montrer très diplomate et ne pas parler de Patrick et Alicia. Mais que se passerait-il si Évelyne l'Ancienne se mettait à renvoyer les ouvriers ou exigeait qu'ils ne fassent aucun bruit?

Se sentir propre était vraiment agréable. Elle repensa à Michael, son géant endormi, dans le lit de la sorcière.

Elle se mit debout, attrapa une serviette, se frotta les cheveux en savourant sa nudité et sortit de la baignoire. La chemise de nuit était trop longue mais son tissu était comme une caresse. Elle ressemblait à une petite fille sur une photo démodée. Comme quand elle portait son nœud dans les cheveux. Ressembler à une petite fille démodée était son déguisement favori, sauf que, pour elle, ce n'était pas un déguisement du tout.

Elle se frotta les cheveux encore une fois puis attrapa la brosse sur la coiffeuse, se contempla un instant dans la glace et se mit à brosser vigoureusement sa chevelure d'avant en arrière.

La chaleur semblait s'enrouler et respirer autour d'elle. Elle prit son nœud et le remit en place sur sa nuque. Elle n'en voyait que les deux extrémités, semblables à deux petites cornes de diablotin.

– Oncle Julien, le moment est venu, murmura-t-elle en fermant fort les yeux. Donne-moi un indice. Par où dois-je commencer pour trouver le Victrola?

Elle se mit à se balancer à droite et à gauche, à la façon de Ray Charles, pour essayer de retrouver au moins un temps fort de ses rêves à demi effacés.

Un son très lointain lui parvint aux oreilles, couvert par le ronronnement du chauffe-eau. Des violons? Elle était trop loin pour distinguer les instruments, mais il y en avait beaucoup, et c'était... c'était... Elle ouvrit la porte de la salle de bains. C'était la valse de *La Traviata.* La voix de soprano. Mon Dieu! Et si le Victrola était en bas, dans le salon!

Pieds nus, [elle est déjà en chemise de nuit...] elle alla jusqu'au palier et se pencha au-dessus de la rambarde. La mélodie de la valse lui parvenait très distinctement et plus fort que dans ses rêves. La femme chantait gaiement en italien, le chœur se joignit à elle. Le vieux disque étant un peu rayé, on aurait dit un concert d'oiseaux.

Son cœur se mit à battre très fort. Elle toucha le nœud dans ses cheveux pour s'assurer qu'il était bien fixé puis avança vers la plus haute marche de l'escalier. À cet instant, une lumière s'alluma dans l'encadrement de la porte du salon. Elle commença à descendre, les yeux rivés sur la lumière qui se faisait de plus en plus vive. Le tapis de laine était un peu rugueux sous ses pieds nus. Elle se pencha pour regarder ses doigts de pied et les trouva minuscules sous la chemise de nuit, qu'elle dut soulever pour ne pas marcher dessus.

Elle s'arrêta net. Sous ses pieds, le tapis de laine rouge était devenu un tapis d'escalier oriental très usé et très fin. Elle sentit le changement de texture. Ou, plutôt, elle sentit qu'elle se trouvait maintenant sur quelque chose de plus élimé. Elle suivit la cascade de roses bleu persan et vieux rose. Les murs s'étaient eux aussi métamorphosés. Le papier mural était doré et sale et, tout en bas, un lustre inconnu était suspendu au motif de feuilles du plafond de l'entrée. De vraies bougies y brûlaient.

Elle sentait l'odeur de la cire. Le chant de la soprano continuait. Le cœur de Mona débordait.

– Oncle Julien! appela-t-elle doucement, au bord des larmes.

Elle regarda vers l'entrée. Au-delà de l'encadrement de la porte du salon, à l'endroit même où un cousin avait été abattu d'un coup de pistolet, il y avait bien longtemps, la pièce était différente de celle qu'elle connaissait et de minuscules flammes dansaient sur un lustre à gaz en cristal.

Mais le tapis était le même! Et il y avait les chaises en damas doré de Julien.

Elle reprit sa descente, plus rapidement cette fois, en regardant à droite et à gauche pour noter en détail ce qui avait changé: les vieilles appliques à gaz, les fenêtres à petits carreaux de la porte d'entrée...

Le volume du Victrola devait être à fond. Et là! Cette étagère couverte de petits personnages en céramique, la pendule en bronze sur une cheminée, les statues grecques sur l'autre, les vieux rideaux de velours brillant, bordés de franges...

La peinture des encadrements de portes et des plinthes était une imitation de marbre, décoration à la mode à la fin du siècle précédent. Les petites flammes du lustre scintillaient sous le plafond au papier sombre, comme dansant au rythme de la valse.

Mais qu'est-ce qui clochait dans ce tapis? C'était pourtant toujours le même. Ah oui! Mais c'était celui de Julien et, là, ses fauteuils groupés en cercle au centre du salon... Elle était arrivée en bas.

Elle leva les bras et se mit à tourner en rond jusqu'à ce que sa chemise de nuit forme un cercle autour d'elle. Elle chantait avec la soprano, comprenant l'italien alors qu'elle venait seulement de commencer à l'apprendre, enchantée par le rythme simple de la partition. Elle se courba en avant jusqu'à ce que tous ses cheveux tombent devant elle puis se releva brusquement en les rejetant en arrière. Ses yeux passèrent sur le papier du plafond puis, soudain, se posèrent sur le nouveau canapé de Michael, qui n'était plus couvert de damas beige mais d'un velours doré élimé, assorti aux rideaux.

Michael était assis sur le canapé, immobile, et l'observait d'un air effrayé. Elle s'arrêta au milieu d'un pas, les bras arrondis vers le bas comme ceux d'une ballerine. Elle respira profondément, reprit le contrôle de son rythme cardiaque et s'approcha de lui. Le voir assis dans cette pièce, en train de la fixer comme s'il n'avait plus tout à fait sa raison, était la chose la plus terrifiante qu'elle ait jamais vue.

Il ne tremblait pas. Il était comme elle : sans crainte. Il semblait juste bouleversé par ce qu'il voyait et par la musique qu'il entendait. Elle avança et se jeta sur le canapé, à côté de lui. Il se tourna vers elle, les yeux agrandis par l'étonnement, et elle appuya sa bouche contre la sienne en le tirant vers elle. Enfin. Il lui appartenait.

Il s'écarta un instant et la regarda encore comme pour vérifier qu'elle était bien là. Ses yeux étaient embrumés par les drogues. Cette fois, c'étaient elles qui l'aidaient à oublier sa morale catholique. Elle l'embrassa à nouveau, rapidement et un peu négligemment, puis posa une main entre ses jambes. Il était prêt!

Il l'entoura de ses bras et poussa une sorte de gémissement qui devait signifier quelque chose comme « il est trop tard pour reculer » ou « pardonnez-moi mon Dieu ».

Elle se renversa sur le canapé en l'attirant sur elle. Elle écarta les bras et les jambes et sentit sa main légèrement tremblante se glisser sous la chemise de nuit, caresser son ventre et sa cuisse nus.

– Cherche bien, murmura-t-elle en faisant descendre plus bas la main de Michael.

Il enfonça un doigt en elle, ravivant son désir comme si une alarme s'était mise en marche, et elle sentit son plaisir couler entre ses jambes.

– Viens, je ne peux plus attendre, dit-elle en sentant son visage s'embraser. Prends-moi.

Ses paroles devaient paraître osées mais elle ne pouvait plus jouer à la petite fille. Il entra en elle en lui faisant délicieusement mal puis commença à la pilonner. Elle rejeta la tête en arrière. Elle avait envie de crier.

– Oui, oui, oui.

– D'accord, murmura-t-il d'une voix rauque.

Mona sentit monter sa jouissance. Elle serra les dents, gémit puis se mit à crier la bouche fermée, comme lui.

Elle se mit sur le côté, hors d'haleine, trempée comme Ophélie quand on l'avait retrouvée flottant dans le courant. Sa main était prise dans les cheveux de Michael, qu'elle tirait trop fort.

C'est alors qu'un bruit étrange fendit l'air. Mona ouvrit les yeux. Quelqu'un avait soulevé l'aiguille du Victrola.

Mona se retourna en même temps que Michael et aperçut la petite silhouette courbée d'Eugenia, la servante noire, debout près de la table, les bras croisés, le menton tremblant.

Soudain, il n'y eut plus de Victrola, le canapé était en damas et les lumières étaient électriques.

– Monsieur Mike, mais qu'est-ce que vous faites à cette enfant?

Michael eut l'air honteux, gêné et confus. Il se dégagea de Mona, remit correctement son pyjama puis regarda les deux femmes tour à tour.

C'était le moment pour Mona de montrer qu'elle était une Mayfair. L'arrière-arrière-petite-fille de Julien. Elle se leva et avança vers la vieille femme.

– Tu veux garder ton emploi dans cette maison, Eugenia? Alors, retourne dans ta chambre et ferme ta porte.

Le visage ridé de la vieille femme se figea un instant, outragé, puis s'adoucit quand Mona la regarda dans les yeux.

– Fais ce que je te dis, reprit l'adolescente. Il n'y a aucune raison de s'inquiéter. Je fais ce que je veux. Je suis bonne pour oncle Michael et tu le sais parfaitement. Va-t'en!

Eugenia était-elle ensorcelée ou seulement sidérée? Peu importait. Le pouvoir d'une sorcière était ce qu'il était. Elle céda. C'était toujours comme ça. Leur faire plier l'échine de cette façon était presque de l'abus de pouvoir, mais c'était indispensable.

Eugenia baissa les yeux, s'empressa de quitter la pièce, d'un pas désordonné, et monta l'escalier avec une rapidité surprenante de sa part.

Michael était assis sur le canapé, les yeux écarquillés, très calme, comme s'il essayait de se rappeler ce qui s'était passé.

– Mona! murmura-t-il.

– C'est fait, oncle Michael, dit-elle.

Soudain, ses forces se dérobèrent. Sa voix était mal assurée quand elle dit :

– Maintenant, laisse-moi monter avec toi dans ton lit. J'ai vraiment, vraiment peur.

Ils étaient allongés sur le lit dans le noir. Mona contemplait le satin plissé du baldaquin, se demandant quels motifs Mary Beth y avait contemplés quand ce lit était le sien. À côté d'elle, épuisé, Michael était très calme. La porte était fermée à clé.

– Tu dors? demanda-t-elle à voix basse.

Elle mourait d'envie de lui demander ce qu'il avait vu mais elle n'osait pas. Elle avait toujours à l'esprit l'image du double salon : n'avait-elle pas déjà vu ces lustres à gaz et ces chaises?

– Cela ne se reproduira pas, ma chérie, dit-il d'une voix endormie. Plus jamais.

Il la tira vers lui. Son cœur avait l'air un peu fatigué mais ce n'était pas grave.

– Si tu l'affirmes, oncle Michael. Mais j'aurais aimé avoir mon mot à dire.

Le lit de Mary Beth et de Deirdre. Elle se pelotonna contre Michael, sentant la chaleur de sa main posée nonchalamment sur sa poitrine.

– Chérie, murmura-t-il encore. La valse, c'était du Verdi? *La Traviata*? Ça y ressemblait mais...

Il s'était endormi. Mona sourit dans l'obscurité. Il avait entendu! Il avait donc bien été présent avec elle! Elle se tourna vers lui et l'embrassa doucement sur la joue, pour qu'il ne se réveille pas, puis s'endormit la tête posée sur sa poitrine, un bras passé sous sa chemise, contre sa peau chaude.

Trois

Une morne pluie d'hiver s'abattait sur San Francisco, inondant les rues escarpées de Nob Hill et voilant de brume son étrange juxtaposition de bâtiments : la grise et fantomatique façade de la cathédrale Grace, les imposants immeubles en stuc, les hautes tours modernes s'élevant au-dessus du vieil hôtel Fairmont. Le ciel s'assombrissait rapidement et la circulation, à 5 heures de l'après-midi, était pire que jamais.

Le Dr Samuel Larkin passa lentement devant l'ancien hôtel Mark Hopkins, prit California Street et s'impatienta derrière un tramway bondé, en s'émerveillant de la persévérance des touristes trempés qui s'y accrochaient en grappes dans le noir et le froid. Il fit bien attention à ne pas déraper sur les rails mouillés et doubla le tram au démarrage quand le feu passa au vert.

Il commença à descendre en direction de Market Street, passa l'exotique portail en bois de Chinatown. Cet endroit, qu'il avait toujours trouvé plutôt effrayant mais vraiment beau, lui rappelait ses premières années dans cette ville. À l'époque, on pouvait prendre sans difficulté le tram pour aller travailler et Top of the Mark était le point le plus élevé de la ville puisqu'il n'y avait pas encore tous ces gratte-ciel.

Comment Rowan Mayfair avait-elle pu quitter un endroit pareil? Il connaissait mal La Nouvelle-Orléans, n'y étant allé que deux ou trois fois. Mais, pour quelqu'un comme Rowan, partir là-bas revenait à s'exiler en province. Enfin. De toute façon, ce n'était pas le point le plus étonnant dans l'histoire de Rowan.

Il faillit manquer l'entrée discrète du Keplinger Institute, vira en catastrophe, descendit un peu trop vite la rampe d'accès et se retrouva dans l'obscurité du garage souterrain. Il était 5 h 10 de l'après-midi et son avion pour La Nouvelle-Orléans décollait à 8 h 30. Plus un moment à perdre.

Il montra sa carte au gardien qui téléphona pour les vérifications d'usage puis le laissa passer avec un hochement de tête.

Devant l'ascenseur, il déclina à nouveau son identité, à la demande d'une voix de femme qui sortait d'un petit haut-parleur près d'une caméra vidéo. Lark détestait être vu sans savoir par qui.

L'ascenseur l'amena sans un bruit au laboratoire de Mitchell Flanagan situé au quinzième étage. Il trouva la bonne porte en quelques secondes, aperçut de la lumière derrière le verre dépoli et frappa fort.

– C'est Lark, répondit-il à un murmure venant de l'autre côté.

Mitchell Flanagan n'avait pas changé. La vue basse et l'air parfaitement incompétent, il jeta un coup d'œil sur Lark à travers ses épaisses lunettes cerclées. La crinière jaune lui faisant office de cheveux ressemblait plutôt à une perruque pour épouvantail et sa blouse blanche était poussiéreuse mais miraculeusement immaculée.

Le génie préféré de Rowan, songea Lark avec un pincement de cœur. Moi, j'étais son chirurgien préféré, alors pourquoi suis-je aussi jaloux? Son béguin pour Rowan Mayfair le faisait toujours souffrir. Elle était partie se marier dans le Sud et se trouvait visiblement dans quelque épouvantable situation d'ordre médical. Il aurait bien voulu coucher avec elle mais n'y était jamais parvenu.

– Entrez, dit Mitch.

On sentait bien qu'il résistait à l'envie de l'entraîner sans attendre vers le couloir, où des filets de minuscules lumières blanches soulignaient doucement le plafond et le sol.

Cet endroit pourrait me rendre fou, songea Lark. On dirait que chaque porte dissimule des êtres humains enfermés dans des cages aseptisées.

Mitch le fit passer devant les nombreuses portes d'acier derrière lesquelles se faisaient entendre divers bruits électroniques.

Lark n'avait jamais osé demander à être introduit dans ce sanctuaire. La recherche génétique était tout ce qu'il y avait de plus secret à Keplinger, même pour la communauté médicale. Rowan Mayfair, ou la famille Mayfair, avait dû payer à prix d'or cet entretien avec Flanagan.

Mitchell le fit entrer dans un grand bureau dont les immenses fenêtres donnaient sur les immeubles de Lower California Street et dominaient Bay Bridge. Des rideaux très fins ressemblant plutôt à des moustiquaires étaient fixés aux longues tringles de chrome des fenêtres.

Sur un côté du grand bureau d'acajou s'élevait un mur d'écrans d'ordinateur. Mitchell prit place dans le fauteuil à haut dossier et fit signe à Lark de s'asseoir sur la chaise tapissée de soie bordeaux, de l'autre côté du bureau. Le reste du mobilier était vaguement oriental. Oriental ou sans style du tout.

Sous les fenêtres étaient alignées d'interminables rangées de tiroirs, dont chacun possédait une serrure à code numérique. Les murs étaient sombres et le tapis était de la même couleur bordeaux que les chaises, de sorte que celles-ci se fondaient presque dans le décor.

Le dessus du bureau était blanc. Derrière la crinière d'épouvantail de Mitchell était accrochée une grande toile abstraite qui faisait penser à un spermatozoïde nageant vers un œuf fécondé. Les couleurs, bleu de cobalt, orange et vert vif, étaient toutefois très belles. On aurait dit l'œuvre d'un peintre haïtien, qui serait tombé par hasard sur un dessin de sperme et d'ovule dans une revue scientifique et l'aurait choisi pour modèle sans savoir ce qu'il représentait.

Le bureau et le Keplinger Institute empestaient l'argent. Lark trouvait rassurant que Mitch ait un air négligé, voire sale, et incapable. C'était un savant fou qui ne faisait aucun effort de présentation. Il ne s'était pas rasé depuis au moins deux jours.

– Je suis bigrement content de vous voir, dit-il. J'ai cru devenir dingue. Vous m'avez balancé ce truc il y a deux semaines sans aucune autre explication que le fait qu'il venait de Rowan Mayfair et que je devais l'examiner sous toutes les coutures...

– Vous l'avez fait? demanda Lark.

Il commença à déboutonner son imperméable puis changea d'avis. Il posa sa mallette par terre. Elle contenait un magnétophone mais il n'avait pas envie de s'en servir. Cela l'inhiberait sûrement et risquerait d'effrayer Mitchell.

– Qu'est-ce que vous voulez que je fasse en deux semaines? Il faut quinze ans pour établir un génotype humain, vous êtes au courant?

– Qu'est-ce que vous pouvez me dire? Ce n'est pas une interview pour le rédacteur scientifique du *New York Times*. Allez droit au but.

– Qu'est-ce qu'il vous faut? Une image en trois dimensions et en couleurs? demanda Mitchell en gesticulant vers l'ordinateur.

– Parlez d'abord. Je n'ai aucune confiance dans les simulations informatiques.

– Bon, avant de commencer, je dois vous dire qu'il me faut davantage de spécimens. Je veux plus de sang, plus de tissu et tout le reste. Ma secrétaire a appelé votre bureau tous les jours à ce sujet. Pourquoi ne m'avez-vous pas rappelé?

– Je ne peux rien me procurer de plus.

– Qu'est-ce que ça veut dire?

– Vous avez les seuls échantillons en ma possession et les seules données qui m'ont été communiquées. Il y a autre chose à New York... mais nous verrons cela plus tard. Toujours est-il que vous n'aurez pas plus de sang, de tissu, de liquide amniotique ou quoi que ce soit. Vous avez tout ce que Rowan Mayfair m'a envoyé.

– Alors, je veux lui parler.

– Impossible.

– Pourquoi?

– Ça vous ennuierait d'éteindre cette lumière fluorescente là-haut? Je vais devenir fou. Vous n'avez pas une simple lampe normale dans cette somptueuse pièce?

Mitchell eut l'air désemparé. Il s'enfonça dans son siège comme si on l'avait poussé. Pendant un instant, il sembla ne pas avoir compris les paroles de Lark, puis il dit : « Oh oui! » et pressa des boutons sous le rebord de son bureau. La lumière du plafond s'éteignit soudain et deux petites lampes agréables s'allumèrent sur le bureau. Le buvard vert sombre du sous-main en cuir, que Lark n'avait pas encore remarqué, eut l'air de prendre vie.

– Voilà qui est mieux, dit-il. Je déteste ce genre de lumière. Maintenant, dites-moi tout ce que vous savez.

– Avant, vous devez me dire pourquoi je ne peux pas parler à Rowan Mayfair et pourquoi je ne peux pas obtenir plus de données. Pourquoi ne pas m'avoir envoyé des photos de cette créature? Je dois parler à Rowan...

– Personne ne sait où elle est. J'ai essayé pendant des semaines et sa famille est à sa recherche depuis Noël, jour où elle a disparu. J'ai un avion à 8 h 30 ce soir pour rencontrer sa famille à La Nouvelle-Orléans. Je suis le dernier à avoir eu de ses nouvelles. Son coup de téléphone d'il y a deux semaines est la seule preuve qu'elle soit en vie. Le coup de téléphone, puis les spécimens. Quand j'ai pris contact avec sa famille pour obtenir des fonds, selon ses instructions, on m'a appris sa disparition. On ne l'a vue qu'une fois depuis Noël, dans un village écossais du nom de Donnelaith.

– Et le coursier qui a livré les spécimens? Où en a-t-il pris livraison? Vous avez cherché de ce côté?

– Peine perdue. Le paquet a été remis au coursier par le concierge d'un hôtel de Genève. C'est une cliente qui le lui a laissé. Elle correspond à la description de Rowan mais rien ne prouve qu'elle soit descendue dans cet hôtel. En tout cas, pas sous son vrai nom. Tout s'est passé dans le plus grand secret. La femme a indiqué au concierge l'adresse de destination du paquet plusieurs jours avant la date d'enlèvement. Ses proches ont fait une enquête approfondie, vous pouvez me croire. Ils remuent ciel et terre pour la retrouver. Quand je les ai appelés pour leur dire qu'elle m'avait contacté, j'ai cru qu'ils allaient devenir cinglés. C'est pourquoi je vais là-bas. Ils veulent me voir et je suis heureux de faire ça pour eux. Mais ils ont loué les services de détectives à Genève. Aucune trace de Rowan. Et, croyez-moi, quand cette famille ne parvient pas à retrouver quelqu'un, c'est que cette personne est introuvable.

– C'est-à-dire?

– L'argent. L'argent des Mayfair. Vous avez certainement entendu parler du projet de Rowan, Mayfair Medical? Maintenant, à votre tour, Mitch. C'est quoi, ces échantillons? Je dois absolument attraper cet avion.

Mitchell Flanagan s'absorba un instant dans ses pensées. Il croisa les bras, ôta ses lunettes, regarda dans le vide, puis remit ses lunettes comme s'il ne pouvait pas réfléchir sans les avoir sur le nez. Il fixa Lark de ses yeux de taupe.

– D'accord, admettons que vous dites vrai... Cette créature n'est pas un *homo sapiens.* C'est un primate, un mammifère mâle qui possède un système immunitaire incroyable. Les derniers tests semblent indiquer qu'il est arrivé à son stade de maturité mais ce n'est pas tout à fait certain. Il a une façon étonnante d'utiliser les minéraux et les protéines. Une histoire d'os. Son cerveau est énorme. Mais il se peut qu'il ait des faiblesses très importantes. Il me reste d'autres tests à faire.

– Faites-m'en une description.

– Selon les rayons X, je dirais qu'il pèse soixante-dix kilos au moins et, à l'issue des derniers tests, en janvier, il mesurait un mètre quatre-vingt-dix-huit. Il a énormément grandi entre les premiers rayons X du 28 décembre à Paris et ceux du 5 janvier à Berlin. Mais il n'y a eu aucun changement entre le 5 et le 27 janvier. Sa taille n'a pas bougé. C'est pourquoi je dis qu'il a atteint sa maturité. Le crâne n'est pas complètement développé mais c'est peut-être son développement maximal.

– De combien a-t-il grandi entre décembre et janvier?

– De sept centimètres, surtout des cuisses, un peu des avant-bras et à peine des doigts. Au fait, ses mains sont particulièrement longues. La tête a légèrement grossi. Elle est plus grosse qu'une tête normale, mais pas suffisamment pour attirer l'attention. Si vous voulez, je vous montre sur l'ordinateur de quoi il a l'air, comment il évolue...

– Non. Quoi d'autre?

– Ça ne vous suffit pas? Lark, il faut que vous m'expliquiez. Où ont été effectués ces tests? Les éléments viennent de cliniques européennes. Qui les a faits?

– Rowan, d'après nous. La famille a fait son enquête mais, dans les cliniques, personne n'a rien remarqué. Rowan a dû y entrer à l'insu de tout le monde avec cette créature et lui faire passer des radios. Ils sont ressortis avant qu'on s'aperçoive qu'un médecin non autorisé était dans les lieux et que son compagnon n'était pas un patient. À Berlin, personne ne se souvient l'avoir vue. Seules la date et l'heure inscrites sur les radios par l'ordinateur confirment sa présence là-bas. Même chose pour les scanners du cerveau, l'électrocardiogramme et le test de résistance au thallium. À Genève, elle est entrée dans la clinique et a donné ses instructions au laboratoire. Pour des raisons évidentes – sa blouse blanche, son ton autoritaire et sa maîtrise de l'allemand – personne ne lui a posé aucune question. Elle est partie avec les résultats.

– Ça n'a pas l'air d'avoir été difficile.

– Effectivement. Vous vous rappelez Rowan. Qui se permettrait de la questionner?

– Bien sûr.

– À propos, les gens qui l'ont vue à Paris s'en souviennent très bien mais ils n'ont pas pu nous aider à la retrouver. Ils ignorent d'où elle venait et où elle allait. Quant à son compagnon, il était « grand, mince, avec des cheveux longs et un chapeau ».

– Des cheveux longs? Vous êtes sûr?

– C'est une femme qui l'a dit aux détectives, à Paris. Quand Rowan a été vue à Donnelaith, c'était aussi en compagnie d'un homme grand et mince qui avait de longs cheveux noirs.

– Et vous n'avez plus aucune nouvelle depuis la veille du jour où elle vous a envoyé tout ça?

– Exact. Elle a dit qu'elle redonnerait signe de vie dès qu'elle le pourrait.

– Et le coup de fil? Vous l'avez enregistré? A-t-elle appelé en PCV?

– Elle m'a dit se trouver à Genève. Pour le reste, vous le savez déjà. Elle tenait absolument à ce que j'aie ces échantillons. Elle allait essayer de me les faire parvenir avant le matin et je devais vous les apporter. Elle a précisé que c'était elle qui avait mis au monde cette créature et qu'il y avait du liquide amniotique dans les morceaux de tissu. Et elle joignait son propre sang, des crachats et des cheveux pour qu'on les analyse. J'espère que vous l'avez fait?

– Vous pensez bien!

– Comment a-t-elle mis au monde une créature qui n'est pas humaine? Je veux tout ce que vous avez découvert, même ce qui est aléatoire ou contradictoire. Je dois expliquer tout ça à la famille dès demain. Et à moi-même, pour commencer.

Mitch mit sa main droite sur sa bouche pour réprimer un toussotement et se racla la gorge.

– Comme je l'ai dit, ce n'est pas un *homo sapiens*. Il lui ressemble mais sa peau est bien plus plastique, comme celle des fœtus humains. Apparemment, il devrait conserver cette plasticité, mais seul l'avenir pourra le confirmer. Le crâne semble malléable, comme celui d'un nourrisson. C'est peut-être sa texture définitive mais, là encore, comment savoir? Au moment des rayons X, il avait toujours sa fontanelle, ce qui laisse entendre qu'elle est peut-être aussi définitive.

– Seigneur! s'exclama Lark en touchant son crâne.

Les fontanelles des bébés l'avaient toujours mis mal à l'aise. Mais il n'avait pas d'enfant. Manifestement, les mères s'habituaient au fait que leurs enfants aient des trous membraneux sur le crâne.

– Ce n'était pas un fœtus classique, reprit Mitch. Les cellules du liquide amniotique montrent qu'à sa naissance il était un homme adulte parfaitement développé mais de petit format. Il est probable que, après l'expulsion, son étonnante élasticité lui ait permis de se déployer et de se mettre à marcher près de sa mère, à la façon d'un poulain qui vient de naître.

– Une mutation totale, dit Lark.

– Non, effacez ce mot de votre esprit. Il ne s'agit pas d'une mutation mais du produit d'un processus d'évolution différent et complexe. Le produit final de toute une série de mutations dues au hasard et de choix au cours de plusieurs millions d'années. Si la mère n'était pas Rowan Mayfair, et les échantillons prouvent que c'est bien elle, j'en conclurais que nous sommes en présence d'une créature s'étant développée dans un isolement complet, sur un continent inconnu, bien avant l'*homo erectus* ou l'*homo sapiens*, et dotée d'un héritage génétique provenant d'une multitude d'autres espèces et que l'être humain ne possède pas.

– D'autres espèces?

– Parfaitement. Cette créature a connu sa propre évolution. Elle ne nous est pas totalement étrangère puisqu'elle provient de la même souche originelle que nous, mais son ADN est bien plus complexe. Mise à plat, sa double chaîne spiralée serait deux fois plus longue que celle d'un être humain. La créature a conservé toutes sortes de similarités avec les formes de vie inférieures que les humains n'ont plus. Le problème est que je viens seulement d'entamer la décomposition du processus.

– Vous ne pouvez pas faire plus vite?

– Lark, ce n'est pas seulement une question de rapidité. Nous commençons tout juste à comprendre le génome humain, à différencier le gène dit « normal » du gène dit « sauvage ». Comment pourrions-nous décomposer le génotype de cette chose? Il possède quatre-vingt-douze chromosomes, au fait, soit le double du nombre de chromosomes de l'être humain. La constitution de ses membranes cellulaires est manifestement très différente de la nôtre. C'est tout ce que je peux dire puisque la science ne sait déjà pas grand-chose sur nos propres membranes cellulaires. Cela résume d'ailleurs bien tout ce que j'ai découvert : les limites de mes connaissances sur cette créature sont les mêmes que celles de mes connaissances sur l'être humain.

– Je ne comprends toujours pas pourquoi il ne peut pas être un mutant.

– Lark, cela dépasse complètement le domaine de la mutation. C'est un être très organisé et complet. Il ne résulte pas d'un accident génétique et son développement est fantastique. Pensez en termes de pourcentage de similarité chromosomique. L'homme et le chimpanzé sont semblables à quatre-vingt-dix pour cent et cette chose est semblable à l'homme à quarante pour cent tout au plus. J'ai effectué des tests immunologiques simples sur son sang. Ils révèlent qu'il s'est détaché de la race humaine il y a trois millions d'années. S'il y a jamais été rattaché, d'ailleurs, ce que je ne crois pas. Je pense qu'il faisait partie d'une autre généalogie.

– Mais comment Rowan peut-elle en être la mère?

– La réponse est étonnante de simplicité : Rowan possède elle aussi quatre-vingt-douze chromosomes, le même nombre d'exons et d'introns. Le sang, le liquide amniotique et les tissus qu'elle a envoyés le confirment. Je suis certain qu'elle était parvenue à cette conclusion.

– Et son dossier médical? Personne ne s'est jamais aperçu qu'elle avait le double de chromosomes d'un être humain normal?

– J'ai vérifié les résultats de son dernier bilan de santé à l'hôpital universitaire. Rien n'indique que ses chromosomes supplémentaires aient été autres que dormants. Personne ne les a jamais remarqués parce que personne n'a jamais fait son empreinte génétique. Qui et pour quoi faire? Rowan n'a jamais été une seule fois malade dans sa vie.

– Mais quelqu'un...

– Lark, les recherches sur l'ADN n'en sont qu'à leurs balbutiements et certaines personnes sont strictement opposées à la pratique des empreintes. Dans le monde entier, des millions de médecins n'ont aucune idée de ce qui se passe dans leurs propres gènes. Certains d'entre nous ne veulent pas le savoir. Moi, par exemple. Mon grand-père est mort de chorée de Huntington. Mes frères et moi ne voulons pas savoir si nous en portons le gène. Un jour ou l'autre, je passerai des tests, mais pas maintenant. La recherche génétique en est encore à un stade rudimentaire. Si cette créature était apparue il y a vingt ans, elle aurait pu passer pour humaine.

– Ainsi, vous affirmez que Rowan n'est pas un être humain?

– Non, elle est humaine. Comme je vous l'expliquais, tous les tests effectués au cours de sa vie étaient normaux. Son dossier pédiatrique, sa courbe de croissance, tout était normal. On peut en conclure que ses chromosomes supplémentaires n'ont jamais eu aucun effet au cours de son développement... jusqu'à ce qu'elle soit enceinte.

– Et ensuite?

– Je suppose que la conception a déclenché plusieurs réactions chimiques complexes en elle, ce qui explique pourquoi le liquide amniotique est plein de toutes sortes de nutriments, protéines et acides aminés. Et le lait maternel? Il est d'une densité et d'une composition anormales. Mais il va me falloir des mois, voire des années, pour analyser tout ça. De plus, nous avons affaire à un type de placenta tout à fait nouveau et j'ai à peine de quoi commencer mes recherches.

– Rowan était donc normale mais elle portait une série de gènes apparemment inutiles. Au moment de la conception, ces gènes se sont réveillés pour entreprendre un processus ignoré.

– Oui. Le génome humain normal a fonctionné en permanence en elle mais ses gènes supplémentaires se sont mélangés à la double hélice, comme attendant un déclic pour faire fonctionner leur ADN.

– Avez-vous réussi à cloner cet ADN?

– Oui, mais malgré la vitesse à laquelle ces cellules se multiplient il faudra du temps. Du reste, j'ai oublié de vous parler d'un autre aspect étrange de ces cellules. Elles résistent à tous les virus que je leur ai inoculés et à toutes les souches de bactérie. Mais elles sont aussi extrêmement élastiques. Tout est dans la membrane, comme je vous l'ai dit. Ce n'est pas une membrane humaine. Et quand ces cellules meurent, dans un contexte de chaleur ou de froid intenses, elles ont tendance à ne laisser aucun résidu.

– Elles disparaissent?

– Elles se contractent, du moins. S'il en a existé d'autres de cette sorte sur terre, elles n'ont laissé aucune forme fossilisée, pour la bonne raison que les restes se contractent et se désintègrent bien plus rapidement que ceux des humains.

– Une forme fossilisée? Mais qu'est-ce que ça vient faire là-dedans? À l'instant, vous me parliez d'un monstre et...

– Non, c'est tout sauf un monstre. C'est une espèce différente de primate placentaire qui possède d'énormes avantages : apparemment, ses propres enzymes le dissolvent au moment de la mort. Quant aux os, c'est encore autre chose. Ils semblent ne pas s'être calcifiés, mais je n'en suis pas certain. J'aimerais avoir toute une équipe là-dessus, tout l'institut, même.

– Ce truc est-il compatible avec notre propre ADN? Je veux dire, peut-on le fragmenter et combiner... ?

– Vous alors, les chirurgiens, vous en avez de bonnes! Une similarité de quarante pour cent n'est pas suffisante. On ne peut pas croiser des rats avec des singes, Lark. De plus, il se produit une réaction très violente qui pourrait provenir du fait que l'ADN de la créature donne des instructions génétiques bien trop contradictoires, ou Dieu sait quoi! En tout cas, je n'ai pas réussi à les cultiver avec des cellules humaines. Mais ça ne veut pas dire que ce soit infaisable. Cette chose est peut-être apparue à cause de mutations répétées et très rapides à l'intérieur des nucléotides d'un gène donné.

– Stop! Je ne vous suis pas. Comme vous l'avez dit, je suis chirurgien.

– J'ai toujours su que vous ne saviez pas vraiment ce que vous faisiez, vous autres.

– Mitch, si nous savions ce que nous faisons, comment pourrions-nous le faire? Quand vous aurez besoin de nous, et priez pour que cela n'arrive jamais, vous bénirez notre ignorance, notre sens de l'humour et nos nerfs d'acier. Bon... cette créature... peut-elle se reproduire avec un être humain?

– Un être humain comme Rowan, oui, avec quarante-six chromosomes dormants. C'est pourquoi nous devons absolument contacter Rowan et lui faire passer tous les tests possibles et imaginables.

– Cette créature pourrait donc se reproduire avec Rowan?

– Avec sa mère? Oui. Sans doute. Mais je pense qu'elle n'est pas assez folle pour faire ça.

– Elle a dit que la créature l'avait déjà fécondée mais qu'elle avait perdu l'embryon et qu'elle craignait d'avoir été à nouveau fécondée.

– Elle vous a dit ça?

– Oui. Et je dois décider si je l'annonce ou non à la famille, cette fameuse famille Mayfair qui s'apprête à fonder le plus grand centre de neurochirurgie et de recherches des États-Unis.

– Oui. Le grand rêve de Rowan. Mais revenons à la famille. Combien sont-ils? Rowan a-t-elle des frères et sœurs sur lesquels nous pourrions réaliser des tests? Et sa mère? Est-elle en vie? Et son père?

– Il n'y ni frère ni sœur. Le père et la mère sont morts. Mais il y a de très nombreux cousins chez lesquels la consanguinité est courante. À une époque, elle était même délibérée, et ils n'en sont pas vraiment fiers. Ils refusent tout test génétique.

– Mais il se peut que d'autres membres de la famille portent ces chromosomes supplémentaires ! Et le père de la créature, l'homme qui a fécondé Rowan ! Il doit forcément les avoir, ces quatre-vingt-douze chromosomes.

– Vous croyez ? C'est son mari. Vous êtes certain ?

– Absolument certain.

– Nous y reviendrons dans un instant. Il y a une foule de données sur lui. Mais parlez-moi d'abord du cerveau de la créature. Qu'avez-vous découvert sur les scanographies ?

– Il fait une fois et demie la taille du cerveau humain. Cette croissance phénoménale s'est produite au niveau des lobes frontaux, pendant l'intervalle entre les scanners de Paris et de Berlin. Je présume qu'il possède d'immenses capacités linguistiques et verbales. Mais c'est une hypothèse. Son audition a quelque chose de très complexe : tout indique qu'il pourrait entendre des sons inaudibles pour l'homme. C'est un point très important. De même que son odorat est extrêmement développé ou, en tout cas, devrait l'être. Vous savez ce qu'il y a de plus merveilleux dans cette créature ? C'est que son phénotype est très semblable aux autres. Il a évolué d'une façon totalement différente qui a nécessité trois fois plus de protéines et il a produit son propre type de lactase, une forme bien plus acide que la normale. Et, malgré tout ça, son aspect n'est pas très différent du nôtre.

– En résumé ?

– Je ne sais pas. Mais revenons à l'homme qui a fécondé Rowan. Que savons-nous de lui ?

– Tout ce que nous voulons. Il a vécu à San Francisco et il était connu avant d'épouser Rowan. L'hôpital général de San Francisco lui a fait subir tous les tests possibles. À La Nouvelle-Orléans, il a juste fait un infarctus. On peut se procurer sans délai son dossier médical. Nous pourrions le faire sans son autorisation mais nous préférons la lui demander. S'il a les quatre-vingt-douze chromosomes...

– Il les a forcément.

– Mais Rowan a parlé d'un facteur externe. Elle a dit que le père était normal, et a même précisé qu'elle l'aimait. C'était son mari. Et puis elle a eu l'air bouleversée, au téléphone, et elle a mis fin à la conversation en me disant de demander de l'argent à sa famille. Et elle a raccroché. Je me demande si on n'a pas plutôt été coupés.

– Ah, ça y est ! Je sais qui est cet homme. On en a beaucoup parlé ici. C'est celui que Rowan a repêché dans la mer.

– Oui, Michael Curry.
– C'est ça, Curry. Le type qui est ressuscité des morts avec un pouvoir dans ses mains. Nous voulions lui faire passer des tests et j'ai même essayé de joindre Rowan. J'ai lu des articles sur lui dans les journaux.
– C'est bien lui.
– Il est parti à La Nouvelle-Orléans avec elle.
– C'est à peu près ça.
– Et ils se sont mariés.
– Exact.
– Un don parapsychique. Vous vous rendez compte?
– Rowan avait aussi une sorte de don. J'ai toujours cru qu'elle était un grand neurochirurgien mais des gens ne cessaient de dire qu'elle possédait un don de guérison et de diagnostic ou je ne sais quoi. Et qu'entendez-vous par don parapsychique?
– Rien à voir avec le vaudou. Je pense aux marqueurs génétiques. Ce don pourrait être lié aux quatre-vingt-douze chromosomes. Si seulement nous avions des dossiers sur les parents de ces gens! Il faut à tout prix persuader la famille de passer des tests.
– Difficile. Ils sont au courant des études génétiques menées sur les amish et ont entendu parler des travaux des mormons à Salt Lake City. Leur consanguinité est une source d'embarras pour eux, même s'ils continuent à la pratiquer.
– Il faut absolument qu'ils coopèrent. C'est vital. Et le mari, on peut obtenir tout de suite son dossier?
– Je vais le lui demander. Il vaut mieux faire ça dans les règles. Mais il se trouve à l'hôpital de San Francisco et rien ne vous empêche de passer un coup de fil dès que je serai parti. Curry a accepté qu'on l'examine. Il voulait savoir d'où lui venait ce don dans les mains. Si vous arrivez à le joindre, il sera peut-être d'accord pour que vous lui fassiez subir des tests. Les médias l'ont quasiment obligé à se terrer, à l'époque. Il avait des visions et savait plein de choses sur des gens qu'il ne connaissait pas. Je crois qu'il a fini par porter des gants pour ne plus voir les images qui affluaient dans sa tête.
– Oui, oui. J'ai suivi ça de très près, dit Mitch.

Il s'arrêta, comme bloqué, puis ouvrit le tiroir de son bureau et en sortit une chemise cartonnée couverte de notes. Il sortit un stylo de sa poche et se mit à gribouiller un message quasiment indéchiffrable en marmonnant tout bas.

Lark attendit un peu avant de reprendre :
– Rowan a parlé d'interférence à la naissance de la créature. Une interférence chimique ou thermique, je crois. Mais elle ne s'en est pas expliquée.
– Eh bien, dit Mitch en continuant à griffonner, de toute évidence,

il s'est produit une activité thermique ainsi qu'une activité chimique énorme. Les bouts de chiffons contenaient un autre type de fluide, une sorte de colostrum, ce liquide sécrété par la poitrine des femmes qui viennent d'accoucher. Mais celui-ci est bien plus dense, acide et rempli de nutriments. Et sa composition est toute différente : il contient plus de lactase. Pour en revenir à votre question, oui, il y a eu interférence mais il est difficile d'établir d'où elle provient.

– Pourrait-elle être psychique?

– Bien entendu. Vous savez aussi bien que moi qu'on peut mesurer la chaleur émanant des mains de gens doués de ce qu'on appelle un pouvoir de guérison. Oui, ce pourrait être psychique. Mon Dieu, Lark, il faut absolument que je trouve Rowan et cette créature. Il le faut. Je ne peux pas rester assis à...

– C'est justement ce qu'on vous demande. Vous restez assis, ici, avec les spécimens et vous veillez à ce qu'il ne leur arrive rien. Continuez à cloner l'ADN et à l'analyser sous toutes les coutures. Je vous appellerai demain de La Nouvelle-Orléans, dès que j'aurai l'autorisation de Michael Curry pour ses prélèvements sanguins.

Lark se leva en serrant fermement la poignée de sa mallette.

– Attendez, dit Mitch. Vous avez parlé d'autres éléments à New York.

– Ah oui! New York. Lorsque Rowan a donné naissance à cette créature, le jour de Noël, il y a eu une effusion de sang. Et puis elle a disparu. Le médecin légiste de La Nouvelle-Orléans a effectué une expertise médico-légale et a tout envoyé à l'International Genome, à New York.

– Seigneur! Mais ils sont complètement fous!

– À ma connaissance, personne n'a encore assemblé toutes les pièces du puzzle. Jusqu'à présent, la famille a obtenu des rapports corroborant vos propres découvertes : une anomalie génétique chez la mère et l'enfant, d'énormes quantités d'hormones de croissance humaines, différentes enzymes... Mais vous avez une longueur d'avance sur eux : vous avez les radios et les scanners des os.

– Et la famille?

– Elle a eu la preuve que j'avais parlé personnellement à Rowan, grâce à une sorte de code que je devais transmettre à la famille pour obtenir des fonds. Ce sont des gens très coopérants, qui feraient n'importe quoi pour retrouver Rowan. Ils seront à la descente d'avion. À propos, il est temps que j'y aille.

Mitch contourna en hâte le bureau et suivit Lark dans le couloir.

– Mais qu'ont-ils à New York que je n'ai pas?

– Ils ont bien moins que vous, à l'exception d'une chose : un morceau de placenta.

– Il me le faut.

– Vous l'aurez. La famille vous le donnera. Je vous répète qu'à New York personne n'en connaît aussi long que vous. Mais un autre groupe de gens est impliqué.

– C'est-à-dire ?

Lark s'arrêta devant la porte du couloir et posa la main sur le bouton.

– Rowan avait des amis appartenant à une organisation appelée le Talamasca. Ils font des recherches historiques. Eux aussi ont pris des échantillons sur les lieux de la naissance et de la disparition.

– Ah oui ?

– Oui. Je ne sais pas très bien pourquoi. Je sais seulement que cette organisation s'intéresse de très près à l'histoire de la famille Mayfair. Ils m'ont appelé nuit et jour depuis que j'ai pris contact avec la famille. Je dois d'ailleurs rencontrer un de leurs membres, un certain Aaron Lightner, demain matin à La Nouvelle-Orléans.

Lark ouvrit la porte et se dirigea vers l'ascenseur, Mitch sur ses talons. Les portes de l'ascenseur s'ouvrirent.

– Je dois y aller, mon vieux. Vous voulez venir avec moi ?

– Jamais de la vie. Je retourne de ce pas au labo. Si vous ne m'appelez pas demain...

– Je vous appellerai. Au fait, tout ceci est...

– ... totalement confidentiel, je sais. Comme toute chose ici. Ce sera un secret de plus dans une forêt de secrets. Ne vous inquiétez pas pour ça. Je suis le seul à avoir accès à l'ordinateur de mon bureau. Ne vous faites aucun souci, c'est chose courante ici. Un jour, je vous raconterai certaines choses... en changeant les dates et les noms, bien entendu.

– D'accord. Je vous téléphone demain.

Lark prit la main de Mitch.

– Ne me laissez pas sur ma faim, Lark. Cette créature peut se reproduire avec Rowan. Et si elle le fait...

– Je vous appelle.

Lark eut une dernière vision de Mitch, debout, le regard fixe, avant que les portes de l'ascenseur ne se referment. Il se rappela les paroles de Rowan au téléphone : « Il y a un type à qui vous pouvez confier tout ça, au Keplinger Institute. C'est Mitch Flanagan. Dites-lui de ma part qu'il ne perdra pas son temps. »

Rowan avait vu juste. Mitch était l'homme de la situation. Lark n'avait aucun souci à se faire de ce côté.

Tandis qu'il roulait vers l'aéroport, c'était pour Rowan qu'il s'inquiétait. Quand il avait entendu sa voix lointaine au téléphone et qu'elle l'avait prévenu qu'ils pouvaient être coupés, il avait cru qu'elle était devenue complètement dingue.

Cette histoire était passionnante. L'appel de Rowan, les échantillons, les découvertes successives, et même cette curieuse famille de

La Nouvelle-Orléans. Lark avait un peu honte d'être plus exalté qu'inquiet, mais l'expérience était si extraordinaire. Il avait pris un congé à durée indéterminée pour se lancer dans cette grande aventure et était impatient de rencontrer ces gens de La Nouvelle-Orléans, de voir la maison dont Rowan avait hérité, l'homme qu'elle avait épousé. Bref, tout ce pour quoi elle avait renoncé à sa brillante carrière.

Il pleuvait très fort lorsqu'il atteignit l'aéroport. Il se présenta au comptoir des premières classes pour récupérer son billet et se rendit à la porte d'embarquement. Il était dans les temps.

Évidemment, il y avait le problème de la créature elle-même. C'était la première fois qu'il pensait à dissocier ce mystère de celui de Rowan et sa famille et il dut admettre qu'il n'était pas persuadé de son existence. Et puis, soudain, il prit conscience d'un élément déterminant : Mitch y croyait fermement, le Talamasca aussi, et même Rowan.

La créature existait donc bel et bien. Tout le prouvait.

Il arriva le dernier à la porte d'embarquement. Lorsqu'il tendit son billet à l'hôtesse, quelqu'un le prit par le bras.

– Docteur Larkin?

C'était un homme grand et robuste, très jeune, blond et aux yeux délavés presque incolores.

– Oui, je suis le Dr Larkin, répondit-il.

– Erich Stolov. Je vous ai parlé au téléphone.

L'homme lui montra une petite carte blanche mais Lark avait les deux mains occupées. L'hôtesse prit son billet et il put attraper la carte.

– Le Talamasca? dit-il.

– Où sont les échantillons?

– Quels échantillons?

– Ceux que Rowan vous a envoyés.

– Ecoutez, je ne peux pas...

– Dites-moi où ils sont, je vous prie. Tout de suite.

– Je suis désolé mais il n'en est pas question. Si vous voulez, appelez-moi à La Nouvelle-Orléans. Je dois y rencontrer votre ami Aaron Lightner demain après-midi.

– Où sont les échantillons? répéta le jeune homme qui, soudain, se mit devant lui pour lui barrer l'accès à l'avion.

– Laissez-moi passer, dit Lark en baissant la voix.

Il était furieux. Il se retenait pour ne pas projeter l'homme contre le mur.

– S'il vous plaît, monsieur, dit calmement l'hôtesse à Stolov. Si vous n'avez pas de billet pour cet avion, vous ne pouvez pas rester ici.

– C'est ça, sortez d'ici! dit Lark, de plus en plus furieux. Comment osez-vous m'aborder de cette façon?

Il repoussa le jeune homme et se précipita vers la passerelle, le cœur battant la chamade, le corps couvert de transpiration.

Cinq minutes après le décollage, il était au téléphone. La liaison était épouvantable mais il réussit à joindre Mitch.

– N'en parlez à personne, à personne, ne cessa-t-il de lui répéter.

– Je vous ai dit de ne pas vous en faire, répondit Mitch. Personne ne sait rien, je vous le garantis. J'ai cinquante techniciens qui travaillent sur cinquante morceaux du puzzle. Je suis le seul à avoir une vision d'ensemble. Personne ne pénétrera dans ce bâtiment, dans ce bureau, dans ces fichiers.

– À demain, Mitch, je vous rappelle.

Lark raccrocha.

– Quel sale type, ce Stolov! bougonna-t-il en remettant le téléphone portable à sa place. Quand je pense à Lightner! Si gentil, si british, si Vieux Monde au téléphone. Mais qui sont ces gens du Talamasca? Sont-ils vraiment des amis de Rowan, comme ils le prétendent? On ne dirait pas.

Il retourna s'asseoir et essaya de se remémorer la longue conversation avec Mitch et celle avec Rowan. Évolution moléculaire, ADN, membranes cellulaires. C'était à la fois terrifiant et excitant.

L'hôtesse lui apporta un rafraîchissement, un double Martini qu'il n'avait même pas eu besoin de demander. Il en but une longue gorgée qui lui fit du bien.

Tout à coup, il se rappela que Mitch lui avait parlé d'une projection en trois dimensions de l'aspect probable de la créature. Pourquoi ne pas avoir demandé à la voir? Évidemment, ce ne pouvait qu'être une silhouette bizarre sur un écran mais que savait Mitch sur son aspect extérieur? Était-il laid ou beau, par exemple?

Il essaya de se représenter un être mince pourvu d'un gros cerveau et de mains incroyablement longues.

Quatre

Tout était calme dans la petite maison sur le golfe, avec ses portes ouvertes sur la plage blanche et les étoiles. Vêtue d'un long shetland à col montant, les jambes recouvertes de collants chauds en laine, Gifford appréciait autant la brise fraîche que la douce chaleur émanant de la cheminée. Le froid, l'odeur de la mer, celle du feu représentaient pour elle la Floride en hiver, son havre de paix, son refuge, un lieu sûr.

Allongée sur le canapé devant la cheminée, elle observait les reflets de la lumière sur le plafond blanc. Elle se demandait ce qui la rendait si heureuse à Destin, pourquoi cet endroit avait toujours été à ses yeux le lieu de retraite idéal. Son arrière-grand-mère paternelle, Dorothy, lui avait légué cette petite maison sur la plage et, année après année, elle y avait passé les meilleurs moments de sa vie.

Mais Gifford était loin d'être heureuse en ce moment. Elle l'était seulement un peu plus que si elle était restée à La Nouvelle-Orléans. Malgré tous les remords qu'elle éprouvait, pour rien au monde elle ne serait allée à First Street ce jour de mardi gras.

Mardi gras à Destin, en Floride. Cela aurait pu être n'importe quel autre jour. Un endroit propre et calme, à l'abri des soucis : les cousins buvant et se disputant, et son tendre époux, Ryan, agissant comme si Rowan Mayfair ne s'était pas enfuie en quittant son mari, Michael Curry, comme s'il n'y avait eu aucune lutte sanglante à First Street le jour de Noël, comme si tout pouvait s'arranger à coups de mesures juridiques.

Cette réunion de mardi gras était non pas un acte de foi mais de désespoir, destiné à maintenir artificiellement l'optimisme et la joie qu'un après-midi d'horreur avait suffi à anéantir. Pour Michael, ce devait être un supplice. Avaient-ils pensé à ce qu'il pouvait ressentir à se retrouver entouré de la famille de Rowan, comme au bon vieux temps, alors que Rowan était partie... Ça, c'était les Mayfair tout craché : erreur de jugement, mauvaises manières, aucune morale. Le tout masqué par une sorte d'efferverscence, de fébrilité familiale.

L'idée que Rowan puisse être en danger, qu'elle ait été forcée à partir le jour de Noël, que quelque chose lui soit arrivé, c'était plus que Gifford ne pouvait en supporter. Elle était quasiment sûre qu'il lui était arrivé quelque chose d'horrible. Tout le monde le sentait. Même Mona. Et quand Mona sentait quelque chose, elle qui ne dramatisait jamais et ne prétendait pas voir des fantômes quand elle prenait le tram, force était d'y prêter attention. La semaine dernière, elle avait annoncé qu'il ne fallait pas compter sur le retour de Rowan et que, si on voulait ce centre médical, il fallait continuer sans elle.

Quand on pense, se dit Gifford en souriant, que l'auguste firme familiale Mayfair & Mayfair, qui représente l'ensemble des intérêts de la famille, tient compte de l'avis de cette enfant de treize ans... Et elle fait bien!

Le plus grand regret de Gifford était de ne pas avoir fait rencontrer Rowan et Mona quand il en était temps. Mona aurait peut-être senti quelque chose et parlé ouvertement. Mais à quoi bon se lamenter? Parfois, Gifford avait l'impression que sa vie entière n'était qu'un tissu de regrets. Sous le vernis extérieur de sa charmante maison de Metairie, de ses magnifiques enfants, de son beau mari, il n'y avait que des regrets.

Elle s'attendait à chaque instant à recevoir la nouvelle que Rowan était morte. Pour la première fois depuis des siècles, il n'y aurait aucune héritière. Le testament! Maintenant qu'elle avait lu le long récit d'Aaron Lightner, comment pourrait-elle y penser avec détachement? Où est l'émeraude? se demanda-t-elle. On pouvait compter sur son mari pour l'avoir enfermée dans un coffre-fort. On aurait dû y mettre aussi cet horrible « dossier ». Elle ne pardonnait pas à Ryan le fait que Mona ait réussi à mettre la main dessus.

Rowan s'était peut-être enfuie avec l'émeraude? Tiens, ça lui faisait penser à autre chose, elle avait oublié de renvoyer à Michael sa médaille.

Elle l'avait trouvée près de la piscine, deux jours après Noël, pendant que les enquêteurs et les assistants du médecin légiste faisaient leurs tests à l'intérieur de la maison. Aaron Lightner et son collègue bizarre, Erich quelque chose, prélevaient des échantillons du sang maculant les murs et les tapis.

– Vous vous rendez compte qu'ils vont tout écrire dans leur dossier? avait protesté Gifford.

Mais Ryan avait laissé faire. Tout le monde faisait confiance à Lightner. Et Béatrice était amoureuse de lui. Gifford ne serait pas surprise que cela se termine par un mariage.

La médaille représentait l'archange saint Michel. C'était une médaille ancienne en argent pendant au bout d'une chaîne cassée. Elle l'avait glissée dans son porte-monnaie et avait voulu des dizaines de fois la renvoyer à Michael. Après son retour de l'hôpital, bien entendu, pour ne pas le bouleverser. Elle aurait dû la donner à Ryan avant de partir. Pauvre Michael!

Les bûches s'écroulèrent bruyamment dans le foyer et une lumière apaisante éclaira le plafond en pente.

Encore une heure et ce serait le mercredi des Cendres. Un peu plus tôt, elle avait allumé un feu dans la cheminée, s'était installée sur le canapé et s'était mise à penser pour faire passer le temps. Elle avait des remords de ne pas être allée à First Street, de n'avoir rien fait pour empêcher la catastrophe, et en voulait à ceux qui ne tenaient jamais compte de ses suggestions. Ils semblaient incapables de faire la part entre les dangers réels et les dangers imaginaires et rejetaient systématiquement tout ce qu'elle disait.

Ne pas avertir Michael et Rowan avait été une erreur irréparable. Pourtant, ils avaient lu ce maudit dossier, ils auraient dû comprendre que personne ne pouvait être heureux à First Street! Restaurer la maison était stupide. Le mal vivait dans chaque brique et chaque centimètre de mortier. Treize sorcières. Et toutes les affaires de Julien dans la mansarde. Cette maison n'apporterait jamais que le malheur. Elle le savait depuis toujours. Les gens du Talamasca ne lui avaient rien appris.

Elle le savait depuis la première fois qu'elle était allée à First Street, petite fille, avec sa chère grand-mère Évelyne l'Ancienne. On l'appelait l'Ancienne parce qu'elle était déjà vieille et que plusieurs autres Évelyne étaient nées depuis.

Évelyne l'Ancienne l'avait donc emmenée rendre visite à tante Carlotta et à cette pauvre Deirdre, l'héritière prostrée sur son fauteuil à bascule. Gifford avait vu clairement et distinctement le fameux fantôme de First Street derrière le fauteuil de Deirdre. Évelyne l'Ancienne l'avait aperçu aussi, c'était certain. Deirdre était déjà catatonique. « Pauvre enfant, avait dit Évelyne l'Ancienne. Julien avait tout prédit. » C'était l'une des affirmations qu'elle répétait souvent mais refusait toujours d'expliquer.

Avant qu'Évelyne l'Ancienne ne se réfugie dans le mutisme, elle avait fait bien des confidences à Gifford, encore jeune. À l'âge de treize ans, elle avait couché avec Julien et, le jour où il était venu à Amelia Street, il l'avait appelée du trottoir : « Évelyne, descends, descends ! », et il avait obligé Walker, le grand-père d'Évelyne, à la laisser sortir de la chambre mansardée où elle était enfermée à clé.

Julien et Walker étaient en très mauvais termes. Cela remontait à l'époque où Julien, enfant, à Riverbend, avait tué accidentellement son cousin Augustin d'un coup de feu. Walker, petit-fils d'Augustin, nourrissait une haine féroce contre celui qui avait tué son ancêtre. Ancêtre de qui ? Tout le monde était l'ancêtre de tout le monde dans cette famille. L'arbre généalogique des Mayfair était aussi enchevêtré que les ronciers qui grimpaient sur le château de la Belle au Bois Dormant.

Tiens, au fait, Mona avait introduit toutes les données dans son ordinateur et avait récemment annoncé avec fierté qu'elle avait plus de liens de descendance avec Julien et Angélique que n'importe quel autre membre de la famille. Gifford en avait la tête qui tournait. Elle aurait voulu que Mona s'intéresse davantage aux garçons de son âge et à son habillement et moins à la famille, aux ordinateurs, aux voitures de course et aux armes.

– Les histoires de famille ne t'ont pas dégoûtée des armes ? avait-elle demandé à Mona. Tu sais bien qu'une arme est la cause de la grande scission entre nous et ceux de First Street.

Mais on ne pouvait rien contre les obsessions de Mona, petites ou grandes. Elle avait entraîné cinq fois Gifford dans un petit stand de tir minable, de l'autre côté du fleuve, pour apprendre à manier un P 38. Gifford avait les armes en horreur, mais elle préférait être avec Mona que se demander ce qu'elle était en train de faire.

Et puis Ryan s'était rangé du côté de Mona. Il avait même obligé Gifford à conserver une arme dans la boîte à gants de sa voiture et en avait mis une autre dans la maison de Destin.

Mona avait tant à apprendre ! Évelyne l'Ancienne lui avait-elle raconté ses vieilles histoires? De temps en temps, il lui arrivait de sortir de son mutisme. Sa voix était restée la même et elle commençait alors sa longue litanie, comme le sage d'une tribu délivrant la tradition orale :

– S'il n'y avait pas eu Julien, je serais morte dans ma chambre sous les toits, folle, muette et blanche comme une plante qui n'a jamais vu le soleil. Il m'a mise enceinte et j'ai donné le jour à ta pauvre mère.

– Mais pourquoi oncle Julien a-t-il couché avec une fille aussi jeune? avait demandé Gifford un jour.

La réponse était tombée comme un coup de tonnerre :

– Sois fière de ton sang Mayfair. Sois-en fière. Julien avait tout prédit. La lignée perdait de sa vigueur. Et j'aimais Julien autant qu'il m'aimait. Ne cherche pas à comprendre tous ces gens, Julien, Mary Beth ou Cortland. Ils étaient des géants sur cette terre, des géants comme il n'y en a plus.

Des géants sur cette terre! Quelle expression!

Cortland, le propre fils de Julien, était le père d'Évelyne l'Ancienne. Mais, ça, elle ne l'admettrait jamais. Et Laura Lee, sa fille, était celle de Julien. Mon Dieu! Impossible de retracer ces filiations sans un crayon et un papier. Et ça, il n'en était pas question. Des géants sur cette terre! Des démons de l'enfer, oui!

– Comme c'est charmant! s'était exclamée Alicia, ravie et toujours prête à se moquer de Gifford et de ses craintes. Continue, Évelyne l'Ancienne, que s'est-il passé ensuite? Parle-nous de Stella.

Alicia était alcoolique depuis l'âge de treize ans et, tout en étant aussi fine et svelte que Gifford, avait toujours fait plus vieille que son âge. Elle avait passé son adolescence à faire des descentes dans les bars louches de la ville et à boire avec des types étranges. C'est alors que grand-père Fielding l'avait « casée » avec Patrick pour la remettre dans le droit chemin. Patrick! Pourquoi justement lui? Le choix ne pouvait être pire même si, à l'époque, Patrick était encore quelqu'un de bien.

Nous sommes tous du même sang, se dit Gifford. En tout cas, malgré ses parents alcooliques, Mona est loin d'être une idiote. C'est une gagnante.

La précocité de Mona se traduisait également par une grande maturité sexuelle. Elle avait annoncé à sa tante, horrifiée, qu'elle voulait connaître beaucoup d'hommes. Toute protectrice qu'elle fût, Gifford se faisait plus de souci pour eux que pour sa nièce.

Et dire que le Talamasca ignorait tout de Mona et du lien entre Évelyne l'Ancienne et oncle Julien. Il ne se doutait pas que cette petite fille était probablement une véritable sorcière. Cette pensée procura à Gifford une espèce de satisfaction presque gênante. Sans compter que le Talamasca ne savait pas plus que la famille pourquoi

Julien avait tué Augustin et pourquoi il avait laissé tant d'enfants naturels derrière lui.

Le dossier du Talamasca était impossible à accepter. Un fantôme était une chose, mais un esprit! C'était révoltant. Elle avait refusé que Ryan fasse circuler le document. Il était déjà dramatique que Lauren et Randall l'aient lu. Et Mona, surtout elle, qui l'avait subtilisé sur son bureau et l'avait lu entièrement avant que quiconque s'en aperçoive.

Le cœur du problème était là : Mona savait-elle distinguer la réalité de la fiction? Alicia, oui. C'était pour ça qu'elle buvait. Mais la plupart des Mayfair n'en étaient pas capables. Ryan, par exemple. Son refus de croire au surnaturel ou au mal le rendait aussi irréaliste qu'une vieille prêtresse vaudou qui voyait des esprits partout.

Mais Mona était intelligente. Même lorsqu'elle avait appelé Gifford, l'an dernier, pour lui annoncer qu'elle n'était plus vierge, que sa défloraison en elle-même n'avait aucune importance mais que la transformation de sa silhouette en avait une énorme. Elle avait ajouté :

– Je prends la pilule, tante Gifford, et je me suis fait un petit programme. Découvrir des choses, expérimenter. Bref, boire à la coupe, tu sais, tous ces trucs dont parlait Évelyne l'Ancienne.

– Est-ce que tu fais la distinction entre le bien et le mal, Mona? avait demandé Gifford, suffoquée et, en son for intérieur, un peu envieuse.

– Bien sûr, tante Gifford, et tu le sais bien. D'ailleurs, je mérite d'être inscrite au tableau d'honneur aujourd'hui. J'ai fait le ménage dans la maison et j'ai réussi à faire dîner papa et maman avant qu'ils ne commencent leur beuverie nocturne. Tout est propre et calme ici. Évelyne l'Ancienne a parlé aujourd'hui. Elle a dit qu'elle voulait s'asseoir sous le porche pour regarder le tram passer. Ne te fais aucun souci. Je contrôle.

Je contrôle! Et puis il y avait cette drôle de déclaration qu'elle avait faite à Pierce. Un mensonge, très probablement : « Écoute, ça me plaît qu'ils soient ivres tout le temps. Enfin, je préférerais qu'ils se comportent normalement et qu'ils ne se suicident pas à l'alcool sous mes yeux mais, tu sais, ça me donne beaucoup de liberté. J'ai horreur que des cousins débarquent ici et commencent à me demander à quelle heure je me couche ou si j'ai fait mon travail de classe. Moi, je me balade en ville quand je veux et personne ne me casse les pieds. »

Pierce avait bien ri. Il adorait Mona, ce qui était plus que surprenant car, habituellement, il aimait les gens innocents et gais comme sa fiancée, Clancy Mayfair.

Mona n'avait rien d'innocent, sauf dans le sens le plus strict du terme, à savoir qu'elle ne se considérait pas comme quelqu'un de mauvais et ne voulait pas faire de mal.

De la liberté, elle en avait, c'était certain. Dans les semaines qui avaient suivi son aveu d'avoir perdu sa virginité, ses liaisons successives avaient provoqué maints coups de téléphone outrés. Mais qu'y faire? Alicia ne supportait plus de voir Gifford et refusait de la laisser entrer dans la maison. Et Évelyne l'Ancienne ne disait à personne ce qu'elle voyait ou ne voyait pas.

– Je t'ai tout raconté sur mes petits amis, avait dit Mona. Et, surtout, ne t'en fais pas pour ça.

Au moins, Évelyne l'Ancienne ne passait pas son temps à lui raconter sa liaison avec Julien et, avec un peu de chance, Mona ne savait rien de celle avec Stella. Après tout, même M. Lightner n'était pas au courant. Son dossier ne mentionnait pas une seule fois les maîtresses de Stella.

– Ce fut la grande époque de ma vie, avait dit un jour Évelyne l'Ancienne à ses deux filles. Stella et moi étions à Rome. Je ne sais pas où était Lionel, et cette horrible gouvernante était sortie avec Antha. Je n'avais jamais vécu une telle expérience amoureuse. Stella m'a raconté ce soir-là qu'elle avait déjà eu d'innombrables maîtresses. Pour elle, rien n'égalait l'amour entre femmes. Et c'est aussi ce que je pense. J'aurais recommencé si j'avais rencontré une femme capable de prendre mon cœur comme Stella l'avait fait. À notre retour d'Europe, nous sommes allées ensemble au quartier français, où elle avait un petit appartement. Nous avons fait l'amour dans le grand lit et, ensuite, nous avons mangé des huîtres et des crevettes et bu du vin. Le temps a passé bien trop vite à Rome...

Et elle avait continué ainsi jusqu'à ce que le sujet du Victrola revienne sur le tapis. Julien le lui avait donné. Stella avait été compréhensive et ne l'avait jamais réclamé. C'était Mary Beth qui était venue à Amelia Street pour exiger qu'on le lui rende. Julien était mort depuis six mois et elle avait retourné toute la maison pour trouver l'appareil.

– Inutile de vous dire que je l'ai gardé, avait précisé Évelyne l'Ancienne.

Puis elle avait emmené Gifford et Alicia dans sa chambre et avait remonté le mécanisme du petit Victrola. Toutes trois avaient écouté de nombreuses chansons de music-hall puis les arias de *La Traviata*. « J'ai vu cet opéra à New York avec Stella. J'aimais tellement Stella », avait dit Évelyne l'Ancienne.

Un autre jour, elle avait reparlé de ses amours féminines à Alicia, Gifford et Mona, qui était sans doute trop petite pour comprendre.

– Mes chéries, un jour ou l'autre, il faudra que vous viviez vous aussi ce qu'est l'amour d'une autre femme. Ne soyez pas stupides. Ça n'a rien d'anormal. C'est un morceau de sucre dans une tasse de café, de la glace à la fraise. C'est du chocolat.

Dans un tel contexte, comment s'étonner qu'Alicia soit devenue par la suite ce qu'on appelait une fille perdue? Elle n'a jamais su ce qu'elle faisait. Elle couchait avec des marins, des militaires et pratiquement n'importe qui, jusqu'à l'entrée en scène de Patrick : « Alicia, je vais te sauver. »

Leur première nuit ensemble avait été une longue beuverie, jusqu'à l'aube. À la suite de quoi, Patrick avait annoncé qu'il prenait Alicia en main, que cette pauvre petite était une âme perdue et qu'il allait s'occuper d'elle. Elle tomba enceinte de Mona et ils vécurent une période bénie de rires et de champagne. Maintenant, ils n'étaient plus que des ivrognes et rien ne subsistait de leur histoire d'amour, à part Mona.

Gifford jeta un coup d'œil sur sa petite montre en or. Un cadeau d'Évelyne l'Ancienne. Encore une heure et mardi ce serait le mercredi des Cendres. Si seulement elle pouvait rester à Destin pour toujours! Mais c'était impossible. Destin était et devait rester un refuge.

Le petit téléphone blanc niché dans les coussins émit soudain une sonnerie discordante. Elle décrocha.

– Gifford à l'appareil, dit-elle.

Dieu merci, c'était Ryan.

– Je ne te réveille pas?

– Non, dit-elle en soupirant. Tu sais que je ne dors plus. J'attendais. Raconte-moi tout. Dis-moi que Michael va mieux, que personne n'est blessé et...

– Gifford, pour l'amour de Dieu! Qu'est-ce que tu veux entendre? Que quelqu'un s'est fait écraser sous les sabots d'un cheval ou sous les roues d'un char du défilé? Tout le monde va bien.

– Parle-moi de Michael. Qu'est-ce que vous lui avez dit, pour Rowan?

– Le moins possible.

– Tant mieux.

– Il n'est pas encore assez solide pour entendre toute l'histoire.

– Encore faudrait-il que quelqu'un la connaisse!

– Il va falloir qu'on aborde le sujet avec lui. On ne peut plus remettre. Il faut qu'il sache. Physiquement, il est en voie de guérison, mais psychiquement, je ne sais pas. Il a l'air... si différent.

– Plus vieux, tu veux dire?

– Non, différent. Ce n'est pas seulement à cause de ses cheveux grisonnants. C'est dans son regard, son comportement. Il est si poli et patient avec tout le monde.

– Inutile de le bouleverser.

– Laisse-moi faire. Prends plutôt soin de toi et ne te baigne pas seule.

– Ryan, la mer est glacée et j'ai fait du feu toute la journée. Parfois je me dis que je pourrais rester ici pour toujours. Pardonne-moi, Ryan, mais aller à First Street était au-dessus de mes forces.

– Je sais, Gifford, je sais. Mais les enfants ont trouvé que c'était le plus beau mardi gras de leur vie. Tout le monde adore se retrouver à First Street. C'était vraiment adorable de la part de Michael de nous avoir tous reçus comme d'habitude.

– Et Alicia et Patrick? Ils étaient comment?

– Alicia n'est pas venue. Elle était déjà complètement soûle à 3 heures de l'après-midi. Et Patrick aurait mieux fait de ne pas venir.

Gifford soupira. Elle espérait secrètement la mort de Patrick. Pourquoi se mentir? Elle ne l'avait jamais aimé et il était devenu un fardeau insupportable.

– Qu'est-ce qu'il a fait? demanda-t-elle en espérant qu'il s'était brisé le cou et que Ryan n'osait pas le lui annoncer.

– Il s'est disputé avec Béatrice à propos de Mona. Je parie qu'il ne s'en souvient même pas. Tu connais les idées de Béa au sujet de Mona. Elle veut toujours l'envoyer dans une école lointaine. Au fait, tu es au courant pour Aaron et Béa? Tante Vivian a dit...

– Je sais. À croire que ses recherches sur notre famille ne lui ont pas servi de leçon.

Ryan rit poliment.

– Allez, tu devrais oublier toutes ces idioties. Si tu l'avais fait, tu aurais passé cette merveilleuse journée avec nous. Tu sais, il se peut que la situation empire si nous retrouvons Rowan.

– Pourquoi dis-tu ça?

– Nous aurions alors de véritables problèmes. Écoute, je suis trop fatigué pour t'expliquer ça maintenant. Ça fait soixante-sept jours exactement qu'elle a disparu et j'en ai plus que marre de parler avec des détectives de Zurich, d'Écosse ou de France. Mardi gras s'est formidablement passé. Nous nous sommes amusés comme des fous. Béa a raison, tu sais. Mona doit aller dans cette école. C'est un petit génie, il faut qu'elle fasse des études.

Gifford avait envie de rétorquer que Mona n'irait jamais à l'école et qu'on aurait beau l'y envoyer de force, elle rentrerait par le premier avion, train ou autocar. Si on l'envoyait en Suisse, elle regagnerait ses pénates en quarante-huit heures et, si c'était en Chine, elle serait capable de mettre encore moins de temps. Gifford se retint de répondre. Elle éprouvait un amour confortable mais douloureux pour Mona.

Un jour, elle avait demandé à sa nièce :

– Quelle est la différence entre les hommes et les femmes?

– Les hommes ne savent pas ce qui peut arriver. Ils sont heureux. Les femmes savent toujours ce qui peut arriver et elles sont sans arrêt soucieuses.

La voix de Ryan la ramena à la réalité :

– Ne t'inquiète pas pour Mona, dit-il, comme lisant dans ses pensées. Elle est le cadet de nos soucis. Nous avons une réunion mardi sur la disparition de Rowan. Nous allons décider ce qu'il faut faire.

– Comment pouvez-vous décider quoi que ce soit! Rien ne prouve que Rowan est retenue loin de Michael... Vous...

– En fait, chérie, nous en avons la preuve formelle. Nous savons que les deux derniers chèques encaissés sur le compte personnel de Rowan n'ont pas été signés par elle. C'est ce que nous devons dire à Michael.

Silence. C'était le tout premier élément tangible. Gifford avait l'impression d'avoir reçu un coup sur le plexus. Elle reprit son souffle.

– Nous avons la preuve que ce sont des faux, reprit Ryan. Et la banque n'a plus aucune nouvelle depuis leur encaissement à New York il y a deux semaines.

– New York?

– Oui. La piste s'arrête là. Nous ne sommes même pas certains que Rowan y soit allée en personne. J'ai eu trois coups de fil à ce sujet aujourd'hui. Le médecin qui a eu Rowan au téléphone va arriver de San Francisco. Il a des choses très importantes à nous dire mais il ignore où elle se trouve. Ces chèques sont nos derniers...

– J'ai compris, l'interrompit Gifford.

– Écoute, Pierce attendra le médecin à l'aéroport demain matin et moi je viens te chercher.

– C'est stupide. J'ai ma voiture. Ryan, va te coucher. Je serai là demain pour rencontrer ce médecin de San Francisco.

– Je veux venir te chercher, Gif. Je vais louer une voiture et nous rentrerons dans la tienne.

– Mais non, Ryan. J'ai prévu de partir d'ici à midi. Va voir ce médecin. Va au bureau. Fais ce que tu as à faire. L'important, c'est que la famille se soit réunie et que tout se soit bien passé, comme d'habitude, avec ou sans Rowan. Michael a apparemment bien tenu son rôle. Deux chèques falsifiés, et bien, qu'est-ce que ça signifie?

Silence. Évidemment, ils savaient tous les deux quel sens ça pouvait avoir.

Gifford soupira longuement.

– Mona est seule chez elle avec ses parents?

– Elle va très bien, tu le sais. Évelyne l'Ancienne m'appellerait si quelque chose n'allait pas. Elle était assise auprès du lit d'Alicia cet après-midi quand je suis passé.

– Ainsi, nous continuons à nous mentir, comme d'habitude. Sur ça et sur tout le reste.

– Gifford.

– Oui, Ryan.

– J'ai une question à te poser. Je crois que je ne te la poserais pas si nous n'étions pas...

– Au téléphone?

– Oui, au téléphone.

Bien des fois, ils avaient discuté de cet aspect étrange de leur mariage : c'était toujours au téléphone qu'ils avaient les meilleures conversations. Ils étaient plus patients et évitaient les disputes.

– Voilà ma question, poursuivit Ryan à sa manière directe. Que penses-tu qu'il se soit passé à First Street le jour de Noël? Qu'est-il arrivé à Rowan? Est-ce que tu en as une petite idée, un doute, un soupçon?

Gifford resta sans voix. De toute leur vie commune, Ryan ne lui avait jamais posé une question aussi directe. Son mari avait toujours employé la majeure partie de son énergie à empêcher Gifford de chercher des réponses à des questions difficiles. C'était non seulement sans précédent mais alarmant. Parce qu'elle n'avait pas les moyens de se montrer à la hauteur des circonstances. Elle ne possédait aucune réponse de sorcière à cette question.

Elle réfléchit un long moment en écoutant le feu brûler et le clapotis de l'eau dehors. Soudain, elle se lança :

– La créature, l'esprit – je ne prononcerai pas son nom, tu le connais – a pris forme humaine le jour de Noël. Il est venu au monde et il a fait quelque chose à Rowan. Voilà ce qui s'est passé. Il n'est plus à First Street, nous le savons tous. Tous ceux qui l'ont déjà vu le savent. La maison est vide. Il...

Soudain, sa voix devenue aiguë, presque hystérique, se tut. Elle pensa : Lasher. Mais elle ne pouvait prononcer le nom. Bien des années auparavant, tante Carlotta l'avait secouée par les épaules en lui disant : « Ne prononce jamais, jamais, jamais ce nom. Tu m'entends? »

Aujourd'hui encore, dans cet endroit paisible, elle ne pouvait toujours pas s'y résoudre. Quelque chose l'arrêtait, comme si on lui serrait la gorge. Peut-être à cause de ce mélange de cruauté et d'attitude protectrice qu'avait toujours montré Carlotta à son égard. Et aussi parce que le dossier du Talamasca mentionnait qu'Antha avait été poussée par la fenêtre et que son œil avait été arraché de son orbite. Quelle horreur! Carlotta n'aurait jamais fait ça.

Elle ne fut pas surprise que son mari hésite avant de lui demander.

– C'est vraiment ce que tu crois, Gifford? En ton âme et conscience, ma bien-aimée, c'est ce que tu crois?

– Oui, Ryan, réussit-elle à articuler tristement. C'est ce que je crois. Mais, tu sais, il faut le voir pour y croire. Et moi, je l'ai toujours vu. Toi, tu n'as jamais pu.

Elle avait employé le mauvais mot. « Pu ». Grossière erreur. Elle entendit pousser des petits soupirs. Ils éloignaient Ryan d'elle, de la possibilité de croire ou d'avoir confiance, ils le confinaient dans cet univers bien construit où les fantômes n'existaient pas, où la sorcellerie des Mayfair était une blague familiale, aussi familière que celles concernant les vieilles maisons, les fonds de placement, les bijoux et les pièces d'or enfermés dans des coffres-forts.

Mais il y a l'amour, se dit-elle. L'amour et le respect. Elle dépendait complètement de Ryan. Aussi, comme toujours dans de telles circonstances, elle dit :

– Je t'aime, mon chéri. Vraiment.

– Gifford...

Silence au bout de la ligne. Un juriste réfléchissant calmement, un homme aux cheveux argentés et aux yeux bleus chargé de tous les soucis de la famille. Pourquoi croirait-il aux fantômes ? Les fantômes ne contestent pas les testaments, ne poursuivent personne en justice, ne menacent pas de vous envoyer le fisc.

– Qu'y a-t-il, mon chéri ?

– Si tu crois vraiment ce que tu viens de me dire... si ce fantôme est devenu humain... et que la maison est maintenant vide... alors, pourquoi avoir refusé d'y venir aujourd'hui ?

Soudain, elle se redressa. Toute la bienveillance qu'elle éprouvait à l'égard de son mari venait encore une fois de se volatiliser. Il redevenait l'homme ennuyeux et impossible qui avait gâché sa vie. Il était vrai qu'elle l'aimait mais il était vrai, aussi, que le fantôme avait pris forme humaine.

– Ryan, tu ne sens rien dans cette maison ? Ce n'est pas fini. Ça ne fait que commencer. Il faut absolument retrouver Rowan !

– Je viens te chercher dans la matinée. Je vais te ramener moi-même.

– D'accord, dit-elle d'un ton résigné.

Elle était contente d'avoir eu le courage d'exprimer le peu qu'elle savait de « l'homme ». Et tant pis s'il se fâchait, s'il la critiquait. Plus tard, peut-être. Demain.

– Gifford, Gifford... murmura-t-il. Je viens tout de suite. Je serai là avant ton réveil.

Elle se sentit soudain très faible, curieusement incapable de bouger jusqu'à l'arrivée de son mari, jusqu'au moment où il passerait la porte.

– Maintenant, ferme toutes les portes à clé, s'il te plaît, reprit-il. Et va te coucher. Je parie que tu es allongée sur le canapé et que tout est ouvert...

– Mais je suis à Destin, Ryan !

– Ferme bien tout, vérifie que le revolver est dans le tiroir de la table de chevet et, je t'en supplie, branche le système d'alarme.

– Le revolver ! Seigneur ! Tu crois que je m'en servirais alors que tu n'es pas là ?

– C'est justement pour ça que tu peux en avoir besoin, chérie. Parce que je ne suis pas là.

Elle sourit en repensant à Mona. Bang! Bang! Bang!

– Je t'embrasse.

Ils s'envoyaient toujours des baisers avant de raccrocher. La première fois qu'il l'avait embrassée, elle avait quinze ans et ils étaient amoureux. Plus tard, après la naissance de Mona, Alicia avait dit à Gifford en montrant sa fille : « Tu as de la chance, tu l'aimes, ton Mayfair, toi. Moi, j'ai épousé le mien à cause de ça. »

Gifford aurait dû prendre Mona avec elle. Alicia l'aurait peut-être laissée faire. Elle était déjà soûle du matin au soir. C'était un miracle que Mona soit si robuste et en bonne santé. Mais Gifford n'avait jamais vraiment voulu prendre à Alicia son bébé. Elle se rappelait qu'Ellie Mayfair – qu'elle n'avait pas connue – avait emmené le bébé de Deirdre, Rowan, jusqu'en Californie pour qu'elle échappe à la malédiction de la famille et que tout le monde l'avait haïe pour ça. C'était la même année qu'oncle Cortland était mort en tombant dans l'escalier de First Street. Quelle épreuve terrible pour Ryan!

Gifford avait quinze ans à l'époque. Ryan et elle s'aimaient déjà. On ne peut pas enlever un enfant à sa mère, quelles que soient les circonstances. Deirdre en était devenue folle, oncle Cortland avait essayé de s'interposer et y avait laissé sa vie.

Elle se mit debout et regarda vers la plage blanche. On n'entendait plus du tout les vagues. La brise couvrait tout d'un épais voile de silence. Les étoiles brillaient, comme prêtes à tomber au jour du Jugement dernier. La pureté de la brise était délicieuse et lui donnait envie de pleurer.

Si seulement elle pouvait rester ici jusqu'à ce qu'elle en ait assez. Jusqu'à ce que les chênes de La Nouvelle-Orléans lui manquent. Mais cela n'arrivait jamais. Elle s'en allait toujours avant d'en avoir réellement envie. Ses occupations, la famille... il y avait toujours quelque chose qui l'obligeait à quitter Destin avant qu'elle ne soit prête.

Elle sortit par la baie vitrée, monta l'escalier, traversa les planches aménagées sur la petite dune et descendit sur le sable.

D'ici, on entendait le golfe. Le bruit vous submergeait. Il n'y avait plus rien d'autre au monde. La brise vous séparait de tout, de toute sensation. Gifford se sentit soudain glacée, saisie par la brise qui s'était renforcée et tentait de la repousser. Elle marcha contre le vent, atteignit l'eau et fixa des yeux les douces vagues qui venaient lécher le sable luisant. Elle avait envie de s'allonger et de s'endormir là, comme quand elle était petite fille.

Comment s'appelait ce poète qui s'était fait tuer sur la plage à Fire Island? Écrasé dans son sommeil, apparemment. Quelle horreur!

Elle ne se rappelait pas son nom. Juste ses poèmes. L'époque du collège. La bière. Ryan l'embrassant sur le pont d'un bateau et lui promettant de l'emmener loin de La Nouvelle-Orléans. Des mensonges, tout ça! Ils devaient aller vivre en Chine. Ou était-ce au Brésil? En fait, Ryan avait été happé avant ses vingt et un ans par Mayfair & Mayfair. Elle se demanda s'il se rappellerait leurs poèmes préférés, celui de D.H. Lawrence sur les gentianes bleues, par exemple, ou le *Dimanche matin* de Wallace Stevens.

Elle ne lui en voulait pas. Elle n'avait pas pu dire non à Évelyne l'Ancienne, à grand-papa Fielding et à tous les vieux qui s'occupaient d'Alicia et d'elle depuis la mort de leurs parents. La mère de Ryan ne leur aurait jamais pardonné de ne pas faire un mariage en blanc. Et Gifford n'aurait pas pu abandonner Alicia qui était si jeune et déjà très perturbée.

– Toi qui es dix fois Mayfair, avait déclaré Évelyne l'Ancienne quand on avait parlé de mariage. Même ta mère aurait été choquée. Qu'elle repose en paix. Avec tout ce qu'elle a souffert.

Dix fois Mayfair. Combien de fois avait-elle dit qu'elle détestait cette expression qui ne signifiait rien?

– Mais si, rétorquait Évelyne l'Ancienne. Cela signifie que tu descends des Mayfair par dix lignées différentes. Tu devrais en être fière.

Et dire que Mona avait plus de sang Mayfair que n'importe quel autre membre du clan. Combien? Vingt fois? Il fallait que Gifford voie par elle-même l'arbre généalogique que Mona avait établi dans son ordinateur, ce tableau interminable retraçant toutes les lignées de doubles et triples cousins qui se mariaient entre eux. Y avait-il eu du sang neuf dans la famille au cours des quatre ou cinq dernières générations?

Tous ces mariages entre Mayfair devenaient complètement ridicules. Et, maintenant, Michael Curry était seul dans cette maison et Rowan partie Dieu sait où. Cette enfant enlevée pour son propre bien était revenue pour subir la malédiction...

Gifford s'arrêta et tourna la tête au vent qui plaquait ses cheveux autour de son visage et sur ses yeux. Elle flottait dans le vent. Comme c'était bon! Ryan allait venir la chercher. Rowan, par quelque miracle, était peut-être vivante et allait revenir. Elle s'expliquerait et tout reprendrait comme avant.

Oui, s'allonger et dormir dans le sable. Rêver.

Le mercredi des Cendres avait-il commencé? Elle n'arrivait pas à voir sa montre malgré le ciel dégagé. La lune se réfléchissait dans l'eau. Gifford sentait que c'était le début du Carême. Mardi gras était passé.

Il fallait rentrer. Ryan lui avait dit de s'enfermer à clé et de brancher le système d'alarme. Elle allait lui obéir. Un soir de dispute, elle était tellement fâchée contre lui qu'elle était sortie dormir à même le sable, sous les étoiles, comme une vagabonde. Ce soir, il fallait faire ce qu'avait dit Ryan. Pour rien au monde il ne devait la trouver endormie ici. Il serait trop furieux.

Elle tourna le dos à la mer et se dirigea vers la dune sombre et la lumière juste au-dessus.

Des maisons basses de part et d'autre, comme à l'infini, puis la masse menaçante d'un immeuble très élevé éclairé pour avertir les avions volant à basse altitude et, très loin, les lumières de la ville et les nuages se lovant dans la lueur de la lune.

Tout fermer et dormir, oui, mais devant le feu. Dormir de ce sommeil vigilant qu'elle appréciait quand elle était seule. Elle entendrait la cafetière électrique s'enclencher à 5 h 30 et le premier bateau s'approcher de la côte.

Mercredi des Cendres. Un sentiment de consolation la traversa, comme un mélange de piété et de foi. Les cendres qui retournent aux cendres. Le moment venu, il faudra couper une branche pour le dimanche des Rameaux et, plus tard, emmener Mona, Pierce, Clancy et Jenn à l'église pour le vendredi saint afin d'« embrasser la croix » comme dans le bon vieux temps.

Au moment où elle atteignit les planches, Gifford regarda d'en haut le chaud rectangle de son salon éclairé par le feu, les canapés de cuir crème et le carrelage couleur caramel.

Il y avait quelqu'un dans la maison. Près du canapé où elle avait sommeillé tout l'après-midi, juste à côté de la cheminée. L'homme avait un pied posé sur le foyer, exactement comme Gifford le faisait souvent, surtout quand elle était pieds nus, pour sentir la pierre froide.

L'homme n'était pas pieds nus. Il lui parut soigné, très grand et « impérialement mince », comme Richard Cory dans le vieux poème d'Edwin Arlington Robinson.

Elle avança assez lentement sur les planches puis descendit dans le vent et entra dans la chaleur et le calme relatifs de la cour de derrière. À travers la baie vitrée, sa maison ressemblait à une photo. L'homme déparait dans ce cadre, non pas à cause de sa veste de tweed sombre ou de son pull-over de laine mais à cause de ses longs cheveux noirs et luisants.

Quand il se tourna vers elle, elle lui trouva une ressemblance avec une de ces représentations colorées du Christ que l'on trouvait dans les bazars : boucles souples et doux vêtements, sourire tendre dénué de mystère et de souffrance. L'homme portait même un début de moustache et de barbe.

Il était d'une beauté impressionnante qui, tout compte fait, allait parfaitement avec sa coiffure extravagante et ses vêtements luxueux. Un autre élément la frappa : une odeur, presque un parfum.

Ce n'était pas du sucre, ni des fleurs, ni des épices. Mais c'était très attirant. Elle prit une profonde inspiration. Elle avait déjà senti cette odeur quelque part récemment. Mais où? Quelque chose en rapport avec la médaille de saint Michel. Au fait, la médaille. Vérifier qu'elle était toujours dans son porte-monnaie. Quel étrange personnage!

Elle sut instinctivement qu'elle devait se méfier de lui et lui demander tout de suite qui il était et ce qu'il voulait, avant même d'entrer dans la pièce. Mais, dans sa vie, chaque fois qu'elle avait eu peur et s'était montrée méfiante, ce n'avait été qu'une méprise qui l'avait plutôt embarrassée. Rien de mal ne lui était jamais vraiment arrivé.

Aucune trace de menace sur son visage ou dans son comportement. Au contraire, il avait l'air de ressentir envers elle la même curiosité et le même intérêt qu'elle pour lui.

Il la regarda entrer. Elle commença à fermer la porte coulissante mais se ravisa.

– Oui? Que puis-je faire pour vous? interrogea-t-elle.

Le golfe s'était à nouveau réduit à un murmure proche du silence. Elle avait le dos tourné au monde et le monde était calme.

Soudain, l'odeur devint suffocante. Elle semblait remplir toute la pièce. Elle se mêla à celle des bûches se consumant, des briques chaudes et de l'air frais.

– Viens, Gifford, répondit-il sur un ton étonnamment doux. Viens dans mes bras.

– Je ne vous ai pas bien entendu, répondit-elle en esquissant un sourire irrépressible.

Les mots étaient sortis de sa bouche tandis qu'elle s'approchait du feu. L'odeur était délicieuse et lui donnait envie de ne plus rien faire d'autre que de la respirer.

– Qui êtes-vous? dit-elle sur le ton le plus poli et normal possible. Est-ce que nous nous connaissons?

– Oui, Gifford, tu me connais. Tu sais qui je suis.

Sa voix était chantante, comme s'il récitait des vers. Il semblait tout simplement se délecter des mots simples qu'il prononçait.

– Tu m'as vu quand tu étais petite fille, reprit-il. Je le sais, même si je ne me rappelle pas exactement quand. Mais, toi, tu t'en souviens. Fouille dans tes souvenirs, rappelle-toi le porche poussiéreux, le jardin envahi de végétation.

Il avait l'air triste et pensif.

– Je ne vous connais pas, dit-elle sans conviction.

Il se rapprocha d'elle. Les os de son visage étaient joliment sculptés, sa peau était très fine et sans ride. Il ressemblait au célèbre autoportrait de Dürer.

– *Salvator Mundi*, murmura-t-elle.

– J'ai perdu ces derniers siècles, dit-il, si jamais je les ai possédés, occupé que j'étais à voir les plus simples des choses solides. Mais je connais des vérités et des souvenirs plus anciens, d'avant l'ère de mes beautés Mayfair. Je dois faire comme les humains et me fier aux notes que j'ai prises, ces phrases que j'ai écrites en hâte tandis que le voile s'épaississait, que la chair se resserrait, me faisant perdre l'optique du fantôme qui aurait pu me faire triompher plus vite et plus facilement que je ne le ferai. Gifford. J'ai enregistré ce nom de Gifford Mayfair, la petite-fille de Julien. Gifford est venue à First Street et elle a vu Lasher. Est-ce exact?

En entendant ce nom, Gifford se raidit. Elle entendit à peine la litanie de paroles qu'il prononça ensuite.

– Oui, j'ai payé le prix de tout nouveau-né vagissant mais seulement pour obtenir un destin plus précieux et, pour toi, un amour plus précieux et tragique.

Tandis qu'il parlait, il ressemblait de plus au plus au portrait peint par Dürer. Il le faisait peut-être exprès.

L'esprit de Gifford était figé, incapable de formuler une réponse ou d'échafauder un plan. Lasher. Son corps lui rappela à quel point elle avait peur de cet homme étrange. Sans s'en rendre compte, elle avait levé ses mains et les tordait littéralement.

Enveloppée soudain d'une brume de chaleur, elle ne vit plus rien d'autre que lui, sa beauté, comme un reflet barrant la vue dans une vitre. Une peur paralysante la prit et, par réflexe, elle fit le geste de porter sa main à son front. Aussitôt, il la bloqua en attrapant son poignet. Chaud, douloureux.

Elle ferma les yeux. Sa terreur était si grande qu'elle crut mourir. Elle sentit le temps et l'espace lui échapper. Sa peur était incontrôlable. Elle sentait la pression et la fermeté des doigts de l'homme. Et cette odeur entêtante... De terreur et de rage, elle dit :

– Laissez-moi!

– Qu'est-ce que tu voulais faire, Gifford? demanda-t-il d'une voix presque timide, moelleuse, mélodieuse.

Il était tout proche d'elle. Sa taille était monstrueuse, près de deux mètres. Un être très mince dont les os du front étaient très proéminents sous la peau lisse.

– Qu'est-ce que tu voulais faire? répéta-t-il d'une voix jeune, presque innocente.

– Faire le signe de la croix! cria-t-elle d'une voix rauque.

Elle s'arracha de son emprise et fit un signe de croix. Au nom du Père, du Fils et du Saint-Esprit. Puis elle reprit son calme et le regarda droit dans les yeux :

– Vous n'êtes pas Lasher. Vous êtes juste un homme.

– Je suis Lasher, dit-il gentiment, comme pour la protéger de la rudesse de ses paroles. Je suis Lasher en chair et en os et je suis revenu, ma belle, ma sorcière Mayfair. De chair et de sang, un homme, et j'ai besoin de toi, ma beauté, ma Gifford. Si tu me coupes, je saignerai. Si tu m'embrasses, tu renforceras ma passion. Si tu veux vérifier...

Elle se sentit à nouveau déconnectée de tout. Sa terreur ne diminuait pas. N'importe qui à sa place aurait déjà perdu connaissance et elle se sentait au bord de l'évanouissement. Tenir à tout prix. Sinon, elle était perdue. L'homme était à moins d'un mètre d'elle et la submergeait de son odeur. Il la fixait d'un regard implorant, avec son visage lisse et ses lèvres roses de bébé.

Il paraissait inconscient de sa beauté ou, plutôt, ne semblait pas s'en servir sciemment pour l'éblouir, la distraire, la réconforter ou la tranquilliser. Il ne voyait qu'elle.

– Gifford, chuchota-t-il, l'arrière-petite-fille de Julien.

Elle retrouva soudain ses peurs d'enfant, ces moments de chagrin inconsolable où elle entourait ses genoux de ses bras et se mettait à pleurer, trop effrayée pour ouvrir les yeux, effrayée par les craquements de la maison, les gémissements de sa mère, l'obscurité et les innombrables visions d'horreur qu'elle était capable de provoquer.

Elle s'obligea à baisser les yeux, pour saisir le moment, sentir le carrelage sous ses pieds, percevoir la danse agaçante et persistante du feu, voir les mains de l'homme, aussi blanches et veineuses que celles d'un vieillard, puis se força à les lever vers son front doux et serein encadré de cheveux bruns, sa mâchoire virile à la barbe bien entretenue.

– Je veux que vous partiez, dit-elle sans grand espoir.

Elle pensa soudain au revolver. En fait, elle avait toujours rêvé d'avoir une bonne raison de s'en servir. L'odeur de la cordite et la saleté du stand de tir de Gretna flottaient encore dans sa mémoire. Elle se rappela les encouragements de Mona et le recul de l'arme au moment où elle appuyait sur la détente. À cet instant, elle aurait donné n'importe quoi pour l'avoir dans les mains.

– Revenez demain matin. Quittez ma maison.

Elle songea à la médaille. Pourquoi ne l'avait-elle pas mise à son cou ? Elle aurait dû. Saint Michel Archange, défends-nous dans la bataille.

– Allez-vous-en, dit-elle encore.

– Je ne peux pas, ma douce Gifford.

– Vous dites n'importe quoi. Je ne vous connais pas. Je vous demande une nouvelle fois de vous en aller.

Elle voulut reculer mais n'osa pas. Toute trace de charme ou de compassion avait quitté le visage de l'homme. Il la regardait avec circonspection.

– Souviens-toi de moi, Gifford. J'aimerais pouvoir me souvenir de toi. J'étais sous les arbres quand tu m'as vu. C'est certain.

Dis-moi ce que tu as vu. Aide-moi à me rappeler. Aide-moi à regrouper tous les éléments en une grande fresque. Je suis perdu dans cette chaleur et rempli de haine et de vieilles rancunes, de ce qui était autrefois mon ignorance et ma souffrance. Je devais posséder la sagesse quand j'étais invisible. J'étais sûrement plus proche des anges de l'air que des démons de la terre. Mais la chair était si tentante. Et je ne perdrai plus, je ne serai pas détruit. Ma chair continuera de vivre. Tu me connais. Dis-le.

– Je ne vous connais pas! s'écria-t-elle.

Elle avait reculé, mais d'un pas seulement. Il y avait si peu d'espace entre eux. Si elle s'était retournée pour s'enfuir, il aurait pu l'attraper par le cou. La terreur revint. La terreur irrationnelle qu'il puisse poser ses longs doigts sur sa nuque. Il en était capable, personne ne pouvait l'en empêcher, elle était seule avec lui.

– Sortez d'ici, vous entendez?

– Je ne peux pas, ma belle, répondit-il en haussant légèrement un sourcil. Parle-moi. Dis-moi ce que tu as vu quand tu es venue dans cette maison il y a si longtemps.

– Que me voulez-vous? demanda-t-elle en osant reculer d'un deuxième pas.

La plage était juste derrière. Et si elle se mettait à courir jusqu'aux planches?

– Tel que tu me vois, je suis disgracieux, dit-il avec une sincérité soudaine. Je crois que j'étais plus beau lorsque j'étais un esprit, tu ne trouves pas? Je venais et je repartais au bon moment. Maintenant, j'avance à tâtons dans la vie, comme tout le monde. J'ai besoin de mes Mayfair. J'ai besoin de vous tous. J'aimerais chanter dans un beau vallon calme, sous la lune, et vous rassembler tous dans le cercle. Mais nous n'aurons jamais cette chance. Aime-moi, Gifford.

Il se retourna comme s'il avait du chagrin. Il ne recherchait ni n'attendait sa sympathie. Il resta silencieux un long moment en regardant fixement vers la cuisine. Son visage et son attitude avaient quelque chose d'irrésistible.

– Gifford, dit-il. Gifford, dis-moi ce que tu vois en moi. Est-ce que je suis beau? (Il se retourna.) Regarde-moi.

Il se pencha pour l'embrasser, comme un oiseau s'approchant d'un bassin en battant des ailes. L'odeur presque animale la submergea. Il posa ses lèvres sur les siennes et ses longs doigts sur son cou, ses pouces effleurant d'abord ses mâchoires puis ses joues. Alors qu'elle ne pensait qu'à s'enfuir, une sensation délicieuse lui parcourut les reins. Il la maintenait fermement mais tendrement par le cou. Un frisson glacial remonta le long de son dos puis dans ses bras. Elle était prête à défaillir.

– Non, ma chérie, je ne te ferai aucun mal. Gifford, quelle serait ma victoire, sinon?

Comme un chant. Elle percevait presque un rythme et une mélodie dans les paroles qui s'envolaient de lui dans l'obscurité. Il l'embrassa encore et encore, sans enfoncer ses pouces dans sa gorge. Elle avait des fourmis dans les bras mais ne savait même pas où étaient ses propres mains. Soudain, elle se rendit compte qu'elle les avait posées sur la poitrine de l'homme. Inutile de songer à le repousser, il était bien plus fort qu'elle. C'est alors qu'une sensation fulgurante l'électrisa, comme celle de l'odeur, et qu'un délicieux spasme la traversa, une sorte de succession de piqûres d'une force extrême auxquelles elle ne pouvait résister.

– Oui, laisse-toi aller, dit-il. Tu es à moi. Il le faut.

Il la relâcha puis la prit par les bras, la souleva légèrement du sol et l'étendit par terre, sur le froid carrelage. Les yeux ouverts, elle sentit et entendit qu'il lui enlevait ses collants de laine. Elle essaya de parler mais l'odeur lui donnait la nausée et la désorientait. Les cheveux soyeux de l'homme tombèrent sur son visage.

– Je ne le ferai pas, dit-elle d'une voix absente et sans autorité. Écarte-toi de moi, Lasher. Je te préviens... Stella a dit à mère...

Mais elle avait déjà oublié ce qu'elle voulait dire.

– Délivre-nous du mal, murmura-t-elle.

En quarante-six ans, c'était la première fois qu'un homme la touchait de cette façon, arrachait ses vêtements et forçait l'entrée de son sexe en embrassant sa gorge. Il était de chair. Il n'était plus un fantôme, il était devenu réel. Je ne peux pas. Mon Dieu, viens-moi en aide!

– Ange de Dieu, mon ange gardien...

Elle était loin d'être consentante mais, soudain, elle se rendit compte avec horreur qu'elle ne s'était même pas débattue. Ils diront qu'elle n'avait pas même pas résisté. Elle était odieusement passive, confuse, et essayait de trouver une prise pour s'accrocher à lui, pour repousser ses épaules. La paume de sa main glissa sur la douce laine du manteau de Lasher tandis qu'il la prenait violemment et que l'approche de l'orgasme la projetait dans un trou noir de silence et de paix.

Mais pas tout à fait.

– Pourquoi? Pourquoi fais-tu cela?

Avait-elle parlé tout haut? Elle se sentait dériver, en proie au vertige, parcourue de sensations fortes et puissantes tandis qu'il la pilonnait. C'était si naturel, si bon! Elle crut que c'était terminé et qu'elle s'était tournée sur le côté. En fait, elle n'avait pas bougé et il la pénétrait à nouveau.

– Ma douce Gifford, chanta-t-il. Tu es mon épouse dans la vallée, dans le cercle. Tu es mienne.

– Je crois, je crois que tu me fais mal... dit-elle. Mon Dieu! Marie, mère de Dieu! Aidez-moi!

Il l'embrassa de nouveau et la remplit encore une fois de sa semence, qui se mit à couler sous elle.

– Que quelqu'un me vienne en aide.

– Il n'y a personne, ma chérie. C'est le secret de l'univers. C'est mon leitmotiv, mon message. C'est tellement bon. Toute ta vie, tu t'es dit que ce n'était pas important...

– Oui...

– Qu'il y avait des choses plus nobles. Maintenant, tu sais. Tu sais pourquoi des gens risquent l'enfer pour ça, pour cette extase.

– Oui.

– Ce que tu étais avant ne compte plus. Tu es vivante, avec moi, et je suis en toi. Tu es un corps. Ma précieuse Gifford.

– Oui.

– Fais-moi un enfant. Tu le vois, Gifford? Imagine-le. Vois ses petits membres, vois-le prendre forme, sors-le des ténèbres. Sois la sorcière de mes rêves, Gifford. Sois la mère de mon enfant.

Le soleil dardait ses rayons sur elle. Elle avait chaud et se sentait mal à l'aise dans son gros pull-over. La douleur la réveilla soudain. Elle émergea de son sommeil embrumé et aperçut le ciel.

La douleur revenait par à-coups, comme des crampes. C'étaient des contractions! Elle réussit à glisser sa main entre ses jambes, sentit l'humidité et regarda ses doigts couverts de sang.

Brusquement, une giclée d'eau glaciale s'abattit sur elle puis se retira. C'était la mer. Elle était juste au bord de l'eau! Le soleil brillait au-dessus d'une masse nuageuse, à l'est.

– Tu le vois? murmura-t-elle.

– Je suis désolé, ma chérie.

Il était très loin, un spectre dans la lueur éblouissante, si sombre qu'elle ne distinguait que ses longs cheveux flottant au vent. Il se rapprocha d'elle mais il n'était plus qu'une silhouette. Il y avait l'odeur, bien sûr, et la voix. C'était tout.

– Je suis désolé, ma douce. Je voulais qu'il vive. Et je sais que tu as essayé. Je ne voulais pas te faire de mal, ma bien-aimée. Nous avons essayé tous les deux. Pardonne-moi, mon Dieu! Que vais-je faire, Gifford?

Silence. Une vague.

Était-il parti, son Christ aux cheveux d'ange qui lui avait parlé si longtemps? L'eau inonda son visage. C'était bon. Qu'avait-il dit, déjà? Il avait parlé d'aller dans la petite ville pour voir la crèche et son petit Christ de plâtre dans le foin et tous les moines avec leur robe de bure marron. Il n'avait pas demandé à être prêtre, juste l'un des moines.

Cette pensée lui fit oublier un instant la douleur. Les heures perdues, les mots et les images perdus. Elle aussi était allée à Assise, lui avait-il dit. Saint François était son saint. Pouvait-il lui donner la médaille dans son porte-monnaie? C'était celle de saint Michel mais elle la voulait. Il comprendrait. S'il comprenait pour saint François, il comprendrait pour saint Michel ou n'importe quel autre saint. Elle avait voulu le lui demander mais il n'avait pas cessé de parler des chants qu'il chantait, en italien, en latin, bien entendu, sur les collines ensoleillées d'Italie et la brume froide planant sur Donnelaith.

Elle avait la nausée, ses lèvres étaient salées et ses mains atrocement froides. Une nouvelle vague la fit rouler sur le côté gauche. Le sable lui piqua la joue et la douleur dans son ventre était insupportable.

Elle retomba sur la droite, face au golfe et au jour qui se levait. Seigneur Dieu! Toutes les craintes qu'elle avait eues toute sa vie n'avaient pas été sans fondement. Elle n'avait pas réussi à l'empêcher d'agir et elle allait en mourir.

Que va devenir Ryan sans moi? Que va-t-il arriver à Pierce si je ne suis pas là? Clancy a besoin de moi. Ils ne pourront pas se marier si je meurs. Leur vie sera gâchée. Pour l'amour de Dieu, où est Rowan? Quelle église vont-ils choisir? Pas Saint-Alphonse! Rowan!

Lorsqu'une nouvelle vague passa sur elle, elle ne sentit ni le sel ni le froid engourdissant. Alicia ignorait la cachette du Victrola! Elle seule la connaissait. Si seulement Rowan revenait. La seule pour laquelle elle n'avait aucun souci à se faire était Mona. Mona...

L'eau était agréable, maintenant. Elle ne la gênait plus. Où est l'émeraude? L'as-tu emportée, Rowan? Il lui avait donné la médaille, elle la portait à son cou. Mais pas moyen de bouger le bras pour poser sa main dessus. Elle tourna son visage jusque dans l'eau, comme pour faire partir le sang qui le recouvrait.

L'eau n'était même pas froide. Juste cette douleur cuisante. La vie vaut-elle la peine d'être vécue? Aucune idée. Cette douleur n'est pas si particulière, cette souffrance. Cela valait-il la peine? Je ne sais vraiment pas.

Cinq

Mère était dans un état lamentable. Elle ne pouvait pas se libérer du ruban adhésif qui lui liait les bras. Elle se débattait. Emaleth l'écoutait pleurer. Mère avait mal au cœur à cause du lit souillé sur lequel elle était allongée. Elle tourna la tête et vomit. Le monde d'Emaleth trembla.

Emaleth souffrait pour mère. Si seulement mère savait qu'elle était là! Elle n'avait pas cessé de crier. Elle s'était acharnée sur l'adhésif qui avait résisté. Elle avait dormi pendant des heures et fait d'étranges rêves puis s'était réveillée et avait recommencé à pleurer.

Quand mère regardait vers les fenêtres, Emaleth voyait la ville de tours et de lumières et les nuages. Elle entendait ce que mère entendait : les avions en haut, les autos en bas. Et quand mère connaissait les noms de ces objets étranges, Emaleth les savait aussi. Mère maudissait cet endroit, se maudissait elle-même et adressait des prières à des humains qui étaient morts. Père avait expliqué à Emaleth qui étaient ces gens et qu'ils ne pourraient jamais aider mère.

Les morts sont dans l'au-delà, avait dit père. Il avait déjà été avec eux et ne voulait pas y retourner avant que ne vienne son heure. Son heure viendrait mais, avant, Emaleth et lui se seraient multipliés et auraient assujetti la Terre. La Terre appartiendrait à leurs enfants.

– Nous sommes venus au moment idéal. Le monde n'aura jamais été aussi bien préparé. Dans le passé lointain, survivre était trop difficile pour nous. Plus maintenant. Nous sommes les humbles. La Terre sera notre héritage.

Emaleth était impatiente que père revienne pour libérer mère et qu'elle ne pleure plus. Père aimait mère. Il avait dit : « N'oublie pas que je l'aime. Nous avons besoin d'elle. Elle a le lait et, sans le lait, tu ne pourras pas grandir. »

Emaleth était impatiente de quitter ce lieu obscur, d'étirer ses membres, de grandir, de marcher, de sourire et d'être dans les bras de père. Pauvre mère. Elle souffrait. Elle dormait de plus en plus.

Tout était calme dans la pièce quand mère dormait. Elle dormait de plus en plus profondément. Emaleth avait peur qu'elle ne se réveille plus. Elle roulait sur elle-même et s'étirait pour toucher les limites de son monde. Elle voyait la lumière du jour baisser. Puis revenait l'aube, les immeubles, la lumière. Un jour prochain, Emaleth verrait de ses propres yeux ce qu'était la lumière. Père l'avait dit.

Les morts ne connaissent pas la lumière, avait-il dit aussi. Ils connaissent la confusion.

Emaleth ouvrit la bouche et essaya de prononcer des mots. Elle se tourna dans tous les sens dans le ventre de mère. Mais mère, fatiguée, affamée et seule, dormait encore. Il valait peut-être mieux pour elle qu'elle soit en train de rêver et qu'elle ne connaisse pas la peur. Pauvre mère!

Six

Yuri devait aller voir Aaron Lightner. C'était aussi simple que ça. Il devait quitter le Talamasca tout de suite, malgré les ordres, et partir à sa recherche dans La Nouvelle-Orléans pour savoir quels événements récents avaient pu perturber à ce point son cher mentor et ami.

Au moment où la voiture passa les grilles de la maison mère, Yuri eut conscience qu'il ne reviendrait peut-être jamais plus. Le Talamasca était intraitable avec ceux qui lui désobéissaient. Et Yuri ne pouvait pas prétendre ignorer le règlement.

Son départ avait été des plus faciles. Dans la solitude voilée du matin froid, il laissait derrière lui ce lieu sacré, près de Londres, où il avait passé la majeure partie de sa vie.

Il avait mûrement réfléchi avant de prendre sa décision. Ou, plutôt, les Anciens la lui avaient offerte en lui interdisant tout contact avec Aaron. Le dossier des sorcières Mayfair était clos, avaient-ils précisé.

Quelque chose de terrible avait dû se produire avec les sorcières Mayfair. Quelque chose qui avait blessé et découragé Aaron. Trouver Aaron... D'une certaine façon, c'était la chose la plus simple qu'il ait jamais eu à faire.

Yuri était un gitan serbe de haute taille, mince et alerte, à la peau sombre, aux cils et aux grands yeux très noirs. Ses cheveux étaient légèrement ondulés mais coupés trop court pour qu'on s'en aperçoive. Ses yeux s'étiraient légèrement vers les tempes et son visage plutôt carré était toujours éclairé d'un sourire sympathique. Dans plus d'un pays, de l'Inde au Mexique, il pouvait passer pour un autochtone. Même au Cambodge et en Thaïlande. C'était dû à un vague côté asiatique dans ses traits, à son teint doré et, sans doute, à ses manières tranquilles. Ses supérieurs du Talamasca l'appelaient l'homme invisible.

Yuri était premier enquêteur au Talamasca et appartenait à cet ordre secret de « détectives du psychisme » depuis son enfance. Bien que ne possédant aucun pouvoir parapsychique, il travaillait de par le monde avec les exorcistes, les médiums, les voyants et les sorciers répertoriés par le Talamasca. Personne ne s'y entendait mieux que lui pour retrouver des personnes disparues, rassembler des informations et faire son travail d'espion. Il était dévoué corps et âme au Talamasca et ne reculait devant aucun risque.

Il ne posait pratiquement jamais de questions sur ses missions. Il ne cherchait pas à comprendre le but final de ce qu'on lui faisait faire. Il ne travaillait que pour Aaron Lightner ou David Talbot, tous deux très haut placés dans la hiérarchie, et il était ravi qu'ils se le disputent parfois, tant son travail était apprécié.

D'une voix douce et sans précipitation, Yuri parlait une multitude de langues sans l'ombre d'un accent. Il avait appris l'anglais, le russe et l'italien avec sa mère – et les amants de sa mère – avant d'avoir atteint l'âge de huit ans.

Un enfant aussi jeune qui connaît autant de langues dispose d'énormes avantages, non seulement dans le domaine de la linguistique, mais aussi dans celui de la pensée logique et de l'imaginaire. Yuri avait un esprit très vif et n'était pas de nature très secrète, même si, une bonne partie de sa vie, il avait dû refréner sa loquacité naturelle.

Yuri avait acquis bien d'autres qualités auprès de sa mère, une femme intelligente, belle et insouciante. Elle gagnait bien sa vie en vendant ses charmes, se montrait toujours gentille à l'égard des employés des hôtels où elle emmenait ses compagnons et passait des après-midi entiers à papoter avec des amies autour d'une tasse de café ou de thé.

Aucun de ces hommes n'avait jamais maltraité Yuri et certains ne l'avaient même jamais vu. Ceux qui étaient restés plus longtemps avec sa mère avaient toujours été doux avec lui. Sinon, sa mère ne les aurait pas gardés.

Lorsque les gitans avaient mis le grappin sur lui, avait commencé pour lui une existence de mélancolie et de silence. Cette bande de brigands, qui achetaient des enfants et les emmenaient à Paris ou à Rome pour en faire des voleurs, était de sa propre famille. Ils l'avaient récupéré après la mort de sa mère, dans son village natal de Serbie, un endroit misérable où elle s'était retirée dès qu'elle avait compris qu'elle allait mourir.

Pourquoi était-il resté si longtemps avec les gitans? Comment avait-il supporté tout ça? Ils l'avaient battu, affamé, brimé et menacé. Ils l'avaient rattrapé les deux fois où il avait tenté de s'enfuir et avaient juré de le tuer s'il recommençait. Parfois, il fallait le reconnaître, ils avaient fait preuve d'un peu de tendresse et lui avaient fait plein de promesses. Mais, à neuf ans, il aurait dû avoir plus de bon sens. C'était du moins ce qu'il se disait. Sa mère, même lorsqu'elle était enfant, ne se serait jamais fait avoir. Elle n'était jamais tombée sous la coupe d'un maquereau et aucun homme ne l'avait jamais intimidée, même lorsqu'elle était amoureuse.

Quant à son père, Yuri ne l'avait jamais connu mais il savait que c'était un riche Américain de Los Angeles. Avant leur départ de Rome pour son dernier voyage, la mère de Yuri avait déposé dans un coffre-fort le passeport du père, de l'argent, quelques photos et une jolie montre japonaise. C'était tout ce qui restait de son père, mort quand Yuri avait deux ans.

À dix ans, il put enfin récupérer ces trésors. Les gitans l'avaient forcé à voler à Paris pendant des mois, puis à Venise, à Florence et, l'hiver venu, à Rome.

Lorsqu'il aperçut la Ville éternelle, qu'il avait connue avec sa mère, Yuri saisit sa chance. Un dimanche matin, tandis que les gitans sévissaient parmi la foule de la place Saint-Pierre, il s'envola vers la liberté en s'engouffrant dans un taxi avec un portefeuille volé. Peu après, il écumait les cafés pour touristes de la Via Veneto à la recherche de compagnie argentée, comme sa mère l'avait toujours fait avec élégance.

Yuri savait bien qu'il existait des hommes préférant les jeunes garçons aux femmes. Et ce qu'il avait observé à travers le trou de serrure de la chambre de sa mère lui en avait appris long sur la vie.

Il était maigre à cause de la diète que lui avaient imposée ses ravisseurs mais il avait des dents très bien plantées, qu'il s'était toujours attaché à garder blanches, et une voix magnifique. Il s'entraîna à sourire devant la glace des toilettes publiques puis se lança à la recherche de compagnons sur qui exercer ses charmes.

Il se révéla d'un excellent jugement.

À l'exception d'une ou deux erreurs de parcours, il se retrouva bientôt dans l'élément de sa mère, de jolies chambres d'hôtel au décor familier, où il pouvait prendre des douches chaudes et des repas raffinés tout en racontant les mensonges que ses « clients » voulaient entendre pour soulager leur conscience. Mais il vivait dans la terreur que les gitans le retrouvent. Il évitait le plus possible de sortir. Parfois, il frissonnait de peur dans les ruelles, en fumant une cigarette, et se jurait de quitter Rome.

Le dixième jour de sa liberté retrouvée, ses poches étaient boursouflées de billets de banque bien encombrants. Mais combien de temps cela pouvait-il durer?

Le quinzième jour, ou un peu plus tard, il rencontra l'homme qui allait changer le cours de sa vie.

On était en novembre et il commençait à faire froid. Yuri était dans la Via Condotti où il s'était acheté une écharpe en cachemire dans une boutique à la mode. Il avait beaucoup de liquide sur lui, fumait une cigarette et piochait dans un sac de pop-corn tout en marchant. Il aimait se promener en fin d'après-midi, quand les cafés étaient remplis de lumières et d'Américains bruyants.

La rue étroite était réservée aux piétons et des ribambelles de jolies jeunes filles rentraient de leur travail, bras dessus, bras dessous, ou dirigeant tant bien que mal leur Vespa à travers la foule. Yuri avait faim. Il forma le projet d'entrer dans un restaurant, de demander une table pour sa mère et lui, de laisser passer un laps de temps raisonnable puis de commander en prenant soin de montrer innocemment son argent pour que le serveur pense qu'il était riche.

Tandis qu'il y réfléchissait en léchant le sel du pop-corn sur ses lèvres et en écrasant sa cigarette, il aperçut un homme à une table de café, devant un verre et une carafe de vin. Il devait avoir entre vingt et trente ans, avait des cheveux hirsutes lui tombant sur les épaules mais était fort bien habillé. Ce devait être un jeune Américain. Il avait un appareil-photo japonais très coûteux posé sur la table, un carnet recouvert de cuir et une valise. De toute évidence, il voulait écrire quelque chose dans son carnet mais, chaque fois qu'il prenait son stylo, il se mettait à tousser horriblement. Comme sa mère pendant leur dernier voyage.

Tout, dans cet homme, attirait Yuri. Son désarroi, sa jeunesse, son désespoir manifeste. Il essaya encore d'écrire un peu puis jeta un regard autour de lui, comme pour chercher un endroit plus chaud pour passer la soirée, souleva son verre de vin rouge, l'avala lentement et se rassit au fond de sa chaise en toussant à nouveau.

Ses cheveux en bataille étaient propres et il portait une chemise blanche, une cravate de soie, un gilet bleu et une veste de laine. S'il n'avait été aussi ivre et malade, il aurait été une proie idéale.

Il semblait si malheureux, si incapable de faire le moindre geste, que Yuri en avait le cœur brisé. Il regarda tout autour de lui : pas de gitan, pas de policier. Il fallait aider cet homme à gagner un endroit chaud.

Yuri s'approcha de la table et dit en anglais :

– Vous avez froid. Je vais vous accompagner jusqu'à un taxi. Il y en a sur la Piazza di Spagna. Vous pourrez retourner à votre hôtel.

L'homme le fixa des yeux comme s'il ne comprenait pas l'anglais. Il avait de la fièvre, ses yeux étaient injectés de sang. Mais il avait un visage vraiment intéressant. Les os étaient très larges, surtout ceux des pommettes et du front. Il avait le teint si clair que Yuri pensa s'être trompé : il était peut-être suédois ou norvégien et ne comprenait pas l'anglais.

Mais l'homme lui dit :

– Petit homme, mon petit homme.

– Je suis un petit homme, répondit Yuri en redressant les épaules.

Il lui adressa un sourire et un clin d'œil mais, simultanément, éprouva du chagrin : c'était ainsi que sa mère l'appelait, « petit homme », et elle le faisait exactement de la même façon.

– Laissez-moi vous aider, dit Yuri. Vous tremblez de froid.

Il prit la main droite de l'homme, qui semblait inanimée sur la table.

L'homme voulut parler mais il se mit à tousser. Yuri se raidit. Il avait peur qu'il crache du sang. L'homme sortit avec difficulté un mouchoir et s'en couvrit le visage. Il frissonna dans un silence total, comme s'il ravalait tout : le sang, le bruit, la douleur. Puis, d'une façon malhabile, il essaya de se mettre debout.

Yuri prit la situation en main. Il mit un bras autour de la taille fine de l'homme, le souleva doucement et l'entraîna entre les tables de fer. La nuit était tombée.

En bas d'un escalier de pierre, l'homme chuchota qu'il y avait un hôtel tout en haut. Il n'était pas certain de pouvoir monter jusque-là. Yuri héla donc un taxi.

– Oui, le Hassler, dit l'homme avec soulagement en s'effondrant sur la banquette arrière.

Ses yeux se mirent à rouler dans leurs orbites comme s'il allait mourir sur-le-champ.

Ils arrivèrent dans le hall de l'hôtel, là où Yuri avait si souvent joué lorsqu'il était petit. L'homme n'avait pas de chambre réservée. Il avait juste une liasse de billets de banque italiens et un nombre impressionnant de cartes de crédit. Dans un bon italien, interrompu par quelques quintes de toux, le bras droit fermement agrippé à l'épaule de Yuri, il expliqua qu'il voulait une suite.

Il s'affala sur le lit et resta longtemps sans parler. Une légère odeur chaude émanait de lui et ses yeux s'ouvraient et se fermaient lentement.

Yuri commanda de la soupe, du pain, du beurre et du vin. Il ne savait pas quoi faire d'autre pour cet homme qui lui souriait, comme s'il trouvait un apaisement dans l'attitude du jeune garçon. Yuri connaissait cette expression. Sa mère le regardait souvent ainsi.

Il passa dans la salle de bains pour fumer une cigarette, afin de ne pas gêner l'homme.

Lorsque la soupe arriva, il le fit manger cuillerée après cuillerée. La chambre était agréable et chaude. Il était content que l'homme mange. La malnutrition que lui avaient fait subir les gitans était un souvenir atroce.

Lorsqu'un peu de vin coula sur le menton mal rasé de l'homme, Yuri se rendit compte que celui-ci avait le bras droit et la moitié du visage paralysés.

– Qu'est-ce que je peux faire pour vous ? demanda Yuri en italien. Faut-il appeler un médecin ? Avez-vous de la famille à prévenir ?

– Parle-moi, répondit le malade en italien. Reste avec moi. Ne t'en va pas. Dis-moi qui tu es et d'où tu viens. Comment t'appelles-tu ?

Yuri se fabriqua une histoire. Cette fois, il était le fils d'un maharajah. Il s'était enfui avec sa mère et ils avaient été enlevés par des criminels à Paris. Il avait réussi de justesse à s'échapper.

Il parlait avec un débit rapide, presque sans émotion. Il s'aperçut que l'homme souriait. Il avait dû comprendre que le garçon lui racontait des mensonges. À mesure qu'il souriait, et même riait un peu, Yuri commença à embellir son récit pour le rendre fantastique et le plus étonnant possible, heureux de voir une lueur joyeuse dans le regard du moribond.

Ensuite, il raconta un tas d'histoires sur l'Inde, Paris et les endroits fabuleux où il était allé.

Il se réveilla au lever du jour. Il était assis devant la fenêtre, les coudes posés sur le rebord. Il avait dormi dans cette position. La grande ville tentaculaire de Rome baignait dans une lumière nébuleuse. Des bruits s'élevaient des rues étroites. Il entendait le vacarme des automobiles.

L'homme était en train de l'observer. Pendant un moment, Yuri crut qu'il était mort. Mais il lui dit doucement :

– Yuri, je voudrais que tu passes un coup de téléphone pour moi.

Yuri acquiesça de la tête en remarquant qu'il n'avait pas encore dit son prénom au malade. Après tout, il l'avait peut-être mentionné dans ses histoires. Peu importait ! Il prit le téléphone sur la table de chevet, s'assit sur le lit et répéta le nom et le numéro du correspondant à l'opératrice. C'était à Londres.

En anglais, Yuri transmit le message énoncé en italien par le malade :

– Je vous appelle à propos de votre fils Andrew. Il est très malade et se trouve à l'hôtel Hassler, à Rome. Il vous demande de venir. Il dit qu'il ne peut plus se déplacer.

L'interlocuteur se mit à parler en italien et la conversation se poursuivit un court moment.

– Non, monsieur, répliqua Yuri, obéissant aux instructions d'Andrew. Il dit qu'il ne veut pas voir de médecin. Oui, monsieur, il va rester ici.

Il indiqua le numéro de la chambre.

– Oui, je veillerai à ce qu'il mange, monsieur, dit-il encore.

Puis il fit une description de l'état de l'homme, sa paralysie. Le père était horriblement inquiet et allait prendre le premier avion pour Rome.

– Je vais essayer de le convaincre de voir un médecin, monsieur.

– Merci, Yuri, dit l'interlocuteur. Soyez gentil de rester avec lui. Je serai là dès que possible.

Une fois encore, Yuri s'aperçut qu'il n'avait pas dit son prénom à l'Anglais.

– Ne vous inquiétez pas, dit-il. Je reste avec lui.

À peine eut-il raccroché qu'il proposa à Andrew de consulter un médecin.

– Pas de médecin, dit Andrew. Si tu prends le téléphone pour en appeler un, je saute par la fenêtre. Tu entends ? Pas de médecin. C'est bien trop tard.

Yuri resta sans voix, au bord des larmes. Il se rappela les interminables quintes de toux de sa mère dans le train vers la Serbie. Pourquoi ne l'avait-il pas obligée à voir un médecin? Pourquoi?

– Parle-moi, Yuri, dit l'homme. Invente des histoires. Ou parlemoi d'elle, si tu veux. Parle-moi de ta mère. Je la vois. Elle a de magnifiques cheveux noirs. Parle-moi, s'il te plaît.

Un frisson traversa le garçon quand il regarda l'homme dans les yeux : il lisait dans ses pensées! Sa mère lui avait parlé de gitans capables de faire ça. Lui, ne possédait pas ce don. Sa mère prétendait l'avoir, mais il ne l'avait pas crue. Il n'en avait jamais eu la preuve formelle. En songeant à sa mère dans le train, il se dit qu'il était probablement trop tard à ce moment-là pour consulter un médecin. Mais il n'en serait jamais certain.

– Je vous raconterai des histoires si vous prenez un petit déjeuner, dit-il. Je vais vous commander quelque chose de chaud.

L'homme le regarda et sourit.

– D'accord, petit homme. Tout ce que tu veux mais pas de docteur. Commande quelque chose. Et, Yuri, si tu ne m'entends jamais plus parler, rappelle-toi ceci : ne te fais pas reprendre par les gitans. Demande à mon père de t'aider.

Son père n'arriva que dans la soirée. Yuri était dans la salle de bains avec Andrew qui vomissait dans les toilettes en s'accrochant à son cou pour ne pas tomber. Le vomi contenait du sang. En relevant la tête, il aperçut la silhouette du père. C'était un homme aux cheveux blancs, bien que pas très vieux, et visiblement riche. Il était accompagné d'un chasseur de l'hôtel.

Cet homme bien habillé avança et prit son fils par les épaules. Yuri recula tandis que le jeune chasseur donnait un coup de main pour poser Andrew sur le lit.

Andrew appela frénétiquement Yuri.

– Je suis là, Andrew, dit-il. Je reste avec vous. Ne vous en faites pas. Votre père va appeler un médecin. Obéissez-lui.

Il s'assit à côté de lui, lui prit la main et observa son visage. Sa barbe avait poussé. Elle était drue et brune. Ses cheveux sentaient la sueur et le gras.

Le père s'assit sur une chaise en regardant son fils. Il n'avait l'air ni triste ni inquiet. Il avait des yeux bleus et des mains aux larges articulations, avec de grosses veines bleues. Des mains de vieux.

Andrew resta longtemps assoupi. À son réveil, il demanda à Yuri de lui raconter l'histoire du maharajah. Mais Yuri était gêné par la présence du père. Pourquoi n'appelait-il pas un médecin? Pourquoi ne faisait-il rien pour son fils? Enfin, si Andrew voulait réentendre l'histoire, d'accord.

Il se rappela que sa mère avait fait un séjour assez long à l'hôtel

Danieli avec un très vieil Allemand. Quand une de ses amies lui avait demandé comment elle pouvait supporter un homme aussi vieux, elle avait répondu : « Il est gentil avec moi et il est mourant. Je ferais n'importe quoi pour rendre ses derniers instants moins pénibles. »

Yuri raconta en détail l'histoire du maharajah, de ses éléphants aux magnifiques selles de velours rouge bordé d'or, de son harem, dont sa mère était la reine. Il raconta la partie d'échecs qu'il avait jouée avec sa mère pendant cinq longues années, où personne ne gagnait, sur une table richement drapée sous un palétuvier. Il parla de ses frères, de ses sœurs et d'un tigre apprivoisé attaché à une chaîne en or.

Andrew transpirait abondamment. Yuri partit chercher une serviette dans la salle de bains mais l'homme ouvrit les yeux et, paniqué, l'appela. Yuri revint en vitesse et essuya le front et le visage du mourant. Le père ne bougeait toujours pas. Mais qu'est-ce qu'il fabriquait ?

Andrew voulut toucher Yuri de sa main gauche mais elle était aussi paralysée. Yuri prit la main, la souleva et la posa sur son visage. Andrew sourit.

Une demi-heure plus tard, le mouvement de sa poitrine cessa, ses yeux s'ouvrirent un quart de seconde puis plus rien. Yuri n'osait pas bouger.

Le père se leva enfin et s'approcha du lit. Il se pencha et embrassa le front d'Andrew. Yuri était surpris. Il n'avait pas appelé de médecin et, maintenant, il embrassait son fils ! Le jeune garçon éclata en sanglots.

Il alla dans la salle de bains, se moucha avec du papier toilette, sortit une cigarette, la tassa sur le dos de sa main, la mit dans sa bouche et l'alluma. Ses lèvres tremblaient et il commença à aspirer de longues bouffées délicieuses tandis que ses yeux s'embuaient de larmes.

Dans la chambre, des gens entraient et sortaient en faisant beaucoup de bruit. Yuri s'adossa au carrelage blanc en fumant cigarette sur cigarette. Soudain, il arrêta de pleurer. Il but un verre d'eau et resta debout, les bras croisés, en se disant qu'il devait s'en aller discrètement.

Pas question de demander de l'aide à ce type ! Il allait attendre la fin de toute cette agitation et s'éclipserait. Si quelqu'un lui posait une question, il donnerait une bonne excuse et s'en irait. Aucun problème. Il allait peut-être quitter Rome.

– N'oublie pas le coffre-fort, dit le père.

Yuri sursauta. L'homme aux cheveux blancs était sur le pas de la porte. Derrière lui, la chambre semblait vide. Le corps d'Andrew avait été emmené.

– Que voulez-vous dire? demanda Yuri en italien.
– Ta mère t'a laissé un coffret avec le passeport de ton père et de l'argent.
– Je n'ai plus la clé.
– Nous irons à la banque et nous leur expliquerons.
– Je ne veux rien de vous, explosa Yuri. Je peux très bien me débrouiller tout seul.
Il voulut sortir de la pièce mais l'homme l'attrapa par l'épaule. Il avait une poigne extraordinaire pour un homme de son âge!
– Yuri, je t'en prie. Andrew voulait que je t'aide.
– Vous l'avez laissé mourir. Quel père faites-vous! Vous êtes resté assis et l'avez regardé mourir!
Il se dégagea et, au moment de passer la porte, fut rattrapé par la taille.
– Je ne suis pas vraiment son père, Yuri, dit l'homme en le poussant doucement contre le mur. Nous faisons partie d'une organisation dans laquelle il me considérait comme son père. Il est venu à Rome pour mourir. C'était son souhait. Il a fait ce qu'il voulait. S'il avait voulu autre chose, il me l'aurait dit. Tout ce qu'il m'a demandé, c'est de m'occuper de toi.
Encore de la télépathie! Mais qui étaient ces types étranges? De riches gitans? Yuri renifla, croisa les bras et regarda l'homme d'un air soupçonneux.
– Je veux t'aider. Tu vaux mieux que les gitans qui t'ont enlevé.
– Je sais, dit Yuri. Certaines personnes sont meilleures que d'autres. Bien meilleures.
– Sois patient, Yuri. On va aller ensemble à la banque pour ouvrir le coffre. Ensuite, nous déciderons que faire.
Yuri se mit à pleurer et se laissa emmener. Ils sortirent de l'hôtel et montèrent dans une belle voiture allemande. Les locaux de la banque lui parurent familiers mais les employés étaient de parfaits étrangers. Il regarda avec étonnement l'Anglais expliquer la situation et, peu après, le coffre fut ouvert. Il contenait plusieurs passeports, la montre japonaise de son père, une grosse enveloppe bourrée de lires et de dollars américains et un paquet de lettres dont une portait une adresse à Rome.
Il se sentit très excité en touchant ces objets. Il revit le moment où sa mère les avait placés dans le coffre. Un employé de la banque les mit dans de grandes enveloppes marron. Il les prit et les serra sur sa poitrine.
L'Anglais le ramena dans la voiture et, quelques minutes plus tard, ils entrèrent dans un petit bureau où l'Anglais salua une personne de connaissance. Il montra à Yuri un appareil-photo sur pied et lui fit signe de se mettre devant.
– Pour quoi faire? demanda Yuri, qui tenait toujours ses enveloppes marron.

Il jeta un regard irrité à l'Anglais et à son ami qui riait.

– Pour un autre passeport, dit l'Anglais en italien. Aucun des tiens n'est bon.

– Nous ne sommes pas au bureau des passeports.

– Nous faisons nos propres passeports. C'est mieux ainsi. Quel nom veux-tu? Ou préfères-tu que je décide moi-même? J'aimerais que tu viennes à Amsterdam avec moi pour voir si ça te plaît.

– Non! répondit Yuri. Pas de police, pas d'orphelinat, pas de pension. Non! Pas de prison!

– Ce n'est pas de cela qu'il s'agit, dit patiemment l'Anglais. Je te propose de venir dans notre maison d'Amsterdam. C'est un endroit sûr. Tu seras libre d'aller et venir à ta guise. Et tu auras une chambre pour toi tout seul.

Un endroit sûr! Une chambre pour lui tout seul!

– Mais qui êtes-vous? interrogea-t-il.

– Notre organisation s'appelle le Talamasca. Nous sommes des érudits. Des étudiants, si tu préfères. Nous constituons des dossiers de témoignages sur certains sujets. Je t'expliquerai tout ça dans l'avion.

– Vous lisez dans les pensées.

– Oui. Nous sommes même des proscrits, des gens très seuls. Il y a parmi nous des gens qui sont meilleurs que d'autres. Bien meilleurs, parfois. Comme toi. Je m'appelle Aaron Lightner. J'aimerais que tu viennes avec moi.

Dans la maison mère d'Amsterdam, Yuri s'assura qu'il n'était pas prisonnier en vérifiant et revérifiant que les portes n'étaient pas fermées à clé. Sa chambre était petite, très propre et donnait sur le canal et les quais pavés. Il l'aimait beaucoup. La lumière de l'Italie lui manquait, mais pas trop. De bons feux bien chauds brûlaient dans les cheminées de la maison, il y avait des canapés moelleux pour sommeiller et de bons lits bien fermes pour dormir. Et, surtout, des quantités de bonne nourriture.

Des gens aux visages souriants allaient et venaient dans la maison mère. Tous les jours, il entendait parler des « Anciens », mais il ignorait de qui il s'agissait.

– Tu veux faire de la bicyclette, Yuri? lui demanda un jour Aaron.

Il essaya et, rapidement, se mit à rouler comme un dératé dans les rues de la ville.

Mais il ne voulait toujours pas parler, jusqu'au jour où Aaron réussit à briser sa résistance. Il raconta l'histoire du maharajah.

– Maintenant, raconte-moi ce qui s'est réellement passé, lui dit Aaron.

– Et pourquoi le ferais-je? demanda Yuri. Je ne sais même pas pourquoi je suis ici avec vous.

Depuis un an, il n'avait pas dit un mot de vrai sur son passé. Même pas à Andrew, alors pourquoi à cet homme? Et soudain, tout en niant le besoin de dire la vérité, de se confier ou d'expliquer, il parla de sa mère, des gitans et de tout le reste. Le matin succéda à la nuit, Aaron Lightner était toujours assis à la table, et Yuri parlait encore.

Lorsqu'il eut terminé, il connaissait Aaron Lightner et Aaron Lightner le connaissait. Il fut décidé que Yuri resterait quelque temps au Talamasca.

Pendant six ans, il fréquenta une école d'Amsterdam. Il vivait dans la maison du Talamasca et consacrait la majeure partie de son temps à ses études. Après les cours, et le week-end, il travaillait pour Aaron : il enregistrait des dossiers dans l'ordinateur, cherchait des références à la bibliothèque et, parfois, faisait de simples commissions comme aller à la poste ou prendre livraison d'un paquet important.

Au bout de quelque temps, il se rendit compte qu'en fait les Anciens étaient partout mais que personne ne savait qui ils étaient. Le fonctionnement était le suivant : celui qui devenait un Ancien ne le disait à personne et il était interdit de demander à quelqu'un : « Êtes-vous un Ancien? » ou « Savez-vous si Aaron est un Ancien? ». Il était même interdit de se poser la question à soi-même.

Les Anciens savaient qui était Ancien. Ils communiquaient avec tout le monde par l'intermédiaire des ordinateurs et des télécopieurs de la maison mère. N'importe quel membre, même non officiel comme Yuri, pouvait parler avec les Anciens quand il le désirait. Au beau milieu de la nuit, il pouvait allumer son ordinateur et écrire une longue lettre aux Anciens qui lui envoyaient la réponse un peu plus tard sur l'imprimante.

Cela signifiait que les Anciens étaient nombreux et qu'il y en avait toujours plusieurs « de garde ». Ils étaient aimables, attentifs et au courant de tout. Parfois, ils faisaient comprendre à Yuri qu'ils savaient tout de lui, même pour des choses dont Yuri n'était pas certain lui-même.

Cette communication silencieuse avec les Anciens fascinait Yuri. Il se mit à leur poser un tas de questions diverses et variées. Ils ne manquaient jamais de répondre.

Le matin, quand il descendait prendre son petit déjeuner au réfectoire, Yuri regardait toujours autour de lui pour essayer de deviner qui était un Ancien et qui ne l'était pas et qui avait répondu à sa lettre de la nuit précédente. Évidemment, sa lettre était peut-être allée à Rome ou dans n'importe quelle autre maison mère, car les Anciens étaient partout. Ils étaient les plus âgés et les plus expérimentés des membres et dirigeaient l'ordre avec, à leur tête, un Supérieur général nommé par eux et n'ayant de comptes à rendre qu'à eux.

Lorsque Aaron dut retourner en Angleterre, Yuri fut triste de quitter Amsterdam mais demanda à accompagner son ami dans la magnifique maison mère près de Londres.

Yuri adora Londres. Puis il partit faire des études pendant six ans à Oxford, en revenant les week-ends.

À vingt-six ans, il était prêt à devenir membre à part entière de l'ordre. Aucun doute ne subsistait dans son esprit : il aimait qu'Aaron et David l'envoient en mission. Bientôt, ce furent les Anciens qui lui transmirent des instructions de voyage. À son retour, il tapait son rapport sur l'ordinateur et le leur transmettait. Lorsqu'il partait, il disait simplement à Aaron : « Mission pour les Anciens. » Aaron ne semblait jamais surpris.

Où qu'il aille et quoi qu'il fît, Yuri gardait toujours un contact téléphonique avec Aaron. Il était également dévoué à David Talbot mais tout le monde savait que David était vieux et fatigué de l'ordre et qu'un jour ou l'autre il ne serait plus Supérieur général, soit de son fait, soit parce que les Anciens lui demanderaient poliment de se retirer.

C'était à Aaron que Yuri était attaché. Il y avait un lien particulier entre eux. Pour Yuri, c'était un amour puissant et irrationnel qui prenait racine dans l'enfance, la solitude et les souvenirs inoubliables de tendresse, un amour que seul son destinataire pouvait détruire. Aaron est mon père, se disait Yuri, comme il a été le père d'Andrew, mort dans cet hôtel de Rome.

À mesure que les années passaient, Aaron confiait de plus en plus à Yuri ses sentiments, ses déceptions et ses espoirs.

Parfois, ils discutaient des Anciens, avec prudence, bien entendu. Mais la conversation ne révélait jamais à Yuri si Aaron était l'un d'eux ou non. De toute façon, il n'était pas censé le savoir, mais il en était presque persuadé. Qui d'autre que lui, l'un des plus sages et des plus âgés de l'ordre, serait mieux placé pour l'être ?

Aaron s'éternisant aux États-Unis sur l'affaire des sorcières Mayfair, Yuri s'inquiéta. Jamais Aaron n'était resté aussi longtemps loin de la maison mère.

À l'approche de Noël, période de solitude pour bien des gens, Yuri appela sur son ordinateur le dossier des sorcières Mayfair, l'imprima dans sa totalité et l'étudia avec soin pour comprendre ce qui retenait Aaron à La Nouvelle-Orléans.

L'histoire des Mayfair lui plut énormément mais ne lui fit pas plus d'effet que n'importe quel autre dossier du Talamasca. Il chercha ce qu'il pourrait faire pour Aaron. Réunir des informations sur Donnelaith, peut-être ?

La semaine précédant Noël, les Anciens annoncèrent que David Talbot avait démissionné de son poste de Supérieur général et qu'un

Italo-Allemand, Anton Marcus, lui succédait. À Londres, personne ne connaissait Anton Marcus.

Yuri était vexé de ne pas avoir eu l'occasion de dire au revoir à David. Sa disparition était entourée d'un certain mystère et, comme souvent, les membres se mirent à parler entre eux des Anciens. Tout le monde se posait des questions sur l'organisation de l'ordre, voulait savoir si David allait rester un Ancien, à supposer qu'il l'ait jamais été, si les Anciens comprenaient à la fois des actifs et des membres à la retraite...

La confusion ne régna que quelques jours, jusqu'à l'arrivée d'Anton Marcus. Avec ses manières charmantes et sa connaissance approfondie de la vie de chacun des membres, il conquit immédiatement tout le monde, et la maison mère de Londres retrouva la paix.

Yuri aurait voulu passer Noël avec Aaron à La Nouvelle-Orléans mais celui-ci lui répondit au téléphone que c'était impossible, en précisant que son enquête en était à un point vraiment décourageant, le plus décourageant de toute sa carrière.

– Que se passe-t-il avec les sorcières Mayfair ? lui demanda Yuri.

Il expliqua qu'il avait lu le dossier et demanda s'il pouvait faire quelque chose pour l'aider. Aaron répondit que non.

– Aie confiance, Yuri. Nous nous reverrons quand Dieu le décidera.

Ce type de déclaration n'était vraiment pas le genre d'Aaron. Pour Yuri, ce fut le premier indice formel que quelque chose n'allait pas.

Tôt, la veille de Noël, Aaron appela Yuri à Londres. Il lui raconta que Rowan Mayfair allait avoir de gros problèmes, qu'elle avait besoin de lui et qu'il voudrait être auprès d'elle pour l'aider. Mais les Anciens le lui avaient formellement interdit. Il devait rester à la maison mère d'Oak Haven et ne pas « intervenir ».

– Aaron, durant toute l'histoire des sorcières Mayfair nous avons essayé sans succès d'intervenir. Tu n'es pas en sécurité auprès de ces gens, pas plus que Stuart Townsend ou Arthur Langtry qui en sont morts tous les deux. Que pourrais-tu faire ?

Aaron en convint à regret. En fait, il avait voulu cette conversation pour entendre exactement ça. Il admit que David et Anton avaient probablement raison de le tenir à l'écart. Mais ça lui était tout de même pénible.

– Je me demande à quoi sert de passer sa vie à observer dans les coulisses. Vraiment, je me demande. Je crois que j'ai attendu un moment précis et que ce moment est arrivé.

Quelles paroles singulières dans la bouche d'Aaron ! Yuri était profondément troublé. Mais Anton lui avait confié deux nouvelles missions, en Inde et à Bali, et il s'y consacra entièrement, heureux, comme toujours, de partir à l'aventure.

Ce n'est qu'à la mi-janvier qu'il eut des nouvelles d'Aaron.

Celui-ci voulait qu'il aille en Écosse, à Donnelaith, pour vérifier si un couple mystérieux y avait été vu. Yuri prit des notes.

– C'est Rowan Mayfair que je te demande de chercher. Elle était accompagnée d'un homme très grand et mince aux cheveux noirs.

Yuri comprit ce qui se passait. Le fantôme de la famille Mayfair, l'esprit qui l'avait hantée pendant des générations, avait réussi à entrer dans le monde visible. C'était palpitant. Il voulait trouver cette créature.

– C'est ce que tu veux? Que je les retrouve? Tu es certain qu'il faut commencer par Donnelaith?

– C'est le seul endroit par où on peut commencer. Mais ils peuvent être n'importe où en Europe, maintenant. Peut-être même aux États-Unis.

Yuri partit pour Donnelaith le soir même, inquiet du découragement qu'il avait perçu dans la voix d'Aaron. Il tapa son ordre de mission et l'envoya immédiatement par fax aux Anciens d'Amsterdam.

Son séjour à Donnelaith fut des plus agréables. Nombreux étaient les gens qui avaient vu le couple et qui lui firent une description de l'homme. Il en dessina d'ailleurs un portrait. Il s'arrangea pour dormir dans la même chambre d'hôtel qu'eux et releva un tas d'empreintes digitales, sans savoir à qui elles appartenaient.

Les Anciens lui envoyèrent un message par fax à son hôtel d'Édimbourg approuvant sa mission. Priorité absolue. Cela signifiait qu'il pouvait dépenser sans compter. Si le couple avait laissé la moindre chose derrière lui, il devait la récupérer. Une discrétion absolue était également de rigueur. Personne à Donnelaith ne devait avoir vent de son enquête. Yuri se sentit offensé. Comme s'il pouvait en aller autrement! Il en fit le reproche aux Anciens. « Toutes nos excuses, répondirent-ils dans le fax suivant. Continuez à faire du bon travail. »

Donnelaith captiva l'imagination de Yuri. Pour la première fois, les sorcières Mayfair lui parurent réelles.

Il rassembla toutes sortes de livres et de brochures touristiques, photographia les ruines de la cathédrale ainsi que la chapelle que l'on venait de découvrir et qui contenait le tombeau d'un saint inconnu. Il passa son dernier après-midi à Donnelaith à explorer les ruines puis appela Aaron d'Édimbourg pour lui confier ses impressions et lui arracher quelques informations sur le mystérieux couple. L'homme pouvait-il être Lasher? Aaron lui répondit qu'il était impatient de tout lui expliquer mais que le moment était mal choisi : Michael Curry, le mari de Rowan, avait failli être tué le jour de Noël, à La Nouvelle-Orléans, et Aaron voulait rester auprès de lui, quoi qu'il arrive.

De retour à Londres, Yuri transmit les empreintes digitales et les photos au laboratoire et, par fax, expédia un rapport circonstancié à Aaron aux États-Unis. Il en envoya un exemplaire, toujours par fax, à Amsterdam, classa le tirage papier dans les archives et alla se coucher.

Le matin, lorsqu'il voulut appeler le dossier Mayfair sur son ordinateur, il s'aperçut que l'accès à toutes les sources avait été verrouillé. Quand il appela Aaron pour lui demander des explications, il lui parut manifeste qu'Aaron ignorait que le dossier avait été décrété confidentiel mais qu'il ne voulait pas trop montrer sa surprise à Yuri. Il paraissait furieux et déconcerté.

Le soir, Yuri écrivit aux Anciens : « Je demande l'autorisation de rejoindre Aaron à La Nouvelle-Orléans pour l'aider dans ses recherches. Je ne prétends pas avoir compris tous les tenants et aboutissants de l'affaire et je n'ai pas besoin de les comprendre. En revanche, je ressens le besoin pressant d'être auprès d'Aaron. »

Les Anciens refusèrent.

Quelques jours plus tard, Yuri fut déchargé de l'affaire. Elle était reprise par Erich Stolov, un expert dans ce « domaine ». Yuri devait prendre quelques jours de congé à Paris avant de partir pour la Russie où il faisait très froid.

« Vous m'envoyez en Sibérie? écrivit-il ironiquement sur son ordinateur. Mais qu'est-ce qui se passe avec les sorcières Mayfair? »

Amsterdam répondit qu'Erich s'occupait de toutes les activités européennes concernant ce dossier et, une fois encore, que Yuri devait prendre du repos. On lui précisa que l'affaire Mayfair était ultra-confidentielle et qu'il ne devait en parler avec personne, pas même avec Aaron. C'était un avertissement courant dans « ce genre d'affaire ».

« Vous connaissez notre mode de fonctionnement, disait le communiqué. Nous n'intervenons jamais. Nous sommes prudents. Nous sommes des observateurs. Et nous avons nos principes. Cette situation sans précédent présente aujourd'hui un danger. Vous devez laisser l'affaire à quelqu'un de plus expérimenté comme Erich. Aaron sait que les Anciens ont verrouillé le dossier. Vous n'entendrez plus jamais parler de lui. »

C'était cette dernière phrase, cet impossible enchaînement de mots, qui avait décidé Yuri.

Au milieu de la nuit, tandis que la maison mère était endormie, Yuri tapa un dernier message sur son ordinateur. « Mes sentiments sont mitigés quant à la tournure que prend cette enquête. Je suis inquiet pour Aaron Lightner. Il ne m'a pas téléphoné depuis des semaines. J'aimerais le contacter. Je demande un conseil. »

Vers 4 heures du matin, le fax le réveilla. C'était la réponse d'Amsterdam : « Yuri, laissez tomber. Aaron est entre de bonnes mains. Il n'y a pas de meilleurs enquêteurs que Erich Stolov et

Clement Norgan qui ont été affectés à plein temps à cette affaire. Les choses vont très vite et vous saurez bientôt le fin mot de l'histoire. Jusque-là, tout doit rester dans le plus grand secret. Ne demandez plus à parler à Aaron. »

Yuri fut incapable de se rendormir. Il descendit dans la cuisine, où les cuisiniers de nuit glissaient dans d'énormes fours le pain du lendemain. Ils ne remarquèrent même pas que Yuri s'était versé une tasse de café et s'était assis sur un banc en bois près du feu.

Yuri ne pouvait pas se soumettre à l'ordre des Anciens. Il aimait Aaron et lui était tellement attaché qu'il n'imaginait pas la vie sans lui. Quelle chose terrible que de s'apercevoir qu'on dépend entièrement de quelqu'un, que le sens même de votre vie tient à cette personne, qu'on a besoin d'elle et qu'elle est l'unique témoin de votre vie.

Il monta téléphoner à Aaron.

– Les Anciens m'ont ordonné de ne plus te parler directement, dit-il.

Aaron était abasourdi.

– J'arrive, poursuivit Yuri.

– Tu risques ton expulsion.

– Nous verrons. Je serai à La Nouvelle-Orléans dès que possible.

Yuri réserva une place sur un vol, fit ses bagages et descendit attendre la voiture. Anton Marcus vint le voir, échevelé, en robe de chambre et pantoufles. On l'avait visiblement tiré de son lit.

– Vous ne pouvez pas partir, Yuri. Cette enquête est encore plus dangereuse qu'il n'y paraît. Aaron ne le comprend pas.

Il emmena Yuri dans son bureau.

– Le temps ne représente pas grand-chose pour nous, lui dit-il. Un siècle ou deux ne sont rien. Cela fait des siècles que nous observons les sorcières Mayfair.

– Je sais.

– Il s'est produit quelque chose que nous redoutions et que nous n'avons pas pu empêcher. Cela nous met tous en danger. Nous avons besoin de vous ici. Attendez les ordres et faites ce qu'on vous dit.

– Non, désolé, répondit Yuri. Je vais retrouver Aaron.

Il se leva et sortit. Il ne se retourna pas; la réaction d'Anton ne l'intéressait pas.

Il regarda longuement la maison mère avant de partir mais, sur la route d'Heathrow, une seule image trottait dans sa tête : Andrew mourant dans sa chambre d'hôtel de Rome. Aaron assis en face de lui. Yuri disant : « Je suis votre ami. » Il revit aussi sa mère mourante dans le village serbe.

Il ne doutait absolument pas. Rejoindre Aaron était ce qu'il devait faire.

Sept

Lark dormait profondément lorsque l'avion atterrit à La Nouvelle-Orléans. À son réveil, les passagers étaient déjà en train de débarquer. L'hôtesse était penchée au-dessus de lui, tenant son imperméable plié sur son bras gracile. Il se sentit un peu gêné, comme pris en défaut, et se leva précipitamment.

Il avait un mal de tête terrible et mourait de faim. Soudain, la mystérieuse histoire de Rowan Mayfair et de son étrange progéniture lui revint à l'esprit. Comment un esprit aussi rationnel que le sien pourrait-il expliquer un tel phénomène? Quelle heure était-il? 8 heures du matin, soit 6 heures à San Francisco.

Il aperçut tout de suite l'homme aux cheveux blancs qui l'attendait et, avant même qu'il ne se présente, il sut que c'était Lightner. Un vieux type de belle prestance, costume gris et tout le reste.

– Docteur Larkin, il y a eu un problème dans la famille. Ni Ryan Mayfair ni Pierce n'ont pu venir. Je vais vous conduire à votre hôtel, si vous le voulez bien. Ryan vous contactera dès qu'il le pourra.

La même élégance très britannique qu'il avait tant appréciée au téléphone.

– Je suis heureux de vous rencontrer, monsieur Lightner. Mais je tiens à vous prévenir que j'ai eu des démêlés avec l'un de vos collègues, à San Francisco. C'était franchement désagréable.

Lightner était surpris. Les deux hommes traversèrent le hall. L'Anglais avait un air grave et préoccupé.

– Je me demande qui c'était, dit-il, sans cacher son inquiétude.

Il avait l'air fatigué, comme s'il avait passé une nuit blanche.

Lark se sentait mieux, son mal de tête s'était presque dissipé. Il songea avec plaisir à une tasse de café accompagnée de pains au lait, à un dîner au Commander's Palace et, peut-être, à une petite sieste dans l'après-midi. Soudain, il repensa aux spécimens et à Rowan. Ce sentiment gênant d'exaltation revint, mêlé à l'impression d'être impliqué dans quelque chose de malsain, de mauvais.

– Notre hôtel est à quelques pâtés de maisons du Commander's Palace, dit Lightner. Nous pouvons vous y emmener ce soir. Peut-être pourrons-nous persuader Michael de nous accompagner? Il s'est produit... un événement fâcheux dans la famille de Ryan. Sinon, il serait venu en personne. Et ce collègue dont vous m'avez parlé? Pouvez-vous me dire ce qui s'est passé? Avez-vous des bagages?

– Non, juste cette petite valise. Je ne reste qu'une nuit.

Comme la plupart des chirurgiens, Lark aimait se lever de bonne heure. À San Francisco, il serait déjà en salle d'opération. À chaque pas qu'il faisait, il se sentait en meilleure forme.

Ils se dirigeaient vers la lumière aveuglante du dehors et la file de taxis et de limousines stationnant derrière les portes vitrées. Il ne faisait pas froid, ici, par rapport à San Francisco. Et la lumière était vraiment différente. C'était agréable.

– Votre collègue a dit s'appeler Erich Stolov, dit Lark. Il voulait savoir où se trouvaient les spécimens.

– Ah bon? dit Lightner en fronçant les sourcils.

Il fit un geste vers la gauche pour désigner une longue Lincoln grise aux vitres fumées. Lark monta dans la voiture, s'assit sur le velours gris et allongea confortablement les jambes. Lightner prit place à côté de lui et la voiture démarra immédiatement. Se retrouver à l'abri du vacarme de l'aéroport et du soleil matinal procura à Lark un réel bien-être.

– Que vous a dit Erich? demanda Lightner sur un ton volontairement dégagé.

Lark ne fut pas dupe.

– Il s'est mis en travers de mon chemin et m'a demandé où étaient les spécimens. Il s'est montré agressif et grossier. Pensez-vous qu'il voulait m'intimider?

– Vous lui avez dit ce qu'il voulait savoir?

– Bien sûr que non. D'autant que Rowan Mayfair m'a demandé de garder le secret. Je suis ici parce que vous m'avez promis des informations et que la famille m'a prié de venir. De plus, je ne suis pas en mesure de remettre les spécimens à qui que ce soit. Les personnes à qui je les ai transmis ne me les rendraient certainement pas. Rowan a été catégorique. Elle voulait les faire analyser en secret dans un endroit précis.

– Au Keplinger Institute, dit Lightner comme s'il venait de le lire sur le front de Lark. Mitch Flanagan, le génie de la génétique, l'homme avec qui travaillait Rowan avant qu'elle n'abandonne la recherche.

Lark ne parla pas tout de suite. La voiture glissait sans bruit sur la route. Les groupes d'immeubles étaient de plus en plus serrés.

– Si vous êtes au courant, pourquoi ce type m'a-t-il intercepté de cette façon? Au fait, comment savez-vous tout ça? Et qui êtes-vous?

Lightner regardait ailleurs, triste, ennuyé.

– Je vous ai dit qu'un événement avait retenu la famille, n'est-ce pas?

– Oui, et je suis navré de ne pas m'y être davantage intéressé. Mais ce type m'a vraiment mis en colère.

– Je sais, dit Lightner avec gentillesse. Je comprends. Il n'aurait pas dû se comporter de cette façon. Je vais appeler la maison mère de Londres pour savoir ce qui s'est passé. Ou, plutôt, je vais m'assurer que cela ne se reproduise plus.

Une lueur de mauvaise humeur brilla un instant dans ses yeux. Très furtivement. Il se mit à sourire.

– Je vous en remercie, dit Lark. Comment êtes-vous au courant pour Mitch Flanagan et le Keplinger Institute?

– Disons que j'ai deviné.

Lightner semblait très troublé malgré son expression sereine et sa voix trahissait une grande lassitude.

– Et ce problème familial dont vous m'avez parlé?

– Je ne connais pas encore les détails. Je sais juste que Pierce et Ryan Mayfair ont dû se rendre d'urgence à Destin, en Floride, tôt ce matin. Je crois que quelque chose est arrivé à Gifford, la femme de Ryan. Mais je n'en suis pas certain.

– Cet Erich Stolov, vous travaillez avec lui?

– Pas directement. Il est venu ici il y a deux mois. Il représente la nouvelle génération du Talamasca. Je vais me renseigner à propos de son comportement. La maison mère ignore que les spécimens sont au Keplinger Institute. Si les jeunes membres de notre ordre sont aussi zélés pour lire les dossiers que pour le travail sur le terrain, ils ont peut-être deviné eux aussi.

– De quels dossiers parlez-vous?

– Oh, c'est une bien longue histoire! Et ce n'est pas particulièrement facile à raconter. Je comprends votre réticence à parler des spécimens. À votre place, je n'en parlerais pas du tout.

– A-t-on des nouvelles de Rowan?

– Aucune. Nous avons juste la confirmation qu'elle est allée à Donnelaith, en Écosse, avec son compagnon.

– Donnelaith? J'ai parcouru les Highlands en long et en large pour chasser et pêcher et je n'ai jamais entendu parler de Donnelaith.

– C'est un village en ruine qui grouille d'archéologues en ce moment. Une auberge accueille les touristes et les universitaires. Rowan y a été vue il y a environ quatre semaines.

– Ce ne sont pas des nouvelles récentes. Son compagnon, à quoi ressemble-t-il?

Le visage de Lightner s'assombrit. Fatigue ou amertume? Impossible à dire.

– Vous en savez probablement plus que moi sur lui. Rowan vous a envoyé des radios, des électro-encéphalogrammes et toutes sortes d'éléments. Vous a-t-elle envoyé une photo?

– Non. Mais qui êtes-vous?

– Vous savez, docteur Larkin, pour être franc, je me pose la même question depuis quelque temps. J'essaie d'être un peu plus honnête envers moi-même. Il se passe des choses troublantes. La Nouvelle-Orléans ensorcelle les gens. Les Mayfair aussi. Pour les tests, j'ai lu dans vos pensées.

Lark se mit à rire. Lightner avait parlé avec une gentillesse et une philosophie qui le rendaient très sympathique.

Lightner sourit et regarda dehors. Le chauffeur n'était qu'une forme sombre derrière la glace de séparation teintée.

Lark s'aperçut que la voiture était fort bien équipée : un petit téléviseur, des boissons... Il ne refuserait pas une tasse de café.

– Dans la bouteille, là, dit Lightner.

– Vous lisez dans mes pensées? dit Lark avec un petit rire.

– Disons que c'est l'heure du café, répondit Lightner avec un léger sourire sur les lèvres.

Il regarda Lark ouvrir la bouteille et prendre un gobelet dans la poche latérale. Le médecin versa le café fumant.

– Vous en voulez, Lightner?

– Non merci. Avez-vous envie de me dire ce que votre ami Mitch Flanagan a découvert?

– Pas particulièrement. Je ne le dirai qu'à Rowan. Elle m'a donné pour instruction de téléphoner à Ryan Mayfair de sa part, pour le financement des examens. Mais elle ne m'a pas parlé de communiquer les résultats à qui que ce soit. Elle a dit qu'elle me recontacterait dès que possible. Ryan Mayfair m'a annoncé qu'elle était peut-être malade, ou même morte.

– C'est la vérité.

– Je suis terriblement inquiet pour Rowan. Je n'ai pas été spécialement heureux de son départ et de son mariage. Qu'elle abandonne la médecine m'a autant surpris que si on m'avait annoncé la fin du monde. Elle a dû me le répéter un certain nombre de fois avant que je la croie.

– Je m'en souviens. Elle vous a souvent téléphoné en automne dernier. Votre désapprobation l'ennuyait énormément. Elle tenait à vous convaincre qu'elle ne renonçait pas à la médecine pour rien, mais au profit d'un objectif encore plus important, le projet de Mayfair Medical. Et elle voulait votre avis sur la création de ce centre.

– Si je comprends bien, vous êtes un de ses amis? Je veux dire, en dehors du Talamasca?

– Je pense que j'étais son ami. Mais je l'ai laissée tomber. Ou alors, c'est elle qui m'a laissé tomber. Je ne sais pas.

Il y avait de l'amertume dans la voix de Lightner, peut-être même un soupçon de colère.

– J'ai un aveu à vous faire, monsieur Lightner. J'ai longtemps cru que ce Mayfair Medical était un château en Espagne. Et puis j'ai fait ma petite enquête qui a révélé que la famille Mayfair a effectivement les moyens de créer un tel centre. J'ai eu tort de douter. Rowan est le meilleur chirurgien que j'aie jamais formé.

– Je le crois aisément. Vous a-t-elle dit quoi que ce soit à propos des spécimens? Vous avez dit qu'elle vous a appelé de Genève le 12 février?

– Je préfère en parler à Ryan, son plus proche parent. Et à son mari, pour voir ce que nous devons faire.

– Les spécimens ont dû en étonner plus d'un au Keplinger Institute. Pourriez-vous me dire ce qu'elle a envoyé exactement? Était-elle en bonne santé quand elle vous a appelé? Vous a-t-elle expédié des échantillons la concernant elle-même?

– Oui, des prélèvements de sang et de tissus. Rien n'indique qu'elle ait été en mauvaise santé.

– Juste différente?

– Oui, c'est le moins qu'on puisse dire.

Lightner hocha la tête. Il regarda dehors, vers ce qui semblait être un gigantesque cimetière rempli de petites maisons de marbre aux toits pointus. La circulation était fluide et la voiture accéléra. Tout avait un aspect miteux, presque disloqué. Mais Lark aimait ces grands espaces, où la circulation n'était pas bloquée comme à San Francisco.

– Lightner, ma situation est délicate. Je ne sais toujours pas si vous êtes son ami ou non.

Ils prirent une autre rampe de sortie et passèrent devant une église qui semblait dangereusement proche de la route. Tout avait l'air à l'abandon. Les choses bougeaient lentement ici. Le Sud. Une ville.

– Je sais tout cela, docteur Larkin. Je comprends. J'ai une certaine expérience des problèmes de confidentialité et d'éthique médicale, de bonnes manières et de décence. Pardonnez mon impatience. Nous ne sommes pas obligés de parler de Rowan maintenant. Si nous prenions un petit déjeuner à l'hôtel? Qu'en dites-vous? Et vous aimeriez peut-être faire une petite sieste? Nous pouvons nous retrouver plus tard à la maison de First Street. La famille a tout prévu pour vous accueillir.

– Vous savez, cette histoire est des plus graves, dit soudain Lark.

La voiture s'arrêta devant un petit hôtel dont la porte était surmontée d'une marquise bleue. Un chasseur s'apprêtait à ouvrir la portière.

– J'en suis conscient, répondit l'Anglais. Mais elle est aussi très simple. Rowan a mis au monde cet enfant étrange. En fait, nous le savons tous deux, ce n'est pas un enfant. C'est l'homme qui l'accompagnait en Écosse. Ce que nous voulons savoir, c'est s'il peut procréer. S'il peut se reproduire avec sa mère ou avec d'autres femmes. C'est là tout le problème, non? S'il n'était qu'un simple mutant créé par des forces externes – des radiations ou une forme de capacité télékinésique – nous ne serions pas si inquiets, n'est-ce pas? Il nous suffirait de le retrouver, de déterminer s'il retient Rowan contre son gré et de... le tuer. Peut-être.

– Vous savez tout, n'est-ce pas?

– Non, pas tout. En tout cas, j'ai au moins une certitude : si

Rowan a pris la peine de vous envoyer ces échantillons, c'est qu'elle craint que cette créature puisse procréer. Entrons dans l'hôtel. J'aimerais appeler la famille à propos de l'incident de Destin, et le Talamasca au sujet d'Erich Stolov. J'ai aussi un appartement dans cet hôtel. C'est en quelque sorte ma résidence à La Nouvelle-Orléans. Cet endroit me plaît.

– Allons-y!

Avant d'avoir atteint la réception, Lark regretta de n'avoir pris qu'une petite valise. Il avait l'impression de ne pas être près de quitter cet endroit. Il ressentait un mélange de menace et d'exaltation. Il aimait ce petit salon, l'amabilité des voix du Sud autour de lui et le grand Noir élégant dans l'ascenseur.

Oui, Rowan avait paru inquiète. Elle avait même dit quelque chose comme : « Si cette créature peut procréer... » Évidemment, il n'avait pas compris à quoi elle faisait allusion. De la part de n'importe qui, il aurait pris toute cette histoire pour un canular, mais de la part de Rowan Mayfair...

Enfin. Son estomac criait famine. Il réfléchirait plus tard.

Huit

Habituellement, elle décrochait le téléphone, portait le combiné à son oreille et, si quelqu'un qu'elle connaissait se mettait à parler, il arrivait qu'elle réponde.

Ryan le savait. Il dit immédiatement :

– Évelyne l'Ancienne, il est arrivé quelque chose de grave.

– Quoi, mon fils? demanda-t-elle d'une façon particulièrement chaleureuse.

Sa voix lui parut frêle, plus qu'avant.

– On a retrouvé Gifford sur la plage de Destin. Ils disent que...

La voix de Ryan se brisa. Son fils, Pierce, prit le combiné et dit qu'ils allaient rentrer tous les deux ensemble. Ryan le lui reprit pour demander à Évelyne l'Ancienne de rester auprès d'Alicia. Elle aurait certainement une crise quand elle apprendrait.

– Je comprends, dit Évelyne l'Ancienne.

Elle avait compris. Gifford n'était pas blessée, elle était morte.

– Je vais chercher Mona, dit-elle encore, très bas.

Avaient-ils seulement entendu?

Ryan ajouta que Lauren s'occupait de prévenir la famille. La conversation était terminée. Évelyne l'Ancienne raccrocha et alla chercher sa canne dans le vestiaire.

Elle n'aimait pas Lauren Mayfair. C'était une juriste arrogante, une femme d'affaires stérile et glaciale de la pire sorte qui avait toujours préféré les dossiers juridiques aux gens. Mais elle serait parfaite pour prévenir la famille. Sauf Mona. Mona n'était pas là, et il fallait la mettre au courant.

Elle avait passé la nuit à First Street, Évelyne l'Ancienne le savait depuis le début. Probablement pour chercher le Victrola et les perles. Mais il n'y avait aucun souci à se faire pour cette petite qui faisait toujours exactement ce qu'elle voulait.

Gifford était morte. Cela paraissait impossible. Pourquoi n'ai-je rien senti quand c'est arrivé? Pourquoi n'ai-je pas entendu la voix?

Mais revenons aux choses pratiques. Évelyne l'Ancienne était dans l'entrée, se demandant si elle devait aller chercher Mona elle-même. Il lui faudrait sortir dans la rue, marcher sans trébucher sur les briques et les pavés disjoints du trottoir. L'aventure était périlleuse mais elle s'en sentait capable, avec ses yeux tout neufs. Après tout, ce pouvait être sa dernière occasion de voir quelque chose.

L'année précédente, sa vue avait tellement baissé qu'elle ne pouvait plus sortir en ville. Mais le jeune Dr Rhodes l'avait opérée de la cataracte et, depuis, elle voyait si bien que personne n'en revenait. Enfin, quand elle disait ce qu'elle voyait, ce qui n'était pas si fréquent.

Évelyne l'Ancienne ne parlait quasiment plus depuis des années et tout le monde s'y était habitué. Après tout, chacun faisait ce qui lui plaisait. Et puis, comme les autres ne voulaient pas qu'elle raconte ses histoires à Mona, elle préférait se replonger toute seule dans les souvenirs du bon vieux temps et ne ressentait plus tellement le besoin de s'exprimer.

Elle avait tout raconté à Alicia et Gifford. À quoi bon? Cela n'avait rien changé à leur vie. Et maintenant, Gifford était morte.

Une fois encore, la mort de Gifford lui parut incroyable. Alicia allait se mettre dans un état! Et Mona! Et moi, quand j'aurai accepté la réalité.

Évelyne l'Ancienne alla dans la chambre d'Alicia, qui dormait, pelotonnée comme un enfant – dans la nuit, elle s'était levée pour avaler une demi-flasque de whisky.

Puis elle descendit l'escalier très lentement, en tâtant chaque marche du bout de sa canne pour s'assurer qu'aucun obstacle n'allait la faire chuter, comme le jour de ses quatre-vingts ans. Elle s'était fracturé la hanche et avait dû rester alitée. Mais son cœur était toujours en excellent état et le Dr Rhodes lui avait dit qu'elle vivrait centenaire.

Le Dr Rhodes avait dû se battre contre les autres, qui la trouvaient trop vieille pour une opération de la cataracte.

– Elle est en train de devenir aveugle, vous ne comprenez pas? avait-il dit. Je peux lui rendre la vue. Et son état mental est parfait.

– Pourquoi ne parlez-vous plus? lui avait-il demandé à l'hôpital. Vous savez qu'ils vous prennent pour une vieille femme un peu dérangée?

Elle avait beaucoup ri.

– C'est ce que je suis. Ceux à qui j'aimais parler ne sont plus. À part Mona. Mais, la plupart du temps, c'est elle qui parle.

Il avait éclaté de rire.

La seule personne avec qui elle avait jamais vraiment discuté était Julien. Et elle tenait absolument à parler un jour de Julien à Mona. Et pourquoi pas aujourd'hui, justement? Oui. Tout dire à Mona. Le Victrola et les perles sont dans cette maison. Elle peut les avoir, maintenant.

Elle s'arrêta devant le porte-chapeaux et se regarda dans la glace. Satisfaisant. Elle était prête à sortir. La robe en gabardine avec laquelle elle avait dormi toute la nuit était parfaite par ce doux temps printanier. Elle n'était pas chiffonnée du tout.

Elle n'avait pas de chapeau. Pas question de remonter l'escalier pour chercher ce chapeau! Tant pis! De toute façon, ses cheveux étaient bien coiffés. Son éternel chignon était bien fixé à l'arrière de sa tête, les épingles étaient en place. Elle n'avait jamais regretté que ses cheveux aient blanchi. Quant aux gants, elle n'en avait plus et personne n'irait lui en acheter. Ses bas n'étaient pas en accordéon... Oui, elle était prête à partir. Elle ne regarda pas son visage dans le miroir : ce n'était plus le sien, mais celui, très solennel et froid, d'une vieille dame ridée aux paupières tombantes et à la peau distendue.

Plutôt penser à la longue marche à pied qui l'attendait. Tout compte fait, elle était contente que Gifford ne soit plus là : si elle tombait ou se perdait dans la rue, sa petite-fille aurait fait une crise d'hystérie. Quel soulagement d'être libérée de l'amour de Gifford. C'était comme si une porte venait de s'ouvrir toute grande sur le monde. Mona aussi allait ressentir ce soulagement. Mais pas tout de suite.

Elle traversa le long hall d'entrée et ouvrit la porte. Cela faisait un an qu'elle n'avait pas descendu le petit escalier de devant, sauf pour le mariage, mais quelqu'un l'avait portée. Il n'y avait plus de rampe pour se tenir. Alicia et Patrick l'avait laissée rouiller puis l'avaient arrachée et jetée sous la maison.

– C'est mon arrière-grand-père qui a construit cette maison, avait-elle déclaré. Il a choisi lui-même cette rampe dans un catalogue et voilà ce que vous en avez fait!

Qu'ils aillent au diable! Son arrière-grand-père aussi, par la même occasion, cet homme détestable, cette ombre menaçante planant sur son enfance. Tobias, ce détraqué, qui passait son temps à lui saisir la main pour se moquer d'elle : « Sorcière! C'est la marque des sorcières. Regarde! » Et il pinçait son sixième doigt. Elle ne répondait jamais. Elle restait impassible et se contentait de le mépriser en silence. Elle ne lui avait jamais adressé la parole de sa vie.

Mais voir une maison tomber en ruine était bien plus grave que haïr celui qui l'avait bâtie. Cette maison était probablement la seule bonne chose que Tobias Mayfair ait jamais réalisée. Fontevrault, leur magnifique plantation d'autrefois, avait été engloutie par le marais. En tout cas, c'était ce qu'on avait prétendu chaque fois qu'elle avait demandé à y aller. « Cette vieille maison? Le bayou l'a inondée! » Mais ils mentaient peut-être. Si seulement elle pouvait aller jusqu'à Fontevrault et trouver la maison.

Était-ce une chimère? Mais Amelia Street, majestueuse et superbe, à l'angle de l'avenue... Il fallait faire quelque chose... quelque chose...

Rampe ou non, elle s'en sortirait très bien avec sa canne, surtout depuis qu'elle voyait à nouveau. Elle descendit les marches sans peine, parcourut le chemin jusqu'à la grille et ouvrit le portail de fer. Voilà! Elle allait quitter cette maison pour la première fois depuis des années.

Elle plissa les yeux pour évaluer la densité de la circulation et traversa l'avenue. Patrick était dans le restaurant qui faisait l'angle, en train de prendre son petit déjeuner et de boire, comme tous les jours. Comment l'aurait-il vue? Il était à cent lieues d'imaginer qu'Évelyne l'Ancienne pouvait être dans la rue. Cela l'arrangeait bien. Elle reprit son chemin.

Comme elle distinguait bien l'écorce noire des chênes et l'herbe écrasée des parcs! Les vestiges de mardi gras encombraient les caniveaux et les poubelles. Elle passa devant les immondes toilettes mobiles qui avaient été installées pour la fête. L'odeur était nauséabonde. Il y avait des ordures partout. Des colliers de perles en plastique pendaient aux branches des arbres, de ces colliers de pacotille qu'on lançait des chars de mardi gras. Quoi de plus triste au monde que Saint Charles Avenue un lendemain de mardi gras?

Elle attendit que le feu passe au rouge. Une vieille femme de couleur, fort bien vêtue, était à côté d'elle.

– Bonjour, Patricia, lui dit-elle.

La femme sursauta.

– Mademoiselle Évelyne l'Ancienne! Mais que faites-vous ici?

– Je vais à Garden District. Tout va bien, Patricia. J'ai ma canne. J'aurais aimé avoir mes gants et mon chapeau mais ce n'est pas grave.

– Oui, c'est bien dommage, mademoiselle Évelyne l'Ancienne, dit encore la vieille femme d'une voix douce.

Cette Patricia était vraiment adorable. Elle passait souvent devant la maison avec son petit-fils, un jeune métis qui aurait pu passer pour un Blanc.

Patricia parlait mais la vieille dame ne l'entendait pas. Le feu passa au rouge. Il fallait traverser.

Elle partit aussi vite qu'elle le pouvait. Elle était devenue terriblement lente, où alors était-ce le feu qui ne restait pas suffisamment longtemps au rouge? Non, quand elle faisait ce trajet pour aller observer la pauvre Deirdre sous son porche, vingt ans plus tôt, c'était déjà comme ça.

Tous les jeunes de cette génération sont perdus, se dit-elle, sacrifiés par la malveillance et la stupidité de Carlotta Mayfair. C'était elle qui avait drogué et tué Deirdre. Mais pourquoi penser à ça maintenant?

Des centaines de pensées troublantes l'assaillaient.

Cortland, le fils bien-aimé de Julien, mort en tombant dans l'escalier. Ça aussi, c'était la faute de Carlotta.

Cortland était son père. Et alors? Julien comptait. Stella aussi. Mais son père ou sa mère, pas vraiment.

Barbara Ann était morte en lui donnant le jour. Avait-elle vraiment été sa mère? Non, une silhouette, un camée, un portrait. « Tu vois? C'est ta mère. » Une malle remplie de vieux vêtements, un chapelet et une broderie inachevée, probablement destinée à un sachet pour parfumer le linge.

L'esprit d'Évelyne s'égarait. Mais elle avait bien compté les meurtres. Les meurtres commis par Carlotta Mayfair, maintenant morte et enterrée, grâce à Dieu.

Le meurtre de Stella avait été le plus dramatique de tous. C'était encore l'œuvre de Carlotta. Elle avait dû le garder longtemps sur la conscience, celui-là. En 1914, quand la vie était encore belle, Évelyne et Julien savaient que des événements terribles allaient se produire, mais ils n'avaient pu les empêcher.

Évelyne l'Ancienne continuait de marcher. Elle arriva au lotissement inhabité de Toledano. Ils auraient tout de même pu construire autre chose que ces immeubles si laids, là où se dressaient autrefois de belles demeures! L'avenue avait cependant conservé sa beauté. Tant de gens avaient quitté le quartier depuis l'époque où elle emmenait Gifford et Alicia en ville ou au parc. Le tramway passait avec fracas et penchait bruyamment dans le virage, tandis qu'elle parlait à ses petites-filles. Plus question de grimper dedans, maintenant. C'était bien trop périlleux pour elle.

Elle ne se rappelait plus depuis combien de temps elle avait cessé de le prendre. Plusieurs dizaines d'années, en tout cas.

L'aurais-tu cru, si on t'avait annoncé à l'époque que tu vivrais encore au moins vingt ans, que tu enterrerais Deirdre et Gifford?

Elle avait pensé ne pas pouvoir survivre à Stella. Ni à Laura Lee, plus tard. Sa fille unique. Elle avait cru qu'en arrêtant de parler la mort viendrait l'emporter.

Mais cela n'avait pas marché. Alicia et Gifford avaient besoin d'elle. Puis Alicia s'était mariée, et c'était Mona qui avait eu besoin d'elle.

Quel avait été son plus grand amour? Julien, dans sa chambre fermée à clé, ou la Stella des grandes aventures? Impossible de choisir.

Une chose était certaine. C'était Julien qui la hantait, qu'elle voyait dans ses rêves éveillés. C'était la voix de Julien qu'elle entendait. À une époque, elle restait persuadée qu'il allait venir, monter les marches du perron d'un pas décidé, comme quand elle avait treize ans, et écarter son arrière-grand-père de son chemin. « Laisse cette fille tranquille, espèce d'imbécile! » Dans sa mansarde, elle tremblait alors de peur. Julien est là, il est venu me chercher. « Mets le Victrola en marche, Évelyne. Prononce mon nom. »

Stella était morte tragiquement, mais elle était certainement montée au ciel. Comment quelqu'un qui rendait tant de gens heureux pouvait-il aller en enfer? Pauvre Stella! Elle n'avait jamais vraiment été une sorcière, juste une enfant. Les êtres bons, comme Stella, ne devaient pas avoir envie de hanter les vivants. Peut-être trouvaient-ils rapidement la lumière et avaient-ils bien mieux à faire. Stella était omniprésente dans ses souvenirs, mais certainement pas un fantôme.

Dans la chambre d'hôtel de Rome, elle avait glissé sa main entre les cuisses d'Évelyne en disant:

– N'aie pas peur. Laisse-moi te caresser. Oui, laisse-moi te regarder.

Elle lui avait écarté les jambes.

– N'aie pas honte et n'aie pas peur. Avec une femme, il n'y a aucune raison d'avoir peur. Tu devrais le savoir. Et puis, oncle Julien n'était-il pas très doux?

Son corps excité réclamait alors Stella. L'idée avait jailli dans son esprit qu'elle avait envie de toucher les moindres recoins de son corps, de sucer ses seins et de l'enlacer. Elle l'aimait follement! Elle aurait voulu se fondre en elle.

La vie d'Évelyne l'Ancienne s'était arrêtée la nuit de 1929 où Stella avait été abattue.

Elle s'était effondrée sur le sol du salon, puis Arthur Langtry, l'homme du Talamasca, s'était précipité sur Lionel Mayfair pour lui arracher son arme. Il était mort en mer quelques jours plus tard. Pauvre garçon, songea Évelyne l'Ancienne. Stella avait prévu de s'enfuir avec lui en Europe et de laisser sa fille à Lasher. Oh, Stella! Tu as vraiment cru que c'était possible? Évelyne l'Ancienne avait tenté de la raisonner, de la mettre en garde contre ces Européens aux activités secrètes, de lui expliquer qu'il fallait les tenir à l'écart. Carlotta le savait, elle, on pouvait lui accorder au moins ça, même si c'était pour de mauvaises raisons.

Un autre de ces hommes était maintenant dans les parages, et personne ne soupçonnait rien. Il s'appelait Aaron Lightner. Tout le monde parlait de lui comme d'un saint, sous prétexte qu'il avait constitué un dossier relatant les origines de la famille jusqu'à Donnelaith. Mais qu'est-ce qu'ils savaient de Donnelaith, tous ceux-là? Julien avait fait des allusions à des événements terribles qui s'y étaient produits. Julien y était allé, en Écosse. Pas eux.

Si elle n'avait pas eu la petite Laura Lee, Évelyne l'Ancienne serait morte juste après lui. Décidément, c'était toujours un enfant qui l'empêchait de mourir. Laura Lee et Mona. Vivrait-elle assez longtemps pour connaître l'enfant de Mona?

Quand Stella avait été tuée, Évelyne portait une robe de soie grise et le collier de perles de Stella. Elle était sortie dans le jardin et s'était effondrée dans l'herbe, en larmes, pendant qu'on emmenait Lionel. Stella n'était plus qu'une forme inanimée sur le parquet ciré et des flashes d'appareil-photo fusaient tout autour d'elle. Stella, étendue là où tout le monde dansait un instant plus tôt, et l'homme du Talamasca prenant ses jambes à son cou. Horrifié...

Tu avais prévu ça, Julien? Évelyne avait pleuré toutes les larmes de son corps, puis on avait emporté le cadavre de Stella, tout le monde était parti et la maison de First Street s'était retrouvée plongée dans l'obscurité. Elle s'était glissée dans la bibliothèque, avait écarté les livres et ouvert la cachette de Stella dans le mur.

Elle y avait caché toutes leurs photos, leurs lettres et tous les objets qui ne devaient pas tomber entre les mains de Carlotta. « Il ne faut pas qu'elle sache, pour nous, mon ange. Mais il n'est pas question de brûler nos photos. »

Évelyne avait ôté de son cou le long collier de perles de Stella et l'avait posé avec tous les petits souvenirs de leur amour.

– Pourquoi ne pouvons-nous pas nous aimer pour toujours, Stell? lui avait-elle demandé sur le bateau, en revenant d'Europe.

– Oh, ma chérie! Le monde réel ne l'accepterait jamais. (Elle s'était déjà trouvé un amant à bord.) Mais nous nous retrouverons souvent. Je vais installer un petit appartement en ville pour nous.

Elle avait tenu parole, elles avaient eu leur petit nid d'amour. Elles s'y rencontraient pendant que Laura Lee était à l'école. La petite n'avait jamais eu le moindre soupçon.

C'était amusant de faire l'amour à l'insu du clan Mayfair, dans ce petit appartement en désordre, avec ses murs de brique nus et les bruits montant du restaurant.

Évelyne n'avait montré le Victrola de Julien qu'à Stella. Elle était la seule à savoir que, sur l'ordre de Julien, il n'était plus à First Street. Julien, ce fantôme qui prenait presque vie chaque fois qu'elle pensait à lui. Elle pouvait toucher ses cheveux, sentir sa peau.

Pendant des années après sa mort, elle avait pris l'habitude de se faufiler dans sa chambre, de remonter le Victrola et d'écouter les disques. Surtout la valse. Elle fermait les yeux et s'imaginait danser avec lui, si alerte pour son âge, toujours prêt à rire de tout, si patient devant les faiblesses et les trahisons des autres. Elle mettait la valse pour la petite Laura Lee.

– C'est ton père qui m'a donné ce disque, lui disait-elle.

Cette enfant avait un visage si triste qu'elle donnait envie de pleurer rien qu'en la regardant. Laura Lee avait-elle jamais connu le bonheur? Elle avait connu la paix, c'était déjà bien.

Julien entendait-il le Victrola? Pouvait-il être parmi les vivants par sa simple volonté?

– Il y aura des jours sombres, Évie. Mais je ne renoncerai jamais. Je ne me contenterai jamais d'aller en enfer et de le laisser triompher. Si je le peux, je surmonterai la mort, comme il l'a fait. Je prospérerai dans les ténèbres. Mets le disque pour que je l'entende. Il me fera peut-être revenir.

Des années plus tard, Stella avait été sidérée d'apprendre tous ces détails.

– C'était donc toi qui avais le Victrola? Mais tu te trompes pour le reste. Il était toujours gai. Pourquoi dis-tu qu'il avait peur? Bien sûr, je me rappelle le jour où mère a brûlé ses cahiers. Il était furieux. Et puis nous sommes allés te chercher. Tu te souviens? Pour qu'il se reprenne, je lui ai dit que tu étais prisonnière dans ta mansarde d'Amelia Street. Je voulais le faire réagir. Je craignais qu'il ne se laisse dépérir en voyant tous ses cahiers partir en fumée. Je me demande ce qu'ils contenaient. Mais il a repris goût à la vie, après. Surtout à partir du moment où tu as commencé à venir. Il a été heureux jusqu'à la fin.

Oui, heureux. Il a eu toute sa tête jusqu'au jour de sa mort.

Elle revivait souvent cette époque en pensée. Elle se revoyait agripper la vigne vierge pour grimper le long du mur de stuc. Elle aurait voulu retrouver toutes ses forces, juste un instant, pour escalader à nouveau le treillis, accrocher ses doigts entre les feuilles humides, atteindre le toit du porche et, enfin, apercevoir Julien à travers la fenêtre, allongé sur son lit en cuivre.

– Évelyne! s'exclamait-il en l'aidant à entrer dans la pièce.

Elle ne l'avait jamais raconté à Stella. Elle n'avait que treize ans la première fois qu'elle avait pénétré dans la chambre de Julien.

Ce jour avait été le premier de sa vraie vie. Avec Julien, elle pouvait parler d'une façon qui était impossible avec les autres. Son silence, qu'elle ne brisait que quand son grand-père la battait, ou quand on la suppliait de dire quelque chose, était une forme d'impuissance, de résignation.

Que d'extraordinaires moments d'insouciance entre le vieil homme et l'enfant muette! Cet après-midi-là, il lui avait fait l'amour très lentement, d'une façon un peu plus pesante que Stella, peut-être, mais c'était un vieil homme. Il s'était même excusé d'avoir mis tant de temps à jouir. Mais il lui avait donné tant de plaisir, avec ses baisers et ses étreintes, ses doigts agiles et les petits mots érotiques qu'il lui susurrait à l'oreille en la caressant. Julien et Stella n'avaient pas leur pareil pour caresser et embrasser.

– Des jours sombres, avait-il prédit. Je ne peux pas tout te raconter, ma douce. Je n'ose pas. Elle a brûlé mes cahiers, tu sais. Là, dehors, sur la pelouse. Elle a brûlé ce qui m'appartenait, ma vie. Emporte le Victrola hors de cette maison. Garde-le en souvenir de moi. Il est à moi. Je l'ai aimé, touché, imprégné de mon esprit. Garde-le en sécurité, Ève, joue la valse pour moi. Quand Mary Beth ne sera plus, transmets-le à ceux qui sauront le chérir. Mary Beth ne sera pas éternelle, et moi non plus. Ne laisse jamais Carlotta mettre la main dessus. Un jour viendra...

Puis il avait sombré dans la tristesse. Mieux valait faire l'amour.

– Je ne peux rien empêcher, avait-il dit plus tard. Je vois, mais je ne peux rien faire. Et s'il n'y avait personne en enfer? Personne à haïr. Et si c'était comme la nuit noire tombée sur Donnelaith, en Écosse? Dans ce cas, Lasher viendrait de l'enfer.

– Il a vraiment dit tout ça? avait demandé Stella, des années plus tard.

Elle avait été tuée un mois après. Elle avait fermé les yeux pour toujours en 1929. Tant de vies depuis sa mort, tant de générations!

Évelyne l'Ancienne se consolait avec les récriminations de sa chère Mona contre le modernisme:

– Tu te rends compte? Nous arrivons à la fin du siècle, et c'est dans ses vingt premières années que les styles les plus cohérents et achevés se sont développés. Stella a vu tout ce qu'il y avait à voir. Elle a connu l'Art déco, le jazz et Kandinsky. En fait, elle a connu tout le XXe siècle.

Oui, Mona était d'une immense consolation.

– Tu sais, ma chérie, avait dit Stella quelques semaines avant sa mort. Il se peut que je m'enfuie en Angleterre avec ce type du Talamasca.

Elle avait arrêté de manger ses spaghetti, comme si elle devait prendre tout de suite une décision, la fourchette en l'air. S'enfuir loin de First Street, de Lasher et trouver refuge auprès de ces étranges érudits.

– Mais Julien nous a avertis contre ces hommes, avait rétorqué Évelyne. Il a dit que, au bout du compte, ils nous feraient du mal. Il a dit de ne jamais parler avec eux.

– Tu sais, un Mayfair peut tuer qui il veut sans être inquiété, mais ce type du Talamasca va tout découvrir sur l'autre, le corps dans la mansarde.

Elle avait haussé les épaules et, un mois plus tard, son frère Lionel l'avait tuée.

Cela n'avait pas été facile d'emporter le Victrola. Un jour, Julien avait attendu que Mary Beth et Carlotta soient sorties pour envoyer les domestiques chercher dans la salle à manger ce qu'il appelait la « boîte à musique ». Il avait posé un disque dessus, prêt à le faire jouer à plein volume, et avait dit à Évelyne de prendre l'appareil et de chanter pendant tout le trajet jusque chez elle.

– Mais on va me prendre pour une folle! avait-elle protesté doucement.

Elle avait regardé sa main gauche et son sixième doigt : la marque des sorcières.

– Et alors? avait-il répondu avec un magnifique sourire.

Il ne faisait son âge que quand il dormait.

– Prends aussi ces disques d'opéra. J'en ai d'autres. Mets-les sous ton bras. Je sais que tu peux le faire. Emporte-les, ma chérie. Quand tu arriveras dans l'avenue, arrête un taxi et donne-lui les disques. Il les apportera chez toi.

Il avait mis en marche le tourne-disque et elle était partie en chantant, le Victrola dans les mains. On aurait dit un servant de messe qui portait un objet sacré pendant la procession.

Le jour le plus pénible avait été juste après sa mort, quand Mary Beth était venue lui demander si elle avait « quelque chose appartenant à Julien ». Elle avait simplement secoué la tête, refusant de parler, comme d'habitude. Julien était mort, elle ne pensait qu'à ça.

Elle ne savait pas encore qu'elle attendait un enfant. La nuit, elle parcourait les rues en pensant à Julien. Elle n'osait pas faire jouer le Victrola tant que les lumières restaient allumées dans la grande maison.

Des années plus tard, la mort de Stella avait rouvert la plaie et ces deux blessures n'en avaient fait plus qu'une : la mort de ses deux grandes amours, la perte de l'unique source de chaleur qui ait jamais réchauffé sa vie, la perte de la musique, du feu qui brûlait en elle.

– N'essaie pas de la faire parler, avait dit son arrière-grand-père à Mary Beth. Sors d'ici et retourne chez toi. Laisse-nous tranquilles. On ne veut pas de toi ici. Si je trouve quelque chose appartenant à cet être abominable, je le détruirai moi-même.

Quel homme cruel! Il aurait tué Laura Lee s'il l'avait pu. « Sorcières! » Un jour, il avait pris un couteau de cuisine et menacé de couper le sixième doigt d'Évelyne. Elle s'était mise à hurler. Les autres avaient dû s'interposer – Pearl, Aurora et tous les anciens de Fontevrault qui étaient encore là.

Tobias était le plus âgé, mais aussi le plus dangereux. Il haïssait Julien qui, en 1843, avait tué son père, Augustin, à Riverbend. Julien était à l'époque un jeune garçon, Augustin un jeune homme et

Tobias encore un bébé en robe. On habillait les garçons en robe à l'époque. « Mon père est tombé raide mort à mes pieds », se plaisait à répéter Tobias.

– Je ne voulais pas le tuer, avait expliqué Julien à Évelyne, un jour qu'ils étaient allongés sur le lit. Je n'ai jamais voulu cette scission dans la famille. Il y a deux camps, maintenant : First Street et Amelia Street. Je suis vraiment désolé quand j'y repense. Je n'étais qu'un petit garçon et ce crétin ne savait pas gérer la plantation. Tu sais, ça ne me fait ni chaud ni froid de tuer des gens, mais, cette fois, je ne l'ai vraiment pas fait exprès. Je ne voulais pas tuer ton arrière-arrière-grand-père. C'était un concours de circonstances tragique.

Elle s'en fichait. De toute façon, elle détestait Tobias et tous les autres, les vieux. Pourtant, c'était sous les traits d'un vieil homme que l'amour l'avait frappée pour la première fois.

Toutes ces nuits où elle avait traversé la ville à pied pour se rendre à la maison obscure et escalader le mur! C'était si facile de monter tout en haut, de se retourner et de regarder les dalles en bas.

Les dalles sur lesquelles la pauvre Antha allait mourir.

– Ah, chérie! disait-il en ouvrant la fenêtre pour la laisser entrer. Ma douce, ma sauvage. Mon Dieu! Tu aurais pu tomber.

– Jamais, chuchotait-elle, en sécurité dans ses bras.

Même Richard Llewellyn, son domestique, ne s'interposait jamais entre eux. Il frappait toujours à la porte avant d'entrer et on ignorait l'ampleur exacte de ce qu'il savait. Des années auparavant, il avait parlé à l'homme du Talamasca, malgré l'interdiction d'Évelyne, et, le lendemain, il était venu la voir.

– Vous ne lui avez pas parlé de moi, j'espère?

Richard était très vieux. Il n'en avait plus pour longtemps.

– Non. Je ne voulais pas qu'il croie...

– Qu'il croie quoi? Que Julien couchait avec une fille de mon âge?

Elle avait éclaté de rire.

– Vous n'auriez pas dû lui parler du tout, l'avait-elle réprimandé.

Richard était mort avant la fin de l'année et tous ses disques avaient été remis à Évelyne. Il devait savoir, pour le Victrola, sinon, pourquoi les lui aurait-il laissés?

Elle aurait dû donner le Victrola à Mona depuis longtemps, en cachette des deux autres, ses deux imbéciles de petites-filles, Alicia et Gifford. Gifford avait fait le mauvais choix : par ignorance, elle avait tout confisqué, le gramophone et le collier.

– Et pourquoi te l'aurait-il donné à toi? Qu'est-ce que c'est que cette histoire? Il était un sorcier, tu le sais très bien.

C'est vers cette époque que Gifford avait fait cette confession effroyable : elle avait tout rapporté à First Street et l'y avait caché!

– Espèce d'idiote, comment as-tu pu faire ça? avait explosé

Évelyne l'Ancienne. C'est Mona qui doit l'avoir. Elle est son arrière-petite-fille! Gifford, tu n'aurais jamais dû les rapporter dans cette maison. Carlotta va mettre la main dessus. Elle va les détruire.

Soudain, elle se rappela que Gifford était morte ce matin.

Elle se trouvait sur Saint Charles Avenue, se rapprochait de First Street, et sa petite-fille, l'agaçante, l'exaspérante Gifford, était morte!

– Comment ne l'ai-je pas su? Julien, pourquoi n'es-tu pas venu me le dire?

Plus d'un demi-siècle auparavant, elle avait entendu la voix de Julien, une heure avant sa mort. Elle l'avait entendu appeler sous la fenêtre. Elle s'était levée d'un bond et l'avait ouverte à la pluie. Il était en bas. Mais elle sut tout de suite que ce n'était pas lui. Horrifiée, elle avait craint qu'il ne soit déjà mort. Il lui avait fait un signe joyeux. Une grande jument noire était près de lui. « Au revoir, ma chérie », avait-il crié.

Elle avait couru jusque chez lui, avait grimpé au treillis et, pendant quelques précieux instants, avait vu ses yeux, toujours vivants, fixés sur elle. Oh, Julien! Je t'ai entendu m'appeler. Je t'ai vu.

– Ève, avait-il murmuré. Évie, je veux m'asseoir. Aide-moi, je suis en train de mourir. Évie, ça y est! Le moment est venu.

Personne n'avait jamais su qu'elle s'était trouvée là.

Elle s'était accroupie sur le toit du porche, dans la furie de la tempête, et les avait écoutés. Celui qui avait refermé la fenêtre et avait recouché Julien n'avait pas eu l'idée de regarder dehors. On avait fait appeler la famille. Elle était restée adossée à la cheminée à contempler les éclairs. Pourquoi ne me frappez-vous pas? Je veux mourir. Julien est parti.

– Que t'a-t-il donné? lui demandait sèchement Mary Beth chaque fois qu'elle la voyait.

Année après année, elle venait pour lui poser cette même question, puis regardait Laura Lee, cette pauvre petite chose chétive, ce bébé que personne n'avait jamais envie de prendre dans ses bras. Elle avait toujours su que Laura Lee était la fille de Julien.

Comme les autres l'avaient haïe! « C'est l'œuvre de Julien. Regarde-la, elle porte la marque des sorcières, comme toi! »

Il n'était pourtant pas si épouvantable, ce petit doigt supplémentaire. La plupart des gens ne le remarquaient même pas.

– La marque des sorcières, disait Tobias. Il y en a plusieurs. La première, c'est les cheveux roux. C'est la pire. La seconde, c'est le sixième doigt. La troisième, c'est une taille monstrueuse. Toi, tu as le petit doigt. Tu devrais aller vivre à First Street avec tous ces damnés qui t'ont transmis tes dons. Quitte ma maison!

Évidemment, elle n'était jamais partie. Surtout avec Carlotta là-bas! Mieux valait ignorer les vieux. Laura Lee était trop malade pour terminer ses études. La pauvre! Elle avait passé sa vie à s'occuper des chats errants, à leur parler, à faire le tour du pâté de maisons pour les débusquer et leur donner à manger, jusqu'au moment où les voisins s'étaient plaints. Évelyne était trop vieille quand sa fille s'était mariée, et elle lui avait laissé ces deux gamines sur les bras.

Étions-nous de puissantes sorcières, nous qui avions ce sixième doigt? Et Mona, avec ses cheveux roux?

Les années s'étaient écoulées et le fabuleux héritage des Mayfair était passé successivement à Stella, Antha, Deirdre...

Toutes avaient disparu.

– Une ère de lutte et de catastrophe se prépare, avait dit Julien, la dernière nuit où ils avaient discuté ensemble. Je tâcherai d'être là.

La musique grinçait et gémissait. Il l'écoutait en permanence.

– Tu vois, chérie, il y a un secret à propos de lui et de la musique. Il ne peut pas nous entendre quand il y a de la musique. C'est ma grand-mère, Marie-Claudette, qui me l'a dit. Ce démon malfaisant est attiré par la musique. Elle le distrait. Le rythme et la mélodie le prennent dans une sorte de filet. Aucun fantôme n'y résiste. Ce sont des êtres qui aspirent à l'ordre et à la symétrie. Je me sers de la musique pour l'attirer et le troubler. Mary Beth aussi est au courant. Pourquoi crois-tu qu'il y a des boîtes à musique dans toutes les pièces? Pourquoi crois-tu qu'elle adore tous ses Victrola? Ils lui permettent d'échapper à cette créature.

» Et quand je serai parti, mon enfant, fais marcher le Victrola en pensant à moi. Si je l'entends, il se peut que je vienne à toi. Peut-être que la valse pénétrera dans les ténèbres et me ramènera à moi-même, et à toi.

– Julien, pourquoi dis-tu qu'il est malfaisant? À la maison, tout le monde prétend qu'il t'obéit. C'est Tobias qui l'a appris à Walker. Et moi, on me l'a dit en même temps qu'on m'a annoncé que Cortland était mon père. Lasher est l'esclave de Julien et de Mary Beth, d'après eux. Il exauce tous leurs souhaits.

Il avait secoué la tête. La musique était un chant napolitain.

– Il est malfaisant, tu peux me croire. C'est le pire des démons, mais il l'ignore.

Comme il paraissait vigoureux, avec ses épais cheveux blancs bouclés et ses yeux rusés fixés sur elle! Malgré son grand âge, il n'était ni aveugle ni sourd. Étaient-ce ses nombreux amants et maîtresses qui le maintenaient si jeune? Probablement. Il avait posé ses douces mains sur les siennes et l'avait embrassée sur la joue.

– Bientôt, je mourrai, comme tout le monde, et je ne peux rien contre ça.

Précieuse année, précieux mois!

Par la suite, elle avait eu plein de courtes visions de lui, comme des flashes. Julien dans le tram qui passait. Dans une voiture. Dans le cimetière, à l'enterrement d'Antha. Des chimères, probablement. Mais elle aurait juré l'avoir aperçu un court instant aux obsèques de Stella.

Était-ce pour cette raison qu'elle avait eu l'audace d'accuser Carlotta, au beau milieu des tombes?

– C'était la musique, n'est-ce pas? avait-elle dit en tremblant de haine et de chagrin. Il te fallait cette musique. Pendant que l'orchestre jouait très fort, Lionel a pu s'approcher de Stella et lui tirer dessus. À l'insu de l'« homme ». C'est ça? Tu as utilisé la musique pour le tromper. Tu connaissais le truc. Julien me l'a expliqué. C'est toi qui as tué ta sœur.

– Espèce de sorcière! Ne m'approche pas, avait rétorqué Carlotta bouillonnante de rage. Toi et ceux de ton espèce!

– J'ai tout compris. C'est ton frère qui est dans une camisole de force mais c'est toi l'assassin. Tu l'as poussé à le faire. Tu t'es servie de la musique parce que tu connaissais le truc!

Elle avait rassemblé tout son courage pour porter cette accusation, mais son amour pour Stella l'avait aidée. Stella. Après, elle était allée seule dans le petit appartement du quartier français, s'était étendue sur le lit en tenant une robe de Stella dans ses bras et en pleurant. Et les perles, personne ne trouverait les perles de Stella.

– Je voudrais te les donner, mon ange, lui avait dit Stella. Vraiment. Mais Carlotta ferait une de ces scènes! Elle me déclarerait la guerre. Je ne peux pas disposer des biens appartenant à l'héritage. Si elle savait pour le Victrola que Julien t'a donné, elle te le reprendrait. C'est un vrai cerbère. Il y aura un rôle sur mesure pour elle, quand elle sera en enfer : elle surveillera que personne ne passe au purgatoire par erreur et que tout le monde ait sa part de tourments. C'est un monstre. Il se peut qu'on ne se revoie pas de sitôt, mon doux ange. Je vais partir avec cet Anglais du Talamasca.

– Tu n'y arriveras pas. Ça va mal tourner! J'ai très peur.

– Danse, ce soir. Amuse-toi. Je ne te prête pas mes perles si tu ne danses pas.

Ce fut leur toute dernière conversation. Tout ce sang répandu sur le plancher ciré!

Évelyne avait dit plus tard à Carlotta qu'elle avait bien eu les perles, mais qu'elle les avait laissées dans la maison. Par la suite, elle avait refusé de répondre à toute question à ce sujet.

Au fil des décennies, bien d'autres l'avaient interrogée. Même Lauren. « Ces perles ont beaucoup de valeur. Tu ne sais pas où elles sont passées? » Et le jeune Ryan, l'amoureux de Gifford. Lui aussi, on l'avait obligé à mettre ce sujet sur le tapis. « Évelyne l'Ancienne, tante Carlotta insiste pour les perles. » Gifford, grâce à Dieu, avait su garder le secret. Elle avait commis l'erreur de lui en parler mais, au moins, elle avait su tenir sa langue.

Sans Gifford, les perles seraient restées dans la cachette du mur pour l'éternité. Gifford, Gifford, celle qui fourrait toujours son nez partout. Enfin, après tout, les perles y étaient retournées, dans le mur.

Raison de plus pour marcher droit, lentement mais sûrement. Les perles sont là-bas. Puisque Rowan n'est plus là et risque de ne jamais revenir, il faut les transmettre à Mona. Mona était son trésor et, maintenant que Gifford n'était plus, elle allait lui parler. Elles allaient pouvoir s'asseoir l'une près de l'autre et écouter le Victrola. Et les perles. Oui, elle allait les mettre autour du cou de Mona.

À nouveau cette terrible sensation de soulagement. Plus de Gifford, avec son visage défait, ses yeux terrifiés, ses propos murmurés. Plus de Gifford pour observer la déchéance d'Alicia avec une expression horrifiée, plus de Gifford pour surveiller tout le monde avec suspicion.

L'avenue était-elle toujours l'avenue? Elle ne devait plus être loin de l'angle de Washington, mais il y avait tant de nouveaux immeubles qu'elle était complètement désorientée.

Tout était devenu si bruyant et hostile. Les camions-poubelles engloutissaient les ordures avec fracas. Des camions passaient en pétaradant. Le vendeur de bananes avait disparu, tout comme le vendeur de glaces. Les ramoneurs ne passaient plus. La vieille dame ne venait plus vendre ses mûres. Laura Lee était morte en souffrant. Deirdre avait sombré dans la folie. Sa fille, Rowan, était revenue, mais un jour trop tard pour voir sa mère vivante. Une tragédie s'était produite à Noël mais personne ne voulait en parler. Et Rowan Mayfair était partie.

Et si elle avait trouvé le Victrola et les disques? Mais non, Gifford avait assuré que non. Gifford s'était montrée vigilante. Elle les aurait changés de place, en cas de besoin.

Gifford était la seule à connaître la cachette de Stella. Évelyne l'Ancienne la lui avait révélée. Erreur stupide. Gifford et Alicia n'étaient rien d'autre que des maillons d'une chaîne dont le bijou était Mona.

– Personne ne les trouvera, Évelyne l'Ancienne. J'ai remis les perles dans la cachette de la bibliothèque. Avec le Victrola.

Gifford, cette Mayfair des clubs privés, était entrée seule dans cette maison sombre pour y cacher elle-même ces objets précieux. Avait-elle vu l'homme?

– On ne les trouvera jamais. Ils pourriront avec la maison, avait assuré Gifford. Tu te rappelles? C'est toi qui m'as montré la cachette le jour où nous étions dans la bibliothèque.

– Arrête de te moquer de moi!

Mais c'était la vérité : elle lui avait montré la cachette l'après-midi des obsèques de Laura Lee. Ce devait être la dernière fois que Carlotta avait ouvert la maison à la famille.

C'était en 1960 et Deirdre était déjà très mal en point. On lui avait enlevé son bébé, Rowan, et elle avait dû retourner à l'hôpital pour un long séjour. Cortland était mort depuis un an.

Carlotta avait toujours plaint Laura Lee d'avoir Évelyne pour mère. Millie Dear et Belle avaient supplié Carlotta d'inviter tout le monde à First Street pour les funérailles. Carlotta avait jeté un regard triste sur Évelyne, essayant de la haïr, mais désolée pour elle : après avoir été enterrée vivante le jour de la mort de Stella, elle devait maintenant enterrer sa propre fille.

– S'il te plaît, permets à toute la famille de se réunir ici, avait imploré Millie Dear.

Carlotta n'avait pas osé refusé.

– Oui, avait renchéri la douce Belle, qui avait toujours su que Laura Lee était la fille de Julien. Oui, que tout le monde vienne à la maison.

Pourquoi y être allée? Elle s'interrogeait encore. Peut-être pour revoir la maison de Julien. Peut-être pour vérifier que les perles étaient toujours dans leur cachette.

Tandis que les autres parlaient en chuchotant des souffrances de Laura Lee, plaignaient la pauvre petite Gifford et la pauvre petite Alicia et se lamentaient sur les misères de la vie, Évelyne avait pris Gifford par la main et l'avait emmenée dans la bibliothèque.

– Arrête de pleurer pour ta mère, lui avait-elle ordonné. Laura Lee est montée au ciel. Viens plutôt ici, je vais te montrer un endroit secret. Je vais te montrer quelque chose de magnifique. J'ai un collier pour toi.

Gifford avait essuyé ses larmes. Depuis la mort de sa mère, elle était complètement hébétée. Son hébétude allait durer jusqu'à son mariage avec Ryan, des années plus tard. Mais, avec Gifford, il y avait toujours de l'espoir. Même l'après-midi de l'enterrement de sa mère.

Oui, elle avait eu une belle vie, il fallait le reconnaître. Elle n'avait pas arrêté de se faire du mauvais sang, mais elle avait eu son amour pour Ryan, ses magnifiques enfants, et suffisamment de cœur pour aimer Mona et la laisser tranquille malgré le souci qu'elle se faisait pour elle.

Elle revoyait les obsèques de Laura Lee comme si elles dataient d'hier. La bibliothèque poussiéreuse, négligée. Des femmes parlant dans la pièce d'à côté.

Elle avait emmené Gifford jusqu'à un rayonnage et avait écarté les livres. Elle avait plongé sa main et sorti la longue rangée de perles.

– Nous les rapportons à la maison. Je les ai cachées là il y a trente ans, le jour où Stella est morte dans le salon. Carlotta ne les a jamais trouvées. Et là, ce sont des photos de Stella et moi. Je les emporte aussi. Un jour, je vous les donnerai, à ta sœur et à toi.

Gifford, assise sur ses talons, avait contemplé le collier d'un air sidéré.

Quelle revanche pour Évelyne d'avoir réussi à conserver les perles à l'insu de Carlotta! Le collier et le gramophone, ses trésors.

– Qu'est-ce que tu entends par l'amour d'une autre femme? l'avait interrogée Gifford un soir, sous le porche.

– Je veux dire l'amour d'une femme. C'est-à-dire que j'ai embrassé sa bouche, léché ses seins et mis ma langue entre ses jambes. Je l'ai goûtée, je l'ai aimée et je me suis fondue en elle.

Gifford avait été très choquée. Elle s'était probablement mariée vierge. Quelle bêtise!

Ah! Washington Avenue. Et le fleuriste était toujours là. Cela signifiait qu'elle allait pouvoir monter prudemment les quelques marches et commander des fleurs elle-même pour sa petite-fille. Elle savait quelles fleurs choisir. Elle savait quelles fleurs aimait Gifford.

On ne la ramènerait pas à La Nouvelle-Orléans pour la veillée funèbre. Certainement pas. Pas les Mayfair de Metairie. Ce n'était pas dans leurs coutumes. On était probablement déjà en train d'embaumer son corps dans quelque salon de pompes funèbres réfrigéré.

– Je te conseille de ne pas me faire installer sur un lit glacé dans un pareil endroit, avait-elle averti Mona lorsque celle-ci lui avait raconté l'enterrement de Deirdre, l'année précédente.

Elle lui avait raconté que Rowan Mayfair était venue de Californie et qu'elle s'était penchée sur le cercueil pour embrasser sa mère. Le soir même, Carlotta était tombée raide morte sur le fauteuil à bascule de Deirdre, comme si elle avait voulu mourir avec elle et laisser la pauvre Rowan seule dans cette maison lugubre.

– Ô vie! Ô temps! avait dit Mona en étendant ses bras fins et pâles et en rejetant sa longue chevelure rousse de part et d'autre de son visage. C'était pire que la mort d'Ophélie.

– Sûrement pas! avait répondu Évelyne l'Ancienne.

Deirdre avait perdu la tête depuis des années et si ce médecin de Californie, Rowan Mayfair, avait eu pour deux sous de jugeote, elle serait revenue bien plus tôt et aurait exigé des comptes de ceux qui avaient drogué et meurtri sa mère. Évelyne l'Ancienne ne l'avait vue qu'une seule fois, à son mariage, lorsqu'elle n'avait rien d'une femme mais tout d'une victime sacrifiée à la famille, bardée de blanc, avec l'émeraude brûlant sur sa poitrine.

Elle avait assisté à ce mariage, non pas parce que l'héritière épousait un certain Michael Curry à l'église Sainte-Mary, mais parce que Mona était demoiselle d'honneur. Elle avait insisté pour qu'Évelyne l'Ancienne s'assoie sur un banc et lui adresse un hochement de tête au moment où elle passerait près d'elle.

Quelle rude épreuve d'entrer dans la maison après tant d'années, de s'apercevoir qu'elle avait retrouvé sa beauté d'antan, de constater le bonheur du Dr Rowan Mayfair et de son innocent époux. Comme l'un des amants irlandais de Mary Beth, il était grand et musclé, bien élevé, sincère et aimable, malgré ses manières brusques. Pourtant, il polluait un peu l'atmosphère, pour ainsi dire, car il était originaire des bas quartiers et son père avait été pompier.

Oui, comme les amants de Mary Beth, avait-elle songé. Mais c'était son seul souvenir de ce mariage et de la fille de Deirdre. On l'avait ramenée tôt à la maison, dès qu'Alicia avait été trop soûle pour rester. Elle s'en fichait. Elle s'était assise près du lit d'Alicia, comme d'habitude, en disant son chapelet, en rêvant, en fredonnant les chansons que Julien chantait dans sa chambre.

Les jeunes mariés avaient dansé dans le double salon. Le Victrola était dissimulé dans le mur de la bibliothèque et personne ne le trouverait jamais. Elle aurait peut-être dû aller le chercher pendant que les invités étaient occupés à boire, à chanter et à rire ensemble. Elle aurait remonté le mécanisme et murmuré « Julien ! » et peut-être qu'il serait venu au mariage, cet invité qu'on n'attendait pas.

Le fleuriste. Oui, elle s'apprêtait à acheter des fleurs, c'était ça. Pour sa chère petite-fille, sa chérie...

C'est alors qu'une scène étrange se produisit. Un petit jeune homme à lunettes sortit sur le pas de la porte et... se mit à lui parler.

– Évelyne l'Ancienne ! Vous êtes là ? J'ai eu du mal à vous reconnaître. Mais que faites-vous si loin de chez vous ? Entrez, je vais appeler votre petite-fille.

– Ma petite-fille est morte. Vous ne pouvez pas l'appeler.

– Oui, j'ai appris la nouvelle. Je suis sincèrement désolé.

Il sortit un peu plus de la boutique. Il n'était pas si jeune, en fait. Et, d'ailleurs, elle le connaissait.

– Je suis navré pour Mlle Gifford, madame. On m'a commandé des fleurs pour elle toute la matinée.

Comment s'appelait-il, déjà ? Et que diable racontait-il ? Elle se souviendrait sûrement de son nom en faisant un petit effort. Où l'avait-elle déjà vu ? Était il venu à Amelia pour livrer des fleurs ou lui avait-il fait des petits signes lorsqu'elle passait devant la boutique pendant ses promenades ? Et puis, à quoi bon se rappeler ce genre de détails ? C'était comme suivre le fil pour retrouver la sortie du labyrinthe. Quel intérêt, vraiment ?

Le jeune homme descendit les marches.

– Évelyne l'Ancienne, laissez-moi vous aider à entrer dans la boutique. Vous êtes ravissante, aujourd'hui. Quelle jolie broche sur votre robe !

C'est ça, et puis quoi, encore ? Une ravissante vieille femme ! Elle l'aurait bien envoyé valser mais à quoi bon heurter un homme innocent, sans importance, imberbe et anémié ? Il ne se rendait même pas compte qu'elle était une vieille femme depuis bien longtemps! Depuis la naissance de Laura Lee, en quelque sorte, lorsqu'elle la promenait dans son landau en osier. Elle était déjà vieille à l'époque.

– Comment savez-vous que ma petite-fille est décédée? Qui vous l'a dit?

C'était bizarre. Elle ne savait même plus comment elle l'avait appris elle-même.

– M. Fielding a téléphoné. Il a dit de remplir la pièce de fleurs. Il pleurait. C'est si triste. Je suis désolé, sincèrement. Je ne sais jamais quoi dire dans de telles circonstances.

– Eh bien, vous devriez. C'est indispensable, pour quelqu'un qui vend des fleurs. Elles sont sans doute plus souvent destinées à des morts qu'à des vivants. Vous devriez apprendre et retenir de jolies petites phrases à dire. C'est ce que les gens attendent de vous, n'est-ce pas?

– Je vous demande pardon?

– Écoutez, jeune homme! Vous allez envoyer des fleurs de ma part à ma petite-fille Gifford. Vous me composez une gerbe de glaïeuls blancs, de roses rouges et de lys et vous mettez un ruban dessus. Vous écrirez « Petite-fille ». C'est tout. Arrangez-vous pour qu'elle soit grande et belle et qu'on la mette à côté du cercueil. Au fait, où est ce cercueil? Est-ce que mon cousin Fielding a eu la décence de vous le dire ou êtes-vous censé appeler toutes les entreprises de pompes funèbres pour le savoir?

– À Metairie, madame.

Elle reprit sa marche, passa devant l'homme, tourna dans l'avenue et entra dans Garden District, en direction du cimetière. Cette promenade avait toujours été sa préférée : en passant devant les grilles, elle jetait un regard vers le caveau des Mayfair. Oh, le Commander's Palace existait toujours! Elle apercevait déjà ses stores. Depuis combien d'années n'y avait-elle pas dîné? Pourtant, Gifford n'avait pas cessé de le lui proposer.

Déjeuner au Commander's avec Gifford et Ryan, ce garçon bien propret avec son visage tout lisse. Difficile de croire que c'était un Mayfair, celui-là! Un arrière-petit-fils de Julien, qui plus est. Mais les Mayfair étaient de plus en plus nombreux à avoir ce visage lisse. Gifford commandait toujours des crevettes rémoulade et ne faisait jamais tomber une goutte de sauce sur son écharpe ou son chemisier. Non, rien n'avait pu arriver à Gifford.

Le fleuriste était toujours sur ses talons.

– Jeune homme, dit-elle.

Il marchait près d'elle en lui tenant le bras, perplexe, supérieur, confus, fier.

– Qu'est-il arrivé à ma petite-fille? reprit-elle. Dites-le-moi.

Qu'est-ce que Fielding Mayfair vous a dit? Je suis si désemparée. Arrêtez de me prendre pour une vieille femme étourdie et lâchez mon bras. Je n'en ai pas besoin. Qu'est-il arrivé à Gifford Mayfair?

– Je n'en suis pas certain, madame. On l'a retrouvée sur le sable. Elle avait perdu beaucoup de sang. Une sorte d'hémorragie, semble-t-il. Mais je n'en sais pas plus. Elle est morte avant d'arriver à l'hôpital. C'est tout ce que je sais. Son mari est parti là-bas pour en savoir plus.

– Évidemment qu'il est parti là-bas. Je vous ai dit de me lâcher! maugréa-t-elle en dégageant son bras.

– Je ne voudrais pas que vous tombiez, Évelyne l'Ancienne. Je ne vous ai jamais vue aussi loin de chez vous.

Il eut l'air abattu, glacé et blessé. Pauvre petit! Mais quand on est vieux et faible, l'autorité est tout ce qu'il vous reste et elle risque de s'effriter en un rien de temps. Et si elle trébuchait maintenant, si ses jambes se dérobaient sous elle? Mais non, elle ne se laisserait pas faire.

– Vous êtes un brave garçon. Je ne voulais pas vous blesser mais cessez de me parler comme si j'étais sénile parce que je ne le suis pas. Aidez-moi à traverser Prytania Street. Cette rue est trop large. Ensuite, vous rentrerez à votre boutique et vous préparerez cette gerbe pour ma petite-fille. Au fait, comment savez-vous qui je suis?

– Je vous livre tous les ans un tas de fleurs pour votre anniversaire. Vous connaissez mon nom. Je m'appelle Hanky. Vous ne vous rappelez pas? Je vous fais un petit signe quand je passe devant chez vous.

Ce n'était pas dit sur un ton de reproche. Soudain, le jeune homme eut l'air impatient de faire quelque chose. Il avait probablement en tête de la mettre de force dans un taxi ou, pis, persuadé qu'elle n'avait rien à faire là, d'appeler quelqu'un qui l'empêcherait d'aller où elle voulait.

– Ah oui! Hanky. Je me rappelle, bien sûr. Votre père, Harry, a fait la guerre du Viêt-nam et votre mère est retournée en Virginie.

– Oui, madame. C'est exactement ça.

Il avait l'air ravi. C'était l'aspect le plus enrageant et ennuyeux de la vieillesse: quand on savait encore combien faisaient deux et deux, les gens ne pouvaient s'empêcher d'applaudir. C'était tout simplement pathétique. Évidemment qu'elle se souvenait d'Harry. Il leur avait livré des fleurs pendant des années. Ou était-ce le vieil Harry? Mon Dieu, Julien! Pourquoi ai-je vécu si longtemps? Qu'est-ce que je fais là?

Le mur blanc du cimetière.

– Allez, jeune Hanky, soyez gentil de me faire traverser. Il faut que j'y aille.

– Évelyne l'Ancienne, laissez-moi vous raccompagner chez vous. Ou appeler le mari de votre petite-fille.

– Cette espèce d'ivrogne? Si vous continuez, je vous frappe avec ma canne.

Cette idée la fit rire et Hanky se mit à rire aussi.

– Vous n'êtes pas fatiguée? Vous ne voulez pas vous reposer un peu dans la boutique?

Elle se sentait trop lasse pour répondre. Elle savait bien qu'elle n'aurait pas dû lui parler. Il ne l'écoutait même pas.

Elle se campa au bord du trottoir, tenant sa canne à deux mains, et regarda au loin vers la voûte feuillue de Washington Avenue. Les plus beaux chênes de la ville, se disait-elle souvent. Ils se succèdent jusqu'au fleuve. Allait-elle renoncer? Quelque chose de terrible s'était produit et elle avait une mission à accomplir. Laquelle, déjà? Mon Dieu, elle avait encore oublié.

Un vieil homme élégant aux cheveux blancs se tenait sur le trottoir d'en face. Était-il aussi vieux qu'elle? Il lui sourit et lui fit signe d'avancer. Quel dandy celui-là! À son âge! Ses vêtements colorés et son gilet de soie jaune prêtaient à rire. Mais... C'était Julien! Julien Mayfair! Elle reçut le choc de plein fouet, comme si on lui avait lancé un seau d'eau sur le visage pour la réveiller. Il lui faisait signe. Vite!

Mais il était parti, volatilisé, comme toujours. Ce mort borné, ce mort cinglé, ce mort étonnant. La mémoire lui était revenue. Mona était dans la maison là-bas, Gifford était morte d'une hémorragie. Elle devait aller à First Street. Julien lui avait fait signe de continuer. Elle n'en demandait pas plus.

Évelyne l'Ancienne commença à traverser la rue. Le jeune homme n'arrêtait pas de parler mais elle ne lui prêtait aucune attention. Elle longea les murs blanchis séparant les vivants des morts tranquilles et invisibles. Lorsqu'elle parvint aux grilles du cimetière, le jeune Hanky avait disparu. Pas question de regarder en arrière ce qu'il était devenu. S'était-il précipité dans sa boutique pour appeler une patrouille de police? Elle s'arrêta en apercevant le caveau de famille. Elle connaissait tout le monde là-dedans. Elle aurait pu frapper à chaque pierre tombale en disant : « Coucou, mes chéris ! »

Gifford ne serait pas enterrée ici mais à Metairie. Chez les Mayfair des clubs privés, songea-t-elle. On les avait toujours appelés ainsi, même du temps de Cortland. Ou était-ce lui qui avait inventé cette expression pour désigner ses propres enfants? Ce Cortland qui, à l'abri des oreilles indiscrètes, lui avait murmuré un jour : « Je t'aime, ma fille. »

Gifford, ma Gifford chérie.

Elle l'imagina dans son joli tailleur de laine rouge, avec son chemisier blanc et son écharpe de soie nouée. Elle ne portait des gants que pour conduire. Des gants de cuir couleur caramel, qu'elle enfilait toujours avec minutie. Elle faisait plus jeune qu'Alicia, maintenant, bien qu'étant l'aînée. Elle prenait soin de sa personne et aimait les gens.

– Je ne peux pas rester pour mardi gras, cette année, avait-elle déclaré. C'est au-dessus de mes forces.

Gifford.

Gifford avait fait tout son possible. Elle avait été une Mayfair jusqu'au bout. Elle avait aimé, en se lamentant sans arrêt, certes, mais elle avait aimé.

Une petite fille à la conscience pure, à genoux sur le sol de la bibliothèque et disant : « Tu es sûre que nous pouvons prendre ces perles ? »

Tous voués à l'échec, cette génération d'enfants Mayfair. Ceux de l'ère de la science et de la psychologie. Ils auraient été mieux à leur place à l'époque des crinolines, des voitures à cheval et des rites vaudous. Nous sommes d'un autre temps. Julien le savait.

Mona, elle, n'est pas vouée à l'échec. Elle est une sorcière de son époque. Mona devant son ordinateur, mâchant du chewing-gum et tapant plus vite que n'importe qui au monde. « S'il y avait des Jeux olympiques de dactylo, je remporterais la médaille d'or. » Et, sur l'écran, tous ces tableaux et ces graphiques. « Tu vois, ça ? C'est l'arbre généalogique des Mayfair. Tu sais ce que j'ai découvert ? »

L'art et la magie finiront par triompher, avait prédit Julien. L'ordinateur était-il art et magie ? Peut-être bien, avec son écran qui luisait dans l'obscurité et cette petite voix monocorde programmée par Mona, qui disait : « Bonjour, Mona. Ton ordinateur te parle. N'oublie pas de te laver les dents. » La façon dont la chambre de Mona s'éveillait à 8 heures du matin avait de quoi faire peur. L'ordinateur se mettait à parler, la cafetière à gargouiller, le micro-ondes à réchauffer des croissants et la télévision à annoncer les gros titres de CNN. « J'aime être branchée à mon réveil », disait-elle. Le livreur de journaux avait même appris à lancer le *Wall Street Journal* sur le toit du porche, sous la fenêtre de Mona.

Mona, trouver Mona.

Elle était presque arrivée à Chestnut Street.

C'était le moment de traverser l'immense Washington Avenue. Elle aurait dû le faire là-bas, au feu, mais elle n'aurait pas vu Julien. Tout allait bien. La matinée était calme. Et les chênes transformaient la rue en une église de verdure. Là-bas, il y avait la vieille caserne de pompiers qui semblait déserte. Les pompiers étaient-ils partis ? Mais ce n'était pas son chemin. Elle devait descendre Chestnut Street avec ses trottoirs glissants en brique et en pierre. Elle ferait peut-être mieux de les éviter et de marcher sur la chaussée, le long des voitures en stationnement, comme elle le faisait avant. Les voitures circulaient lentement dans ces rues.

Elle poursuivait inlassablement sa marche. D'autres vieilles maisons détruites. La réflexion de Mona sur l'architecture était très juste. Une rupture entre la science et l'imagination. « Une méconnaissance totale du rapport entre la forme et la fonction », avait-elle dit. Certaines formes fonctionnent, d'autres non. Tout est forme. Mona avait dit ça. Mona aurait adoré Julien.

Elle arrivait à la 3e Rue. Ces petites rues n'étaient rien à traverser. Il n'y avait aucune circulation. Tout le monde dormait encore. Elle avançait, sûre d'elle sur l'asphalte qui luisait au soleil, sans fissure ni fente pour la faire trébucher.

Julien, pourquoi ne reviens-tu pas? Pourquoi ne m'aides-tu pas? Pourquoi me taquiner sans arrêt? Je vais pouvoir écouter le Victrola dans la bibliothèque. Personne pour m'en empêcher. Il y aura juste Michael Curry, ce brave homme, et Mona. Je vais pouvoir mettre en marche le Victrola et prononcer ton nom.

Ah! quel doux parfum que celui des troènes en fleur. Elle l'avait oublié. Et la maison, quelles couleurs! Elle ne l'avait jamais vue si colorée, avec ses murs d'un violet gris, ses volets verts et sa grille si noire.

Elle avait donc été restaurée. Michael Curry avait bien fait. Et là, au-dessus du porche d'en haut, il la regardait. Michael Curry. Oui, c'était bien lui.

Vêtu d'un pyjama plutôt froissé et d'une robe de chambre, il fumait une cigarette. Malgré ses cheveux noirs, il ressemblait à Spencer Tracy, irlandais et costaud, comme lui. Un bel homme. Avait-il les yeux bleus?

– Bonjour, Michael Curry! dit-elle. Je suis venue vous voir. Il faut que je parle à Mona Mayfair.

Mon Dieu! Il paraissait si troublé tout à coup. Complètement retourné.

– Je sais qu'elle est là, reprit-elle de sa voix claire.

L'adolescente apparut alors en chemise de nuit, tout ensommeillée, bâillant sans retenue comme seuls les enfants savent le faire.

Ils se tenaient là-haut derrière la cime des arbres, contre la balustrade. Soudain, elle comprit ce qui s'était passé, ce qu'ils avaient fait ensemble. Seigneur! Gifford l'avait pourtant prévenue que Mona était « prête » et qu'il fallait la surveiller. Ce n'était pas le Victrola qui avait attiré cette enfant jusqu'ici mais un de ces mêmes Irlandais qui plaisaient tant à Mary Beth, le propre mari de Rowan.

Évelyne l'Ancienne eut soudain une terrible envie d'éclater de rire. « C'est à se tordre », aurait dit Stella.

Mais elle était trop fatiguée pour rire. Les doigts crispés sur les barreaux de la grille, elle se sentit soulagée en entendant la porte d'entrée s'ouvrir et le trottinement inimitable de Mona sur le perron. Enfin! Mais son soulagement fut de courte durée. Ce qu'elle avait à lui dire était des plus graves.

– Qu'y a-t-il, Évelyne l'Ancienne? Qu'est-ce qui se passe?

– Tu n'as rien vu, mon enfant? Elle ne t'a pas appelée. Réfléchis bien. Non, ce n'est pas ta mère.

Le petit visage chiffonné de Mona se couvrit alors de larmes. Elle ouvrit la grille en s'essuyant les yeux du revers de la main.

– Tante Gifford... pleura-t-elle d'une toute petite voix, si fragile et jeune, ressemblant bien peu à celle de Mona la forte, Mona le génie. Tante Gifford! Et moi qui me réjouissais tant qu'elle ne soit pas venue pour mardi gras!

– Ce n'est pas ta faute, ma chérie. Du sang dans le sable. Ce matin. Elle n'a peut-être pas souffert. Et elle est peut-être déjà au ciel. Elle doit nous regarder d'en haut et se demander pourquoi nous sommes tristes.

Michael Curry était en haut des marches de marbre, sa robe de chambre correctement fermée, des pantoufles aux pieds, les mains dans les poches, les cheveux peignés.

– Ce jeune homme ne m'a pas l'air bien malade, dit-elle.

Mona fondit en larmes, son regard passant d'Évelyne l'Ancienne au bel homme brun plein de santé debout sur le perron.

– Qui a prétendu qu'il avait le cœur malade? interrogea la vieille femme en le regardant descendre les marches.

Elle tendit la main et serra celle de Michael.

– Ce robuste jeune homme se porte comme un charme, dit-elle encore.

Neuf

Il leur avait demandé de se réunir dans la bibliothèque. Le petit gramophone portable, le magnifique collier de perles et le paquet de photos de Stella et Évelyne l'Ancienne attendaient dans un coin. Mais il ne voulait pas en parler tout de suite. Il devait d'abord parler de Rowan.

Mona, malgré son chagrin, avait l'air heureuse qu'on ait retrouvé ces objets. Mais, pour l'instant, ce n'était pas Mona qui l'intéressait. Il était terriblement gêné de ce qu'il avait fait avec elle mais il avait d'autres choses auxquelles penser. Par exemple que, pendant les deux mois écoulés, il avait vécu comme un fantôme dans cette maison, que c'était terminé et qu'il devait chercher sa femme.

Ils arrivaient de chez Ryan où, après les obsèques de Gifford, on avait bu et discuté pendant deux heures. Ils étaient venus pour un petit conseil de famille et, probablement, pour être ensemble un peu plus longtemps, pour continuer à pleurer Gifford, comme c'était la coutume dans cette famille.

Pendant la veillée funèbre et l'enterrement, il avait observé leur étonnement tandis qu'ils lui serraient la main, lui disaient qu'il avait « l'air bien mieux » et chuchotaient entre eux à son sujet. « Regardez Michael! Il est ressuscité d'entre les morts. »

Le choc était double pour eux. D'un côté, la mort prématurée de Gifford, cette épouse et mère parfaite qui laissait derrière elle un mari brillant et tendrement chéri et trois enfants adorables. De l'autre, le bon état de santé de Michael, l'époux abandonné, la dernière victime masculine de l'héritage Mayfair, qui semblait très bien s'en remettre. Michael allait bien. Tiré à quatre épingles, il avait conduit lui-même sa voiture pendant la procession funéraire. Et il n'était ni essoufflé ni pris de vertiges.

Dans le vestibule de l'entreprise de pompes funèbres, il avait imposé son point de vue au Dr Rhodes à propos de ses médicaments. Il ne les prenait plus et ne souffrait d'aucun manque. Il avait vidé les flacons et les avait mis de côté pour en examiner plus tard les étiquettes. Il voulait savoir, mais en temps utile, ce qu'on lui avait fait absorber. Il n'était plus malade et il avait un tas de choses à faire.

Mona était en permanence dans son champ de vision, l'observant et murmurant de temps à autre : « Je te l'avais dit. » Mona, avec ses joues légèrement rondes, ses taches de rousseur si pâles et sa magnifique chevelure rousse. Personne ne songeait jamais à l'appeler « Poil de carotte ». Tout le monde se retournait sur son passage.

Et puis, il y avait la maison. Comment expliquer, pour la maison? Il la sentait revivre. Au moment où il s'était réveillé dans les bras de Mona, il avait ressenti à nouveau cette présence invisible qui l'observait. La maison recommençait à craquer, comme avant. Et elle avait repris son aspect d'avant. Évidemment, le mystère de la musique et de ce qu'il avait fait avec Mona restait entier. Avait-il recouvré son pouvoir de percevoir l'invisible?

Mona et lui n'avaient pas eu le temps de discuter des événements de la nuit. Et Eugenia n'avait rien dit. Pauvre vieille Eugenia! Elle devait le prendre pour un violeur et un monstre. En théorie, c'était d'ailleurs la vérité. Il n'oublierait jamais son apparition, si réelle, si familière, à côté de ce gramophone portable qui n'était en fait pas là, ce gramophone si semblable à celui déniché plus tard dans le mur de la bibliothèque.

Pas un instant seuls pour en discuter. La mort de Gifford avait tout balayé sur son chemin.

Évelyne l'Ancienne avait tenu Mona dans ses bras toute la matinée de la veille. L'enfant pleurait sans cesse et tentait de se rappeler un rêve dans lequel elle pensait avoir tué sa tante, volontairement, par haine. C'était totalement irrationnel. Elle le savait. Tout le monde le savait. Finalement, il avait pris la main de Mona et avait dit :

– Ce qui s'est passé ici est entièrement ma faute et tu n'as pas tué ta tante. Ce n'était pas toi. C'était une coïncidence. Comment ce que tu as fait ici aurait pu la tuer?

Mona s'était aussitôt rassérénée, avec cette rapidité propre aux jeunes enfants mais, aussi, cette détermination qu'il avait sentie chez elle dès le départ, cette froide indépendance propre aux enfants d'alcooliques. Et, dans ce domaine, il savait de quoi il parlait. Elle n'était vraiment pas ordinaire, cette petite Mona, mais, tout de même, il avait honte de ce qu'il avait fait. Comment en était-il arrivé là? Le plus curieux était que la maison n'avait pas l'air de le mépriser pour autant. Elle comprenait.

Pour l'instant, son péché s'était perdu dans la cascade d'événements. La veille, avant la veillée funèbre, Mona et Évelyne l'Ancienne avaient enlevé les livres du rayonnage et sorti de leur cachette les perles, le gramophone et le vieux disque RCA Victor de la valse de Violetta. Le même gramophone. Il leur aurait bien posé des questions mais elles ne cessaient de chuchoter entre elles. Et Gifford les attendait.

– Nous ne pouvons pas l'écouter maintenant, avait dit Évelyne l'Ancienne. Ferme le piano. Couvre les miroirs. C'est ce que Gifford aurait voulu.

Henri les avait ramenées chez elles pour qu'elles se changent puis les avait conduites au funérarium. Michael s'y était rendu avec Béa, Aaron, tante Vivian et quelques autres. Le monde extérieur l'avait déconcerté, défié et mortifié par sa grande beauté, sa nuit vivante remplie de fleurs nouvelles, ses arbres couverts de jeunes feuilles. Une douce nuit de printemps.

Dans son cercueil, Gifford était une erreur de goût : cheveux courts trop noirs, visage trop fin, lèvres trop rouges, trop de points saillants un peu partout, jusqu'au bout de ses doigts recourbés et de ses seins pointant sous son tailleur austère. On aurait dit un mannequin sur lequel on aurait lésiné, dont la raideur ne convenait pas aux vêtements qui, malgré leur qualité, faisaient bon marché. Le cercueil ressemblait à un congélateur. Et le funérarium de Metairie était comme tous les autres funérariums : moquette grise, plafond bas orné d'une grande frise en plâtre, fleurs et chaises de style passables.

La veillée, néanmoins, était bien une veillée Mayfair : vin coulant à flot, conversations, pleurs, dignitaires catholiques venus rendre leurs derniers hommages, flopées de religieuses, de relations d'affaires, de juristes, de voisins.

Choc, détresse, cauchemar. Les visages figés comme de la cire, les proches recevaient parents et amis. Et le monde extérieur brillait de sa splendeur printanière.

Après sa longue maladie, après la dépression qui l'avait enfermé chez lui, les choses les plus simples éblouissaient Michael, comme si elles venaient d'être inventées : fioritures dorées, fleurs humides et parfaites. Il n'avait jamais vu autant d'enfants pleurer à des obsèques, prier près du cercueil et embrasser l'élégante défunte endormie sur son lit de satin blanc.

Il était rentré seul à 11 heures du soir et avait préparé ses bagages en faisant des projets. Il avait parcouru la maison dans tous les sens et c'était à ce moment-là qu'il avait véritablement perçu la différence. Elle était à nouveau habitée par quelque chose qu'il sentait et voyait presque. Ou non, plutôt, c'était la maison qui lui parlait, qui lui répondait.

Il devait être fou de penser que la maison était vivante, mais il avait déjà ressenti cette impression et, de toute façon, c'était préférable aux deux pitoyables mois de solitude, de maladie, de cerveau embrumé par les médicaments, de silence, de vide, d'inutilité.

Il avait longuement contemplé le gramophone et les perles laissées négligemment par terre comme un collier de pacotille. Il entendait encore l'étrange et jolie voix d'Évelyne l'Ancienne, profonde et douce en même temps, parlant à Mona sans interruption.

Personne ne semblait prêter attention à ces trésors exhumés du mur, abandonnés dans un coin près d'un tas de livres. Personne ne les touchait ni ne les remarquait.

L'heure du conseil de famille était venue. C'était une nécessité. Michael avait proposé qu'il se tienne chez Ryan si cela l'arrangeait. Mais Ryan et Pierce devaient aller au bureau. Ils en avaient assez des visites et passeraient à First Street avant d'aller travailler. Le problème de Rowan les tracassait beaucoup et il ne fallait pas croire qu'ils l'avaient oubliée un seul instant. Les pauvres!

Centre de tous les regards, ils étaient toujours aussi parfaits : Ryan avec sa peau bronzée, ses cheveux blancs souples et ses yeux bleus opaques; Pierce, le fils que tout le monde aimerait avoir, brillant, bien élevé et si visiblement affecté par le décès de sa mère. Il y avait quelque chose d'incongru dans tout cela. Après tout, qu'était la mort pour les Mayfair des clubs privés, comme l'avait dit Béa? Malgré tout, c'était extrêmement gentil de leur part d'avoir accepté de se déplacer.

Michael ne pouvait pas remettre cette réunion. Il avait suffisamment perdu de temps. Il avait vécu comme un revenant dans cette maison depuis son retour de l'hôpital. Était-ce la mort de Gifford, inutile, terrible et déplacée, qui l'avait sorti de son hébétude? Non, pourquoi se leurrer? C'était Mona.

Il allait leur expliquer qu'il devait agir au sujet de Rowan, que ses bagages étaient prêts, qu'il était sur le départ. Ils comprendraient qu'il s'était comporté comme un homme envoûté, sans prise avec la réalité et blessé par le départ de sa femme. Qu'il avait failli à son devoir.

Et puis, il y avait la médaille. Celle de l'archange saint Michel. On l'avait retrouvée au cou de Gifford à Destin. Et quand Ryan la lui avait mise dans la main, près de la tombe, lorsqu'ils s'étaient étreints, il avait compris. Trouver Rowan. Faire ce pourquoi on l'avait envoyé ici. Remplir sa mission. Bouger. Être fort à nouveau.

La médaille. Gifford l'avait retrouvée près de la piscine, le jour de Noël. Enfin, peut-être. Ryan n'en était pas certain. Elle avait passé son temps à dire qu'elle devait la rendre à Michael. Mais elle ne voulait pas l'ennuyer avec ça. C'était la sienne, elle en était convaincue. Il y avait du sang dessus. Maintenant, elle était propre et étincelante. Dans le mausolée de marbre, frais malgré le soleil de midi, pendant que des centaines de gens l'attendaient pour les condoléances, Ryan avait chuchoté à Michael : « Gifford aurait voulu que je vous la rende sans plus attendre. »

Le moment n'était pas aux remords vis-à-vis de la petite chose aux cheveux roux qui avait dormi dans ses bras et lui avait dit : « Jette tous ces médicaments, tu n'en as pas besoin. »

Il leur tint la porte tandis qu'ils entraient dans la bibliothèque.

– Entrez! dit-il, se sentant un peu bizarre d'agir en maître des lieux dans cette maison qui leur appartenait.

Il fit signe à Ryan, Pierce et Aaron Lightner de s'asseoir devant le bureau. Lui-même prit sa place habituelle, derrière ce même bureau. Pierce jeta un regard sur le gramophone et les perles. On en parlerait plus tard.

– Je sais que le moment est mal choisi, dit Michael à Ryan. Vous avez enterré votre femme aujourd'hui et je suis de tout cœur avec vous. J'aurais aimé pouvoir patienter mais je dois vous parler de Rowan.

– Bien sûr, répondit immédiatement Ryan. Et nous sommes ici pour vous dire ce que nous savons, c'est-à-dire bien peu de chose, malheureusement.

– Je vois. Je n'ai rien pu obtenir de Randall et Lauren. Ils m'ont répété que je devais vous parler et que vous étiez au courant de tout. C'est pourquoi je vous ai priés de venir. Je me sens comme quelqu'un qui se réveille d'un long coma. Je dois trouver Rowan. J'ai fait mes bagages et je suis prêt à partir.

Ryan ressemblait à une gravure de mode. Il n'y avait ni amertume ni ressentiment dans son attitude. Pierce, lui, était toujours effondré. Il semblait pris d'un chagrin inconsolable et ne paraissait même pas entendre ce qui se disait.

Aaron avait été lui aussi fortement touché par la mort de Gifford.

Il avait pris Béa sous son aile et l'avait réconfortée durant toutes les épreuves, de la veillée au cimetière. Il semblait à bout de forces, déprimé, et ses bonnes manières britanniques ne suffisaient pas à le dissimuler. Et puis il y avait Alicia. Devenue hystérique, elle avait enfin été hospitalisée. Aaron avait accompagné Ryan pour annoncer à Patrick que sa femme était malade et mal nourrie et qu'il fallait la faire soigner. Patrick avait essayé de frapper Ryan. Béa ne faisait plus mystère de son affection pour Aaron. Elle avait trouvé en lui un homme sur lequel elle pouvait se reposer. Elle l'avait dit à Michael sur le chemin du retour.

Maintenant, tout retombait sur Ryan, le juriste, celui qui s'occupait toujours des moindres détails pour les autres. Il n'avait plus Gifford à ses côtés pour discuter avec lui, croire en lui, l'aider. Il s'était déjà remis au travail. Trop tôt pour comprendre ce qui lui arrivait, se dit Michael. Trop tôt pour qu'il ait réellement peur.

– Il faut que je m'en aille, dit Michael. C'est aussi simple que ça. Qu'est-ce que je dois savoir? Quelles sont les dernières informations que nous ayons sur Rowan? Quelles sont les meilleures pistes?

Un lourd silence tomba. Mona entra dans la pièce, un nœud blanc enserrant ses boucles, vêtue d'une simple robe de coton blanc, la tenue la plus appropriée pour une enfant en deuil. Elle ferma la porte derrière elle sans prononcer un mot. Personne ne la regarda s'asseoir sur le siège adossé au mur du fond ni fixer ses yeux sur Michael. Aucune importance qu'elle soit là. Il n'y avait rien qu'elle ne sache déjà ou ne puisse entendre. Et leur secret les unissait.

Cette enfant fascinait Michael autant qu'elle le culpabilisait. Elle avait déclenché sa guérison et était pour beaucoup dans ses projets. Après la nuit passée ensemble, il ne s'était pas réveillé en pensant : mais qui est cette étrange enfant dans mon lit? Au contraire. Il avait tout de suite su qui elle était et qu'elle savait qui il était.

– Vous ne pouvez pas partir, dit Aaron.

La fermeté de sa voix prit Michael au dépourvu. Il se rendit compte qu'il avait laissé son esprit s'égarer sur Mona, ses caresses et l'apparition fantomatique d'Évelyne l'Ancienne dans la rue.

– Vous ne possédez pas tous les éléments, poursuivit Aaron.

– Quels éléments?

– Nous avons préféré ne pas tout vous dire, enchaîna Ryan. Avant de poursuivre, laissez-moi vous expliquer. Nous ne savons pas où se trouve Rowan ni ce qui lui est arrivé. Je ne veux pas dire par là qu'il lui est arrivé quelque chose de mal.

Aaron s'éclaircit la gorge d'une façon toute britannique, comme une sorte de préambule à un discours.

– Le Talamasca et la famille Mayfair ont été incapables de la retrouver, dit-il. En d'autres termes, toutes les recherches et les dépenses engagées n'ont rien donné.

– Je vois.

– Voici ce que nous savons : Rowan est partie avec un homme de haute taille aux cheveux noirs. Comme nous vous l'avons dit, elle a été vue avec lui dans un avion à destination de New York. Elle était à Zurich à la fin de l'année dernière et, de là, elle s'est rendue à Paris puis en Écosse. Plus tard, on a retrouvé sa trace à Genève. Elle est peut-être retournée à New York mais nous n'avons aucune certitude.

– Vous voulez dire qu'elle serait à nouveau aux États-Unis?

– C'est une possibilité, dit Ryan.

Il fit une pause, comme s'il n'avait rien à ajouter ou qu'il essayât de rassembler ses pensées.

– Elle a été vue à Donnelaith avec cet homme, reprit Aaron. C'est en Écosse. Aucun doute là-dessus. Pour Genève, les témoignages oculaires sont moins probants. Nous savons qu'elle est passée à Zurich à cause des opérations bancaires qu'elle y a effectuées et à Paris parce qu'elle a passé des tests médicaux qu'elle a expédiés au Dr Samuel Larkin, en Californie. C'est de Genève qu'elle lui a téléphoné et qu'elle a transmis les renseignements médicaux. Elle y a subi d'autres tests, qu'elle a également envoyés au Dr Larkin.

– Elle a appelé ce médecin? Il lui a réellement parlé?

Cette information aurait dû lui rendre espoir, signifier pour lui autre chose qu'une douleur cuisante. Son visage rougit. Elle avait téléphoné, mais pas à lui. Elle avait appelé son ami médecin de San Francisco. Il essaya de garder son sang-froid, d'avoir l'air de réfléchir.

– Oui, dit Aaron. Elle a appelé le Dr Larkin le 12 février. Elle a été très brève. Elle a juste dit qu'elle lui envoyait des spécimens, des échantillons, etc., qu'il devait les emporter au Keplinger Institute pour les analyser, qu'elle reprendrait contact avec lui et que tout cela devait rester confidentiel. Elle a aussi précisé qu'ils pourraient être interrompus à tout moment. Elle semblait se sentir en danger.

Michael resta calme. Il essaya d'analyser les faits, de comprendre leur signification. Son épouse bien-aimée avait donc téléphoné à un autre homme.

– C'est ça que vous ne vouliez pas me dire? demanda-t-il.

– Oui, dit Aaron. Et aussi que les gens que nous avons interrogés à Genève et Donnelaith ont sous-entendu qu'elle agissait sous la contrainte. Et les détectives de Ryan ont corroboré cette thèse bien qu'aucun témoin n'ait prononcé le mot de contrainte.

– Je vois, dit Michael. Mais elle était en vie et bien portante lorsqu'elle a parlé au Dr Larkin. Et c'était donc le 12 février.

– Oui...

– D'accord. Et qu'est-ce que ces gens ont vu? Et ceux des cliniques?

– Personne ne s'est aperçu de rien dans les différentes cliniques. Ce sont des bâtiments énormes et, de toute évidence, Rowan et Lasher y ont pénétré à l'insu de tout le monde. Rowan s'est peut-être fait passer pour un médecin ou un technicien, selon la situation. Elle a effectué divers tests et quitté les lieux sans se faire prendre.

– C'est la déduction que vous avez faite de ce qu'elle a envoyé à ce Dr Larkin?

– Oui.

– C'est bizarre, mais n'importe quel médecin peut faire ça, non?

Il essayait de garder une voix sûre. Il n'aurait laissé personne prendre son pouls à ce moment-là.

– Autrement dit, elle était encore vivante le 12 février? dit-il encore.

Il essaya de calculer le nombre de jours mais son esprit était vide.

– Il y a autre chose, dit Ryan. Et ça ne nous plaît pas du tout.

– Dites-le-moi.

– Rowan a fait d'énormes virements bancaires quand elle était en Europe. Par l'intermédiaire de banques françaises et suisses. Le dernier date de la fin janvier et, depuis, deux simples chèques ont été encaissés à New York, le 14 février. Or, les signatures sont des faux.

– Ah! il a falsifié les chèques, dit Michael. Il la garde donc prisonnière.

Aaron soupira.

– Nous n'en sommes pas complètement persuadés. Les témoins de Donnelaith et de Genève ont dit qu'elle était pâle et qu'elle avait l'air malade. Son compagnon était très attentionné. On ne l'a jamais vue sans lui.

– Bon, murmura Michael. Qu'ont-ils dit encore? Dites-moi tout.

– Donnelaith est aujourd'hui un site archéologique, dit Aaron. Rowan et Lasher ont pris une chambre dans une auberge. Ils sont restés quatre jours. Ils ont passé un temps fou à explorer les ruines du château, la cathédrale et le village. Lasher a parlé à beaucoup de gens.

– Êtes-vous obligé de le nommer ainsi? interrogea Ryan. Ce n'est pas le nom légal qu'il a utilisé.

– Son nom légal n'a rien à voir ici, s'interposa Pierce. Papa, s'il te plaît, qu'on en finisse avec cette information. Donnelaith est un projet archéologique apparemment financé en totalité par notre famille. Je n'en avais jamais entendu parler avant de lire le dossier du Talamasca. Mon père non plus. Tout était administré par...

– Lauren, interrompit Ryan avec un léger air de dégoût. Mais nous nous égarons. On ne les a pas vus depuis le mois de janvier.

– Poursuivez, dit Michael le plus gentiment possible. Qu'est-ce que les gens ont dit?

– Ils ont parlé d'une femme d'un mètre soixante-treize, très pâle et en mauvaise santé, et d'un homme très grand, de presque deux mètres, avec de longs cheveux noirs. Tous les deux américains.

Michael eut envie de dire quelque chose mais son cœur se mit à battre la chamade. Son pouls augmentait et il sentait une légère douleur dans sa poitrine. Il ne voulait pas que quelqu'un s'en aperçoive. Il prit son mouchoir, le plia et s'essuya la lèvre supérieure.

– Elle est vivante et en danger, murmura-t-il. La créature la retient prisonnière.

– Ces faits ne sont que des anecdotes, intervint Ryan. Ils ne tiendraient pas devant un tribunal. Nous nous perdons en conjectures. Les chèques falsifiés, en revanche, sont d'un autre ordre. La famille doit prendre des mesures immédiates.

– Et les rapports médicaux sont stupéfiants, dit Aaron.

– Oui, nous nageons dans l'incertitude, dit Pierce. Nous avons envoyé les échantillons sanguins que nous avons trouvés ici à deux institutions spécialisées dans la génétique. Aucune n'a obtenu des résultats clairs.

– Elles ont répondu que ces échantillons avaient dû être contaminés ou altérés parce qu'ils correspondaient à une espèce non humaine de primates qu'elles n'avaient pas réussi à identifier.

Michael eut un sourire amer.

– Et que dit le Dr Larkin? Rowan lui a envoyé des spécimens. Que sait-il? Que lui a-t-elle dit au téléphone? Je dois savoir.

– Rowan était agitée, répondit Pierce. Elle craignait que la communication ne soit coupée. Elle a insisté pour que le Dr Larkin emporte les échantillons au Keplinger Institute. Larkin est très troublé. C'est pourquoi il a accepté de coopérer avec nous. Il est très dévoué à Rowan et ne veut pas trahir sa confiance, mais il partage notre inquiétude.

– Ce Dr Larkin est ici, dit Michael. Je l'ai vu à la veillée funèbre.

– Oui, il est ici, confirma Ryan. Mais il est réticent à communiquer ses résultats.

– En tout cas, le peu qu'il nous a dit laisse entendre qu'il possède un tas d'éléments sur la créature, dit Aaron.

– Créature, répéta Ryan. Nous voilà repartis sur une autre planète. Nous ne savons pas si cet homme est une créature ou une... sous-espèce humaine ou quoi que ce soit d'autre. Et nous ignorons comment il s'appelle. Nous savons qu'il est une sorte de génie, instruit, intelligent, qu'il parle rapidement avec un accent américain et que les gens avec lesquels il a discuté à Donnelaith l'ont trouvé intéressant.

– Mais quel est le rapport avec ce qui nous intéresse? s'exclama Pierce. Papa, pour l'amour de...

Michael l'interrompit.

– Qu'est-ce que Rowan a envoyé au Dr Larkin? Qu'a-t-il découvert?

– Eh bien, c'est ça le problème, répondit Aaron. Il n'a pas voulu nous le dire précisément mais il vous le confiera peut-être. Il veut vous parler. Il veut faire des tests génétiques sur vous.

Michael sourit.

– Vraiment?

– Vous avez raison de vous méfier, dit Ryan, qui semblait partagé entre la colère, l'impatience et la fatigue. Par le passé, nous avons déjà été contactés par des gens qui voulaient nous faire subir des tests génétiques. Nous sommes considérés comme un groupe fermé.

– Comme les mormons ou les amish? demanda Michael.

– Exactement, répondit Ryan. Et nous avons d'excellents motifs légaux pour ne pas nous laisser faire. De toute façon, quel rapport avec la famille Curry?

– Je crois que nous nous écartons du sujet, dit Aaron en regardant Michael d'un air entendu. Quel que soit le nom que l'on donne au compagnon de Rowan, il est fait de chair et de sang et passe manifestement pour un être humain.

– Vous entendez ce que vous dites? explosa alors Ryan, hors de lui.

– Bien sûr, répondit Aaron.

– Je veux voir les preuves médicales de mes propres yeux, insista Ryan.

Michael leva la main pour réclamer le calme.

– Écoutez, les tests sont une chose. Moi, ce que je peux vous dire c'est que je l'ai vu et que je lui ai parlé.

Silence.

Michael s'aperçut que c'était la première fois qu'il parlait de cela à la famille depuis les événements. Il n'avait encore jamais raconté à Ryan ni à Pierce ni à un membre quelconque de la famille ce qui s'était passé le jour de Noël. Il lança un regard vers Mona puis vers l'homme auquel il avait tout raconté, Aaron.

Les autres le fixaient des yeux sans aucune gêne.

– Je ne le voyais pas si grand, dit-il en essayant d'affermir sa voix. (Il se passa la main dans les cheveux puis se retint d'attraper sur son bureau un stylo dont il n'avait nul besoin. Il ferma son poing droit puis l'ouvrit en écartant les doigts.) Je me suis battu avec lui. J'aurais dit qu'il faisait un mètre quatre-vingt-huit, tout au plus. Il avait les cheveux courts, noirs comme les miens, et les yeux bleus.

– Êtes-vous en train de nous dire, demanda Ryan avec un calme trompeur, que vous avez vu l'homme avec lequel Rowan est partie?

Il était blanc de rage.

– Est-ce que vous pouvez décrire ou identifier cette personne? demanda-t-il encore.

– Ryan, que voulez-vous savoir? Elle est partie avec un homme mince d'un mètre quatre-vingt-huit qui portait mes vêtements. Ses cheveux étaient noirs. Je pense qu'il a changé d'aspect. Il n'avait pas les cheveux longs et était moins grand. Est-ce que vous me croyez? Est-ce que vous croyez ce que les autres ont dit? Ryan, je sais qui il est. Et le Talamasca aussi.

Ryan semblait incapable de répondre et Pierce était tout aussi abasourdi.

– Oncle Ryan, c'était « l'homme », dit posément Mona. Pour l'amour du ciel, laissez Michael tranquille. Ce n'est pas lui qui l'a laissé devenir humain. C'est Rowan.

– Reste en dehors de ça, Mona! éclata Ryan.

Il perdait complètement son sang-froid. Pierce posa une main apaisante sur celle de son père.

– Et qu'est-ce que tu fais ici, d'abord? reprit-il. Sors d'ici.

Mona ne bougea pas.

Pierce lui fit signe de se tenir tranquille.

– Cette chose, dit Michael, notre « homme », notre Lasher, semble-t-il normal aux autres gens?

– Plutôt bizarre, répondit Ryan. D'après les témoignages, c'est un homme étrange, aux bonnes manières et plutôt sociable. (Il s'interrompit comme s'il devait se forcer à continuer.) Les rapports sont à votre disposition. Au fait, nous avons passé Paris, Genève, Zurich et New York au peigne fin. Malgré sa taille, il n'a pas l'air d'attirer l'attention. Ce sont les archéologues de Donnelaith qui ont eu le plus de contacts avec lui. Ils l'ont trouvé fascinant, un peu spécial parce qu'il parlait très vite. Il avait d'étonnantes connaissances sur la ville et les ruines.

– J'ai compris ce qui s'est passé. Elle ne s'est pas enfuie avec lui, c'est plutôt lui qui l'a forcée à l'emmener là-bas et à retirer l'argent. Elle est parvenue à le persuader de passer les tests médicaux et les a expédiés au Dr Larkin au moment propice.

– Ce n'est pas si évident, dit Ryan. Mais les chèques falsifiés nous donnent un point de départ juridique. L'argent déposé pour Rowan dans des banques étrangères a maintenant disparu. Nous devons agir. Nous n'avons pas le choix. Nous devons protéger l'héritage.

Aaron l'interrompit d'un geste.

– D'après le Dr Larkin, Rowan savait que la créature n'était pas humaine. Elle voulait qu'on étudie son caryotype pour déterminer si elle pouvait se reproduire avec d'autres humains ou seulement avec elle. Elle a envoyé un échantillon de son propre sang.

Un silence gêné s'installa.

Pendant une fraction de seconde, Ryan eut l'air pris de panique. Il se reprit, croisa les jambes et posa sa main gauche sur le bureau de Michael.

– Je ne sais que penser de cet homme étrange, dit-il. Sincèrement. Le récit du Talamasca, la chaîne des treize sorcières, tout ça, je n'y crois pas une seconde, autant vous le dire. Quoi qu'il en soit, Michael, il n'y a aucun endroit où vous puissiez aller pour chercher Rowan. Aller à Genève est une perte de temps. Nous avons ratissé la ville. À Donnelaith, nous avons un détective privé qui travaille vingt-quatre heures sur vingt-quatre. Le Talamasca aussi. D'ailleurs, soit dit en passant, il s'y entend vraiment dans ce genre d'opération. New York? Nous n'avons rien trouvé, à part les chèques falsifiés.

– Je vois, dit Michael. Où pourrais-je aller? Que faire?

– Nous arrivons donc à la même conclusion, dit Ryan. Nous ne vous avons pas dit ce que nous savions pour des raisons évidentes. Maintenant, le mieux que vous ayez à faire est de rester ici, de suivre les conseils du Dr Rhodes et de patienter.

– Il y a autre chose, ajouta Pierce.

Son père eut l'air ennuyé et, à nouveau, trop fatigué pour protester. Il se couvrit les yeux d'une main, le coude posé sur le bord du bureau.

– Vous devez nous dire exactement ce qui s'est passé ici le jour de Noël, dit Pierce. Je veux savoir. Je suis impliqué dans cette affaire depuis le début. Le projet de Mayfair Medical m'a été confié et je tiens à le poursuivre. Un tas de gens le veulent. Mais il est indispensable qu'on se dise tout. Que s'est-il passé, Michael? Qui est cet homme? Qu'est-il en réalité?

Michael savait qu'il devait dire quelque chose mais, pour l'instant, cela lui paraissait impossible. Il s'adossa à son siège, promena son regard sur les interminables rayons de livres sans voir le tas de perles sur le sol ni le mystérieux gramophone, et l'arrêta sur Mona.

Elle avait une jambe à califourchon sur l'accoudoir de son siège et paraissait trop âgée pour sa robe blanche d'enfant, qu'elle avait ramenée en tas entre ses jambes. Elle le regardait d'un air un peu ironique, comme elle le faisait avant qu'on lui annonce la mort de Gifford.

– Elle est partie avec l'homme, dit-elle calmement et distinctement. L'homme est devenu réel.

Elle avait cette voix plate d'adolescente exaspérée par la stupidité des autres et ne faisant aucune concession au monde de l'extraordinaire. Elle poursuivit :

– Elle est partie avec lui. Ce type aux cheveux longs, c'est lui. Cette espèce de mutant. Le fantôme, le diable, Lasher. Il s'est battu avec Michael près de la piscine et l'a jeté à l'eau. Il y a une odeur là-bas qui vient de lui. Et elle persiste dans le salon, là où il est né.

– Tu as une imagination débordante! dit Ryan, en colère. Je t'ai dit de rester en dehors de tout ça.

– Quand ils sont partis, reprit tranquillement Mona, Rowan a déclenché l'alarme pour que des secours viennent aider Michael. Ou c'est l'homme qui l'a fait. N'importe quel crétin comprendrait que les choses se sont passées de cette façon.

– Mona, je t'ordonne de quitter cette pièce, dit Ryan.

– Non, répondit-elle.

Michael ne dit rien. Il avait bien entendu, mais il était incapable d'ajouter quoi que ce fût. Il aurait voulu préciser que Rowan avait essayé d'empêcher l'homme de le jeter dans la piscine. Mais à quoi bon? Elle l'avait abandonné alors qu'il était en train de se noyer, non? À moins qu'elle n'ait agi sous la contrainte.

Ryan poussa un soupir exaspéré.

– Permettez-moi de vous dire, dit Aaron patiemment, que le Dr Larkin possède un tas d'informations que nous n'avons pas. Il a des radios des mains, des pieds, de la moelle épinière, du pelvis, ainsi que des scanners du cerveau et divers autres éléments. La créature n'est pas humaine. Son caryotype est troublant. C'est un mammifère, un primate au sang chaud. Il a le même aspect que nous mais il n'est pas humain.

Pierce regarda fixement son père comme s'il craignait de le voir se désagréger à tout moment. Ryan se contenta de hocher la tête.

– Je le croirai quand le Dr Larkin me l'aura dit lui-même.

– Papa, dit Pierce, ça concorde parfaitement avec les rapports. Les spécialistes ont parlé de contamination ou d'altération parce qu'ils sont partis du principe que, autrement, il s'agirait du sang ou des tissus d'un être non humain.

– C'est ce que Mona a dit, renchérit Michael.

Il regarda Ryan puis Mona.

Il y avait quelque chose qui le gênait depuis le début dans le comportement d'Aaron, mais il ignorait quoi. Il ne s'en était pas rendu compte avant de croiser son regard.

– Je suis rentré à la maison, dit-il, et il était là. Il ressemblait à Rowan, et à moi. Il aurait pu provenir de... notre enfant. Notre bébé. Rowan était enceinte.

Il s'arrêta, poussa un long soupir, secoua la tête et s'aperçut qu'il devait poursuivre.

– Cet homme était un nouveau-né. Il était très fort. Il se moquait de moi. Il... bougeait comme l'épouvantail du *Magicien d'Oz*. Il était malhabile, tombait sans cesse, riait et se remettait debout. Logiquement, j'aurais dû pouvoir lui tordre le cou. Mais il était bien plus fort qu'il n'en avait l'air. Je l'ai frappé à plusieurs reprises. Cela aurait dû suffire à lui briser quelques os du visage mais il s'en est sorti avec une légère coupure. Rowan a tenté de nous arrêter mais je ne savais pas bien... et je ne sais toujours pas... qui elle voulait protéger. Moi ou lui?

Les paroles qui sortaient de sa bouche lui étaient insupportables. Mais le moment était venu de parler, de partager avec les autres sa douleur et sa défaite.

– Est-ce qu'elle l'a aidé à te faire tomber dans la piscine? demanda Mona.

– Tais-toi, Mona! dit Ryan.

Elle l'ignora et attendit la réponse en regardant Michael.

– Non, bien que, théoriquement, il n'aurait pas dû y arriver seul. Je me suis déjà fait étendre une fois ou deux dans ma vie. Mais c'étaient des colosses qui ont eu la chance de leur côté. Lui, il était mince et délicat. Il n'arrêtait pas de déraper sur les plaques de glace, dehors. Et, pourtant, il m'a fait basculer dans l'eau. Je me rappelle son regard quand je suis tombé. Il a les yeux bleus et des cheveux très noirs, comme je vous l'ai dit. Sa peau est très pâle et belle, en quelque sorte. À l'époque, du moins.

– Comme celle d'un nouveau-né? dit doucement Aaron.

– Et vous essayez de me faire croire qu'il n'est pas humain? dit Ryan avec nervosité et anxiété.

– Nous vous parlons de science et non de vaudou, répliqua Aaron. Cette créature est de chair et d'os. Mais, du point de vue génétique, elle n'est pas humaine.

– C'est Larkin qui vous l'a dit?

– Eh bien, plus ou moins. Disons que j'ai intercepté ce message.

– Fantômes, esprits et créatures, dit Ryan dans un souffle.

Il avait l'air d'une statue de cire en train de fondre.

– Allez, papa, détends-toi!

On aurait dit que Pierce était l'aîné des deux hommes.

– Gifford m'a dit qu'elle pensait que l'homme avait pris forme humaine, dit Ryan. Ce fut notre toute dernière conversation. Elle a dit...

Il s'arrêta brutalement.

– Une chose est sûre, Michael, dit Aaron avec une légère impatience. Vous devez rester ici.

– Oui. Je reste. Mais je veux voir tous les rapports et être au courant de tout. Et parler avec ce Dr Larkin.

Ryan le scruta du regard. Michael ne l'avait jamais vu aussi hostile. Aaron le sentit également, hésita, manifestement troublé, puis continua :

– Il y a un vêtement taché de sang que nous pouvons faire analyser...

– Pour quoi faire? éclata Ryan. Qu'est-ce que ma femme a à voir là-dedans?

Aaron fut incapable de répondre. Il eut soudain un air de détresse.

– Êtes-vous en train de me dire que ma femme... qu'il l'a tuée?

Aaron ne répondit pas.

– Papa, dit Pierce, elle a fait une fausse couche et nous savons tous les deux que...

Il s'arrêta mais le coup était porté.

– Ma mère était très tendue, dit-il. Mon père et elle...

Ryan gardait le silence. Sa rage s'était durcie. Michael hocha la tête malgré lui. Mona était plus impassible que jamais.

– Il a été conclu à une fausse couche? interrogea Aaron.

– Eh bien, elle a souffert d'une hémorragie utérine, répondit Pierce. C'est ce qu'a dit le médecin de Destin. Une sorte de fausse couche.

– On n'en sait rien, dit Ryan. Selon les médecins, elle est morte d'une hémorragie. C'est tout ce qu'ils savent. Elle a perdu beaucoup de sang. Quand l'hémorragie a commencé elle n'a pas pu appeler des secours. Elle est morte sur le sable. Mon épouse était une femme affectueuse et normalement constituée. Mais elle avait quarante-six ans et cette histoire de fausse couche est invraisemblable. C'est même totalement absurde. Elle souffrait de tumeurs fibreuses, c'est tout.

– Papa, laisse-les analyser ce qu'ils ont, s'il te plaît. Je veux connaître la cause de sa mort. Si ce sont des tumeurs, je veux le savoir. S'il te plaît. Nous voulons tous savoir. Pourquoi a-t-elle eu cette hémorragie?

– D'accord, dit Ryan, bouillant de rage. Tu veux qu'on fasse une analyse des vêtements de ta mère?

– Oui, dit calmement Pierce.

– Parfait. Ce sera fait, pour toi et tes sœurs. Nous ferons ces analyses. Nous trouverons ce qui a provoqué l'hémorragie.

Pierce était satisfait malgré une inquiétude flagrante pour son père.

Ryan n'avait pas terminé. Il fit signe à tous d'attendre. Il leva la main droite, fit un autre signe puis se mit à parler.

– Je ferai ce que je peux, étant donné les circonstances. Je continuerai à chercher Rowan. Je ferai analyser les vêtements tachés de sang. Je ferai tout ce qu'il faut, tout ce qui sera nécessaire. Mais je ne crois pas à cet homme! Je ne crois pas à ce fantôme. Je n'y ai jamais cru. Et je n'ai aucune raison supplémentaire d'y croire. Et, quoi qu'il en soit, cela n'a rien à voir avec le décès de ma femme.

» Mais revenons à Rowan. Gifford est entre les mains de Dieu mais Rowan est peut-être encore entre les nôtres. Aaron, comment pouvons-nous obtenir ces données scientifiques du Keplinger Institute? C'est ma première priorité. Trouver comment récupérer légalement ce que Rowan a envoyé à Larkin. Je vais au bureau maintenant. Je suis déterminé à mettre la main sur ces données. L'héritière du testament a disparu, nous avons déjà engagé des poursuites concernant les fonds, les comptes, les signatures, etc.

Il s'arrêta, comme s'il était allé aussi loin que ses forces pouvaient le porter, comme un moteur dont la batterie serait à plat.

– Je comprends vos sentiments, dit doucement Aaron. Mais même le témoin le plus prudent dirait qu'un mystère entoure cette créature.

– Vous et votre Talamasca, murmura Ryan. Vous vous mêlez de

ce qui ne vous regarde pas. Vous observez. Vous examinez toutes ces choses bizarres et vous en faites une interprétation qui correspond à vos croyances, vos superstitions, votre dogme selon lequel il existe un monde de fantômes et d'esprits. Je ne marche pas. Je crois que votre récit concernant notre famille est... un canular. Je ne... J'ai fait faire une enquête sur vous, si vous voulez savoir.

Aaron écarquilla les yeux. Sa voix avait quelque chose d'amer quand il prit la parole :

– Je ne vous en veux pas, dit-il.

Son visage devint bizarre. Aaron réprimait visiblement un accès de colère. Une sorte de confusion étrange. Michael le ressentit. Aaron n'était plus lui-même.

– Vous avez les vêtements, Ryan? osa demander Aaron, comme à contrecœur. Les vêtements de Gifford, ceux qu'elle portait quand elle est morte.

– Allez au diable! chuchota Ryan.

Il décrocha le téléphone et appela sa secrétaire.

– Carla, c'est Ryan. Appelez le médecin légiste du comté de Walton, en Floride. Et appelez l'entreprise de pompes funèbres. Demandez-leur ce que sont devenus les vêtements de Gifford. Il me les faut.

Il raccrocha.

– Autre chose? demanda-t-il. J'aimerais aller à mon bureau. J'ai du travail. Et je dois rentrer tôt chez moi. Mes enfants ont besoin de moi. Alicia est à l'hôpital. Elle a besoin de moi aussi. Je dois rester seul un moment... Je dois... Je dois pleurer ma femme. Pierce, j'aimerais que nous partions tout de suite. Tu viens avec moi?

– Oui, papa, mais je veux savoir, pour les vêtements de maman.

– Mais qu'est-ce que ta mère vient faire dans cette histoire, je me le demande? Vous avez tous perdu la tête ou quoi?

– C'est juste pour savoir, dit Pierce... Tu sais... Tu sais que maman avait peur de venir ici pour mardi gras. Elle était...

– Non, arrête! Nous devons nous en tenir à ce que nous avons. Ce que nous savons. Nous ferons tout ce qu'on nous demande de faire. Michael, je vous ferai parvenir demain ce que nous avons sur Rowan. Non, pas demain. Tout de suite. Je vous envoie le dossier de l'enquête.

Il prit à nouveau le téléphone et composa le numéro de son bureau à toute allure. Il ne prit pas la peine de dire son nom et dit à son interlocuteur :

– Faites envoyer un coursier avec une copie de tous les papiers concernant Rowan. Oui, tout. Les détectives, les duplicatas des chèques, le moindre bout de papier. Son mari les veut. Il a le droit de les voir. C'est son mari. Il a... des droits.

Silence. Il écoutait.

– C'est-à-dire?

Son visage pâlit puis se colora jusqu'au rouge lorsqu'il raccrocha. Il se tourna vers Aaron.

– Vos enquêteurs ont pris les vêtements de ma femme! Ils sont allés les chercher au bureau du médecin légiste et aux pompes funèbres. Qui vous a permis?

Aaron ne répondit pas mais Michael perçut sa surprise et sa confusion. Visiblement, il n'était pas au courant. Il était aussi choqué qu'humilié. Il sembla réfléchir puis haussa piteusement les épaules.

– Je suis navré, s'excusa-t-il enfin. Je n'ai autorisé personne à faire cela. Je vous présente mes excuses. Je vais faire en sorte que tout vous soit rendu immédiatement.

Michael comprit pourquoi Aaron n'était plus lui-même. Il y avait un problème entre lui et l'ordre.

– Je vous garantis que vous feriez mieux! dit Ryan. J'en ai assez des secrets et des gens qui s'espionnent les uns les autres.

Il se leva. Pierce en fit autant.

– Allez, viens, papa! dit-il, prenant à nouveau la situation en main. Rentrons à la maison. J'irai au bureau cet après-midi. Partons.

Aaron ne se leva pas et ne jeta pas un regard à Ryan. Il était ailleurs, perdu dans ses pensées.

Michael se leva et serra la main de Ryan puis celle de Pierce.

– Merci à tous les deux, dit-il.

– Nous ne pouvions pas faire moins, dit Ryan. Nous nous reverrons demain avec Lauren et Randall. Nous trouverons Rowan si elle...

– ... est trouvable, intervint Mona.

– Je t'ai dit de te taire, dit Ryan. Rentre chez toi. Évelyne l'Ancienne est seule.

– Ah oui! il y a toujours quelqu'un de seul, là-bas, qui a besoin de moi, répondit-elle.

Elle se leva et remit en place sa robe de petite fille en coton. Les deux boucles de son nœud blanc pointaient derrière sa tête.

– Je rentre. Ne t'inquiète pas, ajouta-t-elle.

Ryan la fixa des yeux comme si la situation lui était devenue insupportable. Puis il s'approcha d'elle, la prit dans ses bras et la pressa contre sa poitrine. Il y eut un silence pesant puis un horrible bruit de sanglots. Les sanglots terribles d'un homme qui s'était retenu jusque-là, d'un homme rempli de honte et de désespoir à se laisser aller. De ceux qu'une femme n'a jamais tant ils sont peu naturels.

Pierce passa un bras autour des épaules de son père. Ryan repoussa doucement Mona, l'embrassa sur la joue puis, pressant son épaule, la laissa s'écarter. Elle se rapprocha de lui et l'embrassa gentiment.

Ryan et Pierce sortirent de la bibliothèque.

Quand la porte s'ouvrit, Michael entendit des bruits de voix dans le hall. La voix chuchotante de Béatrice, celle, plus profonde, de Randall, et d'autres qu'il ne put distinguer.

Il restait seul avec Aaron et Mona. Aaron était amorphe et son regard complètement vide. Il était aussi apathique que Michael quelques jours plus tôt.

Mona s'était retirée dans un coin, luisant comme une petite bougie avec ses cheveux roux, les bras croisés, manifestement peu pressée de s'en aller.

– Dites-moi ce que vous en pensez, dit Michael à Aaron. C'est la première fois que je vous pose vraiment la question depuis... les événements. Qu'en pensez-vous?

– Mon opinion en tant que membre du Talamasca? répondit-il, les yeux toujours dans le vague.

– Votre opinion tout court. Le refus de Ryan de croire à toute cette histoire est presque une profession de foi, vous ne trouvez pas? Qu'est-ce que vous me cachez?

Il aurait dû demander à Mona de partir, l'accompagner dehors et la confier à Béa. Mais il n'en fit rien. Il se contenta d'observer Aaron.

Le visage d'Aaron s'était tendu puis détendu.

– Je ne vous ai rien caché volontairement, dit-il d'une voix qui ne semblait pas la sienne. Je suis très ennuyé. C'est moi qui dirigeais cette enquête jusqu'au départ de Rowan. Après sa disparition, je croyais que c'était toujours moi qui la dirigeais. Aujourd'hui, tout indique que ce sont les Aînés qui l'ont reprise en main et que l'enquête se poursuit à mon insu. J'ignore qui a pris les vêtements de Gifford. Ce genre de pratique ne ressemble pas au Talamasca. Vous le savez. Après la disparition de Rowan, nous avons demandé à Ryan l'autorisation de venir dans cette maison pour prendre des échantillons du tapis taché de sang et du papier peint. Nous vous aurions bien demandé à vous mais vous n'étiez pas...

– Je sais, je sais.

– C'est ainsi que nous procédons. Nous venons sur les lieux quand il se passe quelque chose, nous observons mais nous ne tirons aucune conclusion.

– Vous ne me devez aucune explication. Nous sommes amis, ne l'oubliez pas. Mais je crois savoir ce qui s'est passé. Cette enquête doit être capitale pour vos Aînés. Nous ne sommes plus en présence d'un fantôme mais d'un mutant. Et cette créature retient ma femme prisonnière.

– J'aurais pu te le dire, intervint Mona.

Le fait qu'Aaron ne réponde pas était étonnant. Il fixait le vide, profondément troublé et incapable de se confier parce qu'il s'agissait des affaires de l'ordre. Il finit par regarder quand même Michael.

– Vous vous portez comme un charme. Le Dr Rhodes vous appelle son miraculé. Vous allez bien. Nous nous reverrons demain, tous les deux, si je ne suis pas accepté à la réunion avec Ryan.

– Et le dossier qu'ils vont m'envoyer?

– Je l'ai vu. Nous coopérons. Mes propres rapports sont dedans. Vous verrez. Béatrice et Vivian m'attendent. Béatrice s'inquiète à votre sujet, Mona. Et puis, il y a le Dr Larkin. Il veut vous parler, Michael. Je lui ai demandé de patienter jusqu'à demain. Il m'attend.

– D'accord. Je vais lire le rapport. Mais ne laissez pas Larkin s'en aller.

– Oh, il n'y a aucun risque! Il est heureux comme un pape, ici. Il fait la tournée des bons restaurants et a fait la bringue toute la nuit avec une femme chirurgien de Tulane. Il ne nous filera pas entre les doigts.

Mona resta immobile quand Michael suivit Aaron dans le hall. Il fut soudain conscient de sa présence, de son parfum, de ses cheveux roux brillant dans l'ombre, de son ruban de satin froissé, de toute sa personne et de ce qu'il y avait eu entre eux. Tout le monde allait quitter la maison et il se retrouverait seul avec elle.

Ryan et Pierce étaient en train de sortir de la maison. Les adieux étaient toujours interminables avec les Mayfair. Béatrice pleurait tout en assurant Ryan que tout irait bien. Randall était assis dans le salon, près de la cheminée et avait l'air d'un vieux crapaud avachi.

– Mes chéris, comment ça va? demanda Béa en se précipitant vers Michael et Mona.

Aaron passa près d'elle.

– Je vais très bien, dit Mona. Et maman?

– On lui a administré un sédatif et elle est nourrie par perfusion. Elle va dormir toute la nuit. Ne t'inquiète pas pour elle. Ton père va bien aussi. Il tient compagnie à Évelyne l'Ancienne. Je crois que Cecilia est là-bas aussi. Anne-Marie est auprès de ta mère.

– C'est bien ce que je pensais, dit Mona.

– Qu'est-ce que tu veux faire, ma chérie? Pourquoi ne viendrais-tu pas chez moi quelque temps? Viens dormir à la maison, tu coucheras dans la chambre rose.

Mona secoua la tête.

– Je me sens très bien. Je ne vais pas tarder à rentrer à la maison, à pied.

– Et vous! dit Béa à Michael. Regardez-moi ça! Vos joues sont toutes colorées. Vous êtes un homme neuf.

– Oui, on dirait bien. Écoutez, il faut que je réfléchisse. On m'envoie le dossier sur Rowan.

– Oh, ne le lisez pas. C'est complètement déprimant.
Elle se retourna pour chercher Aaron, qui était adossé à un mur, à l'autre bout du hall.
– Aaron, empêchez-le de faire ça, dit-elle.
– Il faut qu'il le lise, ma chère, répondit Aaron. Je dois retourner à l'hôtel maintenant. Le Dr Larkin m'attend.
– Oh, vous et votre médecin!
Elle lui prit le bras et l'embrassa sur la joue en l'entraînant vers la sortie.
– Je vous attendrai, dit-elle encore.
Randall s'était levé pour partir. Deux jeunes Mayfair qui se trouvaient dans le salon sortirent dans le hall. Les adieux se prolongèrent : paroles d'affection, sanglots soudains, serments d'amour envers Gifford, cette pauvre Gifford qui était si belle, si gentille et si généreuse. Béa se retourna, se précipita pour étreindre Michael et Mona de ses deux bras, les embrassa puis s'arracha à eux et se dirigea vers la porte. Il y eut quelque chose d'intime dans sa façon de prendre le bras d'Aaron et de se laisser guider sur les marches du perron. Randall franchit la grille devant eux.
Tout le monde était parti. Sur le pas de la porte, Mona faisait des signes d'adieu. Elle se retourna pour regarder Michael puis claqua la porte derrière elle.
– Où est tante Viv? demanda-t-il.
– Elle ne te sera d'aucun secours, dit Mona. Elle est partie à Metairie avec tante Bernadette pour tenir compagnie aux autres enfants de Gifford.
– Et Eugenia?
– Me croirais-tu si je te disais que je l'ai empoisonnée?
Elle passa devant lui et entra dans la bibliothèque. Il la suivit en préparant un beau discours raisonnable à son attention.
– Cela ne se reproduira plus, commença-t-il.
Mais elle ferma la porte dès qu'il fut dans la pièce et se jeta à son cou.
Il se mit à l'embrasser, glissa ses mains sur ses seins puis les passa sous la robe de coton.
– Non, c'est impossible, murmura-t-il. Je ne te laisserai pas faire.
En un instant, il fut submergé par la douceur de ses bras fermes, de son dos, de ses hanches. Elle était très excitée, plus que n'importe quelle femme à qui il avait fait l'amour. Il entendit un petit bruit. Tendant un bras, elle venait de tourner la clé dans la serrure.
– Console-moi, dit-elle. Ma chère tante vient de mourir. Je suis très malheureuse.
Elle recula d'un pas. Des larmes perlaient dans ses yeux. Elle renifla, prête à éclater en sanglots.
Elle déboutonna sa robe, la laissa tomber à ses pieds et sortit du

cercle de tissu. Il aperçut son soutien-gorge en dentelle d'un blanc immaculé et sa tendre peau pâle au-dessus de son slip. Des larmes coulaient sans bruit de ses yeux. Elle se précipita sur lui, entoura son cou de ses bras, l'embrassa et glissa sa main entre ses jambes.

Tandis qu'ils se laissaient tomber sur le tapis, elle chuchota :

– Ne te fais pas de souci.

Il avait sommeil, trop de pensées se bousculaient dans sa tête. Il se mit à chantonner. Comment pourrait-il ne pas se faire de souci? Impossible de fermer les yeux. Il chanta plus fort.

– C'est la valse de Violetta, dit-elle. Garde-moi dans tes bras, s'il te plaît.

On aurait dit qu'il dormait ou qu'il avait sombré dans une sorte d'état paisible, les doigts posés sur l'adorable nuque de Mona, les lèvres pressées sur son front.

La sonnerie de la porte d'entrée retentit et il entendit Eugenia traverser le hall, prenant tout son temps pour aller répondre et disant, comme d'habitude :

– Voilà, voilà! J'arrive.

On livrait le rapport. Il voulait le voir tout de suite. Comment sortir sans qu'Eugenia ne voie l'enfant endormie sur le tapis? Il n'avait pas fallu une demi-heure pour que le dossier soit livré. Il pensa à Rowan et eut tellement peur qu'il n'arrivait plus à réfléchir. Il avait pourtant une décision à prendre.

Il s'assit et essaya de rassembler ses forces, de secouer sa torpeur et de ne pas voir la jeune fille nue sur le sol, endormie, la tête blottie dans ses cheveux roux, le ventre aussi souple et parfait que ses seins, si attirant. Michael, tu es ignoble d'avoir fait ça.

La porte d'entrée se referma et Eugenia repassa en silence.

Michael se rhabilla et se coiffa en fixant le gramophone des yeux. Oui, c'était bien celui qu'il avait vu dans le salon, celui qui avait joué la valse fantôme pour lui. Et là, le disque noir sur lequel on avait gravé la valse des dizaines d'années plus tôt.

Il resta perplexe un long moment. Ma femme est peut-être vivante, peut-être morte. Il faut que je me persuade qu'elle est encore vivante, qu'elle est avec cette créature qui a sûrement besoin d'elle.

Mona se retourna. Son dos blanc, ses hanches fines de petite femme. Elle n'avait rien d'une adolescente, elle était résolument féminine.

Regarde ailleurs, mon garçon. Eugenia et Henri ne sont pas loin. Tu joues avec le feu.

Il ouvrit lentement la porte. Le grand hall était plongé dans le silence. Le salon aussi. L'enveloppe était sur la table de l'entrée, là où l'on déposait le courrier. Il aperçut le nom de Mayfair & Mayfair. Il sortit sur la pointe des pieds et prit l'enveloppe, craignant l'arrivée soudaine d'Eugenia ou d'Henri, puis se glissa dans la salle à manger. En s'asseyant au bout de la table pour lire le dossier, il pourrait intercepter quiconque s'approcherait de la porte de la bibliothèque.

Tôt ou tard, elle allait se réveiller et s'habiller. Que ferait-elle ? Il espérait qu'elle ne rentrerait pas chez elle, qu'elle ne le laisserait pas seul.

Espèce de lâche ! se dit-il. Rowan, comprendrais-tu tout cela ? Oui, elle le comprendrait. Elle connaissait les hommes mieux que n'importe quelle autre femme. Mieux que Mona.

Il alluma le lampadaire près de la cheminée, s'assit à la table et sortit la liasse de photocopies de l'enveloppe.

C'était bien ce qu'on lui avait raconté.

Les généticiens de New York et d'Europe avaient pris les choses avec une certaine ironie : « Ceci ressemble à une combinaison délibérée d'éléments génétiques provenant de plusieurs espèces de primates. »

Les témoignages de Donnelaith l'anéantirent : « La femme était malade. Elle passait la plupart de son temps dans sa chambre. Mais quand il sortait, elle l'accompagnait. Comme s'il insistait pour qu'elle aille avec lui. Elle avait l'air très, très malade. J'ai été à deux doigts de suggérer qu'elle voie un médecin. »

À Genève, un employé de l'hôtel avait décrit Rowan comme une femme très émaciée ne pesant pas plus de cinquante kilos. Michael était horrifié.

Il examina les photocopies des chèques falsifiés. L'écriture était vraiment vieillotte. Bénéficiaire : Oscar Aldrich Tamen. Pourquoi avoir choisi ce nom ? Michael regarda le verso du chèque et comprit : faux passeport.

C'était une piste à suivre. Puis il tomba sur une annotation de Mayfair & Mayfair : Oscar Aldrich avait été vu pour la dernière fois à New York le 13 février. Sa femme avait signalé sa disparition le 16. On ne l'avait pas retrouvé. Conclusion : passeport volé.

Il referma le dossier, posa ses coudes sur la table et enfouit son visage dans ses mains. Il essaya d'ignorer le petit tiraillement qui pinçait son cœur ou, du moins, de se rappeler que la douleur était vraiment infime, rien de plus qu'une légère piqûre, et qu'il l'avait déjà ressentie, pendant des années. Ce n'était rien.

– Rowan, dit-il tout haut, comme une sorte de prière.

Il repensa au jour de Noël, à la dernière vision qu'il avait d'elle : elle lui avait arraché sa chaîne et la médaille était tombée par terre.

Pourquoi m'as-tu abandonné ? Comment as-tu pu me faire ça ?

Puis il eut honte. Honte et peur. Il avait été content d'avoir appris que ce démon l'avait emmenée de force, que les enquêteurs estimaient qu'elle agissait contre son gré. Et content que cela ait été dit devant le fier Ryan Mayfair. Cela revenait à dire que sa femme ne l'avait pas cocufié avec le diable, qu'elle l'aimait.

Qu'allait-elle devenir? Sa sécurité, son avenir, sa fortune étaient menacés. Le chagrin de Michael était immense. La fuite de sa femme ce jour-là, l'eau glacée de la piscine, les sorcières Mayfair dans son rêve, la chambre d'hôpital, son retour dans cette maison...

Il croisa les bras sur la table et, pleurant silencieusement, posa sa tête dessus.

Combien de temps était-il resté ainsi? En tout cas, la porte de la bibliothèque ne s'était pas ouverte, Mona devait encore dormir et les domestiques savaient ce qu'il avait fait. Sinon, ils seraient en train de vaquer à leurs occupations autour de lui. Le jour était tombé. La maison attendait quelque chose.

Il releva la tête. Dehors, la lumière avait ce blanc étincelant des soirées de printemps. L'éclairage doré du lampadaire égayait un peu la vaste pièce et ses vieilles peintures.

Une petite voix chantante parvint à ses oreilles, fluette, distante. Petit à petit, il se rendit compte que c'était le chant de Violetta. Le gramophone. Sa nymphe était donc réveillée. Il devait se secouer et lui parler du péché qu'il avait commis.

Il se leva, traversa lentement la pièce sombre et arriva devant la bibliothèque. La musique était forte. C'était la valse de *La Traviata* qui exprimait la gaieté de Violetta, juste avant qu'elle ne commence à mourir. Une lumière douce passait sous la porte.

Mona était assise par terre, appuyée en arrière sur ses bras, nue, avec ses petits seins bien hauts. Ses mamelons étaient tout roses.

Il n'y avait pas de musique. L'avait-il imaginée? Mona regardait le porche par la porte-fenêtre grande ouverte. Les volets, qu'il avait tenu à garder tout le temps fermés, étaient aussi ouverts. Il entendit un grand bruit dans la rue mais ce n'était qu'une voiture qui prenait son virage sur les chapeaux de roues.

Mona avait un air ébahi, les cheveux ébouriffés, le visage encore ensommeillé.

– Qu'est-ce qui se passe? demanda-t-il. Quelqu'un est entré?

– A essayé d'entrer, répondit-elle. Tu sens l'odeur? demanda-t-elle en se tournant vers lui.

Sans attendre sa réponse, elle commença à s'habiller.

Michael s'approcha de la porte-fenêtre et ferma les volets verts. Le jardin semblait désert dans la pénombre. Le réverbère ressemblait à une lune nichée dans les branches de chêne. Michael ferma la porte et la verrouilla. Elle n'aurait pas dû être déverrouillée. Il était furieux.

– Tu sens? demanda Mona une nouvelle fois.

Elle était habillée quand il se retourna. La pièce était presque sombre. Elle avança vers lui et lui tourna le dos pour qu'il noue sa ceinture de coton.

– Mais, bon Dieu, c'était qui?

Le coton amidonné était agréable sous ses doigts. Il fit le nœud du mieux qu'il pouvait. Il était néophyte en la matière. Elle se tourna vers lui et regarda vers la porte-fenêtre.

– Tu as vu qui c'était? demanda-t-il.

Elle s'approcha de la porte vitrée, regarda à travers les fentes des persiennes et secoua la tête.

Il eut envie de se ruer dehors pour fouiller le jardin et faire le tour du pâté de maisons à la recherche du premier rôdeur, de parcourir Chestnut Street et First Street jusqu'à ce qu'il trouve un suspect.

– Mon marteau, dit-il. J'en ai besoin.

– Ton marteau?

– Je n'ai pas besoin d'arme à feu, mon ange. Mon marteau a toujours fait l'affaire.

Il se dirigea vers le placard de l'entrée.

– Michael, le type est parti depuis longtemps. Il l'était déjà quand je me suis réveillée. Je l'ai entendu courir. Je ne crois pas... Je ne sais pas s'il a vu qu'il y avait quelqu'un ici.

Il fit demi-tour. Un objet blanc brillait sur le tapis foncé. Son nœud. Il le ramassa. Elle le lui prit des mains et le fixa dans ses cheveux sans même se regarder dans une glace.

– Je dois y aller, dit-elle. Il faut que je voie ma mère. J'aurais dû le faire plus tôt. Elle doit être paniquée d'être à l'hôpital.

– Tu n'as vraiment rien vu? répéta-t-il une troisième fois.

Il la suivit dans le hall.

– J'ai juste senti cette odeur. Je crois que c'est elle qui m'a réveillée et puis j'ai entendu le bruit à la porte-fenêtre.

Comme elle était calme!

Il ouvrit la porte d'entrée et sortit le premier. Quelqu'un pourrait être tapi dans l'ombre, derrière les chênes, de l'autre côté de la rue ou au milieu des palmes du jardin. Mon propre jardin.

– Je m'en vais, Michael. Je t'appellerai plus tard.

– Tu crois vraiment que je vais te laisser partir seule dans le noir? Tu es folle?

Elle s'arrêta en haut des marches. Elle allait protester mais un regard vers les ombres du jardin l'en empêcha. Elle observa en réfléchissant les branches et les ombres de Chestnut Street.

– J'ai une idée, dit-elle enfin. Tu me suis et s'il me saute dessus tu le tues avec ton marteau. Tu as pris ton marteau?

– C'est complètement ridicule. Je vais te ramener en voiture.

Il la poussa à l'intérieur et ferma la porte.

Henri était dans la cuisine, sa place habituelle, en chemise blanche et bretelles. Il buvait du whisky dans une tasse de porcelaine pour que personne ne s'en aperçoive. Il posa son journal sur la table et se mit debout. Oui, il voulait bien ramener l'enfant chez elle. À l'hôpital? Mais certainement. Comme Mlle Mona le souhaitait. Il attrapa son manteau, qu'il posait toujours sur le dossier de sa chaise.

Michael les accompagna jusqu'au garage, toujours inquiet de ce que l'obscurité pouvait cacher, et les regarda monter dans la voiture. Mona lui fit un signe de la main. En la voyant partir, il eut honte de ne pas l'avoir embrassée.

Il rentra dans la maison et ferma la porte de la cuisine derrière lui.

Il ouvrit le placard du hall d'entrée, sous l'escalier, et trouva sa boîte à outils. La maison était si grande qu'il avait une boîte à outils à chaque étage. Dans celle-ci, il y avait ses vieux outils préférés, avec son marteau à pied-de-biche, au manche à moitié mâchouillé, qu'il avait apporté de San Francisco.

Il eut soudain une curieuse impression. Serrant fort son marteau, il alla regarder une nouvelle fois par la porte-fenêtre de la bibliothèque. Le marteau avait appartenu à son père. Il avait emporté tous les outils de son père à San Francisco lorsqu'il était enfant. C'était bon d'avoir ces objets familiers au milieu de tous ceux appartenant à la famille Mayfair. Il leva le marteau. Quel plaisir ce serait de taper sur le crâne du cambrioleur. Comme s'il n'y avait pas déjà suffisamment de problèmes ici! Il ne manquait plus qu'une saloperie de voleur!

À moins que...

Il alluma une lampe et examina le petit gramophone. Couvert de poussière. Personne ne l'avait touché. Lui-même hésitait à le faire. Il s'agenouilla et posa ses doigts sur le plateau en feutre. Les disques de *La Traviata* étaient dans leur épaisse pochette défraîchie. La manivelle était à côté de l'appareil. Qui donc avait bien pu le mettre en marche par deux fois alors qu'il était complètement recouvert de poussière?

Il y eut un bruit quelque part dans la maison. Une sorte de craquement, comme si quelqu'un marchait. Eugenia, peut-être. Ou alors...

– Bon sang! Ce salaud est encore ici?

Il décida d'inspecter la maison pièce par pièce. D'abord le rez-de-chaussée. L'oreille aux aguets, il examina les petites lumières des boîtiers de contrôle du système d'alarme. Si quelqu'un bougeait là-haut, il le saurait tout de suite. Mais aucun signe. Il monta au premier étage puis au second, ouvrant les portes des placards et des salles de bains où il n'avait pas pénétré depuis si longtemps. Il entra même dans la grande chambre du devant. Le lit était fait et un vase de roses jaunes était posé sur le manteau de la cheminée.

Tout semblait en ordre. Eugenia n'était pas là. Par une fenêtre latérale, il regarda vers la maison d'hôtes au fond du jardin. Toutes les lumières étaient allumées. C'était Eugenia. Elle faisait toujours ça. Henri et elle se relayaient pour habiter là-bas. Dans la cuisine, la radio était en marche. À la télévision, on donnait un épisode d'« Arabesque ».

Les arbres sombres se balançaient dans le vent. Il promena son regard sur la pelouse, la piscine, l'allée pavée. Seules les branches des arbres bougeaient, donnant l'impression trompeuse que les lumières de la maison clignotaient.

Le troisième étage. Il fallait inspecter le moindre recoin. Tout était calme et noir. Le petit palier était désert. La porte de la pièce qui servait de rangement était grande ouverte. Les étagères étaient vides et propres. On aurait dit qu'elles attendaient d'être remplies. Il se retourna et ouvrit la porte de l'ancienne chambre de Julien, dont il avait fait son bureau.

Il vit en premier les deux fenêtres d'en face. Celle de droite, sous laquelle Julien était mort dans son lit étroit, et celle de gauche, par laquelle Antha avait cherché à fuir mais avait trouvé la mort en tombant. Les fenêtres ressemblaient à deux yeux.

La douce lumière du soir éclairait le plancher nu et la table à dessin. Illusion d'optique : le plancher n'était pas nu. Il était recouvert d'un tapis élimé et, là où aurait dû se trouver sa table à dessin, il y avait le lit de cuivre qu'on avait pourtant enlevé de la pièce depuis longtemps.

Il tendit la main vers l'interrupteur.

– S'il vous plaît, n'allumez pas.

La voix était douce. Elle avait un accent français.

– Qui est là? demanda Michael.

– C'est Julien. Je vous en prie. Ce n'est pas moi qui suis entré par la porte de la bibliothèque. Entrez, j'ai à vous parler.

Michael referma la porte derrière lui. Son visage ruisselait de sueur. Il serrait fort le manche du marteau. Mais il savait que c'était la voix de Julien. Il l'avait déjà entendue, là-haut, au-dessus de la mer, dans un autre monde. C'était la même voix douce au débit rapide qui lui avait exposé sa mission en ajoutant qu'il pouvait la refuser.

Michael eut le sentiment qu'un voile allait se lever, qu'il allait voir une nouvelle fois le Pacifique déchaîné, son corps balancé par la houle et qu'enfin sa mémoire lui reviendrait. Mais rien de tout cela ne se produisit. C'était bien plus effrayant et exaltant. Il aperçut une silhouette sombre près de la cheminée, un bras posé sur le manteau, de longues jambes minces. Des cheveux souples, tout blancs dans la lumière venant de la fenêtre.

– Michael, je suis si fatigué. Tout cela est très dur pour moi.

– Julien! Est-ce qu'ils ont brûlé le livre? L'histoire de votre vie.

– Oui, mon fils. Ma tendre Mary Beth a brûlé jusqu'à la dernière page. Tout ce que j'avais écrit...

Sa voix était triste. Il haussa légèrement les sourcils.

– Venez, approchez-vous, dit-il encore. Prenez cette chaise. Il faut que vous m'écoutiez.

Michael obéit et prit la chaise de cuir, celle qu'il savait réelle parmi tous ces objets étrangers et poussiéreux. Il toucha le lit. Solide. Il entendit même les ressorts craquer. Il toucha l'édredon de soie. Réel, lui aussi. Il était sidéré et émerveillé.

Sur le manteau de la cheminée se trouvaient deux chandeliers en argent. La silhouette se retourna, fit craquer une allumette et mit le feu aux mèches. Ses épaules étaient étroites mais très droites.

Lorsque Julien se retourna vers Michael, une chaude lumière jaune luisait derrière lui. Ses yeux bleus étaient plutôt gais et son visage presque ravi.

– Oui, mon garçon. Regardez-moi bien et écoutez-moi. Vous devez agir maintenant. J'ai beaucoup à vous dire. Ah! vous entendez? Ma voix se fait plus forte.

C'était une voix magnifique dont Michael ne perdait pas une syllabe. Il avait toujours aimé les belles voix. Celle-ci lui rappelait les voix travaillées des anciennes vedettes de cinéma qu'il aimait tant, ces acteurs qui faisaient tout un art d'une phrase simple.

– J'ignore de combien de temps je dispose, dit le fantôme. Je ne sais pas où j'étais pendant que j'attendais cet instant.

– Je suis là. Je vous écoute. Quoi qu'il arrive, ne partez surtout pas.

– Si vous saviez comme j'ai eu du mal à venir. J'ai essayé tant et tant de fois mais votre esprit m'en empêchait.

– J'ai peur des fantômes. C'est mon côté irlandais. Vous le saviez.

Julien sourit et s'adossa à la cheminée en croisant les bras. Les petites flammes des bougies vacillèrent. Il avait l'air tout à fait réel avec son pantalon large, ses chaussures à boutons parfaitement cirées. Il sourit et son visage ridé, ses cheveux blancs bouclés et ses yeux bleus parurent encore plus vivants.

– Je vais tout vous expliquer, dit-il, à la façon d'un maître d'école. Ne me condamnez pas. Prenez ce que j'ai à donner.

Michael fut envahi d'un mélange de confiance et d'excitation. Celui qu'il avait tant redouté, celui qui l'avait hanté, était maintenant là, avec lui, et était son ami. En fait, Julien n'avait jamais été la personne à craindre.

– Vous êtes l'archange, Michael. Vous êtes celui qui a encore une chance.

– Alors, la lutte n'est pas terminée?

– Non, mon fils, pas du tout.

Il eut soudain l'air distrait et très triste. Michael eut peur qu'il ne s'efface. Mais, au contraire, il se renforça. Ses couleurs devinrent plus vives lorsqu'il fit un geste vers un coin de la pièce et sourit.

La boîte en bois du gramophone était posée sur une table au pied du lit de cuivre.

– Qu'est-ce qui est réel dans cette pièce? demanda Michael. Et qu'est-ce qu'un fantôme?

– Mon Dieu, si seulement je le savais! Je n'ai jamais su.

Le sourire de Julien s'élargit. Il s'adossa à nouveau contre la cheminée et parcourut d'un regard distrait les murs de la chambre.

– Que ne donnerais-je pas pour une cigarette et un verre de vin! murmura-t-il. Michael, lorsque vous ne me verrez plus, lorsque nous nous quitterons, mettez le disque de la valse pour moi. Je l'ai fait pour vous. Écoutez-le tous les jours.

– Je le ferai, Julien.

– Maintenant, écoutez-moi attentivement...

Dix

La Nouvelle-Orléans était une ville tout simplement fabuleuse. Lark y serait bien resté pour toujours. L'hôtel Pontchartrain était petit mais on ne peut plus confortable. La suite spacieuse qu'il avait sur l'avenue était décorée de meubles agréables et traditionnels et la cuisine du Caribbean Room était la meilleure qu'il ait jamais goûtée. San Francisco pouvait attendre. Aujourd'hui, il avait dormi jusqu'à midi, puis dégusté un fantastique petit déjeuner comme on les faisait dans le Sud. Avant de rentrer chez lui, il apprendrait à confectionner du gruau de maïs. Et ce café à la chicorée était inoubliable. La première fois, il avait un goût épouvantable mais, ensuite, on ne pouvait plus s'en passer.

Mais ces Mayfair le rendaient complètement dingue. C'était la fin de son deuxième jour dans cette ville et il n'avait encore rien fait. Il était assis jambes croisées sur le long canapé de velours doré en forme de L et griffonnait sur son carnet pendant que Lightner téléphonait dans la pièce voisine. Il avait l'air exténué quand il était rentré à l'hôtel. Lark estimait qu'il aurait dû monter se reposer dans sa chambre. Un homme de cet âge devrait faire des siestes. Il ne pouvait s'agiter jour et nuit comme il le faisait.

Il entendit le vieil homme hausser le ton dans la pièce d'à côté. Son interlocuteur avait l'air de franchement l'énerver.

Évidemment, ce n'était pas la faute de la famille si Gifford Mayfair était morte et si les deux derniers jours avaient été entièrement consacrés à la veillée mortuaire et aux funérailles. Lark n'avait encore jamais eu l'occasion d'assister à de telles démonstrations de chagrin. Lightner n'avait cessé d'être sollicité par les femmes de la famille, d'être envoyé en commission, d'être appelé pour un conseil.

Lark était allé à la veillée par curiosité. Il avait du mal à imaginer Rowan Mayfair parmi ces étranges et volubiles gens du Sud, qui parlaient des vivants et des morts avec un égal enthousiasme. C'était des gens tout ce qu'il y avait de plus huppé. À chacun sa Beamer, sa Jaguar ou sa Porsche. Les bijoux avaient l'air vrais. Le patrimoine génétique de la famille comprenait la beauté et tout ce qui allait avec.

Et puis, il y avait le mari. Tout le monde protégeait ce Michael Curry. Au premier abord, il faisait plutôt ordinaire mais, en fait, il était aussi beau que les autres. Bien nourri, bien habillé. Rien à voir avec quelqu'un qui venait de faire une crise cardiaque.

Là-bas, sur la côte, Mitch Flanagan était en train d'étudier l'ADN de Curry et y avait découvert les mêmes bizarreries que chez Rowan. Selon l'habitude du Keplinger Institute, Flanagan s'était « débrouillé » pour obtenir le dossier de Michael Curry à son insu. Et Lark n'arrivait pas à joindre Flanagan.

Il n'avait pas répondu au téléphone, ni la veille au soir ni le matin. Lark était tombé chaque fois sur un répondeur qui, sur fond musical, lui avait demandé de laisser ses coordonnées.

Lark n'aimait pas ça du tout. Pourquoi Flanagan l'évitait-il? Lark voulait voir Curry, lui parler, lui poser certaines questions.

Il avait pris du bon temps depuis son arrivée : une bonne cuite la veille et, ce soir, un dîner chez Antoine avec deux confrères de Tulane. De vrais poivrots, ces deux-là, mais il avait des affaires à régler ici et, maintenant que Mme Ryan Mayfair était enterrée, il pourrait peut-être s'en occuper.

Il arrêta de griffonner lorsque Lightner entra dans la pièce.

– Mauvaises nouvelles? demanda-t-il.

Lightner s'assit comme d'habitude dans le fauteuil Morris et réfléchit, un doigt posé sous sa lèvre, avant de répondre. Les manières de cet homme au teint pâle et aux cheveux blancs étaient tout à fait désarmantes. Il semblait à bout de forces. C'était plutôt pour son cœur à lui qu'il fallait s'inquiéter.

– Eh bien, dit Lightner, je me trouve dans une position délicate. Il semble que ce soit Erich Stolov qui ait récupéré les vêtements de Gifford en Floride. Il est venu ici également. Il a pris ses vieux vêtements au salon mortuaire. Et il est parti avec sans m'en toucher un seul mot.

– Il fait pourtant partie de votre bande.

– Oui, répondit Aaron avec une légère grimace. Il fait partie de ma bande, comme vous dites. Et, selon le Supérieur général, les Aînés me conseillent de ne pas me mêler de « cette partie » de l'enquête.

– Qu'est-ce que ça veut dire?

Lightner se calma avant de répondre. Puis il leva les yeux.

– Vous m'avez parlé de tests génétiques sur toute la famille. Voulez-vous aborder le sujet avec Ryan? Je crois que demain matin sera le bon moment.

– Je suis tout à fait pour. Mais vous rendez-vous compte dans quoi ils vont mettre les pieds? Ils prennent un sacré risque. Parce que si nous découvrons des maladies congénitales ou des prédispositions à certains états, cela aura des conséquences importantes, qui peuvent aller jusqu'à des problèmes d'assurance maladie ou d'aptitude au service militaire, par exemple. Bien sûr que je veux le faire mais je préférerais d'abord me consacrer entièrement à Michael Curry. Et à cette Gifford. Y a-t-il un moyen de se procurer son dossier? Je crois que ça vaut la peine de s'occuper de ça. Ryan Mayfair m'a tout l'air d'un juriste avisé. Il ne marchera pas pour les tests génétiques sur toute la famille. Il serait fou d'accepter.

– Je ne suis pas vraiment dans ses bonnes grâces, en ce moment. Si je n'étais pas si lié avec Béatrice Mayfair, il se méfierait encore bien plus de moi, et à juste titre.

Lark avait vu la femme dont Lightner parlait. Elle était venue à l'hôtel pour annoncer la mort tragique de Gifford Mayfair. C'était une femme charmante à la taille fine et aux cheveux relevés en chignon. Elle avait subi le lifting le plus réussi qu'il ait vu depuis plusieurs années et elle n'en était probablement pas à son premier. Des yeux étincelants, des joues parfaitement sculptées et juste une petite marque révélatrice entre le menton et le cou, qu'elle avait aussi souple que celui d'une jeune femme. Elle était donc avec Lightner. Il aurait dû le comprendre à la veillée. Elle n'avait cessé de s'accrocher désespérément à lui et, plusieurs fois, il l'avait embrassée. Lark espérait qu'il aurait autant de chance que lui quand il aurait quatre-vingts ans. Enfin, s'il arrêtait de picoler.

– Écoutez, dit-il, si Gifford Mayfair a un dossier médical dans cette ville, je pense pouvoir me le procurer par le Keplinger Institute. Confidentiellement, bien entendu, sans que personne ne s'en rende compte.

Lightner fit une grimace et hocha la tête comme s'il trouvait cette idée écœurante.

– Pas sans leur consentement, dit-il.

– Mais Ryan Mayfair ne le saura jamais. Laissez-moi m'en occuper. Mais je veux voir Curry.

– Je comprends. Je peux également arranger ça pour demain. Ou même plus tard dans la soirée. Il faut que je réfléchisse.

– À quel sujet?

– À tout ça. Je dois comprendre pourquoi les Aînés ont autorisé Stolov à venir ici et à intervenir comme il l'a fait, au risque de déplaire à la famille.

Le vieil homme avait plus l'air de réfléchir tout haut que de demander un avis à Lark.

– Vous savez, reprit-il, j'ai passé toute ma vie à faire des recherches sur les phénomènes parapsychiques et c'est la première fois que je m'implique autant. J'éprouve un besoin de loyauté de plus en plus fort envers cette famille et je m'inquiète pour elle. J'ai honte de ne pas être intervenu avant que Rowan ne parte mais les Aînés m'avaient donné des directives très précises.

– Eh bien, ils ont l'air de penser eux aussi que cette famille est bizarre sur le plan génétique. Nous ne sommes pas les seuls à nous intéresser aux caractères héréditaires. Hier soir, à la veillée, six personnes au moins m'ont dit que Gifford avait des pouvoirs parapsychiques et qu'elle avait vu « l'homme ». C'est une sorte de fantôme de la famille, à ce qu'il paraît. On m'a dit qu'elle possédait plus de pouvoirs qu'elle ne voulait le reconnaître. Je crois que vos amis du Talamasca sont tout simplement sur la même piste que nous.

Lightner mit du temps à répondre.

– Justement, c'est là le problème. Nous devrions être sur la même piste mais je ne suis pas certain que ce soit le cas. Tout ceci est... déconcertant.

La sonnerie du téléphone les interrompit. Lark décrocha.

– Docteur Larkin, dit-il, comme toujours. (Un jour, il l'avait même fait en décrochant le téléphone d'une cabine publique dans un aéroport.)

– C'est Ryan Mayfair, dit la voix à l'autre bout du fil. Êtes-vous le médecin de Californie?

– Oui, je suis heureux de vous entendre, monsieur Mayfair. Je n'ai pas voulu vous déranger depuis mon arrivée. Le moment était mal choisi. Mais je peux prolonger mon séjour jusqu'à demain.

– Aaron Lightner est-il avec vous, docteur?

– Oui, absolument. Dois-je vous le passer?

– Non. Écoutez-moi, s'il vous plaît. Édith Mayfair est décédée tôt ce matin d'une hémorragie utérine. Elle était la petite-fille de Lauren Mayfair par Jacques Mayfair, mon cousin et celui de Gifford. Et de Rowan, d'ailleurs. Il lui est arrivé exactement la même chose qu'à ma femme. Elle s'est vidée de son sang, seule dans son appartement d'Esplanade Avenue. Sa grand-mère l'y a découverte cet après-midi après les obsèques. Je crois que nous devrions reparler de cette question de tests génétiques. Il semble que des problèmes... font surface dans notre famille.

– Mon Dieu! murmura Lark.

La voix de l'homme était si égale, si froide.

– Pouvez-vous venir à mon bureau? demanda Ryan. Et demandez à Lightner de vous accompagner, s'il vous plaît.

– Absolument. Nous serons là dans...

– Dix minutes, dit Lightner, déjà debout.

Il prit l'appareil des mains de Lark.

– Ryan, dit-il, faites passer le mot à toutes les femmes de la famille. Essayez de ne pas les alarmer mais aucune d'elles ne doit rester seule. Si quelque chose se produit, il faut qu'il y ait quelqu'un pour appeler les secours. De toute évidence, ni Gifford ni Édith n'ont pu le faire. Je sais ce que je vous demande... Oui. Oui. Toutes, sans exception. C'est le seul moyen. Oui, nous nous verrons dans dix minutes.

Les deux hommes quittèrent la suite, préférant l'escalier à l'élégant petit ascenseur.

– D'après vous, qu'est-ce qui se passe? demanda Lark. Je veux dire, que signifie ce décès identique à celui de Gifford?

Lightner ne répondit pas. Il avait un air lugubre.

– Et, au fait, vous avez une super-audition ou quoi? Comment avez-vous su ce qu'il me disait au téléphone?

– Super-audition, c'est ça, murmura Lightner.

En sortant de l'hôtel, ils montèrent directement dans un taxi en attente. L'air était légèrement frais mais contenait une espèce de chaleur parfumée. Quelle que soit la direction de son regard, Lark voyait de la verdure et, de temps à autre, quelque objet au charme suranné. Un vieux réverbère, par exemple, ou un balcon en fer forgé accroché à la façade d'une maison.

– Le problème, dit enfin Lightner, comme pour lui-même, est: qu'est-ce que nous allons pouvoir leur dire? Vous savez très bien ce qui se passe. Cela n'a rien à voir avec une maladie génétique, sauf dans le sens le plus large du terme.

Le chauffeur de taxi prit un virage en épingle à cheveux et les deux hommes se cognèrent l'un contre l'autre à l'arrière.

– Je ne vous suis pas, dit Lark. Non, je ne sais pas ce qui se passe. Apparemment, ça m'a tout l'air d'être un avortement spontané.

– Oh, Lark! Ouvrez un peu les yeux. Vous le savez aussi bien que moi. Il essaie de s'accoupler avec elles. Vous m'en avez parlé vous-même, vous vous rappelez? Rowan voulait savoir si la créature pouvait s'accoupler avec des êtres humains. Elle voulait un examen génétique complet de tous les échantillons.

Lark était abasourdi. Il n'avait jamais pensé sérieusement à tout ça. Une fois de plus, il se rendit compte qu'il n'avait jamais réellement cru à cette nouvelle espèce d'être, à cette créature que Rowan Mayfair avait mise au monde. Tout au fond de son esprit, il était toujours parti du principe qu'il y avait bien une explication « naturelle ».

– C'est naturel, dit Lightner. Le mot « naturel » est trompeur. Je me demande si je vivrai assez longtemps pour le voir de mes propres yeux. Je me demande s'il est réellement capable de raisonner, s'il possède une maîtrise de soi humaine, si son esprit est doté d'une forme quelconque de morale, à supposer qu'il ait un esprit au sens où nous l'entendons...

– Aaron, suggérez-vous sérieusement qu'il s'attaque à ces femmes?

– Je suis on ne peut plus sérieux. C'est une évidence. Pourquoi croyez-vous que le Talamasca ait pris les vêtements tachés de sang de Gifford? Il l'a fécondée et elle a perdu l'enfant. Docteur Larkin, j'aimerais que les choses soient bien claires. Je comprends votre intérêt scientifique pour tout ceci, de même que votre loyauté envers Rowan. Mais il se peut que nous n'ayons plus jamais aucun contact avec Rowan.

– Seigneur!

– Il vaudrait mieux que vous révéliez exactement ce que vous savez. Dans un instant, nous allons annoncer à la famille que cette créature rôde dans les environs. Nous n'avons pas le temps d'évoquer de vagues maladies génétiques ou des tests. Nous n'avons pas le temps de rassembler des données. La famille est trop vulnérable. Vous rendez-vous compte que cette femme est morte pendant que la famille enterrait Gifford?

– Vous la connaissiez?

– Non. Je sais seulement qu'elle avait quarante-cinq ans, qu'elle vivait volontairement en recluse et qu'on la considérait un peu comme l'idiote de la famille, comme ils disent, mais qu'elle était loin d'être la seule dans ce cas. Sa grand-mère, Lauren Mayfair, n'avait pas une très bonne opinion d'elle. En fait, je suis pratiquement convaincu qu'elle s'est rendue chez elle cet après-midi pour lui reprocher de ne pas avoir assisté aux obsèques de sa cousine.

– Si seulement j'avais le moindre indice sur l'endroit où se trouve Rowan.

– Quel optimiste vous faites! dit Lightner avec amertume. Des indices, nous en avons, mais aucun ne nous permet de penser que vous ou moi allons revoir Rowan Mayfair.

Onze

Quand il alla retirer son billet d'avion, un message l'attendait au comptoir. « Appelez Londres toutes affaires cessantes. »

– Yuri, Anton veut vous parler, lui dit une voix inconnue au téléphone. Il voudrait que vous restiez à New York jusqu'à l'arrivée d'Erich Stolov. Vous pourrez voir Erich demain après-midi.

– De quoi s'agit-il, à votre avis? demanda Yuri.

Mais qui était cette femme? Il n'avait jamais entendu sa voix auparavant et elle s'adressait à lui comme si elle le connaissait.

– Il pense que parler avec Stolov vous fera du bien.

– Du bien? Quel bien?

Il n'avait rien de plus à dire à Stolov que ce qu'il avait dit à Anton Marcus. Il n'y comprenait rien.

– Nous vous avons réservé une chambre au Saint Regis. Erich vous y appellera demain après-midi. Voulez-vous que je vous envoie une voiture ou prenez-vous un taxi?

Yuri réfléchit. Dans moins de vingt minutes, on annoncerait l'embarquement pour La Nouvelle-Orléans. Il regarda son billet puis parcourut des yeux le vaste hall et la foule hétéroclite des voyageurs. Bagages, enfants, journaux. Un aéroport comme les autres.

– Vous êtes là, Yuri? S'il vous plaît, allez au Saint Regis. Erich tient à vous expliquer lui-même où en est l'enquête. Anton se fait du souci pour vous.

Ce ton conciliant... Cette façon de faire comme s'il n'avait pas désobéi aux ordres, pas quitté la maison mère sans autorisation... Décidément, quelque chose clochait. Sans être jamais désagréables, ils n'avaient pas l'habitude de lui parler ainsi. Il connaissait parfaitement leurs façons d'agir. Était-ce un ton normal pour s'adresser à quelqu'un qui avait déserté la maison mère sans autorisation? Quelqu'un qui était parti, comme ça, après des années d'obéissance et de dévouement?

Ses yeux se posèrent sur la silhouette d'une femme adossée contre un mur. Jeans, chaussures de tennis, veste de laine. Cheveux noirs coupés court et peignés en arrière. Plutôt jolie. Petits yeux. Les mains dans les poches, elle fumait une cigarette qui pendait à ses lèvres. Elle l'observait.

Droit dans les yeux. Il comprit. Il baissa les yeux et murmura qu'il allait réfléchir, mais qu'il irait probablement au Saint Regis d'où il rappellerait.

– Je suis vraiment soulagée, dit la voix, pleine de gratitude. Anton sera ravi.

– J'en suis sûr.

Il raccrocha, prit son sac et traversa le hall sans regarder autour de lui. Il marcha sans s'arrêter. À un moment, il tourna à gauche et se dirigea vers une grande porte, tout au bout du terminal où il se trouvait. Brusquement, il fit volte-face et revint sur ses pas.

Il faillit lui rentrer dedans tant elle le suivait de près. Ils se retrouvèrent face à face. Surprise, elle fit un pas de côté, le visage rouge de confusion. Elle lui jeta un dernier regard, s'engagea dans un petit couloir et disparut derrière une porte de service. Il attendit mais elle ne revint pas. Manifestement, elle ne tenait pas à le rencontrer à nouveau. Il sentit comme un picotement dans sa nuque.

Son instinct lui dictait de changer son billet, de prendre une autre compagnie et de se diriger vers le sud par un itinéraire moins direct. Il décida de faire un crochet par Nashville et Atlanta pour atteindre La Nouvelle-Orléans. Ce serait plus long mais il serait plus difficile à retrouver.

Il s'arrêta à une cabine téléphonique pour s'envoyer un télégramme à lui-même au Saint Regis où, bien entendu, il n'avait aucunement l'intention d'aller.

Tout cela ne l'amusait vraiment pas. Il avait déjà été suivi par des policiers dans plusieurs pays, il avait été entraîné dans des rixes, une fois, à Paris, il avait été arrêté... Ce genre d'incident ne lui faisait pas peur. Mais, cette fois, c'était différent.

Il était horriblement angoissé. Il devait à tout prix parler à Aaron.

L'espace d'une seconde, il fut tenté de tout laisser tomber. De rappeler Londres, de demander à parler à Anton pour savoir de quoi il retournait et qui était la femme qui l'avait suivi dans l'aéroport.

Mais il n'en eut pas le courage. Sans compter que cela n'aurait probablement servi à rien.

Le drame était justement là : cela n'arrangerait rien parce que quelque chose de grave était arrivé. Quelque chose avait changé.

L'avion allait partir. Il jeta un regard circulaire et ne vit pas la femme. Mais cela ne voulait rien dire. Il se présenta à la porte d'embarquement.

À Nashville, il trouva un télécopieur pour expédier une longue lettre aux Aînés, à Amsterdam, afin de leur demander des éclaircissements. « Je reprendrai contact avec vous. Je suis loyal et digne de confiance. Je n'y comprends plus rien. Vous me devez des explications. Pourquoi m'avez-vous dit de ne plus parler à Aaron Lightner ? Qui était cette femme à Londres, au téléphone ? Pourquoi me faites-vous suivre ? Je m'inquiète pour Aaron. Après tout, nous sommes des êtres humains. Qu'attendez-vous de moi ? »

Il relut sa lettre. Ce ton mélodramatique lui ressemblait bien. Il lui avait souvent valu de petits gestes d'humeur de leur part. Il eut soudain la nausée.

Il remit la lettre à l'employé avec un billet de vingt dollars.

– Envoyez-la seulement dans trois heures, pas avant, ajouta-t-il.

L'homme promit. À cette heure-là, Yuri aurait quitté Atlanta.

Il revit la femme. Elle avait toujours sa veste de laine et une cigarette à la bouche. Elle le regarda froidement quand il embarqua pour Atlanta.

Douze

Étendue, immobile, Rowan se retenait pour ne pas se débattre, se tendre, crier. Rester immobile comme si elle avait choisi elle-même d'être sur ce lit crasseux, les mains attachées aux barreaux du lit par de larges bandes de ruban adhésif. Elle avait fait tout ce qu'elle avait pu pour se libérer : par la force de son corps et par le pouvoir de son esprit, ce pouvoir qui avait déjà été fatal à plusieurs personnes.

La nuit précédente, elle avait réussi à dégager sa cheville gauche. Elle ne savait pas très bien comment, mais elle l'avait délivrée de l'adhésif qui l'encerclait. Grâce à ce pied libre, elle avait pu changer plusieurs fois de position pendant la longue nuit qui avait suivi et repousser le drap du dessus, tout raidi par l'urine et le vomi.

Le drap du dessous était infect lui aussi. Depuis combien de temps était-elle allongée là? Trois jours? Quatre? Ne pas savoir la rendait folle. La seule pensée du goût de l'eau la rendait folle aussi.

C'était peut-être bien le quatrième jour.

Elle fouilla dans sa mémoire pour retrouver des récits héroïques de gens qui avaient survécu tandis que d'autres, dans les mêmes conditions, étaient morts de faim. Par exemple, des gens qui avaient fait des kilomètres dans la neige et s'en étaient sortis indemnes. De la volonté, elle en avait, mais autre chose la tracassait. Elle se sentait mal. Elle n'avait pas arrêté de vomir depuis qu'ils avaient quitté La Nouvelle-Orléans. Nausées, somnolence, douleurs. Même allongée, elle était parfois au bord de l'évanouissement.

Elle se retourna tant bien que mal, en se tortillant, puis remua les bras autant qu'elle le pouvait, c'est-à-dire bien peu. En haut, en bas. En haut, en bas. Elle bougea sa jambe libre et remua l'autre dans la bande de ruban adhésif. Sera-t-elle capable de se lever quand il reviendra?

Soudain, une pensée horrible traversa son esprit. Et s'il ne revenait jamais? S'il faisait exprès de ne pas revenir ou s'il en était empêché? Il était dehors à s'agiter comme un aliéné, survolté par tout ce qu'il voyait, et commettant, sans nul doute, ses habituelles et absurdes erreurs de jugement. Pas la peine de réfléchir trop longtemps : s'il ne revenait pas, elle mourrait.

On ne la retrouverait jamais. C'était un endroit totalement isolé, dans une haute tour complètement vide, au milieu d'une forêt de tours identiques. Elle avait personnellement choisi cette cachette, certaine qu'ils passeraient inaperçus dans cet « établissement médical » à peine achevé, perdu dans cette horrible ville pleine à craquer d'hôpitaux, de cliniques et de bibliothèques médicales. La pièce où elle se trouvait était plongée dans le noir. Il avait éteint. À mesure que les jours passaient, elle pensait que c'était mieux ainsi.

Quand la nuit tombait, elle distinguait les gratte-ciel, immeubles sans charme à travers les larges fenêtres. Parfois, le crépuscule embrasait les bâtiments de verre et de gros nuages blancs planaient au-dessus, dans le ciel rouge rubis.

La lumière. Quand il faisait complètement nuit et que les lumières s'allumaient silencieusement tout autour d'elle, elle se sentait un peu mieux. Les gens lui paraissaient plus proches, même s'ils ignoraient sa présence. Quelqu'un... quelqu'un se mettrait peut-être à une fenêtre pour observer les alentours avec des jumelles? Mais pour quelle raison?

Elle s'imagina à nouveau dans la lande de Donnelaith avec Michael. Elle lui expliquait tout.

– Tout vient d'un enchaînement d'erreurs. J'avais un choix à faire et j'ai péché par orgueil. J'ai cru que je pouvais y parvenir, que j'en sortirais gagnante. D'un bout à l'autre, l'histoire des sorcières Mayfair n'a été qu'une question d'orgueil. Les événements me sont apparus enveloppés dans les mystères de la science. Nous avons une conception complètement erronée de la science, tu sais. Nous pensons qu'elle ne contient que ce qui est défini, précis, connu. En fait, elle est constituée d'une succession illimitée de portes vers un inconnu aussi vaste que l'univers, c'est-à-dire l'infini. Je le savais mais je l'ai occulté. Ce fut là mon erreur.

Elle se représenta l'herbe, fit apparaître les ruines, vit les hautes arches grises de la cathédrale s'élever dans la vallée. Elle avait l'impression d'y être, libre.

Un bruit la fit sursauter. La clé tournait dans la serrure.

Elle se figea. Oui, la clé. La porte d'entrée claqua, puis elle entendit ses pas sur le sol carrelé. Il sifflait et chantonnait.

Merci, mon Dieu!

Une autre clé. Une autre serrure. Et cette odeur, son doux parfum quand il s'approcha du lit.

Elle essaya de ressentir de la haine, de se raidir, de résister à l'expression compatissante de son visage, avec ses grands yeux brillants, les plus beaux qui soient, remplis de tristesse quand ils se posèrent sur elle. Sa barbe et sa moustache étaient très noires et aussi épaisses que celles des saints des peintures religieuses. Son front avait une forme exquise, ses cheveux partaient en arrière.

C'était indéniablement un très bel homme. Était-il vraiment là ou rêvait elle? Elle s'imaginait peut-être qu'il était enfin revenu.

– Non, ma chérie. Je t'aime, murmura-t-il.

Vraiment?

Tandis qu'il s'approchait, elle se rendit compte qu'elle observait sa bouche. Elle avait légèrement changé. Elle était plus masculine, probablement. Ses lèvres étaient roses et bien ourlées.

Elle se détourna quand il se pencha sur elle. Il enroula ses doigts autour de ses bras et posa ses lèvres sur sa joue. Il toucha ensuite ses seins et caressa ses mamelons. Une sensation désagréable la traversa. Ce n'était pas un rêve. Ses mains. Elle aurait voulu perdre connaissance pour ne plus les sentir. Impuissante, elle ne pouvait échapper à son emprise.

Sa joie de le revoir, sa façon de s'enflammer sous ses doigts comme s'il était un amant et non un geôlier, de sortir de son isolement pour retomber sous son charme avaient quelque chose de dégradant.

– Ma chérie, ma chérie.

Il posa sa tête sur son ventre, pressa son visage contre sa peau, ignorant la crasse du lit, chantonnant, murmurant. Soudain, il poussa un grand cri de joie et se mit à danser, à tourner, à lever une jambe après l'autre en claquant dans ses mains. Il semblait en extase. Combien de fois l'avait-elle vu dans cet état? Mais jamais avec un tel enthousiasme. Quel curieux spectacle! Ses longs bras étaient si délicats, ses épaules si droites. Ses poignets paraissaient deux fois plus longs que ceux d'un homme ordinaire.

Elle ferma les yeux mais continua à voir sa silhouette gigoter dans tous les sens. Elle entendait le bruit sourd de ses pas sur le tapis et ses brusques éclats de rire.

– Seigneur! Pourquoi ne me tue-t-il pas? murmura-t-elle.

Il se tut et se pencha au-dessus d'elle.

– Je suis désolé, ma douce et tendre. Je suis désolé.

Oh, la beauté de sa voix! Sa profondeur! Une voix que l'on pourrait écouter lire les Saintes Écritures pendant des heures sans se lasser.

– Je ne voulais pas rester absent si longtemps, dit-il. J'ai été pris dans une aventure très pénible. Le chagrin, la mort, la souffrance et la frustration...

Puis, comme d'habitude, sa voix se transforma en un chuchotement. Il se mit à se balancer sur ses pieds et à chantonner.

Il s'agenouilla soudain comme si ses jambes s'étaient dérobées sous lui. Il posa de nouveau sa tête sur son ventre, glissa une main entre ses jambes, sur son sexe, ignorant toujours la saleté du lit, et embrassa son nombril.

– Ma chérie, mon amour.

Elle ne put empêcher sa colère d'éclater.

– Libère-moi, laisse-moi me lever! Je croupis dans toutes ces immondices. Regarde ce que tu m'as fait!

Sa colère était trop forte. Elle cessa de bouger et de parler, paralysée par la rage. Si elle le contrariait, il risquait de bouder pendant des heures. Il irait à la fenêtre et se mettrait à pleurer. Garder le silence. Être plus maligne que lui.

Il la dévisagea un moment puis sortit son petit couteau étincelant et se mit à couper le ruban adhésif. Quelle rapidité pour un géant aussi frêle!

Ses bras étaient maintenant libres. Paralysés et inutiles, mais libres. Rassemblant toutes ses forces, elle tenta de les lever. En vain. Elle n'eut pas plus de succès avec sa jambe droite. Elle sentit les bras de l'homme se glisser sous elle. Il la souleva et la mit debout en se cognant maladroitement contre elle.

Elle cria. Elle sanglota. Libérée du lit. Libre. Si seulement elle avait la force de mettre ses mains autour de son cou et de...

– Je vais te donner un bain, ma chérie, mon pauvre amour, dit-il. Ma pauvre Rowan adorée.

Était-il en train de danser en rond? Non, elle avait juste le vertige. Elle sentit une douce odeur de savon et de shampoing dans la salle de bains.

Il l'allongea dans la baignoire froide, puis elle sentit sur son corps le premier jet d'eau chaude.

– Pas trop chaud, murmura-t-elle.

Le carrelage blanc semblait tournoyer autour d'elle. Stop!

– Non, pas trop chaud, dit-il.

Ses yeux étaient plus grands, plus brillants. La forme de ses paupières était mieux définie que la dernière fois. Ses cils, d'un noir de jais, étaient plus courts mais toujours aussi fournis. Avait-il atteint le stade final de son développement? Qui pouvait le dire? Aurait-elle jamais l'occasion de transmettre ce qu'elle avait découvert? Mon Dieu! Et si les spécimens n'étaient pas parvenus à Larkin?

– Ne t'en fais pas, ma douce, dit-il. Nous allons être bons l'un envers l'autre. Nous allons nous aimer. Fais-moi confiance. Tu vas m'aimer de nouveau. Il n'y a aucune raison pour que tu meures, Rowan, aucune raison pour que tu me quittes. Aime-moi, Rowan, aime-moi.

Elle gisait comme un cadavre, incapable de faire fonctionner ses membres dans l'eau bouillonnant autour d'elle. Il déboutonna son chemisier blanc et lui ôta son pantalon. L'eau ruisselait, ondulait et était si chaude. L'odeur de saleté disparaissait petit à petit. Il se débarrassa des vêtements souillés.

Avec sa main droite, elle essaya de tirer sur son slip, mais n'eut pas la force de l'enlever. L'homme était retourné dans l'autre pièce. Elle l'entendit arracher les draps sales du lit. Comme c'était curieux, tous ces sons que le cerveau enregistrait! Celui des draps qui tombent par terre. Qui aurait cru que cela pût faire du bruit? Elle se rappelait un après-midi, en Californie, où sa mère changeait les draps des lits. C'était exactement le même bruit.

Elle entendit le déchirement d'un sac en plastique. C'était un drap propre. Il le secoua pour le déplier et l'étala sur le lit.

Elle avait glissé et l'eau lui arrivait maintenant aux épaules. Elle essaya encore de se servir de ses bras. Elle poussa du mieux qu'elle pouvait sur le fond de la baignoire et réussit à se mettre en position assise.

Il était près d'elle. Il avait enlevé son lourd manteau et portait un pull-over à col montant qui le faisait paraître encore plus mince. Mais il était fort et vigoureux dans sa minceur. La vapeur montant de la baignoire faisait friser les courtes mèches de ses tempes. Lorsqu'il se pencha pour la caresser, elle remarqua que sa peau si lisse était légèrement luisante.

Il la cala bien, leva son petit couteau – surtout, ne pas essayer de le lui prendre! – et coupa son slip sale. Il le sortit de l'eau, le jeta au loin et s'agenouilla près d'elle.

Il se remit à chanter en la contemplant, ou à chantonner, plutôt. Elle avait du mal à définir ce son qui lui rappelait les cigales, le soir, à La Nouvelle-Orléans. Il pencha sa tête sur le côté.

Son visage était plus étroit qu'avant, plus masculin, sans doute. Il avait perdu ses dernières rondeurs d'enfant. Son nez aussi était plus fin, et un peu plus arrondi au bout. Sa tête n'avait pas grossi, pas plus que son corps n'avait grandi. À vue d'œil, en tout cas. Lorsqu'il prit le gant éponge pour le tordre, il lui sembla que ses doigts ne s'étaient pas allongés non plus.

Sa tête. Sa fontanelle s'était-elle refermée? Combien de temps cela prendrait-il? Elle avait l'impression que sa croissance s'était ralentie mais n'était pas terminée.

– Où étais-tu? demanda-t-elle. Pourquoi m'as-tu laissée seule?

– C'est à cause de toi que je suis parti. J'étais en colère. Et puis, il fallait que j'aille dans le monde extérieur pour apprendre des choses. Il fallait que je voie le monde, que je me promène, que je construise mes rêves. Je ne peux pas rêver quand tu me détestes, quand tu cries et me tourmentes.

– Pourquoi ne pas m'avoir encore tuée?

Il eut une expression de tristesse. Il lui épongea le visage avec le gant chaud et lui essuya les lèvres.

– Je t'aime, dit-il. J'ai besoin de toi. Pourquoi ne te donnes-tu pas à moi? Pourquoi refuses-tu de t'offrir? Que veux-tu de moi pour ça? Le monde nous appartiendra bientôt, ma chérie, ma reine. Si seulement tu voulais bien m'aider!

– T'aider à faire quoi?

Elle le regarda et rassembla de toutes ses forces sa haine, sa rage et sa volonté pour le foudroyer de son pouvoir mortel. Détruire les cellules, détruire les veines, le cœur. Elle essaya tant qu'elle put puis, exténuée, s'adossa en arrière contre la baignoire.

Au cours de sa vie, sa haine avait déjà tué plusieurs êtres humains. Mais son pouvoir était inopérant sur lui. Il était trop fort. Les membranes de ses cellules étaient trop résistantes. Ses ostéoblastes pullulaient à un rythme accéléré, comme tout le reste chez lui. Si seulement elle pouvait avoir une autre occasion de faire analyser ces cellules! Si seulement...

– C'est tout ce que je suis pour toi? demanda-t-il, les lèvres tremblantes. Hein? Dis-moi! Qu'est-ce que je représente pour toi? Un vulgaire cobaye?

– Et moi, qu'est-ce que j'ai fait pour que tu me retiennes prisonnière ici? Pour que tu me laisses seule pendant des jours et des jours? Ne me demande pas de t'aimer. C'est complètement ridicule. Tu n'imagines pas à quel point je regrette de ne pas avoir appris à être une vraie sorcière. Si seulement j'avais fait ce que les autres voulaient de moi!

Une douleur silencieuse s'empara de lui. Des larmes perlèrent dans ses yeux et, l'espace d'un instant, son visage si malléable devint rouge. Il serra les poings comme s'il allait la frapper. Il avait pourtant juré de ne pas recommencer.

En fin de compte, elle s'en fichait pas mal. Ses membres et ses articulations lui faisaient mal. De toute façon, serait-elle capable de s'enfuir si elle parvenait à le tuer?

– Qu'as-tu cru que j'allais faire? lui demanda-t-il en se penchant pour l'embrasser.

Elle tourna la tête. Ses cheveux étaient trempés. Elle avait envie de se laisser glisser dans l'eau mais craignait de ne pas pouvoir se redresser. Il tordit le gant et se remit à la laver, de la tête aux pieds. Il fit couler de l'eau sur ses cheveux et les lissa en arrière.

Elle était tellement accoutumée à son odeur qu'elle ne la sentait presque plus. Elle percevait seulement la chaleur de sa proximité et le profond désir, malvenu, qui montait en elle. Bien sûr, elle avait envie de lui.

– Dis-moi que je peux te rendre ma confiance, implora-t-il. Dis-moi que tu m'aimes à nouveau. Je suis ton esclave, pas ton maître. Je te le jure, mon amour, ma Rowan. Notre mère à tous.

Elle ne réagit pas. Il se mit debout.

– Je vais tout laver pour toi, dit-il fièrement, comme un enfant. Je vais tout laver et tout rendre propre et beau. Je t'ai rapporté plein de choses. De nouveaux vêtements. Des fleurs. Je ferai de notre cachette un véritable petit nid d'amour. Tout est à côté, près de l'ascenseur. Tu vas avoir une bonne surprise.

– Tu crois?

– Oh oui! tu vas être drôlement contente. C'est seulement que tu es fatiguée et que tu as faim. Oui, c'est ça. Il faut que tu manges.

– Et quand tu repartiras, tu vas m'attacher avec du ruban de satin blanc?

Sa voix était dure, pleine de mépris. Elle ferma les yeux. Sans réfléchir, elle leva la main droite et toucha son visage. Ses muscles et ses articulations retrouvaient progressivement leurs fonctions.

Il sortit de la salle de bains. Elle se redressa tant bien que mal, prit le gant et refit sa toilette. Le bain était sale. Des morceaux d'excréments, les siens, flottaient à la surface. Quelle infection! À nouveau prise de nausée, elle se laissa aller en arrière jusqu'à ce que ça passe. Puis elle vida la baignoire et ouvrit le robinet pour évacuer les pellicules de crasse restantes. Elle sentait la force de l'eau qui montait autour d'elle et bouillonnait à ses pieds. Elle prit une profonde inspiration et commanda à sa main droite de se plier, puis à la gauche, puis à chacune de ses chevilles. Elle répéta plusieurs fois cet exercice. L'eau était chaude. Elle se sentait mieux. Elle s'abandonna à ces instants de confort, peut-être les derniers de sa vie.

Elle se remémora les événements passés.

C'est le jour de Noël. Le soleil darde ses rayons sur le plancher du salon, elle est étendue dans une mare de sang, le sien. Il est assis à côté d'elle, nouveau-né, ahuri, non achevé.

Mais tous les nouveau-nés humains naissent inachevés, encore bien plus que lui. C'était ainsi qu'il fallait considérer la situation. Il était tout simplement plus achevé qu'un bébé humain. Mais il n'était pas un monstre. Ça non.

Elle l'aida à se lever, à marcher, s'émerveillant de tout ce qu'il était capable de dire, de son rire. Il n'était pas vraiment faible. Il manquait plutôt de coordination. Le premier choc passé, il eut l'air de reconnaître tout ce qu'il voyait et désignait les choses par leur nom. La couleur rouge le terrifiait.

Elle l'habilla de vêtements de couleur neutre parce qu'il refusait tout contact avec des couleurs vives. Il avait l'odeur d'un nouveau-né. Il avait les mêmes sensations qu'un nouveau-né mais, avec sa musculature d'adulte, il prenait des forces à chaque minute qui passait.

Puis Michael arriva. La lutte fut terrible.

Pendant qu'ils se battaient, elle observait ses progrès. D'abord mal assuré sur ses pieds, trébuchant comme un ivrogne, il fit des efforts de coordination pour frapper Michael et, finalement, parvint à le déséquilibrer avec une étonnante facilité. Parce qu'il l'avait décidé ou, peut-être, parce qu'il avait compris comment s'y prendre.

Si elle ne l'avait pas entraîné hors des lieux, il aurait tué Michael. Quand la sirène d'alarme retentit, elle profita de sa peur et de sa confusion pour le pousser dans la voiture. Il détestait les bruits stridents.

Pendant tout le trajet jusqu'à l'aéroport il parla de son aspect physique, de sa silhouette, du choc paralysant d'avoir une taille humaine, du fait que les gens dehors étaient à la même hauteur que lui. Dans l'autre monde, il les voyait d'en haut ou de l'intérieur, mais jamais comme ça. Sauf quand il entrait dans un corps mais, dans ce cas, c'était pour lui une véritable torture. À part Julien. Oui, Julien. Mais c'était une longue histoire.

Sa voix était expressive, un peu comme sa propre voix ou celle de Michael, et sans accent. Il donnait aux mots une sorte de dimension lyrique. Il sursautait au moindre bruit, frottait ses mains sur sa veste pour en palper la texture et riait en permanence.

À l'aéroport, elle dut l'empêcher de continuer à renifler ses cheveux et sa peau et à la couvrir de baisers. Il marchait désormais à la perfection. Pour le plaisir, il se mit à courir dans le hall et à sauter en l'air. Subjugué par la musique venant d'une radio lointaine, il se mit à danser avec frénésie, une espèce de transe qui n'allait plus le quitter par la suite.

Elle choisit l'avion pour New York parce qu'il était le premier à partir. Complètement paniquée, elle serait allée n'importe où pour quitter cet endroit. Elle devait à tout prix le protéger contre le monde entier jusqu'à ce qu'elle parvienne à le calmer et à étudier ce qu'il était réellement. Elle était sous l'emprise, tout à la fois, d'un instinct de possession, d'un sentiment d'exaltation et de peur, et d'une grande ambition.

Elle avait mis cette créature au monde. Elle l'avait créée. Personne ne la lui enlèverait, ne l'emmènerait, ne la mettrait hors de sa portée. Elle savait pourtant qu'elle avait tort de raisonner ainsi. Mais la naissance l'avait beaucoup affaiblie. Plusieurs fois, elle faillit perdre connaissance et, pour monter à bord, il dut la soutenir. Il ne cessait de lui chuchoter à l'oreille des commentaires sur tout ce qu'il voyait et les ponctuait d'explications sans queue ni tête sur des événements du passé.

– Je reconnais tout, disait-il. Je me rappelle très bien. Julien a dit que ce serait l'ère des merveilles. Il avait prédit que toutes les machines indispensables à la vie quotidienne de l'époque deviendraient vite obsolètes. « Prenons les bateaux à vapeur, disait-il. Ils ont rapidement été remplacés par le chemin de fer et maintenant il y a aussi l'automobile. » Il savait tout d'avance. Il aurait adoré cet avion, tu sais. Je comprends comment fonctionne le moteur. Le carburant est brûlé par l'air comprimé qui passe dans la chambre de combustion et les gaz brûlés...

Et ainsi de suite. Elle passait son temps à tenter de le calmer. Finalement, elle l'avait encouragé à essayer d'écrire. Complètement épuisée, elle ne comprenait plus un seul mot de son bavardage permanent. Mais il ne savait pas écrire. Il ne maîtrisait pas le crayon. En revanche, il savait lire et, dès qu'il en eut pris conscience, il se mit à lire tout ce qui lui tombait entre les mains.

À New York, il réclama un magnétophone. Elle s'était endormie dans leur suite du Helmsley Palace pendant qu'il faisait les cent pas, pliant de temps en temps les genoux ou étendant les bras, tout en parlant dans le micro.

– Maintenant, j'ai vraiment le sens du temps qui passe, d'un tictac qui aurait existé avant l'invention des horloges, d'une mesure naturelle peut-être liée au battement de notre cœur et à notre respiration. Les moindres changements de température m'affectent. Je n'aime pas le froid. J'ignore si j'éprouve ou non la faim. Mais

Rowan doit manger. Elle est faible. Il émane d'elle l'odeur de la maladie...

Elle fut réveillée par des sensations très érotiques. Il avait posé sa bouche sur son sein droit et tirait si fort sur son mamelon qu'elle avait mal. Elle cria, ouvrit les yeux et sentit ses doigts qui couraient sur son ventre tandis qu'il tétait indéfiniment. Ses seins étaient pleins. Le gauche, sur lequel elle posa une main, était dur comme du marbre.

Prise de panique, elle faillit appeler à l'aide. Elle le repoussa sous le prétexte de commander un repas. Après avoir téléphoné à la réception, elle commença à composer un second numéro.

– Pour quoi faire? demanda-t-il.

Son visage de nourrisson s'était déjà allongé et ses yeux bleus semblaient moins ronds, comme si ses paupières s'étaient légèrement tendues, ce qui lui donnait un air plus naturel.

Il lui arracha le combiné des mains.

– Je t'interdis de téléphoner, ordonna-t-il.

– Je veux savoir si Michael va bien.

– On s'en fiche qu'il aille bien ou pas. Alors, où allons-nous et que faisons-nous?

Elle était si fatiguée que ses yeux se fermaient tout seuls. Il la souleva sans effort et la porta jusque dans la baignoire en disant qu'il allait la laver, éliminer son odeur – celle de la maladie, de la naissance et de Michael. Surtout celle de Michael, son père « non consentant ». Michael l'Irlandais.

Tandis qu'ils étaient assis tous les deux dans la baignoire, elle eut un moment de terreur indescriptible. Elle avait en face d'elle le verbe fait chair, dans le sens absolu du terme, qui la scrutait du regard, avec son visage rond et pâle, son teint de pêche, comme celui des enfants, les yeux agrandis d'émerveillement, un sourire angélique sur les lèvres. Sa poitrine était complètement imberbe. Elle réprima un cri.

Le repas venait d'être monté. Il avait soif de son lait. Il l'immobilisa dans le bain et se mit à téter. Il lui faisait mal. Elle poussa un cri de douleur.

Les serveurs, dans la pièce voisine, risquaient de l'entendre. Il attendit que le bruit d'argenterie ait cessé pour lui prendre l'autre sein. Ce fut pour elle un parfait équilibre entre la douleur et le plaisir, une sensation de picotement, de radiation dans ses seins et, soudain, de douleur intense. Elle lui demanda d'être plus doux.

Il se mit à quatre pattes dans le bain, au-dessus d'elle. Son pénis était en érection. Il l'embrassa sur la bouche et glissa son sexe entre ses jambes. Bien qu'épuisée par la naissance, elle s'accrocha à son cou. Elle crut que le plaisir allait l'achever.

Un peu plus tard, vêtus de peignoirs en tissu éponge, ils s'allongèrent à même le sol et recommencèrent à faire l'amour. Enfin, il roula sur le côté, se mit sur le dos et commença à raconter l'abîme des ténèbres, le sentiment d'égarement, la flamme de Mary Beth, le feu de Marie-Claudette, le rayonnement d'Angélique, l'embrasement de Stella. Ses sorcières! Il raconta comment il s'enroulait autour du corps de Suzanne et la sentait frissonner, comment il savait ce qu'elle ressentait. Maintenant, il avait ses propres sensations, qui étaient infiniment plus puissantes, douces, riches. Il dit que l'incarnation valait le prix de la mort.

– Tu penses que tu mourras, comme tout le monde? l'interrogea-t-elle.

– Oui.

Il resta un moment silencieux puis reprit son chantonnement étrange, un mélange de litanie et de murmures entrecoupé de passages mélodiques qui lui semblaient familiers.

Il mangea de la purée de pommes de terre au beurre et but de l'eau minérale, mais il ne toucha pas à la viande.

– De la nourriture pour bébé, dit-il en riant.

Elle examina ses dents. Parfaites. Même nombre que chez un adulte. Aucune trace d'usure ou de carie. Et la langue était souple. Mais il ne supporta pas longtemps cet examen. Il avait besoin d'air. Il dit qu'elle n'imaginait pas à quel point il en avait besoin et ouvrit les fenêtres toutes grandes.

– Parle-moi des autres, demanda-t-elle.

Le magnétophone était en marche. Il avait acheté des dizaines de cassettes dans une boutique de l'aéroport. Il connaissait. Il savait. Il comprenait tous les mécanismes internes et externes. Très peu de créatures connaissaient les deux.

– Parle-moi de Suzanne et de Donnelaith.

– Donnelaith, répéta-t-il en se mettant à pleurer.

Il ne se rappelait pas ce qu'il y avait eu avant, excepté le chagrin. C'était quelque chose comme une foule d'êtres sans visage dans une antichambre. Et quand Suzanne avait appelé son nom, cela n'avait été qu'un mot jeté dans la nuit: Lasher! Lasher! C'était peut-être une simple juxtaposition de syllabes sans signification mais cela avait évoqué quelque chose en lui. Il était apparu devant elle et avait envoyé les vents tumultueux pour balayer tout ce qui l'entourait.

– Je voulais qu'elle aille dans les ruines de la cathédrale. Je voulais qu'elle voie les vitraux. Mais je ne pouvais pas le lui dire. Et il n'y avait plus de vitraux.

– Explique-toi, très lentement.

Mais il ne parvenait pas à démêler cet écheveau.

– Elle m'a dit de rendre cette femme malade et je l'ai fait. Je me suis aperçu que je pouvais faire voler des objets. C'était comme si j'atteignais enfin la lumière tout au bout d'un long tunnel sombre...

Je le ressens encore très fort. J'entends les sons, je sens les odeurs... Chante-moi une berceuse. Je veux voir quelque chose de rouge. Combien de tons de rouge existe-t-il?

Il se mit à crapahuter à quatre pattes pour identifier les couleurs du tapis puis longea les murs. Ses longues cuisses blanches étaient robustes et ses avant-bras d'une longueur inhabituelle. Mais, habillé, cela ne se voyait pas trop.

Vers 3 heures du matin, elle réussit à s'enfermer seule dans la salle de bains. Ces instants d'intimité furent un véritable bonheur. Plus tard, à Paris, elle n'aurait de cesse de pouvoir s'isoler dans une salle de bains, tandis qu'il restait derrière la porte à épier le moindre bruit, l'appelait pour s'assurer qu'elle était toujours là, lui demandait sans arrêt si elle n'allait pas s'échapper et s'il y avait une fenêtre par laquelle elle aurait pu s'enfuir.

Dès le lendemain, il voulut se procurer un passeport. Pour cela, il devait d'abord trouver quelqu'un qui lui ressemblait.

– Et s'il n'a pas son passeport sur lui? lui fit-elle remarquer.

– Il faut que nous allions là où les gens se font faire leur passeport. Nous attendrons notre homme et nous lui prendrons le sien. Tu n'es vraiment pas aussi maligne que tu le crois. N'importe quel enfant y aurait pensé.

Ils allèrent donc se poster devant le bureau des passeports et, quelque temps plus tard, emboîtèrent le pas à un homme de grande taille qui venait d'en sortir. Au bout d'un moment, Lasher lui barra le chemin, le frappa, sous les yeux horrifiés de Rowan, et lui arracha son passeport. Personne n'eut l'air de remarquer quoi que ce fût. La rue était noire de monde et les voitures qui passaient faisaient un raffut terrible. Rowan avait mal à la tête. Il faisait atrocement froid. Lasher prit l'homme par son manteau et le traîna à l'intérieur d'un immeuble. Le tour était joué. Rowan avait assisté à toute la scène, impuissante. Un instant plus tard, il lui fit observer qu'il ne s'était pas montré inutilement brutal, qu'il avait simplement mis l'homme hors de combat et que, maintenant, il avait un passeport.

Frederick Lamarr, vingt-cinq ans, résidant à Manhattan.

La photo était suffisamment ressemblante et, dès qu'il se serait raccourci les cheveux, on n'y verrait que du feu.

– Mais l'homme... Il est peut-être mort, dit Rowan.

– Je n'éprouve rien de particulier pour les êtres humains, répondit-il.

Il eut une expression d'étonnement.

– Au fait, j'en suis pourtant un? ajouta-t-il.

Il prit sa tête dans ses mains et se mit à marcher à quelques pas devant elle, se retournant toutes les trois secondes pour vérifier qu'elle le suivait, tout en prétendant qu'il sentait son odeur et qu'il saurait tout de suite si la foule les séparait. Il dit qu'il essayait de se rappeler, à propos de la cathédrale. Que Suzanne ne voulait pas y aller. Qu'elle avait peur des ruines. C'était une fille ignorante et triste. Le vallon était désert. Charlotte savait écrire. Charlotte était bien plus puissante que Suzanne ou Deborah.

– Toutes mes sorcières... Je les ai couvertes d'or. Une fois que j'ai su comment me le procurer, je leur en ai donné autant que je pouvais. Mon Dieu! Être vivant, sentir le sol sous mes pieds, étendre mes bras et sentir les effets de l'attraction terrestre!

De retour à l'hôtel, ils entreprirent de rétablir la chronologie. Il fit une description de chacune des sorcières, de Suzanne jusqu'à Rowan et, à la grande surprise de celle-ci, inclut Julien dans la liste. Cela faisait quatorze. Elle n'en fit pas la remarque car le nombre treize semblait très important pour lui. Il ne cessait d'en parler. Treize sorcières avant d'arriver à celle qui serait assez forte pour porter son enfant. Comme si Michael n'avait rien à voir là-dedans, comme s'il n'était pas son père. Il prononça des mots étranges: « *maleficium, ergot, belladonna* ». À un moment, il baragouina même en latin.

– Je ne comprends pas, dit-elle. Comment se fait-il que j'aie pu te mettre au monde?

– Je l'ignore.

Il lui suffisait de deux phrases pour raconter la fuite de la famille de Saint-Domingue et son arrivée en Amérique.

Lorsqu'elle l'interrogea sur la mort de Deborah, il fondit en larmes. C'était plus fort que lui, il était incapable d'en parler.

– J'ai apporté le malheur à toutes mes sorcières, sauf aux plus puissantes. Celles-là m'ont fait du mal. Elles m'ont malmené et m'ont forcé à leur obéir.

– Lesquelles?

– Marguerite, Mary Beth, Julien. Ce Julien, qu'il aille au diable!

Il essaya une nouvelle fois d'écrire, sur le papier de l'hôtel. Puis il téta ses seins, l'un après l'autre. Elle s'endormit. Lui aussi. À son réveil, il était en train de la prendre. Elle eut de longs orgasmes, de ces orgasmes semblables à des rêves qu'elle ressentait lorsqu'elle était trop fatiguée.

À minuit, ils prirent le vol de Francfort. C'était le premier qui partait pour l'Europe.

Elle était terrifiée à l'idée que le vol du passeport ait pu être signalé. Il lui dit de se tranquilliser, que les êtres humains n'étaient pas assez malins et que la machine administrative internationale était très lente. Ce n'était pas comme dans l'univers des esprits. Là-bas, les choses bougeaient à la vitesse de la lumière ou ne bougeaient pas du tout. Dans l'avion, il hésita longuement avant de mettre les écouteurs. « La musique me fait peur », dit-il. Il finit par les mettre et se laissa aller sur son siège en regardant fixement devant lui. Il marquait le rythme du bout de ses doigts. En fait, il était si subjugué par la musique qu'il ne fit rien d'autre jusqu'à l'atterrissage.

À Francfort, ils prirent l'avion pour Zurich, où il l'accompagna à la banque. Elle était faible. Les montées de lait étaient fréquentes et ses seins lui faisaient mal.

À la banque, elle se montra rapide et efficace. Elle ne songea même pas à s'enfuir. Protection, subterfuge. Telles étaient ses seules préoccupations. Qu'elle avait pu être sotte!

Elle fit d'énormes virements sur différents comptes à Paris et Londres, en s'arrangeant pour qu'on ne puisse retrouver leurs traces.

– Allons à Paris, lui dit-elle. Quand ils recevront ces avis de virement, ils vont forcément nous chercher ici.

À Paris, elle découvrit qu'un duvet poussait sur le ventre de Lasher, autour de son nombril et de ses mamelons. Ses montées de lait étaient moins pénibles et elle éprouvait du plaisir à se laisser téter, les poils soyeux de Lasher chatouillant doucement son ventre et ses cuisses.

Il continuait à manger tout ce qui n'était pas solide mais il aimait surtout son lait. C'était elle qui le forçait à manger. Elle estimait qu'il avait besoin de nutriments. Elle se demandait si ce n'était pas l'allaitement qui la rendait si faible et amorphe. On lui avait dit que les mères normales éprouvaient cette espèce de grande paresse apathique. Mais elle commençait à ressentir de petites douleurs.

Elle lui demanda de parler d'avant les sorcières Mayfair, du temps le plus reculé dont il avait des souvenirs. Il évoqua un chaos, les ténèbres et des errements sans limites. À l'époque, il ne possédait pas de mémoire organisée. Sa conscience avait commencé à se former à partir de...

– Suzanne? demanda-t-elle.

Il lui adressa un regard vide, puis acquiesça et recommença à énumérer la lignée des sorcières Mayfair : Suzanne, Deborah, Charlotte, Jeanne-Louise, Angélique, Marie-Claudette, Marguerite, Katherine, Julien, Mary Beth, Stella, Antha, Deirdre, Rowan.

Il l'accompagna à l'agence locale de la Banque suisse, où elle fit d'autres virements, s'arrangeant pour que l'argent passe par Rome, le Brésil et ailleurs avant de revenir. Les employés se montrèrent très serviables. Elle prit aussi rendez-vous avec un avocat recommandé par la banque, auquel elle donna des instructions afin que Michael dispose de First Street jusqu'à la fin de ses jours et de toutes les sommes d'argent dont il aurait besoin.

– Mais nous y retournerons, n'est-ce pas? demanda Lasher avec anxiété. Nous irons y vivre un jour, tous les deux. Tu ne lui donnes pas la maison pour toujours?

– Si.

Les employés du cabinet d'avocats furent interloqués lorsqu'on alluma l'ordinateur pour passer les ordres de Rowan et obtenir les informations qu'elle réclamait. Oui, Michael Curry, à La Nouvelle-Orléans, était en soins intensifs à l'hôpital de la Pitié, mais ses jours n'étaient plus en danger.

Rowan baissa la tête et se mit à pleurer. Une heure plus tard, ils quittèrent le cabinet. Lasher la fit asseoir sur un banc des Tuileries, la calma et lui dit d'attendre son retour.

Il revint avec deux nouveaux passeports. Maintenant, ils pouvaient changer d'hôtel et d'identité. Elle ne se sentait pas bien. En arrivant à leur nouvel hôtel, le George-V, elle s'affala sur le canapé de leur suite et dormit plusieurs heures d'affilée.

Comment allait-elle pouvoir l'examiner? Le problème n'était pas l'argent. Il lui fallait tout un équipement, dont elle ne savait pas se servir. Du personnel médical, des logiciels, un scanner et toutes sortes de choses.

Ils sortirent acheter des cahiers. Les changements qui s'opéraient sur lui étaient subtils mais visibles. Quelques rides étaient apparues sur ses articulations, et ses ongles, toujours de la même couleur que sa peau, semblaient plus solides qu'avant. Le petit pli discernable sur ses paupières donnait à son visage un peu de maturité. Sa barbe et sa moustache naissantes piquaient.

Elle écrivit dans ses cahiers jusqu'à ce que la fatigue lui trouble la vue. Elle veillait à envelopper toutes ses observations dans un langage scientifique des plus denses. Elle racontait le besoin d'air de Lasher, sa façon d'ouvrir les fenêtres partout où ils allaient, ses halètements, la sueur sur ses tempes pendant son sommeil, le fait que la fontanelle n'était pas encore refermée, qu'il avait toujours soif de son lait et qu'elle était malade d'épuisement.

Le quatrième jour de leur séjour à Paris, elle insista pour qu'ils aillent dans un grand hôpital de la ville. Elle réussit à l'y attirer en pariant sur l'imbécillité de l'être humain, en lui décrivant comme il serait amusant d'aller partout en faisant semblant d'être de la maison.

Cette idée l'avait enchanté.

– J'ai pigé le truc, annonça-t-il triomphalement, comme si cette expression avait une signification toute particulière pour lui.

Il n'arrêtait pas de prononcer avec un grand délice des phrases idiotes comme : « Dédé prend les dés pour des clés ! » ou encore : « Pour peindre un paon, peins ton pied. » Parfois, il chantait des vers sans queue ni tête entendus quelque part :

> Maman, puis-je aller nager?
> Bien sûr, mon ange adoré,
> Soulève tes vêtements bien haut
> Mais ne t'approche pas de l'eau.

Cela le faisait rire aux éclats. Tel couplet lui avait été chanté par Mary Beth, tel autre par Marguerite. Cette phrase était de Stella : « Papa prend sa pipe en pierre. » Il la disait de plus en plus vite, jusqu'à un simple murmure.

Elle essayait de le divertir en le testant avec de petites phrases. Lorsqu'elle lui en proposait avec des constructions grammaticales bizarres comme « Envoie à ta mère par la fenêtre un baiser », il devenait presque hystérique. Même les allitérations le faisaient mourir de rire. On aurait dit que c'était le mouvement de ses lèvres qu'il trouvait hilarant. Parfois, il se mettait à danser en récitant ces phrases.

Au royaume des esprits, la musique avait été pour lui un enchantement.

Il se mettait parfois à réciter des vieilles phrases aux accents gaéliques, mais il ignorait comment il les avait apprises. Et il les oubliait. D'autres fois, c'était du latin.

La nuit, il se réveillait pour parler de la cathédrale. D'un événement qui s'y était produit. Il était en sueur. Il tenait à tout prix à aller en Écosse.

– Julien, ce démon. Il voulait tout savoir. Il me posait des devinettes. Je suis Lasher. Je suis le verbe fait chair. Je suis le mystère. Je suis venu au monde et je souffrirai toutes les affres de la chair, même si j'ignore ce qu'elles sont. Que suis-je ?

Son apparence physique ne passait pas inaperçue mais n'était pas monstrueuse. Ses cheveux lui tombaient sur les épaules, il portait un chapeau noir enfoncé sur la tête et les vestes ou les pantalons les plus moulants étaient encore trop larges pour lui. On aurait dit un émule de David Bowie. Partout où ils allaient, les gens étaient séduits par sa gaieté, ses questions innocentes, sa spontanéité et son accueil parfois exubérant. Dans les magasins, il engageait la conversation avec les clients. Il posait des questions sur tout. Sa diction était très bonne et son accent légèrement français mais il était capable de reprendre la même prononciation que Rowan au beau milieu d'une conversation.

Une nuit, elle essaya de téléphoner mais il se réveilla et lui arracha le combiné des mains. Lorsqu'elle voulut franchir la porte, il se retrouva soudain à côté d'elle. À partir de ce moment-là, il ne choisit plus que des chambres d'hôtel dont les salles de bains étaient dépourvues de fenêtre et il arrachait les fils du téléphone. Il ne la quittait plus jamais des yeux, sauf quand elle réussissait à s'enfermer dans la salle de bains avant qu'il ne l'en empêche.

Elle tenta de plaider sa cause.

– Il faut que j'appelle pour savoir ce qui est arrivé à Michael.

Il la frappa. La gifle la prit par surprise. Elle tomba à la renverse sur le lit, la joue en feu. Il se mit à pleurer, s'étendit à côté d'elle et lui prit le sein. Puis il entra en elle et continua à faire les deux en même temps. Le plaisir envahit Rowan. Il embrassa les contusions de son visage et l'orgasme monta en elle, alors que le pénis de Lasher n'était plus dans son sexe. Paralysée par le plaisir, les doigts légèrement recourbés, les pieds pendant dans le vide, on aurait dit qu'elle était morte.

Le soir, il lui raconta ce qu'on ressentait quand on était mort, ou perdu.

– Dis-moi quels sont tes souvenirs les plus anciens.

– Le temps n'existait pas.

– Et que ressentais-tu pour Suzanne? De l'amour?

Il hésita avant de répondre.

– Une haine dévorante.

– Et pourquoi?

Honnêtement, il ne savait pas. Il regarda par la fenêtre et expliqua que, de façon générale, il n'avait aucune patience avec les humains. Qu'ils étaient empotés et stupides et incapables de traiter les données comme il le faisait. Il avait été le jouet des humains et ne recommencerait pour rien au monde.

– Quel temps faisait-il le jour de la mort de Suzanne? demanda-t-elle.

– Pluvieux, froid. Il pleuvait si fort qu'ils ont envisagé de remettre l'exécution. Mais, vers midi, le temps s'était stabilisé et le ciel était clair. Le village était prêt. On pouvait allumer le bûcher.

Il eut l'air déconcerté.

– Quel était le roi d'Angleterre à l'époque?

Il secoua la tête. Il n'en avait aucune idée.

– Qu'est-ce qu'une double hélice? fut la question suivante.

Il décrivit rapidement les deux chaînes de chromosomes contenant l'ADN. Nos gènes, précisa-t-il. Elle se rendit compte qu'il avait employé les termes exacts qu'elle avait appris pour un examen. Il les avait prononcés en cadence, comme si c'était cette cadence qui les avait imprimés dans son esprit à elle, puis dans le sien. Si l'on pouvait parler d'esprit à son sujet...

– Qui a créé le monde?

– Je n'en ai aucune idée. Et toi? Tu le sais?

– Dieu existe-t-il?

– Probablement pas. Demande à d'autres. C'est un trop grand secret. Quand un secret est si grand, c'est qu'il ne renferme rien. Dieu n'existe pas. Non.

Dans différentes cliniques, vêtue d'une blouse blanche et parlant sur un ton autoritaire, Rowan fit prélever des flacons entiers du sang de Lasher. Il passa son temps à geindre et personne ne soupçonna qu'elle n'était pas envoyée, comme elle le prétendait, par un grand laboratoire. Dans un de ces endroits, elle put examiner le sang au microscope, pendant des heures, et enregistrer ses résultats. Mais elle manquait des produits et du matériel nécessaires.

Ce qu'elle avait pu faire était trop rudimentaire. Elle se sentait frustrée et avait envie de pleurer. Si seulement elle était au Keplinger Institute ! Si seulement elle pouvait retourner à San Francisco avec lui et aller dans ce laboratoire de génie génétique ! Mais c'était inenvisageable.

Une nuit, elle se leva pour descendre acheter des cigarettes dans le hall de l'hôtel. Il la rattrapa en haut de l'escalier.

– Ne me frappe pas ! supplia-t-elle.

Elle sentait en elle une rage profonde. La plus terrible de sa vie. De celles qui avaient tué dans le passé.

– Ça ne marchera pas avec moi, maman, prévint-il.

À bout de nerfs, elle perdit son sang-froid et le frappa. Il eut mal et se mit à pleurer, incapable de s'arrêter. Pour le consoler, elle le berça avec des chansons.

> Dans la ville de Hameln, il y a fort longtemps
> Les gens avaient raison d'être mécontents.
> Leur jolie ville était remplie de rats
> Qui faisaient des trous jusque dans les draps.
> Buvaient leur soupe et ne délogeaient pas.

Dans d'autres établissements médicaux, elle réussit à pénétrer dans la salle de radiographie et lui fit subir deux scanners complets après avoir mis tout le personnel dehors. Mais, ne connaissant pas le fonctionnement de tous les appareils, elle dut faire usage de toute son audace et donna des ordres à des techniciens, qui obtempérèrent. En fait, elle ne fit rien de plus que jouer son propre rôle : Dr Rowan Mayfair, neurochirurgien. Pour ces étrangers, elle prétendit être un spécialiste de passage s'occupant d'un cas urgent.

Elle se servit de tout le matériel autant qu'elle le voulut. Elle était déterminée. Enregistrer, tester, découvrir. Elle examina les radios de son cerveau et de ses mains. Elle mesura sa tête et s'aperçut que la fontanelle était plus large que celle d'un nourrisson. Elle aurait pu la transpercer avec son poing.

Lasher commençait à bien se débrouiller pour écrire, surtout avec un feutre à pointe fine qui glissait bien. Il traça l'arbre généalogique de la famille Mayfair, dont bien des membres étaient inconnus de Rowan. Il lui demanda des détails de ce qu'elle avait lu dans le dossier du Talamasca. À 8 heures du matin, son écriture était très ronde et enfantine. Le soir, ses lettres étaient longues, obliques et il les formait si rapidement qu'elle ne pouvait le suivre. Il commença aussi cet étrange chantonnement qui ressemblait à un bourdonnement d'insecte.

Il lui demanda ensuite de chanter sans s'arrêter, ce qu'elle avait fait jusqu'à ce que le sommeil la gagne.

Arriva un jour un mince jeune homme
Qui alla voir le maire de la ville.
J'ai un remède, dit-il au bonhomme.
Pour rendre Hameln de nouveau tranquille
Mais un bon prix vous devrez payer.
Le bourgmestre, de joie, se mit à sauter.

Lasher semblait décontenancé. Il ne se rappelait plus le couplet précédent, qu'elle lui avait chanté quelques jours auparavant.

L'homme du désert me demandant
Combien de fraises dans l'océan?
Je lui réponds, sûr de moi,
Autant que de harengs dans les bois.

Plus le temps passait, plus l'état de santé de Rowan empirait. Elle avait tellement perdu de poids qu'elle n'osait plus se regarder dans un miroir.

Dieu, aide-moi! Je suis si fatiguée.

Dans les moments de grande fatigue, la terreur la gagnait. Où était-elle? Qu'allait-elle devenir? Lasher était présent dans toutes ses pensées. Parfois, elle se disait: Je suis perdue. Je suis une sorte de toxicomane. Je suis dépendante de mon obsession. Mais la priorité était de l'étudier, de déterminer de quoi il était fait. Dans ses pires moments de doute, elle se rendait compte qu'elle était passionnément possessive, protectrice et attirée par lui.

Que lui feraient-ils s'ils mettaient la main sur lui? Il avait commis des crimes. Il avait volé, peut-être tué, pour se procurer les passeports. Elle ne savait pas. Impossible de mettre de l'ordre dans ses pensées.

La fréquence de leurs relations sexuelles avait quelque peu diminué. Elle continuait à l'allaiter, mais de moins en moins souvent. Il avait découvert les églises de Paris. Elles le rendaient perplexe, hostile et très agité. Il s'approchait des vitraux et tendait le bras pour les toucher. Il regardait avec haine et dégoût les statues de saints et les tabernacles.

Chaque fois, il disait que ce n'était pas la bonne cathédrale.

– Si tu fais allusion à celle de Donnelaith, évidemment. Nous sommes à Paris.

Il se retourna vers elle et lui chuchota:

– Ils l'ont brûlée.

Il voulait assister à une messe catholique. Un jour, il la sortit du lit avant l'aube pour l'emmener à l'église de la Madeleine.

Il faisait froid à Paris. Elle ne parvenait plus à suivre ses propres pensées : il l'interrompait tout le temps. Parfois, elle perdait la notion du jour et de la nuit. Il la réveillait brutalement, pour téter ou faire l'amour. Elle se rendormait et il la réveillait à nouveau pour qu'elle mange. Il ne tarissait pas de commentaires sur ce qu'il avait vu à la télévision, aux informations, ou sur n'importe quel détail qui l'avait frappé. Ses réflexions étaient de plus en plus incohérentes. Un jour, il prit la carte du restaurant de l'hôtel et lut tous les plats en chantant. Ensuite, il se mit à écrire frénétiquement.

– Puis Julien a emmené Évelyne chez lui et ils ont conçu Laura Lee, qui a donné le jour à Alicia et Gifford. De Julien est également né un enfant naturel, Michael O'Brien, fils d'une pensionnaire de l'orphelinat Sainte-Margaret. Elle a abandonné l'enfant pour entrer au couvent sous le nom de sœur Bridget Marie. Le garçon a eu trois fils et une fille. Cette dernière a épousé Alaister Curry et ils ont eu un fils, Tim Curry, qui...

– Attends un peu ! Qu'est-ce que tu écris ?

– Laisse-moi tranquille.

Il fixa le papier des yeux puis le déchira en mille morceaux.

– Où sont tes cahiers ? demanda-t-il. Qu'as-tu écrit dedans ?

Ils ne s'éloignaient jamais beaucoup de leur chambre. Rowan était trop faible, trop fatiguée. Dès qu'elle avait une montée de lait, ses seins débordaient et il se mettait à boire. Il la berçait dans ses bras. Dans ces moments privilégiés, le plaisir de lui donner le sein était tel que plus rien d'autre ne comptait. Elle oubliait sa peur.

L'allaitement était l'atout majeur de Lasher. Il procurait à Rowan le confort, le plaisir, le bonheur sans partage d'être avec lui, d'écouter ses monologues rapides, d'observer ses réactions.

Mais qu'était-il ? Dès la première heure, elle s'était nourrie de l'illusion qu'il était son œuvre, que ses pouvoirs avaient donné vie à cette créature à partir de l'enfant qu'elle portait en elle. Maintenant, elle distinguait des contradictions. Tout d'abord, elle ne se rappelait plus ce qui s'était passé dans son esprit pendant que, sur le sol, elle luttait pour rester en vie, tous les deux ruisselant de liquide amniotique. Elle avait dû lui donner une sorte de puissante nourriture psychique. Ah ! et puis du colostrum, aussi. Ça, elle s'en souvenait. Ses seins en produisaient beaucoup.

Mais cette chose, cette créature, était très organisée. Rien à voir avec le monstre de Frankenstein, cette reconstitution d'être humain en pièces détachées. Lasher connaissait ses propres capacités : il pouvait courir très vite, captait des odeurs qu'elle ne sentait pas et, d'ailleurs, en émettait une que les autres sentaient sans en avoir conscience. C'était vrai. Elle-même la sentait de temps en temps et, dans ce cas, avait l'impression inquiétante d'avoir été submergée, pour ne pas dire contrôlée, par elle depuis le début, à la façon d'une phéromone.

Elle continuait à tenir son journal, mais dans un style plus narratif afin que, si les choses tournaient mal, la personne qui le trouverait en comprenne le sens.

– Nous sommes restés à Paris suffisamment longtemps, annonça-t-elle un jour. Ils risquent de nous retrouver.

Deux virements bancaires étaient arrivés. Ils avaient une fortune à leur disposition et il fallut à Rowan tout un après-midi pour virer l'argent sur divers comptes. Elle avait envie de partir, pour avoir plus chaud, peut-être.

– Allez! ma chérie. Nous n'avons fait encore que dix hôtels. Arrête de te faire du souci. Et arrête de vérifier toutes les serrures. Tu sais ce que tu as? Ça vient de la sérotonine de ton cerveau. Tu as toujours souffert de compulsion obsessionnelle. Tu le sais très bien, d'ailleurs. Et tu mobilises des mécanismes de défense inadéquats pour fuir ton angoisse.

– Mais... Comment tu sais ça?

– Je te l'ai dit... Je... (Il s'était interrompu, par méfiance, peut-être.) Je sais tout ça parce que toi tu le sais. Quand j'étais un esprit, je savais tout ce que savaient mes sorcières. C'est moi qui...

– Qu'est-ce qu'il y a? À quoi penses-tu?

La nuit, il se mettait à la fenêtre pour contempler les lumières de Paris. Puis il lui faisait l'amour, encore et encore, qu'elle soit endormie ou éveillée. Sa moustache était devenue épaisse mais douce et sa barbe couvrait la totalité de son menton.

Mais la fontanelle était toujours là.

En fait, les différentes parties de son corps avaient chacune un rythme de croissance différent, qui semblait programmé. Elle entreprit d'établir des comparaisons avec d'autres espèces et de faire une liste de ses diverses caractéristiques. Par exemple, ses bras avaient la puissance de ceux des primates inférieurs mais ses mains une faculté de préhension plus développée. Elle était curieuse de savoir ce qu'il saurait faire d'un piano. Le besoin d'air qu'il avait le rendait très vulnérable. La possibilité de l'étouffer aurait été concevable s'il n'avait pas été si fort. Et comment se débrouillerait-il dans l'eau?

Ils quittèrent Paris pour Berlin. Il n'aimait pas la langue allemande. Il ne la trouvait pas laide mais « pointue », comme il disait. Il ne supportait pas ces sons tranchants et gênants et voulait quitter l'Allemagne.

Cette semaine-là, elle fit une fausse couche. Prise de contractions, elle se retrouva dans une mare de sang, au beau milieu de la salle de bains, avant même de comprendre ce qui lui arrivait. Il regarda le sang d'un air complètement ahuri.

Si seulement elle pouvait se reposer, trouver un endroit calme où il n'y aurait ni chansons ni poèmes. Un endroit paisible. Elle ramassa la minuscule masse gélatineuse qui baignait dans la flaque de sang. À ce stade de grossesse, l'embryon aurait dû être microscopique. Or, il avait des formes, et même des bras! Elle était à la fois dégoûtée et fascinée. Elle insista pour l'examiner dans un laboratoire.

Elle réussit à y passer trois heures avant qu'on ne commence à lui poser des questions. Et elle avait pris toute une série de notes.

– Il existe deux types de mutation, lui expliqua-t-elle. Celles qui peuvent se transmettre et celles qui ne le peuvent pas. Ta naissance peut s'expliquer. Il est concevable que tu... constitues une espèce. Mais comment est-ce possible? Comment cela a-t-il pu se produire? Comment une combinaison de télékinésie et...

Elle s'interrompit.

Avec le matériel qu'elle avait dérobé à la clinique, elle se fit des prises de sang et scella minutieusement les flacons.

Il lui adressa un sourire lugubre.

– Tu ne m'aimes pas vraiment, dit-il froidement.

– Bien sûr que si.

– Aimes-tu plus la vérité que le mystère?

– Qu'est-ce que la vérité?

Elle s'approcha de lui, posa ses mains sur son visage et le regarda droit dans les yeux.

– Essaie de te rappeler tes souvenirs les plus lointains. Avant que les humains n'apparaissent sur la Terre. Rappelle-toi, tu m'as parlé du monde des esprits et de ce qu'ils avaient appris des hommes. Tu as parlé de...

– Je ne me rappelle rien, dit-il, le regard vide.

Il s'assit à la table pour relire ce qu'il avait écrit. Ensuite, il étendit ses longues jambes, croisa ses chevilles, posa ses mains derrière sa tête, coudes écartés, s'adossa à sa chaise puis écouta ce qu'il avait enregistré. Ses cheveux dépassaient maintenant le niveau de ses épaules. Il se mit à lui poser des questions, comme pour la tester.

– Qui était Mary Beth? Qui était sa mère?

Elle lui raconta de nouveau ce qu'elle connaissait de l'histoire de sa famille, répétant le contenu du dossier du Talamasca et ce qu'elle avait entendu dire. À sa demande, elle décrivit les membres de la famille qu'elle avait rencontrés personnellement. La faire parler pendant des heures finit par le calmer.

C'était une véritable torture.

– J'ai besoin de repos, plaida-t-elle. Je ne peux pas... Je n'en peux plus...

– Qui étaient les frères et sœurs de Julien? Donne-moi leurs prénoms et ceux de leurs enfants.

Finalement, si épuisée qu'elle ne pouvait plus bouger, les contractions la reprenant comme si elle faisait une nouvelle fausse couche, elle dit :

– Je n'en peux plus.

– Donnelaith, dit-il soudain. Je veux y aller.

Il était en train de pleurer près de la fenêtre.

– Tu m'aimes, n'est-ce pas ? Tu n'as pas peur de moi ?

Elle réfléchit longuement avant de répondre.

– Oui, je t'aime. Tu es seul... et je t'aime. Mais j'ai peur. Tout cela ne rime à rien. Je ne peux pas travailler dans ces conditions. J'ai peur... de toi.

Il se pencha au-dessus d'elle. Elle prit sa tête entre ses mains et le guida jusqu'à son sein. Il se mit à téter. Ce besoin lui passerait-il un jour ? Allait-il rester pour toujours un nourrisson qui marche, parle et fait l'amour ?

– Oui, et qui chante, n'oublie pas, répondit-il lorsqu'elle lui posa la question.

À cette époque, il commença à regarder la télévision pendant des heures d'affilée et elle put enfin utiliser la salle de bains sans qu'il la harcèle derrière la porte. Elle prenait tout son temps pour se laver. Elle ne saignait plus. Elle pensait au Keplinger Institute et à tout ce qu'elle pourrait faire avec la fortune des Mayfair. La famille était certainement en train de les chercher activement.

Elle se reprochait d'avoir tout fait de travers, depuis le début. Elle aurait dû le cacher à La Nouvelle-Orléans et agir vis-à-vis des autres comme s'il n'existait pas. Elle était complètement folle d'avoir tout quitté. Mais elle n'avait pas eu un instant pour réfléchir, cet atroce jour de Noël où tout avait commencé. Il lui semblait qu'une éternité s'était écoulée depuis.

Elle dormit et, à son réveil, le trouva habillé de pied en cap, prêt à partir. Les bagages étaient faits. Ils partaient pour l'Angleterre.

À Londres, ils prirent la direction de Donnelaith. Au début, elle conduisait, mais, par la suite, il avait appris et prenait le volant sur les petites routes de campagne. Tout ce qu'ils possédaient était dans la voiture. Elle se sentait plus en sécurité qu'à Paris.

– Pourquoi ? Tu crois qu'ils ne vont pas nous chercher là-bas ? demanda-t-il.

– Je l'ignore. Je ne sais pas s'ils se doutent que nous allons passer par l'Écosse. Je ne sais pas s'ils ont pensé au fait que tu pourrais te rappeler des choses...

Il se mit à rire amèrement.

– Il m'arrive de ne rien me rappeler.

– Et en ce moment ?

Il avait un air à la fois furieux et solennel. Sa barbe et sa moustache étaient sinistres. Maturité sexuelle. Fausse couche. Fontanelle. Était-il un être mûr ou un simple adolescent?

Donnelaith.

L'endroit n'avait de ville que le nom. Il ne restait que l'auberge et un bâtiment qui servait de quartier général à un projet archéologique, dans lequel une petite équipe d'étudiants dormait et prenait ses repas.

Les touristes pouvaient suivre des visites guidées du château en ruine au-dessus du loch, de la ville détruite dans la vallée, avec sa cathédrale, et du cercle de pierres des anciens temps, bien plus loin. Le périple était long mais en valait la peine. Certains endroits étaient interdits d'accès et ceux qui voulaient se promener seuls devaient respecter les panneaux de signalisation. Une visite était prévue pour le lendemain matin.

Rowan se sentit glacée en regardant par la fenêtre de sa chambre vers l'endroit, au loin, où tout avait commencé. Là où Suzanne, la sage-femme du village, avait appelé un esprit nommé Lasher qui avait lié son sort pour toujours à celui des descendantes de Suzanne. La grande vallée imposante était grise, mélancolique et belle, aussi humide et verte que toutes les contrées lointaines du Nord. Le crépuscule tombait, épais et luisant, et le paysage commençait à se voiler de mystère, comme dans les contes de fées.

De là où elle était, elle apercevait toutes les voitures qui se dirigeaient vers la ville, d'où qu'elles viennent. La seule et unique route s'étendait sur des kilomètres, au nord comme au sud. La majeure partie des touristes venait des villes proches, en voiture ou en autocar.

Les quelques clients de l'auberge avaient des raisons bien personnelles d'être là : une jeune Américaine qui écrivait un article sur les anciennes cathédrales écossaises; un vieux gentleman faisant des recherches généalogiques sur son clan; une jeune couple de tourtereaux qui ne s'occupait de personne.

Et puis Lasher et Rowan. Le soir, au dîner, il essaya des aliments solides et détesta. Il voulait téter. Il la regarda avec convoitise.

Ils avaient la meilleure chambre, la plus spacieuse. Elle était propre et très convenable, avec son lit moelleux, ses poutres apparentes peintes en blanc, son épais tapis, sa petite cheminée pour dissiper le froid, et la vue panoramique sur la vallée, à leurs pieds.

Il avait dit à l'aubergiste que, pour être tranquilles, ils ne voulaient pas de téléphone dans la chambre, et il avait commandé les repas d'avance.

Après le dîner, il prit Rowan fermement par le poignet en disant :

– Nous sortons nous promener dans la vallée.

Elle eut l'impression de marcher des heures sur les pentes des collines et les bords du loch. Une demi-lune éclairait les murs dentelés et éboulés du château.

Les falaises étaient dangereuses mais de bons chemins y avaient été percés. Il se mit à grimper en la traînant derrière lui. Les archéologues avaient édifié des barrières, posé des pancartes et planté des panneaux d'avertissement. Mais il n'y avait personne aux alentours pour les empêcher d'aller où bon leur semblait. Des escaliers neufs en bois avaient été installés dans les tours à demi écroulées et les donjons. Il montait devant elle, le pied sûr, complètement surexcité.

C'était sans doute le moment idéal pour lui échapper. Si elle en avait eu le courage, elle l'aurait poussé du haut des marches. Il se serait écrasé en bas et aurait souffert comme n'importe quel être humain. Ses os n'étaient pas fragiles, ils en étaient encore au stade de cartilage, pour la plupart, mais il mourrait quand même. À coup sûr. À cette idée, elle se mit à pleurer. Elle ne pourrait jamais. Elle ne pouvait pas en finir avec lui comme ça. Impossible de le tuer.

C'était une idée lâche et irréfléchie, encore plus déraisonnable que de s'être enfuie avec lui. Elle s'était surestimée en croyant qu'elle pourrait le contrôler et l'étudier toute seule. Quelle imbécile présomptueuse elle avait été! Quitter la maison avec ce démon violent et autoritaire, seule, envahie par l'orgueil démesuré de l'avoir elle-même créé, avait été une folie.

Mais l'aurait-il laissé faire le contraire? Après tout, c'était lui qui l'avait pressée, poussée, lui avait dit un nombre incalculable de fois de se dépêcher. De quoi avait-il peur? De Michael? Oui, il avait de quoi avoir peur de Michael.

Mais l'erreur vient de moi. J'aurais très bien pu maîtriser la situation. J'aurais pu mettre cette créature sous mon contrôle.

Dans la lueur de la lune qui éclairait le sol herbeux du hall dévasté, elle avait trouvé plus facile de s'en vouloir à elle-même, de se critiquer et se haïr que de s'en prendre à lui.

De toute façon, il ne l'aurait pas laissé faire. La seule fois où elle avait accéléré ses pas derrière lui, dans un escalier, il s'était retourné, l'avait saisie et l'avait fait passer devant lui. Il était en permanence sur le qui-vive. Il pouvait la soulever sans effort avec l'un de ses longs bras simiesques et la déposer sur ses pieds à l'endroit où il voulait. Il n'avait pas peur de tomber.

Mais quelque chose l'effrayait dans le château.

Lorsqu'ils le quittèrent, il tremblait et pleurait. Il voulait voir la cathédrale. La lune s'était cachée derrière les nuages mais la vallée était toujours baignée d'une lumière pâle. Il connaissait le chemin. Ignorant celui qui était tracé, il coupa par le coteau au pied du château.

Ils arrivèrent enfin à la ville proprement dite, à ses fondations, ses remparts, ses créneaux, ses portails, sa petite rue principale. L'immense ruine de la cathédrale se dressa enfin devant eux, majestueuse avec ses quatre murs encore debout et ses arches brisées s'élevant, tels des bras gigantesques, pour étreindre le ciel.

Il s'agenouilla dans l'herbe, les yeux fixés sur la longue nef à ciel ouvert. On distinguait encore la moitié du cercle qui avait contenu la haute rosace. Aucun des vitraux anciens ne subsistait. La plupart des pierres venaient d'être remises en place et scellées au ciment pour reconstituer les murs éboulés. De gros quartiers de pierre étaient entassés à gauche et à droite, visiblement apportés d'ailleurs pour la reconstruction du bâtiment.

Il se remit debout, l'attrapa et l'entraîna avec lui au-delà de la barrière et des pancartes, jusqu'à ce qu'ils se retrouvent au milieu de l'église. Ils contemplèrent le ciel de nuages et la lumière qui les traversait. Cette ancienne cathédrale gothique semblait démesurée pour un pareil endroit, à moins que, à l'époque, les fidèles aient été très nombreux.

Lasher tremblait de tous ses membres. Il posa ses mains sur ses lèvres puis se mit à chantonner en se balançant sur ses jambes. Il marcha en chancelant, comme malgré lui, le long du mur puis montra du doigt une haute fenêtre étroite sans vitre.

– Là! Là! cria-t-il.

Il essaya de dire autre chose puis recommença à s'agiter. Il s'écroula par terre et l'attira à lui, posa sa tête sur son épaule et chercha sa poitrine. Sans ménagement, il releva son pull-over et se mit à téter. Elle s'allongea en arrière, sans volonté, et fixa les nuages. Elle aurait aimé voir des étoiles mais il n'y en avait pas. Il n'y avait que la lumière diluée de la lune et l'agréable illusion que ce n'étaient pas les nuages qui se déplaçaient mais les hauts murs et les fenêtres vides.

Le matin, à son réveil, il n'était pas dans la chambre. Mais il n'y avait pas de téléphone. Elle ouvrit la fenêtre et constata qu'elle était à plus de huit mètres de haut. De toute façon, elle aurait été bien avancée si elle avait pu descendre. C'était lui qui avait les clés de la voiture. Se précipiter sur des gens pour leur expliquer qu'elle était retenue prisonnière? Ridicule! Que faire?

Elle envisagea toutes sortes de possibilités qui finirent par s'enchevêtrer dans son esprit. Elle renonça.

Elle fit sa toilette, s'habilla et porta quelques notes dans son journal. Une fois encore, elle inscrivit tous les détails qu'elle avait observés : sa peau vieillissait, sa mâchoire était maintenant ferme mais sa fontanelle ne s'était toujours pas modifiée. Elle écrivit ce qui s'était passé depuis leur arrivée à Donnelaith et les réactions curieuses qu'il avait eues dans les ruines.

Elle le trouva dans la grande pièce du rez-de-chaussée. Il était en grande conversation avec l'aubergiste, qui se leva respectueusement en la voyant et lui proposa une chaise.

– Assieds-toi, ordonna Lasher.

Il l'avait entendue sortir du lit, au-dessus, et lui avait commandé un petit déjeuner.

– Bien sûr, répondit-elle d'un air mécontent.

– Continuez, ordonna-t-il à l'aubergiste.

Le vieil homme avait visiblement rongé son frein pendant cette interruption et était heureux de reprendre où il en était resté. Il expliqua que le projet archéologique était financé par des Américains depuis quatre-vingt-dix ans. Apparemment, une famille des États-Unis s'intéressait au clan de Donnelaith.

Mais la majeure partie des travaux était relativement récente. Lorsqu'ils avaient pu établir que la cathédrale datait de 1228, les archéologues avaient réclamé une nouvelle somme d'argent aux États-Unis. À leur grande surprise, le fonds avait été réalimenté et toute une équipe d'Édimbourg était venue s'installer à Donnelaith. Cela faisait maintenant vingt ans. Ils avaient commencé par rassembler les pierres éparpillées un peu partout puis avaient découvert les fondations non seulement de l'église mais d'un monastère et d'un village plus ancien qui datait probablement des années 700, à l'époque de Bède le Vénérable. Cet endroit aurait été une sorte de lieu de culte. Mais il n'en savait pas davantage.

– Nous avons toujours su que Donnelaith avait existé, précisa-t-il. Mais les comtes avaient péri dans le grand incendie de 1689 et la ville avait périclité jusqu'à disparaître complètement à la fin du siècle. Lorsque le projet archéologique a été lancé, mon père est venu ici pour construire cette auberge. Un Américain sympathique lui a loué ce terrain à bail.

– Qui était-ce? demanda Lasher.

– Julien Mayfair. Il s'agit du fonds Julien Mayfair. Mais vous devriez vous adresser aux jeunes types du projet. Ils sont très bien élevés et sérieux. Ils empêchent les touristes d'emporter des pierres et autres objets en souvenir. À propos de pierres, il y a aussi cet ancien cercle. C'est par là qu'ils ont commencé et ils ont longtemps travaillé dessus. D'après eux, il est aussi vieux que Stonehenge. Mais, la grande découverte, c'est la cathédrale. Allez leur parler.

– Julien Mayfair, répétait Lasher en fixant le vieil homme.

Il avait l'air désespéré, désorienté, sur ses gardes.

L'après-midi, après un copieux déjeuner bien arrosé avec plusieurs étudiants, ils obtinrent des informations complètes ainsi qu'un tas de vieux pamphlets imprimés à différentes périodes et vendus au public pour récolter un peu d'argent.

Le fonds Mayfair était géré à New York et la famille était des plus généreuses.

Le plus âgé des membres du projet était une Anglaise blonde aux cheveux courts et bouclés et au visage sympathique, qui faisait trapue dans son manteau de tweed et ses bottes de cuir. Elle avait été heureuse de répondre à leurs questions. Elle travaillait là depuis 1970 et, par deux fois, avait demandé à la famille des fonds supplémentaires qu'elle avait obtenus.

Oui, un membre de la famille était venu une fois visiter les lieux. Une certaine Lauren Mayfair, une femme plutôt froide.

– On n'aurait jamais dit qu'elle était américaine, avait dit la vieille Anglaise en pouffant de rire. En fait, elle se fichait pas mal de ce qui se passait ici, vous savez. Elle a pris quelques tableaux appartenant à la famille, puis elle est repartie aussitôt pour Londres. Je me rappelle qu'elle allait ensuite à Rome. Elle adorait l'Italie. Je ne crois pas que les gens puissent apprécier à la fois l'humidité des Highlands et le soleil de l'Italie.

– L'Italie, murmura Lasher. Le soleil de l'Italie.

Ses yeux étaient remplis de larmes. Il les sécha rapidement avec sa serviette de table. La femme n'avait rien remarqué, occupée qu'elle était à tout raconter.

– Et que savez-vous de la cathédrale? demanda-t-il.

Pour la première fois de sa courte vie, il paraissait fatigué. Il faisait très frêle. Il s'était essuyé plusieurs fois les yeux en prétextant une allergie. Mais Rowan avait bien vu qu'il était en train de flancher.

– Justement. Nous avons fait fausse route, au début. Et nous n'avons pas beaucoup de théories à proposer. Selon nous, la grande structure gothique a été construite aux alentours de 1228, comme à Elgin, mais elle a intégré une église plus ancienne qui devait posséder des vitraux. Et le monastère était cistercien. Pendant une certaine période, du moins. Ensuite, il est devenu franciscain.

Il la regardait fixement.

– Il semble qu'il y ait eu une école religieuse, peut-être même une bibliothèque. Dieu seul sait ce que nous allons encore découvrir. Hier, nous avons trouvé un nouveau cimetière. Mais, vous savez, la difficulté tient au fait que, depuis des siècles, des gens se sont servis dans tout cet amas de pierres. Nous venons de mettre à nu les ruines du transept sud du XIIIe siècle et une chapelle dont nous ignorions la présence. Elle contient un caveau. Il s'agirait de la tombe d'un saint, mais nous ignorons lequel. Son effigie est sculptée sur la plaque tombale. Nous nous interrogeons. Faut-il l'ouvrir? Faut-il chercher si elle contient quelque chose?

Il ne disait rien. Son silence devenait pesant et Rowan craignait qu'il ne se mette à pleurer ou ait un brusque accès de violence qui aurait attiré l'attention sur eux. Puis elle se dit que, tout compte fait, cela arrangerait plutôt ses affaires. Les seins gorgés de lait, elle somnolait à moitié. La vieille femme continuait à parler du château, des guerres entre clans, des batailles et des massacres.

– Qu'est-ce qui a détruit la cathédrale? demanda Rowan.

L'absence de toute chronologie rendait les choses confuses. Lasher la regarda d'un air furieux, comme si elle se mêlait de ce qui ne la regardait pas.

– Je n'en suis pas certaine, répondit l'Anglaise, mais j'en ai une vague idée. Selon moi, ce serait justement une guerre de clans.

– Faux, assena-t-il. Essayez de voir plus loin. Les iconoclastes étaient les protestants.

Elle applaudit de joie.

– Pouvez-vous m'expliquer ce qui vous a amené à cette conclusion?

Puis elle partit dans une longue tirade sur la Réforme protestante en Écosse et les bûchers érigés pendant plus d'un siècle pour brûler les sorcières, jusqu'à la toute fin de l'histoire de Donnelaith.

Il était complètement hébété.

– Je parie que c'est vous qui avez raison, poursuivit-elle. Ce devait être John Knox et ses réformés. Contre vents et marées, Donnelaith était resté un bastion catholique puissant. Même le sanguinaire Henry VIII n'avait pas réussi à le détruire.

Puis elle se mit à déblatérer sur sa haine des forces politiques et religieuses qui avaient détruit tant d'œuvres d'art et de bâtiments.

– Tous ces magnifiques vitraux, vous vous rendez compte?

– Oui, ces magnifiques vitraux.

Lasher avait obtenu tout ce qu'elle avait à donner.

Le soir, il était resté prostré dans son silence. Il n'avait pas faim, pas envie de faire l'amour et ne la quitta pas d'un pouce. La nuit tombée, ils sortirent à nouveau. Ils arrivèrent à la cathédrale. La majeure partie des excavations du transept sud était abritée par un toit de fortune en bois et fermée par des portes verrouillées. Il cassa la vitre d'une fenêtre, déverrouilla une porte en passant la main à l'intérieur et entra. Ils se retrouvèrent dans les ruines d'une chapelle dont les étudiants avaient reconstruit le mur et déterré une tombe centrale décorée d'un gisant sculpté très abîmé. Il la contempla puis examina les fenêtres restaurées. Pris de rage, il se mit à donner des coups de poing sur les murs de bois.

– Arrête, on va t'entendre! cria-t-elle.

Puis elle se résigna, se disant qu'après tout ils pouvaient bien venir, qu'il serait jeté en prison et qu'elle en serait débarrassée. Mais il avait remarqué la fourberie dans ses yeux et la haine que, l'espace d'un instant, elle avait été incapable de cacher.

De retour à l'auberge, il écouta les bandes qu'il avait enregistrées puis il éteignit l'appareil et se mit à feuilleter ses notes.

– Julien, Julien, Julien Mayfair.

– Tu ne te souviens plus de lui? demanda-t-elle.

– Quoi?

– Tu ne te souviens plus d'aucun d'entre eux. Tu ne sais plus qui est Julien ni Mary Beth ni Deborah ni Suzanne. Tu as tout oublié. Tu te rappelles Suzanne?

Il la fixa des yeux, blême et furieux.

– Tu ne te rappelles pas, c'est ça? Tes souvenirs ont commencé à s'effacer à Paris. Maintenant, tu ne sais même plus qui ils étaient.

Il s'approcha d'elle et tomba à genoux à ses pieds. Il avait l'air exalté, comme si sa rage se transformait en enthousiasme.

– Je ne sais plus qui ils étaient. Je ne suis pas certain de qui tu es. Mais je sais qui je suis!

À minuit passé, il la réveilla pour la violer puis, une fois repu, décréta qu'il voulait partir avant qu'on ne commence à les chercher à Donnelaith.

– Ces Mayfair doivent être des gens très malins.

Elle rit avec amertume.

Dans la voiture, elle explosa de colère.

– Quelle sorte de monstre es-tu? Ce n'est pas moi qui t'ai créé. Je le sais maintenant. Je ne suis pas Mary Shelley.

Il arrêta brusquement la voiture, tira Rowan jusque dans les hautes herbes et se mit à la frapper violemment, inlassablement, à lui en briser la mâchoire. Elle cria que s'il continuait elle aurait des séquelles irréparables. Il stoppa net et se leva, les poings serrés.

– Je t'aime, dit-il en pleurant. Et je te hais.

– Je vois très bien ce que tu veux dire.

Son visage était si douloureux qu'elle pensait avoir le nez et la mâchoire cassés. Mais il n'en était rien. Elle se rassit.

Il s'affala à côté d'elle et, de ses larges mains chaudes, commença à la caresser. Totalement désemparée, elle sanglota contre sa poitrine.

– Mon Dieu! Mon Dieu! Qu'allons-nous faire? demanda-t-elle, désespérée.

Il la caressa, la couvrit de baisers et lui prit à nouveau le sein. Il connaissait ses points faibles, ce démon, ce sinistre personnage! Ne me touche pas! Va-t'en! Mais le courage lui manquait pour réagir. Ou était-ce la force physique? Cela faisait si longtemps qu'elle ne s'était pas sentie normale, en bonne santé, pleine d'énergie.

En arrivant à Londres, elle avait le visage complètement tuméfié. Les passants qu'ils croisaient avaient l'air effrayés en la voyant. Ils s'installèrent dans un bel hôtel, elle ignorait où, et il lui fit boire du thé chaud et manger des gâteaux tout en chantant.

Il s'excusa de son comportement. Il était né à nouveau, ne se rendait-elle pas compte de ce que cela signifiait? Son existence était un miracle. Puis, selon un rite devenu quotidien, il se mit à l'embrasser et à lui téter le sein avant de la prendre avec une violence qui lui donna un immense plaisir. Pour une fois, par pur désespoir, elle le poussa à recommencer. Peut-être parce que c'était la seule de ses volontés qu'il était toujours prêt à satisfaire. C'est là qu'elle s'aperçut qu'au bout de quatre orgasmes d'affilée il finissait par s'endormir. Elle n'osait pas bouger. Lorsqu'elle soupirait, il ouvrait les yeux.

Il était devenu vraiment très beau. Il taillait chaque matin sa moustache et sa longue barbe. Ses cheveux étaient très longs, ses épaules trop larges mais c'était sans importance. L'ensemble était majestueux. Il s'inclinait devant les gens à qui il parlait et soulevait son chapeau mou sans forme. Les gens aimaient le regarder.

Ils visitèrent l'abbaye de Westminster, qu'il parcourut dans ses moindres recoins en examinant chaque détail. Il observa attentivement le comportement des fidèles.

– J'ai une mission très simple, lui confia-t-il. Elle est vieille comme le monde.

– De quoi s'agit-il?

Il ne répondit pas.

De retour à l'hôtel, il dit :

– Je veux que tu m'examines sérieusement. Il faut que nous trouvions un endroit sûr. Pas ici, en Europe... Aux États-Unis. Si près d'eux qu'ils n'y penseront même pas. Nous devons nous procurer tout ce dont tu as besoin. L'argent n'est pas un problème. Et nous n'irons pas à Zurich. Ils risqueraient de t'y chercher. Tu as assez d'argent?

Une fois de plus, elle constata qu'il oubliait beaucoup de choses.

– Oui, lui rappela-t-elle. J'ai fait le nécessaire. Nous pouvons rentrer aux États-Unis si tu veux.

Son cœur battait d'espoir dans sa poitrine.

– Il y a un institut de neurologie à Genève, poursuivit-elle. C'est là que nous devons aller. Il est connu dans le monde entier et très vaste. Nous pourrons y faire du bon travail. Sans compter que je pourrai prendre les dernières dispositions directement avec la Banque suisse. Une fois là-bas, nous ferons nos projets pour la suite. Crois-moi, c'est la meilleure solution.

– Oui. De là-bas, nous retournerons aux États-Unis. Ils vont finir par nous trouver ici. Il faut rentrer. Je vais réfléchir à la ville.

Elle s'endormit en rêvant de laboratoires, de miscroscopes, de porte-objet, de ses connaissances scientifiques. Elle se savait incapable de s'en sortir toute seule. La meilleure solution était de se procurer du matériel informatique et d'enregistrer ses résultats. Pour cela, il fallait une ville pleine de laboratoires, où les hôpitaux poussaient comme des champignons et où elle pourrait passer d'un grand centre à un autre...

Assis à la table, il ne se lassait pas de relire l'histoire des Mayfair. Ses lèvres remuaient si vite qu'elles émettaient un murmure monotone. De temps en temps, il se mettait à rire comme s'il découvrait un point qui lui avait échappé. À un moment donné, il s'agenouilla près d'elle et la regarda droit dans les yeux.

– Le lait se tarit, n'est-ce pas?
– Je ne sais pas. Mais ça me fait très mal.
Il l'embrassa de nouveau puis recueillit un peu de lait sur le bout d'un doigt et le lui fit goûter. Elle poussa un soupir et dit que cela avait le goût de l'eau.
À Genève, ils avaient tout prévu, jusqu'au moindre détail.
La ville la plus sûre pour leur destination finale était Houston, au Texas. Tout simplement parce qu'elle comptait un nombre infini d'hôpitaux et de centres médicaux. Rowan tâcherait d'y trouver un immeuble entier pour eux, un ancien bâtiment médical, par exemple, déserté à cause de la crise du pétrole. Houston ne manquait pas d'immeubles et l'on disait même qu'il avait trois centres-villes. Personne n'irait les dénicher là.
L'argent n'était pas un obstacle. Ses énormes virements étaient en sécurité dans la gigantesque Banque suisse. Il ne lui restait qu'à ouvrir des comptes fictifs en Californie et à Houston.
Elle s'allongea sur le lit. Il tenait fermement un de ses poignets tandis qu'elle pensait à Houston. À une heure seulement de chez elle. Juste une heure.
– Ils ne se douteront jamais de rien, dit-il. Tu pourrais tout aussi bien être partie au pôle Sud. Houston est la cachette idéale.
Prise de nausée, elle s'endormit. À son réveil, elle saignait. C'était une nouvelle fausse couche. Cette fois, l'embryon visqueux faisait au minimum cinq centimètres.
Le lendemain matin, après s'être reposée, elle prit une décision. Elle voulait aller à l'institut pour étudier cette chose et faire subir à Lasher tous les tests possibles. Elle cria et vociféra jusqu'à ce que, terrifié et misérable, il finisse par céder.
– Tu as peur de te retrouver seul sans moi, n'est-ce pas? demanda-t-elle.
– Et si tu étais le dernier homme sur terre? dit-il soudain. Et moi la dernière femme?
Cela ne voulait rien dire mais il avait l'air de se comprendre. Il l'emmena à l'institut. Désormais, les petits gestes quotidiens n'avaient plus de secret pour lui : héler un taxi, donner un pourboire, lire, marcher, courir, emprunter un ascenseur. Il s'était acheté une petite flûte en bois bon marché et il en jouait dans la rue. Il était très mécontent des sons qui en sortaient. Il n'osait pas acheter une radio.
À l'institut, elle se procura une blouse blanche, un stylo, des formulaires pris dans un bureau, des fiches jaunes, roses et bleues destinées à divers tests. Elle se fit passer tantôt pour un médecin, tantôt pour un technicien et, si on l'interrogeait, prenait la fuite comme une vedette voulant passer incognito.
Dans la foulée, elle s'arrangea pour rédiger une longue note à

l'intention du concierge de l'hôtel. Elle lui demandait de faire les démarches nécessaires en prévision d'un envoi de nature médicale au Dr Samuel Larkin, à l'hôpital universitaire de San Francisco, Californie. Elle lui remettrait le paquet dès que possible.

De retour dans leur chambre d'hôtel, elle attrapa une lampe et frappa Lasher. Il chancela puis tomba à terre, le visage ensanglanté. Mais il se remit en un instant, se jeta sur elle et la battit comme plâtre jusqu'à ce qu'elle perde connaissance.

Elle revint à elle pendant la nuit. Son visage était gonflé mais aucun os n'était brisé. L'un de ses yeux était à demi fermé. Cela voulait dire qu'elle allait rester pendant des jours dans cette chambre. Des jours. Le supporterait-elle?

Le lendemain matin, il l'attacha au lit pour la première fois avec des lambeaux de draps déchirés, auxquels il fit des nœuds très serrés. Il avait pratiquement terminé lorsqu'elle se réveilla, stupéfaite d'avoir un bâillon dans la bouche. Puis il était parti pendant des heures. Personne n'était monté. Il avait dû donné des ordres. Elle s'était débattue et avait essayé de crier. En vain. Le bâillon l'en empêchait.

À son retour, il sortit le téléphone de sa cachette et commanda pour elle un véritable festin. Une fois de plus, il lui demanda pardon et joua de sa petite flûte. Pendant qu'elle mangeait, il épia le moindre de ses mouvements. Il avait l'air pensif.

Le lendemain, elle ne se débattit pas quand il l'attacha. Cette fois, il utilisa le ruban adhésif indéchirable qu'il avait rapporté la veille. Il s'apprêtait à en coller une bande sur sa bouche lorsqu'elle lui fit remarquer calmement qu'elle risquait d'étouffer. Se ralliant à son argument, il opta pour un bâillon moins pénible. Après son départ, elle se débattit comme une démente. Rien n'y fit. Le lait coulait de ses seins. Elle était malade et tout tournait autour d'elle.

Le lendemain après-midi, après qu'ils eurent fait l'amour, il resta sur elle, lourd mais souple, ses cheveux noirs soyeux tombant entre ses seins, la main gauche posée sur l'une des siennes, en train de rêvasser et de chantonner. Elle n'était pas attachée : il avait coupé les entraves de ses mains.

Elle contempla sa noire crinière, en respira le parfum, se pressa contre lui et s'assoupit une heure.

À son réveil, il dormait en respirant profondément.

Elle tendit la main gauche et décrocha le téléphone. Tenant le combiné entre son épaule et son oreille, elle appuya sur la touche de la réception et demanda un numéro d'une voix à peine audible.

C'était la nuit en Californie. Lark l'écouta attentivement. Il avait été son patron. Il était son ami. Il était la seule personne qui pourrait la croire, la seule qui accepterait d'emporter les spécimens au Keplinger Institute. Quoi qu'il advienne, il fallait qu'ils arrivent jusqu'à Keplinger. Mitch Flanagan ne se souviendrait peut-être pas d'elle mais c'était un homme de confiance.

Il fallait que quelqu'un sache.

Lark tenta de l'interroger. D'abord, il lui demanda de parler plus fort. Elle lui confia qu'elle était en danger et qu'ils pouvaient être interrompus à tout moment. Elle hésitait à lui donner le nom de l'hôtel. S'il se faisait prendre en venant la voir, elle ne pourrait jamais lui remettre les spécimens. Elle n'en pouvait plus. Elle n'arrivait plus à raisonner correctement. Elle balbutia quelques mots à propos des fausses couches. C'est alors que Lasher sortit de son sommeil, lui prit le combiné des mains, arracha l'appareil du mur et se mit à cogner sur elle.

Il s'arrêta en pensant que les marques allaient se voir. Ils devaient aller en Amérique. Demain. Lorsqu'il l'attacha de nouveau, elle le supplia de ne pas trop serrer pour ne pas se retrouver complètement ankylosée. Elle lui reprocha sa façon de traiter sa prisonnière.

Il se mit à pleurer.

– Je t'aime. Si seulement je pouvais te faire confiance. Si seulement je pouvais te considérer comme ma fidèle compagne. Donne-moi ton amour et ta confiance. Mais c'est moi qui ai fait de toi ce que tu es. Une sorcière hypocrite. Tu essaies de me tuer avec ton regard.

– C'est parfaitement exact. Mais si tu ne veux pas qu'on nous trouve, il faut partir maintenant.

Elle allait devenir complètement folle si elle restait plus longtemps dans cette pièce. Il fallait mettre au point un plan. Traverser l'océan et se rapprocher de chez elle. Se rapprocher. Houston était plus près.

Du plus profond de son désespoir, elle savait ce qu'elle avait à faire. Elle devait mourir avant d'être de nouveau enceinte de cette créature. Il n'était pas envisageable de donner la vie à l'un de ses semblables. Mais il continuait à l'inséminer; il l'avait déjà fécondée à deux reprises. Pour la première fois de sa vie, elle comprenait pourquoi certaines personnes étaient incapables d'agir quand elles avaient peur, pourquoi elles restaient paralysées de terreur.

Mais où étaient donc passées ses notes?

Le matin, elle avait fait les bagages. Tout ce qui était médical était rassemblé dans un même sac, où elle avait aussi placé ses notes et toutes les fiches d'examen. Elle avait posé par-dessus les instructions destinées au concierge, avec l'adresse de Lark. Il n'avait pas semblé s'en apercevoir. Elle avait recouvert le tout d'un sac d'emballage pris au labo, dans lequel elle avait enfoui ses vêtements tachés de sang.

– Pourquoi ne jettes-tu pas tout ça? avait-il demandé. Ça sent vraiment mauvais.

– Je ne sens rien, avait-elle froidement rétorqué. Et j'ai besoin de tout ça, je te l'ai dit. Au fait, je ne retrouve pas mes cahiers.

– Je les ai lus et je les ai jetés.

Elle l'avait fusillé du regard.

Il ne restait donc plus que les spécimens. Plus aucun moyen de faire savoir à qui que ce soit que cette créature était vivante, respirait et voulait se reproduire.

À la porte de l'hôtel, pendant qu'il discutait avec le chauffeur qui les emmènerait à l'aéroport, elle remit le sac au portier avec une liasse de francs suisses et lui chuchota précipitamment en allemand qu'il devait l'envoyer immédiatement au Dr Samuel Larkin. Puis elle lui tourna rapidement le dos pour se diriger vers la voiture, juste au moment où Lasher se retournait en souriant et lui tendait la main.

– Comme tu as l'air fatiguée, ma femme. Tu as été très malade.

– Oui, très, répondit-elle.

Elle se demanda ce qu'avait pensé le portier en voyant les contusions sur son visage émacié.

– Attends, je vais t'aider, ma chérie.

Sur la banquette arrière, il mit un bras autour de ses épaules et l'embrassa au moment où le taxi démarrait.

Elle n'osa pas se retourner pour voir si le portier était entré dans l'hôtel avec le sac. Le concierge trouverait l'adresse à l'intérieur. Il le fallait.

À leur arrivée à New York, il s'aperçut de la disparition du sac et des résultats des tests. Il menaça de la tuer.

Allongée sur le lit, elle resta muette. Il l'attacha avec ménagement, en lui laissant suffisamment de mou pour qu'elle puisse juste remuer ses membres. L'adhésif entortillé était plus solide que de la corde. Il la couvrit pour qu'elle ne prenne pas froid, mit en marche le ventilateur de la salle de bains et la télévision puis sortit.

Il revint vingt-quatre heures plus tard. Elle n'avait pas pu se retenir d'uriner dans le lit. Elle le haïssait. Elle voulait sa mort. Elle aurait donné n'importe quoi pour savoir comment le tuer.

Il resta assis à côté d'elle tandis qu'elle prenait les dispositions nécessaires pour Houston. Deux étages dans un immeuble qui en comptait cinquante, où ils seraient bien tranquilles. Ce complexe était petit pour une ville comme Houston, et en plein centre-ville. Il avait abrité les anciens bureaux d'un programme de recherche contre le cancer qui avait été abandonné, faute de moyens. Il n'y avait pour l'instant aucun autre locataire.

Les propriétaires avaient récupéré tout le matériel qui équipait les deux étages. Mais ils ne garantissaient pas son bon fonctionnement. Tant pis. Elle loua l'ensemble, qui comprenait des appartements, des bureaux, des salles de réception, des salles d'examens et des laboratoires. Elle prévit aussi le gaz, l'électricité, des voitures de location et tout ce dont ils auraient besoin pour travailler efficacement.

Pendant qu'elle s'organisait, il l'observait passivement. Il suivit ses doigts des yeux tandis qu'elle composait les numéros de téléphone et épia chaque syllabe qui franchissait ses lèvres.

– Cette ville est très proche de La Nouvelle-Orléans, dit-elle. Tu t'en rends compte?

Elle ne voulait pas qu'il le découvre plus tard et se répande en injures contre elle. Elle avait mal aux poignets. Elle avait faim.

– Ah oui! les Mayfair, répondit-il en faisant un geste vers le dossier.

Pas un jour n'était passé sans qu'il étudie le récit, ses notes ou ses enregistrements.

– Mais personne ne songerait à te chercher à une heure d'avion, tu ne crois pas? ajouta-t-il.

– Non. Si tu fais du mal à Michael Curry, je me suicide. Et je ne te serai plus d'aucune aide.

– Je ne suis pas certain que tu me sois d'aucune aide, maintenant. Le monde est plein de gens bien plus aimables et agréables que toi. De gens qui chantent mieux que toi, aussi.

– Alors qu'attends-tu pour me tuer?

Tandis qu'il réfléchissait, elle essaya encore de réunir toutes les forces de son pouvoir invisible pour le tuer. En vain.

Elle avait envie de mourir ou de s'endormir pour toujours, ce qui revenait au même.

– Je croyais que tu étais une sorte de prodige et l'innocence même. Quelque chose de totalement inconnu et nouveau.

– Je sais.

– Je ne le crois plus.

– Ton rôle est de déterminer ce que je suis.

– J'essaie.

– Tu me trouves beau, en tout cas.

– Et alors? Je te déteste.

– Oui, c'est ce que j'ai pu lire dans tes cahiers. « Cette nouvelle espèce », « cette créature », « cet être ». Tu as une façon très clinique de me décrire. Eh bien, tu sais, tu te trompes. Je ne suis pas nouveau, ma bien-aimée, je suis ancien, bien plus que tu ne peux l'imaginer. Mais mon temps est à nouveau venu. Je n'aurais pas pu choisir de meilleur moment pour venir au monde. Tu ne veux pas savoir ce que je suis?

– Tu es un monstre. Tu n'es pas naturel. Tu es cruel et impulsif. Tu es incapable de réfléchir correctement ou de te concentrer. Et tu es complètement cinglé.

Il était si furieux qu'il ne put lui répondre tout de suite tant il suffoquait. Il avait envie de la frapper. Elle le voyait ouvrir et fermer sa main.

– Imagine un peu, ma douce et tendre, que l'humanité entière meure et que ses gènes soient contenus dans le sang d'une misérable petite créature simiesque, qui les transmettra à son tour à d'autres générations de singes jusqu'à ce que, finalement, un homme naisse à nouveau des singes.

Elle ne disait rien.

– Tu crois que cet homme aura de la pitié à l'égard des singes? Surtout s'il se procure une femelle? Un singe femelle qui se reproduira avec lui pour former une nouvelle dynastie d'êtres supérieurs...

– Tu ne nous es pas supérieur!

– Bien sûr que si! jeta-t-il méchamment.

– Je ne sais pas exactement comment tout cela a pu arriver, mais cela ne se reproduira jamais.

Il hocha la tête en souriant.

– Ce que tu peux être stupide, ma pauvre fille! Et égoïste, pardessus le marché. Tu me fais penser à tous ces scientifiques dont je lis les écrits ou que j'entends à la télévision. C'est déjà arrivé avant, et avant, et encore avant. Cette fois, c'est la bonne. C'est le moment. Cette fois, il n'y aura pas de sacrifice, nous nous battrons comme jamais.

– Plutôt mourir que t'aider!

Il hocha de nouveau la tête, tristement, puis détourna les yeux. Il avait l'air de rêver.

– Tu crois que nous aurons pitié lorsque nous dirigerons le monde? Est-ce qu'un être supérieur s'est jamais montré clément à l'égard des faibles? Les Espagnols qui ont conquis le Nouveau Monde ont-ils été cléments avec les sauvages qu'ils y ont trouvés? Non. Il n'est jamais arrivé que les espèces supérieures, celles qui avaient l'avantage, se soient montrées bonnes envers leurs inférieurs. Au contraire, elles les ont éradiqués. Tu n'es pas d'accord? C'est ton monde. Vas-y, je t'écoute! Comme si je ne le savais pas.

Ses yeux s'embuèrent de larmes. Il posa sa tête sur son bras et se mit à pleurer de chagrin. Après s'être essuyé les yeux avec une serviette de bain, il s'écria :

– Quand je pense à tout ce qu'il y aurait pu avoir entre nous!

– Qu'est-ce que tu veux dire?

Il commença à l'embrasser, la caresser et déboutonner son chemisier.

– Arrête! J'ai déjà fait deux fausses couches. Je suis malade. Regarde-moi! Regarde mon visage et mes mains! Et mes bras! Une troisième fausse couche me tuerait, tu comprends? Je suis mourante. Tu me tues à petit feu. Que deviendrais-tu sans moi? Qui t'aidera? Qui est au courant de ton existence?

Il réfléchit puis, brusquement, la gifla. Ce geste eut l'air de le satisfaire.

Il l'étendit sur le lit et caressa ses cheveux. Elle n'avait plus beaucoup de lait. Il en but un peu, puis lui massa les épaules, les bras, les pieds et l'embrassa sur tout le corps. Elle perdit conscience. Lorsqu'elle reprit ses esprits, la nuit était déjà avancée et l'intérieur de ses cuisses était humide.

En arrivant à Houston, elle s'aperçut que leur cachette était une véritable prison. L'immeuble était désert et les deux étages qu'elle avait loués étaient très élevés. Il lui laissa deux jours pour faire un complément d'achats afin de rendre les lieux confortables. Elle observa, attendit, guetta la moindre occasion, mais il était resté terriblement vigilant.

Et puis il l'attacha. Plus question d'étude ni de projet.

– Je sais déjà tout ce que je voulais savoir, invoqua-t-il.

La première fois, il resta absent toute une journée. La seconde, toute une nuit et une matinée. La troisième, celle-ci, quatre jours. Et voilà ce qu'il avait fait de leur froide chambre moderne aux murs blancs, aux vastes fenêtres et aux meubles en contre-plaqué.

Elle avait si mal aux jambes. Elle sortit de la salle de bains en clopinant et entra dans la chambre. Il avait refait le lit avec des draps roses et l'avait entouré de fleurs. Cela rappela à Rowan une histoire de suicide. Une femme de Californie s'était fait livrer des monceaux de fleurs, les avait disposées tout autour de son lit puis s'était empoisonnée. Ou cela lui rappelait-il l'enterrement de Deirdre, avec toutes ces fleurs autour de son cercueil?

Cette chambre tenait davantage d'un endroit pour mourir que pour dormir. Partout, de gros bouquets de fleurs dans des vases. Si elle mourait, il finirait certainement par commettre l'erreur qui lui serait fatale. Il était si fou! Elle devait se calmer, réfléchir, vivre et se montrer plus rusée que lui.

– Tous ces lys et toutes ces roses! Tu les as montés toi-même?

Il secoua la tête.

– Non, je les ai fait livrer. Elles étaient devant la porte avant mon retour.

– Tu pensais me retrouver morte?

– Je ne suis pas romantique à ce point. Sauf quand il s'agit de musique, dit-il en souriant. Il y a à manger dans l'autre pièce. Je t'apporte ça tout de suite. Que pourrais-je faire pour que tu m'aimes? Que faut-il que je dise pour te ramener à de meilleurs sentiments?

– Je te hais définitivement et irrémédiablement, répondit-elle.

Elle s'assit sur le lit. Il n'y avait aucune chaise et elle ne tenait plus debout. Ses chevilles étaient douloureuses. Ses bras étaient douloureux. Elle mourait de faim.

– Pourquoi me garder en vie? demanda-t-elle.

Il sortit et revint avec un grand plateau couvert de salades et de viande froide.

Elle se jeta sur la nourriture puis repoussa le plateau. Elle but tout le jus d'orange, se leva et tituba jusqu'à la salle de bains. Elle y resta un long moment, prostrée sur les toilettes, la tête contre le mur. Elle avait peur de vomir. Elle fit lentement l'inventaire des objets se trouvant dans la pièce. Rien pour se tuer.

De toute façon, elle n'en avait pas l'intention. Elle avait envie de lutter. Au besoin, elle s'arrangerait pour qu'ils brûlent tous les deux. Mais comment?

Craintivement, elle ouvrit la porte. Il l'attendait, les bras croisés. Il la prit dans ses bras et la porta sur le lit qu'il avait parsemé de marguerites. Quand elle s'affala sur les tiges rigides et les fleurs parfumées, elle éclata de rire. C'était si bon de se laisser aller à rire.

Il se pencha pour l'embrasser.

– Arrête! ordonna-t-elle. Si je faisais une nouvelle fausse couche, j'en mourrais. Qu'est-ce qui te fait croire que tu peux procréer?

– Cette fois, tu ne perdras pas le bébé, répondit-il.

Il s'allongea près d'elle et posa sa main sur le ventre de Rowan en souriant. Il marmonna une succession inaudible de syllabes qui déformèrent sa bouche. On aurait dit un langage particulier!

– Oui, ma chérie, mon amour, l'enfant est vivant. Il m'entend. C'est une petite fille. Elle est là.

Elle se mit à hurler.

Elle retourna sa rage contre le fœtus. Meurs, meurs, meurs! Trempée de sueur, un goût de vomi dans la bouche, elle renonça. C'est alors qu'elle entendit comme des pleurs.

Lasher reprit son étrange mélopée.

Cette fois, elle entendit distinctement des pleurs.

Elle ferma les yeux et essaya d'interpréter ce son de façon cohérente. Rien à faire. Elle entendait bel et bien une voix inconnue et cette voix était à l'intérieur d'elle. Elle lui parlait dans une langue qu'elle comprenait, sans mots. Cette voix lui réclamait amour et consolation.

Je ne te ferai plus de mal, songea-t-elle. Sans mots, avec gratitude et amour, la voix lui répondit.

Seigneur! Lasher avait raison. Le fœtus était vivant, l'entendait, et souffrait.

– Ça ne prendra pas longtemps, dit-il. Je vais m'occuper de toi de tout mon cœur. Tu es mon Ève, tu es immaculée. Quand l'enfant sera né, tu pourras mourir si tu veux.

Elle ne répondit pas. Pour quoi faire? Pour la première fois depuis deux mois, elle avait quelqu'un d'autre à qui parler. Elle tourna la tête de l'autre côté.

Treize

Anne-Marie Mayfair était assise très droite sur le canapé en skaï beige de la salle d'attente de l'hôpital. Mona l'aperçut tout de suite en entrant. Elle portait toujours sa tenue d'enterrement bleu marine et son habituel chemisier à jabot. Elle lisait une revue, jambes croisées, ses lunettes noires sur le bout du nez. Ses cheveux noirs retenus en arrière, son petit nez et sa petite bouche avaient quelque chose de charmant. Ses grosses lunettes lui donnaient un air à la fois stupide et intelligent.

Elle leva les yeux vers Mona, qui lui planta un baiser sur la joue et s'affala à côté d'elle.

– Ryan t'a appelée? demanda Anne-Marie à voix basse.

Il n'y avait pas grand monde dans le couloir brillamment éclairé. Les portes de l'ascenseur s'ouvrirent et se refermèrent dans un renfoncement éloigné. Le comptoir d'accueil était vide.

– Tu veux dire pour mère? demanda Mona.

Elle détestait cet endroit. Lorsqu'elle serait un riche magnat de la finance, avec des fonds de placement dans tous les secteurs économiques, elle s'intéresserait à la décoration afin d'égayer les lieux aseptisés et froids comme celui-ci. Puis elle pensa à Mayfair Medical. Il fallait que ce projet avance. Il fallait qu'elle aide Ryan. Il n'avait pas le droit de la tenir à l'écart. Elle en parlerait à Pierce dès le lendemain. Et aussi à Michael, dès qu'il se sentirait un peu mieux.

Elle regarda Anne-Marie.

– Ryan m'a dit que mère était là.

– Oui, elle est là. D'après les infirmières, elle croit qu'on veut la faire interner définitivement. C'est ce qu'elle leur a dit ce matin quand on l'a amenée ici. On lui a fait une piqûre et elle dort toujours. L'infirmière m'appellera si elle se réveille. Non, ce que je voulais savoir c'était si Ryan t'avait prévenue pour Édith.

– Non, qu'est-ce qui lui est arrivé?

Elle connaissait à peine Édith. C'était une petite-fille de Lauren, une espèce de recluse timide et agressive qui vivait à Esplanade Avenue, passait tout son temps avec ses chats et ne sortait jamais de chez elle.

Anne-Marie se redressa, posa la revue sur la table et remonta ses lunettes devant ses jolis yeux.

– Édith est morte cet après-midi d'une hémorragie. Comme Gifford. Ryan a demandé qu'aucune femme de la famille ne reste seule. Ce pourrait être un problème génétique. Nous devons rester en permanence au milieu de gens. Comme ça, s'il se passe quelque chose, nous pourrons appeler à l'aide. Édith était seule, comme Gifford.

– Tu plaisantes ou quoi? Édith Mayfair est morte? C'est vrai ce que tu me racontes?

– Oui, tu peux me croire. C'est horrible pour Lauren. Elle est allée chez Édith pour la réprimander de ne pas être allée aux obsèques de Gifford et elle l'a trouvée par terre dans la salle de bains. Elle s'était vidée de son sang. Et ses chats étaient en train de le lécher.

Mona resta muette un moment. Elle devait réfléchir. Pas seulement sur ce qu'elle savait mais sur ce qu'elle pouvait révéler aux autres et à quelle fin. Elle était sous le choc.

– Tu dis qu'elle a aussi souffert d'une hémorragie utérine?

– Oui, on a parlé de fausse couche. Connaissant Édith, je n'y crois pas. Pour Gifford non plus. Ni l'une ni l'autre ne pouvait être enceinte. Ils vont effectuer une autopsie, cette fois. La famille s'est enfin décidée à faire autre chose que brûler des cierges et prier en se regardant de travers.

– C'est une bonne chose, dit Mona d'une voix sourde.

Elle rentra en elle-même en espérant que sa cousine allait se taire un instant. Rien à faire.

– Tu sais, tout le monde est complètement bouleversé. Mais nous devons suivre les instructions. On peut très bien faire une hémorragie sans qu'il s'agisse de fausse couche, évidemment. Mais ne reste jamais seule. Si tu ne te sens pas bien, il faut qu'il y ait quelqu'un près de toi pour te porter secours.

Mona acquiesça et parcourut du regard les murs nus, les rares panneaux et les gros cendriers cylindriques remplis de sable. Une demi-heure plus tôt, elle avait été réveillée par une odeur, et une musique venant du Victrola. Elle revit la porte-fenêtre ouverte et, dehors, la nuit, les ifs et les chênes sombres. Elle essaya de se rappeler l'odeur.

– Dis-moi quelque chose, ma fille, implora Anne-Marie. Je suis inquiète pour toi.

– Mais je vais très bien! Je suis d'accord pour suivre le conseil. Aucune de nous ne doit rester seule, qu'on ait des raisons de croire qu'on est enceinte ou pas. Tu as raison. Maintenant je monte voir mère.

Les portes de l'ascenseur s'ouvrirent sur le septième étage. Les Mayfair disposaient à cet étage d'un appartement composé d'une chambre, d'un salon et d'une cuisine dans laquelle ils pouvaient préparer leur café ou tenir leurs glaces au frais. Alicia y avait déjà fait quatre séjours : déshydratation, malnutrition, cheville cassée et tentative de suicide. Elle s'était juré de ne plus y remettre les pieds.

Mona parcourut le couloir sur la pointe des pieds. Elle sentit l'odeur dès qu'elle eut atteint la double porte de l'aile Septième Étage Ouest. C'était bien ça. Exactement la même odeur.

Elle s'arrêta, prit une profonde inspiration et se rendit compte que, pour la première fois de sa vie, elle avait vraiment peur. La tête penchée, elle réfléchit. Il y avait une sortie par l'escalier, une porte devant elle, une autre sortie de l'autre côté du hall et des gens au comptoir d'accueil.

Si Michael avait été là, elle aurait poussé la porte pour voir si celui qui avait laissé cette odeur était encore dans l'escalier.

Mais l'odeur n'était plus très forte. Elle s'estompait. Au moment où elle se reprochait de ne pas avoir le cran d'ouvrir cette porte, un jeune médecin s'engagea dans le couloir. Derière lui, le palier était désert. Mais cela ne signifiait pas que personne ne se cachait au-dessus ou en dessous. Mona prit à nouveau une profonde inspiration. Quelle odeur sensuelle et délicieuse! Qu'est-ce que ça pouvait bien être?

Elle poussa le double battant et entra dans le hall. L'odeur se renforça. Trois infirmières assises étaient en train d'écrire dans un îlot de lumière, entourées d'un haut comptoir en bois. Aucune ne vit Mona passer et s'engager dans l'étroit couloir. L'odeur y était très forte.

– Mon Dieu! Ce n'est pas possible, murmura Mona.

Elle regarda les rangées de portes sur sa gauche et sur sa droite mais, avant même qu'elle n'aperçoive la pancarte « Alicia (CeeCee) Mayfair », l'odeur l'avait guidée vers la bonne chambre.

Elle était plongée dans le noir. Son unique fenêtre donnait sur un puits d'aération. La femme immobile sous les draps blancs avait la tête contre le mur. À travers la lucarne de la porte, Mona aperçut un petit appareil numérique indiquant le niveau du goutte-à-goutte : un sac de glucose en plastique, transparent comme le verre, dont le contenu passait dans un minuscule tube aboutissant à une canule plantée dans la main droite de sa mère, sous une masse de ruban adhésif.

Mona poussa la porte en grand afin d'apercevoir la salle de bains sur la droite. Lavabo en porcelaine. Bac à douche vide. Elle examina rapidement le reste de la pièce puis se retourna vers le lit, certaine d'être seule avec sa mère.

Le profil de sa mère ressemblait étonnamment à celui de Gifford dans son cercueil. Son visage émacié, tout en angles, reposait sur un large oreiller moelleux.

Les draps formaient un monticule au-dessus du corps. Ils étaient tout blancs, à l'exception d'une minuscule tache rouge irrégulière en plein milieu, juste à côté de la main inerte.

Mona s'approcha, prit la barre de chrome du lit de la main gauche et toucha la tache rouge. Très humide. Tandis qu'elle l'observait, la tache sembla s'agrandir. Mona tira le drap de sous le bras de sa mère. Alicia ne bougea pas. Elle était morte. Il y avait du sang partout. Le lit en était maculé.

Il y eut un bruit derrière elle. Puis une voix féminine peu aimable se fit entendre.

– Ne la réveillez pas! Nous avons eu toutes les peines du monde à la calmer ce matin.

– Vous avez vérifié ses signes vitaux, récemment? demanda Mona en se tournant vers la femme.

Celle-ci venait d'apercevoir le sang.

– Aucun risque de la réveiller, à mon avis, reprit Mona. Veuillez appeler ma cousine Anne-Marie. Elle est dans la salle d'attente. Dites-lui de venir immédiatement.

L'infirmière était une vieille femme. Elle prit la main de la morte, la reposa tout de suite, s'éloigna du lit à reculons et quitta la pièce.

– Attendez! dit Mona. Vous avez vu quelqu'un entrer ici?

Mais elle savait que sa question était inutile. Cette femme avait trop peur des reproches pour lui répondre honnêtement. Mona la suivit et la regarda se hâter vers le bureau, aussi vite qu'on pouvait marcher sans courir. Puis elle retourna près du lit.

Elle toucha la main de sa mère. Pas encore glacée. Elle poussa un long soupir, se pencha sur le lit, écarta les cheveux noirs du visage de sa mère et l'embrassa. La joue avait encore un soupçon de chaleur mais le front était froid.

Un instant plus tard, la chambre était remplie de blouses blanches. Dans le hall, Anne-Marie s'essuyait les yeux avec un mouchoir en papier. Mona s'enfuit.

Elle resta un long moment dans le bureau des infirmières à écouter ce qui se passait. On avait appelé un interne pour qu'il vienne constater le décès. Il serait là dans vingt minutes. Il était plus de 8 heures du soir. En attendant, on avait fait appeler le médecin de famille. Et Ryan, bien entendu. Pauvre Ryan. Que Dieu lui vienne en aide. Le téléphone n'arrêtait pas de sonner. Et Lauren? Dans quel état était-elle?

Mona sortit dans le hall. La porte de l'ascenseur s'ouvrit sur le jeune interne qu'elle avait vu à son arrivée. On aurait dit un gamin. Difficile de croire qu'il avait suffisamment d'expérience pour savoir si quelqu'un était mort. Il passa devant elle sans lui prêter attention.

Hagarde, Mona redescendit dans la salle d'attente et sortit de l'hôpital. Le bâtiment se trouvait dans Prytania Street, à un pâté de maisons de Saint Charles et d'Amelia, là où elle vivait. Elle marcha lentement, sous la lumière des réverbères, en réfléchissant tranquillement.

– Je ne veux plus porter ce genre de robe, dit-elle à voix haute en atteignant l'angle de la rue. Non. Le moment est venu de mettre une croix sur cette robe et ce ruban.

De l'autre côté de la rue, sa maison était exceptionnellement éclairée. Des gens descendaient de voitures. C'était à nouveau la mobilisation générale.

Plusieurs Mayfair l'avaient aperçue. L'un d'eux pointait le doigt vers elle. Quelqu'un se précipita pour l'attendre au coin de la rue comme si cela pouvait l'empêcher de se faire écraser en traversant.

– Non, je n'aime plus ces vêtements, dit-elle à voix basse en traversant. Terminé. J'en ai ras le bol.

– Mona, ma chérie! s'exclama le cousin Gerald.

– Je sais que ce n'était qu'une question de temps, dit-elle. Mais j'étais loin de me douter qu'elles allaient mourir toutes les deux en même temps.

Elle passa devant Gerald et les Mayfair qui se pressaient près de la grille et dans l'allée.

– Ne vous occupez pas de moi, lança-t-elle à ceux qui voulaient lui dire quelques mots. Il faut que j'enlève ces vêtements ridicules.

Quatorze

LE RÉCIT DE JULIEN

Ce n'est pas l'histoire de ma vie qui vous intéresse, mais plutôt comment j'ai appris mes différents secrets. Comme vous le savez, je suis né en 1828. C'étaient les tout derniers jours d'un certain mode de vie, les dernières décennies pendant lesquelles les riches propriétaires de ce monde vivaient encore comme aux siècles précédents.

Nous ne connaissions ni le chemin de fer ni le téléphone ni les Victrola ni les voitures automobiles. Nous étions même loin d'imaginer qu'ils existeraient un jour!

Riverbend, avec sa vaste demeure bourrée à craquer de meubles magnifiques et de livres, avec ses nombreuses dépendances abritant oncles, tantes et cousins, ses champs s'étendant à perte de vue au sud, à l'est et à l'ouest du fleuve, était un véritable paradis.

Dans ma famille, on n'avait d'yeux que pour les futures sorcières. Personne ne remarqua l'arrivée d'un petit garçon aux dons de sorcellerie sans précédent. Marie-Claudette, ma grand-mère, fut même si déçue que je ne sois pas une fille qu'elle cessa d'adresser la parole à ma mère, Marguerite. Marguerite avait déjà donné le jour à un autre garçon, mon frère Rémy, et l'audace d'avoir introduit dans la famille un second enfant de sexe masculin la fit tomber en disgrâce.

Bien entendu, elle s'empressa de réparer cette grave erreur en mettant au monde, en 1830, ma sœur chérie Katherine, qui devint l'héritière du testament. C'est à ce bébé vagissant dans son berceau que Marie-Claudette transmit l'émeraude.

Comme vous le savez, à l'époque où Katherine devint une jeune femme, je possédais déjà une certaine influence dans la famille, qui avait reconnu mes dons de sorcier. Avec Katherine, j'engendrai donc Mary Beth, qui fut en réalité la dernière des grandes sorcières Mayfair.

Je fus également le père de Stella, la fille de Mary Beth, et celui d'Antha, la fille de Stella.

Mais retournons à l'époque délicate de ma petite enfance. Tout le monde passait son temps à m'avertir à mi-voix de bien me tenir, de ne pas poser de questions, de me conformer sans discuter à toutes les coutumes familiales et de ne prêter aucune attention à toutes les choses étranges que je pourrais être amené à voir. On me fit comprendre en termes non équivoques que les hommes Mayfair trop puissants finissaient mal. Mort prématurée, folie, exil : tel était le sort des fauteurs de troubles.

À y repenser, il était évident que jamais je ne deviendrais un béni-oui-oui comme les oncles Maurice et Lestan et toutes ces saintes nitouches que j'avais pour cousins.

Pour commencer, je voyais tout le temps des fantômes, j'entendais les esprits, je voyais la vie quitter les corps qui venaient de mourir, je lisais dans les pensées et j'arrivais même parfois à faire du mal sans le vouloir. Bref, j'étais un vrai petit sorcier.

Du plus loin qu'il me souvienne, j'ai toujours vu Lasher. Quand j'allais embrasser ma mère, le matin, il était très souvent debout à côté d'elle. Je le voyais aussi près du berceau de Katherine. Mais il ne posait jamais les yeux sur moi. J'avais appris très tôt que je ne devais ni lui parler ni chercher à savoir qui il était ni prononcer son nom ni attirer son regard.

Ma mère, Marguerite, passait son temps à faire des courses en ville, aller à l'opéra, danser, boire, et Dieu sait quoi encore. Ou alors elle s'enfermait dans son bureau et hurlait dès qu'on osait la déranger. Elle me fascinait. Mais ma grand-mère, Marie-Claudette, était un personnage plus constant et, dans mes rares moments d'oisiveté, je recherchais toujours sa compagnie.

Mais il faut d'abord que je vous parle de mon autre grande passion : les livres. Il y en avait partout, et ce n'était pas courant dans le vieux Sud, vous pouvez me croire. Les gens très riches ne lisaient pas énormément. Mais, dans notre famille, nous aimions tous les livres et, très vite, je sus lire le français, l'anglais et le latin dans le texte.

L'allemand ? Oui, je l'ai appris tout seul. De même que l'espagnol et l'italien.

Dès mon enfance, j'avais déjà lu tous les livres que nous possédions et vous n'imaginez pas la bibliothèque que nous avions.

Quand je ne lisais pas, je traînais avec des garçons plus âgés, blancs et noirs. Nous montions à cheval, à cru, nous parcourions les marécages à la recherche de serpents ou nous grimpions dans les cyprès et les chênes en attendant l'invasion de pirates venant du sud. À deux ans et demi, je me suis perdu dans les marécages pendant un orage. J'ai failli mourir. Mais je n'oublierai jamais. Après qu'on m'eut retrouvé, je n'ai plus jamais eu peur des éclairs.

En fait, tout m'était enseignement, et il y avait beaucoup à apprendre.

Mes trois premières années, mon principal précepteur fut en fait le cocher de ma mère, Octavius. Cet esclave affranchi était un Mayfair par cinq lignées différentes, à travers les maîtresses noires de mes ancêtres. Il devait avoir dans les dix-huit ans et était l'habitant le plus distrayant de toute la plantation. Mes pouvoirs ne l'effrayaient pas, et quand il ne me disait pas de les cacher aux autres, il m'enseignait comment les utiliser.

C'est lui qui m'a appris à lire les pensées des gens même quand ils voulaient les cacher et à leur suggérer des choses sans même leur parler. Et ça ne ratait jamais ! Il m'a appris également à imposer ma volonté aux autres et à jeter des sorts de façon à modifier le monde à mon profit et à celui des gens qui m'entouraient. J'ai appris aussi un tas de petits trucs érotiques car, comme beaucoup d'enfants, l'érotisme me tarabustait déjà à l'âge de trois ou quatre ans et je me livrais à des actes qui me firent rougir plus tard, lorsque j'en eus douze.

Mais revenons aux sorcières et à la façon dont je me fis connaître d'elles.

Ma grand-mère Marie-Claudette était constamment avec nous. Elle s'asseyait dans le jardin et écoutait un petit orchestre de musiciens noirs jouer pour elle. Deux d'entre eux, des esclaves, étaient de bons violonistes, et plusieurs jouaient du pipeau, comme nous l'appelions. En fait, il s'agissait de flûtes à bec en bois. Un autre jouait d'une espèce de violoncelle de fabrication maison et un dernier maniait deux tambours. Marie-Claudette leur avait enseigné ses chansons préférées et me raconta un jour qu'elles venaient d'Écosse.

Je gravitais de plus en plus souvent autour d'elle. Je n'appréciais pas trop ce vacarme musical mais je m'étais aperçu que, lorsqu'elle me prenait dans ses bras, elle était très douce et tendre et avait des choses aussi intéressantes à me révéler que les livres.

Elle était majestueuse. Elle avait les yeux bleus, les cheveux blancs et offrait une image très pittoresque lorsqu'elle était allongée sur un canapé d'osier, au milieu de jolis coussins, sous un ciel de lit qui tremblait légèrement dans la brise. Parfois, elle chantonnait en gaélique. Ou alors, elle se laissait aller à de longues imprécations contre Lasher.

En fait, Lasher s'était lassé d'elle. Il avait décidé de servir Marguerite et de tourner autour de Katherine, le nouveau bébé. Quant à Marie-Claudette, il ne l'embrassait plus que de temps en temps ou lui récitait un vers ou deux, à l'occasion.

Tous les deux ou trois jours, il l'implorait de lui pardonner son intérêt pour Marguerite et, d'une voix pure et belle que j'entendais, disait qu'il fallait qu'il en soit ainsi.

Et moi, j'arrivais en trottinant, tout frisettes et sourire, et grimpais sur les genoux de Marie-Claudette en disant :

– Grand-mère, dis-moi pourquoi tu es triste. Raconte-moi tout.

– Tu vois cet homme qui vient vers nous? demandait-elle.

– Bien sûr. Mais tout le monde dit que je dois te mentir à ce sujet. Je me demande vraiment pourquoi parce qu'il a l'air d'aimer être vu. Il fait toujours peur aux esclaves en apparaissant devant eux.

C'est à ce moment-là qu'elle s'éprit de moi. Elle me sourit d'un air approbateur et me dit qu'elle n'avait jamais rencontré un petit garçon de deux ans aussi malin que moi. J'avais deux ans et demi mais je ne relevai pas l'erreur. Un ou deux jours après notre première conversation sérieuse sur l'« homme », elle entreprit de tout me raconter.

Elle me parla de son ancienne demeure de Saint-Domingue, qui lui manquait énormément, de rites vaudous, du culte du diable dans les îles, de la façon dont elle avait appris tous les trucs des esclaves et les employait à son profit.

– Je suis une grande sorcière, me dit-elle. Bien plus grande que ne sera jamais ta mère. Ta mère est un peu folle et elle se moque de tout. Pareil pour Katherine. Quelque chose me dit que tu devrais veiller sur elle.

Tous les jours, je m'asseyais sur ses genoux et lui posais des questions. Cet atroce petit orchestre n'arrêtait jamais de jouer. On aurait dit un concert de chats hurlants. Un jour, je lui demandai si elle ne préférait pas le chant des oiseaux. Elle secoua la tête et m'expliqua que cette musique de fond l'aidait à réfléchir.

Malgré le tintamarre, elle me racontait des choses de plus en plus personnelles, remplies d'images colorées et de violence.

Elle me parla ainsi jusqu'à la fin de sa vie. Sur ses derniers jours, elle fit venir l'orchestre dans sa chambre et, pendant qu'il jouait, nous discutions en chuchotant sur l'oreiller.

En gros, elle me raconta que Suzanne, la sage-femme, avait invoqué l'esprit Lasher « par erreur » à Donnelaith et avait fini sur un bûcher. Des sorciers emmenèrent sa fille Deborah à Amsterdam, où Lasher la suivit, la courtisa et la rendit puissante et riche. Elle connut une fin horrible dans une ville française, le jour où l'on voulut la brûler comme sa mère. Deborah avait eu une fille, Charlotte, avec l'un des sorciers d'Amsterdam. C'était la plus puissante de ces trois premières sorcières et elle utilisa Lasher pour acquérir fortune, influence et pouvoirs illimités.

Avec son propre père, Petyr Van Abel, l'un de ces audacieux et mystérieux magiciens d'Amsterdam qui l'avait suivie dans le Nouveau Monde pour la détourner du commerce avec les esprits, Charlotte conçut Jeanne-Louise et son frère jumeau, Peter. Jeanne-Louise et son frère engendrèrent Angélique, la mère de Marie-Claudette.

La famille avait acquis des monceaux d'or et de bijoux et sa fortune ne fut même pas entamée par la révolution de Saint-Domingue, puisqu'une infime partie seulement provenait des récoltes de la plantation.

– Ta mère ne sait même pas ce qu'elle possède, m'avait dit Marie-Claudette. Et, plus j'y pense, plus il est important que je t'en parle.

Bien entendu, j'étais d'accord. Selon grand-mère, cette puissance et ces richesses étaient le fruit de machinations avec cet esprit, Lasher, qui pouvait tuer ceux que la sorcière condamnait à mort et tourmenter ceux qu'elle condamnait à la folie, qui lui racontait des secrets et la couvrait d'or et de bijoux d'origine inconnue. Mais cela lui coûtait énormément d'énergie.

Elle disait que cet esprit était aimant mais difficile à diriger et qu'il avait fini par l'abandonner pour passer son temps autour du berceau de Katherine.

– C'est parce qu'elle ne le voit pas, dis-je. Il essaie de toutes ses forces et il ne renoncera pas. Mais ça ne sert à rien.

– Ah? Tu crois? Tu dis que ma petite-fille ne peut pas le voir?

– Vérifie toi-même. Ses yeux ne bougent même pas quand il vient, même sous sa forme la plus solide.

– Tu es donc au courant qu'il peut faire ça?

– J'entends ses pas dans l'escalier. Je connais tous ses trucs. Il peut passer de l'état de vapeur à celui de créature solide puis se volatiliser dans un souffle d'air chaud.

– Tu es très observateur. Je t'aime, dit-elle.

Sincèrement ému, je lui dis que je l'aimais aussi, et c'était la vérité. C'est aussi sur ses genoux que je m'aperçus que, dans l'ensemble, je trouvais les personnes âgées plus belles que les jeunes.

Bref... Revenons à Marie-Claudette et à ce qu'elle m'a raconté sur le fantôme de notre famille :

– Il a deux sortes de voix. La première, on ne l'entend que dans sa tête. La seconde, il faut avoir les bonnes oreilles pour l'entendre. Parfois, cependant, sa voix peut se faire si forte et si claire que n'importe qui peut l'entendre. Mais cela n'arrive pas souvent, tu sais, parce que ça l'épuise. Et d'où tire-t-il sa force, à ton avis? De nous. De moi, de ta mère et peut-être même de toi. La voix interne peut te tourmenter à n'importe quel moment, comme elle l'a fait pour plus d'un ennemi. Sauf si tu peux te défendre contre elle.

– Et comment peut-on s'en défendre?

– Tu ne devines pas? Voyons si tu es malin. Tu le vois avec moi, ce qui signifie qu'il apparaît, non? Il rassemble ses forces, il se matérialise et il devient presque un homme pendant de courts instants très agréables. Puis il disparaît. Pourquoi crois-tu qu'il fait un tel effort pour moi au lieu de se contenter de murmurer dans ma tête : « Ma pauvre amie, je ne t'oublierai jamais »?

– Pour être vu, dis-je en haussant les épaules. C'est de la vanité.

Ma grand-mère se mit à rire, enchantée.

– Oui et non. Il a une bonne raison pour prendre forme et venir me voir : jour et nuit, je m'entoure de musique. Et il ne peut pas traverser la musique s'il ne rassemble pas toutes ses forces et s'il ne se concentre pas au maximum pour prendre une forme et une voix humaines. Il adore la musique, mais elle exerce un charme sur lui. Tant que mon orchestre joue, il ne peut atteindre mon esprit tout seul et doit venir à moi et me taper sur l'épaule.

À mon tour, je ris de bon cœur. En un sens, cet esprit était aussi malchanceux que moi. Moi aussi je devais me concentrer sur les récits de ma grand-mère quand la musique rendait toute conversation impossible. Sauf que, pour Lasher, se concentrer signifiait exister. Quand les esprits rêvent, ils perdent la notion d'eux-mêmes.

– Il est au courant de ça? demandai-je à Marie-Claudette.

– Oui et non. Il me supplie d'arrêter ce vacarme mais je lui crie que je ne peux pas. Alors, il vient me voir, il me baise la main et je le regarde. Tu as raison, c'est de la vanité. Il veut que je le voie sans cesse pour vérifier que je ne lui ai pas complètement échappé, mais il ne m'aime plus et n'a plus besoin de moi. Il a juste une place pour moi dans son cœur. C'est beaucoup et bien peu.

– Tu veux dire qu'il a un cœur?

– Oh oui! il nous aime tous. Surtout nous, les grandes sorcières, car nous lui avons fait prendre conscience de lui-même et l'avons aidé à accroître son pouvoir.

– Je vois. Mais si tu ne voulais plus de lui? Si tu...?

– Chut! Ne dis jamais ça. Même sous le couvert de tambours et de trompettes.

– D'accord, dis-je, conscient qu'on n'aurait pas à me le conseiller deux fois. Mais peux-tu me dire qui il est?

– Un démon. Un épouvantable démon.

– Je ne crois pas.

Elle était étonnée.

– Et pourquoi dis-tu cela? Qui d'autre que le Malin lui-même pourrait servir une sorcière?

Je lui dis tout ce que j'avais appris sur le diable par les prières, les hymnes, la messe et les plus malins des esclaves de mon entourage.

– Le diable est mauvais. Et il est une menace pour tous ceux qui lui font confiance. Il est tentateur.

Elle acquiesça.

– Justement, il est le diable parce qu'il ne se soumet pas aux lois divines. Il veut s'incarner et devenir un homme.

– Pourquoi? N'est-il pas bien plus fort tel qu'il est? Pourquoi aurait-il envie d'attraper la fièvre jaune ou le tétanos?

Elle éclata de rire.

– Il veut devenir de chair pour ressentir ce que la chair ressent, voir ce que les humains voient, entendre ce qu'ils entendent. Il ne veut plus devoir se rassembler et passer son temps à avoir peur de se perdre. Pour lui, s'incarner c'est devenir réel et c'est défier Dieu, qui ne lui a pas donné de corps. Il veut la force. Or, chaque heure et chaque journée passées avec nous lui en donne. Et il n'aspire qu'à une chose : la naissance d'une sorcière suffisamment puissante pour qu'il se matérialise une bonne fois pour toutes.

– Eh bien, ce ne sera pas ma petite sœur Katherine.

– Je crains que tu n'aies raison. La puissance n'est pas donnée à tout le monde. Toi, tu l'as, ce qui n'est pas le cas de ton frère.

– N'en sois pas si certaine. Il s'effraie plus facilement que moi mais il l'a vu et il lui a fait une grimace pour l'éloigner du berceau de Katherine. Mais, dis-moi, comment la sorcière s'y prendra-t-elle pour qu'il devienne un être humain pour toujours? Même avec maman, il reste solide deux ou trois minutes, tout au plus. Qu'est-ce qu'elle devra faire?

– Je l'ignore. Honnêtement, je ne connais pas ce secret. Mais, pendant que la musique joue, écoute bien ce que je vais te dire. Je ne me suis même jamais permis de le formuler en pensée, mais je vais te faire une confidence. Lorsqu'il aura ce qu'il veut, il détruira toute la famille.

– Pourquoi?

– Je ne sais pas non plus. Mais j'en ai peur. Je pense et je sens, au plus profond de moi, qu'il nous aime et a besoin de nous, mais qu'il nous hait.

Je me mis à réfléchir en silence.

– Mais il ne le sait pas forcément. Ou alors il ne veut pas que je le sache. Plus j'y pense, plus je me demande si tu n'as pas été envoyé pour transmettre ce que j'ai à dire au bébé dans le berceau. Marguerite refuserait de m'entendre. Elle se croit la reine du monde. Et plus je vieillis, plus j'ai peur, et plus j'apprécie la compagnie d'un chérubin de trois ans.

J'aurais bien aimé qu'elle continue de parler de mes charmes, mais il fallait revenir au problème de l'esprit.

– Comment peut-il devenir chair? Chair humaine? Va-t-il renaître ou s'approprier un cadavre ou...?

– Non. Il dit qu'il connaît son destin, qu'il porte en lui l'ébauche de ce qu'il sera et que, un jour, une sorcière et un homme feront l'œuf magique dans lequel il reviendra.

– Reviendra? Tu veux dire qu'il a déjà été de chair auparavant?

– C'était bien avant qu'il ne soit ce qu'il est aujourd'hui, mais je ne peux pas te dire exactement quoi. À mon avis, il a été une créature déchue, condamnée à souffrir d'intelligence et de solitude sous une forme intangible. Et le fait qu'il devienne un homme mettrait fin à son supplice. Il attend de nous une sorcière puissante qui serait comme la Vierge Marie pour le Christ, l'instrument d'une incarnation.

Et nous en restâmes là.

Avant qu'elle ne meure, peu après, elle me raconta encore bien des choses sur l'esprit. Il pouvait faire mourir de peur. Il prenait forme humaine et terrifiait les cochers et les cavaliers la nuit, au point qu'ils déviaient de leur route et s'enfonçaient dans les marécages. Parfois, il effrayait aussi les chevaux, ce qui était la preuve qu'il se matérialisait bien.

On pouvait l'envoyer traquer quelqu'un et il revenait en disant que cette personne avait « terminé sa sainte journée », mais il fallait interpréter ses expressions avec précaution.

Il savait voler, bien entendu. Il pouvait aussi pénétrer dans un corps de mortel pendant quelques instants, voir à travers ses yeux, toucher à travers ses mains, mais jamais sur une longue durée. En fait, c'était pour lui une lutte qui l'exténuait et il en ressortait encore plus tourmenté. De colère ou de jalousie, il pouvait tuer la personne qu'il avait possédée. Il fallait donc faire très attention, quand on l'aidait, car le corps innocent utilisé pouvait très bien être ensuite détruit.

C'est ce qui arriva à l'un des neveux de Marie-Claudette, l'un de mes cousins germains, avant qu'elle ne réussisse à contrôler la créature, à la faire obéir en ne lui adressant plus la parole, en se voilant les yeux et en faisant semblant de ne pas l'entendre.

– Ce n'est pas si difficile de jouer les bourreaux, parfois, disait-elle. Il souffre, il pleure et il oublie. Je ne l'envie pas.

– Moi non plus.

– Ne le méprise pas ou il te haïra. Détourne les yeux quand tu le vois.

Cause toujours, m'étais-je dit en moi-même.

Un mois plus tard, elle était morte.

J'étais dans le marécage avec Octavius. Nous jouions à Robinson Crusoé. Nous avions amarré notre petit bateau à fond plat et avions monté un campement. Pendant qu'il ramassait du bois, j'essayais en vain d'allumer un feu.

Soudain, le petit bois que j'avais dans la main s'est enflammé. J'ai levé les yeux, et qu'est-ce que j'ai vu? Marie-Claudette, ma grand-mère bien-aimée, plus belle et vigoureuse que je ne l'avais jamais connue, avec ses joues pleines et roses et sa bouche ravissante.

Elle m'a soulevé du sol, m'a embrassé, m'a reposé par terre puis a disparu. Comme ça. Et le petit feu dansait.

Je savais ce que cela signifiait. Adieu. Elle était morte. J'insistai pour que nous retournions immédiatement à Riverbend. À mesure que nous approchions de la maison se leva une formidable tempête. Nous dûmes courir sous une pluie diluvienne en luttant contre des tourbillons de feuilles et même de cailloux. À la grille, des esclaves accoururent pour nous abriter sous des couvertures.

Marie-Claudette n'était effectivement plus de ce monde. Quand je fondis en larmes et racontai à ma mère comment je l'avais su, je crois qu'elle me vit pour la première fois de sa vie. Jusque-là, j'avais été une petite chose câline mais, en cet instant précis, elle me parla comme à un être humain, pas comme à un chien ou à un enfant.

– Tu l'as vue et elle t'a embrassé, me dit-elle.

Alors, dans la chambre mortuaire, tandis que tout le monde sanglotait, que les volets battaient au vent, que le prêtre semblait pétrifié de terreur, le démon apparut derrière ma mère et nos yeux se croisèrent. Les siens, remplis de larmes, semblaient me supplier. Et puis, d'un seul coup, il partit.

Ce sera peut-être la même chose pour moi, Michael : « Et puis, d'un seul coup, Julien partit. » Et où serai-je ? Où irai-je ? Étais-je au paradis avant que vous ne m'appeliez ? Ou en enfer ? Je suis si las que cela ne m'inquiète pas. Ce sera peut-être une bénédiction.

Mais revenons à ce moment bruyant d'il y a si longtemps, où la pluie faisait rage et ma grand-mère était étendue sur le lit couvert de dentelle. Ma mère, décharnée, me regardait fixement, le démon derrière elle avait pris la forme d'un bel homme et la petite Katherine braillait dans son berceau. C'était le début de ma vraie vie dans l'entourage proche de ma mère.

Après les obsèques et l'enterrement au cimetière de la paroisse, ma mère devint enragée et je fus l'unique témoin de cette scène. Au milieu de l'escalier, elle commença à crier et je courus derrière elle dans sa chambre avant qu'elle ne verrouille la porte. Elle se mit à pousser de longs cris de douleur et de chagrin, répétant qu'elle aurait dû faire ci et dire ça. Pour finir, son chagrin se transforma en une grande colère.

Pourquoi l'esprit n'empêchait-il pas la mort ? « Lasher, Lasher, Lasher. » Elle attrapa les oreillers sur le lit, les déchira et répandit les plumes partout. Je n'avais jamais vu quelqu'un d'aussi malheureux et désespéré et je me mis à pleurer à chaudes larmes.

Elle m'attrapa, m'attira vers elle et implora mon pardon pour m'avoir infligé un tel spectacle. Nous nous couchâmes sur le lit et elle finit par s'endormir.

Je dus me réveiller aux alentours de minuit. C'était la nuit profonde, c'était le printemps, et j'avais envie d'écarter la moustiquaire et d'aller parler à la lune et aux étoiles dehors.

Je m'assis et aperçus la créature en personne, assise au bord du lit et tendant sa main blanche vers moi. Je n'eus même pas le temps de crier. Soudain, je sentis la caresse de ses doigts sur ma joue, ce qui me procura un grand plaisir. Puis l'air autour de moi sembla se transformer en caresse. La créature s'était dissoute et m'embrassait de ses lèvres invisibles, me touchait et remplissait mon corps de tout le plaisir que je pouvais éprouver à mon âge. Vous avez dû connaître cela.

Lorsqu'elle eut terminé, je me retrouvai allongé, pantelant, une petite mare de sperme d'enfant près de ma mère endormie. La créature se matérialisa à nouveau près de la porte-fenêtre. Je descendis du lit, faible et troublé par le plaisir, et me dirigeai vers elle. Quand je tendis le bras pour atteindre sa main, elle m'adressa un regard immensément triste. Ensemble, nous poussâmes le rideau et sortîmes sur le balcon.

J'avais l'impression que l'esprit vacillait dans la lumière et il disparut trois ou quatre fois avant de réapparaître. Puis il s'évanouit complètement en laissant derrière lui un souffle chaud. Pour la première fois, j'entendis sa voix dans ma tête :

– J'ai brisé la promesse que j'avais faite à Deborah.

– Laquelle?

– Tu ne sais même pas qui était Deborah, misérable enfant en chair et en os.

Et il se lança dans une sorte de litanie incompréhensible qui ressemblait aux pires des vers de mirliton que j'avais trouvés dans la bibliothèque. Je n'avais pas encore quatre ans et je ne prétendais pas trouver dans la poésie autre chose qu'une sorte de mélodie, mais je savais très bien quand des vers étaient lamentables.

– Je sais qui était Deborah, dis-je.

Puis je lui racontai l'histoire de Deborah telle que Marie-Claudette me l'avait contée et comment elle avait connu gloire et fortune avant d'être accusée de sorcellerie.

– Trahie par son mari et ses fils et, avant cela, par son père. Ah! son père. Je me suis bien vengé pour ce que lui et les siens nous ont fait, à elle et à moi. Tu comprends ce que je dis? J'ai promis à Deborah que je ne sourierais jamais à un garçon ni ne préférerais un homme à une femme.

– Oui, je comprends ce que tu dis. Ma grand-mère m'a parlé de ça aussi. Deborah est née dans les Highlands. C'était une enfant de l'amour, une bâtarde, et son père était probablement le seigneur local. Et il n'a pas levé le petit doigt quand Suzanne, sa mère, une pauvre sorcière inculte, a été brûlée sur un bûcher.

– Oui. C'est exactement ça. Ma pauvre Suzanne m'a appelé des profondeurs. Elle a lancé des syllabes au vent, elle a prononcé mon nom, et je l'ai entendue. Et c'est bien le chef du clan de Donnelaith qui lui a fait un enfant et l'a regardée brûler en tremblant de peur. Donnelaith ! Tu sais comment ça s'écrit ? Va là-bas pour contempler les ruines du château. C'est mon œuvre. Va voir les tombes des derniers descendants du clan, que j'ai arrachés à cette terre. Jusqu'au jour où...

– Où quoi ?

En silence, il se remit à me caresser tandis que je réfléchissais.

– Et toi ? demandai-je. Tu es un homme, une femme ou simplement une chose neutre ?

– Tu ne sais pas ?

– Je ne poserais pas la question si je le savais.

– Homme ! Homme ! Homme !

Je réprimai un fou rire devant tant de forfanterie.

À partir de ce jour, j'ai parfois eu le sentiment qu'il était grotesque de le considérer comme un monstre et qu'il était en fait un véritable être humain, de sexe masculin. D'autres fois, lorsque j'étais en colère, j'avais tendance à le considérer comme un être asexué et de genre neutre.

Nous étions donc sur la galerie, et il me caressait.

Lorsque j'en eus assez de ses cajoleries, je me retournai, et j'aperçus ma mère sur le pas de la porte. En voyant la scène, elle se précipita vers moi, me serra contre elle et lui dit :

– Je t'interdis de lui faire du mal. C'est un enfant innocent.

Je crois qu'il lui a répondu dans sa tête parce qu'elle s'est calmée. Il était parti. Ça, c'est certain.

Le lendemain matin, je me précipitai dans la nursery, où je dormais toujours avec Rémy et Katherine, et quelques autres cousins. Je pouvais tout lire et des mots comme transsubstantiation n'avaient aucun secret pour moi. Mais je commençais seulement à former correctement mes lettres et j'eus un mal fou à me rappeler ce que le démon m'avait dit. Chaque fois que quelqu'un pénétrait dans la pièce, je lançais un « comment ça s'écrit ? ». Finalement, je réussis à tout consigner par écrit et certaines paroles sont gravées pour toujours dans le petit bureau de cyprès sur lequel je travaillais. Il est aujourd'hui tout au fond du grenier et vous l'avez touché de vos propres mains quand vous êtes monté réparer les solives. « Jusqu'au jour où... », avait-il dit.

Pendant six mois, je mis les bouchées doubles pour apprendre à écrire. Mais ce n'est qu'à douze ans que mon écriture a atteint sa forme définitive.

Lorsque je rapportai à ma mère tout ce que l'esprit m'avait dit, elle fut horrifiée.

– Il connaît nos pensées, murmura-t-elle.

– Quand nous voulons en parler, il vaut mieux le faire sous le couvert d'une musique, dis-je.

– Qu'est-ce que tu veux dire?

Je lui expliquai et elle se mit à rire aussi frénétiquement qu'elle avait pleuré la veille. Elle se laissa tomber par terre, remonta ses genoux sous son menton et fit appeler les musiciens de sa mère. Protégés par l'orchestre, qui ressemblait plutôt à une bande de gitans ivres livrant aux cajuns du bayou une guerre musicale sur le thème de la vie et la mort, je lui racontai tout ce que Marie-Claudette m'avait confié.

Pendant mon récit, l'esprit apparut dans la pièce sous sa forme humaine, derrière les musiciens, et se mit à danser comme un fou. Au bout d'un moment, il vacilla puis s'évapora. Mais nous sentions toujours sa présence. Il était complètement subjugué par les rythmes africains. Nous continuâmes à parler.

Marguerite ignorait tout de « l'histoire ancienne ». Elle n'avait jamais entendu le nom de Donnelaith et ne se souvenait guère de Suzanne. Contente d'apprendre tout cela, elle me prêta des livres d'histoire.

La magie était sa passion et elle m'expliqua en détail que sa mère n'avait jamais apprécié ses talents. Il y avait déjà un certain temps, elle s'était liée avec de puissantes prêtresses vaudoues de La Nouvelle-Orléans, qui lui avaient enseigné comment guérir, envoûter, jeter des sorts bénéfiques. Lasher était son esclave, son disciple et son amant.

C'est ainsi que débuta entre ma mère et moi un dialogue qui devait durer jusqu'à la fin de sa vie. Elle me transmit toutes ses connaissances, je lui appris tout ce que je savais, ce qui nous rapprocha beaucoup. Elle était enfin devenue ma mère.

Mais je m'aperçus rapidement qu'elle était folle ou, disons, complètement obsédée par ses expériences de magie. Elle était persuadée que Lasher était le diable en personne et qu'il ne disait que des mensonges. Elle passait des heures à chercher des plantes magiques dans les marécages, à parler de remèdes bizarres avec les vieilles femmes noires et à essayer de transformer des objets au moyen de produits chimiques et de son pouvoir de télékinésie.

Bien entendu, nous n'employions pas ce mot à l'époque. Il n'existait pas encore. Elle était convaincue de l'amour de Lasher pour elle et souhaitait une autre fille, plus puissante, si c'était ce qu'il voulait. Mais, les années passant, elle cessa de s'intéresser aux hommes pour ne plus accepter que les étreintes du démon, et devint de plus en plus incohérente.

Pendant ce temps, je grandissais vite et restais le phénomène que j'étais déjà à trois ans. Je continuais à lire, à vivre mes aventures et à avoir des relations charnelles avec le démon.

Les esclaves savaient qu'il était en mon pouvoir et venaient me demander de l'aide. C'était à moi qu'ils s'adressaient pour un remède quand ils étaient malades et, bientôt, je devins à leurs yeux un plus grand objet de mystère que ma mère.

Maintenant, Michael, j'ai deux possibilités : soit je continue de vous raconter tout ce que Marguerite et moi savions, soit je passe à la raison de ma venue ici. J'opte pour un compromis : je vais d'abord vous exposer un résumé de nos expériences.

Avant de commencer, je dois préciser que ma sœur Katherine devenait aussi peu futée que belle et innocente. Elle était une fleur adorée que je voulais protéger et, sachant que l'esprit était très satisfait que je l'escorte partout, je le faisais avec d'autant plus de plaisir. Je l'aimais passionnément et, petit à petit, je m'aperçus qu'elle voyait « l'homme » mais qu'il lui faisait peur. Elle semblait effrayée par ce qui était morbide ou d'un autre monde et ma mère la terrifiait, à juste raison.

Les expériences de Marguerite étaient de plus en plus audacieuses. Lorsqu'un bébé mourait à la naissance dans notre propriété, elle le voulait. Un souvenir terrible hante ma mémoire : un jour, elle se précipita dans la maison avec un paquet dans les mains et, en me voyant, m'adressa un sourire avide, releva un coin du tissu qui masquait le cadavre d'un bébé noir puis le recouvrit, jubilante, et courut s'enfermer dans son bureau.

L'esprit était de plus en plus attentionné. Il mettait tous les jours des pièces d'or dans mes poches et me prévenait lorsque je m'étais fait un ennemi parmi mes cousins. Il montait la garde dans ma chambre et, un jour, assomma quelqu'un qui venait voler les quelques bijoux que je possédais.

Quand j'étais seul, il me rendait souvent visite, me caressait et me donnait davantage de plaisir que n'importe qui d'autre.

Il avait les mêmes attentions avec Marguerite. Avec Katherine, en revanche, il n'arrivait à rien.

Katherine s'était mis dans la tête que les plaisirs qui lui étaient offerts la nuit étaient des péchés mortels. Je crois qu'elle était la première sorcière à considérer les choses ainsi. Je serais incapable de dire comment ce principe catholique s'est enraciné si tôt en elle, c'est-à-dire avant que l'esprit ne parvienne à la faire succomber à ses charmes. Les croyants diraient que Dieu était avec elle. Ce n'est pas mon point de vue.

Quoi qu'il en soit, fatigués de l'orchestre de ma grand-mère, ma mère et moi finîmes par louer les services d'un pianiste et d'un violoniste. Au début, cette nouveauté sembla ravir l'esprit autant que l'orchestre cacophonique. Sous sa forme humaine, il apparaissait dans la pièce, envoûté par la musique et heureux de le laisser voir.

Mais, lorsqu'il se rendit compte que nous chuchotions ensemble et qu'il n'entendait rien de nos conversations, il devint furieux. Pensant que le tintamarre serait plus efficace pour nous protéger de lui, nous fîmes revenir l'orchestre, mais constatâmes que la mélodie et le rythme faisaient plus d'effet que le bruit.

J'avais neuf ans quand je demandai au démon :

– Qu'est-ce que tu nous veux, à ma mère et à moi?

– Que vous fassiez de moi un être de chair et d'os.

Puis, imitant l'orchestre, il se mit à répéter cette phrase en chantant, tapant en rythme sur les objets de la pièce qui pouvaient lui servir de tambour, jusqu'à ce que je mette mes mains sur mes oreilles en demandant grâce.

– Rire, dit-il. Rire.

– Que veux-tu dire?

– Je ris parce que moi aussi je peux faire de la musique pour que tu danses.

Je me mis à rire aussi.

– Tu as raison. Et tu dis le mot « rire » parce que tu ne sais pas rire réellement.

– Exact, dit-il d'un ton irrité. Quand je serai un être humain, je rirai à nouveau.

– À nouveau?

Il ne répondit pas.

Cet instant est encore très présent dans ma mémoire. Le visage très grave pour un enfant de neuf ans, j'essayais de comprendre.

– C'est moi qui t'ai tout donné, reprit l'esprit. Ta famille est la mienne. Je lui apporterai bienfait sur bienfait. Tu es trop jeune pour savoir tout ce que la fortune peut donner. Un jour, tu comprendras que tu es le prince d'un immense royaume. Protège Katherine jusqu'à ce qu'elle porte en elle une fille. Assure sa postérité. Katherine est faible mais des sorcières plus fortes viendront. Il doit en être ainsi.

Je me mis à réfléchir.

– C'est tout ce que je dois faire? demandai-je.

– Pour l'instant. Tu es très puissant, Julien. Des idées te viendront à l'esprit, et quand tu verras ce que tu dois faire, je le verrai aussi.

C'est alors que je pris conscience de la dualité de notre famille : d'un côté, les sorcières, qui utilisaient l'esprit pour asseoir leur puissance et, de l'autre, les gens ordinaires, normaux pourrait-on dire, que personne n'empêcherait de croître et se multiplier, même si l'esprit était détruit.

Il ajouta :

– Que quelqu'un s'oppose à moi et je détruirai tout ça! Tu vis parce que Katherine a besoin de toi.

Je restai muet. Je pris mon journal intime, descendis dans le salon, ordonnai aux musiciens de jouer très fort et écrivis le fruit de mes pensées dans mon journal.

Mes dons et ceux de ma mère ne cessaient de se renforcer. Nous guérissions, comme je l'ai dit, nous jetions des sorts, nous envoyions Lasher espionner les gens sur lesquels nous voulions tout savoir, parfois, pour prendre la mesure des changements financiers qui allaient intervenir.

Ce n'était pas une tâche facile et, plus je prenais de l'âge, plus je me rendais compte que, petit à petit, ma mère devenait trop folle pour s'occuper des choses pratiques. En fait, notre cousin Augustin, gérant de la plantation, faisait quasiment ce qu'il voulait des bénéfices.

À quinze ans, je parlais et écrivais sept langues et étais devenu officieusement contremaître et gérant de toute l'exploitation. Augustin était jaloux de moi et, dans un accès de colère, je le tuai.

Ce fut un moment épouvantable.

Je ne voulais pas le tuer. C'était lui qui avait sorti le revolver et m'en avait menacé. De rage, je le lui avais arraché de la main et lui avais tiré une balle dans le front. Mon intention était seulement de l'assommer. Il était mort sur le coup et j'en fus le premier surpris. Je vis son âme s'élever de son corps.

Cela mit la famille en émoi, les cousins s'enfuirent chez eux. La plantation se mit en deuil, le prêtre arriva et les préparatifs des obsèques commencèrent.

Je me réfugiai dans ma chambre en pleurant, terrifié à l'idée du châtiment qui m'attendait mais, rapidement, je compris que rien ne m'arriverait. Personne ne s'en prendrait à moi car tout le monde avait peur. Même la femme et les enfants d'Augustin. Ils vinrent tous me dire que c'était un accident et qu'ils ne voulaient pas s'attirer ma défaveur.

Ma mère observait tout cela avec étonnement, à peine intéressée par les événements, et me dit :

– Maintenant, tu peux diriger la plantation à ta façon.

L'esprit vint me voir et s'amusa à me pousser du coude, ravi de faire tomber la plume de ma main et de me faire sursauter en apparaissant dans le miroir.

– Julien, dit-il, j'aurais très bien pu le faire à ta place. Débarrasse-toi de cette arme. Tu n'en as pas besoin.

– Tu peux tuer?

– Rire.

Je lui racontai que j'avais deux ennemis, le premier étant un précepteur qui avait insulté ma tendre Katherine et le second un marchand qui nous avait escroqués.

– Tue-les, ordonnai-je.

Il s'exécuta : avant la fin de la semaine, les deux hommes connurent un sort tragique. L'un passa sous les roues d'une voiture et l'autre fit une mauvaise chute de cheval.

– C'était vraiment simple, dit le démon.
– Je vois ça.

Je crois que j'étais ivre de pouvoir. N'oubliez pas que je n'avais que quinze ans.

Finalement, les descendants d'Augustin quittèrent la propriété. Ils s'enfoncèrent dans le bayou et firent construire la magnifique plantation de Fontevrault. Mais c'est une autre histoire. Vous devriez aller là-bas un jour pour voir les ruines de Fontevrault. Il s'est passé bien des choses là-bas.

Je ne me suis jamais réconcilié avec Tobias, le fils aîné d'Augustin. La nuit où son père est mort, il n'était qu'un bambin mais sa haine pour moi s'est renforcée au fil des années. Cette branche de la famille a prospéré, ses membres ont épousé les nôtres et ont conservé le nom de Mayfair. Mona vient de cette lignée-là et de la mienne, comme je vous l'expliquerai plus tard.

Mais revenons à la vie quotidienne de l'époque. Marguerite faisait des expériences de plus en plus audacieuses. Elle essayait de ramener à la vie les enfants morts et poussait Lasher à pénétrer dans leurs corps pour faire bouger leurs membres. Mais il n'a jamais pu leur rendre leur âme. C'était une idée parfaitement grotesque.

Elle persistait cependant dans cette direction et m'entraînait avec elle. Nous fîmes venir des livres du monde entier. Les esclaves nous demandaient des remèdes pour toutes sortes de maladies. Nous devînmes si expérimentés que nous fûmes bientôt capables de guérir la plupart des maux par une simple imposition des mains. Lasher nous aidait, et s'il venait à connaître quelque secret utile – que tel malade avait été empoisonné accidentellement, par exemple – il nous en informait.

Lorsque je n'étais pas occupé à mes expériences, j'étais avec Katherine. Je l'emmenais à La Nouvelle-Orléans voir un opéra, un ballet, une pièce de théâtre. Je l'invitais dans les grands restaurants et nous nous promenions partout afin qu'elle connaisse le monde. À cette époque, une femme ne pouvait aller nulle part sans escorte. Elle avait une nature innocente et aimante, était d'une constitution fragile et légèrement attardée mentalement.

L'idée me vint à l'esprit que la consanguinité, omniprésente dans notre famille, avait encouragé certaines faiblesses. Je commençai donc à en observer les signes autour de moi et constatai qu'une forme plutôt charmante d'imbécillité était courante dans la famille. Par ailleurs, nombreux étaient ceux parmi nous qui possédaient des dons de sorcellerie ou la marque des sorcières : un grain de beauté noir, une tache de naissance d'une forme particulière ou un sixième doigt. Ce dernier était très courant et pouvait se présenter sous diverses formes. Un doigt minuscule sur le bord extérieur de la main, une excroissance sur l'auriculaire ou sur le pouce, voire un second pouce. Dans tous les cas, son propriétaire en avait honte.

Je me mis aussi à lire l'histoire de l'Écosse, mais en cachette de l'esprit. Je demandais à un violoniste de jouer près de moi une mélodie monotone pendant que je lisais et le démon ne s'apercevait de rien. Le plus souvent, cette musique le lassait et il partait courtiser ma mère.

Donnelaith n'était pas une grande ville mais certains récits rapportaient qu'elle l'avait été et qu'elle avait même eu sa cathédrale, son école et un saint pour lequel les catholiques faisaient des kilomètres à pied.

Je gardai ces informations pour un usage ultérieur. Je voulais y aller et retrouver l'histoire des gens de Donnelaith.

Ma mère se moquait bien de tout cela. Sous le couvert de la musique, elle me disait :

– Pose-lui des questions. Tu te rendras compte qu'il n'est rien ni personne et qu'il vient de l'enfer. C'est aussi simple que ça.

Elle avait raison. Quand je demandais à Lasher : « Qui a créé le monde ? », il partait dans une grande litanie parlant de brumes, de terres et d'esprits. Quand je lui demandais : « Et Jésus-Christ, tu étais là quand il est né ? », il répondait qu'à l'époque il ne vivait pas et qu'il ne voyait que des sorcières.

Lorsque je lui parlai de l'Écosse, il se mit à pleurer pour Suzanne et me raconta qu'elle était morte dans la terreur et la souffrance et que Deborah avait assisté à son supplice avant que les horribles magiciens d'Amsterdam ne viennent la chercher.

– Qui étaient ces magiciens ?

– Tu le sauras bien assez tôt. Ils t'observent. Méfie-toi d'eux car ils peuvent t'apporter le malheur.

– Pourquoi ne les tues-tu pas ?

– Parce que je veux savoir ce qu'ils savent.

– Quel âge as-tu ?

– Je n'ai pas d'âge.

– Que faisais-tu à Donnelaith ?

Silence.

– Comment es-tu arrivé là-bas ?

– Suzanne m'a appelé, je te l'ai déjà dit.

– Mais tu y étais avant Suzanne ?

– Il n'y a pas d'avant-Suzanne.

Et ainsi de suite. J'étais très intrigué mais cela ne m'avançait pas beaucoup.

– Va aider ta mère, me dit-il. Elle a besoin de ta force.

Je suivis Lasher dans la chambre de ma mère. Elle venait d'arriver avec un nouveau-né faible mais vivant qui avait été abandonné devant l'église. Le bébé criait. C'était une minuscule créature aux cheveux frisés. Il avait une petite bouche rose mignonne à vous briser le cœur. Il semblait trop frêle pour survivre. Ma mère était tellement excitée qu'elle oubliait complètement que ce petit être vagissant était un être humain.

Elle ferma les portes, alluma les bougies, s'agenouilla près du bébé et invita Lasher à y entrer. Pour l'encourager, elle entonna une sorte de litanie : « Entre dans ses membres, vois à travers ses yeux, parle par sa bouche, vis dans son souffle et ses battements de cœur. » La pièce parut prendre du volume puis se contracter et tous les objets se mirent à bouger en faisant un bruit ressemblant à un subtil murmure : les bocaux s'entrechoquaient, les cloches tintaient et les volets battaient au vent. Le bébé commença à se transformer sous mes yeux. Il coordonna ses petits membres et son visage prit une expression malveillante d'adulte. Il n'avait pas changé physiquement mais était possédé par un être adulte qui le manipulait. Il se mit à parler d'une voix gargouillante :

– Je suis Lasher. Tu me vois?

– Grandis, grandis! ordonna Marguerite en levant ses deux poings. Julien, fais-le grandir! Regarde ses bras et ses jambes et ordonne-leur de grandir.

Je m'exécutai et, à ma grande stupeur, je vis les petites jambes et les petits bras s'allonger. Les yeux, bleu clair à la naissance, prirent une couleur brune et les cheveux se mirent à foncer comme s'ils absorbaient un liquide noir.

La peau, elle, commença à pâlir et les joues se colorèrent. L'espace d'un instant, les jambes s'étendirent comme des tentacules. Puis la petite chose poussa un cri et mourut.

Marguerite l'arracha du lit et la lança sur le miroir de la coiffeuse. Le petit corps s'écrasa sur la glace et, tout ensanglanté, retomba. Un bébé anonyme, inanimé, au beau milieu des parfums, des potions et des peignes.

La pièce se remit à trembler. L'esprit, d'abord proche, s'en alla en nous laissant dans le froid, comme s'il avait emporté avec lui la chaleur embaumée.

Marguerite s'assit et fondit en larmes.

– C'est toujours comme ça. Nous allons très loin mais le récipient est trop exigu pour le contenir. Lasher détruit tout ce qu'il change. Comment pourra-t-il devenir humain un jour? Et maintenant, il est si fatigué des efforts qu'il a fournis qu'il ne peut plus être avec nous. Il doit attendre et rassembler ses forces. On n'y peut rien.

J'étais médusé par ce que j'avais vu. J'avais envie de sortir pour écrire tout cela. Elle m'arrêta.

– Que pouvons-nous faire pour lui donner la vie? me demanda-t-elle.

– Pour commencer, il ne faut pas se servir d'un enfant. Essaie avec un corps d'homme adulte. Trouve un handicapé mental, et physique, aussi, qui n'a plus pour longtemps à vivre, quelqu'un qui ne résisterait pas plus qu'un bébé. Et vois si Lasher peut entrer en lui.

– Oui, mais il a dit qu'il naîtrait d'un enfant. Un enfant comme celui de la crèche.

– Il a dit ça? Quand?

– Il naîtra d'un bébé et de la plus puissante des sorcières mais, au départ, le bébé devra être aussi petit que l'Enfant Jésus. Si seulement nous pouvions y arriver! Tu imagines? Nous pourrions ramener les morts à la vie de la même façon.

– Tu crois?

– Viens voir, dit-elle en me prenant la main.

Elle se mit à genoux, tira une petite malle de sous le lit et l'ouvrit. Elle contenait des poupées faites d'os et de cheveux et vêtues d'habits soigneusement cousus. Elles n'étaient pas dans l'état où vous les avez trouvées, Michael. Elles étaient emmaillotées dans de la dentelle et parées de magnifiques bijoux et de rangs de perles. Les petites taches qui leur servaient d'yeux nous observaient.

– Ce sont nos mortes, dit ma mère. Tu vois? Ça, c'est Marie-Claudette.

Elle prit une petite poupée aux cheveux gris vêtue de taffetas rouge, qu'on aurait dit faite d'une chaussette remplie de cailloux.

– J'ai ouvert sa tombe et pris des rognures de ses ongles, un os de sa main et plein de ses cheveux. Moins d'une heure après sa mort, j'ai pris de la salive dans sa bouche et du sang qu'elle avait vomi. J'en ai enduit la poupée. Prends-la et tu vas voir qu'elle est ici avec nous.

Elle posa la poupée dans mes mains et j'eus la vision de Marie-Claudette. Je fus renversé par le choc. Je regardai la poupée de chiffon et la pressai légèrement. Je vis Marie-Claudette, immobile, me regardant. Lorsque je l'appelais, elle m'apparaissait et disparaissait aussitôt.

– C'est des histoires, dis-je. Elle n'est pas ici.

– Si, et elle me parle.

– Je n'y crois pas.

Je pressai à nouveau la poupée en disant :

– Grand-mère, dis-moi la vérité.

J'entendis une petite voix dans ma tête : « Je t'aime, Julien. » Je savais que ce n'était pas elle. C'était Lasher. Mais comment le prouver?

Je tentai un coup audacieux. Pour que ma mère puisse m'entendre, je dis tout haut :

– Marie-Claudette, ma bien-aimée grand-mère, te rappelles-tu le jour où l'orchestre jouait et que nous avons enterré mon petit cheval de bois dans le jardin? Te rappelles-tu comme je pleurais et le poème que tu m'as récité?

« Oui, mon enfant », dit la voix secrète.

L'image de ma grand-mère, que ma mère et moi voyions tous deux, se maintint le plus longtemps possible. Marie-Claudette était telle que je l'avais vue pour la dernière fois.

– Le poème, répétai-je. Aide-moi à m'en souvenir.

« Réfléchis, mon enfant, tu t'en souviendras », dit le fantôme.

Puis je m'exclamai :

– Ah oui ! ça y est. Cheval, cheval, galope dans les champs célestes !

Elle répéta la phrase avec moi.

Je lançai la poupée par terre.

– C'est ridicule, dis-je. Je n'ai jamais eu de cheval de bois. Je ne l'ai pas enterré et elle n'a jamais inventé de poème à ce sujet.

Le démon se mit dans une grande colère. Ma mère se jeta sur moi pour me protéger. Tous les objets se mirent à voler dans la pièce. Meubles, flacons, bocaux, livres...

– Arrête ! ordonna ma mère. Qui protégera Katherine ?

La pièce redevint calme.

– Ne deviens pas mon ennemi, Julien, dit la créature.

J'étais mort de peur mais j'avais vérifié mon hypothèse : cet esprit n'était qu'un menteur et n'était pas le dépositaire d'une noble sagesse. Il pouvait me tuer aussi sûrement qu'il avait tué mes ennemis, et je l'avais mis dans une colère noire.

Il fallait ruser.

– D'accord ! Tu veux devenir un être de chair et de sang ?

– Je le veux, je le veux, je le veux !

– Alors, il faut nous y mettre sérieusement.

Michael, vous avez trouvé dans cette maison le fruit de ces années d'expériences : les têtes pourries conservées dans des bocaux, les nourrissons baignant dans l'obscurité...

Je serai bref sur ces horreurs, dont j'ai été complice par peur de la créature. Petit à petit, je me suis enlisé dans ces pratiques démoniaques.

C'était l'année 1847. Katherine était une charmante adolescente de dix-sept ans, courtisée par ses cousins aussi bien que par des étrangers. Mais elle n'avait aucune envie de se marier. Ses seuls plaisirs « pervers » étaient de me laisser l'habiller en homme pour assister aux bals de quarteronnes et aller boire dans les bars du bord du fleuve où les femmes blanches n'étaient pas admises. Elle s'amusait beaucoup et j'adorais observer ce monde interlope à travers ses jolis yeux.

En même temps, tandis que la ville s'enrichissait et que les occasions de divertissement se multipliaient, je poursuivais avec Marguerite nos sacrifices humains au démon.

Notre première victime de quelque importance fut un médecin

vaudou, un mulâtre aux cheveux jaunes, très vieux mais encore robuste, que nous avons enlevé sur le perron de sa maison. Nous l'avons emmené à Riverbend, abreuvé de bonnes paroles et de vin, et lui avons promis monts et merveilles pour le persuader de participer à nos expériences.

Il affirmait avoir déjà été possédé par des esprits. Tant mieux. Nous en avions un parfait pour lui. Nous avons discuté vaudou et l'avons baratiné comme il fallait jusqu'à ce qu'il soit mûr pour accueillir notre Lasher.

Chez Marguerite, après avoir tiré les verrous, nous avons invoqué Lasher pour qu'il entre dans cet homme consentant.

Au début, le petit homme au teint pâle et aux cheveux très jaunes ne bougea pas d'un pouce. Puis il ouvrit les yeux et nous constatâmes qu'une autre vie était en lui. Les yeux rivés sur nous, il remua la bouche et une voix plus profonde que la sienne s'éleva :

– Ah! mes bien-aimés, je vous vois.

La voix était plate et atroce. Elle rugissait plus qu'autre chose. Les yeux de la créature étaient fous et dénués de toute intelligence.

– Assieds-toi! ordonna Marguerite. Sois fort, prends possession.

Elle m'enjoignit de prononcer ces mots avec elle et nous les répétâmes, les yeux fixés sur la créature.

L'homme se leva, bras écartés. Puis il les laissa tomber le long de son corps et manqua de tomber à la renverse. Il rétablit difficilement son équilibre puis chancela à nouveau, mais nous le rattrapâmes à temps. Ses doigts se tortillèrent et il réussit à s'accrocher à ma nuque. C'était très désagréable mais je savais qu'il était trop faible pour me faire du mal. Il dit d'une voix atroce :

– Mon bien-aimé Julien.

– Prends possession de cet être pour toujours, cria Marguerite. Prends ce corps comme s'il t'appartenait.

Le corps fut secoué d'un tremblement et, sous mes yeux ébahis, les cheveux se mirent à foncer, comme pour le nouveau-né, et le visage se tordit.

Le pauvre corps tomba raide mort dans nos bras.

Nous l'allongeâmes sur le lit et Marguerite procéda à un examen minutieux. Elle me montra les endroits où la peau avait blanchi et où les cheveux avaient nettement foncé, comme transformés par une sorte d'énergie venue de l'intérieur. Je remarquai que seuls les cheveux les plus récents et courts avaient changé et que la peau reprenait sa teinte jaunâtre.

– Qu'allons-nous faire, maman? Il ne faut rien dire à la famille.

– Évidemment, dit-elle. Mais nous devons couper la tête pour la garder.

Épuisé, je m'assis par terre contre le mur, croisai les chevilles et regardai en silence ma mère couper la tête avec une hachette. Elle la plongea dans une solution chimique achetée pour l'occasion et ferma hermétiquement le bocal. Les yeux de l'homme me regardaient.

Lasher avait retrouvé ses esprits, si l'on peut dire. Il se tenait là, sous sa forme humaine, fort, à côté de ma mère. La scène est restée fixée dans ma mémoire : le démon qui ressemblait au plus innocent des hommes, les yeux écarquillés et le regard presque doux, et Marguerite, les doigts serrés sur le couvercle du bocal, le soulevant vers la lumière et s'adressant à son contenu comme à un bébé : « C'est bien, petite tête, je suis contente de toi. »

Puis elle se mit à griffonner des notes sur un papier, en prévision de ses futures expériences.

Les bocaux que vous avez trouvés, Michael, sont les seuls et uniques résultats auxquels nous avons abouti. Mais nous ne le savions pas encore.

Chacune de nos victimes nous rendait encore plus fourbes et audacieux et nourrissait nos espoirs. Nous nous rendîmes compte qu'il nous fallait des corps robustes, pas vieux, et que les jeunes gens orphelins ou sans toit étaient des proies idéales.

Je vivais dans la terreur que Katherine découvre nos agissements. Elle était ma joie et mon bonheur, la partie innocente de moi-même, l'enfant que je n'avais jamais été. Je l'aimais.

Quant à mes petites manigances avec l'esprit, j'y prenais beaucoup de plaisir. J'éprouvais une sorte de jouissance à capturer nos cobayes, à les faire entrer chez nous et à les mettre en condition pour en faire des récipients adéquats. Chaque expérience me mettait dans un état d'excitation incroyable. La lueur dansante des bougies, la victime sur le lit, le processus de possession... Tout cela était fascinant.

Lasher commença à exprimer ses préférences. Il voulait des spécimens au teint et aux cheveux clairs qu'il pourrait changer plus facilement comme il voulait. Il parlait et marchait dans leurs corps pendant une durée de plus en plus longue.

Chaque fois, nous parvenions à une certaine mutation superficielle. Mais rien de plus! Nous n'allions jamais plus loin que la peau et les cheveux.

Et notre victime mourait chaque fois.

À partir d'un certain moment, l'esprit se mit à m'imiter. Je m'en aperçus à la suite de quelques remarques anodines que je lui avais adressées :

– Pourquoi prends-tu cet aspect quand tu apparais? Pourquoi tant d'élégance?

– Suzanne pensait que je serais un bel homme. À quoi voudrais-tu que je ressemble?

En quelques mots choisis avec soin, je lui décrivis les vêtements qui lui iraient bien. Juste après, il m'apparut exactement dans cette tenue, à la fois pour m'effrayer et m'étonner. Bientôt, nous découvrîmes que cette versatilité de caméléon nous permettait de mystifier les gens : il prenait ma place à mon bureau, je partais en catimini, et tout le monde croyait que je n'avais jamais quitté la maison.

C'était comme un nouveau jeu. Bien entendu, son aspect solide était assez éphémère, mais, petit à petit, il parvint à le faire durer plus longtemps.

Je découvris également que l'esprit, s'il me donnait du plaisir chaque fois que je le désirais, n'était pas jaloux de mes autres conquêtes. Il se régalait même à me regarder faire avec mes amants, mes maîtresses, les putains que j'amenais dans mon lit. Il lui arrivait fréquemment de traîner dans mes placards, d'effleurer mes costumes. En fait, il me prenait pour une sorte de modèle intéressant.

Tandis que Marguerite demeurait cloîtrée jour et nuit dans son laboratoire, j'allais en ville. Le démon m'accompagnait et n'en perdait pas une miette. L'avoir près de moi me procurait un grand sentiment de puissance. Il était comme mon confident, mon troisième œil, mon ange gardien.

Quand Marguerite et moi discutions sous le couvert de la musique, il venait et se mettait à danser, comme il l'avait fait avec Marie-Claudette. En fait, être tenu à l'écart l'obligeait à montrer sa force. Il venait vêtu comme un dandy et se donnait en spectacle pour nous distraire.

Michael, j'en aurais tellement à vous raconter ! Mais ce n'est pas l'histoire de ma vie qui vous intéresse. En résumé, je dirais que j'ai vécu comme peu d'hommes ont vécu. J'apprenais et faisais tout ce que je voulais et je ne me refusais aucun plaisir. L'esprit était mon meilleur amant, bien entendu. Aucun homme ni aucune femme ne me retenait longtemps loin de lui.

Katherine avait maintenant plus de vingt-cinq ans et était une vieille fille pour l'époque. Mais elle était si belle que personne n'y songeait et si riche qu'elle n'avait pas besoin de se marier.

En fait, je pris conscience un jour qu'elle avait peur de se marier. Elle refusait le risque de mettre au monde un enfant qui pourrait servir à l'esprit. « Je mourrai vierge, avait-elle décrété, et ce sera la fin. Il n'y aura plus de sorcières. »

Je poussai dans ses bras tous les Mayfair qui avaient un don de sorcellerie. Peine perdue.

Puis l'inconcevable se produisit.

Cela débuta d'une façon très innocente. Katherine voulait une maison en ville et elle me demanda d'engager l'architecte irlandais Darcy Monahan pour lui en construire une dans le faubourg, là où vivaient tous les Américains. Darcy s'attela immédiatement aux plans et à la construction de la maison où nous sommes en ce moment.

Comme vous le savez, Katherine a fini par tomber amoureuse de Darcy. C'est Lasher qui me l'a appris involontairement. Je me rendais en ville parce que Katherine n'était pas rentrée et je n'aimais pas qu'elle reste seule avec cet horrible Irlandais dans la maison à demi construite, alors que les ouvriers étaient partis.

Lasher tentait de détourner mon attention. Il me dit d'abord qu'il avait envie de parler, puis qu'il voulait une nouvelle victime à posséder.

– Pas maintenant, lui dis-je. Je dois d'abord trouver Katherine.

En désespoir de cause, il recourut à l'un de ses tours épouvantables : prenant sa forme humaine, il fit une telle peur à mon cocher que celui-ci fit un écart et brisa une roue de la voiture. Je me retrouvai assis par terre dans le virage, hors de moi, pendant qu'il réparait les dégâts. C'est ainsi que je compris que le démon voulait m'empêcher d'aller en ville.

Le lendemain soir, je lui jouai un tour à ma façon en l'envoyant en mission pour moi. Je lui demandai de se procurer des pièces de monnaie rares que j'avais envie de posséder. Pendant son absence, je montai sur ma jument et partis seul en chantant, au cas où il serait suffisamment près pour saisir mes pensées et mes intentions.

Le jour tombait quand j'atteignis la maison. Elle s'élevait tel un grand château, ses briques recouvertes de plâtre pour imiter la pierre, ses colonnades en place, ses fenêtres prêtes à recevoir les vitres. Elle était sombre et déserte.

J'entrai. Sur le plancher du salon, je découvris ma chère sœur avec Darcy. Je lui saisis la nuque et commençai à le rouer de coups. À ma grande terreur, Katherine se mit à crier :

– Viens, mon Lasher. Sois mon bras vengeur. Empêche-le de détruire celui que j'aime.

Hurlant et sanglotant, elle s'évanouit. Mais Lasher était là. Je le sentis m'entourer dans l'obscurité, comme un monstre marin capturant sa victime sans défense. L'obscurité m'enveloppa de toutes parts.

– Arrière, Julien! dit Lasher. La sorcière aime ce mortel. Sois prudent. Elle a prononcé les paroles anciennes pour m'appeler.

Darcy Monahan se mit debout et se rua vers moi pour m'attaquer mais Lasher l'arrêta net. Comme tout bon Irlandais, l'architecte était superstitieux. Il sentit la présence dans le noir, regarda tout autour de lui et aperçut sa tendre Katherine qui gémissait sur le sol. Il se précipita pour la ranimer.

Je sortis dignement mais la rage au cœur.

En y repensant, je me rendis compte que j'avais caché trop de choses à ma sœur. Elle croyait que l'esprit était un fantôme ou une simple créature venue d'ailleurs. Elle n'avait pas la moindre idée de ce dont Lasher était capable lorsqu'elle l'invoquait.

– Eh bien, la prévins-je plus tard, si tu veux me tuer, tu n'as qu'à l'appeler comme tu l'as fait et il exécutera tes ordres.

Je n'étais pas certain de mes dires mais je voulais éviter qu'elle ne lance des malédictions sur moi. D'abord, elle m'avait trahi avec Darcy et, ensuite, avec Lasher. Elle était la sorcière et, toute ma vie, je l'avais protégée.

– Tu ne sais même pas à qui tu as affaire, lui dis-je. Je t'ai sauvée de lui.

Elle était horrifiée et affreusement triste mais résolue à épouser Darcy Monahan.

– Tu n'auras plus besoin de me sauver, me dit-elle. Je vais me marier et je porterai le collier d'émeraude comme l'exigent les coutumes de notre famille. Mais je me marierai dans la maison de Dieu et mes enfants seront baptisés. Nous tournerons définitivement le dos au mal.

Je haussai les épaules. Mais qu'est-ce qu'elle me chantait là? Nous nous mariions tous dans une église catholique et faisions baptiser nos enfants... Mais je ne dis rien.

Ma mère et moi décidâmes de tout faire pour la détourner de Darcy. Peine perdue. Elle était même prête à renoncer à l'héritage pour épouser ce crétin d'Irlandais. En tout cas, c'était ce qu'elle racontait partout. Les cousins ne tardèrent pas à venir me voir. Que va-t-il se passer? Que dit le testament? Allons-nous tout perdre? Il était évident qu'ils connaissaient parfaitement notre maudit secret qui faisait leur fortune. Aucun n'était prêt à y renoncer.

Ce fut Lasher qui eut le dernier mot.

– Laisse-la épouser son Celte, me dit-il. Ton père avait du sang irlandais et ce sang a transmis les dons de sorcellerie pendant des siècles. Les Irlandais et les Écossais ont le don de double vue. C'est le sang de ton père qui t'a donné tes pouvoirs. Voyons ce que cela va donner avec ta sœur.

Vous connaissez la suite. Katherine a d'abord perdu deux bébés, deux garçons, avant d'avoir deux autres fils de Darcy. Ensuite, malgré ses prières et ses dévotions, elle a perdu tous les bébés suivants.

Tandis que la guerre de Sécession faisait rage, que la ville succombait, que des gens se retrouvaient ruinés du jour au lendemain, que des troupes yankees sillonnaient notre ville, Katherine élevait ses fils à First Street, parmi ses amis et traîtres américains. Elle était persuadée d'avoir échappé à la malédiction familiale. D'ailleurs, elle avait rendu l'émeraude le lendemain de son mariage.

La famille était en émoi. Pour la première fois, j'entendis nombre de mes proches prononcer le mot fatidique à voix basse : « Mais elle est la sorcière! Comment peut-elle nous laisser tomber? »

Quant à l'émeraude, elle était sur la coiffeuse de ma mère, tel un objet de pacotille, au milieu de ses saletés vaudoues. Je finis par la ramasser et la suspendre au cou d'une statue de la Vierge qui se trouvait dans la chambre.

Ce fut pour moi une période sombre, une période de grande liberté et d'enseignements. Katherine était partie et rien d'autre ne comptait. Je me rendis compte que ma famille était mon univers. J'aurais pu partir en Europe, ou en Chine. J'aurais pu fuir la guerre, la pestilence et la misère. J'aurais pu vivre comme un prince. Mais ce petit coin de terre était chez moi et, sans mes êtres chers autour de moi, je n'avais goût à rien.

Pathétique, mais vrai. C'est ainsi que j'appris ce que seul un homme riche et puissant peut apprendre : ce que je voulais réellement.

Pendant ce temps, le démon me pressait d'avoir de nouvelles liaisons et se délectait toujours autant de me regarder faire. Il passait son temps à m'imiter et, lorsqu'il rendait visite à ma mère, se faisait passer pour moi afin que tout le monde s'y méprenne. S'il avait jamais eu le sens de lui-même, il semblait l'avoir perdu.

– À quoi ressembles-tu, en réalité? demandai-je.

– Rire. Pourquoi me poses-tu cette question?

– Quand tu seras un être de chair et de sang, que seras-tu?

– Je serai comme toi, Julien.

– Et pourquoi pas tel que tu étais au début, avec des cheveux bruns et des yeux marron?

– C'était seulement pour Suzanne. C'était ce qu'elle voulait voir. C'est pourquoi j'ai pris cette forme, celle d'un Écossais de son village, et l'ai conservée. Mais maintenant je veux être toi. Tu es beau.

Pendant cette période agitée, je réfléchissais beaucoup, jouais, buvais, dansais jusqu'à l'aube, me battais et me disputais avec des Confédérés et des ennemis yankees. J'ai gagné et perdu des fortunes, je suis tombé amoureux plusieurs fois et, d'une façon générale, Katherine me manquait nuit et jour. J'avais sans doute besoin d'un but dans ma vie. Katherine avait été ma raison de vivre et je n'en avais jamais eu d'autre.

À l'exception de l'esprit, bien entendu. Jouer avec lui, faire muter la chair, le courtiser et l'utiliser.

Arriva l'année 1871 et, avec l'été, la fièvre jaune qui décima dans un premier temps les immigrés de fraîche date.

Darcy, Katherine et les garçons venaient de rentrer de l'étranger. Ils avaient passé six mois en Europe et Darcy n'eut pas plus tôt posé le pied sur le continent qu'il contracta la maladie.

Je demandai à Lasher :

– Est-ce qu'il va mourir?

Lasher apparut au pied de mon lit.

– Je crois que oui, dit-il. C'est peut-être bien le moment, d'ailleurs. Même une sorcière ne peut rien contre cette fièvre.

Je n'en étais pas si sûr. J'en parlai à Marguerite, qui se mit à sauter sur place.

– Laisse ce bâtard mourir et toute sa progéniture avec lui.

J'en étais révulsé. De quoi Clay et Vincent étaient-ils coupables, à part être nés garçons, comme mon frère Rémy et moi?

Darcy mourut. Le cocher de Katherine se présenta à ma porte.

– Il est mort, monsieur. Votre sœur vous réclame.

Que pouvais-je faire? Je n'avais pas encore mis le pied à First Street depuis que la maison était achevée. Je ne connaissais même pas les pauvres petits Clay et Vincent! Je n'avais pas vu ma sœur depuis un an, sauf une fois où nous nous étions disputés dans la rue. Soudain, ma richesse et les plaisirs qui faisaient ma vie me semblèrent bien vains. Ma sœur avait besoin de moi.

Je pris le chemin de First Street. C'était une soirée pluvieuse, très chaude et, dans les taudis irlandais, à quelques pâtés de maisons de chez Katherine, les corps des victimes de la fièvre s'entassaient dans les caniveaux.

La brise du fleuve refoulait une odeur nauséabonde. La maison fut enfin devant moi, majestueuse parmi les chênes et les magnolias, une sorte de château élancé, paraissant indestructible avec ses créneaux et ses murs. Une maison très secrète, au tracé ravissant et cependant sinistre.

Je levai la tête vers la fenêtre de la chambre de maître, au nord, et j'y vis ce que beaucoup y ont vu depuis : la lueur de bougies dansant derrière les volets clos.

Je forçai la porte d'entrée, avec l'aide de Lasher ou de ma seule volonté, je l'ignore. La serrure céda.

J'ôtai mon imperméable et montai l'escalier. La porte de la chambre était grande ouverte.

Je m'attendais à voir le cadavre en putréfaction de l'architecte irlandais mais il avait déjà été emporté, à cause des risques de contagion. Des servantes irlandaises superstitieuses vinrent m'expliquer que Darcy avait déjà été enterré et que, les cloches de Saint-Alphonse sonnant le glas jour et nuit, on n'avait pas eu le temps de donner un requiem.

La pièce avait été entièrement grattée et nettoyée. Katherine, allongée sur son lit à baldaquin aux montants sculptés de têtes de lion, pleurait doucement dans son oreiller brodé.

Elle paraissait si petite et si frêle! Elle ressemblait à la petite sœur que j'avais eue. Je m'assis près d'elle et la réconfortai. Elle se mit à sangloter sur mon épaule. Ses longs cheveux noirs étaient toujours aussi épais et soyeux et son visage avait conservé sa beauté. Tous les bébés qu'elle avait perdus ne lui avaient pas ôté son charme et son innocence ni la sincérité radieuse de son regard lorsqu'elle le posa sur moi.

– Julien, emmène-moi à Riverbend, me dit-elle. Ramène-moi à la maison. Fais en sorte que maman me pardonne. Je ne peux pas vivre seule ici. Où que je regarde, je vois Darcy partout.

– Ne te fais pas de souci, ma belle. Je t'emmènerai si tu le veux, avec tes petits. Toute la famille est là-bas, comme toujours.

Elle hocha la tête et fit un geste désespéré mais gracieux indiquant qu'elle se remettait entre mes mains.

Je l'embrassai et la tins dans mes bras. Puis je l'allongeai pour qu'elle se repose, lui promettant que je resterais près d'elle jusqu'au matin.

La porte était fermée. La gouvernante était partie. Les petits garçons, quelque part dans la maison, étaient tranquilles. Je sortis fumer une cigarette.

J'aperçus Lasher.

Il était au pied de l'escalier et me regardait. Il me dit en silence : « Explore cette maison. Explore ses portes, ses pièces, ses motifs décoratifs. Riverbend périra comme a péri la citadelle que nous avons construite à Saint-Domingue, mais cette maison durera pour servir notre dessein. »

Une sensation de langueur me traversa. Je descendis et commençai à faire ce que vous, Michael, avez fait des milliers de fois. Parcourir lentement la maison dans tous les sens, toucher les encadrements de porte et les poignées de cuivre, examiner les fresques de la salle à manger et les ornements de plâtre décorant tous les plafonds.

C'est une maison magnifique, songeai-je. Pauvre Darcy. Rien d'étonnant à ce qu'il ait été un tel phénomène de mode. Mais il ne devait pas avoir de sang de sorcière. Je soupçonnais mes neveux Clay et Vincent d'être aussi innocents que mon frère Rémy. Je sortis dans le jardin et me rendis compte du travail incommensurable qui y avait été réalisé. Une grande pelouse octogonale, dont la forme géométrique était rappelée sur les piliers de pierre terminant les balustrades en calcaire. Partout, des dalles coupées en biseau, de sorte que, dans le clair de lune, on observait une succession de lignes, de tracés géométriques et de motifs.

– Regarde les roses dans le fer, dit Lasher.

Il parlait des rampes en fer forgé. Je compris sur quoi il voulait attirer mon attention. Les lignes des rampes, coupées en biseau comme celles des dalles, étaient parsemées de roses.

Il m'entoura d'un bras et cette promiscuité me fit frissonner. J'avais presque envie de l'entraîner dans les buissons et de me donner à lui mais je devais penser à ma sœur. Si elle se réveillait, elle pourrait croire que je l'avais abandonnée.

– Rappelle-toi tout cela, dit-il à nouveau. Car cette maison durera.

Lorsque je pénétrai dans le hall d'entrée, il était sur le seuil de la salle à manger, les mains posées sur le chambranle de la porte. Au-dessus de lui, j'aperçus l'encadrement et sa forme en trou de serrure, effilée vers le haut.

Je me retournai et constatai que la porte d'entrée, que je venais de franchir et que j'avais laissée grande ouverte, avait la même forme et que Lasher était juste à côté et m'observait.

– Vivras-tu après la mort, Julien? Tu es le seul à ne jamais m'interroger sur les ténèbres de la mort.

– Parce que tu n'en sais pas grand-chose, Lasher. Tu me l'as dit toi-même.

– Ne sois pas cruel, Julien. Surtout ce soir. Je suis content d'être ici. Vivras-tu après la mort? Vas-tu rôder et rester par ici? Je te pose la question.

– Je ne sais pas. Si le diable essaie de m'entraîner en enfer, il se peut que je reste. Je ferai mon purgatoire en errant par ici, en apparaissant aux reines vaudoues et aux spirites. Je suppose que je le pourrai.

J'écrasai mon cigare dans le cendrier posé sur la table de marbre. Cette table est toujours ici, d'ailleurs. En bas, dans le hall d'entrée.

– Est-ce ce que tu as fait, Lasher? Es-tu quelque vil être humain condamné pour toujours à une vie de fantôme? Est-ce pour cacher la vérité que tu t'entoures de mystère?

Quelque chose changea sur son visage et il devint mon jumeau. Il imita mon sourire à la perfection. Je ne l'avais pas souvent vu faire cela auparavant. Il s'adossa contre le chambranle de la porte en croisant les bras, comme je le faisais. Il s'arrangea pour faire un bruit de vêtement effleurant le bois afin de me montrer à quel point il était fort.

– Julien, dit-il en formant simplement les mots avec ses lèvres. Les mystères ne sont peut-être rien, en fin de compte. Le monde n'est peut-être fait que de rebuts.

– Et tu étais là quand cela s'est produit?

– Je l'ignore, répondit-il en imitant parfaitement mes intonations sarcastiques.

Il haussa les sourcils comme je le faisais souvent. Je ne l'avais jamais vu si fort.

– Ferme la porte, Lasher, ordonnai-je, si tu es si fort.

À mon grand étonnement, il tendit la main vers la poignée et ferma la porte à la façon de n'importe quel être humain. Mais c'était sa limite. Après cette prouesse, il disparut. Comme toujours, l'air ambiant retint sa chaleur.

– Admirable, murmurai-je.

– Rappelle-toi cet endroit si tu comptes y rester ou y revenir. Rappelle-toi ses motifs géométriques. Dans l'au-delà, ils brilleront dans tes yeux et guideront ton retour. Cette maison comptera dans les siècles à venir. Elle est digne de recevoir les esprits des morts. Tu y seras en sécurité. Moi-même, j'ai été circonscrit autrefois dans... deux motifs tout simples. Un cercle et des pierres disposées en forme de croix... deux motifs.

J'enregistrai. Une preuve supplémentaire qu'il n'était pas le Malin.

Je montai l'escalier. J'avais obtenu de lui un peu plus d'informations que d'habitude mais c'était bien peu. Et puis, il y avait Katherine. Je la trouvai éveillée, debout près de la fenêtre.

– Où étais-tu? me demanda-t-elle, anxieuse.

Elle passa ses bras autour de mon cou et s'appuya contre moi. Je sentais la présence de Lasher autour de nous. Je soulevai le menton de Katherine et l'embrassai.

Le contact de ses seins me saisit. Elle ne portait qu'une chemise de nuit blanche et légère. Je sentais ses mamelons, sa chaleur et le souffle chaud qui passait entre ses lèvres. Je reculai pour la regarder et ne vis que de l'innocence.

Mais je vis aussi une femme. Une femme magnifique que j'avais aimée, qui m'avait abandonné pour un autre. Un corps que j'aimais comme un frère aime une sœur, que je connaissais sur le bout des doigts depuis nos jeux d'enfants. Et, pourtant, c'était un corps de femme que je tenais dans mes bras. Dans un moment de pure audace, je l'embrassai à nouveau, encore et encore, jusqu'à la sentir brûler contre moi.

J'eus un sentiment de répulsion. Cette femme n'était autre que ma petite sœur Katherine. Je l'entraînai jusqu'au lit et l'allongeai. Elle me regardait, un peu perdue. Oserais-je dire ensorcelée? Me prenait-elle pour Darcy?

– Non, murmura-t-elle. Je sais que c'est toi. Je t'ai toujours aimé. Je suis désolée. Je te demande de me pardonner mes petits péchés. Quand j'étais petite fille, je rêvais de me marier avec toi. Je me voyais traverser l'église à ton bras. Ce rêve incestueux n'a cessé que lorsque j'ai rencontré Darcy. Que Dieu me pardonne.

Elle fit le signe de la croix, remonta ses genoux et tendit la main vers les couvertures.

Je ne sais pas ce qui m'a pris. La rage, peut-être. Ce corps de femme, ce bras tendu, ces cheveux noirs en bataille, ce visage pâle. Ce fut le signe de croix qui me mit hors de moi.

– Comment oses-tu te jouer ainsi de moi? m'exclamai-je en la renversant sur le lit.

Sa chemise de nuit s'ouvrit et laissa apparaître ses seins. Tentation impossible à repousser.

Sans même réfléchir, j'arrachai mes vêtements. Elle se mit à crier, terrifiée.

– Non, Julien! Ne fais pas ça!

Mais j'étais déjà sur elle. J'écartai ses jambes et arrachai le peu de vêtements qui m'empêchait de l'atteindre.

– Julien, je t'en prie, ne fais pas ça! cria-t-elle d'une voix déchirante. C'est moi, c'est Katherine!

Trop tard. Je la violai et pris mon temps pour achever ma besogne. Je quittai le lit et m'approchai de la fenêtre. J'avais l'impression que mon cœur allait exploser et je n'arrivais pas à croire ce que je venais de faire.

D'abord recroquevillée et sanglotante sur le lit, elle finit par se lever et se précipita vers moi. Elle se jeta contre moi en criant mon nom : Julien! Julien!

Je ne comprenais pas. Voulait-elle que je la protège de moi-même?

– Mon enfant chérie, dis-je.

Effondré, je recommençai à l'embrasser. Nous refîmes l'amour, encore et encore.

Mary Beth naquit neuf mois plus tard.

Pendant ces neuf mois, nous vécûmes à Riverbend mais j'évitais Katherine tant ma honte était grande. Bien que vivant sous le même toit, je répugnais à la déranger et, de toute façon, je doute qu'elle m'eût accepté dans sa chambre. Elle avait complètement occulté la vérité et s'était persuadée que l'enfant qu'elle portait était de Darcy. Elle passait son temps à dire son chapelet.

Tout le monde savait ce que j'avais fait. Julien le mauvais. Julien qui avait mis sa sœur enceinte. Les cousins me considéraient comme un anathème. Tobias, le fils d'Augustin, se déplaça de Fontevrault pour me maudire et me traiter de diable. Mais bien des gens au courant n'osaient pas afficher leur réprobation.

Mes compagnons de débauche trouvaient mon comportement étrange et lâche mais, comme je leur tenais la dragée haute, ils finirent par accepter la situation. Ce fut le grand enseignement que je tirai de cette période : on peut commettre n'importe quel péché si on l'assume en ne cherchant jamais à se justifier.

En attendant, un bébé allait naître et la famille retenait son souffle.

Et Lasher? Quand je le voyais, il se montrait impassible. Il passait son temps près de Katherine sans se faire voir.

– C'est lui qui est derrière tout ça, me dit un jour ma mère. Il t'a poussé dans les bras de ta sœur. Arrête de te tourmenter. Il faut qu'elle ait d'autres enfants, tout le monde en est conscient. Il faut qu'elle ait une fille. Pourquoi pas de toi, un puissant sorcier? Pour ma part, je trouve l'idée bonne.

Je ne jugeai pas utile d'en reparler avec elle.

Aujourd'hui encore, j'ignore si Lasher avait tout manigancé. Tout ce que je peux dire, c'est que ce viol fut le plaisir qui m'a coûté le plus cher dans toute ma vie. Moi qui étais capable de tuer des êtres humains sans le moindre scrupule, cet épisode me donna l'impression de n'être qu'un vil personnage.

Katherine sombra dans la folie bien avant la naissance de Mary Beth mais personne ne le sut.

Après le viol, elle passa son temps à marmonner toute seule, à dire son chapelet, à parler d'anges et de saints. Elle ne pouvait rien faire d'autre que jouer avec les enfants.

Arriva la nuit de la naissance de Mary Beth. Katherine avait un ventre énorme et ne cessait de hurler de douleur. J'étais dans la pièce, avec les sages-femmes noires, le médecin blanc, Marguerite et tous ceux qui devaient aider à la délivrance. Nous étions foule.

Enfin, dans un dernier cri déchirant, Katherine mit au monde Mary Beth, un bébé magnifique qui ressemblait plus à une petite femme qu'à un nouveau-né. Je veux dire par là que sa tête était bien celle d'un bébé mais qu'elle avait déjà de belles boucles noires, qu'une petite dent scintillait déjà dans sa bouche et que ses bras et ses jambes étaient très gracieux. Elle entra dans la vie en poussant le plus merveilleux des cris.

On la mit dans mes bras.

– Voici votre nièce, monsieur, dit le médecin d'un ton cérémonieux.

Je baissai les yeux sur ma fille et, du coin de l'œil, j'aperçus Lasher, a qui n'avait pas pris sa forme solide pour que les autres ne le voient pas. Mais les yeux du bébé l'avaient aperçu! Mary Beth esquissa même un sourire.

Elle cessa de pleurer puis ouvrit et ferma ses mains minuscules. Je déposai un baiser sur son front. Enfin une sorcière! Il émanait d'elle une odeur de pouvoir.

C'est alors que le démon prononça les paroles les plus atroces que j'aie jamais entendues :

– Bravo, Julien! Tu as servi ton dessein.

Un courant électrique me traversa. Abasourdi, révolté, je refermai lentement ma main droite autour du cou de l'enfant et commençai à serrer. Personne ne s'était aperçu de rien.

« Julien, non! » murmura la voix dans ma tête.

« Oui, je sais, dis-je en silence. Mais n'oublie pas que tu as besoin de moi pour la protéger. Regarde autour de toi. Pour une fois, observe la situation avec la finesse d'un homme et non l'esprit fumeux d'un ange. Qu'est-ce que tu vois? Un vieux sorcier, une pauvre folle délirante et une petite fille qui vient de naître. Qui lui enseignera ce qu'elle doit savoir? Qui sera là pour la protéger lorsqu'elle commencera à montrer ses dons? »

« Julien, n'aie pas peur. Je ne te veux aucun mal! »

J'éclatai de rire et tout le monde crut que je m'émerveillais devant le bébé. J'étais le seul à savoir que Mary Beth avait les yeux fixés sur quelque chose que personne d'autre ne voyait, au-dessus de mon épaule. Je la remis aux gouvernantes qui allèrent la baigner avant de la présenter à sa mère.

Je quittai la pièce. J'étais fou de rage. « Tu as servi ton dessein. » Ces mots résonnaient dans ma tête. J'avais été le jouet du démon, c'était évident.

Mais quel droit avais-je de me plaindre? J'avais laissé l'esprit me réduire en esclavage dès mes premières années alors que je le savais malhonnête, hypocrite et égoïste. Je m'étais servi de lui comme l'avaient fait les sorcières et tous les membres de la famille.

Et maintenant, s'il jugeait bon de me laisser en vie, il fallait que je lui sois utile. Il me fallait trouver quelque chose. Apprendre à Mary Beth ce qu'elle devait savoir ne suffisait pas. Après tout, l'esprit pouvait remplir ce rôle lui-même. J'allais devoir employer tous mes dons pour trouver rapidement une façon de me rendre utile.

Tandis que je méditais, la famille se rassemblait. Des cousins accouraient de partout en criant, en faisant de grands gestes et en applaudissant.

– C'est une fille! C'est une fille! Katherine a enfin donné le jour à une fille!

Soudain, je fus entouré de mains reconnaissantes et couvert de baisers.

Le fait que j'aie violé ma sœur n'était plus répréhensible. Ou alors j'avais suffisamment fait pénitence. Allez savoir! Cette petite fille m'avait racheté et Riverbend résonnait de voix chaleureuses et gaies. Les bouchons de champagne sautaient, les musiciens jouaient, le bébé fut présenté à la famille du haut de la galerie. Sur le fleuve, des sirènes de bateaux retentirent pour accompagner notre joie visible de loin.

Dieu du ciel! Que vas-tu faire maintenant, méchant homme? Que vas-tu faire pour rester en vie et protéger le bébé de la destruction?

Quinze

Le monde résonnait des chants et du rire de père. Père disait, de sa petite voix rapide : « Emaleth, sois forte. Prends tout ce que tu pourras. Mère pourrait essayer de te faire du mal. Résiste, Emaleth, lutte pour être avec moi. Pense à la vallée, au soleil et à tous nos enfants. »

Emaleth vit des enfants. Des milliers de gens comme père et comme elle. Car elle se voyait, maintenant, avec ses longs doigts, ses longs membres et ses cheveux baignant dans le monde liquide qu'était sa mère.

Comme père riait! Elle le voyait même danser. Elle voyait ce que mère voyait. Son chant était long et magnifique.

Il y avait des fleurs dans la chambre. Un tas de fleurs. L'odeur était partout et se mêlait à celle de père. Mère n'arrêtait pas de pleurer et père lui attacha les mains au lit. Mère lui donna un coup de pied et père poussa un juron. Ce fut comme le tonnerre au paradis.

Père, s'il te plaît, sois gentil avec mère.

Oui, c'est ce que je vais faire, mon enfant. Je vais lui rapporter de quoi manger pour que tu prennes des forces. Et le moment venu, Emaleth, lutte pour naître, combats tout ce qui s'opposera à toi.

Cela la rendait triste de devoir lutter. Contre qui? Sûrement pas mère! Emaleth et mère ne faisaient qu'un. Le cœur d'Emaleth était uni à celui de mère. Quand mère souffrait, Emaleth le sentait, comme si quelqu'un cognait sur la paroi de ce monde qu'était mère.

Il y a un instant, elle aurait juré que mère était au courant de sa présence. Qu'elle avait compris qu'Emaleth était en elle. Puis ils s'étaient remis à se disputer.

La porte se ferma et l'odeur de père se volatilisa. Les fleurs tremblèrent dans la pièce. Mère se mit à pleurer.

Ne pleure pas, mère, je t'en prie. Ça me rend triste quand tu pleures. Le monde n'est plus que tristesse.

Tu m'entends vraiment, ma chérie?

Mère savait donc qu'elle était là! Emaleth se retourna et se tortilla dans son petit monde étriqué. Elle entendit mère soupirer.

Oui, mère. Prononce mon nom comme père le fait. Emaleth. Dis-le!

Emaleth.

Puis mère commença à lui parler sur un ton sérieux.

Écoute-moi, mon bébé. J'ai des ennuis. Je suis faible et malade et je meurs de faim. Tu es en moi et, grâce à Dieu, tu puises tout ce que tu peux dans mes réserves. Mais je suis faible. Il m'a de nouveau attachée. Il faut que tu m'aides. Qu'est-ce que je dois faire pour nous sauver toutes les deux?

Mère, il nous aime. Il t'aime et il m'aime. Il veut remplir le monde de nos enfants.

Mère grogna.

– Emaleth, tiens-toi tranquille, dit-elle à voix haute. Je suis malade.

Et mère se mit à se contorsionner de douleur sur le lit, les chevilles et les poignets écartelés, l'odeur des fleurs lui donnant la nausée.

Emaleth fondit en larmes. La tristesse de mère était insupportable. Elle voyait mère comme père la voyait, blême, à bout de forces, les yeux cernés de noir, comme ceux d'un hibou. Elle se représenta un hibou dans une forêt sombre.

Chérie, écoute-moi. Tu ne resteras pas éternellement dans mon ventre. Bientôt, tu vas naître et, à ce moment-là, il se peut que je meure.

Non, mère!

L'idée que mère puisse mourir était insoutenable. Emaleth savait ce qu'était la mort. Elle connaissait cette odeur. Elle vit le hibou frappé par une flèche et tombant sur le sol, dans la forêt. Les feuilles bruissaient. Elle savait ce qu'était la mort. Et l'eau aussi. Et sa peau et ses cheveux qu'elle attrapait avec ses doigts et frottait sur ses lèvres. Mort était le contraire de vivant. Les longs récits de son père lui vinrent à l'esprit. La lande. Se rassembler et devenir forts.

– Rappelle-toi, lui avait dit père. Ils sont sans pitié à l'égard de ceux qui n'appartiennent pas à leur race. Tu dois être aussi impitoyable qu'eux. Toi, ma fille, mon épouse, ma petite mère.

Ne meurs pas, mère. Tu ne peux pas me faire ça. Ne meurs pas.

J'essaie, ma chérie. Mais écoute-moi. Père est fou. Ses rêves sont mauvais et quand tu seras née il faut que tu partes d'ici. Tu dois te débarrasser de moi et de lui et chercher ceux qui pourront t'aider.

Mère se remit à pleurer de tristesse en secouant la tête.

Père revenait. La clé dans la porte. L'odeur de père et de nourriture.

– Regarde, ma tendre chérie, dit-il. Je t'ai rapporté du jus d'orange, du lait et plein de bonnes choses.

Il s'assit près de mère sur le lit.

– Il n'y en a plus pour longtemps, déclara-t-il. Tu vois comme elle se débat? Et tes seins se remplissent à nouveau de lait.

Mère cria. Il lui couvrit la bouche d'une main et elle essaya de le mordre.

Emaleth pleura. C'était trop dur, cette obscurité à perte de vue et tout ce fracas. Mais quel était donc ce monde de souffrance? Elle avait envie d'enfoncer des objets dans leurs bouches pour qu'ils cessent de se dire des paroles de haine. Elle se vit sous la forme d'une femme courant de l'un à l'autre et remplissant leurs bouches de feuilles ramassées dans la forêt pour qu'ils arrêtent de se faire souffrir.

– Bois le jus d'orange et le lait, ordonna père, hors de lui.

– Seulement si tu me détaches. Je veux m'asseoir au bord du lit, sinon je n'avalerai pas une bouchée.

S'il te plaît, père, sois gentil avec mère. Son cœur est rempli de tristesse. Il faut qu'elle mange. Elle est affamée et très faible.

D'accord, ma chérie.

Père avait peur. Il ne pouvait plus laisser mère sans nourriture et sans boisson.

Il coupa l'adhésif qui retenait les bras et les jambes de mère.

Mère étendit ses jambes, tourna ses pieds vers le bord du lit, se leva et se mit à marcher avec Emaleth. Elles entrèrent dans la salle de bains pleine de lumière et d'objets luisants. L'odeur de l'eau.

Mère ferma la porte et empoigna le couvercle de porcelaine blanche du réservoir des toilettes. Emaleth connaissait les objets que mère connaissait, mais pas aussi bien qu'elle. La porcelaine était dure et lourde. Mère avait peur. Elle souleva le couvercle au-dessus de sa tête. On aurait dit une pierre tombale.

Père poussa la porte, mère se retourna et abattit le couvercle sur sa tête. Père poussa un cri.

Mère, ne fais pas ça!

Père ne bougeait plus. Mère le frappa une deuxième fois. Du sang coula de ses oreilles et il ferma les yeux. Il rêvait. Mère recula en hoquetant et laissa tomber le couvercle de porcelaine.

L'espoir la galvanisa. Elle trébucha sur père mais réussit à l'enjamber. Elle se mit à courir et attrapa ses vêtements et son sac dans le placard. Elle se précipita pieds nus dans le couloir. Emaleth était secouée dans tous les sens.

Le petit ascenseur descendait. Emaleth se sentait si bien maintenant! Elles étaient toutes les deux dans le monde, hors de la chambre. Mère s'adossa contre la paroi de la cabine et enfila ses vêtements en parlant toute seule, en pleurant et en s'essuyant le visage. Elle passa son pull-over rouge au-dessus de sa tête. Elle mit sa jupe mais ne réussit pas à la boutonner. Elle tira le pull-over dessus.

Mais où allaient-elles?

Mère, qu'est-ce qui est arrivé à père? Où allons-nous?

Père veut que nous partions. Reste tranquille et sois patiente.

Mère ne disait pas la vérité. Très loin, Emaleth entendit père chuchoter son nom.

Quand la porte s'ouvrit, mère sortit de l'ascenseur mais dut s'arrêter. La douleur était trop forte. Elle ne cessait d'augmenter. Emaleth soupira et essaya de se faire toute petite pour que mère souffre moins. Mais son monde était déjà si étriqué. Mère suffoqua, mit une main sur ses yeux et s'appuya contre le mur.

Mère, ne tombe pas!

Elle enfila ses chaussures et se mit à courir, son sac se balançant sur son épaule. Elle heurta les portes de verre dans sa course. Elle ne pouvait plus courir. Son fardeau était trop lourd. Elle s'arrêta.

Mère, je t'aime.

Moi aussi, je t'aime, ma chérie. Il faut que je trouve Michael.

Mère pensa à Michael, se représenta l'image de cet homme souriant, fort et doux, aux cheveux noirs. Pas du tout comme père.

Un ange, dit mère. Il va nous sauver.

Mère resta calme un instant. Son espoir et sa joie inondèrent Emaleth. Emaleth ressentit de la joie. Pour la première fois de sa vie, elle ressentit le bonheur de mère. Michael.

Au milieu de cette paix, lorsque Emaleth posa sa tête contre mère, elle entendit père appeler.

Mère, père s'est réveillé. Je l'entends. Il appelle.

Mère sortit dans la rue. Des voitures et des camions passaient. Elle se précipita vers un énorme camion qui se dressait devant elle comme un mur d'acier.

En rassemblant ses forces, elle réussit à gravir le haut marchepied et à ouvrir la portière.

– S'il vous plaît, monsieur, emmenez-moi, où que vous alliez ! Il faut que je m'en aille.

Elle claqua la portière.

– Pour l'amour de Dieu, roulez ! Je ne suis qu'une faible femme. Je ne vous veux aucun mal.

Emaleth, où es-tu ?

– Madame, c'est à l'hôpital que vous devez aller. Vous êtes malade, dit l'homme.

Mais il obéit.

Le gros camion s'ébranla et le bruit de son moteur remplit le monde. Les cahots et la douleur renforçaient la nausée de mère. Sa tête retomba sur le dossier du siège.

Emaleth, ta mère m'a blessé !

Mère, il nous appelle.

Chérie, si tu m'aimes, ne lui réponds pas.

– Madame, je vous emmène au Houston General.

Mère avait envie de dire : « Non, je vous en prie, pas ça. Continuez à rouler. »

Mais elle suffoquait. Elle avait un goût de vomi et de sang. Elle souffrait. Emaleth aussi.

Très loin, la voix de père criait.

– La Nouvelle-Orléans, dit mère. C'est chez moi. Je dois y retourner. Je dois aller chez les Mayfair. À l'angle de First et de Chestnut.

Emaleth savait ce que mère savait. Michael était là-bas. Elle aurait voulu parler au conducteur. Mère se retenait pour ne pas vomir.

Calme-toi, mère. Je n'entends plus père.

– Michael Curry, à La Nouvelle-Orléans. Il faut que j'aille là-bas. Il vous paiera. Il vous donnera plein d'argent. Je vous paierai. Appelez-le. Nous nous arrêterons à une cabine téléphonique quand nous serons sortis de la ville. Mais...

Elle sortit des billets de son sac. Des liasses et des liasses de billets. L'homme regarda mère avec des yeux ronds, complètement sidéré. Il ne voulait pas qu'elle vomisse, il voulait l'aider, faire ce qu'elle demandait. C'était une charmante jeune femme.

– Est-ce que nous nous dirigeons vers le sud? demanda-t-elle, le cœur au bord des lèvres.

La douleur la submergea. Emaleth aussi. Elle n'avait encore jamais éprouvé une sensation aussi pénible. Elle donna un coup de pied. Il n'était pas destiné à mère.

La voix de père s'était tue depuis longtemps. Le nouveau monde d'Emaleth était gigantesque.

– Oui, nous allons vers le sud, madame. Mais je préférerais vous emmener à l'hôpital.

Mère ferma les yeux. Toute lueur s'éteignit dans sa tête. Elle s'endormit en rêvant. Il y avait des billets sur ses genoux, par terre, sur les pédales. L'homme se baissa pour les ramasser, un par un, sans quitter la route des yeux. Voitures, route, panneaux, autoroute. La Nouvelle-Orléans. Le Sud.

– Michael, dit mère. Michael Curry. La Nouvelle-Orléans. Mais vous le savez. Vous entendez ce à quoi je pense. Je crois que le numéro de téléphone est au nom de Mayfair. Mayfair & Mayfair. Appelez Mayfair & Mayfair.

Seize

D'après eux, Alicia CeeCee Mayfair avait fait sa fausse couche vers 4 heures de l'après-midi. Elle était morte depuis plus de quatre heures lorsque Mona l'avait trouvée. L'infirmière était bien venue la voir et avait allumé la lumière, mais elle n'avait pas voulu la réveiller. Anne-Marie était entrée et sortie plusieurs fois, avant et après le décès, mais n'avait rien remarqué. Personne n'avait vu quelqu'un d'autre entrer dans la chambre.

Leslie Ann Mayfair, Ryan et Carla, sa secrétaire, téléphonaient à toutes les femmes de la famille.

Une fois libérée des étreintes et des embrassades, Mona s'enferma à clé dans sa chambre. D'un geste de fureur, elle arracha sa robe blanche et son ruban.

Impossible d'appeler Michael pour lui demander de venir. La ligne devait être sans arrêt occupée.

En slip et soutien-gorge, elle entra dans son dressing-room pour chercher des vêtements. Rien de bien. Elle déverrouilla la porte, traversa le couloir et entra dans la chambre de sa mère. Personne ne fit attention à elle. Le murmure des conversations montait par la cage d'escalier. Des portières de voitures claquaient. Évelyne l'Ancienne poussait des cris stridents.

Le placard de CeeCee. Sa mère ne mesurait qu'un mètre cinquante-cinq, à peu près comme elle. L'adolescente passa en revue les robes, les manteaux, les tailleurs, et trouva une petite jupe. Trop courte, avait dit sa mère. C'était parfait. Elle choisit un chemisier à fanfreluches que CeeCee portait entre 9 heures et 11 heures du matin avant de se soûler en guise de déjeuner. Ensuite, elle passait une robe de chambre pour regarder les feuilletons mélos de l'après-midi dans le salon. Eh bien, elle ne le ferait plus, maintenant. Mona avait la tête qui tournait. Les vêtements imprégnés de l'odeur de sa mère lui firent repenser à celle de l'hôpital. Elle n'était pas ici, sinon, elle l'aurait sentie.

Elle jeta un œil dans le miroir. On aurait dit une petite femme, enfin, presque. Elle prit la brosse à cheveux de CeeCee et ramena ses cheveux en arrière, comme sa mère le faisait, puis y attacha une barrette.

L'espace d'une seconde, elle crut voir sa mère. Elle fit une grimace. Si seulement cela pouvait être vrai ! Mais, dans le miroir, il n'y avait personne d'autre que Mona, avec ses cheveux attachés en arrière. Elle faisait tout de même plus adulte ainsi. Elle aperçut le rouge à lèvres de sa mère. Il était rose pâle. CeeCee disait elle-même qu'elle ne mettait plus de rouge vif parce qu'elle n'était plus assez sobre pour l'appliquer sans ressembler à un clown.

Mona colora ses lèvres.

Elle retraversa le couloir, claqua la porte de sa chambre et alluma son ordinateur. Le répertoire de WordStar apparut sur l'écran, grand, lumineux, vert. Elle appuya sur la touche R et demanda au programme d'ouvrir un sous-répertoire intitulé \WS\MONA\AIDE. Elle entra dedans et appuya sur D pour créer un fichier qu'elle nomma Aide.

Je suis Mona Mayfair. Nous sommes aujourd'hui le 3 mars. J'écris à l'intention de ceux qui viendront après moi et risquent de ne jamais comprendre ce qui s'est passé. Quelque chose a décidé de s'en prendre à toutes les femmes de notre famille. Elles sont toutes prévenues mais elles croient qu'il s'agit d'une maladie. C'est faux. C'est bien pire qu'une maladie et tout le monde se trompe. Je vais aider à prévenir les femmes.

Elle appuya sur KD pour sauvegarder son texte. Le fichier fut absorbé en silence par la machine. Elle était seule dans sa chambre plongée dans l'obscurité, plantée devant son écran comme devant un feu de cheminée. Le bruit de l'avenue remplit lentement le silence. Il y avait beaucoup de voitures dehors. Quelqu'un frappa.

Elle alla à la porte et tira le verrou. Des écailles de peinture se collèrent sur ses doigts. Elle ouvrit.

– Je cherchais Mona. Oh, c'est toi Mona ! Je ne t'avais pas reconnue.

C'était tante Béa.

– Ma pauvre enfant, poursuivit-elle, il paraît que c'est toi qui as trouvé ta mère?

– Oui, mais ça va. Je me sens bien. Il faut que tu préviennes tout le monde.

– C'est ce que nous sommes en train de faire, ma chérie. Descends avec moi.

– Personne ne doit rester seul. Même comme je l'ai été ces dix dernières minutes.

Elle passa devant Béa, prit le couloir et s'arrêta en haut des marches.

– Personne ne doit rester seul! cria-t-elle.

Les Mayfair étaient entassés dans le hall d'entrée. Un nuage de fumée de cigarette planait dans la lumière. Une odeur de café. Tout le monde pleurait et sanglotait.

– Mona, mon ange, y a-t-il des petits gâteaux quelque part?

– Mona, c'est toi qui l'as trouvée?

– CeeCee et Gifford étaient comme des sœurs jumelles.

– Mais non, pas du tout.

– Ce n'est pas une maladie, dit Mona.

Béa la prit par l'épaule, étonnée et triste.

– Je sais. C'est ce qu'Aaron m'a dit. On essaie de joindre toutes les femmes de New York et de Californie.

– Oui, toutes sans exception.

– Mon Dieu! Carlotta avait raison. Nous aurions dû brûler cette maison. Tout vient de la maison, n'est-ce pas?

– Et ce n'est pas terminé, Béatrice.

Elle descendit l'escalier, entra dans la salle de bains du bas, verrouilla la porte pour s'isoler du monde et fondit en larmes.

– Maman, maman, et merde!

Mais ce fut de courte durée. Il n'y avait pas de temps à perdre. Quelqu'un d'autre était mort. Les voix qu'elle entendait, dans le hall, le lui disaient. Quelqu'un poussa même un cri. Une autre morte.

Ryan était arrivé et l'appelait. Elle entendait les voix à travers l'épaisse porte de cyprès. Lindsay Mayfair avait été retrouvée morte à Houston, à midi. Sa famille venait d'appeler.

Mona sortit dans le hall. Quelqu'un mit un verre d'eau dans sa main. Elle le regarda sans savoir ce que c'était puis l'avala.

– Écoutez-moi tous, dit-elle en haussant la voix. Ce n'est pas une maladie. C'est quelqu'un. Quelqu'un qui va toutes les tuer. Voilà ce qu'il faut faire : dans chaque ville, toutes les femmes doivent se réunir dans la même maison et se tenir mutuellement compagnie. Personne ne doit quitter cette maison. Cela ne durera pas longtemps car nous allons l'arrêter. Nous sommes très puissants, tous ensemble...

Elle s'interrompit. Tout le monde s'était tu et un silence de plomb remplissait l'immense hall.

– C'est quelqu'un de très solitaire, dit-elle encore.

Seule Évelyne l'Ancienne continuait de sangloter :

– Mes chéries, mes petites chéries...

Béa se mit elle aussi à pleurer et Mona ne put se retenir de l'imiter.

– Ressaisis-toi, dit Pierce. J'ai besoin de toi.

Mona se reprit instantanément.

Dix-sept

SUITE DU RÉCIT DE JULIEN

Les jours qui suivirent la naissance de Mary Beth furent les plus sombres de ma vie. S'il m'est jamais arrivé de posséder un sens moral, ce fut bien à ce moment-là.

J'avais été un enfant précoce et, bien avant d'en avoir conscience, le meurtre, la sorcellerie et le mal, en général, faisaient déjà partie de mon univers quotidien. La guerre, le départ de ma sœur suivi de son viol avaient éclairé en moi ce que je soupçonnais déjà : pour être heureux, il me fallait vivre des situations intenses et extrêmes. La richesse ne me suffisait pas, pas plus que les plaisirs de la chair. Seule la prospérité de ma famille pouvait me faire respirer, et Dieu sait que je voulais respirer ! Je n'étais pas plus disposé à renoncer à la vie, à la santé, aux plaisirs, à la prospérité que Mary Beth lorsqu'elle avait poussé son premier cri.

Avant toute autre chose, je voulais apprendre à connaître ma fille et l'aimer. Pour la première fois, je compris pourquoi tant de contes et légendes étaient fondés sur le trésor tout simple qu'était un enfant, un héritier, un bébé.

Ma vie tenait à un fil et j'étais bien déterminé à ce qu'il ne cède pas. La question cruciale demeurait : que pouvais-je faire ?

Le démon rôdait en permanence autour du berceau de Mary Beth et tout le monde pouvait le voir. Il lui accordait ses faveurs et les yeux du nourrisson étaient déjà capables de le rendre solide et fort. En résumé, il protégeait ma fille et s'employait déjà à exercer sa flatterie sur elle en prenant mon apparence, en adoptant mon style et mes manières.

Je descendis en ville, à mon appartement de la rue Dumaine. Il pleuvait comme la nuit où j'étais allé à First Street. La pluie avait toujours eu le don à la fois de me porter sur les nerfs et de me rendre heureux. J'ouvris les portes-fenêtres et la laissai entrer, ruisseler sur la rambarde de fer et éclabousser mes rideaux de soie. Qu'est-ce que j'en avais à faire? J'avais les moyens de me payer des rideaux en or, si je le voulais.

Je m'allongeai sur le lit, les mains posées sous ma tête, et entrepris de dresser la liste de tous mes péchés. Pas mes péchés passionnels, je n'aurais jamais pu les compter tous, mais mes péchés par malveillance et cruauté.

Eh bien, songeai-je, tu as donné ton âme à ce démon. Que peux-tu lui donner de plus? Tu peux lui promettre de protéger le bébé et de lui donner des forces mais, encore une fois, le bébé le voit déjà. L'esprit saura lui enseigner ce qu'elle doit savoir.

La pluie s'arrêta et la lune apparut, inondant la rue de lumière. La réponse me vint instantanément.

Je lui donnerai ma forme humaine. Il possède déjà mon âme. Pourquoi ne pas lui donner ce qu'il imite sans arrêt? Je lui proposerai de posséder mon corps.

Bien entendu, il pourrait essayer de me muter et de me tuer. Mais, d'après nos expériences passées, il me semblait qu'il avait besoin de moi et de ma mère pour muter non seulement les corps mais aussi les plantes. S'il avait été capable de le faire tout seul, il ne nous aurait jamais demandé notre aide.

Le risque était calculé. Je le laisserais vivre en moi, marcher, danser et voir, mais pas me muter.

Sans être certain qu'il pouvait m'entendre à si longue distance, je l'invoquai tout de même.

Quelques secondes plus tard, il se matérialisa près du miroir ovale, dans l'angle de la pièce. Il se volatilisa presque aussitôt, après m'avoir souri et montré qu'il portait le genre de vêtements raffinés qui faisaient mon style.

– Tu veux devenir chair et os? demandai-je. Tu veux voir avec mes yeux? Pourquoi n'entres-tu pas en moi? Viens t'installer dans mon enveloppe charnelle et faire de moi ce que tu voudras, aussi longtemps que tu en auras le pouvoir.

– Tu ferais ça pour moi?

– Je ne doute pas que mes ancêtres t'aient déjà fait cette proposition. Deborah ou Charlotte ont dû le faire avant moi.

« Ne te fiche pas de moi, Julien, dit-il de sa voix secrète glaciale. Tu sais que je ne veux pas entrer dans un corps de femme. »

– Un corps est un corps.

– Je ne suis pas une femme.

– Eh bien, c'est aujourd'hui à un sorcier de sexe masculin que tu as affaire. Ma proposition tient toujours. Tel devait être mon destin. Viens, je t'invite. Je m'ouvre à toi, ce sera le stade ultime de notre intimité.

– Ne te moque pas de moi. Tu sais très bien que quand je te fais l'amour, c'est d'homme à homme.

Je souris sans rien dire. Son orgueil de mâle m'amusait énormément et me renforçait dans l'idée que cette créature était complètement puérile. Je le détestais au plus haut point mais il me fallait absolument enfouir ce sentiment au plus profond de moi. Je rêvai donc à ses baisers et ses caresses.

– Après, tu pourras me récompenser comme tu le fais si bien, dis-je.

– Tu auras du mal à le supporter.

– Pour toi, je le ferai. Tu as beaucoup fait pour moi.

– Et maintenant, tu me crains.

– Oui, un peu. Je veux vivre. Je veux m'occuper de Mary Beth. Elle est ma fille.

Silence.

– Entrer en toi... dit-il enfin.

– Oui, fais-le.

– Et tu n'essaieras pas de m'expulser avec ton pouvoir?

– Je ferai de mon mieux pour me comporter en parfait gentleman.

– Tu es si différent d'une femme!

– Vraiment?

– Tu ne m'aimes pas comme elles.

– J'en aurais long à dire là-dessus, dis-je. Mais, en tout cas, je t'assure que toi et moi pouvons continuer à servir mutuellement nos desseins. Si les femmes sont trop prudes pour te parler comme je le fais, je parie qu'elles ont d'autres moyens pour parvenir à leurs fins.

– Rire.

– Tu pourras rire pour de bon quand tu seras en moi. Tu le sais.

La pièce devint totalement silencieuse. La pluie avait cessé. La galerie luisait dans le clair de lune. J'avais une sensation de vide. Tous les poils de mon corps étaient hérissés. Je m'assis et me préparai psychologiquement. À quoi, je ne savais pas trop. Et puis, soudain, il fondit sur moi, m'entoura et m'enveloppa. Je me sentis défaillir et tous les sons extérieurs se mêlèrent en un énorme rugissement.

Je me levai et marchai en titubant. J'étais comme perdu dans les ténèbres. C'était cauchemardesque. L'escalier apparut devant moi, puis la rue. Des gens me faisaient des signes et des voix disaient: « Alors, Julien? »

J'avais conscience d'être en train de marcher mais je ne sentais pas le sol sous mes pieds. Aucun mouvement de balancier dans ma démarche. Une sorte d'apesanteur. La peur me prit au ventre. Je ne tentai pas de lutter mais de me détendre, de me laisser absorber. J'avais l'impression de perdre conscience.

Les heures qui suivirent furent d'une totale confusion.

Il était 2 heures du matin lorsque j'eus ma première pensée cohérente. J'étais assis dans un café, devant une petite table au plateau de marbre. Je fumais une cigarette. Mon corps était exténué et douloureux. Je regardais fixement le serveur, qui se pencha vers moi et me demanda, pour la sixième fois peut-être :

– Un dernier verre avant la fermeture, monsieur?

– Une absinthe.

Ma voix sortait de ma gorge comme un murmure rauque. Toutes les parties de mon corps me faisaient mal.

– Espèce de salaud! dis-je de ma voix secrète. Qu'est-ce que tu as fait?

Aucune réponse. Il était bien trop fatigué pour répondre. Il m'avait possédé pendant des heures et avait fait je ne sais quoi sous ma forme. Mon Dieu! Mes vêtements et mes chaussures étaient maculés de boue. Mon pantalon avait été enlevé et remis n'importe comment. Ainsi, nous avions fait l'amour. Avec une femme ou avec un homme? Et quoi d'autre? Je me le demandais.

Je pris le verre d'absinthe fraîche et l'avalai d'un trait. Je me levai et faillis tomber. Ma cheville était douloureuse. J'avais du sang sur les jointures des doigts.

– Nous nous sommes battus?

Je réussis à retourner chez moi. Mon serviteur, Christian, un homme de couleur ayant du sang Mayfair, très bien payé, très élégant et souvent sarcastique, m'attendait. Je lui demandai si mon lit était prêt et il me répondit, à sa façon habituelle :

– À votre avis?

Je m'affalai et le laissai me déshabiller et emporter mes vêtements. Je réclamai une bouteille de vin.

– Vous en avez eu assez.

– Va me chercher du vin ou je t'étrangle.

Il me rapporta une bouteille.

– Fiche le camp, lui ordonnai-je.

Il partit. Allongé dans l'obscurité en buvant du vin, je tentai de me rappeler ce que j'avais fait. La rue, la sensation d'ivresse, des voix me parvenant à travers une grande étendue d'eau. Des souvenirs précis finirent par émerger. J'étais allé dans la vallée, j'avais rassemblé les gens et nous étions entrés en procession dans la cathédrale. Elle était encore plus magnifique que je ne l'avais imaginé, entièrement décorée de branches et de feuillages. Je tenais l'Enfant Jésus. Les chants étaient euphoriques et des larmes coulaient sur mon visage. J'étais chez moi. Je levais les yeux vers les immenses vitraux. Oui, entre les mains de Dieu et des saints, songeai-je.

Je me réveillai en sursaut. Quel étrange souvenir! Cela se passait en Écosse, nul doute là-dessus. Mais oui, bien sûr! C'était Donnelaith! Et cela devait se passer bien des siècles auparavant. Et, pourtant, ce souvenir m'appartenait bien.

Je me précipitai vers mon bureau et griffonnai tout ce que je pus me rappeler. L'esprit apparut, faible et flou. Sa voix n'était qu'un filet.

– Que fais-tu, Julien?

– Je pourrais te demander la même chose, dis-je. Tu as passé du bon temps.

– Oui, et j'ai envie de recommencer. Maintenant, ce serait bien, mais je suis trop faible.

– Tu m'étonnes! Débarrasse-moi le plancher, maintenant. Nous le referons...

– ... dès que nous pourrons.

– C'est ça, c'est ça!

J'enfouis les feuilles de papier dans le tiroir du bureau. Je m'allongeai et tombai dans un profond sommeil. À mon réveil, le soleil brillait et je savais être retourné dans la cathédrale. Je me rappelais le vitrail en rosace. Je me rappelais le saint sculpté sur la plaque tombale. Et les gens qui chantaient...

Qu'est-ce que tout cela signifiait? Le démon serait-il en fait un saint? Non, plutôt un ange déchu. Ou alors, il servait un saint, le vénérait et puis... Et puis quoi?

Le plus troublant de l'affaire était que mes souvenirs étaient ceux d'un mortel. La créature m'avait dit un jour qu'elle se rappelait avoir déjà été chair et os. Ces souvenirs étaient donc les siens! Il me les avait transmis parce que j'étais peut-être le seul à pouvoir les analyser. En fait, il connaissait leur existence mais n'avait pas la capacité de réfléchir. D'une manière générale, il se servait donc de nous pour penser. Il ne pouvait apprendre que par moi ce qu'il avait été avant.

Une idée germa dans mon esprit : chaque fois que je renouvellerais cette expérience, je m'efforcerais d'emmagasiner le plus possible de ces souvenirs. Être le démon, connaître le démon et, pour finir, connaître la vérité sur lui. Espèce de saloperie de fantôme, me dis-je. Tu es juste quelqu'un qui veut renaître. Tu en demandes toujours plus. Tu as déjà été vivant mais tu n'es ni sage ni éternel. Reste en enfer!

J'étais si épuisé que je dormis toute la journée.

Le soir, je me rendis à Riverbend, ordonnai à l'orchestre de jouer *Dixie* et m'assis près de ma mère. Mais elle ne se laissa pas convaincre.

– D'abord, il est tout-puissant et a toujours existé, dit-elle.

– Tu parles!

– Ensuite, il saura si tu dresses ton esprit contre le sien et il te tuera.

– Là, je suis d'accord.

Je ne me confiai plus jamais à elle. Je me demande même si je lui ai reparlé par la suite. De toute façon, elle se fichait pas mal de ce que je disais.

J'allai dans la nursery. Le démon rôdait près du berceau. Je l'aperçus l'espace d'une seconde. Il était habillé comme moi et couvert de boue. Espèce de crétin! me dis-je. Je souris.

– Tu veux entrer en moi maintenant?

– Non, pour l'instant je reste avec le bébé. Regarde comme elle est belle. Elle a tes dons de sorcellerie. Les tiens et ceux de ta grand-mère et de ton arrière-grand-mère. Et dire que j'aurais pu te détruire!

– Qu'est-ce que tu apprends quand tu es dans mon corps?

Il resta longtemps silencieux. Il apparut, plus brillant, cette fois. Mon portrait craché, comme on dit. Il me fixa des yeux, sourit et essaya de rire. Mais rien ne sortit de sa bouche et il se volatilisa. J'avais juste eu le temps de me rendre compte que sa capacité de mimétisme s'était encore renforcée.

Je sortis de la pièce. Je savais ce que je devais faire : étudier le problème pendant que le démon était occupé avec le bébé. Et le laisser prendre possession de moi quand il le voudrait, tant que je le supporterais.

Les mois passèrent. Une grande fête fut donnée pour le premier anniversaire de Mary Beth. La ville revivait; la guerre était loin. Il y avait de l'argent partout et, en ville, de superbes demeures sortaient de terre.

Le démon me possédait en moyenne une fois par semaine. Ni l'un ni l'autre ne pouvions faire plus. Cela durait quatre ou cinq heures puis, d'un seul coup, je redevenais moi-même. Quand il me quittait, je me retrouvais dans les situations les plus diverses. Ce pouvait être dans un lit, avec un homme. Il avait donc des goûts aussi éclectiques que les miens.

Nous n'avions rien à voir avec le Dr Jekyll et Mr Hyde. Lorsqu'il était à l'intérieur de moi, il était adorable avec tout le monde. Angélique, pourrait-on dire.

– Mon chéri, tu as été si gentil la nuit dernière de m'offrir ces perles, me dit un jour une maîtresse.

– Quoi?

Ce genre de chose. Je finis également par comprendre que, lorsqu'il me possédait, je passais auprès des gens pour un ivrogne invétéré. Ma réputation en prit un sacré coup alors que, en réalité, je détestais être diminué par les vapeurs de l'alcool. J'étais donc souvent la cible de petits sourires et de moqueries : « Eh bien, dis donc, tu étais dans un de ces états, cette nuit! » « Ah bon? Je ne m'en souviens même pas! »

La vision de la cathédrale me hantait jour et nuit. Je voyais de vertes collines et, parfois, un château qui m'aparaissait comme à travers un vitrail transparent. Je voyais la lande et la brume. Chaque fois, un sentiment de terreur insupportable envahissait ma mémoire, au point que je ne comprenais plus rien. Si j'essayais de passer outre, une souffrance insoutenable s'emparait de moi.

Je me refusais à en discuter avec le démon. Quant à ce que j'apprenais quand il était moi... cela semblait ne relever que de la pure sensualité. Il s'empiffrait, dansait, faisait des ravages, se battait. Parfois, il en sortait désespéré : « Il faut que je sois moi-même en chair et en os », se lamentait-il.

D'autre part, il me paraissait évident que, pendant qu'il jouait mon rôle, il accumulait des informations. Il en parlait avec un enthousiasme lyrique mais, comme toujours, il était incapable d'en faire quelque chose de concret.

Nous parlions, par exemple, des temps qui changeaient. Du chemin de fer, qui avait porté un coup dur au commerce fluvial, de la mode, de la photographie, qui exerçait sur lui une incroyable fascination. Il allait souvent se faire photographier quand il était dans mon corps. Ivre et maladroit comme il était, il avait du mal à se tenir tranquille devant l'appareil. Et il oubliait fréquemment les photos dans mes poches.

Mais il lui restait un long chemin à parcourir. Il était déterminé à devenir humain. Prendre ma place ne lui suffisait pas. Par ailleurs, son adoration pour Mary Beth était sans bornes.

Au bout d'un moment, il arrivait que plusieurs semaines s'écoulent avant qu'il n'ait le courage de me posséder. Cela m'arrangeait bien car je mettais chaque fois deux jours à m'en remettre. À mesure que Mary Beth grandissait, elle lui servait d'excuse. Tant mieux pour moi : ma réputation était suffisamment ternie et je commençais à me faire vieux.

Mary Beth gagnait chaque jour en beauté et, le temps passant, cela commençait à me troubler. Je détestais qu'on la considère comme ma nièce et non ma fille. Je voulais des enfants à moi, surtout des fils.

Je menais une vie somme toute équilibrée et, malgré les assauts répétés du démon, mon esprit restait intact. Je gagnais beaucoup d'argent grâce aux nouvelles entreprises de l'après-guerre, la construction, le commerce, la fabrication de coton, et je saisissais toutes les opportunités. J'avais également compris que, pour que ma famille reste riche, il me fallait étendre ses intérêts au-delà de La Nouvelle-Orléans. La ville connaissait des hauts et des bas et, en tant que cité portuaire, commençait à perdre de son importance.

Je fis mes premiers voyages à New York lors des premières années d'après-guerre. Le démon ayant ses occupations à la maison, je vivais à Manhattan en homme libre. C'est ainsi que je commençai à me bâtir une solide fortune.

Quant à mon frère Rémy, je lui rendais souvent visite à First Street, où il s'était installé.

Avec le temps, me convainquant que j'avais les mêmes droits que tout honnête homme, je tombai amoureux de ma jeune cousine Suzette, dont l'innocence me rappelait Katherine. Je me préparai donc à m'installer en maître à First Street, sous le même toit que Rémy et sa famille, qui y coulaient des jours heureux.

Vers cette époque, j'eus une autre révélation. Les souvenirs de la cathédrale, de la lande et du bourg de Donnelaith, que je continuais de me « rappeler », commencèrent bientôt à prendre la forme d'images de plus en plus claires. Je ne progressais jamais beaucoup dans le temps mais des détails bien plus précis se formaient. Je m'aperçus ainsi que cette espèce d'exaltation que je vivais dans mon rêve de la cathédrale était, tout simplement, l'amour de Dieu.

J'en eus la confirmation un matin. Je me trouvais devant la cathédrale Saint-Louis, à Jackson Square, lorsque j'entendis un chant ravissant. J'entrai dans la bâtisse. De jeunes quarteronnes, toutes très belles, des « enfants de couleur », comme on les appelait, faisaient leur première communion. La cérémonie était grandiose, avec toutes ces enfants du Christ vêtues de blanc et portant chacune un chapelet et un livre de prières blanc.

L'amour de Dieu. Voilà ce que je ressentis dans la cathédrale Saint-Louis. Exactement comme dans celle de Donnelaith. J'étais stupéfait. Je passai le reste de la journée à errer en ressassant ce sentiment et en faisant de mon mieux pour m'en débarrasser.

Je revoyais Donnelaith, ses maisons de pierre, sa petite place et la cathédrale au loin, cette somptueuse église gothique des temps anciens.

Je finis pas m'asseoir dans un café. Comme à mon habitude, je bus un verre de bière fraîche, puis j'appuyai ma tête sur le mur derrière moi.

Le démon était là, invisible.

– A quoi penses-tu ?

Avec prudence, je le lui racontai.

Il resta silencieux, manifestement troublé.

Puis, d'une voix timide, il dit :

– Je serai chair et os.

– Je n'en doute pas, répondis-je. Mary Beth et moi avons juré de t'aider.

– Très bien. Alors je te montrerai comment revenir. C'est possible, tu sais. D'autres l'ont déjà fait.

– Pourquoi cela prend-il si longtemps pour toi ?

– Le temps n'existe pas, là où je suis. Quand je suis dans ton corps, j'en perçois la notion. Je la mesure au bruit et au mouvement. Mais, sinon, je suis hors du temps. Je vois loin. Je me vois revenir et, alors, tout le monde souffrira.

– Tout le monde?

– Tout le monde, sauf ceux de notre clan. Le clan de Donnelaith. Tu en fais partie et moi aussi.

– Tu veux dire que tous nos cousins, nos ascendants et nos...

– Oui, ils sont tous bénis. Ce sont les êtres les plus puissants du monde. Regarde ce que j'ai accompli à ton époque. Je peux faire plus, bien plus. Et quand je serai à nouveau un être humain, je serai l'un des vôtres.

– Promets-le-moi.

– Vous serez tous respectés. Tous sans exception.

Je fermai les yeux et vis la vallée, la cathédrale, les cierges, la procession des villageois, l'Enfant Jésus. Le démon criait de douleur.

Aucun bruit nulle part. Juste la rue sinistre, le café, la porte ouverte, la brise, et le démon qui hurlait. J'étais le seul à pouvoir l'entendre.

Mary Beth l'entendait-elle?

Il disparut. Autour de moi, le monde redevint normal, superbement ordinaire. Je me levai, me coiffai de mon chapeau, attrapai ma canne et traversai Canal Street en direction du quartier américain et du presbytère. Je ne connaissais même pas l'église. De construction récente, elle s'élevait au beau milieu d'un quartier d'immigrés irlandais et allemands.

Un prêtre irlandais vint au-devant de moi. Ils étaient fort nombreux à cette période car les Irlandais nous tenaient pour un peuple à évangéliser : ils comptaient bien convertir le monde entier comme ils avaient été eux-mêmes convertis à l'époque de saint Brendan l'Ancien.

– Écoutez-moi, lui dis-je. Si je voulais exorciser un démon, est-ce que savoir exactement qui il est, connaître son nom, s'il en a un, me faciliterait la tâche?

– Oui, répondit-il. Mais vous feriez mieux de vous en remettre aux prêtres. Savoir son nom serait très utile, effectivement.

– C'est bien ce que je pensais.

Je levai les yeux. Nous nous tenions à la porte du presbytère et, à notre droite, s'élevait le mur d'un jardin. Les arbres commencèrent à se balancer et les feuilles à tomber. Un vent si violent se leva que la cloche du petit clocher de l'église se mit à sonner.

– Je connaîtrai son nom, dis-je.

Plus les arbres bougeaient, plus les feuilles tourbillonnaient, plus je répétais distinctement ma phrase.

– Je connaîtrai son nom.

– Cela vaudrait mieux car les démons sont très nombreux. Il y a les anges déchus, les anciens dieux païens qui sont passés à l'état de démons à la naissance du Christ et même les Petites Gens, qui viennent de l'enfer, vous savez.

– Les anciens dieux païens? demandai-je, ignorant cet aspect de la théologie. Je croyais qu'ils n'avaient jamais existé, que notre Dieu était le seul et unique dieu.

– Oh si! ils ont existé. Mais ils étaient des démons. Ce sont les revenants et les fantômes qui nous hantent la nuit. Ils ont été destitués et cherchent à se venger. Pareil pour les personnages de légende, les Petites Gens. J'en ai déjà vu. En Irlande et ici.

– Puis-je me promener dans votre jardin? demandai-je en lui donnant une poignée de dollars.

Il était content. Il entra dans le presbytère pour m'ouvrir la porte de l'intérieur du jardin.

– J'ai l'impression qu'un orage se prépare, dis-je. Cet arbre va tomber.

– Entrez, dit-il. J'aime les orages. Je vais fermer la porte.

Je me retrouvai seul au milieu des arbres, dans le petit jardin peu entretenu où les belles-de-jour poussaient à l'état sauvage, parsemées çà et là de lys roses qui ajoutaient des taches de couleur. Dans une sorte de grotte couverte de mousse verte se tenait une statue de la Vierge. Le vent était déchaîné. Les arbres se balançaient dans tous les sens, les lys étaient couchés comme si quelque botte invisible avait marché dessus. Je dus poser ma main sur le tronc d'un arbre pour ne pas perdre l'équilibre. Je souris.

– Eh bien? Qu'est-ce que tu vas me faire? M'arroser de feuilles? Tu peux faire tomber la pluie, si tu veux. Je me changerai en rentrant à la maison. Espèce de saloperie!

J'attendis. Les arbres redevinrent tranquilles. Quelques gouttes d'eau tombèrent sur le chemin de brique. Je me penchai pour ramasser un lys écrasé.

J'entendis un bruit de pleurs. Non pas audible à l'oreille, mais dans mon esprit. C'étaient des sanglots désespérés.

Ils contenaient plus que du chagrin. De la dignité. Et ils étaient plus terribles que les sourires ou les expressions du visage qu'il ait jamais faits pour m'effrayer. Cette tristesse se mélangea avec l'euphorie de mes souvenirs.

Des paroles en latin me vinrent à l'esprit, mais je ne les connaissais pas vraiment. Elles jaillirent de moi comme si j'avais été un prêtre en train de réciter une litanie. J'entendis des cornemuses et des cloches.

– C'est le glas du diable, dit quelqu'un. Chaque veille de Noël, les cloches sonnent pour rejeter les démons hors de la vallée, pour effrayer les Petites Gens.

Puis le ciel redevint calme. J'étais seul. Le jardin était plongé dans le silence. C'était à nouveau La Nouvelle-Orléans et le chaud soleil du Sud brillait au-dessus de moi. Le prêtre passa la porte.

– Merci, mon Père, dis-je en portant la main à mon chapeau.

Je m'en allai. Les rues étaient baignées de soleil et balayées par la brise. Je rentrai à First Street en traversant Garden District. Mary Beth était assise sur les marches du perron. Il était avec elle, une ombre, un être aérien. Tous deux eurent l'air contents de me voir.

Dix-huit

L'éclairage de la station-service formait un îlot de lumière dans les marais obscurs. La petite cabine téléphonique n'était qu'une feuille de plastique entourant un appareil en chrome. Les petites touches étaient maintenant complètement floues. Impossible de composer un autre numéro, tant elle avait la vue brouillée.

Encore une fois, la ligne était occupée.

– Essayez de les interrompre, je vous en prie, demanda-t-elle à l'opératrice. Je dois absolument joindre Mayfair & Mayfair. Ils ont des lignes groupées. Essayez encore. Dites que c'est un appel urgent de la part de Rowan Mayfair.

– Madame, ils n'accepteront pas d'être interrompus. Il y a déjà d'innombrables demandes d'interruption pour ce numéro.

Le routier était remonté dans sa cabine. Elle entendit le moteur démarrer. Elle lui fit signe d'attendre et donna en hâte le numéro de chez elle à l'opératrice.

– C'est chez moi, faites le numéro pour moi, s'il vous plaît. Je n'arrive pas à lire les chiffres sur ce cadran.

La douleur la reprit et l'enveloppa entièrement. C'était comme une douleur menstruelle, en pire.

– Michael, réponds je t'en prie. Réponds...

Personne ne décrochait.

– Madame, nous avons laissé sonner vingt fois.

– Écoutez, il faut absolument que je joigne quelqu'un. Continuez à appeler, s'il vous plaît.

L'opératrice commença à protester mais un bruit tonitruant de moteur diesel couvrit ses paroles. Un jet de fumée sortit du tuyau dressé à l'avant du camion.

Elle se retourna. Le combiné lui échappa des mains et heurta le plastique de la cabine. Le conducteur du camion lui fit signe de venir.

Mère, aide-moi. Où est père?

Tout va bien, Emaleth. Reste tranquille et sois patiente.

Elle fit un pas en avant et s'écroula sur l'asphalte. Ses genoux cognèrent le sol et elle se sentit défaillir.

Mère, j'ai peur.

Accroche-toi, mon bébé. Tiens bon.

Elle posa les mains par terre pour se relever. Elle s'était juste écorché les genoux. Deux hommes sortirent du bureau de la station-service et se précipitèrent vers elle. Le routier était descendu du camion et l'aidait à se relever.

– Tout va bien, madame?

– Oui, allons-y, répondit-elle.

Elle regarda l'homme droit dans les yeux.

– Nous devons nous dépêcher, reprit-elle.

S'il n'avait pas été là, elle n'aurait jamais pu se relever. Elle s'appuya sur son bras. Au-dessus des marais, le ciel était pourpre.

– Vous avez réussi à les joindre?

– Non. Nous devons continuer notre route.

– Il faut que je m'arrête à Saint Martinville. Je ne peux pas faire autrement. Je dois prendre livraison de...

– Je comprends. Je téléphonerai de là-bas. Allons-y. Emmenez-nous loin d'ici.

Ici. La station-service isolée au bord des marais, le ciel pourpre, les étoiles brillantes et la lune qui se levait.

Il la souleva sans effort et la posa sur le siège. Il fit le tour de la cabine, monta, claqua la porte et appuya sur la pédale d'accélérateur.

– Nous sommes toujours au Texas? demanda-t-elle.

– Non, madame, en Louisiane. Je voudrais vraiment vous emmener chez un médecin.

– Je vais très bien.

Au même moment, une onde de douleur la submergea. Elle se retint pour ne pas crier.

Emaleth, pour l'amour de Dieu et de ta mère.

Mais, mère, c'est de plus en plus petit ici. J'ai peur. Où est père? Est-ce que je peux naître sans lui?

Ce n'est pas encore le moment, Emaleth.

Elle soupira et tourna la tête vers la route. L'énorme camion roulait à cent trente à l'heure sur la route étroite bordée de fossés. Les phares ouvraient le chemin. Le chauffeur se mit à siffloter.

– Ça vous gêne si j'allume la radio, madame?

– Non, allez-y.

Un nouveau coup de poignard la transperça. Les douces voix des Judds s'élevèrent des haut-parleurs. Elle sourit. Musique diabolique. Un autre coup de poignard la projeta en avant et elle se retint au tableau de bord. Elle se rendit compte que, pas une seule fois, depuis son départ précipité, elle n'avait attaché sa ceinture de sécurité.

Mère...

Je suis là, Emaleth.

Le moment arrive.

Je ne crois pas. Reste tranquille. Attends que nous en soyons toutes les deux certaines.

Une autre onde douloureuse encercla son ventre. Un ultime coup de poignard et elle sentit quelque chose se rompre en elle. Un liquide se mit à couler entre ses jambes. Elle sentait de l'humidité mais, en même temps, elle avait l'impression que du sang coulait de son visage. Elle était au bord de l'évanouissement.

– Arrêtez le camion, s'il vous plaît.

Il ne saisit pas tout de suite.

– Vous avez besoin d'aide?

– Non, arrêtez le camion. Vous voyez les lumières, là-bas? C'est là que je vais. Arrêtez-vous tout de suite!

Elle lui adressa un regard impérieux. Il eut l'air intimidé, puis apeuré. Il stoppa l'engin.

– Vous connaissez quelqu'un qui habite là?

– Bien sûr.

Elle ouvrit la portière et descendit en trébuchant. Sa robe était trempée. Le siège devait l'être aussi et l'homme devait s'en être aperçu. Le pauvre! Tout cela devait lui paraître bien répugnant.

– Poursuivez votre route, et merci pour tout.

Elle claqua la portière mais elle l'entendit s'agiter à l'intérieur.

– Madame, votre sac! Non, vous m'avez déjà donné plein d'argent.

Le camion ne démarrait toujours pas. Elle descendit dans le fossé et remonta de l'autre côté, dans les hautes herbes. Elle entra dans un bois, au milieu d'un chœur de grenouilles. Elle se dirigea vers la lumière qui brillait droit devant elle. Elle entendit enfin le bruit du moteur et le camion s'éloigna.

Je cherche un endroit, Emaleth. Un endroit sec et confortable. Reste tranquille et sois patiente.

Mère, je ne peux pas. Il faut que je sorte.

Elle était arrivée dans une clairière. Les lumières étaient très loin sur sa droite. Elle ne s'en souciait pas. Devant elle se trouvait une grande étendue d'herbe verte et un magnifique chêne, immense, qui se penchait comme s'il voulait désespérément atteindre les autres arbres.

Ce géant couvert de mousse sombre, qui se détachait sur le ciel étoilé, lui fit de la peine.

C'est magnifique. S'il te plaît, Emaleth, si je meurs, va voir Michael.

Une fois encore, elle se représenta le visage de Michael, le numéro de téléphone de la maison, son adresse, afin que le petit être en elle, qui savait ce qu'elle savait, les enregistre.

Mère, je ne peux pas naître si tu meurs. J'ai besoin de toi. J'ai besoin de père.

L'arbre, massif et pourtant gracieux, était très distinct. Elle vit, l'espace d'un instant, les forêts des temps anciens où des arbres comme celui-ci devaient servir de temples. Elle vit des prairies vertes, des collines couvertes de forêts.

Donnelaith, mère. Père a dit que je devais le retrouver à Donnelaith.

– Non, chérie, dit-elle à voix haute.

Elle s'affala contre le tronc du chêne à la surface rugueuse mais à la douce odeur familière. On aurait dit un rocher. Il était certainement vivant. Non pas à sa base, où les racines ressemblaient à de la pierre, mais tout là-haut, là où les branches remuaient dans le vent.

– Va voir Michael, Emaleth. Et raconte-lui tout.

J'ai mal, mère. J'ai mal.

– Rappelle-toi, Emaleth. Il faut que tu ailles voir Michael.

Mère, ne meurs pas. Il faut que tu m'aides à naître, que tu me donnes tes yeux et ton lait. Sinon, je resterai petite et inutile.

Elle s'éloigna du tronc jusqu'à un endroit où l'herbe était douce et soyeuse sous ses pieds, entre deux grosses branches courbées vers le sol.

Sombre mais agréable, cet endroit.

Je vais mourir, ma chérie.

Non, mère. Je viens. Aide-moi!

Sombre mais agréable. Un tapis de feuilles et de mousse. Elle s'allongea sur le dos, le corps secoué de contractions. La lune était magnifique.

Elle sentit une nouvelle coulée de liquide chaud entre ses cuisses puis une douleur insoutenable, en même temps que quelque chose de doux et humide la caressait. Elle souleva une main, incapable de coordination, incapable de la poser entre ses jambes.

Mon Dieu! L'enfant était-il déjà sorti de son ventre? Était-ce sa main qui touchait sa cuisse? Un voile d'obscurité l'entoura, comme si les branches s'étaient refermées sur elle. Puis la lune brilla à nouveau, donnant un instant à la mousse une couleur grise. Sa tête roula sur le côté. Des étoiles tombaient du ciel pourpre. Le paradis.

– J'ai commis une erreur, une terrible erreur, dit-elle. J'ai péché par orgueil. Dis-le à Michael.

La douleur l'écartela. Elle en connaissait la cause : le col de son utérus s'ouvrait. Elle ne put s'empêcher de crier. Elle sentit que la douleur se renforçait puis, plus rien. Emergeant de la souffrance extrême, elle essaya de bouger ses bras pour aider Emaleth, mais en vain.

Elle sentit quelque chose de lourd et de chaud sur ses cuisses. Puis sur son ventre. Une chaude humidité toucha ses seins.

– Mère, aide-moi !

Dans l'obscurité, elle vit le contour flou d'une petite tête au-dessus d'elle. On aurait dit la tête d'une religieuse, entourée d'un voile de longs cheveux noirs et humides.

– Mère, vois-moi. Aide-moi ! Sinon, je resterai petite et inutile.

Le visage était juste au-dessus d'elle, les grands yeux bleus plongeaient dans les siens. Une main mouillée se referma sur son sein et fit jaillir une giclée de lait.

– Es-tu ma petite fille ? cria-t-elle. Ah ! l'odeur de père. Es-tu ma petite fille ?

L'odeur était la même. La même que lorsqu'il était né. L'odeur de quelque chose de brûlant, de chimique et dangereux. Elle sentit les bras l'encercler, les cheveux humides sur son ventre, la bouche se refermer sur son sein et cette délicieuse sensation de succion qui fit rayonner son corps de plaisir.

La douleur avait disparu. Complètement. Les ténèbres de la nuit parurent l'envelopper et la retenir dans les feuilles mortes, sur le lit de mousse, sous le poids du petit être juché sur elle.

– Emaleth !

– Oui, mère. Le lait est bon. Je suis née.

– Je veux mourir. Je veux que tu meures. Que nous mourions toutes les deux. Meurs !

Mais il n'y avait plus à s'inquiéter. Elle avait l'impression de flotter entre ciel et terre et Emaleth buvait son lait à longs traits. Elle ne pouvait pas faire grand-chose. Elle ne sentait même pas ses bras et ses jambes. Juste la succion. Je veux ouvrir les yeux. Je veux voir les étoiles.

– Elles sont si belles, mère. Elles pourraient me guider jusqu'à Donnelaith s'il n'y avait pas la mer à traverser.

Elle eut envie de dire : Non, pas Donnelaith. Elle voulut prononcer le nom de Michael. Mais elle ne savait plus où elle en était. Tout se brouillait dans son esprit. Qui était Michael ?

– Mère, ne m'abandonne pas !

Elle ouvrit les yeux pendant une précieuse seconde. Le ciel pourpre était bien là. L'immense chêne aussi. Mais cette femme qui sortait de l'obscurité, telle une excroissance de chaleur, de terre...! Ce ne pouvait pas être sa fille ! C'était un monstre...!

– Non, mère. Je suis belle. S'il te plaît, ne m'abandonne pas.

Dix-neuf

La situation n'était pas juste embarrassante, elle était complètement dingue. Cela faisait quarante-cinq minutes qu'il parlait au téléphone avec les types du Keplinger Institute.

– Écoutez, dit le jeune médecin à l'autre bout du fil. Il semblerait que vous soyez venu en personne et que vous ayez pris le dossier en disant qu'il était top secret.

– Mais enfin! Je me tue à vous dire que je suis à La Nouvelle-Orléans, en Louisiane. J'y ai passé toute la journée d'hier. Je suis à l'hôtel Pontchartrain avec les gens de Mayfair & Mayfair. Et je n'ai rien pris du tout. Donc, vous me dites que tout le dossier a disparu?

– Exactement, docteur Larkin. Disparu. À moins qu'il en existe une copie quelque part et que je ne puisse y accéder. Mais je ne crois pas... Je peux...

– Et Mitch? Comment va-t-il?

– Très mal, docteur Larkin. Je ne pense pas qu'il va s'en sortir. Sa femme est sur une autre ligne, je vous rappelle plus tard.

– Non. À votre place, je me mettrais à l'abri. Vous savez très bien ce qui s'est passé. Quelqu'un a tout simplement sorti de l'institut tout ce que Rowan Mayfair m'avait confié, tout ce sur quoi Flanagan travaillait. Vous avez fait une sacrée gaffe, mon vieux! En plus, Flanagan est dans un état critique et incapable de communiquer.

Il y eut un silence. Puis la même voix jeune reprit:

– Rectification, docteur. Flanagan est mort il y a vingt minutes. Je vous rappelle.

– Vous feriez mieux de retrouver tous les dossiers et les fichiers informatiques de chaque expérience menée par Mitch Flanagan pour le Dr Samuel Larkin.

– Vous avez une preuve que vous nous les avez remis?

– J'ai tout apporté avec moi.

– Et vous les avez apportés vous-même? Ce n'était pas quelqu'un qui s'est fait passer pour vous? Comme le médecin d'hier qui n'était pas vous. Il a pourtant donné votre identité. Ah! Je suis en train de visionner la bande vidéo. Elle est datée d'hier à 4 heures de l'après-midi. C'est un homme grand aux cheveux foncés, il sourit et il montre sa pièce d'identité à la caméra. C'est un permis de conduire de Californie au nom du Dr Samuel Larkin. Et vous dites que vous êtes Samuel Larkin et que vous vous trouvez à La Nouvelle-Orléans?

Lark était incapable de parler. Il se racla la gorge.

Il se rendit compte qu'il était en train de regarder fixement Ryan

Mayfair qui l'observait depuis un moment. Les autres attendaient toujours dans la salle de conférences d'à côté : un cercle de visages solennels autour d'une table en acajou.

– OK, docteur Barry, dit Lark. Je vais demander à mon avocat de vous envoyer mon signalement et une copie de mon passeport, de mon permis de conduire et de ma carte d'identité de l'hôpital universitaire. Vous verrez que je ne suis pas le type de la bande vidéo. Au fait, gardez-la et ne la donnez pas au premier venu qui vous ferait un sourire et prétendrait être la réincarnation de J. Edgar Hoover. Samuel Larkin, c'est moi. Lorsque vous parlerez à Martha Flanagan, présentez-lui mes condoléances. Et ne vous occupez pas de prévenir la police de San Francisco. Je m'en charge.

– Vous perdez votre temps, docteur. Nous ne pouvions pas savoir que cet homme n'était pas qui il prétendait être. Et oubliez la police car vous savez aussi bien que moi que...

– Je vous conseille de retrouver les dossiers. Il doit bien y en avoir une copie quelque part!

Il raccrocha sans attendre la réponse.

Il fulminait de rage et, en même temps, était complètement abasourdi. Flanagan était mort. Il avait été renversé par une voiture en traversant California Street. À sa connaissance, aucun piéton n'avait jamais eu d'accident à cet endroit-là. Il regarda Ryan, incapable de prononcer une parole. Il composa à nouveau le 415 et un numéro qu'il connaissait par cœur.

– Darlene, dit-il. Ici Samuel Larkin. Il faut que vous envoyiez des fleurs à Martha Flanagan. Tout de suite. À l'instant. Oui, c'est parfait. Signez simplement « Lark ». Merci.

Ryan sortit de l'ombre, tourna le dos à Larkin et entra dans la salle de conférences.

Lark attendit un moment. Son visage était trempé de sueur. Il était épuisé et n'arrivait pas à réfléchir. Tant de pensées contradictoires dans son esprit. Tant de violence, d'impatience, de... Il était complètement éberlué. Mitch et lui avaient si souvent remonté ensemble Grant Avenue pour aller manger des pâtés impériaux et du riz chez Goœy Louie. C'était une sorte de rituel depuis New York et l'école de médecine.

Il se leva, ignorant ce qu'il allait dire. Comment leur expliquer tout cela?

Il entendit s'ouvrir la porte derrière lui et constata avec soulagement que c'était Lightner. Il portait une chemise en papier kraft à la main. Il avait l'air très fatigué, et désemparé.

Ils entrèrent ensemble dans la salle de conférences. Comme ces gens avaient l'air calmes. Tous ces hommes et ces femmes aux yeux rougis par le chagrin avec leurs vêtements de juristes.

– Eh bien... j'ai des nouvelles très troublantes, dit Lark.

Il sentait le rouge lui monter au visage. Il posa ses mains sur le dossier d'une chaise en cuir. Il n'avait pas envie de s'asseoir. Il aperçut un reflet déconcertant de sa silhouette dans les vitres lointaines. Les lumières de la ville scintillaient au-dehors.

– Le dossier médical a disparu? interrogea Ryan, sans l'ombre d'un reproche dans sa voix.

– Je le crains... enchaîna Lark. Le Dr Flanagan est... mort et personne n'arrive à mettre la main sur le dossier. Et puis quelqu'un... c'est très embarrassant...

– Nous comprenons, dit Ryan. Il s'est produit la même chose à New York hier après-midi. Tous les dossiers génétiques ont disparu. Et à l'institut génétique de Paris aussi.

– Je me trouve dans une position extrêmement gênante, dit Lark. Vous n'avez que ma parole pour croire que cette créature existe, que le sang et les tissus ont révélé ce mystérieux génome...

– Nous comprenons, dit Ryan.

– Je ne vous en voudrais pas si vous me flanquiez à la porte de ce bureau en me disant de ne plus jamais remettre les pieds par ici. Je ne vous en voudrais pas si...

– Nous comprenons, répéta Ryan en esquissant, pour la première fois, un sourire glacial et forcé. Les premiers résultats de l'autopsie menée sur Édith Mayfair et Alicia Mayfair indiquent une fausse couche dans les deux cas. Mais le tissu est anormal. Au stade où en sont les examens, tout semble corroborer ce que vous nous avez appris au sujet des échantillons que vous avez reçus. Nous vous remercions pour votre aide.

Lark était ahuri.

– C'est tout?

– Nous vous paierons pour le temps que vous y avez passé et rembourserons tous vos frais...

– Attendez! Qu'est-ce que vous comptez faire?

– À votre avis? répondit Ryan. Pensez-vous que nous allons donner une conférence de presse pour annoncer aux médias qu'un mutant de sexe masculin doté de quatre-vingt-douze chromosomes s'attaque aux femmes de notre famille, les insémine et, apparemment, les tue?

– Pas question que je reste les bras croisés à ne rien faire! Je ne supporte pas que l'on usurpe mon identité. Je vais retrouver ce type et...

– Vous ne le trouverez pas, dit Aaron.

– Vous voulez dire qu'il est l'un des vôtres?

– Si tel est le cas, vous ne pourriez jamais le prouver. Nous savons tous que c'est quelqu'un du Talamasca. Personne d'autre n'était au courant des recherches effectuées au Keplinger Institute. Personne à part vous et le regretté Dr Flanagan. Et puis Mayfair & Mayfair, quand vous les avez mis au courant. C'est tout. Il vaut mieux pour votre sécurité que vous retourniez à votre hôtel. Quant à moi, je me dois d'aider la famille. Car c'est une affaire de famille.

– Vous avez perdu la tête!

– Non, docteur Larkin, dit Lightner. Je veux que vous restiez à l'hôtel avec Gerald et Carl Mayfair. Ils vous attendent dehors pour vous ramener. Ne quittez surtout pas l'hôtel. Restez dans votre appartement jusqu'à ce que je me manifeste.

– Entendez-vous par là que quelqu'un veut s'en prendre à moi?

Ryan fit un petit geste pour réclamer l'attention. Il était toujours dans un angle de la pièce.

– Docteur Larkin, nous avons beaucoup à faire. Nous sommes une grande famille. Appeler tout le monde n'est pas une mince affaire. Et, depuis 5 heures, nous avons eu un nouveau décès dans la région de Houston.

– Qui est-ce? demanda Aaron.

– Clytee Mayfair. Elle n'habitait pas très loin de chez Lindsay et elle est morte pratiquement à la même heure. Nous pensons qu'elle a ouvert la porte à un visiteur environ une heure après que Lindsay eut fait la même chose à Sherman Oaks. Docteur Larkin, je vous en prie, retournez à votre hôtel.

– En d'autres termes, vous croyez tout ce que je vous ai dit. Vous croyez que cette créature est...

– Nous ne croyons pas, nous savons, dit Ryan. Maintenant, s'il vous plaît, je vous demande de vous installer confortablement à l'hôtel Pontchartrain en compagnie de Gerald et de Carl.

Aaron prit le bras de Lark avant qu'il ne proteste à nouveau et l'escorta jusque dans le couloir. Lark aperçut les deux jeunes gens aux costumes de couleur pâle et aux cravates de soie.

– Écoutez, euh... J'aimerais m'asseoir un instant, dit-il.

– À l'hôtel, dit Lightner.

– Ce serait donc vos collègues qui sont allés prendre le dossier au Keplinger?

– Je le crains fort, répondit Lightner d'un air visiblement désolé.

– Cela signifierait donc que ce sont eux qui ont tué Flanagan?

– Pas forcément. Je ne le crois pas. Je pense qu'ils ont... profité de cette opportunité. C'est tout ce que je crois pour l'instant. Tant que je n'aurai pas joint les Aînés à Amsterdam, tant que je n'aurai pas découvert qui ils ont envoyé à l'institut, je ne serai certain de rien.

– Je vois, dit Lark.

– Retournez à l'hôtel et reposez-vous.

– Mais ces femmes...

– Nous contactons tout le monde. Nous appelons tous les Mayfair de la création. Je vous appellerai dès que j'aurai du nouveau. En attendant, essayez de penser à autre chose.

– Penser à autre chose?

– Que pouvez-vous faire d'autre, docteur Larkin?

Lark allait dire quelque chose mais les mots ne vinrent pas. Il leva les yeux et vit que le jeune Gerald lui tenait la porte ouverte et que l'autre était impatient de partir, prêt à se retourner. C'était le moment d'y aller. Il leur emboîta le pas sans réfléchir.

L'entrée de l'immeuble était remplie d'agents de sécurité en uniforme, de policiers et de membres du personnel qui les regardèrent passer impassiblement. Lark aperçut l'énorme limousine à travers les portes vitrées.

– Et Rowan! s'écria-t-il. Est-ce que quelqu'un continue à la chercher?

Il s'arrêta brusquement. Il n'obtint pas de réponse. Ils n'avaient même pas l'air de l'entendre. Il n'avait plus qu'à entrer dans la voiture aux sièges de cuir. Une tourte aux noix de pacane. Voilà ce qu'il lui fallait. L'hôtel Pontchartrain faisait la meilleure qu'il ait jamais goûtée. Un bon café à la chicorée et une part de tourte aux noix de pacane, il ne demandait rien de plus.

– C'est ce que je vais prendre quand nous serons arrivés, dit-il à haute voix. Du café et de la tourte aux noix de pacane.

– Rien de plus simple, acquiesça Gerald, comme si Lark avait dit pour la première fois quelque chose de sensé.

Lark se mit à rire intérieurement. Il se demanda si Martha avait de la famille pour l'accompagner à l'enterrement de Flanagan.

Vingt

SUITE DU RÉCIT DE JULIEN

Passons à l'essentiel. Je n'ai pas vu de mes yeux le paysage féerique de Donnelaith avant l'année 1888. Mes « souvenirs » continuaient à refaire surface mais, le temps passant, ils étaient de plus en plus mêlés d'éléments très confus.

Mary Beth était devenue une puissante sorcière, plus vive, plus rusée et plus intéressante, sur le plan intellectuel, que Katherine, Marguerite et même Marie-Claudette, pour autant que je puisse en juger. Mais Mary Beth appartenait à une ère nouvelle, celle de l'après-guerre, l'« après-crinoline », comme on disait.

Elle poursuivait avec moi les trois objectifs que j'avais fixés : s'occuper de la famille, s'adonner à tous les plaisirs et faire de l'argent. Elle devint ma confidente et ma seule amie.

J'eus de nombreuses liaisons pendant ces années, avec des hommes et des femmes. J'étais marié. Ma tendre épouse, Suzette, que j'aimais beaucoup à ma façon égoïste, me donna quatre enfants. J'aurais voulu vous narrer tout cela car, d'une certaine façon, tous les actes d'un homme dépendent de son substrat moral et de ce qu'il est. Et cela était des plus vrais dans mon cas.

Mais le temps nous manque. Tout proche que je fusse de ma femme, de mes amants, maîtresses et enfants, mon amie était Mary Beth. Elle partageait avec moi le secret de Lasher ainsi que le fardeau et le danger qu'il représentait.

À cette époque, La Nouvelle-Orléans était devenue un lieu de stupre et de luxure et offrait un spectacle tout ce qu'il y avait de plus minable et violent. J'adorais cette atmosphère. Je m'en délectais et me sentais très à mon aise dans cet environnement. Je poursuivais mes passions. Habillée en garçon, Mary Beth me suivait partout où j'allais. Pendant que je protégeais mes fils en les envoyant étudier dans l'Est afin qu'ils se préparent à aborder le monde au sens large, je nourrissais Mary Beth d'aliments bien plus corsés.

Mary Beth était l'être humain le plus intelligent que j'aie jamais connu. Rien ne lui échappait, pas plus dans le domaine des affaires que dans celui de la politique. Elle était calme, déterminée, logique mais, par-dessus tout, imaginative et brillante. Elle avait toujours une vue d'ensemble sur tout.

Et elle s'aperçut très rapidement que ce n'était pas le cas du démon.

Laissez-moi vous donner un exemple. Au début des années 1880, un musicien nommé Henry l'Aveugle arriva à La Nouvelle-Orléans. Il était ce qu'on appelait un idiot savant, c'est-à-dire un petit prodige frappé d'idiotie. Il savait tout jouer sur son piano – Mozart, Beethoven, Gottschalk et les autres –, mais n'en était pas moins un arriéré mental.

Pendant l'un de ses concerts, Mary Beth griffonna un petit mot sur son programme et me le passa sous le nez du démon, si l'on peut dire, qui était totalement absorbé par la musique. « Henry l'Aveugle et Lasher : même forme d'intellect. »

Elle avait parfaitement raison. C'était un sujet encore très mystérieux, à l'époque. Aujourd'hui, dans le monde moderne, les connaissances se sont élargies sur les idiots savants, les autistes et les maladies de ce type. En fait, Mary Beth voulait dire que Lasher était incapable d'introduire une information ou une perception dans un contexte réel. Nous, les vivants, avons un contexte pour ce que nous savons et sentons. Lui, cette espèce de mort-vivant, en était dépourvu.

Ayant compris cela très tôt, Mary Beth ne considéra donc jamais l'esprit comme un être mythique. Lorsque je lui suggérai un jour qu'il était un fantôme vindicatif, elle haussa les épaules et envisagea cette éventualité.

Mais, contrairement à moi, et tout tenait à cela, elle ne méprisait pas Lasher.

Bien au contraire, elle éprouvait de l'amour pour lui. Il avait noué avec elle des liens sentimentaux étroits et s'était attiré de sa part une sympathie que je ne partageais en aucun cas.

Ainsi, elle acquiesçait à mes remarques ironiques et mes avertissements soigneusement dissimulés, elle me comprenait parfaitement et, pourtant, elle l'aimait : je compris pourquoi il avait toujours préféré les femmes aux hommes. En fait, il jouait sur un trait de caractère des femmes, simplement latent chez les hommes, qui les disposait davantage à tomber amoureuses de lui, à avoir pitié de lui, à être séduites par lui.

Bien entendu, c'est un préjugé de ma part. Je m'en ouvris un jour à Mary Beth, qui se mit à ricaner.

– Tu me fais penser aux juges de l'Inquisition. Leur théorie était que les femmes sont plus sensibles aux flatteries du diable parce qu'elles sont plus stupides que les hommes. Tu devrais avoir honte, Julien. Ne t'es-tu jamais demandé si je n'étais pas tout simplement plus capable d'aimer que toi ?

Ce fut un sujet de discussion qui dura toute notre vie.

Un jour, je suggérai que les femmes étaient, sur le plan moral, d'une faiblesse coupable et que l'on pouvait leur faire faire ce qu'on voulait. Elle répliqua calmement qu'elle se sentait responsable vis-à-vis de Lasher, que c'était une question d'honneur. Elle n'avait peut-être pas tort.

Quoi qu'il en soit, la créature m'inspirait toujours un sentiment d'aversion que Mary Beth ne partageait pas.

– Quand tu ne seras plus là, me dit-elle, il n'y aura plus que lui et moi. Il sera mon amour, mon refuge, mon témoin. Peu m'importe ce qu'il est et d'où il vient. Peu m'importe ce que je suis et d'où je viens.

Elle avait alors quinze ans. Elle était grande, solidement bâtie, avait des cheveux noirs et possédait une beauté sombre que certains hommes n'auraient pas trouvée séduisante. De nature calme, elle pouvait se montrer extrêmement persuasive. Tout le monde l'admirait et celui qui ne craignait pas son regard impassible et sa mâle assurance ne manquait pas d'être châtié.

J'étais impressionné. Surtout lorsque, après m'avoir assené un argument sans réplique, elle me souriait et faisait un de ses tours habiles qui ne manquait jamais de m'enchanter : elle prenait son épaisse natte de cheveux noirs, la détachait, laissait tomber la masse de ses cheveux sur ses épaules, la secouait et éclatait de rire. Par ce seul geste, ma compagne de discussions intellectuelles se transformait en une jeune fille en fleur.

Mary Beth partageait toutes mes ambitions. Dès sa plus tendre enfance, elle s'intéressa aux affaires de famille et, à l'âge de douze ans, participait déjà aux décisions que je prenais pour diversifier et étendre notre fortune. Le patrimoine des Mayfair était devenu une véritable machine à fabriquer de l'argent que rien ne pouvait arrêter.

Nous réalisions des opérations à Boston, New York, Londres et dans le sud des États-Unis. Nous faisions des placements partout où notre argent pouvait fructifier. Il produisait des bénéfices énormes que nous réinvestissions et cet effet boule de neige se poursuit encore aujourd'hui.

Mary Beth était un génie de la finance. Elle se servait de l'esprit avec une habileté incroyable : il était son espion, son informateur, son observateur, son conseiller. Bref, son idiot savant. Les regarder travailler ensemble avait quelque chose d'ahurissant.

La maison de First Street était devenue notre foyer. Mon frère Rémy était un homme calme et discret. Ses enfants étaient gentils et faciles à vivre. Mes fils poursuivaient leurs études au loin. Ma pauvre fille, Jeannette, était simple d'esprit comme l'avait été Katherine. Elle mourut jeune. Mais c'est une autre histoire. Ma tendre Jeannette... et Suzette, mon épouse bien-aimée. Je préfère ne pas en parler.

Après le décès de ma fille, de ma femme et de ma mère, Mary Beth et moi nous retrouvâmes relativement isolés du monde par nos connaissances et nos passions communes, par notre poursuite du plaisir.

Nous étions fascinés par le monde moderne. Nous nous rendions fréquemment à New York pour le seul plaisir d'être dans cette capitale florissante. Nous adorions le chemin de fer, nous tenions au courant des dernières inventions et investissions dans le progrès. Et, contrairement à bien des membres de notre famille, nous avions la passion des changements. Nos proches s'accrochaient aux fastes passés du Vieux Monde, mais pas nous.

Bref, nous étions avides de tout.

Le moment est venu de préciser que, jusqu'à notre départ pour l'Europe en 1887, Mary Beth était une sorte de vierge farouche et n'avait jamais laissé aucun homme la toucher réellement. Elle prenait du plaisir de bien des façons mais n'avait jamais pris le risque d'enfanter une sorcière sans avoir choisi le père. C'est pourquoi elle préférait se déguiser en garçon quand nous partions faire bamboche en ville. Elle faisait un superbe garçon aux yeux sombres et ne laissait jamais personne s'approcher trop près.

Arriva le moment où nous pûmes nous échapper pour un grand périple en Europe, où nous comptions nous servir de notre fortune pour rattraper le retard culturel que nous avions pris. Retard, pour moi, en tout cas, mais peut-être pour elle aussi. Si j'ai un seul regret, c'est de ne pas avoir davantage voyagé et de ne pas avoir encouragé mes proches à le faire. Mais cela n'a plus guère d'importance.

L'esprit n'était pas d'accord pour que nous partions. Il n'arrêtait pas de nous prévenir des dangers d'un tel voyage et répétait constamment que nous possédions le paradis chez nous. Mais rien n'aurait pu nous faire renoncer. Mary Beth était impatiente de voir le monde et l'esprit tentait par tous les moyens de l'en dissuader. Une heure avant le départ, il fut évident qu'il partait avec nous.

Pendant toute la durée de notre périple, nous n'eûmes aucun mal pour lui faire faire ce que nous voulions par de simples souhaits muets. Je le voyais souvent auprès de Mary Beth.

À Rome, il posséda mon corps pendant des heures, mais l'effort l'exténuait. De plus, cela le rendait complètement fou. Il nous suppliait de rentrer, de traverser l'océan et de retourner dans la maison qu'il aimait tant. Il disait détester cet endroit. Je lui répondais que ce voyage était indispensable, qu'il avait été stupide de croire que les Mayfair ne voyageraient jamais et je lui ordonnais de se tenir tranquille.

De Rome, nous prîmes la route du nord jusqu'à Florence. Au cours du trajet, il commença à devenir turbulent, se plaignait sans arrêt et finit par nous quitter. Mary Beth avait peur. Elle ne parvenait pas à le faire revenir.

– Nous voilà seuls dans le monde des mortels, dit-elle en haussant les épaules. Que va-t-il nous arriver?

Désespérément triste, elle errait dans les rues de Sienne et d'Assise et m'adressait à peine la parole. Le démon lui manquait. Elle disait que nous lui avions causé du chagrin.

J'étais indifférent.

Je l'ai bien regretté! À Venise, nous descendîmes dans un extraordinaire palace sur le Grand Canal. C'est là que le monstre me fit l'un de ses tours les plus atroces.

J'avais laissé à La Nouvelle-Orléans mon cher et tendre secrétaire et amant quarteron, Victor Grégoire, qui, en mon absence, assurait mieux que quiconque mes affaires courantes. En arrivant à Venise, je m'attendais à ce qu'on me remette le courrier qu'il m'avait expédié : lettres, contrats en attente de signature, documents divers. Mais, par-dessus tout, j'étais impatient de lire que tout se passait pour le mieux à La Nouvelle-Orléans.

Voici ce qui m'attendait en réalité : j'étais assis au bureau, près de la fenêtre d'une vaste pièce de style vénitien, tendue de velours, très humide, au sol de marbre froid, avec vue sur le canal. Victor entra. Ou, plutôt, ce qui semblait être Victor. Très vite, je m'aperçus que ce n'était pas lui mais quelqu'un qui lui ressemblait en tout. Debout devant moi, il m'adressa un sourire presque coquin. Sa peau était dorée, ses yeux bleus, ses cheveux noirs et son grand corps puissant était vêtu à la perfection. Il disparut.

Bien évidemment, c'était le monstre qui se faisait passer pour Victor. Mais cette vision me tourmentait. Pourquoi? Je compris. Je posai ma tête sur le bureau et me mis à pleurer. Une heure plus tard, Mary Beth m'apporta les nouvelles de La Nouvelle-Orléans. Victor avait eu un accident deux semaines plus tôt. Il était descendu du tramway à l'arrêt de Prytania et Philip et s'était fait écraser juste devant la pharmacie. Il était mort deux jours après en me réclamant.

– Nous devrions rentrer, dit-elle.

– Certainement pas! répondis-je. C'est Lasher qui a fait ça.

– C'est impossible.

– Bien sûr que si.

J'étais hors de moi. Je m'enfermai dans ma chambre et commençai à l'arpenter dans tous les sens.

– Viens un peu! Viens, je te dis!

Il obtempéra, à nouveau sous l'apparence de Victor.

– Rire, Julien. Je veux rentrer.

Je lui tournai le dos. Il fit remuer les rideaux et craquer le sol. J'ouvris les yeux.

– Je ne veux pas être ici! Je veux rentrer à la maison!

– Serais-tu complètement insensible aux charmantes rues de Venise, Lasher?

– Je déteste cet endroit. Et je te hais, toi. Je hais l'Italie.

– Tu oublies Donnelaith? Nous avions prévu de monter jusqu'en Écosse.

En effet, Donnelaith était pour moi l'étape la plus importante de notre voyage. Je tenais à voir de mes propres yeux la ville où Suzanne avait invoqué l'esprit.

Il se mit dans une colère noire, fit voler les papiers, arracha les édredons du lit, les entortilla et me les envoya dans le dos avant que je comprenne ce qui se passait. Je ne l'avais jamais vu aussi fort. Toute ma vie, sa force n'avait cessé de s'accroître mais, pour la première fois, il s'en servait pour me frapper.

Je me mis à hurler:

– Éloigne-toi de moi, être malfaisant! Ne te délecte plus de mon esprit! Ma famille va t'anéantir, tu ne perds rien pour attendre!

Alors, je concentrai toute ma volonté pour le voir, tout esprit qu'il fût... et je le vis. C'était une espèce d'énorme force sombre qui se rassemblait dans la pièce. J'usai davantage de mon pouvoir et de ma puissance et, poussant un long hurlement, le forçai à sortir de la pièce, par la fenêtre, à s'envoler par-dessus la ruelle et les toits où il sembla se dérouler comme une énorme pièce de tissu sans fin.

Mary Beth se précipita sur moi. Il revint par la fenêtre. Une fois encore, je lui lançai les malédictions les plus haineuses.

– Je retournerai dans l'éden, grogna-t-il. Et je tuerai tous ceux qui portent le nom de Mayfair.

– Oh! dit doucement Mary Beth en ouvrant les bras. Si tu fais cela, tu ne pourras jamais t'incarner et nous ne pourrons jamais revenir. Tous nos rêves s'effondreront et ceux qui t'aiment et te connaissent ne seront plus. Tu te retrouveras à nouveau seul.

Sachant ce qui allait arriver, je m'écartai de leur chemin. Mary Beth s'approcha de lui et prit sa voix la plus douce :

– C'est toi qui as construit cette famille. Tu as créé l'éden dans lequel elle vit. Donne-nous un peu de temps. Ce que nous avons de meilleur nous vient de toi. Accorde-nous encore ce petit voyage, toi qui nous as toujours guidés et montré ce qui nous rendrait heureux.

L'esprit pleurait. J'entendais parfaitement ce son inaudible si particulier. Je me demandai pourquoi il ne disait pas « pleurs », de la même façon qu'il disait « rire » quand il voulait rire.

Mary Beth se tenait près de la fenêtre. À la façon de la plupart des jeunes Italiennes, elle avait cette maturité précoce que donnent les pays chauds. Dans sa robe rouge resserrée à la taille, mettant en valeur ses seins et ses hanches, on aurait dit une magnifique fleur. Elle pencha la tête, déposa un baiser sur sa main et souffla dessus pour l'envoyer à l'esprit.

Alors, il l'enveloppa, la souleva, caressa ses cheveux, les entortilla, puis la reposa à terre. Elle s'abandonna à lui.

Je leur tournai le dos. Ruminant en silence, j'attendis.

Il vint enfin vers moi.

– Je t'aime, Julien.

– Veux-tu toujours devenir un être de chair? Vas-tu continuer à nous prodiguer tes bienfaits, à nous, tes enfants, tes sorcières?

– Oui, Julien.

– Allons à Donnelaith, dis-je en choisissant mes mots avec précaution. Je veux voir la vallée, le berceau de notre famille. Je veux déposer une couronne à l'endroit où Suzanne a été brûlée vive. Permets-moi de le faire. J'y tiens plus que tout.

Quel mensonge éhonté! Je n'en avais pas plus envie que d'enfiler un kilt et jouer de la cornemuse. Mais je tenais à voir Donnelaith et à pénétrer au cœur même du mystère.

– Très bien, dit Lasher, acceptant apparemment mon mensonge car, finalement, qui mieux que moi pouvait lui mentir?

– Quand nous y serons, prends ma main et dis-moi ce que je dois savoir, ajoutai-je.

– D'accord, dit-il d'un ton résigné. Mais quittons tout de suite ce détestable pays papiste. J'en ai marre de ces Italiens et de leurs églises en ruine. Allez vers le nord et je viendrai avec vous. Je suis votre serviteur, votre amant, votre Lasher.

– Très bien, esprit, dis-je.

Puis, essayant de m'exprimer du fond du cœur, avec toute la ferveur dont j'étais capable, j'ajoutai :

– Je t'aime, esprit. Je t'aime autant que tu m'aimes.

Et les larmes me montèrent aux yeux.

– Un jour ou l'autre, nous nous connaîtrons dans les ténèbres, Julien. Nous nous connaîtrons quand nous serons des fantômes errant dans les couloirs de First Street. Je dois devenir un être de chair et de sang. Les sorcières doivent prospérer.

Cette pensée me parut si terrifiante que je ne dis rien. En tout cas, Michael, rien de tout cela ne s'est produit, croyez-moi. Le monde où je me trouve n'est habité par aucune autre âme.

Je suis incapable de vous fournir des explications. Le peu que je comprends est insuffisant pour être exprimé par des mots. Tout ce que je sais, c'est que vous et moi sommes ici, que je vous vois et que vous me voyez. Peut-être est-ce la limite de ce que toute créature doit savoir, quel que soit le monde dans lequel elle se trouve.

Mais j'ignorais cela à l'époque. Je n'étais pas plus capable que n'importe quel autre être humain de comprendre l'immense solitude des esprits. J'étais vivant comme vous l'êtes. Je n'en savais pas plus. J'ignorais tout du supplice que j'allais vivre par la suite. J'avais la naïveté des vivants alors que, aujourd'hui, je vis dans la confusion et la nostalgie des morts.

Lorsque j'aurai achevé ce récit, priez pour que je passe à quelque chose de plus grand. Le châtiment lui-même aurait une forme, un objectif, une signification. Je n'arrive pas à concevoir les flammes éternelles de l'enfer, mais la signification éternelle, oui.

Nous quittâmes l'Italie sans attendre, comme le démon nous en avait suppliés. Nous fîmes une étape à Paris, où nous restâmes deux jours, puis traversâmes la Manche et prîmes la route d'Édimbourg.

Le démon semblait rasséréné. Mais lorsque j'essayais d'engager la conversation, il se contentait de répondre : « Je me rappelle Suzanne » et son ton avait quelque chose de désespéré.

À Édimbourg, Mary Beth lui demanda, en ma présence, de l'accompagner pour la protéger. Elle s'habilla en homme et partit se promener, avec Lasher pour seule compagnie. Bref, elle cherchait à détourner son attention et, à cet effet, s'appliqua à prendre un air dégagé et à siffloter.

Quant à moi, cela me permit de me rendre seul à l'université d'Édimbourg, à la recherche d'un professeur d'histoire connaissant parfaitement le passé de la région. J'en trouvai finalement un. Je lui offris à boire, lui proposai une somme d'argent, et il m'emmena chez lui.

Il vivait dans une charmante maison de la vieille ville, que les gens fortunés avaient désertée depuis longtemps mais à laquelle il était très attaché, connaissant son histoire sur le bout des doigts. Les pièces étaient remplies de livres, jusqu'aux couloirs étroits et au palier.

C'était un petit homme patelin, au crâne chauve et luisant, qui portait des lunettes cerclées et une incroyable moustache blanche qui était alors à la mode. Il s'exprimait avec un fort accent écossais et était profondément épris du folklore de son pays. Les murs des pièces étaient couverts de lugubres portraits de Robert Burns, Marie Ire Stuart, Robert Ier Bruce et même de Bonnie Prince Charlie.

Je trouvais tout cela plutôt amusant et mon exaltation fut grande lorsqu'il me dit, comme l'avaient annoncé ses étudiants, qu'il était un expert du foklore ancien des Highlands.

– Donnelaith, dis-je en l'écrivant sur un papier. Il se peut que je l'orhographie mal mais c'est bien le nom.

– Non, c'est la bonne orthographe. Où en avez-vous entendu parler? Les seules personnes qui vont là-bas sont les pêcheurs, les chasseurs et les étudiants intéressés par les vieilles pierres. Ce vallon est un lieu hanté. Il est magnifique mais ne vaut le détour que si l'on a un but précis. La région est pleine de légendes aussi terribles que celle du loch Ness.

– J'ai un but. Dites-moi tout ce que vous savez sur cet endroit, dis-je, redoutant à chaque instant de sentir la présence de l'esprit.

Je me demandais si Mary Beth ne l'avait pas entraîné dans un pub dangereux interdit aux femmes.

– Eh bien, l'endroit a été colonisé au temps des Romains. Le nom de Donnelaith est celui d'un clan très ancien formé d'Irlandais et de Scots descendant des missionnaires venus répandre la parole de Dieu à l'époque de saint Brendan. Bien entendu, il y avait déjà les Pictes, avant les Romains : selon la rumeur, ils auraient construit leur château à Donnelaith parce que l'endroit était béni par les esprits païens. Aujourd'hui, nous employons le nom de Pictes pour qualifier tous les païens. Ils étaient chez eux, là-haut, et le clan de Donnelaith descend probablement d'eux aussi.

– Les catholiques se seraient donc appuyés sur les lieux sacrés païens pour apaiser les superstitions locales et les auraient ensuite intégrées?

– Exactement. Des documents romains font même mention d'événements terribles qui se sont produits dans le vallon et d'êtres qui s'y cachaient. Ils parlent d'une race d'enfants qui auraient pu détruire le monde si on les avait laissés quitter la vallée. Et, en particulier, une espèce très malveillante de « Petites Gens ». Vous avez certainement entendu parler des Petites Gens. Ne vous moquez pas d'eux, je vous préviens. Quoi qu'il en soit, ces tribus étaient devenues le clan de Donnelaith bien avant l'époque de saint Bède le Vénérable. Celui-ci a d'ailleurs mentionné un lieu de culte qu'avait le clan, là-haut, une église chrétienne.

– Quel était son nom?

– Je l'ignore. Saint Bède ne l'a jamais appelée par son nom ou, en tout cas, pas à ma connaissance. Mais il devait s'agir d'un grand saint qui était, vous l'aurez deviné, un païen converti.

» Les Romains n'ont jamais vraiment soumis les Highlands, vous savez. Pas plus que les missionnaires irlandais. En fait, les Romains interdisaient même à leurs soldats d'aller dans le vallon ou les îles proches. Sous prétexte des mœurs licencieuses des femmes, ou quelque chose comme ça. Plus tard, les Highlanders ont été d'ardents catholiques, prêts à donner leur vie pour leur religion. Mais leur forme de catholicisme très particulière a causé leur perte.

– Expliquez-moi cela, le priai-je en lui versant un autre verre de porto.

Je jetai un regard sur la carte en parchemin étalée devant nous. L'homme m'expliqua qu'il s'agissait d'un fac-similé dont l'original était dans une vitrine du British Museum.

– La ville a atteint son apogée au XVe siècle. Tout indique que c'était une ville de marché. Le loch était un véritable port à l'époque. Et la rumeur disait que la cathédrale était magnifique. Je ne vous parle pas de l'église mentionnée par Bède, mais d'une véritable cathédrale dont la construction avait duré plusieurs siècles : le clan de Donnelaith vénérait ce saint et le considérait comme l'ange gardien de tous les Scots, celui qui sauverait un jour la nation. Vous devriez lire les récits de voyage décrivant ce lieu saint. Personne ne s'est jamais donné la peine d'en faire une compilation.

– J'en ferai une.

– Si vous avez un siècle devant vous, faites-le. Mais vous devriez aller dans la vallée et voir le peu qu'il reste de tout cela. Un château, un cercle de pierres, les fondations de la ville et les ruines de la cathédrale.

– Que lui est-il arrivé? Vous avez dit que leur catholicisme avait causé leur perte. Qu'entendez-vous par là?

– Les catholiques des Highlands ne se soumettaient à personne. Ni à Henri VIII lorsqu'il tenta de les convertir à sa nouvelle Église au nom d'Anne Boleyn ni au grand réformateur John Knox. Mais ce fut John Knox ou, en tout cas, ses successeurs, qui les détruisit.

Je fermai les yeux et vis la cathédrale, les flammes et les vitraux explosant dans toutes les directions. J'ouvris les yeux en frissonnant.

– Vous êtes un homme étrange, dit le professeur. Vous avez du sang irlandais, n'est-ce pas?

J'acquiesçai et lui donnai le nom de mon père. Il eut l'air abasourdi. Il se rappelait fort bien Tyrone McNamara, le grand chanteur. Mais il pensait être le seul à s'en souvenir.

– Vous êtes donc son fils?

– Oui, confirmai-je. Mais poursuivez, s'il vous plaît. Comment les successeurs de Knox ont-ils détruit Donnelaith? Et les vitraux? Il y avait des vitraux, n'est-ce pas? D'où venaient-ils?

– Ils ont été fabriqués sur place, tout au long des XIIIe et XIVe siècles par des moines franciscains venus d'Italie.

– Des franciscains d'Italie? Vous voulez dire que l'ordre de saint François d'Assise était représenté là-haut?

– Absolument. L'ordre de saint François y était très populaire du temps d'Anne Boleyn. Les observants avaient été le refuge de la reine Catherine après son divorce d'avec Henri VIII. Mais je ne crois pas qu'ils aient construit ou entretenu la cathédrale de Donnelaith. Elle est bien trop élaborée, trop riche et pleine de rite pour de simples franciscains. Je préfère penser que c'étaient les franciscains conventuels qui se chargeaient de l'entretien. Quoi qu'il en soit, après son schisme avec le pape, Henri VIII a fait piller tous les monastères environnants mais le clan de Donnelaith a repoussé ses soldats sans l'ombre d'une hésitation. Des batailles sanglantes se sont déroulées dans le vallon. Et même les soldats anglais les plus courageux étaient réticents à aller là-haut.

– Le nom du saint?

– Je l'ignore, je vous l'ai déjà dit. Probablement une succession de syllabes gaéliques.

Je soupirai.

– Et John Knox? demandai-je.

– Eh bien, à la mort d'Henri, sa fille catholique, Marie, est montée sur le trône. Il s'est ensuivi un autre bain de sang mais, cette fois, c'étaient les protestants qui étaient brûlés ou pendus. Ensuite, nous avons eu Élisabeth Ire. La grande reine. Et la future Grande-Bretagne redevint protestante. Les Highlands entendaient bien ignorer ce nouveau retournement de l'histoire mais c'est alors qu'arriva John Knox, le grand réformateur. En 1559, à Perth, il prononça son fameux sermon contre l'idolâtrie des papistes, et la guerre éclata dans le vallon : les presbytériens s'attaquèrent à la cathédrale, la brûlèrent, cassèrent ses vitraux en mille morceaux, dévastèrent l'école épiscopale et brûlèrent tous les livres. Il ne resta plus rien. Ce fut horrible. Ensuite, ils prétendirent que les gens du vallon pratiquaient la sorcellerie et vénéraient un démon qui avait une apparence humaine et qu'ils l'avaient intégré à leur religion. Mais, en réalité, ce n'était qu'un règlement de comptes entre protestants et catholiques. La ville ne s'en remit jamais mais perdura jusqu'à la fin du XVIIe, lorsque le dernier membre du clan mourut dans l'incendie du château. Donnelaith ne cessa de péricliter, jusqu'à ce qu'il n'en reste plus rien.

– Et plus de saint.

– Le saint, quel qu'il soit, était parti en 1559, Dieu le bénisse. Son culte a disparu avec la destruction de la cathédrale. Seul subsista un petit bourg presbytérien et l'« abominable » cercle de pierres païen.

– Que savons-nous des légendes païennes?

– Seulement que certaines personnes y croient encore. De temps à autre, des gens viennent, parfois d'Italie, et cherchent la route de Donnelaith. Ils posent des questions sur les pierres et, éventuellement, sur la cathédrale. Ce que je vous dis est la vérité : ils demandent où se trouve le vallon de Donnelaith et montent jusque là-haut à la recherche de je ne sais quoi. Vous, d'ailleurs, vous posez les mêmes questions, d'une certaine façon. La dernière personne qui y est allée était un Hollandais d'Amsterdam.

– D'Amsterdam ?

– Oui, il existe une sorte d'ordre d'érudits là-bas. Ils ont également une maison mère à Londres. Ils sont organisés comme un ordre religieux mais ne sont d'aucune confession. Depuis que je suis né, ils sont venus une demi-douzaine de fois pour explorer le vallon. Ils ont un nom étrange et inoubliable.

– Lequel ?

– Talamasca. Ce sont des gens très bien élevés et très respectueux des livres. Vous voyez ce petit livre d'heures, là-bas ? C'est une perle rare. Ce sont eux qui me l'ont offert. Ils m'apportent toujours quelque chose. Ceci est l'une des premières bibles du roi Jacques Ier d'Angleterre jamais imprimées. Ils m'en ont fait cadeau à leur dernière visite. Ils campent dans le vallon, restent des semaines et repartent toujours déçus.

Je me sentis survolté. Je me rappelai immédiatement l'étrange récit que m'avait fait Marie-Claudette lorsque je n'avais que trois ans : un érudit d'Amsterdam était allé en Écosse pour sauver la pauvre Deborah, la fille de Suzanne. Pendant un moment, une foule d'images issues des souvenirs du démon me vinrent à l'esprit. Mais ce n'était pas le moment d'entrer en transe. Je devais tirer le plus d'informations possible de ce charmant petit historien.

– La sorcellerie, dis-je. Les bûchers du XVIIe siècle. Que savez-vous là-dessus ?

– Oh, des choses atroces ! Suzanne, de Donnelaith. Je possède un document d'une valeur inestimable à ce sujet. Il s'agit de l'original d'un de ces pamphlets que les juges inquisitoriaux faisaient circuler à l'époque.

Il alla à son armoire et en sortit un petit in-quarto en mauvais état. J'aperçus une gravure grossière de femme encerclée de flammes qui ressemblaient plutôt à d'énormes feuilles ou à des langues de feu. Il était inscrit en lettres épaisses : HISTOIRE DE LA SORCIÈRE DE DONNELAITH.

– J'aimerais vous acheter ce document, dis-je.

– Jamais de la vie ! Mais je vais vous le faire copier en détail.

– Je vous remercie.

Je pris mon portefeuille et en sortis une liasse de dollars.

– Assez ! Assez ! Comme vous vous emballez ! Vous êtes un drôle de type. Ce doit être votre sang irlandais. Les Français sont bien plus réservés. C'est ma petite-fille qui fait les travaux de copie et cela ne lui prendra pas longtemps. Elle vous fera une jolie transcription sur un parchemin.

– C'est parfait. Maintenant, expliquez-moi de quoi il s'agit.

– Oh ! toujours les mêmes inepties. Ce type de pamphlet circulait dans toute l'Europe. Celui-ci a été imprimé à Édimbourg en 1670. Il raconte que Suzanne a donné son âme à Satan, qu'elle a été jugée puis brûlée vive. Mais sa fille, une enfant de l'amour, a été épargnée car elle avait été conçue un 1er mai. Elle était donc consacrée à Dieu et intouchable. Elle a été confiée à un pasteur calviniste qui l'a emmenée en Suisse, je crois, pour sauver son âme. Il s'appelait Petyr Van Abel.

– Petyr Van Abel ? Vous en êtes certain ? C'est écrit ?

J'avais du mal à me contenir. C'était la première fois que je voyais un écrit confirmant ce que Marie-Claudette m'avait raconté. Je n'osai pas dire au professeur que ce Petyr était aussi mon ancêtre. Il suffisait de Tyrone McNamara. Muet d'étonnement, j'envisageai même de voler le pamphlet.

– Oui, Petyr Van Abel, c'est marqué là, dit-il. C'est un pasteur d'Édimbourg qui a écrit ce pamphlet et l'a imprimé. Il a dû se faire pas mal d'argent. Ce type de lecture était très prisé à l'époque, c'était l'équivalent de nos revues d'aujourd'hui. Vous imaginez les gens assis autour de la cheminée, à regarder cet horrible dessin de fille en train de brûler ? Vous savez qu'on a brûlé des sorcières, ici à Édimbourg ? Jusqu'au XVIIe siècle. Les exécutions se passaient au puits des Sorcières, sur l'esplanade.

J'émis un murmure compatissant. Mais j'étais trop stupéfait pour réfléchir correctement. J'aurais pu faire appel aux souvenirs de Lasher, mais j'avais encore trop de questions à poser.

– Mais, à l'époque de cette sorcière, la cathédrale avait déjà brûlé ? demandai-je.

– Oui, il ne restait plus grand-chose à part les bergers. Certains historiens pensent que les persécutions de sorcières étaient une émergence des querelles entre protestants et catholiques. C'est fort possible. Selon eux, la vie était devenue très morose du temps de John Knox. Il n'y avait plus ni vitraux ni statues, les anciennes hymnes latines étaient interdites, les pittoresques us et coutumes des Highlands s'étaient perdus et les gens avaient repris leurs cérémonies païennes pour mettre un peu de fantaisie dans leur vie, un peu de couleur.

– Vous pensez que c'était le cas à Donnelaith ?

– Non. Le jugement de Suzanne était tout à fait classique. Le comte de Donnelaith était un noble désargenté qui vivait dans un château lugubre. Nous ne savons rien sur lui de cette époque, seulement qu'il est mort plus tard dans l'incendie qui a tué son fils et son petit-fils. La sorcière était une pauvre femme du village à qui l'on faisait appel pour jeter des sorts. Aucun rite sabbatique, contrairement à bien d'autres endroits. Mais on a su qu'elle se rendait au cercle de pierres et on a utilisé ce fait contre elle.

– À propos de ces pierres, que savez-vous?

– Elles sont très controversées. Certains disent qu'elles sont aussi anciennes que Stonehenge, voire davantage. Je crois qu'elles ont quelque chose à voir avec les Pictes et que, autrefois, elles portaient des inscriptions gravées. Elles sont très dures et toutes de taille différente. Il n'en subsiste que des vestiges. Je crois qu'à une époque on a volontairement effacé les inscriptions. Les intempéries ont fait le reste.

Il ouvrit un petit livre d'illustrations.

– Voici ce que faisaient les Pictes en matière d'art, dit-il.

Pendant un moment, je me sentis complètement désorienté. J'ignore pourquoi, mais je ne l'oublierai jamais. Je contemplai ces guerriers, ces colonnes entières de drôles de petites silhouettes armées de boucliers et d'épées. Je ne savais qu'en penser.

– Je crois que les pierres étaient leur lieu de culte, dit le professeur. Le saura-t-on jamais? Peut-être qu'elles appartenaient à l'une de ces singulières tribus, ou aux Petites Gens?

– À qui appartient la vallée?

Il n'en était pas certain. Le gouvernement avait fait évacuer toutes les terres. Les derniers colons affamés avaient été expulsés pour leur propre bien. Un vrai désastre. Bon nombre d'entre eux avaient émigré en Amérique.

– Vous en savez autant que moi, conclut-il. Et j'aimerais en savoir plus.

– Je veux vous aider, dis-je. Je vais vous donner les moyens de faire des recherches.

Je le priai de faire avec moi le voyage jusqu'à Donnelaith mais il n'en avait vraiment pas le temps.

– J'aime beaucoup ce vallon, précisa-t-il. J'y suis allé il y a bien des années avec un type de l'ordre d'Amsterdam. Alexander Cunningham. C'était un homme brillant. Il a payé tous les frais et nous sommes restés une semaine dans le vallon. Je ne vous cache pas que j'ai été heureux de retrouver la civilisation, à mon retour. Mais il m'a fait une réponse vraiment étrange, après notre dernier repas, lorsque je lui ai demandé :

» – Vous n'avez pas vraiment trouvé ce que vous cherchiez, n'est-ce pas?

» – Non, et fort heureusement. Si Dieu existe, je lui en sais grâce.

» Il est sorti de la maison puis est revenu.

» – Écoutez-moi bien, mon ami, a-t-il dit. N'essayez jamais

d'éclaircir les légendes de ces vallées. Et ne vous moquez jamais de l'histoire du château de Glamis. Il y a encore des Petites Gens et, s'ils le pouvaient, pour servir le dessein, ils amèneraient les sorcières au sabbat.

»– Bien sûr. Mais de quel dessein parlez-vous ?

» Il ne m'a jamais répondu.

– Quelle est l'histoire du château de Glamis ? demandai-je au professeur.

– La famille serait maudite et lorsqu'on l'annonce au nouvel héritier, il ne sourit plus jamais. Bien des gens ont écrit sur cette légende et je me suis rendu moi-même au château. Cet homme du Talamasca était très érudit et passionné. Nous avons passé de merveilleux moments à contempler la lune, dans le vallon.

– Mais vous n'avez pas vu les Petites Gens.

– J'ai bien vu quelque chose mais je ne crois pas que c'étaient des fées. Juste un petit homme et une petite femme, un peu difformes. Ils ressemblaient à des mendiants. Je les ai vus un matin, très tôt. Et quand j'en ai parlé à mon ami du Talamasca, il a été furieux de ne pas les avoir vus. Ils ne sont jamais revenus.

– Vous les avez vus de vos propres yeux. Étaient-ils effrayants ?

– Ils m'ont donné la chair de poule. Je n'aime pas raconter cette histoire. N'oubliez pas que, pour nous, les fées ne sont pas simplement des petits êtres amusants. Ce sont des démons de la pire espèce. Elles sont puissantes, dangereuses et vindicatives. Il y a des lumières de fées dans ce vallon, c'est-à-dire des flammes d'origine inexpliquée qui s'élèvent dans la nuit. Je vous souhaite bonne chance pour votre séjour là-bas. J'aurais aimé vous accompagner. Nous allons entamer tout de suite les recherches que vous nous avez demandées.

Je retournai dans notre superbe suite de la nouvelle ville, composée de deux chambres séparées par un salon.

Mary Beth n'était toujours pas rentrée. Je m'assis pour boire un xérès et écrire tout ce que l'homme m'avait appris. Il allait faire froid dans le vallon mais je devais y aller. Le saint, les fées, tout est mélangé, songeai-je.

Dans le silence de la pièce, j'eus la sensation que Lasher était proche. Il était là et savait à quoi je pensais.

– Tu es là, mon bien-aimé ? demandai-je d'un ton léger en griffonnant les derniers mots.

– Ils t'ont donné le nom, dit-il de sa voix secrète.

– Petyr Van Abel, oui, mais pas le nom du saint.

– Petyr. Je me souviens de Petyr Van Abel. Il a vu Lasher.

– Raconte-moi.

– Dans le grand cercle. Nous irons. J'ai toujours été là-bas. Je veux que tu y ailles.

– Peux-tu être là-bas et ici en même temps?

– Oui, dit-il en soupirant.

Mais il n'en avait pas l'air certain. Une fois de plus, il avait atteint les limites de sa capacité de réflexion.

– Sois un peu malin, esprit. Qui es-tu?

– Lasher, invoqué par Suzanne, dans le vallon. Tu me connais. J'ai tant fait pour toi, Julien.

– Dis-moi où est ma fille Mary Beth, esprit. J'espère que tu ne l'as pas laissée livrée à elle-même dans un recoin de cette ville obscure?

– Elle se débrouille très bien toute seule, Julien, je me permets de te le rappeler. D'ailleurs, elle est entre de bonnes mains.

– C'est-à-dire?

– Elle a trouvé le futur père de sa sorcière, c'est un Écossais.

Je bondis de ma chaise, furieux.

– Où est Mary Beth?

Au même moment, je l'entendis chanter dans le couloir. Elle ouvrit la porte. Ses joues étaient rouges et ses cheveux défaits. Elle était superbe.

– Enfin! Je l'ai fait, dit-elle.

Elle se mit à danser dans la pièce et déposa un baiser sur ma joue.

– N'aie pas l'air si abattu, reprit-elle. Je ne le reverrai jamais. Lord Mayfair... Ça te plaît comme nom?

Ce fut le mensonge que nous écrivîmes dans les lettres envoyées chez nous. Lord Mayfair de Donnelaith était le père de son enfant. Elle s'était mariée avec lui dans cette ville. Bien entendu, il n'y avait pas plus de lord Mayfair que de ville de Donnelaith.

Mais je vais trop vite. Tandis qu'elle me décrivait l'homme en question, un pur Écossais aux cheveux noirs, charmant, coquin et très riche, j'étais certain qu'elle était enceinte. Je me dis que, tout compte fait, cette façon de choisir le père de son enfant n'était pas pire qu'une autre.

J'enfouis mes sentiments au plus profond de moi, jalousie, honte et crainte. Après tout, elle et moi étions des libertins patentés et je ne voulais pas qu'elle se moque de ma soudaine pruderie. De plus, j'étais impatient de partir pour Donnelaith.

Lorsque je lui racontai ce que j'avais appris, notre très cher esprit ne fit rien pour se mettre entre nous. Cette nuit-là, il se tint tranquille. Nous étions tous calmes en dépit des bruits de voix qui montaient de la rue : apparemment, un lord local venait d'être assassiné.

Je n'appris son identité que bien plus tard et son nom n'évoqua rien en moi. Aujourd'hui, je sais. C'était le père du bébé de Mary Beth.

Laissez-moi vous raconter maintenant ce que j'ai découvert à Donnelaith.

Notre convoi se mit en route dès le lendemain : une voiture à cheval pour nous et nos bagages et une autre pour les domestiques qui nous accompagnaient. Nous fîmes une étape à l'auberge de Darkirk puis poursuivîmes notre périple à dos de cheval : les deux nôtres, deux autres pour les bagages et deux de plus pour nos guides écossais.

Mary Beth et moi adorions les chevaux et parcourir ces collines à cheval était pour nous un véritable plaisir. Les bêtes étaient robustes et nous avions des provisions en suffisance. Peu après notre départ, je m'aperçus à mes dépens que je n'étais plus si jeune et que cette aventure me causait des douleurs auxquelles, autrefois, je n'aurais guère prêté attention. Nos guides étaient jeunes. Mary Beth était jeune. Je me retrouvai donc seul à fermer la marche, mais la beauté des collines, des forêts denses et du ciel parvint à atténuer mes souffrances. En fait, j'étais heureux.

Le spectacle était à la fois glacial et enchanteur. L'Écosse! Mais le chemin était encore long jusqu'à la vallée. J'eus envie de faire demi-tour mais me ravisai. Nous déjeunâmes rapidement puis chevauchâmes jusqu'à la tombée du jour.

Nous arrivâmes alors en haut de la vallée. Du haut d'un promontoire élevé, juste à la sortie de l'épaisse forêt de pins d'Écosse, d'aulnes et de chênes, nous aperçûmes le château au loin, de l'autre côté du golfe. C'était une bâtisse gigantesque, envahie de verdure, qui se dressait au-dessus des eaux scintillantes. Au fond de la vallée elle-même, les courbes et les arcs brisés de la cathédrale et le cercle de pierres, lointains et austères, se distinguaient nettement.

Obscurité ou non, nous décidâmes d'accélérer l'allure. Après avoir allumé nos lanternes, nous commençâmes à descendre la pente, à travers les bosquets d'arbres épars, et atteignîmes la prairie herbeuse. Nous ne dressâmes notre campement qu'arrivés aux abords de ce qu'il restait de la ville, c'est-à-dire, pour être exact, du village qui s'était établi dans ses murs.

Mary Beth voulait que nous nous installions au milieu des pierres païennes mais les deux Écossais refusèrent. Ils parurent même scandalisés.

– C'est un cercle de fées, madame, invoqua l'un d'eux. On ne peut pas installer un campement à cet endroit. Les Petites Gens le prendraient très mal, croyez-moi.

– Ces Écossais sont aussi cinglés que les Irlandais, dit Mary Beth. Si nous avions voulu entendre des histoires de farfadets, nous serions allés à Dublin.

Ses paroles me firent frissonner de frayeur. Nous étions au beau milieu de la vallée et nos tentes et nos lanternes s'apercevaient probablement de très loin. Soudain, je me sentis nu et sans défense.

Nous aurions dû aller jusqu'aux ruines du château, me dis-je. Puis je compris ce qui n'allait pas : notre esprit ne s'était pas manifesté de toute la journée. À aucun moment nous n'avions senti son souffle, ses petits coups de coude, son contact.

Ma peur s'intensifia.

– Lasher, viens, murmurai-je.

J'avais peur qu'il ne soit en colère et parti commettre quelque méfait à l'encontre de ceux que nous aimions.

Mais il fut prompt à me répondre. Tandis que j'avançais seul dans l'herbe haute, ma lanterne éteinte, chaque pas étant un supplice après la chevauchée de la journée, il arriva sous la forme d'une brise fraîche et coucha l'herbe devant moi en un immense cercle.

– Je ne suis pas fâché contre toi, Julien.

Mais sa voix était lourde de souffrance.

– Nous sommes chez nous, sur nos terres de Donnelaith, poursuivit-il. Je vois ce que tu vois et je pleure, car je me rappelle ce qu'il y avait jadis dans cette vallée.

– Raconte-moi, esprit.

– Ah! la grande église que tu connais et les processions des pénitents et des malades qui venaient de partout pour se prosterner dans ce lieu saint. Et la ville animée, pleine de boutiques, de marchands, de vendeurs d'images... d'images...

– D'images de quoi?

– Et puis qu'est-ce que ça peut me faire? Je renaîtrai et, cette fois, je ne me gaspillerai pas comme je l'ai fait à cette époque. Je ne suis pas esclave de l'histoire mais, plutôt, de l'ambition. Comprends-tu la différence, Julien?

– Éclaire-moi, dis-je. Il arrive parfois que tu excites vraiment ma curiosité.

– Tu es trop franc, Julien. Voici ce que je veux dire : il n'y a pas de passé. Absolument aucun. Il n'y a que l'avenir. Et plus nous apprenons, plus nous savons. Vénérer le passé n'est que superstition. Tu fais ce que tu dois pour rendre le clan fort. Moi aussi. Je rêve de la sorcière qui me verra et fera de moi un être en chair et en os. Tu rêves de richesse et de puissance pour tes enfants.

– Exact.

– Rien d'autre ne compte. Et tu m'as ramené dans cet endroit que je n'ai jamais quitté.

J'étais là, sous le ciel assombri, dans cette immense vallée, les ruines de la cathédrale juste devant moi. Ces paroles pénétrèrent mon esprit et je les mémorisai.

– Qui t'a enseigné toutes ces choses? demandai-je.

– Toi. Toi et ceux de ton espèce. Vous m'avez appris à vouloir, rechercher, atteindre, plutôt que me lamenter. Je te le dis car le passé t'appelle sous de faux prétextes.

– Ah bon?

– Oui. Ces pierres, que sont-elles? Rien du tout.
– Puis-je voir l'église, esprit?
– Oh oui! Allume ta lanterne, si tu veux. Mais tu ne la verras jamais comme je l'ai vue.
– Tu te trompes, esprit. Quand tu entres dans mon corps, tu me laisses toujours quelque chose de toi. Je l'ai vue. Je l'ai vue avec tous les fidèles rassemblés devant les portes, et les cierges, et la verdure de Noël...
– Silence!
Tel le vent, il m'enveloppa soudain si violemment que je faillis tomber à la renverse. Je m'agenouillai et le vent cessa de souffler.
– Merci, esprit.
Je grattai une allumette et, protégeant la flamme de mon autre main, allumai la mèche de la lanterne.
– Tu ne veux pas me parler de ces temps anciens? demandai-je.
– Je te dirai ce que je vois d'ici. Je vois mes enfants.
– Nous, tu veux dire?
Il n'ajouta rien et me suivit tandis que je me frayais un chemin à travers les herbes hautes, sur le sol rocailleux et inégal. J'atteignis les ruines, m'arrêtai dans la gigantesque nef et observai les arcs brisés.
Seigneur! Cette cathédrale devait être grandiose. J'en avais vu des semblables dans toute l'Europe. Elle n'était pas de style roman; elle n'avait ni voûtes arrondies ni peintures en abondance. Avec sa pierre froide, elle était aussi élancée et gracieuse que les cathédrales de Chartres ou de Canterbury.
– Et les vitraux? Reste-t-il quelque chose de ses magnifiques vitraux? murmurai-je.
Un souffle de vent balaya la vallée, traversa la nef, aplatit les herbes folles puis me frôla de toutes parts, comme pour m'étreindre. La lune s'était levée et les étoiles scintillaient.
Soudain, tout au bout de la nef, à la place de l'ancienne rosace, je vis l'esprit lui-même. Énorme, sombre et transparent, flottant au firmament tel un ciel d'orage, mais silencieux, il se rassembla, gagna en densité puis, en un éclair, se dispersa dans le néant.
Ciel clair, lune, montagne distante, bois. Un grand calme régnait. L'air était froid et vide. La lueur de ma lanterne était vive. J'étais seul. J'eus l'impression que la cathédrale grandissait autour de moi, que je devenais un nain insignifiant et désespéré. Je m'assis sur le sol, repliai mes genoux et posai mes mains et mon menton dessus. Je contemplai l'obscurité en attendant que les souvenirs de Lasher pénètrent dans mon esprit.
Rien. Je n'avais que ma solitude et le sentiment d'avoir une vie merveilleuse, d'aimer ma famille qui ne pouvait prospérer que sous l'aile protectrice de ce démon épouvantable.

Peut-être était-ce le sort de toutes les familles, songeai-je. Malédiction, pacte avec le diable, péché impardonnable. Telle devait être la rançon de la richesse et de la liberté. Mais je n'y croyais pas réellement. Je croyais, au contraire, à la vertu.

Quelle était ma définition de la vertu? Être bon, aimer, être père ou mère, nourrir, soigner. C'était d'une simplicité biblique.

– Que peux-tu faire, vieux fou? me demandai-je à voix haute. À part veiller sur ta famille, lui donner les moyens de vivre, d'être forte et en bonne santé, la protéger contre le diable.

Une grande impression de solennité me traversa. J'étais assis, très calme, baigné par la chaude lumière de la lanterne, l'église majestueuse se dressant de part et d'autre et l'herbe aplatie comme un lit devant moi. Je levai les yeux et constatai que la lune avait progressé sur la droite et se trouvait maintenant dans le grand cercle vide laissé par la rosace. Je connaissais la signification des rosaces. Elles correspondaient à la grande hiérarchie prônée par l'Église catholique, dans laquelle la rose était la plus noble des fleurs et, par conséquent, le symbole de la plus noble des femmes, la Vierge Marie.

Je méditai sur cela, et sur rien. Et je priai. Non pas la Vierge, mais l'air de cet endroit, le temps, la terre, peut-être. Je prononçai le nom de Dieu, comme s'il représentait tout cela à lui seul. Et je lui demandai : Pouvons-nous conclure un marché? J'accepte d'aller en enfer si tu sauves ma famille. Mary Beth ira probablement aussi en enfer, comme toutes les sorcières avant et après elle, mais sauve ma famille. Rends-la forte et heureuse.

Nulle réponse à mes prières. Je restai assis un très long moment. La lune disparut derrière les nuages puis revint, libre, brillante et magnifique. En fait, je n'attendais pas de réponse à mes prières, mais le marché que j'avais proposé me remplissait d'espoir. Nous, les sorcières et les sorciers, souffririons mille morts pour que les nôtres prospèrent. Tel était mon serment.

Je me levai, ramassai ma lanterne et retournai au campement. Mary Beth était déjà couchée sous sa tente. Les deux guides fumaient la pipe et m'invitèrent à me joindre à eux. Je m'excusai en invoquant que j'étais épuisé et que je devais me lever tôt le lendemain.

– Z'étiez pas en train d'prier là-haut, m'sieur? me demanda l'un d'eux. C'est dangereux d'prier dans les ruines de c't'église.

– Ah oui? Et pourquoi donc?

– C'est l'église Saint-Ashlar. Si saint Ashlar répond à vos prières, Dieu sait c'qui peut arriver!

Les deux hommes éclatèrent de rire et se tapèrent sur les cuisses en se regardant d'un air entendu.

– Saint Ashlar! dis-je. Vous avez dit Ashlar!

– Oui, m'sieur, dit l'autre, qui n'avait pas encore parlé. Autrefois, c't'église était son lieu de culte. C'était le saint le plus puissant d'Écosse, avant qu'les presbytériens disent que c'était un péché d'prononcer son nom. Un péché! Vous vous rendez compte? Mais les sorcières le connaissaient bien.

Le temps s'arrêta. Dans la nuit hantée du vallon, je me rappelai : un garçon de trois ans, la vieille sorcière, la plantation, ses récits en français. « Invoqué par erreur dans la vallée... » murmurai-je pour moi-même. « Viens, mon Lasher. Viens, mon Ashlar. »

Au début, ma voix n'était qu'un chuchotement puis, sans m'en rendre compte, je prononçai cette phrase de plus en plus fort. Les deux hommes n'y comprenaient rien. Du fin fond de la vallée monta soudain un vent rugissant, si violent et furieux qu'il hurlait contre les flancs de la montagne.

Les toiles des tentes battaient au vent. Les guides se précipitèrent pour les fixer. Les lanternes s'éteignirent. Le vent soufflait en bourrasque. Mary Beth rampa jusqu'à moi et s'accrocha à mon bras. Un orage fabuleux tomba alors sur Donnelaith, une tempête de pluie et de tonnerre d'une telle force que tous commencèrent à trembler de peur.

Tous, sauf moi. Je me redressai, comprenant qu'il était inutile d'avoir peur, et lui fis face, le visage tourné vers le ciel, ruisselant de pluie.

– Je te maudis, saint Ashlar. Voilà donc ce que tu es! Va en enfer! Toi, un saint? Plutôt un saint déchu! Tu n'es rien d'autre qu'un démon.

Le vent arracha une tente et l'emporta au loin. Les guides accoururent pour retenir l'autre. Mary Beth essaya de me calmer. Le vent et la pluie redoublèrent, aussi forts qu'une tempête.

La terreur fut à son comble lorsque nous aperçûmes une horrible masse de nuages noirs s'amonceler au-dessus de nos têtes, assombrissant le ciel. Et puis, d'un seul coup, elle se dispersa.

Trempé jusqu'aux os, j'étais pétrifié. Ma chemise était à moitié déchirée à la hauteur de mon épaule. Mary Beth se mit à marcher sur le sol inondé, regardant dans tous les sens, pleine d'audace et de curiosité.

L'un des guides vint vers moi.

– Bon sang, m'sieur! J'vous avais dit de n'pas l'invoquer. Mais qu'est-ce que vous avez bien pu lui d'mander?

Je me mis à rire tout seul.

– Seigneur Dieu, viens-moi en aide! soupirai-je. Est-ce la preuve, Dieu Tout-Puissant, que tu n'es pas là, que tes saints ne seraient que de simples démons?

L'air se réchauffait un peu. Les hommes avaient rallumé leurs lanternes et le sol était aussi sec qu'avant l'orage. À croire qu'il n'y avait rien eu. Nous étions toujours dégoulinants de pluie mais la lune était à nouveau claire et inondait la vallée de lumière. Nous entreprîmes de remettre les tentes d'aplomb et de sécher nos effets.

Je restai éveillé toute la nuit. Au lever du soleil, j'allai voir les guides.

– Il faut que je sache l'histoire de ce saint, leur dis-je.

– Ne prononcez surtout pas son nom, pour l'amour de Dieu! dit l'un d'eux. Je n'aurais jamais dû vous l'dire, hier soir. De toute façon, j'connais pas son histoire et personne que j'connais n'ira vous la raconter non plus. C't'une vieille légende. En tout cas, on r'parl'ra longtemps de l'orage d'hier soir, ça, pouvez en être sûr.

– Racontez-moi tout.

– J'sais pas grand-chose. Ma grand-mère prononçait son nom quand elle voulait quelque chose d'impossible. Et elle disait toujours d'faire attention à n'pas lui d'mander quelque chose si on l'voulait pas vraiment. J'ai entendu son nom une ou deux fois par ici. Y a aussi un vieux chant. Mais c'est tout c'que j'sais. J'suis pas catholique. J'y connais rien. Personne par ici n's'y connaît en saints.

L'autre homme hocha la tête.

– J'en savais même pas autant qu'lui, dit-il. J'ai juste entendu ma fille l'appeler, une fois, pour que les jeunes gars la remarquent.

Je les assaillis de questions. Mais leur savoir s'arrêtait là. Le moment était venu d'explorer les ruines, le cercle et le château. L'esprit ne se montrait pas. Je n'avais pas entendu sa voix depuis un moment.

Pendant l'exploration du château, j'eus une grande frayeur car l'endroit était traître. Mais l'esprit ne me joua aucun tour.

Nous prîmes tout notre temps et, au coucher du soleil, retournâmes au campement. J'avais vu tout ce que mes forces m'avaient permis de voir. Une épaisse couche de poussière recouvrait le sol de la cathédrale. Que pouvait-il bien y avoir dessous? Des tombes? Des cachettes remplies de livres ou de documents? Ou peut-être rien du tout.

Où était morte ma précieuse Suzanne? Aucune trace de routes ou de place de marché ne subsistait. Je n'osais pas défier Lasher ou dire des mots qui auraient provoqué sa colère.

À Darkirk, petite ville presbytérienne aux bâtiments blancs, personne ne put me renseigner sur les saints catholiques de la région. On me parla du cercle, des sorcières, des temps anciens, des sabbats dans la vallée et des méchantes Petites Gens qui volaient parfois des enfants. Mais tout cela remontait à trop loin. Les gens étaient pressés de prendre leur train pour Édimbourg ou Glasgow. Ils ne s'intéressaient pas aux bois ou à la vallée. Ils attendaient l'implantation d'une usine sidérurgique. Les bois allaient être coupés. Ils ne pensaient qu'à leur gagne-pain.

Je passai une semaine à Édimbourg, avec les banquiers, pour acheter le terrain et j'obtins enfin un titre de propriété. Ensuite, j'ouvris un compte pour financer les recherches de mon cher professeur d'histoire qui, à mon retour, m'accueillit avec un bon petit dîner de canard rôti arrosé de vin rouge.

Mary Beth partit pour une autre de ses escapades destinées à détourner l'attention de l'esprit. Je n'avais échangé aucun mot avec lui depuis la nuit de l'orage mais je savais qu'il était resté près d'elle et lui avait parlé. Quant à moi, je n'avais rien dit à Mary Beth de ce que j'avais fait, appris ou dit. Et elle ne m'avait pas questionné.

La vérité était que je n'osais pas prononcer le nom d'Ashlar. J'avais peur. Je ne cessais de me rappeler la tempête, la frayeur des guides et Mary Beth qui s'aventurait par curiosité sous la pluie. J'ignorais la cause de ma peur. Avais-je gagné ou non? En tout cas, je savais maintenant son nom. Étais-je prêt à engager ma vie dans une lutte contre lui?

Je m'assis auprès de mon professeur chauve à lunettes et lui dis :

– J'ai épluché tous les livres sur les saints d'Écosse à la bibliothèque mais je n'ai rien trouvé sur saint Ashlar.

Il se mit à rire et se servit un autre verre de vin. Il était en grande forme. On l'aurait été à moins : je venais de lui octroyer une manne de plusieurs milliers de dollars rien que pour étudier Donnelaith et il pouvait être tranquille jusqu'à la fin de ses jours.

– Par saint Ashlar, dit-il. C'est une expression qu'emploient les écoliers. Un saint de l'impossible, si vous voulez mon avis, comme saint Jude dans d'autres régions. Mais, à ma connaissance, il n'existe aucun récit sur lui. Cela dit, cette terre est presbytérienne, ne l'oubliez pas. Les catholiques sont rares, par ici, et le passé est enveloppé de mystère.

Il me promit toutefois de faire des recherches dans ses livres une fois le repas achevé. En attendant, nous parlâmes des fonds que j'avais alloués pour l'excavation et la préservation de Donnelaith. Les ruines devaient être explorées centimètre par centimètre, cartographiées, décrites puis étudiées.

Après le repas, nous passâmes dans la bibliothèque et il chercha de vieux textes catholiques d'avant le roi Henri et, notamment, celui intitulé *Histoire secrète des clans des Highlands*, d'un auteur anonyme. C'était un très vieux livre, énorme, en cuir noir, dont bien des pages s'étaient détachées de la reliure. Il le posa dans un endroit fortement éclairé.

Il commençait par une sorte d'arbre généalogique, que le vieil homme suivit avec son index.

– Ah! voilà. Vous voyez ce qui est écrit là? Mais non, bien sûr! C'est du gaélique. On parle d'Ashlar, fils d'Olaf et époux de Janet, les fondateurs du clan de Drummard et Donnelaith. Regardez, voici le mot Donnelaith. Et dire que, pendant toutes ces années, j'ignorais qu'il était mentionné dans ce livre. En revanche, j'ai lu celui d'Ashlar en bien des endroits. Tenez, saint Ashlar !

Il feuilleta les pages fragiles et m'en montra une autre.

– Ashlar, dit-il encore. Le roi de Drummard.

Il lut le texte et me le traduisit tout en prenant des notes sur un bloc.

– Le roi Ashlar des païens, bien-aimé de son peuple, époux de la reine Janet, régnant sur High Dearmach, tout au nord de la Grande Vallée, dans les forêts des Highlands. Converti en 566 par saint Columba d'Irlande. Tenez, voici la légende. Mort à Drummard où une immense cathédrale fut élevée en son nom. Drummard est devenu plus tard Donnelaith. Reliques... guérisons miraculeuses... Mais sa femme Janet a refusé de renoncer à la foi païenne et a été brûlée vive à cause de son obstination. Et tandis que le grand saint pleurait sa perte, une source jaillit là où elle avait péri et les gens vinrent par milliers pour s'y faire baptiser.

J'étais paralysé. Janet brûlée sur un bûcher. Le saint, la source magique. J'étais trop éberlué pour dire quoi que ce fût.

Le professeur me promit de me faire copier l'intégralité du texte et de me l'envoyer.

Il chercha dans ses autres livres et trouva dans l'histoire des Pictes les mêmes Ashlar et Janet. Janet avait refusé d'embrasser la foi du Christ et avait été brûlée vive. Pendant son supplice, elle avait maudit son mari et ses hommes et déclaré qu'elle préférait être délivrée par le feu que vivre avec des chrétiens lâches.

– Mais ce n'est qu'une légende, dit le petit homme. Personne ne sait réellement qui étaient les Pictes. D'ailleurs, rien ne dit précisément s'ils étaient des Pictes. Regardez ces mots gaéliques. Ils signifient : « de grands hommes et de grandes femmes de la vallée ». Et ici, on peut traduire grossièrement par « les grands enfants ». Ah ! voilà. Le roi Ashlar a vaincu les Danois en l'an 567 et a brandi la croix ardente devant leurs armées en déroute. Janet, fille de Ranald, a été brûlée vive par le clan d'Ashlar en 567, bien que le saint ait supplié ses disciples récemment convertis de faire preuve de miséricorde. Voyons ce que disent *Les Légendes des Highlands* : saint Ashlar, toujours vénéré dans certaines parties d'Écosse au XVIIe siècle, surtout par les jeunes filles, qui lui demandaient d'exaucer leurs vœux les plus secrets. Il n'était pas un vrai saint canonisé.

Il referma le livre.

– Eh bien, cela ne me surprend pas, dit-il. Il n'a pas été canonisé par Rome, vous comprenez. C'est en quelque sorte un autre saint Christophe.

– Je sais, dis-je, à nouveau absorbé par les souvenirs.

Je vis la cathédrale très distinctement. Pour la première fois, je vis ses vitraux étroits, élevés, ses petits morceaux de verre de couleur, sans véritables dessins. Une sorte de mosaïque d'or, de rouge et de bleu. Et la rosace, la fameuse rosace! Soudain, je vis les flammes et le verre qui tremblait. J'entendis les cris de la foule. Complètement pris par la scène, mon émotion fut à son comble lorsque la foule s'avança vers moi et que je tendis les mains pour l'arrêter.

J'effaçai la vision. Le vieux professeur me fixait avec curiosité.

– Vous avez une véritable passion pour toutes ces choses, n'est-ce pas?

– Une passion de profane, dis-je. Pour une cathédrale du XIIIe siècle.

Il s'approcha d'une autre étagère où était alignée une rangée de livres sur les églises et les ruines d'Écosse.

– Tant d'édifices ont été détruits. Quelle perte! Ah! j'ai trouvé ce que je cherchais. Les cathédrales des Highlands. La cathédrale de Donnelaith, placée sous le patronage du clan de Donnelaith, a été largement agrandie et embellie entre 1205 et 1266 par ses chefs. Une dévotion particulière au moment de Noël, instaurée par les pères franciscains, attirait des milliers de fidèles des environs. Il ne reste aucun document mais les principaux protecteurs étaient toujours des membres du clan de Donnelaith. On pense qu'il y aurait des archives à ce sujet en Italie.

Je poussai un long soupir. Je n'avais pas envie que les souvenirs remontent et empiètent sur le moment présent. Au fait, qu'est-ce que les souvenirs m'avaient appris?

Il tourna plusieurs pages.

– Voici un arbre généalogique du clan de Donnelaith. Le roi Ashlar, son arrière-petit-fils Ashlar le Vénérable et, là, un autre descendant, Ashlar le Bienheureux, époux de la reine normande Mora. Dites donc, il y en a beaucoup, des Ashlar.

– Effectivement.

– Et en voilà encore d'autres. C'était un nom très courant dans ce clan. Encore faut-il croire à l'existence de tous ces chefs. Vous savez, ils adoraient écrire des récits nés de leur imagination.

– En tout cas, cela suffit pour satisfaire ma curiosité pour l'instant.

– Curiosité, oui, dit-il en fermant le livre. Je suis persuadé qu'il existe bien d'autres récits et je les chercherai pour vous. Mais, à dire la vérité, tout doit être du même acabit. Ce sont des textes publiés de façon privée et le mieux qu'on puisse dire, c'est qu'il s'agit de folklore.

– Et le XVIe siècle? L'époque de John Knox? Il doit forcément y avoir des traces de cette période.

– Tout est parti en fumée, dit le vieil homme. Rappelez-vous qu'il y a eu une véritable révolution ecclésiastique. Vous n'imaginez pas le nombre de monastères détruits par Henri VIII. Il a fait vendre et brûler un tas de statues et de peintures. Des livres sacrés ont été perdus pour toujours. Et lorsqu'il a réussi à percer la défense de Donnelaith, tout a été réduit en cendres.

Il s'assit et commença à empiler ses livres dans un semblant d'ordre.

– Je vais faire des recherches très approfondies pour vous. Si je trouve quelque chose indiquant que des archives sur Donnelaith ont été transportées ailleurs, je vérifierai. Mais, si vous voulez mon avis, il ne reste plus rien.

Finalement, je le laissai tranquille.

J'avais obtenu ce que je voulais savoir : la créature avait vécu autrefois et voulait se venger. Elle était tout simplement un fantôme.

J'avais le sentiment d'avoir trouvé la preuve de ce que je savais depuis toujours. En remontant la colline pour rentrer à l'hôtel, je ne cessais de me répéter certains détails révélateurs et de me demander la raison pour laquelle ce démon s'était attaché à notre famille. Il voulait être en chair et en os. Qu'est-ce que cela signifiait ? Et, avant tout, maintenant que je connaissais son vrai nom, comment pourrais-je m'en servir pour le détruire ?

Lorsque j'entrai dans notre suite, Mary Beth était endormie sur le canapé et Lasher était auprès d'elle. Il était affublé de son vieux costume de cuir brut et portait ses cheveux sur les épaules. Cela faisait longtemps que je ne l'avais pas vu dans cet attirail. Il me souriait.

L'espace d'un instant, je fus tellement saisi par la solidité de son apparence et sa beauté que je le fixai intensément. Il adorait cela. Il se fit encore plus clair et distinct.

– Tu crois que tu sais mais tu ne sais rien, dit-il en remuant les lèvres. Je te rappelle une nouvelle fois que l'avenir n'est rien.

– Tu n'es pas un grand esprit, dis-je. Tu n'es pas un grand mystère. Et je vais le dire à ma famille.

– Alors, c'est un mensonge que tu lui diras. Son avenir est entre mes mains. Et mon avenir est le leur. Sois un peu malin, pour une fois, monsieur Je-sais-tout.

Je ne répondis rien, tout étonné que j'étais qu'il conserve une forme visible sur une aussi longue durée.

– Tu serais donc un saint qui s'est retourné contre Dieu ?

– Ne te fiche pas de moi avec ce folklore crétin. C'est complètement stupide. Tu penses que j'ai été l'un des vôtres ? Tu es cinglé. Quand je reviendrai, je...

Il s'interrompit juste avant de proférer des menaces. Puis il dit d'une petite voix enfantine :

– Julien, j'ai besoin de toi. L'enfant que porte Mary Beth n'est pas une sorcière mais une attardée mentale. Elle souffre du même handicap que ta sœur Katherine et ta mère Marguerite. Il faut que tu conçoives la sorcière avec ta fille.

– C'est donc ça, dis-je en soupirant. Tu voudrais que je m'accouple avec ma propre fille?

Mais l'effort l'avait épuisé. Il se désagrégeait. Mary Beth dormait tranquillement sur le canapé, auréolée de ses longs cheveux noirs que le feu de la cheminée faisait luire.

– Va-t-elle mettre l'enfant au monde?

– Oui, mais sois patient. Tu feras une grande sorcière avec elle.

– Et elle-même?

– Elle sera la plus grande de toutes, dit-il d'une voix audible. Sauf si on te compte parmi les sorcières.

Et voilà, Michael! Tel fut le plus grand de mes triomphes. J'avais appris son nom, son histoire et qu'il était de notre sang. Mais je n'ai jamais pu en savoir plus.

Ashlar, tout tenait à ce nom. Mais si le démon était bien Ashlar, lequel? Les livres du vieux professeur en mentionnaient tellement!

Le lendemain matin, je quittai Édimbourg en laissant juste un message pour Mary Beth. À Darkirk, je pris un cheval pour aller jusqu'à Donnelaith, comme la fois précédente. Je me savais trop vieux pour faire ce voyage seul, mais mes découvertes de la veille me donnaient des ailes.

La cathédrale était éclairée par les doux rayons du soleil des Highlands perçant à travers les nuages. Je descendis de cheval et poursuivis mon chemin à pied jusqu'au cercle de pierres.

Je me mis à hurler des paroles de malédiction :

– Je t'ordonne de retourner en enfer, saint Ashlar! Je connais ton nom et je sais qui tu es. Tu es un homme qui a été vénéré et qui, par orgueil, a survécu et pris les traits d'un être démoniaque pour nous tourmenter.

Ma voix résonnait dans le vallon. Mais j'étais seul. Il ne daigna même pas me répondre. Puis, soudain, j'eus l'horrible sensation d'avoir reçu une gifle. Cela signifiait que la créature venait à moi.

– Va en enfer! criai-je en tombant dans l'herbe.

Un vent rugissant se leva et se mit à tourbillonner avec une telle violence que je perdis connaissance.

Lorsque je revins à moi, la nuit était tombée. Mes vêtements étaient en loques et mon corps vidé de ses forces. La créature l'avait possédé.

Assis seul dans le noir, je craignis un moment pour ma vie. Je ne voyais plus mon cheval et ne savais plus par où quitter ce vallon hanté. Je me mis debout avec difficulté et me rendis soudain compte que quelqu'un me tenait par les épaules.

C'était lui. Il s'était matérialisé et me guidait dans l'obscurité, son visage tout contre le mien. Nous prîmes la direction du château. Il était si réel que je sentais l'odeur de cuir de son vêtement, celle des brins d'herbe qui y étaient accrochés mais aussi celle des bois qui flottait autour de nous. Il s'évapora et je restai seul à tituber jusqu'à ce qu'il réapparaisse et m'aide.

Nous entrâmes enfin dans le grand hall du château et je m'effondrai sur le sol, incapable de continuer. Il s'assit et resta près de moi, tantôt vapeur, tantôt solide.

Exténué et désespéré, je dis :

– Lasher, que dois-je faire? Qu'est-ce que tu veux?

– Vivre, Julien, c'est tout ce que je veux. Vivre, revenir dans la lumière. Je ne suis pas ce que tu crois. Je ne suis pas ce que tu imagines. Regarde dans tes souvenirs. Le saint est dans le vitrail, non? Comment pourrais-je être le saint si je le vois dans le vitrail? Je ne l'ai jamais connu et c'est lui qui a causé ma perte.

Mais je n'avais jamais vu le saint dans le vitrail, seulement les couleurs! Allongé sur le sol, je rassemblai mes souvenirs de la cathédrale : je me vis traverser le transept et entrer dans la chapelle. Effectivement, son image était enchâssée dans le magnifique vitrail. Prêtre guerrier à la barbe et aux cheveux longs. Saint Ashlar écrasant les monstres sous son pied.

Je me retrouvai brusquement en train de dire, sur un ton désespéré : « Saint Ashlar, comment puis-je être cette créature? Aide-moi! Dieu, aide-moi! On m'a emmené. Ai-je eu le choix? »

Tant de douleur, tant de souffrance.

Je perdis à nouveau connaissance. Jamais plus je n'allais ressentir aussi bien le monstre que dans cet instant où je me trouvais à sa place, à l'intérieur de la cathédrale. J'avais même entendu sa voix, la mienne, se réfléchissant sur la voûte de pierre. Comment puis-je être cette créature, saint Ashlar? Mais le verre coloré ne me répondit pas.

Le trou noir.

Lorsque je me réveillai au petit matin, dans les ruines du château, les guides de Darkirk étaient auprès de moi. Ils m'avaient apporté à manger, à boire, une couverture et un cheval. Ils avaient craint pour moi en voyant ma monture rentrer seule.

Dans la splendeur du matin, la vallée paraissait innocente et ravissante. J'avais envie de m'allonger pour dormir mais les guides me forcèrent à rentrer à Darkirk, où je dormis pratiquement deux jours, en proie à une légère fièvre.

À Édimbourg, je retrouvai Mary Beth dans tous ses états. Elle m'avait cru parti pour toujours et avait accusé Lasher de m'avoir fait du mal. Il avait pleuré.

Je fis asseoir Mary Beth près du feu et entrepris de lui raconter toute l'histoire et ce qu'elle signifiait, sans oublier les fameux souvenirs.

– Jusqu'à la fin de tes jours, tu dois te montrer plus forte que cette créature, lui dis-je. Il faut à tout prix que tu l'empêches d'avoir prise sur toi. Elle est capable de tuer et de détruire. Elle veut être vivante. Elle est cruelle. Elle ne possède en rien la sagesse. C'est un être déchu, désespéré, qui ne cherche qu'à sortir des ténèbres où on l'a enfermé.

– Un être de souffrance, dit-elle. C'est exactement cela, Julien. Mais tu ne peux pas continuer à t'opposer à lui. À partir de maintenant, je te demande de me laisser faire.

Elle se leva et se mit à discourir d'une voix calme, en faisant peu de gestes, comme à son habitude :

– J'ai l'intention d'utiliser cette créature pour rendre notre famille encore plus riche. Je fonderai un clan si puissant que ni révolution ni guerre ni révolte ne pourront le détruire. J'unirai nos cousins chaque fois que je le pourrai, j'encouragerai les mariages à l'intérieur du clan et veillerai à ce que tous ses membres portent le nom de Mayfair. Je ferai le triomphe de notre famille, Julien. C'est cela qu'il veut, et rien d'autre. Il n'y aura pas de lutte entre lui et moi.

– Ah, tu crois ça ? T'a-t-il mise au courant de ses projets pour nous ? T'a-t-il dit que je serai le père de la sorcière que tu vas mettre au monde ?

Je tremblais d'appréhension et de rage.

Elle m'adressa un sourire d'apaisement puis caressa mon visage et me dit :

– Eh bien, quand le moment sera venu, penses-tu que ce soit si difficile, mon chéri ?

Cette nuit-là, je rêvai de sorcières dansant dans la lande. Je rêvai d'orgies.

D'Édimbourg, nous partîmes pour Londres où nous restâmes jusqu'à ce que Mary Beth mette au monde Belle, en 1888. Depuis le début, nous savions que cette enfant radieuse n'était pas normale puisque Lasher nous avait prévenus.

Je me procurai un grand cahier à la couverture de cuir et au papier de parchemin et me mis à écrire tout ce que je savais de Lasher et de la famille. C'était un travail de longue haleine. À La Nouvelle-Orléans, j'avais commencé bien des fois à écrire mes souvenirs mais je n'avais jamais mené l'entreprise jusqu'au bout. Cette fois, je n'avais pas l'intention de m'arrêter en chemin.

Je couchai sur le papier jusqu'au moindre détail concernant Riverbend, Donnelaith, les légendes, le saint. Absolument tout. J'écrivais très vite et frénétiquement, conscient de ce que, à n'importe quel moment, le monstre pouvait m'empêcher de continuer.

Mais il s'en abstint.

Le professeur m'envoyait chaque jour des récits concernant saint Ashlar. Il s'agissait principalement de vœux exaucés ou de miracles et ses recherches ne m'apportaient rien que je ne sache déjà. On avait commencé des fouilles à Donnelaith mais il y en avait pour des siècles. De toute façon, que pouvait-on découvrir?

Malgré tout, j'envoyais des lettres enthousiastes au professeur et à ses amis. Je leur allouais de nouveaux fonds et leur donnais toutes les autorisations qu'ils me demandaient dès qu'il s'agissait de Donnelaith et de ses ruines. Je recopiais chacune de mes lettres dans mon grand cahier.

Je pris un second cahier dans lequel je commençai à rédiger ma propre biographie. Je l'avais choisi bien solide pour qu'il dure longtemps. Je n'aurais jamais cru que ces deux cahiers ne me survivraient pas.

Pendant que j'écrivais, Lasher ne me dérangeait jamais. Il restait avec Mary Beth qui, pratiquement jusqu'à l'heure de son accouchement, passa son temps entre Londres, Canterbury et Stonehenge en compagnie de jeunes gens. Je crois que deux d'entre eux, des étudiants d'Oxford profondément épris d'elle, l'accompagnèrent à l'hôpital pour la naissance.

Pendant toute cette période, je ne me suis jamais senti aussi éloigné d'elle. Elle adorait la ville, les sites historiques mais aussi les dernières nouveautés. Par exemple, elle se précipitait pour visiter des usines et aller au théâtre. Elle visita la Tour de Londres et le musée de cire, qui était très à la mode. Le fait d'être enceinte ne la gênait pas le moins du monde; elle était si grande, si forte, si solide. Elle se sentait mieux dans la peau d'un homme que d'une femme et, pourtant, elle était si féminine, belle, heureuse d'avoir bientôt un enfant, bien que sachant que ce ne serait pas une sorcière.

– C'est ma fille, disait-elle. Elle s'appellera Mayfair comme moi. C'est tout ce qui compte.

Moi, je restais enfermé dans ma chambre avec le passé, avide de laisser à la postérité un document qui pourrait être utile. Or, avec le temps, je me rendis compte que j'avais écrit tout ce que je savais et j'en ressentais une grande frustration.

Lasher finit par apparaître.

Il avait pris le même aspect que le jour où nous avions marché ensemble jusqu'au château. Il était venu en ami, en réconfort. Je le laissai me caresser le front et me consoler de ses baisers. Mais, au fond de moi, j'étais malheureux. J'avais découvert ce que je voulais savoir et je n'en étais pas plus avancé. J'étais impuissant. Mary Beth l'aimait et ne voyait pas plus son pouvoir que les sorcières qui, avant elle, avaient composé avec lui, lui avaient donné des ordres ou s'étaient laissé embrasser par lui.

Pour finir, je le priai gentiment de me laisser seul et d'aller veiller sur la sorcière. Il obtempéra.

Mary Beth, qui avait enfanté la veille, était toujours à l'hôpital avec sa petite fille et se laissait dorloter par les infirmières.

Je décidai d'aller me promener dans Londres.

Mes pas m'amenèrent devant une vieille église. Sans savoir pourquoi, j'y entrai et m'assis sur un banc, tout au fond. J'inclinai la tête et me mis à prier.

– Dieu, aide-moi, dis-je. Je ne t'ai jamais réellement prié, sauf quand j'étais dans la mémoire de cette créature, dans la cathédrale, devant le vitrail de saint Ashlar. Mais je vais essayer. Que dois-je faire? Détruire cette créature signifierait-il la destruction de ma famille?

J'étais profondément absorbé dans ma prière lorsque quelqu'un me tapa sur l'épaule. Je levai les yeux et aperçus un jeune homme vêtu de noir, un peu trop élégant et éduqué pour être ordinaire. Il avait de magnifiques cheveux noirs bien peignés et des yeux étonnants, petits, mais d'un gris splendide.

– Venez avec moi, m'intima-t-il.

– Pourquoi? Êtes-vous la réponse à mes prières?

– Non, mais je veux savoir ce que vous savez. Je suis du Talamasca. Savez-vous qui nous sommes?

Bien sûr que je connaissais ces gens d'Amsterdam. Le vieux professeur me les avait décrits et mon ancêtre Petyr Van Abel avait été l'un des leurs.

– C'est exact, Julien. Vous en savez plus que je ne croyais. Venez, j'aimerais parler avec vous.

– Et pourquoi vous suivrais-je?

Soudain, je sentis l'air remuer et se réchauffer autour de moi et une violente bourrasque traversa l'église et fit claquer les portes. Le jeune homme regardait tout autour de lui, frappé de stupeur.

– Je croyais que vous vouliez savoir tout ce que je savais, dis-je. Vous avez plutôt l'air de quelqu'un qui a peur, maintenant.

– Julien Mayfair, vous ne vous rendez pas compte de ce que vous faites.

– Vous, vous savez, je suppose?

Le vent se fit de plus en plus fort et rouvrit les portes, laissant entrer du dehors un faisceau de lumière qui éclaira les statues poussiéreuses.

L'homme recula en regardant vers l'autel lointain. L'air se rassembla, le vent se renforça et se mit à souffler dans sa direction. Je sentis qu'il allait le frapper avec force. Le choc renversa l'homme sur le sol de marbre. Il se releva rapidement et s'éloigna de moi à reculons. Du sang coulait de son nez sur ses lèvres et son menton. Il prit un mouchoir et s'essuya.

Mais le vent n'en avait pas terminé. Un grondement de tremblement de terre s'éleva dans l'église.

L'homme se rua dehors et disparut. Le vent s'arrêta. Soudain, l'air redevint calme, comme si rien ne s'était produit. La nef s'obscurcit, le soleil ne pénétrant plus que par les vitraux.

Je me rassis et fixai l'autel des yeux.

– Eh bien, esprit?

La voix secrète de Lasher me répondit dans le vide et le silence.

– Je ne veux pas que ces gens s'approchent de toi. Je ne veux pas qu'ils approchent mes sorcières.

– Ils te connaissent, n'est-ce pas? Ils ont exploré la vallée à maintes reprises. Ils connaissent ton existence. Mon ancêtre Petyr Van Abel...

– Oui, oui et oui. Mais je t'ai dit que le passé ne comptait pas.

– Connaître le passé n'avancerait donc à rien? Alors pourquoi as-tu fait partir cet homme? Tu sais, tout cela me paraît bien suspect.

– L'avenir, Julien. L'avenir.

– À mon avis, ce que j'ai appris pourrait bien empêcher ce que tu vois dans l'avenir.

– Tu es vieux, Julien. Tu m'as bien servi et tu me serviras encore. Je t'aime. Mais, à ta place, je ne parlerais plus jamais à ces gens du Talamasca et je ne les laisserais pas ennuyer Mary Beth ni aucune de mes sorcières.

– Mais qu'est-ce qu'ils veulent? Quel est leur intérêt? Le vieux professeur d'Édimbourg m'a dit qu'ils collectionnaient les objets anciens.

– Ce sont des menteurs. Ils prétendent étudier le passé, et uniquement ça, mais, en réalité, ils cachent un secret épouvantable. Et moi, je connais ce secret. Je ne veux pas qu'ils tournent autour de toi.

– Tu les connais aussi bien qu'ils te connaissent?

– Oui. Ils ont une attirance irrésistible pour les mystères. Mais ce sont des menteurs. Ils se servent de leurs connaissances à leurs propres fins. Ne leur dis jamais rien. N'oublie pas ce que je t'ai dit. Ils mentent. Protège le clan contre eux.

J'acquiesçai et sortis. Je réintégrai ma suite et ouvris mon grand cahier, celui consacré au clan et à Lasher.

J'écrivis :

« Esprit, si tu crains réellement ces érudits, si tu tiens vraiment à les écarter de notre chemin, alors pourquoi avoir fait une telle démonstration de puissance devant celui qui est venu me voir?

Pourquoi lui avoir montré ta présence et ta force comme tu ne l'as jamais fait pour aucun autre étranger? Surtout à lui qui est déjà allé dans la vallée de Donnelaith et qui en sait long sur toi. Oh, lamentable petit esprit puéril, tu n'imagines pas à quel point j'ai envie de me débarrasser de toi! »

Je refermai mon cahier.

Quelques jours plus tard, Mary Beth sortit de l'hôpital et, dans sa triomphante maternité, se réinstalla à l'hôtel. Pendant qu'elle écumait les boutiques de Londres pour acheter toutes sortes de babioles pour le bébé, je décidai de faire mes propres recherches sur cet ordre mystérieux, le Talamasca.

Ce n'était pas une tâche facile. Les renseignements étaient encore plus rares que pour saint Ashlar. Je n'obtins que de vagues suggestions de la part des professeurs de Cambridge que je contactai : ces gens seraient des sortes de collectionneurs, d'historiens.

Je savais qu'ils n'étaient pas que cela. Je me rappelais trop bien le jeune homme aux yeux gris et aux belles manières et son effroi lorsque le vent l'avait renversé.

Je finis par découvrir leur maison mère, mais il me fut impossible d'en approcher. Parvenu à l'entrée du parc, j'observai les hautes fenêtres et les cheminées, mais le démon s'interposa pour m'empêcher d'avancer. Il me dit :

– Julien, va-t'en d'ici. Ces hommes sont mauvais. Ils détruiront ta famille. Va-t'en tout de suite. Il faut que tu engendres une sorcière avec Mary Beth. Je vois loin et de plus en plus clair.

Je n'étais pas de taille à lutter. Je compris que si Lasher m'avait laissé apprendre sur le Talamasca le peu que je savais, c'était parce qu'il était sans conséquence. Il m'empêcherait d'aller plus avant.

J'inscrivis cette découverte dans mon cahier. J'allais désormais me méfier de cet ordre.

Pour conclure mon récit, permettez que je vous résume le peu que j'ai appris pendant toutes ces années mais dont vous devez vous armer. Ne faites jamais confiance à personne en dehors de vous-même dans la tâche que vous devez entreprendre : détruire Lasher. Maintenant qu'il s'est incarné, on peut le tuer, le neutraliser. Retournera-t-il d'où il vient? Dieu seul le sait. Mais vous devez absolument mettre fin à la tyrannie qu'il exerce sur notre famille, mettre un terme à toutes ces années d'horreur.

À mon retour, je pressai Mary Beth d'épouser Daniel McIntyre, un de mes amants fort charmant dont elle était éprise. Lasher continuait d'insister pour que je m'accouple avec elle. Le premier enfant de Mary Beth et Daniel fut une petite fille têtue et désagréable, prénommée Carlotta, qui, dès le début, fut versée dans la religion catholique : à croire que des anges s'étaient penchés sur son berceau à sa naissance. J'aurais nettement préféré qu'ils l'emmènent directement au paradis... Lasher continuait de me harceler pour que je fasse une fille à Mary Beth.

Nous entrions alors dans une ère de modernisme dont les changements eurent un grand impact tout autour de nous. Mary Beth était une femme si déterminée et réussissait si bien ce qu'elle entreprenait que, pour elle, la famille était la seule réalité qui comptait.

Elle gardait pour elle tout ce qu'elle savait sur Lasher et m'ordonnait de ne montrer mes cahiers à personne. Dans son idée, Lasher devait devenir un fantôme et une légende, et nul ne devait savoir qui il était en réalité.

Finalement, après avoir donné deux enfants à Daniel, dont aucun ne pouvait servir ses desseins puisque le second, Lionel, était un garçon et, par conséquent, encore moins approprié que Carlotta, je me rendis à ses arguments et à ceux de Lasher. De l'union d'un vieil homme avec sa fille naquit donc ma belle Stella.

Stella était la sorcière. Elle voyait Lasher et possédait des dons inimaginables. Malheureusement, dès sa plus tendre enfance, elle révéla une propension au plaisir qui surpassait toute autre passion. Elle était capricieuse et dévergondée et passait son temps à chanter et à danser. J'en vins même, sur mes vieux jours, à me demander comment son caractère insouciant s'accommodait de tous les secrets qu'elle connaissait et si elle n'était pas venue au monde uniquement pour m'apporter le bonheur.

Stella. Ma somptueuse Stella. Elle gardait nos secrets comme s'ils n'avaient été qu'un simple voile qu'elle pouvait déchirer à tout moment. Mais elle ne montrait aucun symptôme de folie et, pour Mary Beth, c'était l'essentiel. Elle était l'héritière, le lien de Lasher vers la sorcière qui, un jour, lui permettrait de redevenir vivant.

Nous étions au début du XXe siècle et j'étais maintenant un très vieil homme.

Tout changeait. Le monde entier changeait. Fini le paradis champêtre de Riverbend, finie la pratique de la sorcellerie, finis les sorts, les bougies et les incantations.

Il ne restait plus qu'une famille immense et riche, à laquelle personne n'était de taille à se mesurer, et dont on racontait l'histoire, le soir au coin du feu, pour faire rêver les enfants.

Ces années furent un enchantement. De la longue lignée des Mayfair, nul ne profita mieux que moi de la vie.

Je fondai la société Mayfair & Mayfair avec mes fils Cortland, Barclay et Garland. Le patrimoine familial étant devenu ce qu'il était, faramineux, Mary Beth m'aida à créer la société qui serait chargée de sa gestion. Mais la quête du plaisir restait mon activité principale.

Lorsque je n'étais pas occupé à discuter avec mes fils et leurs épouses, à jouer avec mes petits-enfants ou à m'amuser avec Stella, je me rendais à Storyville, le fabuleux quartier chaud de l'époque, pour faire l'amour avec les plus belles femmes. Comme Mary Beth, mère de trois enfants, ne m'accompagnait plus dans mes escapades, j'emmenais mes jeunes amants avec moi et m'adonnais aux plaisirs de la chair avec des femmes et des hommes.

Ah, Storyville ! Que de bons moments passés, que d'expériences ! Mais c'est une autre histoire...

Pendant toutes ces années, j'ai menti à mes fils. Par omission.

Jamais je ne leur ai parlé de mes péchés, de mes débauches, de mes pouvoirs, de mes relations avec Mary Beth, de mon lien de sang avec Stella. J'essayais de leur ouvrir les yeux sur le monde pratique, sur les vérités que l'on trouvait dans la nature et les livres et que j'avais apprises dès ma plus tendre jeunesse. Je n'osais pas leur transmettre mes secrets et, de toute façon, plus ils devenaient adultes, plus je savais qu'aucun d'eux ne serait digne de les connaître. Mes fils étaient de bons garçons, bien solides, d'excellents financiers qui servaient la famille avec ferveur. Ils représentaient tous les trois le meilleur de moi-même et je devais leur épargner le pire.

Chaque fois que j'essayais de parler avec Stella, elle s'assoupissait ou éclatait de rire.

– Tu n'as pas besoin de me faire peur avec tes histoires, me dit-elle un jour. Maman m'a raconté toutes tes idées saugrenues et tes rêves. Lasher est mon très cher esprit et il fait tout ce que je lui dis. Le reste ne m'intéresse pas. Tu sais, Julien, c'est une sacrée veine pour une famille d'avoir un petit fantôme à soi.

J'étais stupéfait. C'était une fille des temps modernes. Elle ne se rendait pas compte de ce qu'elle disait. Dire que j'avais vécu aussi longtemps pour voir ça : Carlotta, l'aînée, une espèce de monstre bigot et malveillant, et Stella, cette enfant rayonnante qui voyait l'esprit de ses propres yeux et trouvait cela très original. Je me demandais parfois si elle n'allait pas me rendre fou.

Tout en vivant dans le confort et le luxe, tout en passant mon temps à goûter aux plaisirs des temps nouveaux, à conduire mon automobile et écouter des disques sur mon Victrola, j'avais de plus en plus peur de ce que l'avenir nous réservait.

Je savais que le démon était mauvais. Je savais qu'il était un fieffé menteur et que le mystère qu'il représentait pouvait être mortel. J'avais peur des érudits d'Amsterdam et de ce jeune homme qui avait tenté de me parler dans l'église.

Lorsque le professeur m'écrivit d'Édimbourg que le Talamasca le harcelait pour lire les lettres qu'il m'envoyait, je lui ordonnai immédiatement de ne rien révéler et doublai sa rémunération. Il m'assura de sa loyauté et jamais je ne doutai de lui.

Le comportement de ces érudits et celui de l'esprit devant eux me paraissaient tout à fait insensés. Pourquoi l'homme m'avait-il parlé avec un air si grave ? Et pourquoi l'esprit lui avait-il fait une telle démonstration de force ? Je pressentais qu'il y avait une question de stratégie là-dedans. L'esprit avait-il juste cherché à s'amuser ou cachait-il quelque chose de sérieux ?

Sur mes vieux jours, je me retirai dans la chambre mansardée en compagnie de l'une des plus magnifiques inventions de l'époque, un Victrola portable. Vous n'imaginez pas avec quel délice j'écoutais mes disques. Je pouvais même poser l'appareil dans l'herbe et faire jouer un air d'opéra.

J'adorais cela. Et pendant que j'écoutais de la musique, Lasher ne pouvait entrer dans ma tête, bien que, à dire vrai, il ne le fît plus très souvent.

Il avait Mary Beth et la petite Stella pour s'occuper et les adorait toutes les deux, tirant d'elles sa force en passant de l'une à l'autre. En fait, ses grands moments de bonheur étaient de les avoir toutes les deux ensemble.

Moi, je me passais fort bien de lui. J'écrivais dans mes cahiers, que je cachais sous mon lit, et j'avais mon amant, Richard Llewellyn, un charmant jeune homme qui vénérait jusqu'au sol que je foulais et dont la compagnie m'était toujours agréable. Pour sa propre sécurité, je n'ai jamais osé faire de lui mon confident.

Ma vie était riche de bien des façons. Mon neveu Clay vivait avec nous, ainsi que Millie, la fille de Rémy, et mes fils devenaient des hommes vigoureux. Nous nous employions à l'expansion de la société Mayfair & Mayfair, qui contrôlait toutes nos activités.

Lorsque Carlotta eut douze ans, je décidai de la mettre dans la confidence et de lui raconter toute l'histoire. Je lui montrai mes cahiers et tentai de la mettre en garde. Je lui dis que Stella hériterait de l'émeraude, qu'elle serait la favorite de ce démon fourbe qui, en réalité, était le fantôme de quelqu'un qui avait existé et que son unique objectif était de redevenir vivant.

Je n'oublierai jamais sa réaction.

– Espèce de démon, de sorcier. J'ai toujours su que ce monstre vivait ici, dans l'ombre. Et voilà que tu lui attribues un nom et même une histoire!

Elle se dit fermement décidée à le combattre au moyen de sa foi catholique, « par le pouvoir du Christ, de sa sainte Mère et de tous les saints ».

Nous eûmes une terrible dispute.

– Tu ne comprends donc pas que ta religion n'est qu'une autre forme de sorcellerie? lui criai-je.

– Et toi, qu'est-ce que tu essaies de me dire, espèce de vieux fou? Que je dois me compromettre avec ce démon? Que je dois le connaître pour le vaincre? Eh bien, je vais le détruire, et toutes les sorcières avec lui, s'il le faut. Tu ne perds rien pour attendre! Je laisserai le testament sans héritière. Je mettrai fin à toutes ces inepties.

J'étais désespéré. Je la suppliai de m'écouter, de réviser sa position, d'accepter mes conseils et de sortir ces idées de son esprit. Mais elle était fermement résolue à s'en remettre à sa religion, son chapelet et ses messes pour mettre un terme à tous ces mystères.

Plus tard, Mary Beth me conseilla de ne pas attacher trop d'importance aux paroles de Carlotta.

– C'est une enfant triste, me dit-elle. Je ne l'aime pas. J'ai bien essayé, mais en vain. J'aime Stella. Et Carlotta le sait. Elle sait qu'elle n'héritera pas de l'émeraude. Elle l'a toujours su et, aujourd'hui, elle est pleine de haine et de jalousie.

– Mais tu ne vois pas qu'elle est plus intelligente que Stella? J'adore Stella moi aussi. Mais Carlotta est la tête pensante.

– Tout est joué depuis longtemps, Julien. L'esprit de Carlotta m'est fermé. Et Lasher ne tolérera jamais qu'elle fasse autre chose que servir la famille.

– Tu vois à quel point c'est lui qui contrôle tout ici? Comment Carlotta pourrait-elle servir la cause de la famille? Et en quoi les types d'Amsterdam le font-ils? Je dois éclaircir tout cela. Tu sais que l'esprit peut éliminer tous ceux qui se mettent en travers de son chemin.

– Tu réfléchis beaucoup trop pour un vieil homme, dit-elle. Et tu ne dors pas assez. Les types d'Amsterdam? Qu'est-ce que ça peut nous faire que ces gens racontent toutes sortes d'histoires à notre propos? Qu'ils disent que nous sommes des sorcières? C'est bien ce que nous sommes, et c'est notre force. Toi, tu essaies de tout faire rentrer dans un certain ordre. Or, aucun ordre n'est possible nous concernant.

– Tu te trompes. Tu fais une erreur de jugement.

Chaque fois que je regardais les yeux innocents de Mary Beth, le courage me manquait pour lui avouer tout ce que je savais. Et la voir jouer négligemment avec le collier d'émeraude me donnait des frissons.

Je décidai de lui montrer où je cachais mes cahiers, sous mon lit. Et je lui dis qu'il faudrait un jour qu'elle les lise. Je lui parlai du Talamasca, ces érudits d'Amsterdam qui étaient au courant pour l'esprit mais qui constituaient un réel danger pour nous. Il ne fallait pas s'approcher d'eux. Je lui appris également comment distraire l'attention de l'esprit et lui décrivis sa vanité. Je lui narrai donc tout ce que je pouvais, mais je fus incapable d'aller jusqu'au bout.

Mary Beth était la seule à tout savoir. Et, avec le temps, elle avait beaucoup changé. Elle était devenue une femme du XXe siècle. Elle apprenait à Stella ce que, selon elle, elle devait savoir. Elle lui avait donné les poupées des sorcières pour qu'elle joue avec. Elle lui avait donné celle faite avec la peau, les ongles et les os de ma mère! Et celle de Katherine.

Un jour, en descendant l'escalier, je vis Stella assise au bord de son lit, les jambes croisées, en train de faire tenir une conversation entre les poupées représentant ma mère et Katherine.

– Mais quelle foutaise! m'exclamai-je.

Mary Beth m'entraîna avec elle.

– Allez, Julien! Elle doit savoir qui elle est. C'est une vieille coutume.

– Mais cela ne veut rien dire!

Je parlais dans le vide. Mary Beth était dans la fleur de l'âge. J'étais un très vieil homme.

Cette nuit-là, dans mon lit, la vision de la petite fille en train de jouer avec ces poupées ineptes me hanta longtemps. Je ressassai de quelle façon je pourrais lui faire comprendre la distinction entre le réel et l'irréel et l'avertir des problèmes qu'elle pourrait avoir avec l'esprit. Par ailleurs, mon pire adversaire était Carlotta, même si, comme moi, elle mettait Stella en garde. Mais Stella ne nous écoutait ni l'un ni l'autre.

Je finis pas sombrer dans un sommeil profond et, durant la nuit, je rêvai à nouveau de Donnelaith et de la cathédrale.

À mon réveil, je fis une découverte dramatique. Mais pas immédiatement.

Je m'assis dans mon lit, bus mon chocolat, lus quelque temps, du Shakespeare, je crois. Ah oui! *La Tempête*. Un de mes serviteurs m'avait récemment fait remarquer que je n'avais encore pas lu cette pièce. Quoi qu'il en soit, j'en lus quelques pages, et j'en fus enchanté. Vint ensuite le moment d'écrire.

Je descendis du lit, me mis à genoux et tendis la main pour attraper mes cahiers. Volatilisés! La cachette était vide.

En cet instant tragique, je sus qu'ils étaient perdus pour toujours. Personne ne touchait à mes affaires dans cette maison. Personne n'aurait osé venir la nuit dans ma chambre pour emporter mes précieux cahiers. Ce ne pouvait être que Mary Beth. Et si elle les avait pris, il ne devait plus rien en rester.

Je me précipitai dans l'escalier, au risque de me casser le cou. Au moment d'atteindre les portes-fenêtres donnant sur le jardin, je ressentis une douleur au côté et à la tête. Je dus appeler des serviteurs pour qu'ils m'aident.

Lasher vint m'envelopper et me calmer.

– Calme-toi, Julien, m'exhorta-t-il. J'ai toujours été bon envers toi.

À travers les fenêtres, j'avais aperçu un grand feu au fond de la cour, loin de la rue, et la silhouette de Mary Beth qui y jetait un objet après l'autre.

– Arrête-la, murmurai-je dans un souffle.

J'avais du mal à respirer. La créature était invisible mais présente tout autour de moi, et me soutenait.

– Julien, je t'en prie. Ne va pas plus loin.

Luttant de toutes mes forces pour ne pas m'évanouir, j'observai les piles de livres sur l'herbe, les vieux tableaux de Saint-Domingue, les portraits de nos plus lointains ancêtres. J'aperçus les livres de comptes, les registres et tous les papiers de l'ancien bureau de ma mère, toutes les fadaises qu'elle avait écrites. Même les paquets de lettres d'Édimbourg! Un seul de mes cahiers avait encore échappé au feu et, au moment où j'appelai Mary Beth, elle s'apprêtait à le jeter dans les flammes.

Je concentrai tout mon pouvoir pour l'arrêter. Elle fit volte-face, comme attrapée au vol par un crochet. Le cahier à la main, elle me fixa des yeux, médusée et paralysée par le pouvoir qui avait retenu sa main. Alors, le vent se leva, s'empara du cahier et le lança vers les flammes, où il retomba en tourbillonnant.

J'eus la respiration coupée. Aucune malédiction ne put sortir de ma bouche. Ce fut le trou noir.

À mon réveil, j'étais dans mon lit.

Richard, mon jeune et tendre ami, était auprès de moi. Et Stella aussi, qui me tenait la main.

– Il fallait que maman brûle toutes ces vieilleries, s'excusa-t-elle.

Je ne répondis rien. En fait, j'avais subi une légère attaque et, sans le savoir, j'étais incapable de parler. Je crus que mon silence était délibéré. Ce n'est que le lendemain, lorsque Mary Beth me rendit visite, que je compris mon incapacité à émettre quelque son que ce fût. De toute façon, aucun mot n'aurait su exprimer toute ma colère.

C'était en fin de soirée. Lorsqu'elle vit dans quel état j'étais, elle eut l'air très désemparée. Elle appela Richard sur un ton de reproche, comme pour le réprimander. Il arriva et tous deux m'aidèrent à descendre l'escalier. À les voir, on aurait dit qu'ils pensaient que si j'étais capable de sortir de mon lit et de marcher, je ne mourrais pas dans la nuit.

Je m'assis sur le canapé du salon.

Comme j'aimais ce double salon. Autant que vous, Michael. C'était vraiment confortable de rester à ne rien faire, sauf regarder à travers les portes-fenêtres donnant sur la pelouse, où toute trace de ce maudit feu avait disparu.

Mary Beth parla pendant de longues heures. En substance, elle m'expliqua que mon temps et mes méthodes étaient révolus.

J'étais révolté. Je me sentis à nouveau très mal. On m'apporta des oreillers et des couvertures. Je ne pus remonter l'escalier avant le lendemain. J'étais presque décidé à me laisser mourir sur place, mais un événement particulier me fit changer d'avis et me ramena à la vie.

J'étais allongé sur le canapé. Il faisait très chaud et je sentais la brise du fleuve entrer par les portes-fenêtres. J'essayais de fermer mes narines à l'odeur du feu qui avait brûlé tout ce que j'avais de plus précieux. C'est alors que j'entendis Carlotta se disputer avec sa mère sur un ton qui montait de plus en plus.

Pour finir, elle vint me voir et me jaugea du regard. C'était une mince adolescente élancée qui devait avoir dans les quinze ans. Elle n'était pas si désagréable à regarder avec ses cheveux souples et ce qu'il est convenu d'appeler des yeux intelligents.

– Dire que tu fais tout un foin à propos de ce feu, me dit-elle avec une froideur incroyable, alors que tu les as laissé faire ce qu'ils ont fait à cet enfant. Ils l'ont fait par peur de mère, tu sais ça? De mère et de toi.

– Mais de quoi parles-tu? Quel enfant?

Mais elle était partie, furieuse et désespérée. Stella apparut à cet instant et je lui répétai les paroles de Carlotta.

– Stella, qu'est-ce que ça veut dire? De quoi parle-t-elle?

– Elle a osé te le dire? Elle sait pourtant que tu es malade et que tu t'es disputé avec mère.

Les larmes lui montaient aux yeux.

– Ce n'est rien, reprit-elle. C'est une histoire avec les Mayfair de Fontevrault. Tu sais, les zombis d'Amelia Street.

Bien sûr que je savais de qui il s'agissait. Les Mayfair de Fontevrault étaient les descendants de mon cousin Augustin, celui que j'avais abattu d'un coup de pistolet. Sa femme et ses enfants avaient fondé la lignée de Fontevrault, comme je vous l'ai raconté. Ils avaient leur propre plantation somptueuse dans le bayou, à des kilomètres de chez nous. Et ils ne daignaient nous rendre visite qu'à l'occasion des très grandes réunions de famille. Nous visitions leurs malades et les aidions à enterrer leurs morts. Ils nous rendaient la pareille mais, au fil des ans, nos relations ne se sont pas grandement améliorées.

Certains d'entre eux, le vieux Tobias et son fils Walker, il me semble, avaient fait construire une magnifique maison sur Saint Charles Avenue, dans Amelia Street. Et j'avais suivi sa construction avec beaucoup d'intérêt. Il y avait tout un paquet de Mayfair qui vivaient là-bas, surtout des vieilles femmes et des vieillards qui me battaient tous froid. Tobias était un vieux fou qui avait vécu bien trop longtemps, tout comme moi. C'était l'homme le plus retors que j'aie jamais connu. Toute sa vie il m'a tenu pour coupable de tous les événements malheureux qui se produisaient dans la famille.

Les autres n'étaient pas si méchants que ça. Bien entendu, ils étaient riches puisqu'ils bénéficiaient avec nous des activités de la famille. Mary Beth les invitait toujours à ses grandes fêtes de famille, surtout les jeunes. Certains d'entre eux avaient épousé des membres de notre branche. Tobias, dans sa haine rancunière, qualifiait ces mariages croisés de « danses nuptiales sur la tombe d'Augustin ». Et tout le monde savait que Mary Beth souhaitait plus que tout au monde que tous les Mayfair reviennent au bercail.

Je pourrais vous raconter un tas d'histoires étonnantes sur Tobias et sa manie de vouloir me tuer. Mais ce n'est pas le moment. J'attendais que Stella m'explique ce que Carlotta avait voulu dire.

– Qu'est-ce que les rejetons d'Augustin ont encore fait? lui demandai-je.

C'était ainsi que j'appelais toujours cette bande d'abrutis.

– Rapunzel, Rapunzel, chantonna-t-elle. C'est de cela qu'il s'agit. Renonce à tes longs cheveux ou passe le reste de tes jours dans la mansarde.

Elle avait chanté avec une grande gaieté.

– C'est à propos de cousine Évelyne, mon cher, poursuivit-elle. Tout le monde dit qu'elle est la fille de Cortland.

– Quoi? Tu veux parler de mon fils Cortland? Tu dis qu'il a fait un enfant à l'une de ces femmes? L'une de ces Mayfair-là?

– Il y a treize ans, Cortland est arrivé complètement ivre à Fontevrault et a fait un enfant à Barbara Ann. Tu sais, la fille de Walker. Et cet enfant, c'est Évelyne. Tu te souviens? Barbara Ann est morte en la mettant au monde. Eh bien, je te le donne en mille, Évelyne est une sorcière, la plus puissante sorcière qu'il y ait jamais eu, et elle voit l'avenir.

– Qui dit ça?

– Tout le monde. Elle a le sixième doigt! Elle est marquée, très cher, et elle est vraiment tout ce qu'il y a de plus bizarre. Tobias l'a enfermée de crainte que mère ne veuille la tuer! Tu te rends compte? Il a peur que mère et toi lui fassiez du mal. En résumé, tu es son grand-père. Cortland m'a avoué qu'il était bien son père mais il m'a fait jurer de ne jamais te le répéter. « Tu sais à quel point père hait ceux de Fontevrault, m'a-t-il dit. Et qu'est-ce que je peux apporter à cette enfant alors que toute cette branche de la famille me déteste? »

– Attends un peu! Va doucement. Es-tu en train de me dire que Cortland a abusé de cette écervelée de Barbara Ann, qu'elle est morte en mettant Évelyne au monde et qu'il ne s'est jamais occupé de l'enfant?

– Il n'a pas vraiment abusé d'elle, tu sais. Elle était enfermée dans la mansarde et n'avait probablement jamais rencontré d'être humain avant que Cortland ne monte rendre visite à la pauvre prisonnière. Et je ne sais pas exactement ce qui s'est passé. J'étais à peine née. Mais ne sois pas fâché contre Cortland. De tous tes fils, c'est celui qui t'adore le plus. Et il risque de se retourner contre moi s'il apprend que je t'ai tout raconté. Tu ferais mieux d'oublier tout ça.

– Oublier? Alors que j'ai une petite-fille prisonnière à quelques pâtés de maisons d'ici? Rien d'étonnant à ce que Carlotta soit hors d'elle. Elle a parfaitement raison. Toute cette histoire est atroce.

Stella se leva de sa chaise en battant des mains.

– Mère! Mère! Oncle Julien est guéri. Il est redevenu lui-même. Nous allons à Amelia Street.

Mary Beth arriva en courant.

– Carlotta t'a tout raconté? Surtout, ne te mêle pas de ça.

– Non mais tu plaisantes?

J'étais complètement enragé.

– Oh, mère! s'exclama Stella. Tu me fais penser à la reine Élizabeth qui craignait la puissance de sa pauvre cousine Mary Stuart. Cette fille ne peut nous faire aucun mal! Elle n'a rien à voir avec Mary Stuart. Elle n'est jamais sortie de la maison de toute sa vie. Comme Barbara Ann et pour la même raison. Dans cette famille, beaucoup de gens ont des dons de sorcellerie, oncle Julien. Barbara Ann n'avait pas toute sa tête, disait-on, mais sa fille a du sang de Cortland et elle voit l'avenir.

– Personne ne peut réellement voir l'avenir, déclara Mary Beth. Et personne ne devrait avoir envie de le voir, du reste. Julien, cette fille est singulière. Elle est timide, entend des voix et voit des fantômes. Rien de bien nouveau. Elle est très isolée et a été élevée par des personnes âgées.

– Cortland! Comment a-t-il pu oser me cacher tout cela? dis-je.

– Il n'a pas osé, justement, dit Mary Beth. Il ne voulait pas te contrarier.

– Il s'en fiche pas mal, oui. Quel crétin de laisser ce bébé à ces cousins-là! Et Carlotta est allée là-bas?

– Carlotta est allée demander à la fille de dire ce qu'elle voyait et de faire des prédictions. Je le lui avais interdit, mais elle est passée outre. Elle avait entendu dire que cette fille avait plus de pouvoir que n'importe qui d'autre dans la famille.

– Plus de pouvoir que n'importe qui d'autre! Il fut un temps où c'était mon cas. À l'époque des chevaux et des calèches, des esclaves et de la vie paisible. Plus de pouvoir!

– Mais, tout de même, répliqua Mary Beth, il y a un élément en sa faveur : par le jeu des croisements entre les lignées de la famille, elle a un nombre incroyable d'ancêtres Mayfair et, puisqu'elle est la fille de Cortland, elle entre par ailleurs dans notre lignée et le nombre de ses ascendants Mayfair devient incalculable.

– Je vois, dis-je. Barbara Ann était la fille de Walker et de Sarah, tous les deux Mayfair. Oui, et Sarah était la fille d'Aaron et de Melissa Mayfair.

– Oui, et ainsi de suite. Tu te rends compte? On ne lui trouverait probablement aucun ancêtre qui n'ait pas été un Mayfair.

– C'est effectivement un élément en sa faveur, conclus-je.

J'eus envie de prendre mes cahiers pour y consigner tout cela et y réfléchir. Mais je me souvins qu'ils étaient partis en fumée et je me sentis très triste. Je laissai les deux femmes discuter ensemble.

– Cette fille ne voit pas plus l'avenir que quelqu'un d'autre, déclara Mary Beth en s'asseyant à côté de moi. Carlotta est allée là-bas pour chercher un soutien contre la malédiction qu'elle estime peser sur nous. Elle est obsédée par ça.

– Elle a de forts pressentiments, comme nous tous, dit Stella dans un soupir parfaitement mélodramatique.
– Et que s'est-il passé?
– Carlotta est montée dans la mansarde. Elle y est allée plusieurs fois, d'ailleurs. Elle a apprivoisé la fille, qui ne parle pratiquement jamais et, finalement, celle-ci lui a fait une prédiction terrible.
– Laquelle?
– Que nous allons tous périr par la main de celui qui nous a élevés et soutenus.
Je levai la tête et scrutai Mary Beth du regard.
– Julien, ça ne veut absolument rien dire.
– C'est pour ça que tu as brûlé mes cahiers? C'est pour ça que tu as détruit toutes les informations que j'avais recueillies?
– Julien, Julien. Tu es un vieux rêveur. La fille a probablement dit ça pour obtenir un cadeau, ou que Carlotta s'en aille. Elle est pratiquement muette. Elle reste assise toute la journée devant la fenêtre à regarder les voitures passer dans Saint Charles Avenue. Parfois, elle chante, ou elle parle en vers. Elle est incapable de lacer ses chaussures ou de se brosser les cheveux.
– C'en est assez! Faites amener ma voiture devant la porte.
– Mais tu ne peux pas conduire! s'écria Mary Beth. Tu es trop faible. Tu veux vraiment mourir sur les marches du perron d'Amelia Street? Aie au moins la courtoisie de mourir dans ton lit, auprès de nous.
– Je ne suis pas encore prêt à mourir, ma chère fille, dis-je. Alors, tu fais avancer ma voiture devant la maison ou j'y vais à pied? Richard, où est Richard? Richard, apporte-moi des vêtements propres et tout ce qu'il faut. Je vais me changer dans la bibliothèque. Je ne peux pas monter. Dépêche-toi!
– Mais tu vas leur faire une peur de tous les diables! cria Stella. Ils vont croire que tu viens pour la tuer!
– Et pourquoi ferais-je une chose pareille?
– Parce qu'elle est plus puissante que nous, tu ne comprends donc pas? Oncle Julien, pense à l'héritage. C'est ce que tu me dis toujours de faire. Est-ce qu'elle ne pourrait pas tout réclamer pour elle?
– Certainement pas, dis-je. Pas tant que Mary Beth a une fille et que Stella, sa fille, n'a pas prouvé qu'elle ne peut pas en avoir une. Aucun recours n'est possible.
– Ils disent qu'il existe certaines dispositions qui ont trait au pouvoir, aux dons de sorcellerie et tout ça. Et ils cachent cette fille par crainte que nous ne la fassions disparaître.
Richard était revenu avec mes vêtements. Je m'habillai en hâte pour cette visite très cérémoniale et l'envoyai chercher mon manteau de cheval – ma Stutz Bearcat était un cabriolet et les routes étaient boueuses –, mes lunettes et mes gants en lui ordonnant une fois de plus de se dépêcher.

– Mais tu ne peux pas aller là-bas ! répéta Mary Beth.

– Si elle est ma petite-fille, je vais la chercher.

Je me ruai vers la porte d'entrée. Je me sentais en pleine forme, à part un détail que j'étais le seul à connaître : j'étais incapable de contrôler mon pied gauche. Il refusait de se cambrer et de se lever correctement, de sorte que je traînais un peu la jambe. Mais elles ne remarquèrent rien. La mort venait de me donner un premier avertissement. Elle allait bien finir par arriver. Mais je me dis que je pouvais vivre encore une vingtaine d'années avec cette légère infirmité.

Je descendis le perron. Lorsque les domestiques m'eurent aidé à monter dans ma voiture, Stella sauta sur mes genoux et faillit à la fois me castrer et me tuer. Carlotta sortit à ce moment-là de l'ombre des chênes.

– Tu vas l'aider ? me demanda-t-elle.

– Bien sûr, répondis-je. Je vais la sortir de là. Quelle chose épouvantable ! Pourquoi ne m'en as-tu pas parlé plus tôt ?

– Je ne sais pas, dit-elle d'un air affligé, la tête basse. Elle a vu des choses vraiment affreuses.

– Tu n'écoutes pas les gens qu'il faut, dis-je. Richard, on y va !

Nous étions partis. Richard remonta Saint Charles Avenue à toute allure en faisant gicler boue et gravillons, puis prit maladroitement le virage à droite, à l'angle de Saint Charles et d'Amelia.

– Il faut que je voie moi-même cette enfant enfermée dans la mansarde, marmonnai-je, fou de colère. Et je vais étrangler Cortland de mes propres mains la prochaine fois qu'il osera se montrer.

Stella m'aida à descendre de voiture et commença à sauter sur place d'excitation. C'était l'une de ses manifestations de joie les plus charmantes ou les plus irritantes, selon l'état d'esprit dans lequel on se trouvait à ce moment-là.

– Regarde, Julien chéri ! s'écria-t-elle en me montrant la fenêtre de la mansarde. Vous connaissez certainement cette maison, Michael, elle est aussi solide que celle de First Street.

Je regardai vers la fenêtre que Stella me montrait du doigt.

C'était une double lucarne, au centre même de la façade. J'eus l'impression de sentir le pouls de la fille qui m'observait à travers le carreau. Le reflet d'un visage blafard, une mèche de cheveux, puis plus rien. Juste le soleil se réfléchissant dans la vitre.

– C'est elle, la pauvre petite, pauvre Rapunzel, s'exclama Stella en faisant de grands signes vers la fenêtre vide. Évie, nous sommes venus te sauver.

Firent alors irruption en haut du perron Tobias et son fils Oliver, le plus jeune frère de Walker, une sorte de fou furieux.

– Pourquoi avez-vous enfermé cette enfant dans la mansarde ?

attaquai-je. Et est-elle la fille de Cortland ou est-ce un mensonge que vous avez inventé pour semer le trouble dans ma famille?

– Espèce de fieffé gredin! hurla Tobias en s'élançant vers moi, manquant de peu de perdre l'équilibre en haut des marches. Je ne te conseille pas de t'approcher de ma porte. Fiche le camp de chez moi, fils de Satan! Oui, c'est Cortland qui a détruit ma Barbara Ann. Elle est morte dans mes bras. C'est la faute de Cortland, c'est son œuvre. Cette enfant est une sorcière comme tu n'en verras jamais d'autre. Et tant que j'aurai un souffle de vie, elle n'engendrera jamais une autre sorcière, comme tu l'as fait et d'autres avant toi.

C'en était trop. Je grimpai les marches et les deux vieux fous se ruèrent sur moi.

Je m'arrêtai et dis en élevant la voix :

– Viens, mon Lasher. Libère-moi le passage.

Les deux hommes reculèrent d'effroi. Stella hoqueta d'étonnement. Le vent s'éleva alors, comme toujours quand j'en avais besoin, quand ma vieille âme blessée et ma fierté en avaient besoin, mais, aussi, quand je ne m'y attendais pas. Il s'abattit en rafale sur le jardin, s'engouffra sous le porche et enfonça la porte.

– Merci, esprit, murmurai-je. Merci de m'avoir sauvé la face. Je t'aime, Julien. Mais je veux que tu quittes cette maison et ceux qui s'y trouvent.

– Ça, c'est impossible, répondis-je.

J'entrai dans le long couloir sombre et froid qui ouvrait sur deux rangées de portes. Stella trottait à côté de moi. Les vieillards m'emboîtèrent le pas en criant pour attirer l'attention des femmes. Des Mayfair affluèrent de tous côtés. On aurait dit une espèce de basse-cour piaillante et caquetante. Dans mon dos, le vent fouettait les chênes. Devant moi, le sol du couloir était jonché d'un tapis de feuilles mortes.

J'avais déjà vu certains de ces visages et je les connaissais tous d'une façon ou d'une autre. Tandis qu'ils continuaient à sortir de partout, Tobias chercha de nouveau à stopper ma progression.

– Sors de mon chemin, dis-je d'une voix impérieuse.

J'étais arrivé au pied d'un sombre escalier en chêne et commençai à le gravir.

C'était un escalier énorme qui tournait à mi-étage en formant un large palier orné d'une fenêtre en vitrail. Je m'arrêtai un instant. La lumière qui traversait les panneaux de verre jaunes et rouges me fit penser à la cathédrale et me la rappela telle que je ne l'avais jamais revue depuis que j'avais quitté l'Écosse.

Je sentais l'esprit rassemblé autour de moi. Je repris mon ascension, à bout de souffle, jusqu'au couloir de l'étage.

– Où se trouve l'escalier de la mansarde? interrogeai-je.

– Là, là! cria Stella.

Elle m'entraîna jusqu'à la porte à double battant qui menait jusqu'au fond du couloir, et nous trouvâmes un escalier aux marches étroites. À son sommet se trouvait une unique porte.

– Évelyne, descends, mon enfant! criai-je. Évelyne, descends. Je ne peux pas monter jusque là-haut. Je suis ton grand-père. Je suis venu te chercher.

Le silence tomba sur la maison. Tout le monde se pressait sans un mot à la porte du couloir : visages blêmes, bouches béantes, yeux creusés.

– Elle ne t'écoute pas, cria l'une des femmes. Elle n'écoute jamais personne.

– Elle est sourde, dit une autre.

– Et muette, dit une troisième.

– Regarde, Julien, la porte est fermée de ce côté, dit Stella. Et la clé est dans la serrure.

– Espèces de vieux fous! criai-je.

Je fermai les yeux et concentrai toute ma volonté pour ordonner à la porte de s'ouvrir. Je ne savais pas si j'étais capable d'une pareille chose. Je sentais la présence de Lasher, sa détresse et sa confusion. Il n'aimait pas cette maison et ces Mayfair.

Ils ne sont pas des miens, ceux-là.

Avant que je ne puisse lui répondre ou le persuader d'ouvrir la porte, elle s'ouvrit toute seule! La clé tourna dans la serrure par quelque pouvoir qui n'était pas le mien, le battant s'ouvrit en grand et un rayon de soleil éclaira la cage d'escalier poussiéreuse.

Je savais que ce n'était pas mon œuvre et Lasher n'était pas dupe non plus. Il se rassembla autour de moi comme s'il avait peur, lui aussi.

Calme-toi, esprit. Tu es très dangereux lorsque tu as peur. Tiens-toi comme il faut. Tout va bien. C'est la fille qui a ouvert la porte.

Je compris la vérité à cet instant. C'était la fille qui lui faisait peur! Bien sûr! Jc l'assurai qu'elle ne représentait aucune menace pour des gens comme nous et le priai de m'obéir.

Le soleil éclairait les particules de poussière qui flottaient dans l'air. Apparut alors une silhouette grande et mince, une jeune fille de grande beauté et aux cheveux luisants. Ses grands yeux calmes étaient fixés sur moi. Elle semblait étonnamment grande et maigre. Peut-être était-elle même affamée.

– Descends, mon enfant, dis-je. Tu n'es plus la prisonnière de personne.

Elle comprit mes paroles et descendit silencieusement marche après marche. Je vis ses yeux bouger au-dessus de moi, puis vers ma gauche et vers ma droite, au-dessus de Stella. Elle regardait l'être visible rassemblé autour de nous. Elle voyait l'« homme », comme nous disions alors. Elle le voyait, même lorsqu'il était invisible.

En atteignant le pied de l'escalier, elle se retourna, regarda les autres et se mit à trembler. Je n'avais jamais vu une telle terreur muette! J'attrapai sa main.

– Viens avec moi, ma chérie. Toi, et toi seule, dois décider si tu veux vivre dans une mansarde.

Je l'attirai vers moi. Elle ne me résista pas mais ne coopéra pas non plus. Elle avait l'air si étrange, si pâle, si habituée à l'obscurité. Son cou était long et fin et ses petites oreilles étaient dénuées de lobe. Je regardai ses mains et aperçus la marque des sorcières, le sixième doigt à la main gauche! Ce qu'on m'avait dit était donc vrai. J'étais stupéfait.

Mais ils avaient vu que j'avais vu. Il y eut un grand brouhaha dans la foule. Les oncles de la jeune fille, Ragnar et Félix Mayfair, venaient d'arriver. Ces jeunes gens étaient réputés pour leur suspicion envers nous. Ils tentèrent de me bloquer le passage.

Instantanément, le vent se rassembla. Tout le monde le sentit ramper sur le plancher, glacial et fort. Il fouetta ceux qui étaient en travers de mon chemin jusqu'à ce qu'ils s'écartent. Je pris la jeune fille par la main et descendis avec elle l'escalier principal, Stella à mes côtés.

Personne n'essaya de m'arrêter lorsque je demandai à Richard de faire asseoir Évelyne dans la voiture. Je m'assis juste à côté d'elle et Stella s'installa à nouveau sur mes genoux. Lorsque j'ordonnai à Richard de démarrer, la jeune fille tourna la tête vers la maison, la fenêtre du haut et la foule hébétée rassemblée sous le porche.

Mary Beth nous attendait en haut des marches.

– Et qu'est-ce que tu comptes faire d'elle? me demanda-t-elle.

– Richard, dis-je. Je ne peux plus faire un pas.

– Je vais chercher les domestiques, me dit-il en partant en courant.

Il se mit à appeler en tapant dans ses mains. Stella et Évelyne descendirent de voiture et Stella me tendit les mains.

– Je te tiens. Je ne te laisserai pas tomber, mon héros.

La fille, bras ballants, me regarda puis regarda Mary Beth, la maison, les domestiques qui accouraient.

– Qu'est-ce que tu comptes en faire? répéta Mary Beth.

– Mon enfant, veux-tu entrer dans notre maison? demandai-je à la frêle jeune fille.

Elle avait une ravissante bouche nacrée qui ressortait sur ses joues creuses, et ses yeux étaient gris comme un ciel d'orage.

– Tu veux entrer chez nous? répétai-je. Quand tu seras bien en sécurité sous notre toit, tu pourras décider si tu veux passer le reste de ta vie dans une prison. Stella, si je meurs en montant l'escalier, je te charge de sauver cette fille, tu m'as compris?

– Tu ne vas pas mourir, dit Richard, mon amant. Viens, je vais t'aider.

Mais je voyais qu'il était très inquiet pour moi.

Stella ouvrait la marche. La fille suivit, puis Richard, qui me portait littéralement, un bras autour de moi, tâchant de me faire garder le peu de dignité qu'il me restait.

Nous entrâmes enfin dans ma chambre, au troisième étage.

– Faites-la manger, dis-je. On dirait qu'elle n'a jamais eu de repas correct.

J'envoyai Stella avec Richard puis m'écroulai sur mon lit, trop exténué pour réfléchir.

Je levai les yeux et ce que je vis me remplit de désespoir : cette magnifique jeune créature qui commençait sa vie et moi qui terminais la mienne. J'étais si fatigué que j'aurais pu dire oui à la mort si cette fille n'avait pas eu besoin de moi.

– Tu me comprends? demandai-je. Tu sais qui je suis?

– Oui, Julien, dit-elle dans un anglais parfait. Je sais tout de toi. Ceci est ta mansarde à toi, n'est-ce pas?

Elle jeta un regard circulaire sur les poutres, les livres, la cheminée et le fauteuil, tous mes objets précieux, mon Victrola, mes piles de disques. Elle m'adressa un doux sourire confiant.

– Mon Dieu, murmurai-je. Que vais-je faire de toi?

Vingt et un

La peau des gens qui habitaient cette petite maison illuminée était d'une étonnante couleur. Leurs cheveux et leurs yeux étaicnt noirs et leur peau luisait sous la lampe au-dessus de la table. Ils étaient petits, et ils portaient des vêtements aux couleurs vives, rouge, bleu, blanc, qui serraient leurs bras potelés. En voyant Emaleth, la femme se leva et s'approcha de la porte.

– Doux Jésus! Entre vite! s'exclama-t-elle en regardant Emaleth droit dans les yeux. Jérôme, regarde-moi ça. Cette enfant est nue comme un ver. Mais regarde! Dieu du ciel!

– Je me suis lavée dans l'eau, dit Emaleth. Mère est malade sous l'arbre. Elle ne peut plus parler.

Emaleth tendit les mains. Elles étaient mouillées. Ses cheveux trempés masquaient sa poitrine. Elle avait un peu froid mais l'air de la pièce était chaud et réconfortant.

– Eh bien, entre! dit la femme en la tirant par la main.

Elle attrapa un linge sur un crochet et commença à essuyer les longs cheveux dégoulinants d'Emaleth. L'eau fit une mare sur le sol brillant. Comme tout était propre, ici ! C'était très différent de la nuit odorante dehors, pleine d'ombres et d'obscurité. Cette maison était un abri contre la nuit, les insectes qui piquaient et les objets qui avaient égratigné ses pieds et ses bras nus.

L'homme était immobile et l'observait.

– Ne reste pas là sans rien faire, Jérôme, va chercher une serviette ! Et trouve-moi donc des vêtements pour cette enfant. Où sont tes vêtements, ma fille ? Qu'est-ce qui t'est arrivé ?

Emaleth n'avait jamais entendu des voix comme celles-ci. Elles avaient un ton musical que les autres n'avaient pas. Elles montaient et descendaient d'une façon totalement différente. Même père n'avait pas ce tintement dans sa voix. Il avait dit : « Tu naîtras en sachant tout ce que tu dois savoir. Rien ne doit t'effrayer. »

– Soyez gentils avec moi, dit Emaleth.

– Jérôme, va chercher des vêtements !

La femme avait prélevé un gros morceau de papier sur un rouleau et s'était mise à tamponner les épaules et les bras d'Emaleth. Emaleth le lui prit pour s'essuyer le visage. C'était un peu rêche mais ça ne faisait pas mal. Et puis, il sentait bon, ce papier absorbant. Tout sentait bon, d'ailleurs, dans cette cuisine. Du pain, du lait, du fromage. Emaleth sentait l'odeur du lait et du fromage. Il y avait un gros bloc de fromage orange sur la table. Elle en avait envie, mais on ne lui en avait pas proposé.

« Nous sommes des gens d'un naturel aimable et poli, avait dit père. C'est pourquoi on a été si mauvais avec nous par le passé. »

– Quels vêtements ? demanda l'homme en ôtant sa chemise. Nous n'avons rien à sa taille dans cette maison.

Il tendit sa chemise. Emaleth l'aurait bien prise mais elle avait surtout envie de la regarder. Elle était bleu et blanc. Les mêmes petits carreaux que les rouges et blancs sur la table.

– Un pantalon de Bubby fera l'affaire, dit la femme. Va en chercher un et donne-moi cette chemise.

La petite maison était rutilante. Les carreaux rouges et blancs sur la table étaient rutilants. Si elle tirait sur la bordure des carreaux, ils viendraient tous. Ils étaient en un seul morceau. Cet objet était une nappe. Et là, c'était un réfrigérateur blanc avec un moteur derrière. Elle pourrait en actionner la poignée juste en la regardant, si elle voulait. Et dedans, il y avait du lait frais.

Elle avait faim. Elle avait bu tout le lait de mère pendant qu'elle était allongée sous l'arbre. Elle avait pleuré et pleuré puis elle était allée se laver dans l'eau. L'eau était verdâtre et ne sentait pas très bon. Mais elle avait trouvé une pompe à eau avec un grand levier au bord de la pelouse. Elle s'était lavée un peu mieux.

L'homme revint en courant avec un pantalon comme ceux que

portait père. Emaleth l'enfila sur ses longues jambes fines et faillit perdre l'équilibre. La fermeture à glissière était froide contre son ventre. Le bouton était froid aussi. Mais ça allait. Sa peau de nouveau-né était très sensible.

Père avait dit : « Tu sauras marcher mais ce ne sera pas facile. » Le pantalon était lourd mais bien chaud. « Rappelle-toi, tu sauras faire tout ce que tu auras besoin de faire. »

Elle glissa ses bras dans les manches de la chemise que la femme tenait devant elle. Ce vêtement était plus agréable. Il ressemblait plus à la serviette dont la femme continuait de lui tamponner les cheveux. Les cheveux d'Emaleth étaient blond doré. Ils paraissaient encore plus clairs entre les doigts marron de la femme.

Emaleth regarda les boutons de la chemise. De ses doigts agiles, la femme en boutonna un. Très rapidement. En un clin d'œil. Emaleth savait le faire. Elle boutonna les autres en un tour de main et se mit à rire.

Père avait dit : « Tu naîtras en sachant. Comme les oiseaux savent construire leur nid, comme les girafes savent marcher, comme les tortues savent crapahuter jusqu'à la mer à leur naissance, alors que personne ne le leur a appris. Les êtres humains naissent inachevés. Ils n'ont pas cet instinct, ces connaissances innées. Toi, tu sauras courir et parler. Et tu reconnaîtras tout. »

Enfin, pas vraiment tout, songea Emaleth. Mais elle reconnaissait l'horloge sur le mur et la radio sur le rebord de la fenêtre. Si elle tournait le bouton, des voix en sortiraient. Ou de la musique.

– Où est ta mère, mon enfant? demanda la femme. Où as-tu dit qu'elle était?

– Quel âge a-t-elle? demanda l'homme à sa femme.

Il était immobile, les poings serrés. Il avait mis sa casquette et attendait une réponse.

– Où est la femme? demanda-t-il encore.

– Comment veux-tu que je sache son âge? répondit la femme. Elle ressemble à une grande petite fille. Quel âge as-tu, ma chérie? Où est ta mère?

– Je viens de naître, dit Emaleth. C'est pour ça que ma mère est si malade. Ce n'est pas sa faute. Elle n'a plus de lait. Elle va très mal et elle sent la mort. Mais j'en ai eu assez, du lait. Je ne fais pas partie des Petites Gens. C'est quelque chose dont je n'ai plus à avoir peur.

Elle se retourna et pointa le doigt dans une direction.

– Marchez longtemps, traversez le pont et vous la trouverez sous un arbre, là où les branches touchent le sol. Mais je ne crois pas qu'elle parlera de nouveau. Elle va rêver jusqu'à ce qu'elle meure.

Il sortit en laissant la porte claquer derrière lui. D'un pas déterminé, il traversa la pelouse puis se mit à courir.

La femme observait Emaleth.

Emaleth mit ses mains sur ses oreilles, mais c'était trop tard. La porte avait claqué si fort qu'un grondement sourd retentit dans ses oreilles. Il fallait attendre qu'il s'arrête tout seul.

Elle regarda la femme. Elle avait envie de lui demander à manger mais il était plus urgent de partir, de trouver père ou Donnelaith, ou Michael à La Nouvelle-Orléans, selon ce qui serait le plus facile pour elle. Malgré ce qu'avait dit père, les étoiles ne lui avaient rien appris.

Elle se retourna, ouvrit la porte et sortit dans la nuit. Elle fit attention de ne pas claquer la porte. Elle tint le battant ouvert pour la femme. Les grenouilles coassaient. Les criquets chantaient. Des chants dont personne ne savait le nom, pas même père. Tout bruissait dans le noir. La nuit était vivante. Et tous ces petits insectes qui voletaient sous l'ampoule extérieure. Elle les balaya de la main. Ils se dispersèrent puis le petit nuage se reforma, au même endroit.

Elle regarda les étoiles. Elle se rappellerait toujours leur disposition, au-dessus des arbres, à l'horizon. Comme le ciel était noir à un endroit et bleu foncé à un autre! Et la lune! Une magnifique lune radieuse. Père, je la vois enfin. Oui, mais pour aller à Donnelaith elle devait savoir d'avance la disposition des étoiles une fois qu'elle serait arrivée à destination.

La femme lui prit la main puis la regarda et la lâcha.

– Comme ta peau est souple! Elle est souple et rose comme celle d'un bébé.

– Merci pour tout, dit Emaleth. Il faut que je parte. Je vais en Écosse ou à La Nouvelle-Orléans. Vous pouvez m'indiquer le chemin?

– Pour La Nouvelle-Orléans, je sais à peu près. Pour l'Écosse, je n'en ai aucune idée. Mais tu ne peux pas partir pieds nus! Je vais aller chercher les chaussures de Bubby. Elles t'iront certainement.

Emaleth tourna les yeux vers la forêt. Elle vit l'obscurité au-dessus de l'eau, au-delà du pont. Elle se demandait s'il fallait attendre les chaussures.

« À la naissance, ils ne savent pratiquement rien, avait dit père. Et le peu qu'ils savent, ils s'empressent de l'oublier. Ils ne perçoivent plus les odeurs. Ils ne savent pas ce qu'ils doivent manger. Ils sont faciles à empoisonner. Ils n'entendent plus les sons comme tu les entends, ni l'harmonie des chants. Ils ne sont pas comme nous. Ils ne sont que fragments. De ces fragments, nous ferons quelque chose, mais ce sera leur perte. Sois miséricordieuse. »

Où était père? S'il avait observé les étoiles au-dessus de Donnelaith, elle aurait dû les connaître et savoir à quoi elles ressemblaient. Et elle ne sentait plus la moindre trace de son odeur. Même sur mère.

La femme était revenue. Elle posa les chaussures par terre. Emaleth eut du mal à y enfiler ses pieds. Le cuir écorchait sa peau mais elle savait l'utilité des chaussures. Père en portait et mère aussi. Elle s'était déjà coupée sur une pierre tranchante, dans l'herbe. Ce fut agréable lorsque la femme noua les lacets bien serré, avec de jolis petits nœuds qui la firent rire. Mais les doigts de la femme qui les avaient noués étaient encore plus jolis.

Comme ses pieds paraissaient grands à côté de ceux de la petite femme!

– Au revoir, madame. Et merci. Vous avez été très bonne pour moi. Je suis désolée pour tout ce qui va arriver.

– Qu'est-ce que tu veux dire, mon enfant? Qu'est-ce qui va arriver? Mais... quelle est cette odeur? Qu'as-tu mis sur ton corps? Je croyais que tu étais trempée à cause du bayou mais il y a une autre odeur.

– Une odeur?

– Oui, une odeur délicieuse de gâteau.

Ah oui! Emaleth la sentait aussi. Etait-ce pour cela qu'elle ne sentait plus celle de père? Elle devait être complètement enveloppée dans cette odeur. Elle porta ses doigts à son nez. L'odeur sortait directement de ses pores. L'odeur de père.

– Je ne sais pas, dit-elle. Mais je devrais savoir. Mes enfants le sauront. Il faut que je m'en aille. Je dois aller à La Nouvelle-Orléans, mère me l'a dit. Elle m'a suppliée d'y aller. Elle a même ajouté que c'était sur le chemin de l'Écosse et que, ainsi, je n'aurais pas à désobéir à père. J'y vais.

– Attends, mon enfant. Assieds-toi et attends le retour de Jérôme. Il est parti chercher ta mère.

Elle appela Jérôme dans le noir. Mais Jérôme était loin.

– Non, madame, je ne peux pas attendre.

Elle se pencha, posa ses mains avec légèreté sur les épaules de la femme et embrassa son doux front marron. Elle toucha ses cheveux noirs et les sentit. Elle lui caressa la joue. Gentille femme.

– Attends, ma chérie.

C'était la première fois qu'Emaleth embrassait quelqu'un d'autre que sa mère. Des larmes lui montèrent aux yeux. Elle regarda la femme marron aux cheveux noirs et aux grands yeux et se sentit triste. Ils allaient tous mourir. De gentilles personnes. Mais la Terre n'était pas assez grande pour les contenir tous. Ils avaient préparé le terrain pour des êtres encore plus gentils et encore plus purs et innocents.

– C'est par où, La Nouvelle-Orléans? demanda-t-elle.

Mère n'avait pas su le lui dire et père avait omis de le faire.

– Eh bien, par là, je crois, dit la femme. Je n'en suis pas certaine, à vrai dire. C'est vers l'est. Mais tu ne peux pas...

– Merci, très chère, dit Emaleth en reprenant la phrase favorite de père.

Elle se mit en marche.

Elle se sentait mieux à chaque pas. Elle renforça son allure sur l'herbe détrempée, puis sur la route, sous les réverbères. Ses cheveux flottaient au vent, ses longs bras se balançaient.

Son corps était complètement sec sous ses vêtements. À mesure que ses cheveux séchaient, ils étaient de plus en plus légers. Son ombre projetée sur la route la fit rire. Comme elle était grande et mince comparée à ces gens marron. Comme sa tête était grosse. Même par rapport à celle de mère. Pauvre petite mère, allongée sous l'arbre et scrutant les ténèbres. Elle n'entendait plus Emaleth. Elle n'entendait plus rien. Si seulement elles ne s'étaient pas enfuies loin de père!

Mais elle le retrouverait. Il le fallait. Ils étaient seuls au monde. Et Michael. C'était l'ami de mère. Il allait l'aider. Mère avait dit : « Va voir Michael. C'est la toute première chose que tu dois faire. » Ce furent pratiquement ses dernières paroles. Aller voir Michael avant toute autre chose.

Fallait-il obéir à mère ou à père?

« Je te chercherai », avait-il promis.

Ce ne devait pas être si difficile. Et puis, marcher était si amusant!

Vingt-deux

La réunion avait été fixée à 9 heures du soir dans le bureau du dernier étage de l'immeuble Mayfair. Lightner, Anne-Marie, Lauren, Ryan, Randall et Fielding étaient déjà arrivés. Manifestement, Fielding n'aurait pas dû être là, à cause de son état de santé. Mais personne ne songea à lui reprocher sa présence.

L'entrée de Pierce et de Mona ne provoqua ni protestation ni surprise. Tous les regards se tournèrent vers la jeune fille, que personne n'avait jamais vue dans un tailleur de laine bleu, celui de sa mère, un peu grand pour elle mais pas tant que ça. Elle faisait plusieurs années de plus mais c'était davantage à cause de l'expression de son visage que de la disparition de ses bouclettes et de son ruban. Elle portait des talons hauts qui la mettaient particulièrement en valeur et Pierce essayait de détourner son regard de ses jambes magnifiques.

Pierce n'avait jamais eu des relations faciles avec sa cousine, même lorsqu'elle était toute petite. Quand elle avait quatre ans et lui onze, elle avait déjà quelque chose d'extrêmement séduisant. Ces cinq dernières années, elle avait essayé plus d'une fois de l'entraîner dans les bois mais il lui avait toujours opposé l'excuse qu'elle était trop jeune. Et c'était vraiment pour trouver une excuse.

– Nos mères sont mortes, lui avait-elle chuchoté pendant le trajet.

C'étaient les seuls mots qu'elle avait prononcés entre Amelia Street et le bureau.

À un moment ou à un autre, les autres allaient devoir comprendre que Mona avait pris les choses en main. Pierce était allé à Amelia Street pour prévenir qu'on contactait tous les Mayfair, même ceux d'Europe. Il avait l'impression de maîtriser parfaitement la situation. En fait, il était curieusement survolté, comme on peut l'être quand la mort interrompt brutalement le cours normal de la vie. Pierce se disait que les gens devaient avoir un état d'esprit identique au début d'une guerre, avant que la souffrance et la mort ne plongent tout le monde dans le désespoir.

Quoi qu'il en soit, lorsqu'on l'avait prévenu que Mandy Mayfair était morte aussi, il était resté muet au bout du fil. Mona était là.

– Passe-moi le téléphone, avait-elle simplement dit.

Mandy Mayfair était morte vers midi, avant Édith et Alicia. Visiblement, elle était en train de s'habiller pour l'enterrement de Gifford : son livre de prières et son chapelet étaient posés sur le lit. Les portes-fenêtres de son appartement du quartier français étaient grandes ouvertes sur la petite cour de derrière. N'importe qui pouvait grimper par-dessus le mur. Il n'y avait aucun autre signe d'acte criminel, comme avait dit la police, ni d'effraction. On avait retrouvé Mandy par terre dans la salle de bains, les genoux repliés, les bras serrés autour de sa taille. Des fleurs étaient éparpillées un peu partout. La police avait découvert qu'elles provenaient du jardin. C'étaient des fleurs de lantanier orange et violet qui avaient refleuri dans les mois chauds qui avaient suivi Noël. Le corps de Mandy en était parsemé.

Pierce tira galamment une chaise pour que Mona s'assoie, l'installa confortablement et s'assit à son tour. Bizarrement, c'était Randall qui était en face de lui. Mais, lorsqu'il vit l'expression du visage de son père, il comprit. Randall présidait la séance. Ryan n'était pas en état de faire quoi que ce fût.

– Donc, vous avez compris que les choses ne sont pas telles que nous les croyions, dit Mona.

Au grand étonnement de Pierce, tout le monde hocha la tête, du moins ceux qui étaient en état de réagir. Lauren avait l'air épuisée mais calme. Anne-Marie était la seule à paraître horrifiée.

La plus grande surprise venait de Lightner. Il regardait par la fenêtre, vers le fleuve et les ponts éclairés de Crescent City Connection. Il ne semblait pas avoir remarqué la présence de Pierce et de Mona.

– Aaron, dit Pierce. Je pensais que vous pourriez nous aider, donner une orientation à nos recherches.

Aaron se retourna vers la table, croisa les bras puis regarda tour à tour Mona et Pierce.

– Pourquoi me feriez-vous confiance maintenant? demanda-t-il d'une voix posée.

– En résumé, dit Randall, nous savons qu'il s'agit d'un individu d'un mètre quatre-vingt-quinze, aux cheveux noirs, et qu'il est une sorte de mutant. Nous savons qu'Édith et Alicia ont fait des fausses couches et que, selon les premiers résultats des autopsies, cet individu en est la cause. Dans deux cas au moins, le développement embryonnaire était extrêmement accéléré et les mères sont entrées en état de choc dans les heures qui ont suivi leur fécondation. Nous attendons d'un instant à l'autre que Houston confirme ces mêmes résultats pour Lindsay et Clytee.

– Et nous savons que cet individu veut à tout prix se reproduire, ajouta froidement Lauren. Il recherche les femmes de la famille qui auraient des anomalies génétiques compatibles avec lui.

– Par ailleurs, nous avons découvert que cet individu choisit ses victimes parmi les membres de la famille ayant le plus grand nombre de liens de consanguinité.

– OK, intervint Mona. Quatre décès ici et deux à Houston. Ceux de Houston ont eu lieu plus tard.

– Plusieurs heures plus tard, dit Randall. L'individu a eu le temps matériel de prendre un avion.

– Autrement dit, il n'y a rien de surnaturel dans tout ça, commenta Pierce. Si c'est « l'homme », il est bien en chair et en os, comme mère l'a dit, et il se déplace comme n'importe quel être humain.

– Quand ta mère a-t-elle dit que c'était l'homme?

– Je suis désolé, intervint calmement Ryan, Gifford a dit cela il y a quelque temps. Mais elle n'en savait pas plus que nous. C'était une hypothèse de sa part. Tenons-nous-en à ce que nous savons avec certitude. Randall disait donc que c'était un individu.

– Oui, dit Randall, reprenant la parole. Et si nous recoupons nos informations avec celles de Lightner et du Dr Larkin, nous avons toutes les raisons de croire que cet individu possède un genome unique. Il a quatre-vingt-douze chromosomes, c'est-à-dire le double de ceux d'un être humain, et nous savons par ailleurs que les protéines et les enzymes de son sang et de ses cellules sont différentes. C'est un soulagement de savoir que c'est un homme et que, par conséquent, on peut l'empêcher de continuer. Quelle que soit son histoire, quels que soient les mystères qui ont présidé à sa venue, ou à sa conception, j'ignore comment appeler cela, c'est un être humain que l'on peut appréhender.

– Justement, dit Mona.

Elle s'exprimait comme à son habitude, comme si tout le monde était prêt à l'écouter. Elle avait l'air si différente avec ses cheveux roux tirés en arrière, à la fois plus jeune et plus vieille.

– Il est évident qu'il essaie d'être plus qu'un être humain, poursuivit-elle. Et si ces embryons se développent plus rapidement que la normale, ce qui, à mon avis, est un euphémisme, cette créature peut avoir un enfant en un rien de temps.

– C'est parfaitement exact, dit Lightner. Et nous ne sommes pas en mesure de prévoir non plus le rythme de croissance d'un tel enfant. Il se peut qu'il se développe aussi rapidement que la créature elle-même, bien que ce phénomène reste pour nous un total mystère. Il est concevable qu'elle s'accouple avec l'enfant. En fait, ce sera, à mon avis, la première chose qu'elle fera puisque les autres moyens qu'elle a employés n'ont abouti qu'à des décès.

– Mon Dieu! vous voulez dire que c'est ce qu'elle essaie de faire? demanda Anne-Marie.

– Et Rowan? interrogea Mona. A-t-on du nouveau?

Tous firent des signes négatifs. Seul Ryan prit la peine de formuler le mot non.

– OK, dit Mona. J'ai quelque chose à vous annoncer. La créature a failli m'avoir. Voici ce qui s'est passé...

Elle avait déjà raconté l'histoire à Pierce, à Amelia Street. Mais, en l'écoutant, il se rendit compte qu'elle omettait certains détails : qu'elle était avec Michael, nue, qu'elle avait dormi sans vêtements dans la bibliothèque, que le Victrola l'avait réveillée et non pas l'ouverture de la porte-fenêtre. Pierce se demanda pourquoi elle omettait ces faits. Il lui sembla que, toute sa vie, il avait écouté des Mayfair pécher par omission. Il avait envie de dire : dis-leur que le Victrola était en marche, dis-leur. Mais il n'osa pas.

Il semblait y avoir une incompatibilité grotesque entre l'individu mutant, comme ils l'appelaient, et les légendes et miracles qui avaient toujours plané sur First Street. Cette histoire de Victrola qui jouait tout seul appartenait à une autre réalité que l'ADN, l'ARN et les empreintes digitales pour le moins étranges retrouvées par la police dans l'appartement de Mandy Mayfair.

La mort de Mandy était la première à être considérée comme un meurtre. C'était à cause de toutes les fleurs répandues sur son corps. À l'évidence, elle n'avait pu faire ça elle-même, pas plus que les marques sur son cou qui indiquaient qu'elle s'était débattue. Gifford ne s'était pas débattue. Elle n'avait pas de marques. Sa mère avait dû se laisser prendre par surprise. Pas de peur. Pas de souffrance. Pas de marque.

Mona était en train de parler de l'odeur.

– Je vois de quoi tu parles, dit Ryan qui, pour la première fois, eut l'air de s'intéresser à la conversation. Je connais cette odeur. Je l'ai sentie à Destin. Elle ne sent pas mauvais. C'est presque...

– C'est une odeur délicieuse. Elle donne envie de la respirer. Je la sens en permanence à First Street.

Ryan secoua la tête.

– À Destin, elle était très faible.

– Faible pour toi, forte pour moi. Tu ne comprends donc pas que c'était probablement un signe de compatibilité génétique?

– Mais enfin, Mona, qu'est-ce que tu y connais à la compatibilité génétique? explosa Randall.

– Ne t'en prends pas à elle, intercéda gentiment Ryan. Ce n'est pas le moment. Nous avons quelque chose de... spécifique à faire. Trouver cette créature. Où va-t-elle se manifester la prochaine fois? Mona, tu as vu quelque chose?

– Non, rien du tout. Mais il faut que je réessaie d'appeler Michael. Cela fait deux heures que je tente de le joindre. Il ne répond pas. Je suis très inquiète. Je crois que je vais...

– Pas question que tu quittes cette pièce, dit Pierce. Tu n'iras nulle part sans moi.

– D'accord. Viens avec moi, si tu veux.

Lauren fit alors un de ses gestes habituels pour attirer l'attention de tout le monde : elle tapa son crayon sur la table. Juste deux petits coups. Pas de quoi énerver, songea Pierce.

– Reprenons. Toutes les femmes ont été prévenues?

– Normalement, oui, répondit Anne-Marie. Espérons que si nous ne connaissons pas tous les Mayfair, la créature non plus.

– Nous avons envoyé des gens chercher des témoins oculaires dans toute La Nouvelle-Orléans et dans tout Houston, dit Lauren.

– Oui, mais personne n'a vu cet homme entrer ou sortir.

– Mais nous savons à quoi il ressemble, ajouta Mona. Le Dr Larkin nous l'a décrit et les témoins d'Écosse aussi. Sans oublier Michael.

– Lauren, nous ne pouvons qu'attendre, dit Randall. Nous avons fait tout ce qui était en notre pouvoir. La seule chose à faire est de rester tous ensemble. La créature ne renoncera pas et nous devons être prêts lorsqu'elle agira.

– C'est-à-dire? demanda Mona.

– Aaron, dit Ryan d'une voix douce, vos collègues d'Amsterdam et de Londres ne peuvent-ils pas nous donner un coup de main? Je pensais que ce genre d'affaire était votre domaine. Gifford n'arrêtait pas de dire : « Aaron sait » ou « Parlez-en à Aaron ».

Son sourire avait quelque chose de triste et de curieux.

Pierce n'avait jamais vu son père agir ou parler de cette façon.

– Tout le problème est là, répondit Aaron. Je n'en sais rien. Je pensais connaître à fond l'histoire des sorcières Mayfair mais, visiblement, certaines choses m'échappent complètement. Des membres de notre ordre font des recherches sans me consulter. Et je n'obtiens aucune réponse claire de la part du bureau de Londres. On me répète d'attendre d'être contacté. Je suis désemparé. Je ne sais vraiment pas quoi vous dire, à part que je suis dégoûté.

– Vous n'allez tout de même pas nous laisser tomber? demanda Mona. Oubliez ces types de Londres et restez à nos côtés.

– Vous marquez un point, dit-il. Mais je n'ai rien de nouveau à vous proposer.

– Allez, ne désespérez pas! l'encouragea Mona. Bon, est-ce que quelqu'un peut aller appeler Michael? Je ne comprends pas que nous n'ayons pas de nouvelle de lui. Il était censé se changer et venir à Amelia Street.

– C'est peut-être ce qu'il a fait, dit Anne-Marie.

Elle appuya sur le bouton d'une petite boîte placée sous la table et, d'une voix contenue, dit dans l'interphone :

– Joyce, veuillez appeler Amelia Street. Voyez si Michael Curry y est.

Elle regarda Mona.

– C'est aussi simple que ça.

– Eh bien, si je peux dire quelque chose..., commença Aaron.

– Oui? le pressa Mona.

– Je dirais que la créature cherche certainement une femme pour s'accoupler. Si elle la trouve, si elle conçoit un enfant qui naît pendant qu'elle est encore sur place et si elle l'emmène, nous aurons un problème de taille.

– À mon avis, dit Randall, mieux vaut essayer d'attraper cette créature qu'échafauder des hypothèses sur ce qui se passerait si...

– Bien sûr, dit Aaron. Mais nous devons repenser aux déclarations du Dr Larkin et à ce que Rowan lui a dit. Cette créature possède un énorme avantage sur le plan de la reproduction. Vous comprenez ce que cela signifie? Depuis des siècles, votre famille s'est complue dans une histoire fort simple : celle de « l'homme », cet esprit qui voulait devenir chair et os. Or, aujourd'hui, la situation est bien pire : l'homme n'est pas seulement en chair et en os, il est d'une espèce unique et très puissante.

– Pensez-vous que cette créature était prédéterminée? demanda Lauren de cette voix froide et lente qui trahissait toujours chez elle un profond malheur et une grande détermination. Pensez-vous qu'elle était prédéterminée depuis le début? Que nous devions non seulement la nourrir en notre sein mais aussi lui fournir des femmes?

– Je l'ignore, dit Aaron. En revanche, je peux dire que, quelle que soit sa supériorité, cet individu a nécessairement un point faible.

– L'odeur! Il ne peut pas la dissimuler, suggéra Mona.

– Non, je parle d'un point faible du point de vue physique, dit Aaron.

– Mais non! Le Dr Larkin a été catégorique. Les gens de New York aussi. La créature semble dotée d'un système immunitaire très perfectionné.

– Croître, multiplier et assujettir la Terre, dit Mona.

– C'est ce qu'elle va faire si nous ne l'arrêtons pas, dit tranquillement Aaron.

Vingt-trois

SUITE DU RÉCIT DE JULIEN

– Ah, Michael! vous n'imaginez pas le miracle de sa voix et combien je l'aimais, qu'elle soit ou non la fille de Cortland. De cet amour que l'on éprouve pour quelqu'un d'absolument complémentaire, en dépit de l'écart d'âge. Je me sentais désespéré, impuissant et si seul. Je m'assis sur le bord du lit et elle s'assit à côté de moi.

– Dis-moi, Évelyne, mon enfant, tu vois l'avenir. Carlotta est allée te consulter. Qu'as-tu vu?

– Je ne vois pas, répondit-elle d'une voix aussi fluette que son petit visage arrondi, ses yeux gris réclamant ma compréhension. Je vois les mots et je les prononce, mais j'ignore leur signification. Depuis longtemps, j'ai appris à rester calme et à ne pas en tenir compte.

– Mais non, mon enfant. Prends ma main. Que vois-tu? Que vois-tu pour moi et ma famille? Pour nous tous? Sommes-nous un clan possédant un avenir?

Malgré la fatigue de mes doigts, je sentais son pouls, sa chaleur, ses dons de sorcellerie. Et je voyais l'horrible petit sixième doigt. Moi, je l'aurais fait opérer, si j'avais été le père. Et dire que Cortland était mon propre fils! J'avais des envies de meurtre...

Mais revenons à l'essentiel. Je tenais fermement sa main.

Quelque chose changea sur le cercle parfait de son petit visage. Elle releva légèrement le menton, de sorte que son cou parut encore plus long et magnifique. Elle se mit à réciter le poème d'une voix douce et rapide, portée par le rythme.

Viendra alors quelqu'un de trop mauvais
Et viendra quelqu'un de trop bon.
De ces deux-là une sorcière naîtra
Et toute grande la porte s'ouvrira.

Dans la souffrance ils trébucheront
Le sang et la peur ils connaîtront.
Maudit soit cet Éden de Printemps
Il n'apportera que des tourments.

Gare aux observateurs l'heure venue.
Chasse les docteurs hors de ta vue.
Les érudits le mal nourriront
Et les savants l'admireront.

Laisse le diable se raconter et
La puissance de l'ange susciter.
Les morts en témoins reviendront
L'alchimiste en fuite mettront.

Sacrifie la chair non mortelle
Use d'armes simples et cruelles
Car mourant proches de la vérité
Vers la lumière vont les âmes torturées

Les bébés non humains détruis
Envers les purs sois sans merci
Ou Éden n'aura pas de Printemps
Ou notre genre aura fait son temps.

Elle resta deux jours et deux nuits dans ma chambre.

Personne n'osa franchir la porte. Son arrière-grand-père Tobias vint proférer des menaces et son fils Walker hurler au portail. Je ne sais combien d'autres vinrent encore ni ce qu'ils dirent ni même où se passèrent les disputes. Richard frappa des milliers de fois à ma porte et je lui répondis invariablement que tout allait bien.

L'enfant et moi étions ensemble dans le lit. Je ne voulais pas lui faire de mal et je ne peux la blâmer pour ce qui s'est produit. Nous nous laissâmes aller aux plus douces caresses et, pendant de longues heures, je l'enlaçai et la protégeai, essayant de lui faire oublier sa peur et sa solitude. Et, fou que j'étais, je crus que ma tendresse suffisait à sa sécurité.

J'étais encore suffisamment vert pour des relations aussi simples. Je la couvris de baisers jusqu'à ce qu'elle ne puisse plus s'en passer et s'ouvre à moi.

Toute la nuit, nous restâmes au lit et, toutes les voix s'étant éteintes dans la maison, nous échangeâmes nos réflexions.

Elle me dit qu'elle préférait ma mansarde à la sienne. Je savais, dans ma tristesse, que j'y mourrais bientôt.

Je n'eus pas besoin de le lui dire. Elle posait sa douce main sur mon front pour le rafraîchir. Je sentais sa paume soyeuse sur mes paupières.

Elle me récita le poème jusqu'à ce que j'en sache chaque mot par cœur.

À l'aube, elle n'avait plus besoin de me corriger. Mais je n'osais pas l'écrire. Mary Beth le brûlerait, lui dis-je. Le réciter aux autres. À Carlotta. À Stella. Mais mon cœur était si malade. Quelle importance? À quoi cela servirait-il? Que pouvaient signifier les paroles du poème?

– Tu es triste à cause de moi, s'excusa-t-elle gentiment.

– Mon enfant, j'étais déjà triste. Tu m'as rendu l'espoir.

Je crois que c'est le jeudi, en fin d'après-midi, que Mary Beth a fait démonter les gonds de la porte.

– Ils ont prévenu la police, elle va arriver, dit-elle en manière d'excuse.

Elle avait le sens pratique et ne dramatisait jamais. C'était sa façon d'être.

– Dis-leur qu'on ne peut pas l'enfermer à nouveau. Elle doit aller et venir à sa guise. Appelle Cortland à Boston.

– Cortland est ici, Julien.

Je le fis appeler. Stella partit dans sa chambre avec l'enfant pour veiller à ce que personne ne l'emmène. Carlotta était avec elles.

Mon fils aîné, comme je l'ai dit, avait été ma fierté et ma joie. C'était un homme brillant que j'avais toujours cherché à protéger contre tout ce que je savais. Mais il était trop malin pour être totalement protégé. Il venait de tomber de son piédestal et je ne pouvais m'empêcher de le juger.

– Père, j'ignorais tout, je te le jure. Encore maintenant, j'ai du mal à y croire. Il me faudrait des heures pour te raconter ce qui s'est passé cette nuit-là. Je jurerais que Barbara Ann a mis quelque chose dans mon verre pour me rendre fou. Elle m'a entraîné dans le marécage. Nous sommes montés sur un bateau, c'est tout ce dont je me souviens. Elle était vraiment bizarre. Je le jure, père. À mon réveil, j'étais dans le bateau. Je suis allé à Fontevrault et on m'a chassé. Tobias avait son arme à la main. Il a dit qu'il me tuerait. Je suis allé jusqu'à Saint Martinville pour téléphoner chez moi. Je ne me souviens de rien d'autre. Je te jure que c'est la vérité. Si elle est ma fille, j'en suis sincèrement désolé, mais on ne me l'a jamais dit. Je crois qu'ils ne voulaient pas que je sache. Je vais m'occuper d'elle à partir de maintenant.

– Cela me paraît une affaire tout indiquée pour la cinquième cour d'appel itinérante, dis-je. Arrange-toi pour que cette enfant ne soit plus jamais prisonnière, tu m'entends? Qu'elle ait tout ce qu'elle désire, qu'elle aille à l'école loin d'ici si elle le veut et qu'elle ait tout l'argent qu'il lui faut.

Puis je me fermai au monde. Je ne répondis pas lorsque mon fils me parla. Je pensai à Évelyne et à l'explication qu'elle m'avait donnée de son silence. C'était assez amusant de ne pas prononcer un mot et de laisser croire que son mutisme était indépendant de sa volonté.

Des gens entraient et sortaient. On avait emmené Évelyne. Carlotta et Cortland l'avaient accompagnée pour parler en son nom. Du moins est-ce ce qu'on m'a dit.

Les pleurs de Richard me brisaient le cœur. Mais je me recroquevillai en moi-même, le plus profondément possible, pour écouter à nouveau le poème et tenter d'en percer la signification.

Laisse le diable se raconter et
La puissance de l'ange susciter.

Je ne comprenais pas. Finalement, je me concentrai sur l'avant-dernier vers : « Ou Éden n'aura pas de Printemps ».

Nous étions le Printemps, nous, les Mayfair. J'en étais convaincu. Éden était notre monde et nous étions le Printemps. Et le mot « ou » signifiait qu'il y avait de l'espoir, que nous pouvions être sauvés. Quelque chose pouvait stopper « les tourments » !

Dans la souffrance ils trébucheront
Le sang et la peur ils connaîtront.

Oui, ce poème était porteur d'espoir et il existait dans un but précis. Mais vivrais-je assez longtemps pour voir cette prédiction se réaliser ? Un vers en particulier me remplissait d'horreur : « Sacrifie la chair non mortelle ». Car, si cette créature était non mortelle, non humaine, quels étaient ses pouvoirs ? Si elle était simplement saint Ashlar, ce qui semblait peu probable, deviendrait-elle un homme lorsqu'elle renaîtrait ? Ou pire encore ?

« Sacrifie la chair non mortelle ».

Ce véritable cauchemar tournait à l'obsession. Par moments, mon esprit ne contenait rien d'autre que les mots du poème et des images malsaines.

Je finissais par en perdre la raison. Les jours passaient. Le médecin vint me voir. Je m'assis et tentai de faire comprendre à ce crétin que je voulais qu'il me laisse tranquille. La médecine avait fait bien des progrès depuis mon enfance, mais cela n'empêcha pas cet abruti de raconter à mes proches bien-aimés que je souffrais de « durcissement des artères » et de « démence sénile » et que j'étais incapable de comprendre un mot de ce qu'on me disait.

Quel plaisir indescriptible j'eus à me lever et à lui ordonner de ficher le camp en vitesse !

Et puis, j'eus envie de marcher un peu. Je n'étais pas homme à me laisser mourir sans réagir. Je venais de vivre les pires instants de mon existence mais ils étaient révolus et j'avais survécu.

Richard m'aida à m'habiller et je descendis au rez-de-chaussée pour dîner avec ma famille. Je m'assis en bout de table et m'appliquai à manger quantité de poulet rôti et de bœuf en daube pour qu'on me fiche la paix. Je refusais de regarder Cortland, qui s'adressait sans arrêt à moi. Ma pauvre chère tête blonde. Comme il était misérable !

Puis Stella proposa à tous un tour en voiture, maintenant que j'étais rétabli et en forme.

En voiture ! Une escapade ! Justement, la voiture était réparée. Réparée ? Je ne savais même pas qu'elle avait été en panne. Eh bien, Cortland l'avait prise... Tais-toi, Stella, elle est réparée.

– Je m'inquiète pour cette fille, déclarai-je. Évelyne, ma petite-fille.

Cortland s'empressa de m'assurer qu'on s'occupait bien d'elle, qu'elle était allée acheter des vêtements en ville.

– Vous, les Mayfair, c'est votre réponse à tout, n'est-ce pas ? Aller acheter des vêtements en ville !

– Nous avons de qui tenir, père, répondit Cortland en m'adressant un léger sourire et un clin d'œil.

Ma faiblesse m'étonna. Je succombai immédiatement à ce sourire.

– D'accord, faites préparer la voiture et que tout le monde sorte. Stella et Lionel, nous allons faire tous les trois une petite escapade. Vous allez voir ce que vous allez voir. Tout le monde s'en va, maintenant. Sauf toi, Carlotta.

Elle ne se fit pas prier. En l'espace d'un instant, l'immense salle à manger redevint tranquille et, comme toujours, les fresques murales eurent l'air de se refermer sur nous, prêtes à nous transporter jusqu'aux verts pâturages de Riverbend qu'elles représentaient. Mais Riverbend n'existait plus.

– T'a-t-elle récité le poème ? demandai-je à Carlotta.

Elle hocha la tête. Très lentement, en prenant son temps, elle m'en récita chaque vers.

– Je l'ai dit à mère. Elle m'a demandé : « Et alors ? Qu'est-ce que tu croyais ? Qu'on pouvait impunément danser avec le diable sans en payer le prix ? »

– Je ne suis pas persuadé qu'il s'agisse du diable, répondis-je. Il n'y avait ni dieu ni diable à Riverbend, quand je suis né. J'ai fait du mieux que je pouvais avec ce que j'avais.

– Tu brûleras en enfer, dit Carlotta.

Une onde de terreur me parcourut.

J'avais envie de lui répondre, d'en dire bien plus... De tout lui raconter. Mais elle se leva de table, jeta sa serviette et sortit de la pièce.

Ainsi, elle l'avait récité à Mary Beth. Et quand celle-ci vint me chercher, elle me chuchota ces mots terribles :

– Sacrifie la chair non mortelle... Allez! ne t'en fais pas, je t'en prie. Sors et amuse-toi bien!

Lorsque je sortis de la maison, le moteur de la voiture tournait déjà. Nous partîmes avec mes deux anges adorés, Stella et Lionel. Nous passâmes par Amelia Street sans nous arrêter pour voir Évelyne, par peur de faire plus de mal que de bien.

Nous nous rendîmes à Storyville, chez mes femmes préférées. Je me rappelle cette nuit entre toutes car ce fut ma dernière à Storyville. Nous écoutâmes des orchestres de jazz et chantâmes. Stella adorait ça. C'était la vie, d'après elle. Elle but verre de champagne sur verre de champagne et dansa sur la pointe des pieds. Lionel était moins enthousiaste mais cela n'avait aucune importance. J'étais mourant! Assis dans le salon lourdement décoré de Lulu White, écoutant le pianiste jouer du ragtime, je me disais que j'étais en train de mourir. Mourir! Et cette pensée l'emportait sur toute autre. Je devenais le centre du monde, ce monde qui tournait autour de Julien. Et Julien savait qu'une tempête se préparait et qu'il ne pourrait rien faire pour l'empêcher. Julien savait que le plaisir, l'aventure et le triomphe appartenaient au passé et qu'il allait bientôt être mis en terre comme tous les autres.

En rentrant à la maison, au petit matin, j'embrassai ma Stella. Je lui dis que j'avais vécu un grand moment puis me retirai dans ma mansarde, certain que je ne la quitterais plus jamais.

Nuit après nuit, je restai allongé dans le noir. Et si je pouvais revenir? Et si je pouvais rester lié à la terre comme la créature?

Après tout, s'il est Ashlar, l'un des nombreux Ashlar, saint, roi, fantôme vengeur ou simple humain! L'obscurité me renvoyait des bruits. Le lit trembla. Je repensai à ce vers... la chair non mortelle.

Je sortis du lit et remontai le Victrola pour éloigner la créature de moi.

– Oui, je veux revenir, murmurai-je. Je veux rester lié à la Terre, rester, faire partie de cette maison. Mais, je le jure sur mon âme, pas par avidité, seulement parce que l'histoire est inachevée. Le démon est toujours là et moi je vais mourir. Je pourrais être utile, devenir un ange du Seigneur, en quelque sorte. Oh, mon Dieu! Je ne crois pas en toi. Je ne crois qu'en Lasher et en moi.

Je me mis à faire les cent pas en écoutant la valse de Violetta, cette musique qui semblait ignorer toute forme de chagrin, si frivole et, à la fois, si organisée que je la trouvais irrésistible.

C'est alors que je vécus un instant féerique. Jamais de ma vie on ne m'avait à ce point pris par surprise : j'aperçus soudain par la fenêtre le visage d'une petite fille accroupie sur le toit du porche. J'ouvris immédiatement le châssis.

– Évelyne! dis-je.

Parfumée, toute douce, mouillée par la pluie printanière, elle se blottit dans mes bras.

– Comment as-tu fait pour venir jusqu'ici, ma chérie?
– J'ai grimpé sur le treillis, oncle Julien. Main après main. Tu m'as appris qu'une mansarde n'était pas une prison. Je viendrai te voir chaque fois que je le pourrai.

Nous fîmes l'amour et discutâmes longtemps. Au lever du soleil, nous étions allongés dans les bras l'un de l'autre. Elle me raconta que tout le monde était gentil avec elle, qu'on la laissait sortir à sa guise, que, tous les soirs, elle remontait l'avenue puis descendait Canal Street, qu'elle avait refait un tour en voiture et qu'elle avait de vraies chaussures. Richard lui avait acheté de jolies robes. Cortland lui avait offert un manteau avec un col de fourrure. Mary Beth lui avait même donné une glace à main en argent et un peigne au manche d'argent.

À l'aube, je remontai le Victrola et nous nous mîmes à danser la valse. Ce fut une matinée bizarre, comme celles qui suivent une nuit d'orgie passée à boire dans les tavernes et danser dans les salles de bal. Et, pourtant, nous n'avions pas quitté ma chambre. Elle portait pour tout vêtement sa combinaison bordée de dentelle rose et un ruban dans les cheveux. Nous avons dansé et dansé en nous trémoussant et en riant jusqu'à ce que, finalement, quelqu'un... ah oui! Mary Beth, ouvre la porte.

Je souris. Je savais que mon enfant angélique reviendrait me voir.

La nuit tombée, je parlai au Victrola.

Je lui demandai de retenir un sortilège. Moi qui avais toujours refusé de croire à ce genre de pratique, je me coupai les ongles et les glissai entre le fond en bois et le bord du Victrola. Je me coupai une mèche de cheveux et la glissai sous le plateau tournant. Je me mordis un doigt jusqu'au sang et barbouillai de rouge le dessus de l'appareil. J'en fis donc une sorte de poupée à mon effigie, comme celles des sorcières, et me mis à chanter l'air de la valse. Je fis jouer le disque et prononçai ces paroles :
– Revenir. Revenir. Être à leur disposition s'ils t'appellent. Être à leur disposition s'ils t'appellent. Revenir, revenir.

J'eus alors une vision terrible. J'étais mort, je m'élevais et je voyais une lumière. Je lui tournais ensuite le dos et me mettais à tomber à pic, bras écartés, m'enfonçant dans l'air qui devenait de plus en plus dense, aussi épais que noir. Lié à la Terre. Et j'avais l'impression que la nuit était remplie d'esprits comme le mien, d'âmes perdues, d'ahuris redoutant l'enfer et ne croyant pas au paradis. Et la valse continuait de jouer.

Finalement, je me rendis compte de la futilité de mes actes. La sorcellerie n'est qu'une question de concentration, une façon d'appliquer avec acharnement son énergie à un acte choisi. Je reviendrai! Je reviendrai! chantai-je tout seul.

Revenir.

Gare aux observateurs l'heure venue.

Oui, revenir quand l'heure viendra!

Ou Éden n'aura pas de Printemps
Ou notre genre aura fait son temps.

Michael, rappelez-vous bien ces vers que je vous ai récités. Ne les oubliez pas. Voyez ce qu'ils disent. Michael, je vous l'ai dit, je ne serais pas ici si la lutte était terminée. L'heure en question n'est pas encore venue. Votre amour n'a pas suffi. Mais il existe d'autres armes. Rappelez-vous, dans le poème : « simples et cruelles ». N'hésitez pas lorsque vous le verrez. Ne fléchissez pas, soyez implacable.

Pour quelle autre raison m'aurait-on laissé revenir? Pourquoi m'aurait-on laissé écouter, une fois encore, la valse sous ce toit? Dans un instant, vous devrez la faire jouer pour moi, Michael. Mon petit Victrola. Faites-le fonctionner quand je ne serai plus là.

Il me reste à vous raconter les dernières nuits dont je me souviens. Je me sens de plus en plus fatigué. Je vois la fin de mes paroles mais pas la fin de l'histoire. Ce sera à vous de la raconter. Il me reste quelques mots à vous dire. Et rappelez-vous votre promesse : faites jouer la musique pour moi, Michael. Car nul ne sait si j'irai au paradis ou en enfer et peut-être ne le saura-t-on jamais.

Une semaine plus tard, je donnai le petit Victrola à Évelyne. Je profitai d'un après-midi où il n'y avait personne pour envoyer Richard lui demander de venir le plus vite possible. J'avais fait monter le grand Victrola de la salle à manger, dont le son était bien meilleur.

Lorsque jc fus seul avec Évie, je lui dis d'emporter le petit Victrola chez elle et de ne jamais s'en séparer jusqu'à la mort de Mary Beth. Je ne voulais même pas que Richard sache ce qu'il était devenu car il était capable de l'avouer à Mary Beth si elle l'interrogeait. Je dis à Évie :

– Tu le rapportes chez toi en chantant sans arrêt sur tout le chemin.

Je pensais qu'ainsi, si Lasher la voyait partir avec ce mystérieux jouet, il n'y prêterait pas attention. Et je ne devais pas oublier que le monstre pouvait lire dans mes pensées.

J'étais désespéré.

Dès le départ d'Évie, lorsque son chant s'éloigna dans la cage d'escalier, je remontai le mécanisme du grand Victrola et appelai Lasher, espérant ainsi détourner son attention d'elle. Il apparut.

– Lasher, protège toujours la pauvre petite Évie, dis-je. Protège-la contre les autres, pour l'amour de moi. Promets-le-moi.

Il m'écouta du mieux qu'il pouvait malgré la musique qui le transportait. Invisible, il erra dans la pièce en faisant tomber les objets posés sur la cheminée. Parfait. Cela prouvait qu'il était bien là.

– Très bien, Julien, se mit-il à chanter tout en dansant.

En tapant des pieds sur le plancher, il donnait à ses gestes un semblant de poids et de bruit. Quel sourire! Et quel éclat! Si seulement j'avais pu l'aimer!

Enfin, j'évaluai qu'Évie devait être rentrée chez elle.

Des semaines s'écoulèrent.

Évie était désormais une femme libre. Richard l'emmenait souvent en voiture avec Stella et elle accompagnait régulièrement Tobias à la messe.

Elle venait me voir quand elle le voulait et entrait par la grande porte. Mais, certaines nuits, elle préférait monter par le treillis, grimpant avec toute l'ardeur de son âge. Nous restions au lit pendant des heures à nous embrasser et nous caresser. Quel bonheur, malgré mon grand âge, d'avoir été un bon amant pour une fille si jeune! Je lui appris quelques-uns de mes secrets.

Les dieux m'avaient accordé cette ultime victoire.

– Je t'aime, Julien, me disait Lasher quand il était là.

Il espérait toujours que je mette en marche le Victrola.

– Pourquoi quelqu'un ferait-il du mal à Évelyne? disait-il aussi. Qu'est-elle pour nous? Je vois l'avenir. Je vois loin. Nous avons ce qu'il nous faut.

Un après-midi, je fis asseoir Mary Beth à côté de moi, lui jurai n'avoir rien révélé d'important à la petite fille mais lui demandai de continuer à veiller sur elle.

Des larmes lui montèrent aux yeux. Ce fut l'une des rares fois où je la vis pleurer.

– Julien, tu te méprends sur moi et tu ne comprends pas les raisons de mes actes. Toutes ces années, j'ai fait mon possible pour nous réunir et nous rendre forts, en nombre et en influence. Pour faire de nous des gens heureux! Crois-tu que je ferais du mal à une enfant de ton propre sang, à la fille de Cortland? Oh, Julien! tu me brises le cœur. Aie confiance en moi, je t'en prie. Je sais ce que je fais, et j'ai toujours fait ce qui était bon pour notre famille. Tu peux te fier à moi. Pour tes dernières heures, ne te laisse pas ronger par la terreur. Je resterai assise près de toi jour et nuit, s'il le faut. Meurs en paix! Nous sommes la famille Mayfair. Nous n'avons jamais été aussi puissants. Aie confiance, nous l'emporterons.

Les nuits passèrent. Je n'avais plus besoin de dormir.

Je savais déjà qu'Évelyne portait un enfant de moi. Dieu ne fait pas de quartier aux vieillards. Ils restent trop longtemps capables de faire des enfants. Mais la petite ne semblait pas encore au courant et je me gardai bien de lui en parler. Les circonstances de cette grossesse étaient trop terribles.

Je ne pouvais faire confiance qu'à Cortland, que je faisais appeler et sermonnais sans arrêt. Dès qu'on saurait qu'Évelyne était enceinte, cela mettrait le feu aux poudres, j'en étais conscient. Mon seul espoir résidait dans les consignes et les commandements que je ne cessais de donner, à en avoir la nausée, pour que l'enfant soit protégée et choyée, envers et contre tous.

Arriva une nuit chaude et paisible. Je crois qu'on était au milieu de l'été, quand je suis mort. Oui, c'est cela : les lagerstrœmias était couverts de fleurs roses.

Sentant ma fin proche, j'avais renvoyé tout le monde. J'étais tranquillement allongé, la tête posée sur une pile d'oreillers, et je contemplais les nuages qui s'amassaient au-dessus du lagerstrœmia.

J'avais une seule et unique obsession : retourner à Riverbend, m'asseoir près de Marie-Claudette et apprendre qui était le jeune homme qui enlevait des esclaves et les amenait à Marguerite pour ses expériences immondes. Qui était cet ignoble personnage?

C'est alors que la mort commença son œuvre. Subitement, je fus incapable de bouger, de me relever ou de faire obéir mes membres. La mort était là et m'avait transformé en pierre.

À cet instant, comme s'il y avait un dieu pour les menteurs et les débauchés, Évelyne apparut sur le rebord du toit, ses mains blanches agrippées à la verdure.

Elle monta encore, traversa le toit du porche et j'entendis sa voix à travers la vitre épaisse :

– Ouvre la fenêtre, oncle Julien! C'est Évie, ouvre-moi!

Mais j'étais paralysé. Je la regardai, les yeux larmoyants. Ma chérie! murmurai-je dans mon cœur.

Faisant appel à ses dons de sorcellerie, elle parvint à faire remonter le châssis de la fenêtre et pénétra dans la pièce. Elle me prit par les épaules, m'attira vers elle et m'embrassa.

Oh, ma chérie! Oui, oui...

Au-dessus d'elle, répandue dans tout le ciel, la tempête se préparait. J'entendis les premières gouttes de pluie tomber sur le toit du porche. Je les sentis sur mon visage. Les arbres commencèrent à se balancer dans tous les sens. Et j'entendis le vent hurler, fouetter les arbres et pleurer de chagrin, comme pour la mort de ma mère et de sa mère avant elle.

C'était la tempête qui allait de pair avec la mort des sorcières. Et j'étais un sorcier. C'étaient ma tempête et ma mort.

Vingt-quatre

Ils se tenaient tous plus ou moins en cercle dans la brume. Mais quel était ce bruit grinçant? Était-ce le tonnerre?

C'étaient gens les plus dangereux et patibulaires qu'il ait jamais vus. Ils avaient en partage l'ignorance et la pauvreté. Ces pauvres diables avaient tous des infirmités ou des imperfections : un bossu, un homme au pied-bot, un enfant aux bras trop courts, et tous les autres, avec leurs visages émaciés, hirsutes, difformes et effrayants, vêtus de guenilles grises et marron. Le bruit grinçant persistait. Il était trop monotone pour que ce soit le tonnerre. L'entendaient-ils?

Le ciel était chargé au-dessus d'eux et pesait lourdement sur le tapis verdoyant de la vallée. Les pierres étaient bien sculptées, le vieil homme d'Edimbourg avait dit vrai. Elles étaient gigantesques et disposées en cercle.

Il s'assit, fut pris de vertige, et dit :

– Ma place n'est pas ici. Ce n'est qu'un rêve. Je dois retourner chez moi. Je ne peux pas me réveiller ici. Mais je ne sais pas comment repartir.

– Nous aimerions vous aider, dit l'un d'eux.

C'était un homme de haute taille aux cheveux gris flottant au vent. Sortant du cercle, il fit un pas en avant. Il portait un haut-de-chausse noir et sa bouche était entièrement dissimulée par une moustache grise. Seul le bord de sa lèvre était visible lorsqu'il parlait de sa voix de baryton.

– Mais nous ne savons pas qui vous êtes ni ce que vous faites ici, ajouta-t-il. Nous ne savons pas d'où vous venez ni comment vous renvoyer chez vous.

Il s'exprimait en anglais, en anglais moderne. Tout cela ne collait pas du tout. C'était un rêve.

Mais qu'est-ce que ce grincement? Je connais ce bruit.

Il avait envie de tendre le bras pour l'arrêter.

Je connais ce bruit.

La pierre la plus proche de lui devait faire six mètres de haut. Elle était irrégulière, telle une énorme épée grossière plantée dans le sol. Elle représentait des rangées de guerriers armés de lances et de boucliers.

– Les Pictes, dit-il.

Ils le regardèrent comme s'ils ne comprenaient pas.

– Si nous vous laissons ici, dit l'homme aux cheveux gris, les Petites Gens pourraient venir. Ce sont des êtres haineux. Ils vous emmèneront. Ils essaieront de faire de vous un géant et revendiqueront le monde. Vous avez le sang en vous, vous savez.

Soudain, un bruit de sonnerie retentit entre l'herbe grasse et la voûte de nuages gris en fusion. Il lui sembla familier. Il couvrait celui du grincement incessant.

– Je sais ce que c'est! s'écria-t-il.

Il essaya de se lever mais retomba dans l'herbe humide. Ils regardaient ses vêtements d'une drôle de façon. Ils étaient si différents des leurs!

– Je suis à la mauvaise époque! Vous entendez ce bruit? C'est un téléphone. Il essaie de me ramener chez moi.

Le grand homme s'approcha. Ses genoux nus étaient crasseux et ses longues jambes marbrées de saleté. On aurait dit qu'il s'était aspergé d'eau boueuse et l'avait laissée sécher. Ses vêtements étaient d'une crasse repoussante.

– Je n'ai jamais vu les Petites Gens de mes propres yeux, dit-il, mais je sais qu'il faut les craindre. Nous ne pouvons pas vous abandonner ici.

– Laissez-moi tranquille! Je vais m'en sortir tout seul. Ce n'est qu'un rêve. Ne vous occupez pas de moi et fichez le camp. J'ai des choses à faire! Des choses extrêmement importantes!

Cette fois, il réussit à se lever mais tomba à la renverse. Il sentit les lattes du parquet sous ses doigts. Le téléphone continuait de sonner. Il essaya d'ouvrir les yeux.

La sonnerie s'interrompit. Non, il faut que je me réveille, se dit-il. Il faut que je me lève. N'arrête pas de sonner, je t'en prie, n'arrête pas! Il ramena ses genoux à la hauteur de sa poitrine et se mit à quatre pattes. Le bruit grinçant. Le Victrola! La petite aiguille du bras était arrivée en bout de course et grinçait en attendant qu'on la remette sur le droit chemin.

De la lumière aux deux fenêtres. Ses fenêtres. Et puis le Victrola sous la fenêtre d'Antha, avec les lettres « Victor » gravées en doré sur le couvercle de bois ouvert.

Quelqu'un montait l'escalier.

Il se mit debout. Sa chambre. Sa table à dessin, son fauteuil. Ses rayonnages remplis de livres. *L'Architecture victorienne. L'Histoire des maisons à charpente de bois en Amérique.* Mes livres.

On frappa à la porte.

– Monsieur Mike, vous êtes là? Monsieur Mike, c'est M. Ryan au téléphone!

– Entre, Henri, entre!

Henri entendait-il sa peur? Savait-il?

Le bouton de la porte tourna comme s'il était vivant. La lumière du palier pénétra dans la pièce. Le visage d'Henri était si sombre en contre-jour que Michael ne le voyait pas.

– Monsieur Mike, il y a de bonnes et de mauvaises nouvelles. Elle est en vie. On l'a retrouvée à Saint Martinville, en Louisiane, mais elle est malade, très malade. Il paraît qu'elle ne peut ni bouger ni parler.

– Mon Dieu! on l'a retrouvée. On est sûr que c'est elle?

Il passa en courant devant Henri et se précipita dans l'escalier. Henri lui emboîta le pas et tendit la main pour le retenir lorsqu'il manqua de tomber.

– M. Ryan arrive. Le médecin légiste a appelé de Saint Martinville. On a trouvé ses papiers dans son sac. Elle correspond à la description. Ils disent être certains que c'est le Dr Mayfair.

Eugenia était dans la chambre, le combiné du téléphone à la main.

– Oui, monsieur. On l'a retrouvée.

Michael prit l'appareil.

– Ryan?

– Elle est en route, dit la voix calme à l'autre bout de la ligne. Une ambulance la transporte directement à l'hôpital de la Pitié. Elle y sera dans une heure s'ils font vite. Michael, les choses ne se présentent pas bien. Elle n'a aucune réaction. Tout indique qu'elle est dans le coma. Nous essayons de joindre son ami, le Dr Larkin, à l'hôtel Pontchartrain. Mais nous n'obtenons aucune réponse.

– Qu'est-ce que je dois faire? Où dois-je aller?

Il avait envie de prendre sa voiture et de rouler vers le nord jusqu'à ce qu'il croise l'ambulance, de faire demi-tour, de traverser le terre-plein central et de la suivre dans l'autre sens. Une heure!

– Henri, va me chercher ma veste et trouve mon portefeuille. En bas, dans la bibliothèque. J'ai laissé mes clés et mon portefeuille par terre.

– Hôpital de la Pitié, dit Ryan. Ils sont prêts à l'accueillir. À l'étage Mayfair. Nous nous retrouvons là-bas. Est-ce que vous avez vu le Dr Larkin?

Michael enfila sa veste en une seconde et avala d'un trait le verre de jus d'orange qu'Eugenia lui tendait. Elle lui rappela en termes non équivoques qu'il n'avait pas dîné et qu'il était 11 heures du soir.

– Henri, va chercher la voiture. Grouille-toi!

Rowan vivante. Rowan à l'hôpital de la Pitié dans moins d'une heure. Rowan de retour. Nom de Dieu! Je le savais, je le savais. Mais pas comme ça!

Il se hâta vers le hall d'entrée, prit ses clés des mains d'Eugenia et enfouit son portefeuille dans sa poche. L'étage Mayfair. Là où on l'avait mis après sa crise cardiaque, où on l'avait attaché à des machines dont il écoutait le ronronnement. Ou, plutôt, le grincement. Comme celui du Victrola. Bientôt, elle allait s'y trouver à son tour.

– Écoute-moi bien, Eugenia. Il y a quelque chose de très important que tu dois faire. Va dans ma chambre. Tu vas trouver un vieux Victrola par terre. Remonte-le et fais démarrer le disque. D'accord?

– Maintenant? À cette heure-ci? Et pour quoi faire?

– Fais-le, c'est tout ce que je te demande. Descends-le dans le salon, ce sera plus pratique. Oh, et puis non! C'est trop lourd pour toi. Tu montes, tu passes le disque plusieurs fois et tu vas te coucher.

– Votre femme a été retrouvée, elle est vivante, vous partez à l'hôpital pour la voir, vous ne savez même pas dans quel état vous allez la trouver et vous me demandez de passer un disque sur un phonographe?

– Exactement. Tu as tout compris.

La voiture arriva, tel un énorme poisson sombre glissant entre les chênes. Il descendit les marches en courant tout en lançant à Eugenia :

– Vas-y! Elle est vivante!

Il grimpa à l'arrière de la limousine et, avant d'avoir claqué la portière, ordonna à Henri de démarrer.

– Elle est en vie! Elle est vivante. Elle va m'entendre. Je vais lui parler et elle me racontera ce qui s'est passé. Seigneur! Julien, elle vit. L'heure n'est pas encore venue.

Tandis que la voiture prenait la direction de Magazine Street, vers le centre-ville, le reste du poème lui revint en mémoire, telle une suite de mots sombres. Il entendit la voix de Julien, dont le charmant accent français enluminait les lettres, comme les moines du Moyen Age lorsqu'ils les peignaient en rouge et en doré et les décoraient de motifs et de feuilles minuscules.

Gare aux observateurs l'heure venue.
Chasse les docteurs hors de ta vue
Les érudits le mal nourriront
Et les savants l'admireront.

– Vous ne trouvez pas ça horrible? disait Henri. Toutes ces pauvres femmes mortes de la même façon. Vous vous rendez compte?

– Mais de quoi parles-tu? interrogea Michael. Quelles pauvres femmes? Quelle heure est-il?

– 11 h 30, patron. Je vous parle des femmes Mayfair. La mère de Mlle Mona est morte dans les beaux quartiers et la pauvre Mlle Édith dans le centre-ville et je ne me rappelle pas le nom de l'autre ni de celle de Houston ni de l'autre encore.

– Tu veux dire que toutes ces femmes sont mortes?

– Oui, patron. Toutes de la même façon, a dit Mlle Béatrice. M. Aaron a téléphoné. Tout le monde a téléphoné. Nous ne savions même pas que vous étiez à la maison. Les lumières étaient éteintes là-haut. Comment est-ce que j'aurais pu savoir que vous étiez endormi sur le plancher?

Henri raconta l'avoir cherché dans toute la maison, avoir donné des ordres à Eugenia et être sorti pour continuer à chercher, etc. Michael n'entendait plus. Il regardait défiler les vieux immeubles de brique de Magazine Street. Et il entendait le poème.

Dans la souffrance ils trébucheront
Le sang et la peur ils connaîtront.

Vingt-cinq

C'était Stolov, il le sut dès sa descente d'avion. Ils l'avaient donc suivi à la trace. L'homme à large carrure, un peu trop musclé sous son imperméable noir, aux grands yeux de couleur pâle qui luisaient comme du verre transparent, l'attendait.

Ses cils blonds étaient presque incolores, ses sourcils étaient broussailleux et ses cheveux clairs. Il faisait très norvégien. Pas russe. Erich Stolov.

– Stolov, dit Yuri.

Passant son bagage dans sa main gauche, il tendit la main.

– Ah, vous me reconnaissez! dit l'homme. Je n'en étais pas certain.

Un accent scandinave avec une légère touche d'autre chose. D'Europe de l'Ouest, en tout cas.

– Je reconnais toujours les nôtres, dit Yuri. Pourquoi êtes-vous venu à La Nouvelle-Orléans? Avez-vous travaillé avec Aaron Lightner? Ou êtes-vous seulement ici pour me rencontrer?

– C'est pour vous expliquer tout cela que je suis venu, répondit-il en posant sa main dans le dos de Yuri.

Ils empruntèrent le couloir tapissé de moquette. Des passagers passaient près d'eux. L'espace vide semblait absorber tous les sons. Le ton de l'homme était très bienveillant. Yuri était sur ses gardes.

– Yuri, vous n'auriez pas dû quitter la maison mère mais je comprends pourquoi vous l'avez fait. Vous savez que notre ordre est régi selon un système autoritaire dans lequel l'obéissance est un principe essentiel. Et vous savez pourquoi.

– Non, dites-le-moi. Je suis excommunié, maintenant. Je ne me sens aucune obligation de vous parler. Je suis venu pour voir Aaron. C'est l'unique raison de ma présence.

– Je le sais, évidemment. Si nous nous arrêtions pour prendre un café?

– Non, je veux aller directement à l'hôtel. Je veux rencontrer Aaron le plus tôt possible.

L'homme fit un geste vers un bar vide où des tasses de porcelaine attendaient sur des tables en formica. Une odeur de café américain dilué.

– Vous ne pouvez pas faire ça maintenant. Aaron est à l'hôpital. On a retrouvé Rowan Mayfair. Aaron est auprès de la famille. Il est en danger. C'est pourquoi vous devez absolument m'écouter. Tous ces malentendus entre nous proviennent du fait que nous voulions protéger Aaron. Et vous, par la même occasion.

– Alors, vous pouvez nous expliquer cela à tous les deux.

– Écoutez-moi d'abord, dit l'homme gentiment. Je vous en prie.

Yuri se rendit compte que l'homme lui barrait littéralement le chemin et qu'il était bien plus costaud que lui. Il n'était pas tant une menace qu'un énorme obstacle, puissant, borné et persuadé de son bon droit.

– Yuri, nous avons besoin de votre coopération. Sinon, Aaron pourrait être blessé. Disons qu'il s'agit d'une mission de secours dans laquelle Aaron Lightner est impliqué. Il est entré dans la famille Mayfair et, aujourd'hui, il agit sans discernement.

– Et pourquoi cela?

Tout en posant cette question, Yuri capitula. Il se retourna, entra dans le café, prit une chaise en face du grand Norvégien et l'observa en silence tandis qu'il commandait à la serveuse du café et quelque chose à manger.

Stolov devait avoir une dizaine d'années de plus que lui, ce qui lui faisait dans les quarante ans. Il ouvrit son imperméable noir : il portait le costume typique des membres du Talamasca. Laine tropicale, coupe onéreuse mais pas ostentatoire. Le style de sa génération et non le costume de tweed et de cuir de David, Aaron et leurs contemporains.

– Vous êtes très soupçonneux et vous en avez le droit, dit Stolov. Mais, Yuri, nous sommes un ordre, une famille. Vous n'auriez jamais dû quitter la maison mère comme vous l'avez fait.

– Vous l'avez déjà dit. Pourquoi les Aînés m'ont-ils interdit de parler à Aaron Lightner?

– Ils n'imaginaient pas qu'il y aurait de telles répercussions. Ils ne voulaient que le silence, une sorte de trêve pour décider quelles mesures ils devaient prendre pour protéger Aaron.

La serveuse remplit leurs tasses d'un café pâle.

– *Espresso*, dit Yuri. Excusez-moi, dit-il en repoussant la tasse.

La femme posa devant eux des petits pains à l'odeur délicieuse, couverts de sucre glace et tout collants. Yuri n'avait pas faim.

– Vous avez dit que Rowan Mayfair avait été retrouvée, dit-il en regardant les petits pains. Vous avez parlé d'hôpital.

Stolov hocha la tête et but son café à la couleur délavée. Il leva ses yeux singulièrement clairs. L'absence de couleur donnait l'impression qu'ils étaient vides et, soudain, curieusement agressifs.

– Aaron est en colère contre nous, répondit-il. Le jour de Noël, il s'est passé quelque chose chez les Mayfair. Il croit que s'il avait été présent, il aurait pu aider Rowan Mayfair. Il nous le reproche. Mais il a tort. Il serait mort, voilà ce qui se serait produit. Aaron est vieux et toutes les enquêtes qu'il a menées jusqu'ici ne l'ont jamais mis aussi directement en danger.

– Je ne suis pas d'accord. Aaron connaît bien le danger. Il l'a rencontré dans un grand nombre de ses enquêtes.

– Oui, mais ce ne sont pas les sorcières Mayfair qui constituent une menace pour lui. C'est un individu qu'elles ont aidé et engendré.

– Lasher.

– Je vois que vous connaissez le dossier.

– Je le connais.

– Avez-vous vu cet individu lorsque vous étiez à Donnelaith?

– Vous savez bien que non. Si vous êtes sur cette enquête, vous avez lu les rapports que j'ai transmis aux Aînés et à Aaron. Vous savez que j'ai parlé à des gens qui ont vu cet individu, comme vous l'appelez. Mais je ne l'ai pas vu moi-même. Et vous?

– Pourquoi êtes-vous en colère, Yuri?

Quelle voix agréable, profonde, respectueuse.

– Je ne suis pas en colère, Stolov. Je suis simplement méfiant. Quelque chose ne tourne pas rond. Même votre ton est étrange. Je veux parler directement aux Aînés.

– C'est impossible, Yuri, dit calmement Stolov. Personne ne peut parler aux Aînés, vous le savez aussi bien que moi. Aaron vous le dirait lui-même. Vous ne pouvez communiquer avec eux qu'en suivant la procédure...

– Oui, mais c'est un cas d'urgence.

– Pour le Talamasca? Non. Pour Aaron et Yuri, certainement. Mais pour le Talamasca, il n'y a jamais d'urgence.

– Rowan Mayfair a été retrouvée? Qu'en est-il?

– Elle est à l'hôpital de la Pitié, mais on va probablement la ramener chez elle dans la matinée. Elle a passé la nuit sous assistance respiratoire et on l'a débranchée ce matin. Elle continue à respirer mais elle ne s'en sortira pas. Cela a été confirmé hier soir. Son cerveau a subi d'importants dommages dus à un choc. Une overdose de drogue, une réaction allergique ou une montée soudaine d'insuline, on ne sait pas. Je ne fais que vous rapporter les propos des médecins. C'est ce qu'ils ont expliqué à la famille. Ils savent qu'elle ne s'en remettra pas. Elle avait pris des dispositions écrites en prévision d'une telle éventualité : s'il n'y avait plus aucun espoir, on devait la débrancher et la ramener chez elle... Cet individu, Lasher, est extrêmement dangereux. C'est une sorte de spécimen qui tente désespérément de se reproduire. Les faits prouvent que certains membres de la famille Mayfair peuvent lui être très utiles à cet effet. Ils auraient une particularité génétique : une série de chromosomes que les autres humains ne posséderaient pas. Michael Curry serait lui aussi porteur de ce surplus de mystérieux chromosomes. Ce serait une caractéristique des populations nordiques, dont les Celtes. Rowan et Michael ont procréé ensemble cette créature unique, qui n'est pas humaine. Mais sa naissance n'aurait pu avoir lieu sans une intervention spirituelle extraordinaire. La migration, si vous voulez, d'un esprit puissant et très volontaire. Cet esprit a pénétré dans l'embryon, en a dirigé le développement et, au moyen de ces fameux chromosomes supplémentaires, a créé une sorte de prototype. Disons que c'est le fruit d'une rencontre entre le mystère et la science, entre un phénomène spirituel et une anomalie génétique, dont cette force spirituelle a tiré profit. Une sorte d'opportunité physique pour une créature occulte et puissante.

Yuri réfléchit un long moment. Lasher, l'esprit qui voulait devenir humain, qui avait menacé Petyr Van Abel de ses odieuses prédictions, qui n'avait eu de cesse de se matérialiser, avait finalement été mis au monde par Rowan Mayfair. Yuri était parvenu à cette déduction bien avant d'arriver ici. Mais que la créature veuille procréer, se reproduire, il n'y avait pas encore songé. Cela dit, c'était parfaitement logique.

– Oui, très logique, dit Stolov. L'évolution est une question de reproduction. Et cette créature est désormais prise dans le cycle de l'évolution. Elle y est entrée par la grande porte. Elle veut se reproduire et prendre le pouvoir. Et si elle réussit à trouver la femme adéquate, elle parviendra à ses fins. Rowan Mayfair a été détruite par les tentatives de reproduction de la créature. Son corps a été ravagé par ses débuts de grossesse successifs. D'autres femmes de la famille, qui n'avaient pas les chromosomes supplémentaires, sont décédées d'hémorragie quelques heures après la visite de la créature. La famille sait que la créature a détruit Rowan et qu'elle est une menace pour les autres femmes Mayfair. Elle les tuera jusqu'à ce que l'une d'elles survive à la fécondation et donne naissance à un bébé. La famille resserre les rangs pour se protéger et cache tout ce qu'elle sait, comme elle l'a toujours fait par le passé. Grâce à sa fortune inépuisable, elle va mener ses propres recherches pour trouver la créature et aucun étranger n'en saura jamais rien.

– En quoi Aaron est-il en danger? Je ne vois pas.

– C'est pourtant évident. Aaron est au courant pour la créature. Il sait ce qu'elle est. Les jours qui ont suivi Noël, avant qu'ils ne comprennent ce qui s'était produit, les Mayfair ont commis des imprudences. Ils ont réuni des échantillons sur le lieu de naissance de la créature et les ont envoyés à une certaine agence. Puis Rowan a contacté un médecin de San Francisco et lui a envoyé des échantillons de la créature et d'elle-même. Ce fut une terrible erreur. Le médecin qui a procédé aux analyses dans un institut privé de San Francisco est mort. Celui qui lui a transmis les échantillons et est venu ici pour rencontrer la famille a disparu. Il a quitté son hôtel hier soir sans un mot d'explication et on ne l'a pas revu. À New York, les résultats de tous les tests génétiques se sont envolés. Pareil pour l'institut génétique d'Europe auquel l'institution de New York avait envoyé ses résultats. Bref, il ne subsiste plus rien de tous les examens effectués. Mais nous... le Talamasca, nous savons tout de cette céature. Bien plus que les pauvres types qui ont étudié ses cellules au microscope. Plus que la famille occupée aujourd'hui à se protéger. La créature va tenter d'éliminer tout ce que nous savons. C'était inévitable.

La serveuse posa une petite tasse d'*espresso* noir. Yuri toucha la porcelaine du bout des doigts. Trop chaud.

– Cette créature va certainement essayer de tuer Aaron, poursuivit Stolov. Et vous. Et elle voudra me tuer dès qu'elle saura que je suis impliqué dans cette enquête. C'est pourquoi le Talamasca a changé son fusil d'épaule. C'est pourquoi, comme vous le dites, quelque chose ne tourne pas rond. Les Aînés ont verrouillé les portes. Ils vont aider la famille si c'est en leur pouvoir mais ils ne laisseront pas nos membres se mettre en danger. Ils ne resteront pas inactifs pendant que la chose pénétrera dans nos archives et voudra détruire nos précieux dossiers. Ce genre de situation s'est déjà produit. Nous avons notre méthode pour riposter.

– Et vous maintenez que ce n'est pas une urgence...

– Non, juste un renforcement des mesures de sécurité qui consiste à dissimuler encore plus efficacement les preuves et à exiger l'obéissance aveugle de ceux qui sont en danger. C'est pourquoi Aaron et vous devez reintégrer immédiatement la maison mère.

– Mais quel est donc l'objectif officiel de l'ordre? Uniquement de se protéger?

– De se protéger définitivement.

– Je ne comprends pas.

– Mais si! Se protéger définitivement signifie détruire la menace. Mais vous n'êtes pas concerné. Mes enquêteurs et moi nous en chargeons. Nous savons comment y parvenir, comment retrouver la trace de la créature, la localiser, la maîtriser et l'empêcher d'atteindre ses objectifs.

– Et vous voulez me faire croire que notre ordre, notre cher Talamasca, a déjà fait ce genre de chose par le passé?

– Absolument. Nous ne pouvons rester passifs lorsque notre survie est en jeu. Nous avons une procédure d'exception pour ce type de situation. Aaron et vous n'avez pas votre place dans cette procédure.

– Je suis désolé, mais certaines pièces manquent dans ce tableau.

– Vraiment?

– Vous parlez de menace pour la famille et pour l'ordre. Et la menace pour les autres? Quelle est la disposition morale de cette entité? Si elle se reproduit, quelles en seront les conséquences?

– Cela ne se produira pas. C'est tout à fait inconcevable. Je crois que vous ne vous rendez pas compte.

– Oh que si! riposta Yuri. Après tout, j'ai parlé avec ceux qui l'ont vue. Une fois qu'elle aura trouvé les femmes appropriées, elle pourra se reproduire à une rapidité incroyable. Un peu comme dans le monde des insectes ou des reptiles, mais bien plus vite que les autres mammifères. Et, bientôt, la créature et sa progéniture prendront le contrôle des humains et pourront même les éradiquer.

– Vous êtes très malin et vous en savez bien trop. Il est bien dommage que vous ayez lu le dossier et soyez allé à Donnelaith. Mais n'ayez aucune crainte. La créature ne se reproduira pas. De toute façon, que savons-nous de sa longévité? Qui sait si sa durée de vie, avec ou sans reproduction, n'est pas limitée?

Stolov prit sa fourchette et son couteau, coupa un morceau de son petit pain au sucre et se mit à manger en silence pendant que Yuri l'observait. Puis il posa ses couverts et le regarda.

– Persuadez Aaron de rentrer avec vous. Persuadez-le de laisser la famille Mayfair et ses problèmes entre nos mains.

– Vous êtes très patient avec moi. J'apprécie énormément. Mais cette attitude ne ressemble pas beaucoup à notre ordre. Les Aînés savent comment s'y prendre pour s'occuper de tout sans éveiller la suspicion. Or, dans le cas présent, leur façon d'agir est un peu sommaire. Il leur aurait été si facile de satisfaire ma curiosité à Londres. Et celle d'Aaron. Mais tout cela est maladroit et gauche. Voire impoli. Ce n'est pas du tout dans les habitudes du Talamasca.

Pour la première fois, l'homme avait l'air en colère. Il posa sa serviette presque rageusement sur la table, près de sa fourchette. Une serviette sale couverte de sucre et tachée de café. Yuri la fixa des yeux.

– Yuri, dit Stolov. Plusieurs femmes sont décédées ces dernières quarante-huit heures. Et ce médecin, Samuel Larkin, est probablement mort, lui aussi. Rowan Mayfair ne survivra pas plus de quelques semaines. Les Aînés ne s'attendaient pas à ce que vous leur causiez tant de problèmes dans un moment pareil. Ils n'ont pas prévu que vous leur compliqueriez la tâche, pas plus qu'ils n'avaient prévu la déloyauté d'Aaron.

– La déloyauté?

– Je vous l'ai dit. Il ne veut pas quitter la famille. Mais c'est un vieil homme. Il ne peut rien contre Lasher. Il n'a jamais pu!

De la colère, à nouveau.

Yuri s'appuya contre le dossier de son siège et réfléchit un long moment. Il regarda la serviette. L'homme la ramassa, s'essuya la bouche et la reposa. Yuri la regarda de nouveau.

– Je veux parler avec les Aînés, dit-il. Je veux qu'ils me disent tout cela eux-mêmes.

– Bien sûr. Emmenez Aaron avec vous aujourd'hui. Allez à New York. Vous pourrez y contacter les Aînés. Ensuite, vous discuterez de tout cela avec Aaron et vous rentrerez à Londres. Il faut que vous rentriez.

Yuri se leva et posa sa serviette sur sa chaise.

– Vous venez voir Aaron avec moi?

– Oui. Finalement, c'est peut-être mieux que vous soyez là. Tout seul, je ne sais pas si je parviendrais à le convaincre. Allons-y! Il est grand temps que nous ayons une explication, lui et moi.

– Vous voulez dire que ce n'est pas encore fait?

– Yuri, j'en ai plein les bottes, comme on dit. Aaron n'est pas très coopératif.

Une énorme Lincoln les attendait. Les sièges étaient de velours gris et les vitres teintées si sombres que le monde extérieur n'était qu'obscurité. Impossible de voir une ville à travers de tels carreaux, songea Yuri. Il s'assit, très calme, et repensa à un épisode de son passé.

Il se rappelait le long voyage en train avec sa mère pour aller en Serbie. Elle lui avait remis un objet. C'était un pic à glace mais, à l'époque, il l'ignorait.

– Tiens, prends ça, lui avait dit sa mère. Sers-t'en si tu en as besoin. Il faut le planter juste... entre les côtes.

Comme elle avait eu l'air féroce! Il avait été très étonné.

– Mais qui pourrait nous vouloir du mal? avait-il demandé.

Il ne savait pas ce qu'était devenu le pic à glace. Peut-être l'avait-il oublié dans le train.

Tandis que la voiture accélérait, il se rendit compte qu'il n'avait aucune arme, ni pic à glace ni couteau.

– Vous vous sentirez mieux lorsque vous aurez parlé aux Aînés et qu'ils vous auront invité officiellement à rentrer.

Yuri regarda Stolov et sa tenue noire d'où seul un petit col blanc émergeait. Ses larges mains pâles s'ouvraient et se fermaient sur ses genoux.

Yuri sourit délibérément.

– Vous avez raison, dit-il. Un fax envoyé à un certain numéro à Amsterdam. C'est parfaitement calculé pour inspirer la confiance.

– Yuri, je vous en prie, nous avons besoin de vous, dit l'homme, manifestement à bout.

– Je n'en doute pas. Sommes-nous loin d'Aaron?

– Encore quelques minutes. La ville n'est pas très grande.

Yuri prit le combiné noir accroché sur le panneau.

– Chauffeur! dit-il.
– Oui, monsieur.
– Arrêtez-vous dans un endroit où l'on vend des armes. Vous en connaissez un près d'ici?
– Oui, monsieur. South Rampart Street.
– Parfait.
– Pourquoi faites-vous cela? demanda Stolov, le visage triste.
– C'est mon côté gitan. Ne vous en faites pas.
À South Rampart Street, le vendeur possédait un véritable arsenal dans des vitrines et sur les murs.
– Il vous faut un permis de conduire de Louisiane, dit-il.
Stolov observait. Yuri était furieux qu'il soit là à le surveiller.
– C'est une urgence, dit Yuri. Il me faut une arme avec un canon long. Ce Magnum 357 fera l'affaire. Et une boîte de cartouches.
Il sortit de sa poche des billets de cent dollars, d'abord dix, puis vingt, et se mit à les compter.
– Ne vous inquiétez pas, dit-il au vendeur. Je ne suis pas un voyou. Mais j'ai besoin de cette arme, vous comprenez?
Il la chargea sur place, sous les yeux de Stolov. Il répartit les balles restantes par petites poignées entre ses différentes poches.
Lorsqu'ils sortirent dans le soleil, Stolov demanda :
– Vous pensez qu'il suffira de tirer sur la créature?
– Non. De toute façon, vous avez bien dit que vous alliez l'arrêter, non? Aaron et moi sommes en danger. C'est vous qui l'avez dit. Maintenant, j'ai mon arme.
Il fit un geste vers la voiture.
– Après vous, ajouta-t-il.
– Ne faites rien de stupide, dit l'autre.
Il n'y avait plus de colère dans sa voix, juste de l'appréhension. Il posa une main sur celle de Yuri. Yuri baissa les yeux. Comme la peau de ce Norvégien était pâle à côté de la sienne.
– Quoi, par exemple?
– Comme essayer de lui tirer dessus, dit-il d'un ton exaspéré. L'ordre a droit à une plus grande dévotion que ça.
– Hum! Je comprends. Mais n'ayez aucune crainte.
Il adressa un sourire à Stolov, lui ouvrit la portière et attendit qu'il monte dans la voiture. Maintenant, c'était Stolov qui était mal à l'aise, un peu suspicieux, pour ne pas dire effrayé.
Quand je pense que je n'ai jamais appuyé sur une détente, songea Yuri.

Vingt-six

Mona n'aurait jamais cru que ses premiers jours chez Mayfair & Mayfair se passeraient ainsi. Elle était assise devant le grand bureau de Pierce et tapait furieusement sur un IBM 386 SX, juste un peu plus lent que le monstre qu'elle avait à la maison.

Dix-huit heures après son opération, et douze après que l'on eut débranché les machines, Rowan Mayfair était toujours en vie. Elle pouvait arrêter de respirer à tout moment. Ou continuer à vivre pendant des semaines. Personne ne savait.

L'enquête suivait son cours et Mona n'avait rien d'autre à faire que de rester avec les autres, réfléchir, attendre et écrire.

Elle tapait sur le clavier, un peu agacée par le bruit. Elle avait intitulé son fichier « Note confidentielle Mona Mayfair ». Il était protégé. À part elle, personne n'y avait accès. Elle le transférerait par modem une fois rentrée chez elle. Pour l'instant, elle ne pouvait pas quitter le bureau. Elle y était depuis la veille et passait son temps à écrire tout ce qu'elle avait vu, entendu, senti, pensé.

Toutes les pièces de l'immense bureau étaient occupées, des voix étouffées se répondaient ou se disputaient au téléphone, derrière les portes à demi ouvertes. Des coursiers allaient et venaient.

Malgré tout, l'ambiance était sereine. Aucune panique. Ryan était derrière son bureau, en compagnie de Randall et d'Anne-Marie. Lauren était en bas, dans le hall. Sam Mayfair et deux des Grady Mayfair de New York occupaient les trois téléphones de la grande salle de conférences. Quelque part, Liz Mayfair et Cecilia Mayfair passaient elles aussi des coups de fil. Les secrétaires appartenant à la famille, Connie, Joséphine et Louise Mayfair, travaillaient dans une autre salle de conférences. Tous les télécopieurs crépitaient.

Pierce était avec Mona. Il lui avait laissé son ordinateur posé sur l'énorme bureau d'acajou et avait l'air plutôt sans défense, en bras de chemise devant le petit ordinateur de sa secrétaire. En réalité, il ne faisait pas grand-chose. Il était trop brisé par le manque de sommeil et le chagrin, comme Mona aurait dû l'être, ce qui n'était pas le cas.

L'enquête était menée de façon totalement privée et personne d'autre que la famille n'aurait pu faire un meilleur travail.

Tout le monde s'y était mis sérieusement une heure après qu'on eut retrouvé Rowan. Pierce et Mona étaient allés à plusieurs reprises à l'hôpital. La dernière fois, le soleil se levait. Ensuite, ils étaient retournés au bureau. Ryan, Pierce, Mona et Lauren étaient le centre nerveux de l'opération. Randall et plusieurs autres entraient et sortaient. Cela faisait maintenant quelque dix-huit heures que coups de téléphone, envois de fax et communications diverses avaient débuté. Mona mourait de faim mais la situation était trop grisante pour songer à se restaurer.

Quelqu'un allait certainement apporter quelque chose à manger. Ou peut-être irait-on dîner en ville? Mona n'avait pas envie de quitter le bureau. Elle espérait qu'un service d'urgences de Houston allait appeler pour prévenir qu'un mystérieux homme d'un mètre quatre-vingt-quinze était venu se faire soigner.

Le chauffeur routier de Houston, celui qui avait pris Rowan en auto-stop, avait été d'une aide précieuse. Il s'était arrêté au poste de police de Saint Martinville pour signaler qu'une femme en piteux état était descendue de son camion pour s'enfoncer seule dans les marais. Grâce à lui, on avait retrouvé Rowan. La famille lui avait téléphoné pour l'interroger. Il avait décrit l'endroit de Houston où elle était montée dans son camion et avait raconté tout ce qu'elle avait dit. Elle voulait désespérément atteindre La Nouvelle-Orléans. Il avait confirmé qu'au moment où ils s'étaient séparés, dans la soirée, Rowan lui avait paru saine d'esprit. Affolée, peut-être, mais elle parlait, marchait et raisonnait. Ensuite, elle était partie seule dans les marais.

– Cette femme souffrait, avait-il répété à Mona au téléphone, le matin même. Elle se tenait le ventre comme quelqu'un qui a des crampes, vous savez.

Gerald Mayfair, toujours abasourdi et malade d'avoir laissé le Dr Samuel Larkin échapper à sa vigilance, s'était rendu dans les marais de Saint Martinville avec Shelby, la sœur aînée de Pierce, et Patrick, le père de Mona, pour fouiller l'endroit où l'on avait retrouvé Rowan.

Elle avait eu une hémorragie, comme les autres femmes, mais elle n'était pas morte. À minuit, la veille, on lui avait fait une hystérectomie d'urgence, pendant qu'elle était inconsciente. Michael, en larmes, avait donné son autorisation. Sinon, elle n'aurait pas passé la nuit. Fausse couche incomplète. Autres complications.

– Nous avons de la chance qu'elle respire encore.

Qu'allait-on découvrir dans l'herbe des marécages de Saint Martinville? L'idée venait de Mona. Elle tenait absolument à s'y rendre elle-même. Patrick, son père, était complètement dessoûlé et avait décidé d'y aller pour se rendre utile. Ryan avait demandé à Mona de rester au bureau avec lui. Pourquoi? Était-il inquiet pour elle?

Toutes les trois minutes, il l'appelait à l'interphone pour lui poser des questions sans importance ou émettre quelque suggestion dénuée d'intérêt. En fait, il avait besoin de son soutien. Cela ne la gênait pas. Elle était là pour ça. Entre ses appels, elle tapait sur son clavier, décrivait, enregistrait.

L'immeuble de bureaux de Houston avait été découvert avant midi.

Il était à deux pas de l'endroit où Rowan était apparue au camionneur. Il était inoccupé, à part le quinzième étage qui avait été loué à un homme et une femme. L'endroit était un véritable champ de bataille. Rowan y avait manifestement été retenue prisonnière. Elle était restée attachée au lit pendant de longs moments. Le matelas était taché d'urine et de matières fécales mais recouvert de draps propres et entouré de fleurs, dont certaines n'étaient pas encore fanées. Il y avait de la nourriture fraîche.

Tout cela était répugnant. On avait trouvé une mare de sang – qui n'appartenait pas à Rowan – dans la salle de bains. Manifestement, l'homme était blessé. Il était peut-être même resté inconscient un moment. Les photographies de la salle de bains venaient d'arriver. Les traces de pas sanglantes menant à l'ascenseur et aux portes principales de l'immeuble indiquaient qu'il était parti seul.

– J'ai l'impression qu'il est à nouveau tombé par terre dans l'ascenseur. Regardez. La moquette est pleine de sang. Il est affaibli, il est blessé.

En tout cas, il l'était à ce moment-là. Mais maintenant?

On faisait des recherches dans tous les services d'urgences de la ville. Tous les hôpitaux, les cliniques, les cabinets de médecin. Ensuite, on chercherait dans les banlieues puis, en cercles concentriques, on s'éloignerait de la ville jusqu'à ce que l'on découvre où l'homme ensanglanté était allé. À proximité de l'immeuble de bureaux, on faisait du porte à porte pour dénicher le moindre témoin. On fouillait les allées, les toits des bâtiments, les restaurants, les immeubles de location. Si l'homme était dans les environs, on mettrait la main dessus.

Les traces de pas sanglantes s'étaient effacées sous les roues des voitures. L'homme était-il monté dans un véhicule ou avait-il simplement traversé la rue? Impossible à savoir.

La famille avait loué les services de dizaines d'enquêteurs privés. Elle avait contacté toutes les agences de détectives. Elle distribuait les tâches et collectait les informations. Des médecins privés avaient prélevé des échantillons de sang dans la salle de bains de Houston et les avaient emportés dans divers laboratoires dont les noms n'étaient connus que de Lauren et de Ryan. Toutes les empreintes digitales avaient été relevées. Chaque vêtement, et ils étaient nombreux, avait été emballé, étiqueté et expédié à Mayfair & Mayfair. Ces objets commençaient à arriver au bureau.

On suivait également d'autres pistes. Du papier à lettres froissé et une carte magnétique de porte avaient mené à un hôtel de New York. Le camionneur de Rowan était venu à La Nouvelle-Orléans aux frais de la famille pour raconter de vive voix sa version des faits.

La tour de bureaux vide et la geôle crasseuse de Rowan offraient un spectacle affligeant. Fleurs fanées, porcelaine brisée éparpillée sur le sol. Rowan avait réussi à s'enfuir mais quelque chose d'horrible lui était arrivé. Cela s'était passé dans un champ sous un arbre connu dans le coin sous le nom de chêne de Gabriel. Un endroit magnifique. Mona le connaissait. Choc toxique, réaction allergique, déficience immunitaire. Des centaines d'hypothèses avaient été avancées. Mais le sang ne contenait aucune trace de toxines. Rowan avait fait une fausse couche, mais ce n'était pas tout. Peut-être avait-elle perdu l'enfant puis s'était-elle évanouie.

Quelle horreur!

Mais rien n'était plus horrible que de la voir sur son lit d'hôpital, la tête raide sur l'oreiller, les bras immobiles de part et d'autre de son corps, les yeux fixés dans le vide. Son visage était émacié, blanc comme du papier. Ses bras, parallèles à son corps, étaient légèrement tournés vers l'intérieur. Plus aucune trace de sa personnalité sur son visage. Elle avait un air totalement hébété, ses yeux trop ronds ne réagissant ni aux mouvements ni à la lumière. Sa bouche avait l'air petite et curieusement ronde. Pendant que Mona la regardait, les bras de Rowan avaient commencé à se rapprocher de son corps. Les infirmières étaient venues les écarter.

Ses cheveux étaient clairsemés, comme si elle les avait perdus par poignées. Conséquence de malnutrition et d'avortement spontané. Elle paraissait si menue dans sa chemise d'hôpital qu'elle ressemblait à un angelot dans une crèche de Noël.

Et puis, il y avait Michael, ébouriffé et bouleversé, assis près d'elle, lui parlant, lui disant qu'il allait prendre soin d'elle, que tout le monde était là et qu'elle ne devait pas avoir peur. Il lui dit qu'il allait décorer sa chambre de jolies photos et apporter de la musique. Il avait trouvé un vieux gramophone. Il lui parlait continuellement.

– Nous allons nous occuper de tout. Nous allons nous... occuper de tout.

Il n'osait pas dire quelque chose comme : nous allons retrouver ce salaud, ce monstre. Non, personne n'oserait dire cela à cette innocente créature inanimée, cette ombre de la femme pour qui le cerveau humain n'avait eu autrefois aucun secret.

Mona savait que Rowan n'entendait rien. Son ouïe ne fonctionnait plus. Le cerveau fonctionnait à un rythme tout mécanique, permettant au cœur de pomper le sang avec une régularité tout aussi effrayante. Mais les extrémités du corps refroidissaient de plus en plus.

À n'importe quel moment, le cerveau pouvait cesser de donner des ordres. Et le corps mourrait. L'esprit, ce maître du corps, n'était plus conscient. Il avait cédé la place au néant. L'électroencéphalogramme était presque plat.

Les petits bip que l'on entendait n'étaient pas différents de ceux qu'aurait donnés un cerveau mort connecté aux mêmes machines. On obtient toujours quelque chose, avaient dit les médecins.

Rowan avait souffert physiquement. C'était atroce. Ses bras et ses jambes pâles étaient marqués, sa hanche gauche était fracturée. Elle portait des traces de viol. La fausse couche avait été extrêmement violente. Il y avait du sang et du liquide sur ses cuisses.

À 6 heures du matin, on avait débranché la respiration artificielle. La rapide intervention chirurgicale qu'elle avait subie n'avait entraîné aucune complication. Tous les tests l'avaient confirmé.

À 10 heures, on l'avait ramenée précipitamment chez elle, pour une simple raison : elle ne devait pas survivre à cette journée. Or, elle avait laissé des instructions explicites lorsqu'elle avait pris possession de l'héritage. Elle devait mourir dans la maison de First Street. « Chez moi. » Elle l'avait écrit de sa main au temps des jours heureux, juste avant le mariage. Elle voulait mourir dans le lit de Mary Beth.

Rowan Mayfair était donc retournée à First Street. Confortablement installée sous le baldaquin de satin et bordée de couvertures anciennes et de couvre-pieds, elle respirait encore, sans assistance. Il était déjà 6 heures du soir et elle n'était toujours pas morte.

Une heure plus tôt, on avait commencé à l'alimenter par intraveineuse, du liquide, des lipides.

– Ce n'est pas pour la maintenir en vie, avait expliqué le Dr Fleming. C'est juste pour la nourrir. Sinon, ce serait comme la laisser mourir de faim.

Michael n'avait manifestement pas protesté. Un tas de gens étaient là. Quand il avait téléphoné à Mona, il lui avait dit que la pièce était remplie d'infirmières et de médecins. Il avait confirmé la présence d'agents de sécurité un peu partout : sur la galerie et dans la rue. Les gens se demandaient ce qui se passait.

Mais les gardes armés n'étaient pas une exception à La Nouvelle-Orléans. Tout le monde louait leurs services pour assurer la sécurité dans les réceptions et les grandes réunions. Il y en avait aux portes des écoles et dans les grands magasins. « Comme dans les républiques bananières », avait dit un jour Gifford.

Mona avait répondu : « Oui, sublime ! Des types sous-payés portant des P 38 chargés. »

On avait donc employé les grands moyens pour rassurer la famille.

Aucune autre femme Mayfair n'avait été attaquée. Elles étaient toutes réunies dans différentes maisons par groupes de six ou sept et accompagnées d'hommes.

Toute une flottille de détectives de Dallas passaient la ville de Houston au peigne fin. À partir de l'immeuble de bureaux, ils interrogeaient tous les gens sans exception pour savoir s'ils n'avaient pas vu un homme de haute taille aux cheveux noirs. La description que Aaron avait obtenue par l'intermédiaire du Talamasca avait permis de dessiner un portrait-robot.

On recherchait par ailleurs le Dr Samuel Larkin. Personne ne comprenait pourquoi il avait quitté l'hôtel Pontchartrain sans avertir qui que ce fût. Puis on avait retrouvé au comptoir de l'hôtel le message qui lui avait été transmis par téléphone, dans sa chambre. « Rowan vous attend. Venez seul. »

Ce message était des plus inquiétants. Il était évident que Rowan n'avait pu appeler le Dr Larkin puisque, à cette heure-là, elle était déjà à l'hôpital de Saint Martinville.

D'une certaine façon, Béatrice Mayfair avait été à la fois une source de problèmes et de réconfort. C'était elle qui avait insisté pour que l'on suive une procédure normale et refusé de croire que quelque chose d'« horrible » s'était produit. Elle voulait que l'on fît appel à des spécialistes pour effectuer des examens complémentaires.

Béatrice avait toujours eu ce genre d'attitude. C'était elle qui rendait visite à la pauvre Deirdre et lui apportait des bonbons, qu'elle ne pouvait pas manger, et des négligés de soie, qu'elle ne portait jamais. C'était elle qui rendait visite à Évelyne l'Ancienne trois ou quatre fois par an, même lorsque la vieille femme avait cessé de parler depuis six mois.

– Quel dommage que l'on ait fermé le snack chez Holmes, lui disait-elle. Tu te rappelles le nombre de fois où nous y sommes allées déjeuner, toi, moi, Millie et Belle?

En ce moment, elle devait être en train de s'agiter dans la chambre de Rowan. Ou alors, elle était retournée à Amelia Street pour s'assurer que tout le monde avait de quoi manger. Heureusement que Michael aimait bien Béatrice! Mais tout le monde l'aimait. Le plus curieux était que, avec son optimisme inébranlable, elle allait probablement épouser Aaron Lightner, alors que si quelqu'un savait qu'un événement épouvantable s'était produit, c'était bien lui.

Aaron avait longuement regardé Rowan avant de sortir de la pièce. Il avait eu l'air si courroucé, si sombre. Il avait aussi fixé Mona du regard pendant un moment, puis s'était hâté dans le couloir à la recherche d'un téléphone. Il avait appelé le Dr Larkin, et c'était ainsi que l'on avait découvert sa disparition.

Mais de quoi Béatrice et Aaron pouvaient-ils bien parler ensemble? « Il faudrait lui injecter quelque chose pour lui redonner de l'énergie », avait-elle suggéré, mais sans insister davantage. Debout dans le couloir, Aaron refusait de répondre aux questions. Il fixait ses yeux sur Mona, puis sur le vide, puis sur Mona, et ainsi de suite jusqu'à ce que les autres commencent à parler entre eux et oublient sa présence.

Personne n'avait parlé d'une odeur étrange dans les pièces, à Houston. Mais dès l'arrivée du premier colis de vêtements et de taies d'oreillers, Mona la sentit.

– Oui, c'est l'odeur de cette créature, avait-elle dit.

Randall avait haussé les sourcils.

– Je me demande vraiment ce que ça vient faire là-dedans! avait-il éclaté.

Mona lui avait battu froid en répondant :

– Moi aussi.

L'une des agences avait appelé juste après pour annoncer qu'absolument personne n'avait vu le mystérieux homme quitter l'immeuble de Houston. Tous les décès de la ville et des environs avaient été vérifiés : aucune femme n'était morte dans des circonstances semblables à celles des Mayfair.

Le filet posé était énorme, ses mailles étaient fines, il était extrêmement solide.

À 5 heures commencèrent à arriver des nouvelles provenant des compagnies aériennes. Oui, un homme avec de longs cheveux noirs, une barbe et une moustache avait pris le vol de 3 heures reliant La Nouvelle-Orléans à Houston le mercredi des Cendres. Un siège côté allée en première classe. Un homme exceptionnellement grand à la voix douce. Manières agréables, yeux magnifiques.

Avait-il pris un taxi à l'aéroport? Une limousine? Un autobus? L'aéroport de Houston était gigantesque mais des dizaines d'enquêteurs interrogeaient systématiquement tout témoin potentiel. « S'il était capable de marcher, nous trouverons quelqu'un qui l'a vu. »

– Et les vols entre Houston et ici? La nuit dernière? La journée d'hier?

Vérifier, vérifier et encore vérifier.

Finalement, Mona décida d'aller à First Street. Je vais aller rendre une petite visite à ma cousine Rowan. Cette idée l'empêcha de parler et de réfléchir pendant une minute. Mais il fallait y aller. Il faisait nuit.

Un fax venait d'arriver. C'était une copie du billet d'avion remis à l'homme mystérieux par la compagnie aérienne lorsqu'il était retourné à Houston le mercredi des Cendres. Il s'était fait appeler Samuel Newton. Si c'était l'identité d'un homme demeurant aux États-Unis, on le retrouverait. Mais il avait très bien pu donner ce nom sur une impulsion.

Pendant le vol, il avait passé son temps à boire du lait. Il ne se passait jamais grand-chose dans un avion entre La Nouvelle-Orléans et Houston. Le vol n'était pas assez long. On se souvenait bien de lui avoir donné beaucoup de lait.

Mona regarda l'écran de son ordinateur.

Nous ne savons pas où l'homme est passé. Mais toutes les femmes sont sous bonne garde. Si l'on découvrait un nouveau décès, il ne serait pas récent.

Elle appuya sur la touche de sauvegarde et ferma le fichier. Elle attendit tandis que les voyants clignotaient, puis éteignit la machine. Le ronflement du moteur s'arrêta.

Pierce sursauta. Il s'était à moitié endormi et venait de s'apercevoir que Mona était debout derrière le bureau.

– Je vais en ville, dit-elle.

– Pas toute seule. Il n'est même pas question que tu prennes l'ascenseur seule.

– Je sais. Mais il y a des gardes partout. Je prends le tramway. Il faut que je réfléchisse.

Bien évidemment, il l'accompagna.

Il ne s'était pas reposé une heure depuis les obsèques de sa mère et encore moins avant. Pauvre Pierce! Il avait l'air si abattu et perdu en attendant le tramway à l'angle de Carondolet et de Canal, au beau milieu de la foule. Il n'avait probablement jamais pris de tramway.

– Tu aurais dû appeler Clancy avant de partir, lui dit-elle. Elle a téléphoné, on te l'a dit?

Il acquiesça.

– Clancy va bien, poursuivit-elle. Elle est avec Claire et Jenn. Jenn passe son temps à pleurer. Elle te voudrait auprès d'elle.

– Je ne peux pas pour l'instant.

Jenn. C'était une gamine. Impossible de lui raconter ce qui se passait. Et puis, la protéger serait une tâche bien trop ardue.

Le tram était bondé de touristes. Mona et Pierce s'assirent sur une banquette de bois tandis que le tram cahotait dans la partie basse de Saint Charles Avenue, modeste réplique du quartier de bureaux de Manhattan, puis faisait le tour de Lee Circle et remontait vers les beaux quartiers.

Au carrefour de Jackson et de Saint Charles, le spectacle était presque féerique : d'énormes chênes majestueux semblaient surgir de terre. Les immeubles miteux en stuc disparaissaient et cédaient la place à un paysage de colonnades et de magnolias. Garden District. Le calme y était enveloppant et donnait une impression d'apesanteur.

Mona descendit devant Pierce, traversa la rue jusqu'au bord du fleuve, traversa Jackson et commença à remonter Saint Charles. Il faisait doux et il n'y avait pas de vent. Les cigales chantaient. On avait l'impression qu'elles chantaient à toutes les saisons. Peut-être se réveillaient-elles dès qu'il faisait suffisamment chaud. Mona les avait toujours aimées. Impossible de vivre dans un endroit qui ne ronronne pas en permanence, songea-t-elle en se dirigeant vers les pavés cassés de First Street.

Pierce suivait sans rien dire. Chaque fois qu'elle lui lançait un regard, elle prenait un air vaguement étonné : il dormait littéralement debout.

En atteignant Prytania, ils aperçurent des gens et des voitures garées devant la grande maison. Et plein de gardes. Certains, en uniforme kaki, appartenaient à des agences privées. D'autres étaient des policiers en civil.

Mona ne supportait plus ses hauts talons. Elle enleva ses chaussures.

– Si tu marches sur un de ces énormes cafards, ça ne va pas te plaire, dit Pierce.

– Pierce, les cafards ne sortent pas à cette époque de l'année. Mais à quoi ça sert que je te dise ça ? De toute façon, tu ne m'écoutes pas. Est-ce que tu te rends compte que nos deux mères sont mortes, Pierce ? Toutes les deux. Je t'ai déjà parlé de ça ?

– Je ne m'en souviens pas. En fait, j'ai du mal à me rappeler qu'elles sont mortes. Je passe mon temps à me dire que maman saura quoi faire, qu'elle va arriver d'une minute à l'autre. Tu savais que mon père la trompait ?

– Tu es cinglé ?

– Pas du tout. Il y avait une autre femme. Je les ai vus ensemble ce matin, à la cafétéria. Il lui tenait la main. C'est une Mayfair. Elle s'appelle Clémence. Il l'a embrassée.

– C'était juste qu'elle avait du chagrin pour lui. Elle travaille dans l'immeuble. Je l'ai souvent vue à l'heure du déjeuner.

– Non, c'est la maîtresse de mon père. Je parie que maman était au courant. J'espère qu'elle s'en fichait.

– Je ne peux pas croire ça d'oncle Ryan, dit Mona.

Au même instant, elle se rendit compte qu'elle y croyait pourtant. Oncle Ryan était un homme si beau, si élégant et si brillant. Et puis, il avait été marié pendant tellement longtemps avec Gifford.

Plutôt ne pas penser à ça. Gifford dans son cercueil, morte et enterrée avant le massacre. On avait eu le temps de la pleurer avant que les événements ne se précipitent. Mona s'aperçut qu'elle ne savait même pas où l'on avait emmené sa mère. Était-elle à l'hôpital ? À la morgue ? Elle préférait ne pas penser à la morgue. De toute façon, Alicia dormait maintenant pour l'éternité. Elle avait perdu conscience pour toujours. Mona sentit une boule dans sa gorge.

Ils traversèrent Chestnut Street et se frayèrent un chemin à travers le groupe de gardes et de cousins. Eulalee, Tony, Betsy Mayfair. Garvey Mayfair sur le perron, avec Danny et Jim. Plusieurs voix s'élevèrent en même temps pour dire aux gardes que Mona et Pierce pouvaient entrer.

Des gardes dans le hall d'entrée. Dans le salon. Un à la porte de la salle à manger, une espèce de gros malabar large de hanches.

Et puis, cette légère odeur qui planait. Pas récente, juste un vestige.

Comme celui des vêtements de Houston. Et celui de Rowan quand on l'avait ramenée.

Des gardes en haut de l'escalier. Un à la porte de la chambre. Un à la porte-fenêtre menant sur la galerie. Dans la chambre, une infirmière en blouse blanche bon marché, les bras levés, vérifiait le goutte-à-goutte. Rowan sous la couverture de dentelle, le visage dénué de toute expression. Michael assis près d'elle, en train de fumer une cigarette.

– Il n'y pas d'oxygène ici, j'espère?

– Non, ma chérie, on m'a déjà cassé les pieds avec ça.

Il aspira une autre bouffée puis écrasa son mégot dans le cendrier en verre sur la table de chevet. Sa voix était merveilleusement douce, lissée par le drame.

Dans l'angle opposé était assise la jeune Magdalene Mayfair et la vieille tante Lily, toutes deux très calmes sur leur chaise à dossier droit. Magdalene disait son chapelet et les perles d'ambre scintillaient légèrement entre ses doigts tandis qu'elle les égrenait. Les yeux de Lily étaient clos.

D'autres personnes étaient tapies dans l'ombre. Le faisceau de la lampe de chevet tombait droit sur le visage de Rowan, comme un projecteur éclairant une scène pour la caméra. La femme inconsciente paraissait plus petite qu'un enfant. On aurait dit un garnement ou un angelot. Ses cheveux étaient tirés en arrière.

Mona essaya de retrouver les expressions du visage de Rowan, les marques de sa personnalité. Plus rien.

– Je lui ai passé de la musique, dit Michael de sa voix douce en levant les yeux vers Mona. Sur le Victrola. Celui de Julien. Mais l'infirmière a suggéré qu'elle n'appréciait peut-être pas ce son. Ça grince un peu. C'est... spécial. Toi, tu aimerais, n'est-ce pas?

– L'infirmière ne devait pas aimer, dit Mona. Tu veux que je mette un disque? Si tu veux, je peux aller chercher ta radio dans la bibliothèque. Je l'y ai vue, hier, près de ton fauteuil.

– Non, ce n'est pas la peine. Tu ne veux pas venir t'asseoir un petit moment? Je suis content de te voir. Tu sais, j'ai vu Julien.

Pierce se raidit. Dans un coin, un autre Mayfair, Hamilton, jeta soudain un regard à Michael. Les yeux de Lily s'ouvrirent, et tournèrent sur la gauche pour se poser sur Michael. Magdalene détourna les yeux de son chapelet, sans interrompre ses prières.

Michael semblait avoir oublié la présence des autres. Ou alors il s'en fichait.

– Je l'ai vu, dit-il dans un murmure rauque. Il m'a raconté tant de choses, si tu savais. Mais il ne m'a pas dit qu'elle allait revenir à la maison.

Mona s'assit près de lui sur une petite chaise tapissée de velours, en face du lit.

Elle dit à voix basse, ne voulant pas que les autres entendent :
– Julien ne le savait probablement pas.
– C'est d'oncle Julien que tu parles ? demanda Pierce d'une petite voix timide.
Hamilton Mayfair se tourna et fixa ses yeux sur Michael comme s'il avait été l'homme le plus fascinant du monde.
– Hamilton, qu'est-ce que tu fais ici ? demanda Mona.
– Nous faisons un roulement, dit doucement Magdalene.
– Nous avons juste envie d'être là, dit Hamilton.
Malgré leur grande dignité à tous, ils paraissaient désespérés. Hamilton devait avoir dans les vingt-cinq ans, maintenant. Il était beau garçon mais pas aussi rayonnant que Pierce. Mona ne se rappelait pas la dernière fois qu'ils avaient parlé ensemble. Adossé contre le manteau de la cheminée, il la regardait droit dans les yeux.
– Tous les cousins sont ici, ajouta-t-il.
Michael regarda Mona comme s'il n'avait pas entendu les autres parler.
– Pourquoi dis-tu que Julien ne le savait probablement pas ? Il devait forcément savoir.
– Ça ne se passe pas vraiment comme ça, Michael, chuchota-t-elle. Un vieux proverbe irlandais dit qu'un fantôme sait ce qu'il a à faire. De plus, ce n'était pas vraiment lui, tu sais. Quand les morts reviennent, ils ne sont pas réellement là.
– Oh non ! dit Michael d'une petite voix sincère. C'était Julien. Il était bien là. Nous avons parlé pendant des heures.
– Non, Michael. Si tu veux, c'est le même principe qu'avec les disques. On pose l'aiguille dans le sillon et la chanteuse se met à chanter. Mais elle n'est pas dans la pièce.
– Je t'assure qu'il était bel et bien là, dit-il doucement.
Il tendit machinalement la main et prit celle de Rowan. Le bras de la jeune femme résista légèrement, la main voulant obstinément rester près du corps. Il la prit avec douceur, se pencha et l'embrassa.
Mona avait envie d'embrasser Michael, de le toucher, lui dire quelque chose, s'excuser, dire qu'elle était désolée, qu'il ne devait pas s'inquiéter, mais elle ne trouvait pas les mots justes. En fait, elle craignait terriblement qu'il n'ait pas vu oncle Julien et qu'il soit tout simplement en train de perdre la raison. Elle repensa au Victrola, au moment où elle s'était assise par terre dans la bibliothèque avec Évelyne l'Ancienne, le Victrola entre elles deux. Elle avait eu envie de le remonter mais Évelyne l'Ancienne l'en avait empêchée : « Nous ne pouvons pas mettre de la musique pendant que Gifford attend. Nous ne pouvons pas allumer la radio ou jouer du piano pendant qu'on lui fait sa toilette. »
– Qu'est-ce qu'oncle Julien t'a dit ? demanda Pierce d'un air parfaitement innocent.

Il ne plaisantait pas. Il était vraiment curieux de savoir.

– Ne t'en fais pas, répondit Michael. L'heure viendra. Bientôt, je crois. Et je saurai quoi faire.

– Tu as l'air bien sûr de toi, intervint Hamilton Mayfair. J'aimerais qu'on m'explique ce qui se passe.

– Ne t'occupe pas de ça, dit Mona.

– Je vous demande un peu de silence, dit l'infirmière. N'oubliez pas que le Dr Mayfair vous entend peut-être.

Elle hocha vigoureusement la tête pour attirer leur attention.

– Vous ne voudriez pas qu'elle entende des choses... perturbantes, ajouta-t-elle.

L'autre infirmière était assise devant la table d'acajou et écrivait. Ses collants blancs étaient très tendus sur ses jambes potelées.

– Tu as faim, Michael? demanda Pierce.

– Non, je te remercie.

– Moi, oui, dit Mona. Nous revenons. Nous descendons chercher quelque chose à manger.

– Tu reviens, hein? dit Michael. Tu dois être si fatiguée, ma pauvre Mona. Je suis vraiment navré pour ta mère. Je ne l'ai su qu'après.

– Ça va, dit-elle.

Elle avait une envie irrésistible de l'embrasser. De lui dire qu'elle était restée éloignée toute la journée à cause de ce qu'ils avaient fait ensemble. Elle s'était sentie incapable de se retrouver avec Rowan sous son propre toit après ce qui s'était passé. Elle ne l'aurait jamais fait si elle avait su que Rowan reviendrait si vite, et de cette façon. Je croyais... J'ai cru...

– Je sais, mon ange, intervint Michael en lui adressant un large sourire. De toute façon, elle s'en fiche pas mal, pour l'instant. Tout va bien.

Mona acquiesça et lui adressa son petit sourire secret.

Juste avant qu'elle ne passe la porte, Michael alluma une autre cigarette. Les deux infirmières se tournèrent vers lui d'un air réprobateur.

– Fermez-la! ordonna Hamilton Mayfair.

– Laissez-le fumer! dit Magdalene.

Les infirmières se regardèrent d'un air irrité. Nous ferions mieux de changer d'infirmières, se dit Mona.

– Oui, dit Magdalene à voix basse. Nous allons nous en occuper.

Elle sortit et descendit l'escalier avec Pierce.

Dans la salle à manger, ils tombèrent sur un vieux prêtre. Avec son uniforme impeccable et démodé – plastron noir, petit col romain blanc – ce devait être Timothy Mayfair, de Washington. Impossible de se tromper. Au moment où Mona et Pierce passaient devant lui, ils l'entendirent murmurer à la femme à côté de lui :

– Tu te rends compte? Quand elle va mourir, il n'y aura pas de tempête! Pour la première fois, il n'y aura pas de tempête.

Vingt-sept

Aaron n'était pas dupe non plus. Les trois hommes discutaient debout, sur la pelouse. Yuri se demandait si ces jours ne resteraient pas gravés dans sa mémoire comme les pires de sa vie. Il avait cherché Aaron partout avant de le trouver enfin, le soir, dans cette énorme maison rose, devant laquelle les tramways passaient à grand fracas et dans laquelle tout le monde était en train de pleurer. Et puis, il avait eu Stolov sans arrêt sur le dos, autoritaire et gênant. Il n'avait cessé de lui parler sur un ton formel pendant le trajet de l'hôtel à First Street, puis jusqu'à cette énorme demeure que tout le monde appelait Amelia.

À l'intérieur, des dizaines de personnes pleuraient comme le faisaient les gitans lors des veillées funèbres. On buvait pas mal. Des groupes restaient dehors à fumer et discuter. L'atmosphère était conviviale mais tendue. Tout le monde avait l'air d'attendre quelque chose.

Mais on n'amenait toujours pas de corps. L'un était déjà dans son cercueil, avait-il appris, tandis que les autres étaient à la morgue de l'hôpital le plus proche. Tout cela ne ressemblait pas beaucoup à une veillée mortuaire. C'était plutôt une sorte de mesure de protection, comme si tous les serfs du domaine étaient venus se réfugier à l'intérieur du château du seigneur. À part que ces gens n'avaient jamais été des serfs.

Aaron n'avait pas l'air trop tendu. Tout bien considéré, il paraissait en forme, toujours aussi solide. Il avait bonne mine mais son visage était marqué par une certaine méfiance à l'égard de Stolov, qui ne cessait de parler. On aurait dit que Aaron avait même rajeuni depuis qu'il était ici. Il ressemblait moins au vieillard studieux des derniers temps et plus au gentleman énergique qu'il avait connu des années auparavant. Ses cheveux blancs bouclés avaient poussé et ses yeux avaient retrouvé leur lueur caractéristique. Les événements qui s'étaient produits ici, quels qu'ils fussent, ne l'avaient ni affaibli ni vieilli. Mais le découragement que Yuri avait décelé chez lui était en train de virer à la colère.

Yuri le sentait parce qu'il connaissait parfaitement Aaron. Si Stolov le sentait aussi, il ne le montrait pas. Il était bien trop occupé à parler, à tenter de rallier les deux hommes à son point de vue.

Ils s'étaient mis à l'écart, sur la pelouse tondue de près et sous ce que Aaron appelait un magnolia. L'arbre ne portait aucune fleur. C'était trop tôt. Mais il avait de grosses feuilles bien vertes et brillantes.

Et Stolov continuait de parler sur un ton calme, persuasif et le plus sympathique possible. Mais les yeux gris d'Aaron étaient deux morceaux d'ardoise froide. Ils n'exprimaient rien, à part la colère.

Une très jolie femme d'un certain âge, aux ravissants cheveux gris, appela Aaron de l'autre extrémité du porche en bois. Aaron lui répondit par gestes qu'il arrivait. Il considéra Stolov.

– Mais, bon sang, dites quelque chose! implora Stolov. Nous savons que vous avez vécu des moments pénibles. Rentrez à Londres et prenez un repos bien mérité.

Faux. Tout ce qu'il avait dit et fait sonnait faux, pensa Yuri.

– Tu as raison, dit Aaron.

– Je vous demande pardon? dit Stolov.

– Je ne pars pas d'ici, Erich, dit Aaron. J'ai été très heureux de faire enfin votre connaissance et je suis bien placé pour ne pas essayer de vous détourner des ordres que vous avez reçus. Vous avez été envoyé ici pour accomplir une mission. Vous avez essayé, mais je ne pars pas. Yuri, tu restes avec moi?

– Enfin, Aaron! Il est parfaitement hors de question que Yuri reste. Il est déjà...

– Bien sûr que je reste, interrompit Yuri. C'est pour toi que je suis venu.

– Où êtes-vous descendu, Erich? Au Pontchartrain, comme nous tous? demanda Aaron.

– Au centre-ville, répondit-il.

Visiblement énervé, il s'impatientait.

– Aaron, vous n'aidez vraiment pas le Talamasca, poursuivit-il.

– J'en suis navré, Erich. Mais je dois avouer que le Talamasca ne m'aide pas non plus en ce moment. Ma famille est ici, désormais. Heureux de vous avoir connu.

Congédié! Aaron tendit la main. Le grand homme blond eut l'air d'être au bord de l'explosion mais il se calma et se reprit.

– Je vous contacterai demain matin. Où serez-vous?

– Je l'ignore, répondit Aaron. Probablement ici... avec tous ces gens. Ma famille. C'est ici que nous serons le plus en sécurité, vous ne croyez pas?

– Je me demande comment vous pouvez avoir ce comportement, Aaron. Nous avons besoin de votre coopération. J'aimerais prendre contact le plus vite possible avec Michael Curry et lui parler...

– Non. C'est hors de question, Erich. Vous faites ce dont les Aînés vous ont chargé, mais en aucun cas vous ne devez déranger cette famille. En tout cas, vous n'aurez ni mon assentiment ni ma collaboration.

– Aaron, nous voulons vous aider. C'est la raison de ma venue ici.

– Bonsoir, Erich.

Stolov, consterné, ne bougea pas pendant un moment puis se retourna et s'en alla. La grosse voiture noire l'attendait au même endroit depuis deux heures.

– Il ment, dit Aaron. Je te conseille de ne jamais lui tourner le dos.

– Je m'en souviendrai. Mais, Aaron, qu'est-ce qu'il se passe? Comment pareille chose...

– Je ne sais pas. J'ai entendu parler de lui. Il est avec nous depuis trois ans. J'ai eu des échos de son travail en Italie et en Russie. Il est très respecté. David Talbot l'avait en très haute estime. Dommage que nous ayons perdu David. Mais ce Stolov n'est pas très malin. Il ne lit pas si bien dans les pensées. Il pourrait, mais il est tellement occupé à se faire une façade que cela lui prend toute son énergie.

La voiture noire s'était éloignée.

– Eh bien, Yuri! Je suis drôlement content que tu sois là.

– Et moi donc! Je n'y comprends plus rien. Je veux contacter les Aînés. Je veux parler directement à quelqu'un, entendre une voix.

– Cela ne se produira jamais, mon garçon.

– Aaron, avant que les ordinateurs existent, vous faisiez comment?

– Tout était dactylographié. Toutes les communications étaient transmises à la maison mère d'Amsterdam et les réponses revenaient par courrier. Cela prenait beaucoup plus de temps. Et il n'y avait jamais ni voix ni visage. Et avant la machine à écrire, un scribe écrivait toutes les lettres adressées aux Aînés et le mystère était tout aussi épais.

– Aaron, j'ai quelque chose à te dire.

– Je sais de quoi il s'agit. Tu connaissais la maison mère d'Amsterdam dans ses moindres recoins et tu n'as jamais su où les Aînés se réunissaient ni à quel endroit ils recevaient leurs communications. Personne ne le sait.

– Aaron, cela fait des dizaines d'années que tu es au Talamasca. Tu peux t'adresser aux Aînés. Les circonstances étant ce qu'elles sont, il y a certainement un moyen...

Aaron sourit avec indulgence.

– Tu te fais des illusions, Yuri.

La jolie femme aux cheveux gris avait quitté le porche et s'approchait d'eux. Elle portait avec grâce une robe de soie évasée toute simple. Ses poignets et ses chevilles étaient aussi fins que ceux d'une jeune fille.

– Aaron, dit-elle sur un doux ton de réprimande.

Elle tendit ses mains délicates couvertes de bagues, les posa sur les épaules d'Aaron et lui déposa un baiser sur la joue. Il lui fit un gentil signe de tête.

– Rentre à l'intérieur avec nous, dit Aaron à Yuri. On a besoin de nous. Nous reparlerons plus tard.

Son visage avait brusquement changé d'expression. Maintenant que Stolov était parti, il avait l'air bien plus serein.

On emmena Yuri à l'étage pour lui montrer une chambre donnant sur l'arrière de la maison. Elle était petite mais plutôt agréable, avec son lit à baldaquin étroit et son couvre-lit de satin qui avait connu des jours meilleurs. Les rideaux étaient poussiéreux. Mais il aimait sa chaleur, son confort et même les fleurs fanées du papier mural. Il aperçut son reflet dans le miroir : cheveux sombres, peau sombre, trop mince.

– Je vous remercie infiniment, dit-il à la femme aux cheveux gris, Béatrice. Mais il vaudrait peut-être mieux que j'aille à l'hôtel, vous ne croyez pas ?

– Non, intervint Aaron. Tu ne vas nulle part. Tu restes ici avec moi.

Yuri s'apprêtait à protester. La famille devait avoir besoin des chambres. Mais il comprit qu'Aaron tenait absolument à ce qu'il reste.

– Oh non ! ne recommence pas à être triste, dit la femme. Je ne le supporterai pas. Allez, venez ! Nous allons manger et boire quelque chose. Aaron, tu vas t'asseoir et boire un bon verre de vin. Vous aussi, Yuri. Venez tous les deux.

Ils descendirent par l'escalier de derrière et se retrouvèrent dans l'air chaud et la fumée de cigarette. Autour d'une table de petit déjeuner, près d'un grand feu, plusieurs personnes riaient et pleuraient en même temps. Un homme morose fixait les flammes des yeux. Yuri ne pouvait pas voir le feu car il était derrière la cheminée. Mais il en apercevait le flamboiement, entendait le craquement des bûches et sentait la chaleur.

Soudain, son attention fut distraite par une femme, dans une petite pièce voisine, qui regardait par la fenêtre. Très vieille et frêle, elle portait un vêtement de gabardine et de dentelle défraîchie et une lourde broche en or représentant une main aux ongles en diamants. Ses cheveux blancs étaient relevés en chignon dans le bas de la nuque, à l'ancienne mode. Une autre femme lui tenait la main comme pour la protéger de quelque chose.

– Allez, Évelyne l'Ancienne ! Viens avec nous, dit Béatrice. Venez aussi, tante Viv. Approchons-nous du feu.

La très vieille femme, Évelyne l'Ancienne, marmonna quelque chose. Elle pointa le doigt vers la fenêtre mais il retomba comme si elle n'avait pas eu la force de le tenir. Elle essaya une seconde fois mais son doigt retomba à nouveau.

– Voilà que vous recommencez, dit gentiment la femme appelée tante Viv. Je n'entends pas ce que vous dites. Évelyne l'Ancienne, vous êtes tout à fait capable de parler intelligiblement. Vous savez que vous le pouvez. Vous avez parlé, hier. Parlez correctement que je puisse vous entendre.

On aurait dit qu'elle s'adressait à un bébé.

La vieille femme marmonna une autre phrase inaudible tout en essayant de lever son doigt vers la fenêtre. Yuri ne voyait que la rue sombre, les maisons voisines, les réverbères et les arbres aux branches démesurées.

Aaron lui prit le bras.

Une jeune femme aux cheveux noir de jais, vêtue d'une robe en lainage rouge et d'une ceinture fantaisie, les oreilles ornées de magnifiques boucles en or, s'approcha d'eux. Elle resta un moment près du feu pour se réchauffer les mains puis s'approcha encore afin d'attirer l'attention d'Aaron, de Béatrice et même de tante Viv. Il émanait d'elle une sorte de froide autorité.

– Tout le monde est réuni, dit-elle à Aaron d'un air entendu. Et tout le monde va bien. Des gardes patrouillent dans tout le pâté de maisons, celui d'en face, deux plus haut et deux plus bas.

– Nous allons être tranquilles pour quelque temps, je pense, dit Aaron. Il aurait pu causer d'autres morts, d'autres souffrances...

– Oh, mes chéris! Je vous en supplie, dit Béatrice. Faut-il parler de cela? Polly Mayfair, ma chérie, retourne au bureau. On a besoin de toi là-bas.

Polly Mayfair, ma chérie, ignora complètement Béatrice.

– Nous sommes prêts à le recevoir, poursuivit Aaron. Nous sommes nombreux et il est seul. Il viendra.

– Et s'il était mort? suggéra Béatrice, partant du principe que le personnage existait. Et s'il était sorti de l'immeuble de Houston et avait... simplement... expiré sur la chaussée?

– Non, dit Aaron. Je ne veux pas qu'il fasse de mal à quelqu'un d'autre, mais je veux le voir, lui parler, entendre ce qu'il a à dire.

– Vous croyez que ça se passera de cette façon? demanda Polly. Qu'il va parler? Je n'y avais jamais pensé. Je croyais que nous allions le retrouver et que nous... enfin... que nous allions nous en occuper..., le détruire. Que nous mettrions un terme à quelque chose qui n'aurait jamais dû commencer. Et que personne ne le saurait jamais. Je n'ai jamais songé à... lui parler.

Aaron haussa les épaules et se tourna vers Yuri.

– Il reste un point qui me tracasse, dit-il. Va-t-il se rendre d'abord à First Street? Chez Mayfair & Mayfair? Ou à Metairie, chez Ryan? Ou ici? À qui voudra-t-il s'adresser, parler, se confier? Qui cherchera-t-il à convaincre de sa version des faits? Je n'en ai pas la moindre idée.

– Mais tu es certain qu'il va le faire, dit Béatrice.

– Chérie, il faut qu'il le fasse. Cette famille est la sienne et tout le monde s'est enfermé à clé. Que pourrait-il faire d'autre? Où pourrait-il aller?

Vingt-huit

D'énormes bouches électriques accrochées aux murs blancs crachaient de la musique. Des gens dansaient au milieu de la pièce, se balançant en avant et en arrière, mais en rythme, comme si, eux aussi, adoraient ça. Les musiciens étaient nombreux. Leurs instruments étaient plutôt grossiers. Rien d'aussi magnifique que les cornemuses ou les harpes celtiques. La musique la submergeait. Elle revit le vallon, tous les frères et les sœurs dansant et chantant. Puis, quelqu'un pointa le doigt vers quelque chose. Les soldats arrivaient!

L'orchestre s'arrêta et le silence tomba sur elle. Lorsque la porte s'ouvrit, elle bondit à l'intérieur. Des gens riaient. Quelqu'un, une femme dans une robe triste et informe, l'examina de la tête aux pieds.

Il fallait qu'elle aille à La Nouvelle-Orléans. Elle avait des kilomètres à parcourir à pied et elle avait faim. Elle voulait du lait. Il y avait à manger, ici, mais pas de lait. Sinon, elle l'aurait senti. Elle avait vu des vaches dans les prés et elle savait comment leur prendre leur lait. Elle aurait dû y penser plus tôt. Depuis combien de temps écoutait-elle la musique? Impossible de savoir. Cela lui paraissait une éternité et, pourtant, c'était seulement son premier jour de vraie vie.

Aller à La Nouvelle-Orléans. Trouver Michael pour mère. Oui, c'était ce que mère voulait de tout son cœur. S'arrêter dans le pré où les vaches paissaient en l'attendant. Boire le lait chaud au pis. Boire encore et encore.

Elle se retourna mais l'orchestre entama un autre morceau. Les trois premières notes la réchauffèrent, traversèrent son corps, remontèrent dans sa gorge. Elle ferma les yeux. C'était merveilleux. Le monde était merveilleux. Elle commença à se balancer.

Quelqu'un lui toucha l'épaule. Elle se retourna et aperçut un homme presque aussi grand qu'elle. Il avait la peau ridée et tannée et sentait la fumée. C'était un vieux vêtu d'une chemise bleu foncé et d'un pantalon taché de graisse. Il lui parla mais elle n'entendait que la musique. Elle balança la tête d'arrière en avant. C'était si bon!

Il se pencha vers elle et lui dit dans l'oreille :

– Cela fait un bon moment que tu regardes, mon cœur. Pourquoi ne viens-tu pas danser?

Elle recula d'un pas. Elle avait du mal à garder son équilibre, à cause de la musique. Il lui prit la main. Elle sentit ses doigts secs et rêches. Toutes les petites lignes de sa main étaient remplies de graisse. Il sentait la même odeur que la grand-route et les voitures qui passaient. Et puis le tabac.

Elle se laissa entraîner dans la lumière, là où les gens dansaient. Les vibrations parcouraient son corps. Elle avait envie de devenir toute molle, de se laisser tomber par terre et de rester ainsi pour toujours à écouter la musique et à chanter en admirant le vallon. C'était ça, ou se reprendre et se mettre à danser jusqu'à en perdre le souffle.

La deuxième solution s'imposa. Elle se retrouva en train de danser avec l'homme, qui avait glissé un bras autour de sa taille et s'était mis tout contre elle. Il dit quelque chose mais elle n'entendait pas. Ce devait être : « Tu sens bon ! »

Elle ferma les yeux et se mit à tourner en s'appuyant sur son bras et en se cramponnant à lui. L'homme riait. Dans un éclair, elle vit sa bouche qui formait des mots. La musique était étourdissante. Elle ferma à nouveau les yeux, retourna dans le vallon avec les autres qui dansaient la ronde autour du cercle de pierres. Ils formaient de si nombreux cercles concentriques que ceux du centre ne voyaient même pas ceux de l'extérieur. Des centaines de gens dansaient au son des cornemuses et des harpes.

Mais c'étaient les premiers jours, avant que les soldats ne viennent.

Une autre fois, plus tard, tout le monde s'était réuni pour danser, les grands et les petits, les pauvres et les riches, les humains et les non-humains. Ils étaient venus pour le Taltos. Beaucoup allaient mourir, mais c'était pour le Taltos. Si jamais deux d'entre eux... Elle s'arrêta et couvrit ses oreilles de ses mains. Il fallait partir. Père. Je viens. Je vais trouver Michael pour mère. Mère, je n'ai pas oublié. Je ne suis pas un bébé. Aide-moi.

L'homme la déséquilibra mais elle se rendit compte qu'il voulait juste la faire danser encore. Il la fit tourner. Elle reprit la cadence, s'insinua dans la danse, se remit à balancer son corps dans tous les sens, avec une violence redoublée.

C'était si bon ! Dans la masse confuse, elle aperçut les vrais musiciens. Efflanqués ou gras, le nez chaussé de lunettes, ils faisaient grincer leurs violons et chantaient des paroles inintelligibles ; haut et fort, par le nez, tout en jouant de ces petites orgues portatives dont elle ignorait le nom. C'était un mot qu'elle ne possédait pas en elle. Pas plus que le nom de cet instrument qu'ils avaient dans la bouche, comme une guimbarde mais un peu différent. Mais elle adorait la musique, en tout cas. Son battement insistant, sa divine monotonie, le bourdonnement qui passait dans tous ses membres. On aurait dit qu'il cognait sur ses tympans, sur son cœur et la consumait.

Comme dans le vallon, les humains d'ici dansaient. Vieilles femmes, jeunes femmes, hommes, garçons. Même des enfants.

Regardez! Mais ces gens ne peuvent pas faire le Taltos. Retrouver père. Aller...

– Allez, mon ange!

Quelque chose. Une mission à accomplir. Quitter cet endroit. Mais, tant que la musique jouait, impossible d'y réfléchir sérieusement.

Oui, laisse-le te faire tourbillonner. Danser. Elle se mit à rire avec délice. Quel bien-être! C'était le moment de danser. Père comprendrait sûrement.

Vingt-neuf

Il était 4 heures du matin. Mona, Lauren, Lily et Fielding étaient rassemblés dans le salon. Randall aussi était là. Paige Mayfair allait bientôt arriver de New York. Son avion avait atterri à l'heure prévue et Ryan était parti la chercher à l'aéroport.

Tout le monde attendait tranquillement. Personne n'y croit, se dit Mona. Mais nous devons essayer. Que serions-nous si nous n'essayions même pas?

Un peu plus tôt, tante Béa était arrivée d'Amelia et avait dressé un buffet pour que chacun puisse se restaurer. Elle avait également placé de gros cierges dans les deux cheminées. Ils étaient maintenant à demi consumés mais continuaient de renvoyer une lueur vacillante.

En haut, les infirmières papotaient à voix basse. Elles s'étaient octroyé une pause-café dans la chambre de tante Vivian qui, très attachée à Évelyne l'Ancienne, avait gentiment accepté de passer la nuit à Amelia. Évelyne l'Ancienne lui avait murmuré des propos incompréhensibles toute la soirée, et tout le monde se demandait si elle savait vraiment qui était Vivian.

– Ces deux vieilles femmes sont faites l'une pour l'autre, avait commenté tante Béa.

Dans toute la maison, jusqu'au deuxième étage, des cousins dormaient dans des lits de fortune. Pierce, Ryan, Mandrake et Shelby étaient quelque part dans les parages. Jenn et Clancy étaient dans la chambre de devant. D'autres Mayfair dormaient dans la maison d'invités, au-delà du chêne de Deirdre.

Ils entendirent la voiture s'arrêter devant le portail.

Personne ne bougea. Henri ouvrit la porte et fit entrer cette femme qu'aucun d'eux n'avait encore jamais vue. Paige Mayfair, l'arrière-petite-fille de Cortland et d'Amanda Grady Mayfair, sa femme, qui avait quitté Cortland bien des années auparavant et s'était installée dans le Nord.

Paige était une petite femme agile qui n'avait rien de commun avec Gifford et Alicia et ressemblait plutôt à un oiseau, avec ses longues jambes et ses attaches fines. Ses cheveux étaient coupés court et elle portait de ces énormes boucles d'oreilles qu'il faut ôter quand on veut répondre au téléphone.

Elle en imposa dès son entrée. À part Fielding, tout le monde se leva pour l'accueillir et l'on procéda à l'échange de baisers traditionnel entre cousins, même lorsqu'on ne se connaissait pas.

– Cousine Paige. Cousin Randall. Cousine Mona. Cousin Fielding.

– Tu n'es pas venue seule de l'aéroport? demanda Fielding, surprenant la femme, comme toujours, par sa voix jeune et vigoureuse.

Mona se demanda qui, de Fielding et de Lily, était le plus âgé. Fielding faisait si vieux avec sa peau jaune et translucide et les taches brunes sur le dos de ses mains décharnées. C'était à se demander ce qui le maintenait en vie. Lily, malgré un corps extrêmement sec sous son sévère tailleur de soie, était très vigoureuse.

– Je te l'ai déjà dit, intervint Mona. Il y avait deux policiers avec elle. Ils sont dehors. Tout le monde est réuni, à New York. On les a prévenus. Pas un seul membre de la famille n'est seul à l'heure actuelle.

– Et aucun autre incident ne s'est produit, dit poliment Paige. N'est-ce pas?

– Exact, répondit Lauren.

Elle avait réussi à rester tirée à quatre épingles toute la journée et toute la nuit.

– Nous ne l'avons pas retrouvé, dit-elle sur le ton qu'elle aurait employé pour calmer un client hystérique. Mais, en effet, il n'y a eu aucun autre incident. Un tas de gens travaillent sur cette enquête en ce moment.

Paige hocha la tête. Elle tourna les yeux et les posa sur Mona.

– Alors, c'est toi, la fameuse Mona, la légende.

Elle lui adressa un de ces sourires indulgents réservés aux jolies petites filles.

– J'ai énormément entendu parler de toi. Béatrice m'écrit de longues lettres à ton sujet. Et, si nous n'arrivons pas à faire revenir Rowan, tu deviendras donc l'héritière.

Choc.

Personne n'en avait jamais soufflé mot à Mona. Et pas une seule fois elle n'avait eu le moindre soupçon de ce qui se tramait derrière son dos. Comment cela était-il possible? Elle ne put s'empêcher de regarder vers Lauren.

Lauren évita son regard.

Si je comprends bien, la décision est déjà prise?

Personne ne voulait la regarder. Tous les esprits étaient fermés. Soudain, elle s'aperçut que seul Fielding avait les yeux posés sur elle. Personne n'avait eu l'air étonné des paroles de Paige. C'était donc que la décision avait bel et bien été prise, à son insu, et que personne n'avait le courage de s'en expliquer. Le sujet était trop vaste pour l'aborder maintenant. Une petite phrase sarcastique lui vint à l'esprit : Quoi? Cette petite folle de Mona avec sa ceinture à gros nœud et son ruban dans les cheveux? La fille sauvageonne de cette ivrogne d'Alicia?

Elle ne dit rien. Tout au fond d'elle, elle se sentait tenaillée par la douleur. Rowan, ne meurs pas. Rowan, pardonne-moi. Le moment était mal choisi, mais elle repensa au torse puissant de Michael au-dessus d'elle et à son sexe allant et venant dans son ventre. Elle ferma les yeux très fort.

– Nous devons nous accrocher à l'idée que nous pouvons aider Rowan, annonça Lauren d'une voix si désespérée qu'elle démentait ses paroles. La question de l'héritage est un vaste problème. Trois juristes s'occupent actuellement des papiers. Mais Rowan est toujours en vie. Elle est là-haut. Elle a survécu à son opération. Les médecins ont fait leur travail, à nous d'essayer quelque chose.

– Tu es au courant de ce que nous voulons faire? demanda Lily à Paige.

Les yeux de Lily étaient encore embués de larmes. Elle avait pris une attitude de défense, en quelque sorte, les bras croisés sur sa poitrine, une main posée sur sa gorge. C'est la première fois, se dit Mona, que je l'entends parler d'une voix chevrotante et vieille.

– Oui, je suis au courant, répondit Paige. Mon oncle m'a tout raconté. Je comprends. Toutes ces années. J'ai beaucoup entendu parler de vous tous et, maintenant, je suis dans cette maison. Mais je dois vous prévenir : je ne crois pas vous être d'une aide quelconque. C'est un pouvoir que d'autres savent utiliser. Pas moi. Mais je veux bien essayer.

– Tu es l'une des plus fortes, dit Mona. C'est cela qui importe. Nous avons réuni ici les plus puissants de la famille mais aucun de nous ne sait réellement utiliser ses dons.

– Alors, allons-y! Voyons de quoi nous sommes capables, dit Paige.

Ils sortirent en groupe du salon et traversèrent le hall d'entrée. Mona n'avait jamais aimé cet ascenseur trop petit, poussiéreux, vieux et, malgré tout, très puissant. Elle suivit les deux hommes à l'intérieur et aida Fielding à s'asseoir sur l'unique siège poussé dans un angle, une petite chaise de bois cannée. Elle referma la porte, rabattit la grille et appuya sur le bouton.

Lorsqu'ils entrèrent dans la chambre de maître, les autres étaient déjà là. Michael, bras croisés, observait le visage de Rowan, qui n'avait pas bougé d'un pouce.

Personne ne disait rien. Mona décida de prendre la parole.

– Il est préférable que les infirmières sortent.

– Pourriez-vous nous dire ce que vous comptez faire? demanda la plus jeune, avec une certaine agressivité.

C'était une femme au teint cireux dont les cheveux blonds étaient séparés en leur milieu par une raie bien nette, sous sa coiffe raidie par l'amidon. Son allure propre et aseptisée la faisait ressembler à une religieuse. Elle lança un regard vers l'autre infirmière, une Noire qui ne parlait jamais.

– Nous allons lui faire l'imposition des mains pour essayer de la guérir, dit Paige. Il n'est pas dit que cela marche, mais nous possédons tous ce don. Nous devons essayer.

– Je ne suis pas certaine que ce soit une bonne chose à faire! lança la jeune infirmière méfiante.

L'autre hocha la tête et lui fit signe de laisser faire.

– Sortez toutes les deux, dit Michael d'un ton calme mais impérieux.

Elles quittèrent la pièce.

Mona referma la porte.

– J'ai une impression vraiment étrange, dit Lily. Comme si nous étions une famille de grands musiciens mais que nous ne savions pas lire la musique et encore moins chanter juste.

Seule Paige Mayfair, celle venue d'ailleurs, celle qui n'avait pas grandi à First Street et n'avait pas l'habitude d'entendre les pensées des autres aussi clairement que leurs paroles, semblait mal à l'aise.

Elle posa par terre son petit sac à main de cuir et s'approcha du lit.

– Éteignez toutes les lumières, sauf les cierges.

– C'est complètement stupide, protesta Fielding.

– Je préfère, insista Paige. Cela évitera toute distraction.

Elle posa les yeux sur Rowan et l'examina lentement, de son doux front à ses pieds pointant sous le drap. Elle avait l'air très triste et pensive.

– Ça ne sert à rien, dit Fielding, qui avait manifestement du mal à rester debout.

Mona le poussa doucement pour qu'il s'approche du lit.

– Appuie-toi sur le lit, dit-elle en se forçant à être patiente. Je tiens ton bras, pose ta main sur elle. Une seule suffira.

– Non, les deux, demanda Paige.

– C'est complètement crétin! dit Fielding.

Les autres se pressèrent autour du lit. Michael recula mais Lily lui fit signe de se joindre à eux. Tous posèrent leurs mains sur Rowan, Fielding penché dans une position précaire et respirant difficilement.

Mona sentit sous ses doigts le bras pâle de Rowan. Elle les avait posés juste sur les marques de meurtrissures. Comment s'était-elle fait ça ? L'avait-il agrippée et secouée ? On distinguait presque les marques de doigts.

Rowan, guéris !

Elle n'avait pas attendu les autres mais se rendait compte que tous avaient pris la même décision. Elle entendit la prière commune s'élever en silence. Paige et Lily avaient fermé les yeux.

– Guéris, murmura Paige.

– Guéris, murmura Mona.

– Guéris, Rowan, dit Randall d'une voix déterminée.

Un murmure bougonnant émana finalement de Fielding :

– Guéris, mon enfant, si le pouvoir est en toi. Guéris, guéris.

Lorsque Mona ouvrit les yeux, Michael pleurait. Il tenait la main droite de Rowan serrée dans les deux siennes et murmurait en même temps que les autres. Mona ferma les yeux et prononça à nouveau les mots :

– Allez, Rowan ! Guéris !

Un certain temps s'écoula, pendant lequel l'un ou l'autre murmurait ou appuyait un peu plus fort sur le corps ou le tapotait. Lily posa une main sur le front de Rowan et Michael y déposa un baiser.

Finalement, Paige se releva en disant qu'ils avaient fait ce qu'ils pouvaient.

– A-t-elle reçu les derniers sacrements ? demanda Fielding.

– Oui, à l'hôpital, avant l'opération, répondit Lauren. Mais elle ne va pas mourir. Elle se maintient. Elle est dans un coma profond et cela peut durer des jours et des jours.

Michael leur avait tourné le dos. En silence, tout le monde sortit.

Dans le salon, Lauren et Lily servirent du café et Mona fit passer le sucre et le lait. Il faisait noir dehors. Tout était calme. L'horloge sonna cinq coups. Paige la regarda, comme étonnée.

– Qu'en penses-tu ? demanda Randall.

– Elle n'est pas mourante, mais elle ne réagit absolument pas. En tout cas, je n'ai rien senti.

– Rien du tout ? demanda Lily.

– Nous aurons essayé, dit Mona. C'est ce qui compte.

Elle sortit dans le hall d'entrée. L'espace d'un instant, elle crut voir Michael en haut de l'escalier. Mais ce n'était que l'infirmière qui passait. La maison craquait et grinçait, comme à son habitude. Elle hâta le pas, se mettant sur la pointe des pieds pour ne pas faire jouer les marches comme des touches de piano.

La lampe de chevet avait été rallumée. La lueur des bougies était absorbée par l'éclairage électrique jaune.

Mona s'essuya les yeux et prit la main de Rowan. La sienne tremblait.

– Guéris, Rowan! Guéris! Tu ne vas pas mourir, Rowan! Guéris!

Michael l'entoura de ses bras et lui embrassa la joue.

Elle ne se retourna pas.

– Guéris, Rowan! répéta-t-elle. Je suis désolée de ce que j'ai fait. Sincèrement désolée. S'il te plaît, il faut que tu guérisses. À quoi sert tout cela, l'héritage, l'argent... si nous ne pouvons pas... si nous ne sommes pas capables de guérir?

Il devait être 6 h 30 du matin quand Mona prit sa décision. Mayfair Medical verrait le jour. Tout se passerait tel que Rowan l'avait prévu.

Elle était allée se réfugier sous le chêne, devant la maison des invités. Assise sur la couverture de laine qu'elle avait emportée avec elle, elle contemplait le matin frémissant dans l'humidité.

Un garde dormait sur une chaise près du portail. Un autre faisait les cent pas de l'autre côté de la clôture bordant les dalles de la piscine.

La maison semblait grandir contre le violet du ciel. Sur la droite, l'aurore rouge sang commença bientôt à poindre.

Mona était heureuse d'assister à ce spectacle. Elle se sentait seule. Elle était l'héritière. Lauren lui avait chuchoté: «Je ne comprends pas que tu sois aussi surprise. C'est une question de lignée. Tu as pourtant tracé notre arbre généalogique sur ton ordinateur. Nous t'expliquerons tout en temps utile. Je ne peux pas t'en parler tant qu'il reste à Rowan un souffle de vie.»

Mayfair Medical existera, Rowan. Ce sera ton œuvre. Nous enfouirons nos secrets au plus profond de nous, mais les solides pierres de Mayfair Medical s'élèveront afin que tout le monde les voie.

Rien d'étonnant à ce qu'elle n'arrive pas à dormir, malgré tous ses efforts. Elle préférait réfléchir, échafauder des projets, mettre de l'ordre dans ce qui commençait à l'obséder, l'emplacement et la structure de Mayfair Medical. Elle ferait graver le mot «guérir» quelque part. Sur une pierre? Sur un vitrail?

Pierce serait son meilleur allié. D'instinct, il était aussi prudent que son père, Ryan, mais le projet lui tenait à cœur. Il voulait le voir aboutir. Ces deux derniers mois, il avait continué à travailler dessus. En le poussant un peu, elle parviendrait à le persuader de mettre les choses en route. Les plus timorés de Mayfair & Mayfair tenteraient bien de les freiner, mais Pierce et elle trouveraient les mots pour les convaincre d'avoir de l'audace, voir grand et rêver.

Pierce s'était endormi non loin d'elle dans une chaise longue, sa veste jetée sur son épaule. Il avait dit vouloir un peu d'air. Il était près de la piscine. Il trouvait qu'on respirait mal à l'intérieur. En passant devant lui, elle avait trouvé qu'il ressemblait à un bébé.

L'héritière. Ne jamais perdre de vue que tout est possible.

Tous ces livres sur les hôpitaux, où les avait-elle vus, déjà? Ah oui! dans la chambre de Rowan, quand elle avait fait ses petites manigances pour séduire Michael. Sous la table de chevet, près du lit. Elle les lirait plus tard pour étudier le projet. Il était important de bien se préparer avant de mettre un dossier sur la table : elle le vendrait aux Mayfair en les faisant crouler sous un tas de plans d'architecte, de tableaux financiers et de listings divers et variés.

Elle ferma les yeux. Elle sentait le soleil, maintenant, elle n'avait pas besoin de le voir.

Elle décida de jouer au petit jeu qui ne manquait jamais de l'endormir. En pensée, à la vitesse de l'éclair, elle passa en revue la décoration des couloirs et des bureaux de Mayfair Medical. Choisir les couleurs, accrocher les rideaux, suspendre les tableaux qui rendraient les patients heureux, qui donneraient aux médecins et aux infirmières débordés un moment d'illumination lorsqu'ils pénétreraient dans un couloir, une cage d'escalier ou le hall d'entrée. Les magnifiques portraits de Piero Della Francesca, les doux yeux des femmes de Botticelli. Elle ne choisirait que des choses plus belles que la réalité.

Elle avait tellement sommeil.

Gifford se pencha pour l'embrasser. Dors un peu, maintenant.

Oui, je vais dormir. Tu sais, je ne voulais pas, pour Michael... Je n'ai jamais voulu...

Ils le savent. Cela n'a pas d'importance. C'est bénin. Tu es bien une Mayfair. Tu es acharnée, téméraire mais tu ne veux pas te laisser aller aux remords. C'est ainsi, dans notre famille.

Tu es sûre qu'elle ne me haïra pas pour ce que j'ai fait? Était-ce vraiment bénin? Je n'aurais jamais cru que tu trouverais ça bénin. C'est vraiment difficile de distinguer ce qui est bénin de ce qui ne l'est pas.

C'est bénin.

La tête posée contre l'écorce rugueuse du chêne, Mona sombra dans le sommeil.

Trente

Il aimait cette maison. Elle se dressait, majestueuse, sur Esplanade Avenue, tel un palais de Rome ou un hôtel particulier d'Amsterdam. Ses briques recouvertes de stuc avaient l'aspect de la pierre, et ses couleurs, rouge foncé et ocre, faisaient très italiennes.

Esplanade Avenue avait connu des jours meilleurs mais, sur le plan architectural, fascinait Yuri avec ses merveilleux immeubles anciens perdus au milieu de bâtiments commerciaux horriblement laids. Il avait apprécié sa longue marche à travers le quartier français pour atteindre cette maison à la limite du district. Cette grande avenue, ancien fief des Français et des Espagnols, avait conservé de nombreuses demeures comme celle-ci.

Deux hommes le suivaient, et alors? Il toucha le lourd revolver dans sa poche. Crosse en bois, canon long.

Béatrice le fit entrer.

– Dieu merci, vous voilà! Aaron se fait un sang d'encre. Vous prendrez bien quelque chose?

Elle regarda par-dessus l'épaule de Yuri et aperçut l'homme tapi dans l'ombre d'un arbre, sur le trottoir d'en face.

– Non merci, madame, j'aime le café très fort et très noir et je me suis arrêté pour en prendre un dans un petit bar.

Ils se trouvaient dans un immense hall d'entrée pourvu d'un énorme escalier, qui se divisait en deux à partir d'un palier situé à mi-étage. Le sol était carrelé de mosaïque et les murs, d'un rouge de terre cuite, étaient identiques à ceux de l'extérieur.

– C'est exactement comme ça que je fais mon café, dit Béatrice en lui prenant son imperméable.

Heureusement, l'arme était dans sa veste.

– De l'*espresso* moulu fin, ajouta-t-elle. Entrons dans le salon. Aaron va être soulagé de vous voir.

– Alors, j'accepte, merci, dit Yuri.

Il y avait un salon à sa droite et à sa gauche, mais la chaleur venait d'une pièce située juste devant lui. Aaron s'y trouvait, vêtu d'un vieux cardigan gris en laine, la pipe à la main, près de la cheminée. Une fois encore, il fut impressionné par sa vigueur empreinte de colère et de suspicion. Une longue ride d'expression creusait son visage, près de la bouche.

– Nous avons reçu un message des Aînés, dit Aaron sans préambule. Il est arrivé par fax à l'hôtel Pontchartrain.

– C'est une pratique courante pour les Aînés?

– Il est écrit en latin et adressé à nous deux. En deux exemplaires, un chacun.

– Trop aimable de leur part.

De confortables canapés de cuir rouge foncé se faisaient face devant la cheminée, séparés par un tapis chinois bleu sombre. Une table basse en verre était couverte de papiers. Les murs étaient décorés de grands tableaux modernes, abstraits pour la plupart, aux cadres dorés. Les plateaux des tables étaient en marbre, le velours des fauteuils était un peu élimé. Devant les différents miroirs et sur la cheminée surmontée d'un lion sculpté, de magnifiques fleurs à longue tige étaient disposées dans des vases de porcelaine. Le tout donnait une impression de beauté et de confort.

– Assieds-toi, dit Aaron. Commence par me dire ce que tu as découvert.

– Stolov est au Windsor Court, un hôtel très luxueux et très cher. Il a deux hommes avec lui, peut-être trois. Des membres de l'Ordre. Ils m'ont suivi jusqu'ici. Il y en a un de l'autre côté de la rue. Tous du même âge et du même style, de jeunes Anglo-Saxons ou Scandinaves en costume sombre. J'en connais au moins six de vue. Ils n'ont même pas pris la peine de se cacher. Je crois que leur objectif est de faire peur.

Béatrice entra gracieusement dans la pièce, ses hauts talons claquant sur le carrelage. Elle posa le plateau sur lequel elle avait placé de petites tasses d'*espresso* fumant.

– J'en ai préparé une pleine cafetière, dit-elle. Maintenant, je vais téléphoner à Cecilia.

– On a des nouvelles de la famille? demanda Yuri.

– Rowan se maintient mais il n'y a aucune amélioration, répondit-elle. Son activité cérébrale est faible mais elle respire toute seule.

– Et l'homme mystérieux?

– Rien de nouveau non plus, dit Béatrice. Il ne serait pas à Houston. Vous n'imaginez pas le nombre de gens qui écument la ville. Même s'il s'est coupé les cheveux, il ne passerait pas inaperçu avec son mètre quatre-vingt-quinze. Dieu sait où il se trouve. Bon, je vous laisse avec Aaron. Je ne veux plus penser à tout ça. Je vais préparer le dîner avec un garde armé dans ma cuisine.

– Empêche-le de piocher dans tous les plats!

– Compte sur moi, dit-elle en souriant.

Elle sembla sur le point d'ajouter quelque chose mais se dirigea simplement vers Aaron, l'embrassa affectueusement et partit comme elle était venue, dans un froufrou de soie et des claquements de talons.

Yuri adora le café. Toute une cafetière! Ses mains commenceraient bientôt à trembler et il allait faire une indigestion, mais il ne s'en souciait guère. Quand on aimait le café à ce point, on ne reculait devant aucun sacrifice.

Il ramassa le fax. Le latin lui y était si familier qu'il n'avait même pas besoin de traduire dans sa tête pour le comprendre. Il le maîtrisait aussi bien que les langues vivantes qu'il connaissait.

Des Aînés
à
Aaron Lightner
Yuri Stefano

Messieurs,

Jamais encore nous n'avons été confrontés à un tel problème : la défection de deux membres de l'ordre qui ne nous sont pas seulement chers mais également précieux, des enquêteurs chevronnés qui font figures d'exemples pour nos novices et nos postulants. Nous avons du mal à comprendre comment la situation en est arrivée là.

Nous nous faisons des reproches. Aaron, nous ne vous avons pas tout dit à propos des sorcières Mayfair. Désireux que vous concentriez tous vos efforts sur la famille Mayfair, nous avons retenu certaines informations importantes sur les légendes de Donnelaith, en Écosse, c'est-à-dire, pour être précis, sur les Celtes du nord de la Grande-Bretagne et d'Irlande. Nous nous rendons compte que nous avons commis une erreur.

Nous vous prions de croire que l'ordre n'a jamais eu l'intention de vous manipuler ou de vous exploiter. Afin de préserver le bon déroulement de l'enquête, nous avons préféré garder pour nous certains soupçons et présomptions jusqu'à ce que nous ayons vérifié les réponses aux questions que nous nous posions.

Il faut bien le reconnaître, nous avons commis une erreur de jugement. Vous nous avez abandonnés. Et nous sommes conscients que vous n'avez certainement pas pris cette décision à la légère. Une fois encore, c'est notre faute.

Venons-en aux faits. Vous n'êtes plus membres du Talamasca. Vous êtes excommuniés sans autre forme de sanction, c'est-à-dire que vous êtes simplement exclus de l'ordre, de ses privilèges, ses obligations et de son soutien logistique.

Vous n'avez plus le droit d'utiliser les archives que vous avez constituées lorsque vous étiez des nôtres. Vous n'êtes pas autorisés à reproduire ni à communiquer les informations que vous avez obtenues ou pourriez obtenir au sujet des sorcières Mayfair. Ce point est primordial.

L'enquête sur les sorcières Mayfair est désormais entre les mains d'Erich Stolov, de Clément Norgan et de plusieurs de leurs collaborateurs qui ont déjà travaillé avec eux dans différentes parties du monde. Ils ont pour mission de prendre contact avec la famille, sans votre aide, et en lui faisant clairement savoir que vous n'avez plus aucun lien avec nous.

Nous ne vous demandons qu'une chose : ne vous mêlez pas de nos affaires. Vous êtes libérés de toute obligation mais vous ne devez pas devenir un obstacle.

Il est très important pour nous de retrouver la créature nommée Lasher. Nos membres ont reçu des ordres. Veuillez comprendre qu'ils ne vous porteront aucune considération particulière.

Nous serions heureux qu'un jour vous reveniez à la maison mère pour discuter en détail (par écrit) de votre défection et de votre éventuelle réintégration, avec renouvellement de vos vœux.

Pour l'heure, je vous transmets les adieux de vos frères et sœurs du Talamasca, d'Anton Marcus, notre nouveau Supérieur général, de tous ceux d'entre nous qui vous aiment, vous apprécient et sont attristés que vous ne soyez plus des nôtres.

Veuillez prendre note de ce que, en temps utile et par les moyens appropriés, nous avons déposé sur vos comptes des fonds importants pour couvrir vos dépenses. Ce sera le dernier soutien matériel que vous aurez reçu du...

Talamasca

Yuri plia le papier brillant et le glissa dans sa poche, à côté de son arme.

Il leva les yeux vers Aaron, qui semblait calme, indifférent, plongé dans ses pensées.

– Est-ce ma faute? demanda Yuri. Que tu sois excommunié aussi rapidement? Je n'aurais pas dû venir.

– Non, ne te laisse pas impressionner par le mot. J'ai été excommunié parce que j'ai refusé de partir d'ici et parce que je n'arrêtais pas d'envoyer des messages à Amsterdam pour qu'on m'explique ce qui se passait. Parce que j'ai cessé d'« observer et d'être toujours là ». Je suis content que tu sois venu parce que j'ai des craintes pour tous mes frères. Je ne sais pas comment le leur dire. Mais tu es pour moi le plus cher de tous, tout comme David. Tu es ici et tu sais ce que je sais.

– Pourquoi dis-tu que tu as des craintes pour les autres membres?

– Je ne suis pas un Aîné. J'ai soixante-dix-neuf ans mais je ne suis pas un Aîné.

Il regarda Yuri. Cet aveu était une violation flagrante du règlement.

Aaron poursuivit :

– David Talbot n'a jamais été un Aîné. Il me l'a dit avant de... quitter l'ordre. Il m'a dit qu'il n'avait jamais parlé à un Aîné et que les membres les plus âgés ont maintes fois reconnu devant lui, en toute discrétion, qu'ils n'étaient pas des Aînés non plus. Personne ne sait qui ils sont.

Yuri ne répondit rien. Toute sa vie, depuis l'âge de douze ans, il avait vécu avec la ferme conviction que les Aînés étaient ses frères, une sorte de jury de ses pairs, pour ainsi dire.

– Précisément, dit Aaron. Mais j'ignore qui ils sont et quels sont leurs mobiles. Je crois qu'ils ont tué un médecin de San Francisco. Je crois qu'ils ont tué le Dr Samuel Larkin. Et je crois qu'ils ont utilisé des gens comme moi toute leur vie afin de réunir des informations dans quelque but occulte que ceux de ma génération n'ont jamais compris. Voilà ce que je suis porté à croire.

Yuri ne dit rien. Les paroles d'Aaron renforçaient ses propres soupçons, cette impression de malaise qu'il avait ressentie peu après être rentré de Donnelaith à la maison mère.

– Si j'essayais d'entrer dans les fichiers informatiques, on m'en empêcherait, réfléchit-il tout haut.

– Probablement, dit Aaron. Mais personne dans l'ordre ne connaît les ordinateurs aussi bien que toi, Yuri. Si tu connais le code d'accès d'un autre membre...

– J'en connais plusieurs. Il faut que je trouve un ordinateur. Je vais faire toutes les recherches possibles et imaginables pour obtenir des recoupements. J'en ai pour au moins deux jours. Je peux même retrouver les textes saisis en latin. Je peux faire une recherche automatique par mot clé. Cela peut nous mener très loin.

– Ils y auront sans doute pensé. C'est même fort probable mais cela ne coûte rien d'essayer. Mon esprit et mes doigts sont trop vieux, je ne te serai d'aucune utilité. Mais il y a un ordinateur avec modem dans la maison d'Amelia Street. Il appartient à Mona Mayfair. Elle a donné son autorisation en disant que tu saurais t'en servir. C'est sous DOS. Tu comprends ce que ça veut dire, toi?

Yuri se mit à rire.

– C'est le système d'exploitation de l'ordinateur. Ça veut dire que c'est un compatible IBM.

– Elle a dit qu'elle t'avait laissé des instructions sur le contenu du disque dur mais que tu pouvais ouvrir un répertoire et faire ce que tu voulais. Ses fichiers personnels sont verrouillés.

– J'ai entendu parler de Mona et de son ordinateur, dit doucement Yuri. Je n'irai pas fouiller dans ses fichiers.

– Elle voulait dire par là que tu pouvais accéder à tout le reste.

– Je vois.

– Il y a des dizaines d'ordinateurs chez Mayfair & Mayfair mais je crois que celui de Mona est le plus performant.

Yuri acquiesça.

– Je m'y mets tout de suite.

Il avala une autre tasse de café et repensa à Mona avec une certaine affection.

– Ensuite, nous en parlerons, dit-il.

– Oui.

Mais pour dire quoi? Ils étaient l'un et l'autre trop découragés pour discuter de quoi que ce soit. Yuri se sentit pris d'une horrible mélancolie, comme lorsque les gitans l'avaient enlevé à sa mère morte. Des étrangers. Un monde rempli d'étrangers. Hormis Aaron, cette famille sympathique et Mona, qu'il aimait déjà beaucoup.

Il l'avait rencontrée ce matin à Amelia Street, vers midi. Pendant qu'il prenait un petit déjeuner de céréales et de lait, elle n'avait cessé de parler, de le questionner, de discuter de tout et de rien tout en rongeant une pomme jusqu'au dernier pépin.

La famille était en émoi à l'idée qu'elle était la future héritière du testament. Tout le monde venait la voir, la courtisait.

Finalement, elle avait dit :

– Comment peuvent-ils faire ça alors que Rowan est toujours en vie?

Randall, le grand vieillard aux multiples mentons, avait répondu :

– Chérie, cela n'a rien à voir. Qu'elle vive ou qu'elle meure, Rowan ne pourra jamais avoir d'enfant.

Mona avait eu l'air abasourdie et avait hoché la tête en disant :

– Évidemment.

– Vous voulez l'héritage? lui avait demandé Yuri, tout bas parce qu'elle était si silencieuse, si proche de lui et qu'elle le regardait droit dans les yeux.

Elle avait éclaté de rire. Pas méchamment du tout. C'était un rire franc et charmant.

– Ryan t'expliquera tout ça, avait ajouté l'un des jeunes gens, Gerald, peut-être. Mais tu peux consulter les documents juridiques quand tu veux.

Mona, avec son fort accent américain, avait alors lancé à la cantonade :

– Je vais taper sur mon ordinateur. Salut.

L'ordinateur.

Lorsque Yuri était allé chercher sa valise, il avait entendu le cliquètement des touches du clavier. Dans la chambre du devant. Il n'avait pas osé se montrer devant la porte ouverte.

– J'aime bien Mona Mayfair, dit-il à Aaron. C'est une petite fûtée. Je les aime bien tous.

Il sentit brusquement le rouge lui monter aux joues. Il l'aimait bien, et encore plus. Mais elle était trop jeune, non?

Il se leva pour partir. Quelle agréable maison! Pour la première fois, il remarqua les bonnes odeurs venant de la cuisine.

– Pas si vite, dit Aaron.

– Mais, Aaron, ils vont boucler tous les accès aux fichiers! protesta-t-il.

Béatrice venait d'entrer. Elle portait sur le bras une veste en tweed appartenant à Aaron et l'imperméable de Yuri.

– Nous aimerions que vous restiez dîner, dit-elle à Yuri. Ce sera prêt dans une demi-heure. C'est un dîner très spécial pour nous, et Aaron aurait le cœur brisé si vous partiez. Moi aussi, du reste. Tenez, mettez ça.

– Nous dînons ici ou nous partons? demanda Yuri en lui prenant son imperméable noir.

– Nous allons à la cathédrale, répliqua Aaron.

Il enfila sa veste, en lissa les revers et vérifia s'il avait bien son mouchoir de coton. Combien de fois Yuri l'avait-il vu faire ces gestes? Aaron fouilla ensuite dans ses poches à la recherche de ses clés, de son passeport et d'un morceau de papier qu'il déplia en souriant à Béatrice.

– Venez assister à notre mariage, dit celle-ci. Magdalene et Lily nous retrouvent là-bas.

– Vous allez vous marier!

– Oui, mon cher, dit Béatrice. Allons-y! Le dîner va être gâché si nous le faisons attendre. C'est une recette Mayfair, Yuri. Vous aimez la cuisine épicée, j'espère? Ce sont des écrevisses à l'étouffée.

– Merci, Yuri, dit doucement Aaron.

Béatrice enfila sa veste et sa tenue parut soudain bien plus cérémonieuse.

– Mais c'est un privilège, répondit Yuri.

Seul un tel événement pouvait le détourner de l'ordinateur de Mona.

– Vous savez, dit Béatrice en ouvrant la marche, il est vraiment dommage que nous devions nous priver d'un grand mariage. Quand tout sera terminé, j'aimerais que nous donnions une réception, Aaron. Qu'en dis-tu? Quand tout le monde sera de nouveau heureux, nous pourrions organiser une grande fête. Mais je ne pourrai pas attendre jusque-là.

Elle hocha la tête puis répéta, sur un ton contrit:

– Je ne pourrai pas attendre.

Trente et un

Elle était dans la même position, un éclat de lumière faisant luire ses yeux immobiles.

Ce soir, vers 8 heures, on lui avait à nouveau fait passer tous les « grammes », comme il les appelait: électro-encéphalo, électrocardio et ainsi de suite. Son rythme cardiaque n'était pas plus élevé que lorsqu'on l'avait retrouvée inanimée. Son cerveau était aussi mort qu'il pouvait l'être tout en étant vivant. Son visage était légèrement plus coloré. Elle n'avait plus l'air aussi desséchée. On distinguait, surtout autour des yeux et sur ses mains, qui avaient repris leur aspect normal, les effets bénéfiques de la perfusion. Mona disait qu'elle ne ressemblait plus à Rowan. Mais c'était Rowan.

Pourvu que tu sois dans une magnifique vallée, que tu ignores ce qui se passe. Pourvu que nos pensées ne t'atteignent pas. Seulement nos mains réconfortantes.

Pour lui, on avait placé un énorme fauteuil rose à oreillettes dans un coin, entre le lit et la porte de la salle de bains. À sa droite, une commode, sur laquelle étaient posés ses cigarettes et un cendrier, mais aussi le lourd magnum 357 que Mona lui avait donné. Il avait appartenu à Gifford. Ryan l'avait rapporté de Destin deux jours plus tôt.

– Garde ça avec toi, Michael, avait dit Mona. Si ce salaud entre dans cette pièce, tu le descends.

– D'accord, avait-il répondu.

Justement, il voulait une arme. « Un outil simple », pour reprendre l'expression de Julien au cours de ses révélations. Un outil tout simple pour faire sauter la cervelle du monstre qui avait mis Rowan dans cet état.

Par instants, les moments passés avec Julien dans la mansarde lui paraissaient plus réels que le reste. Il avait commencé à en parler à Mona et à personne d'autre. Il tenait à en parler à Aaron, aussi, mais il ne trouvait pas une minute pour être seul avec lui. Aaron était si furieux du rôle suspect joué par le Talamasca qu'il passait son temps dehors à vérifier un tas de trucs. Mis à part le mariage rapidement expédié dans la sacristie de la cathédrale, que Michael avait été obligé de manquer.

– Des Mayfair du centre-ville qui se marient à la cathédrale! avait dit Mona.

Elle dormait dans la chambre du devant, sur le lit qu'il avait partagé avec Rowan. Ce ne devait pas être évident de passer d'un jour à l'autre du statut de parente pauvre à celui de chef de famille.

Mais la famille n'avait pas le temps de désigner Mona dans les formes. Jamais elle n'avait connu un tel tumulte et un tel danger. Il y avait eu plus de changements ces six derniers mois que depuis le début de son histoire, y compris la révolution des années 1700 à Saint-Domingue. Elle voulait boucler cette histoire d'héritage avant qu'un cousin quelconque ne s'en mêle, avant qu'une lutte intestine ne débute entre les descendants. Mona était une enfant que tout le monde connaissait, aimait et pensait pouvoir contrôler.

Michael avait souri en entendant cette explication naïve de Pierce.

– La famille pense contrôler Mona? avait-il murmuré.

Mais ils étaient dans le couloir, juste devant la porte de Rowan, et il n'avait pas envie d'en discuter pour l'instant. Il avait un œil posé sur Rowan, dont la poitrine se soulevait et s'abaissait avec régularité. Même un respirateur artificiel ne ferait pas aussi bien.

– Ce qui est important, avait ajouté Pierce, c'est que Mona est la personne qu'il faut. Tout le monde le sait, et pour diverses raisons. Malgré ses quelques idées invraisemblables, elle est très intelligente et saine mentalement.

Saine mentalement? Expression très intéressante. Y avait-il beaucoup de gens déments dans cette famille? Probablement.

– Ce que papa voudrait que tu saches, avait poursuivi Pierce, c'est que tu es ici chez toi, jusqu'à ta mort. C'est la maison de Rowan et si, par quelque miracle...

– Je sais...

– Alors tout reviendra à Rowan et l'héritière désignée sera Mona. Et si Rowan était actuellement capable de parler, elle aurait à décider tout de suite qui est l'héritière. Pendant toutes ces années où Deirdre est restée dans son fauteuil à bascule, nous savions que Rowan Mayfair de Californie était l'héritière. Mais c'était également l'époque de Carlotta. Impossible de la faire coopérer. Cette fois, nous allons tout régler sans attendre. J'imagine que ça doit te paraître bien étrange...

– Pas tant que ça. Je retourne dans la chambre. Ça me rend nerveux de la laisser.

– Tu devrais dormir un peu.

– Je dors. Dans le fauteuil. Je me sens très bien. Je dors mieux que lorsque je prenais tous ces médicaments. C'est un sommeil profond et naturel. Je dors en lui tenant la main.

Et j'essaie de ne pas me dire : Rowan, pourquoi m'as-tu abandonné? Pourquoi m'as-tu chassé de la maison la veille de Noël? Pourquoi ne m'as-tu pas fait confiance? Et, Aaron, pourquoi n'avez-vous pas enfreint le règlement du Talamasca pour venir ici? Mais je suis injuste. Aaron a lui-même expliqué la situation. Il avait reçu l'ordre de se tenir à l'écart. Il avait obéi mais s'était senti lâche, rongé par le remords.

– Je suis resté à Oak Haven, incapable de faire autre chose que de vous donner de bonnes excuses. J'aurais dû me fier à mon instinct. Toujours le même dilemme.

Aujourd'hui, la loyauté d'Aaron envers le Talamasca était remise en question. Heureusement qu'il aimait Béatrice et qu'elle l'aimait aussi. Que deviendrait un homme comme lui sans le Talamasca? Le beau gitan aux yeux noir de jais et à la peau dorée avait la jeunesse, lui, au moins.

Il ferma les yeux. Il entendit l'infirmière s'occuper de la perfusion et les petits bip du contrôle électronique. Comme il détestait ces machines qu'il avait bien connues en service de cardiologie!

Et maintenant, c'était elle qui était à leur merci. Elle qui avait conduit tant de gens à travers la vallée de larmes de la médecine.

Quelles que soient les épreuves qu'elle ait subies, elle avait énormément souffert. Et il avait pris une décision. Lorsque l'on retrouverait cette créature, il la tuerait. Personne ne pourrait l'en empêcher. Nulle autorité légale ou religieuse, nulle pression de la part de la famille, nul principe moral ne l'en empêcherait. Il la tuerait. C'était le message de Julien. Il reste une chance.

Et dès qu'il pourrait quitter cette chambre sans inquiétude, dès que l'état de Rowan se serait stabilisé, il partirait lui-même à la recherche du monstre.

Il n'avait pas réussi à s'accoupler avec ses filles... les sorcières Mayfair. Il avait choisi celles qui possédaient les chromosomes supplémentaires mais les fécondations avaient échoué. Comment les avait-il choisies? À l'odeur, peut-être, ou par quelque signe invisible pour les autres? On avait retrouvé un tas d'anomalies chez Gifford, Alicia, Édith et les deux cousines de Houston.

Allait-il désormais choisir ses victimes au hasard? Qui pouvait savoir?

Michael était terrifié qu'on lui annonce une nouvelle série de décès. Une maladie inconnue apparaissant soudain en gros titre dans les journaux. Des femmes sur des tables d'autopsie à Dallas, Oklahoma City ou New York. Quelle horreur d'imaginer cette immense créature aux yeux bleus apportant la mort à chaque étreinte. Car, chaque fois, sa semence mortelle avait fait ovuler ces femmes instantanément, l'œuf avait été fécondé et l'embryon avait commencé à grandir.

Les analyses médicales l'avaient démontré. Et on savait par ailleurs que lui, Michael, avait le surplus de chromosomes mais qu'ils étaient inactifs. C'était également le cas de Mona, de Paige Mayfair, d'Évelyne l'Ancienne, de Gerald et de Ryan lui-même.

La famille avait bien pris les choses en main. Restait à savoir si Clancy et Pierce devaient se marier, ayant tous les deux les chromosomes supplémentaires.

Et que faire avec Mona? Oserait-il la toucher de nouveau? Ils avaient tous les deux les anomalies. Était-ce un hasard? Quelle part de la naissance de Lasher tenait de l'aspect chromosomique et quelle part de sa volonté de devenir humain? De quel droit Michael avait-il touché Mona? Mais c'était le passé. Depuis l'instant où il avait vu Rowan sur la civière. Un passé révolu. Il avait suffisamment profité de la vie. Il pouvait rester assis sur ce siège pour toujours. Juste pour être avec elle.

De toute façon, les médecins disaient qu'on pouvait ne pas tenir compte de l'analyse génétique. Au moins pour Clancy et Pierce, qui pouvaient s'en remettre à la « nature », selon eux. Les sœurs de

Pierce n'avaient pas la double hélice de longueur anormale. Elles avaient les gènes supplémentaires, mais ce n'était pas pareil. Ryan et Gifford, qui avaient tous les deux les gènes supplémentaires, n'avaient pas engendré de monstre. Michael avait eu des maîtresses. Et si, contre son gré, sa petite amie n'avait pas décidé de se faire avorter, des années plus tôt, il aurait pu avoir un enfant normal.

L'analyse médico-légale de l'empreinte génétique de Deirdre avait révélé qu'elle n'avait pas le surplus de chromosomes et, pourtant, elle avait mis au monde une fille qui le possédait. Ceux qui le transmettaient étaient-ils condamnés au pire?

– Cette créature a pris forme humaine à Noël. Rowan et moi ne l'avons pas créée. Nous avons simplement créé un fœtus que la créature a ôté des mains de Dieu. Le fœtus grandissait normalement dans le ventre de Rowan, jusqu'à ce que la créature entre dedans.

Des mains de Dieu! Quelle drôle d'idée d'avoir employé le mot Dieu. En fait, plus il restait dans cette maison, à La Nouvelle-Orléans – et il y resterait probablement jusqu'à la fin de ses jours –, plus le concept de Dieu lui paraissait normal.

Quoi qu'il en soit, on venait seulement de découvrir les données génétiques et un groupe de médecins engagés par la famille travaillait dessus jour et nuit.

Rien ne pouvait leur arriver. Ryan et Lauren étaient les seuls à savoir où ils se trouvaient, leurs noms et celui du laboratoire. On ne dirait rien au Talamasca, cette fois. Ce Talamasca dont Aaron se méfiait maintenant et qu'il soupçonnait du pire.

– Aaron, tranquillisez-vous, l'avait rassuré Michael dans l'après-midi. Lasher pouvait parfaitement tuer ces érudits. Il pouvait tuer toute personne possédant des preuves. Et il ne l'a pas fait.

– C'est un individu, Michael. Il ne peut être dans deux endroits en même temps. Croyez-moi, je ne suis pas homme à porter des jugements hâtifs, surtout sur une organisation à laquelle j'ai consacré toute ma vie.

Michael n'avait pas insisté mais l'idée ne lui plaisait vraiment pas. Et puis, il avait quelque chose à dire à Aaron mais il n'arrivait jamais à être seul avec lui. Quand Aaron était passé, ce matin, il était avec ce jeune gitan, Yuri, l'infatigable Ryan et son clone, Pierce.

Il consulta sa montre. 10 h 30. C'était la nuit de noces d'Aaron. Il se demanda à quelle heure il pourrait décemment appeler. Évidemment, Aaron et Béatrice n'auraient pas de lune de miel. C'était impossible. Mais ils étaient maintenant mariés, vivaient officiellement sous le même toit et toute la famille était heureuse. Tous les cousins qui lui avaient rendu visite dans la journée ne l'avaient pas caché.

Il avait un message pour Aaron. Il ne fallait pas oublier, il lui fallait tout se rappeler et se tenir prêt. Sa fatigue ne l'empêcherait pas de le faire. Pas cette fois.

Il se tourna et ouvrit calmement le tiroir du haut de la commode. La grosse arme était de toute beauté. Il aurait aimé l'emporter dans un stand de tir et l'essayer. C'était drôle ! Mona avait dit qu'elle adorait faire ça. Elle allait s'entraîner avec Gifford dans un endroit bizarre, à Gretna, où l'on se couvrait les oreilles et les yeux pour tirer sur des cibles en papier.

L'arme, oui. Et puis, il y avait le bloc-notes qu'il avait mis là plusieurs semaines auparavant. Avec un feutre noir à pointe fine. Parfait.

Il prit le bloc et le feutre et referma le tiroir.

Cher Aaron,

Quelqu'un se chargera de vous porter ce message car je n'aurai pas l'occasion de vous le transmettre moi-même pendant quelque temps. Je continue de penser que vous faites erreur à propos du Talamasca. Il ne peut avoir fait cela. C'est purement impossible. Toutefois, j'ai des éléments corroborant votre opinion et vous devez les connaître.

Voici le poème que Julien m'a récité. C'est Évelyne l'Ancienne qui le lui a appris il y a plus de soixante-dix ans. Je ne peux pas lui demander si elle s'en souvient car on m'a dit qu'elle n'avait plus toute sa tête. Peut-être pourriez-vous lui demander. Voici ce qui est gravé dans mon esprit :

Viendra alors quelqu'un de trop mauvais
et viendra quelqu'un de trop bon.
De ces deux-là une sorcière naîtra
Et toute grande la porte s'ouvrira.

Dans la souffrance ils trébucheront
Le sang et la peur ils connaîtront.
Maudit soit cet Éden de Printemps
Il n'apportera que des tourments.

Gare aux observateurs l'heure venue.
Chasse les docteurs hors de ta vue.
Les érudits le mal nourriront
Et les savants l'admireront.

Laisse le diable se raconter et
La puissance de l'ange susciter.
Les morts en témoins reviendront
L'alchimiste en fuite mettront.

Sacrifie la chair non mortelle
Use d'armes simples et cruelles

Car mourant proches de la vérité
Vers la lumière vont les armes torturées.

Les bébés non humains détruis
Envers les purs sois sans merci
Ou Éden n'aura pas de Printemps
Ou notre genre aura fait son temps.

Il se relut. Quelle horrible écriture! Tu te laisses complètement aller, mon vieux. Mais c'était lisible. Il entoura les mots « érudits », « savants » et « alchimistes ».

Puis il écrivit : « Julien avait également des soupçons. Incident dans une église de Londres. Pas dans vos dossiers. »

Il plia le papier et l'enfouit dans sa poche. Il le confierait à Pierce ou Gerald, à l'exclusion de tout autre. L'un des deux serait là avant minuit. Ou peut-être à Hamilton qui était parti faire un somme. Hamilton était un type bien.

Il glissa le stylo dans sa poche et tendit la main gauche pour prendre les doigts de Rowan. Elle eut un sursaut. Il se leva d'un bond, saisi.

– Ce n'est qu'un réflexe, monsieur Curry, dit l'infirmière. Cela se produit de temps à autre. Si elle était reliée à une machine, l'aiguille s'emballerait mais cela ne signifie rien.

Il se rassit, s'agrippa fermement à la main de Rowan, refusant d'admettre qu'elle était aussi froide et inanimée qu'auparavant. Il observa son profil. Son visage avait l'air d'avoir légèrement glissé sur la gauche, mais c'était peut-être une illusion. Ou on lui avait bougé la tête, ou il se faisait des idées.

C'est alors qu'il sentit les doigts de Rowan se crisper à nouveau.

– Ça recommence, dit-il en se levant. Allumez cette lampe.

– Ce n'est rien, vous vous torturez pour rien.

L'infirmière s'approcha doucement du lit et posa ses doigts sur le poignet droit de Rowan. Elle sortit une petite torche de sa poche, se pencha sur la jeune femme et dirigea le faisceau vers l'un de ses yeux.

Elle recula en hochant négativement la tête.

Michael se rassit.

D'accord, ma chérie. Je vais l'attraper. Je vais le tuer. Le détruire. Je vais rapidement écourter sa vie. Je le ferai. Cette fois, rien ne m'en empêchera. Rien.

Il embrassa sa paume ouverte. Aucun mouvement dans les doigts. Il l'embrassa à nouveau puis referma sa main et la posa contre son flanc.

Quelle horreur si, en fait, elle n'avait pas envie qu'il la touche, n'aimait pas la lumière ou les bougies, ne voulait personne auprès d'elle, mais qu'elle était incapable de le dire.

– Je t'aime, ma chérie, murmura-t-il. Je t'aime. Je t'aime.

L'horloge sonna onze coups. Comme c'était bizarre! Les heures s'égrenaient si vite. Le souffle de Rowan avait un rythme constant.

Il étendit les jambes et ferma les yeux.

Il était minuit passé lorsqu'il les rouvrit. Il consulta sa montre puis observa attentivement Rowan. Était-elle exactement pareille? Comme d'habitude, l'infirmière écrivait, assise à la petite table d'acajou. Hamilton était assis sur une chaise dans l'angle opposé et lisait à la lueur d'une petite lumière.

Les yeux, peut-être... Mais l'infirmière allait le rembarrer. Et, pourtant...

Un homme montait la garde dans la galerie extérieure. Il tournait le dos à la fenêtre, qu'il avait fermée.

Une autre silhouette était debout dans la pièce. C'était Yuri, le gitan aux yeux obliques et aux cheveux noirs. Il sourit à Michael qui, l'espace d'une seconde, se sentit mal à l'aise. Mais le visage de Yuri était bienveillant. Comme celui d'Aaron.

Il se leva et fit signe à Michael de sortir avec lui dans le couloir.

– Je viens de la part d'Aaron, dit-il. Il vous fait dire qu'il est marié et heureux. Il vous demande de ne pas oublier ce qu'il vous a dit. Il ne faut laisser aucun membre du Talamasca pénétrer ici. Aucun. Et il faut passer le message à tout le monde. Entrer ici a été pour moi un jeu d'enfant. Prévenez tout le monde. Je serais d'avis que vous le fassiez dès maintenant.

– Oui, oui. J'y vais.

Il se tourna et fit un signe à l'infirmière. Elle comprit. Vérifier les signes vitaux de Rowan.

– Je dois sortir trois minutes, lui annonça-t-il. Mais je n'irai pas tant que vous n'aurez pas pris son pouls.

L'infirmière s'exécuta rapidement et lui montra d'un geste qu'il n'y avait aucun changement.

– Vous êtes certaine?

– Absolument, monsieur Curry, soupira-t-elle froidement.

Ils descendirent l'escalier, Michael devant. Il avait le vertige. Je devrais manger, pensa-t-il. Puis il se rappela que quelqu'un lui avait apporté un grand plateau pour le dîner. Non, je n'ai pas besoin de manger.

Il sortit sur le perron et appela les gardes en faction. En un instant, il fut entouré de cinq vigiles en uniforme. Yuri leur expliqua la situation. Aucun membre du Talamasca. Seulement lui et Aaron Lightner. Il leur montra son passeport.

– Vous connaissez Aaron, leur dit-il.

Ils acquiescèrent. Ils comprenaient.

– Eh bien, nous ne laisserons entrer personne que nous ne

connaissons pas, dit l'un d'eux. Et nous avons la liste des noms des infirmières.

Michael accompagna Yuri jusqu'au portail. La fraîcheur de l'air était agréable. Il sortait de sa torpeur.

– Je suis passé devant eux sans problème en les baratinant, dit Yuri. Je ne veux pas leur faire des ennuis mais soyez ferme avec eux. Rappelez-leur. Je n'ai même pas eu à donner mon nom.

– J'ai compris, dit Michael.

Il se retourna et leva les yeux vers la fenêtre de la chambre de maître. La première nuit où il l'avait regardée, des bougies scintillaient derrière les volets clos. Il regarda la porte-fenêtre du dessous, celle de la bibliothèque, par laquelle la créature avait failli entrer.

– J'espère que tu n'es pas loin. J'espère que tu vas venir, prononça-t-il entre ses dents à l'intention de Lasher.

– Vous avez l'arme que Mona vous a donnée? interrogea Yuri.

– En haut. Comment êtes-vous au courant?

– Elle m'a raconté. Mettez-la dans votre poche et ne la quittez jamais. Pour les raisons que vous savez, mais pour d'autres, également.

Tout en parlant, il fit un geste vers une silhouette tapie dans l'ombre, de l'autre côté de Chestnut Street, contre un mur de pierre.

– C'est un membre du Talamasca, expliqua-t-il.

– Yuri, Aaron et vous êtes persuadés que ces gens sont dangereux. Moi je dirais plutôt qu'ils sont sournois et pas très coopératifs, mais dangereux? Vous êtes en colère parce que quelque chose s'est produit. Mais je les pense incapables d'ôter une vie. Yuri, j'ai fait ma propre enquête sur votre ordre. Et Ryan Mayfair aussi, avant mon mariage avec Rowan. Le Talamasca n'est constitué que de bibliophiles, de linguistes, de médiévalistes et de clercs.

– Jolie description. Elle est de vous?

– Je ne sais pas. Je crois. Il me semble avoir dit ça à Aaron un jour que j'étais de mauvaise humeur. Mais j'étais sérieux. C'est Lasher qu'il faut craindre. C'est lui qu'il faut attraper...

Il plongea sa main dans sa poche.

– Ah, au fait! J'ai failli oublier, reprit-il. Soyez gentil de remettre ce papier à Aaron. Vous pouvez le lire, si vous voulez. C'est un poème. Il n'est pas de moi. Veillez à ce qu'il l'ait. Pas ce soir, demain. Ou dès que vous le verrez. Il contredit ma version des faits mais peu importe. Je veux qu'Aaron en prenne connaissance. Il y comprendra peut-être quelque chose. Qui sait?

– Entendu. Je dois le voir dans une heure. Je retourne là-bas. Mais, surtout, gardez toujours l'arme à portée de la main. Vous voyez cet homme? Il s'appelle Clément Norgan. Ne lui parlez pas et ne le laissez pas entrer.

– Vous voulez dire que je ne dois même pas lui demander ce qu'il fait là?

– Exactement. Ne le laissez pas vous embringuer dans une conversation et gardez un œil sur lui.

– Tout cela fait si catholique, si Talamasca, dit Michael. N'engagez pas la conversation avec le diable.

Yuri haussa les épaules en souriant. Il tourna son regard vers le coin obscur où se tenait la silhouette de Clément Norgan. Michael distinguait à peine une ombre. À une époque, il l'aurait certainement vue clairement mais, aujourd'hui, sa vue était beaucoup moins bonne. Il savait seulement qu'il y avait un homme. Il lui vint à l'esprit que Lasher était peut-être lui aussi caché quelque part, dans l'ombre, à observer et attendre.

Mais dans quel but?

– Qu'allez-vous faire maintenant, Yuri? Aaron m'a dit que vous aviez tous les deux été expulsés.

– Je n'en sais rien.

Son sourire s'élargit.

– En fait, je me sens libre. Je peux faire... des choses complètement nouvelles pour moi. Je n'y avais jamais pensé avant.

Son visage s'assombrit.

– Mais j'ai un destin, ajouta-t-il doucement.

– C'est-à-dire?

– Je dois découvrir ce qui s'est produit au Talamasca. Découvrir qui a pris quelle décision et quand. Je sais que ça fait très espionnage, agent secret et tout ça. Ce soir, je me suis servi de l'ordinateur de Mona Mayfair, chez elle. J'ai essayé d'entrer dans les archives de la maison mère. Mais tous les codes d'accès étaient bloqués. Vous vous rendez compte? Ils ont changé absolument tous les codes, juste pour me contrer. C'est peut-être une procédure normale mais, en tout cas, on ne l'a jamais fait pendant que j'étais des leurs. C'est complètement dingue.

Michael hocha la tête. Pour lui, l'avenir était d'une simplicité biblique : il allait tuer la créature. Mais à quoi bon s'en expliquer?

– Dites à Aaron que je suis désolé de ne pas avoir assisté à son mariage. J'aurais aimé pouvoir.

– Il le sait. Soyez prudent. Observez et écoutez. Vous avez deux ennemis, vous vous rappelez?

Sur ce, Yuri s'en alla. En quelques grandes enjambées, il avait traversé Chestnut Street puis s'était engagé dans First Street en jetant un simple regard oblique vers Norgan.

Michael remonta les marches du perron et avertit le garde placé à côté de la porte.

– Vous voyez cet homme, là-bas? Ne le quittez pas des yeux.

– Oh, il n'y a aucun problème avec lui. C'est un détective privé engagé par la famille.

– Vous êtes sûr?

– Absolument, il nous a montré ses papiers.
– Je crois que vous faites erreur. Yuri le connaît. Ce n'est pas un détective privé. Est-ce un membre de la famille qui vous a dit ça?
Le garde était troublé.
– Non, il m'a juste montré ses papiers. Vous avez raison. Je ne dois me fier qu'à ce que disent Ryan ou Pierce Mayfair.
– Ne l'oubliez jamais.
Michael s'apprêtait à dire : Appelez-le. Il mourait d'envie de redescendre les marches et d'aller le voir. Puis il se rappela l'étrange consigne de Yuri : « Ne vous laissez pas embringuer dans une conversation. »
– Vous connaissez les hommes de la prochaine équipe? demanda-t-il au garde. Leurs noms, leurs visages?
– Oui, tous. Je sais même qui prend la relève à 3 heures demain après-midi et à minuit la nuit prochaine. J'ai tous leurs noms. J'aurais dû interroger ce type. Si vous voulez, je l'oblige à décamper. Il a prétendu qu'il travaillait pour la famille.
– Non, surveillez-le seulement. Peut-être que Ryan l'a engagé et a oublié de nous prévenir. Je vous demande de le surveiller, lui et toute autre personne de son genre. Et ne laissez personne entrer sans m'en parler avant.
– Oui, monsieur.
Michael rentra à l'intérieur et ferma la grosse porte derrière lui. Il s'appuya contre elle et regarda le hall d'entrée, l'encadrement de porte en forme de trou de serrure qui menait à la salle à manger et les fresques murales de l'autre côté.
– Que va-t-il se passer, Julien? Comment tout cela va-t-il se terminer?
La famille avait prévu une réunion pour le lendemain dans la salle à manger. Que faire si l'homme ne refaisait pas surface? Quelles étaient leurs obligations à l'égard des tiers? Quelles mesures prendre? Tel était l'ordre du jour.
– Nous nous occuperons des détails, avait annoncé Ryan. Nous allons voir ce que nous pouvons faire en tant que juristes. Cet homme a enlevé Rowan et abusé d'elle. Nous n'en dirons pas plus aux forces de l'ordre.
Michael avait souri. Il avait commencé à gravir la longue volée de marches. Ne les compte pas, n'y pense pas. Ne pense pas non plus à ce pincement dans ta poitrine ni à cette impression de flottement dans ta tête.
Cela n'allait pas être chose facile que de travailler avec les « forces de l'ordre » en gardant secrètes toutes les informations. Eh bien! les journaux allaient être gâtés. La meilleure façon serait de parler de l'homme comme d'un « sataniste », un adepte de quelque « culte » violent et dangereux.

Il repensa à cet esprit lumineux, cet « homme » qu'il avait aperçu une fois derrière la crèche de Noël et une fois dans le jardin. Il revit son aspect rayonnant.

Quel effet cela fait-il, Lasher, d'être perdu dans une enveloppe de chair et d'avoir le monde entier à ses trousses? D'être une aiguille dans une meule de foin au lieu d'un fantôme tout-puissant? Aujourd'hui, on a les moyens de retrouver une aiguille dans une meule de foin, tu sais. Tu me fais penser à l'émeraude de la famille, perdue dans une boîte à bijoux. Moi, je n'aurai pas de mal à te voir, te sauter dessus, te prendre au piège et te garder, même si personne n'y est parvenu du temps où tu étais le démon de Julien.

Il s'arrêta à la porte de la chambre. Tout était comme il l'avait laissé. Hamilton lisait, l'infirmière écrivait. Les bougies dégageaient une bonne odeur de cire onéreuse. L'ombre de la Vierge Marie dansait derrière elles et jetait sur le visage de Rowan un semblant de vie.

Michael allait reprendre sa place habituelle lorsque quelque chose bougea à l'extrémité du couloir. Ce doit être l'autre infirmière, songea-t-il. Il n'aimait pas ça. Il alla voir sur place.

L'espace d'un instant, il ne comprit pas ce qu'il voyait. Une grande femme aux cheveux gris et en chemise de nuit de flanelle. Joues creuses, yeux brillants, front haut. Ses cheveux tombaient sur ses épaules et ses pieds étaient nus. Le pincement dans la poitrine de Michael se transforma en douleur.

– C'est Cecilia, dit la femme d'une voix apaisante. Je sais. Certains Mayfair ressemblent plus à des fantômes qu'à des êtres humains. Je viens de dormir huit heures. Je peux aller m'asseoir à côté d'elle, si vous voulez. Vous devriez dormir un peu.

Il secoua la tête. Il se sentait si bête. Pourvu qu'il ne l'ait pas vexée!

Il retourna prendre son poste d'observation. Rowan, ma Rowan.

– Vous avez vu cette tache sur sa chemise de nuit? demanda-t-il à l'infirmière.

– Oh, ce doit être un peu d'eau, répondit-elle en l'essuyant avec un linge sec. J'ai humecté son visage et ses lèvres. Voulez-vous que je la masse et que je remue un peu ses bras pour qu'ils ne s'ankylosent pas?

– Oui, s'il vous plaît. Faites tout ce qu'il faut. Même si cela vous ennuie. Si elle montre le moindre...

– Bien sûr.

Il s'assit, ferma les yeux et laissa son esprit errer. Julien lui disait quelque chose mais il se rappelait le long récit et l'image de Marie-Claudette avec ses six doigts. Six doigts à la main gauche. Rowan avait des mains magnifiques et parfaites. Des mains de chirurgien.

Et si elle avait fait ce que Carlotta Mayfair voulait? Ce que sa mère voulait? Et si elle n'était jamais retournée chez elle?

Il s'éveilla en sursaut. L'infirmière soulevait doucement la jambe droite de Rowan et passait une lotion sur sa peau si fine.

– C'est pour éviter les escarres, expliqua l'infirmière. Il faut le faire régulièrement. Vous serez gentil de le rappeler aux autres. Mais je vais l'écrire sur la feuille de renseignements.

– Je m'en souviendrai.

– Elle a dû être très belle.

– Elle est très belle, dit Michael, sans colère ni ressentiment. C'était juste pour remettre les choses à leur place.

Trente-deux

Il avait envie de recommencer. Mais Emaleth ne voulait pas arrêter de danser. Le bâtiment était vide. Pour l'instant, elle ne dansait pas, seulement dans son sommeil. Elle ouvrit les yeux. Il était là. La musique jouait toujours, elle l'avait entendue dans son rêve. L'homme insistait. Il voulait le refaire, lui enlever à nouveau son pantalon et entrer en elle. Cela ne la dérangeait pas, mais elle devait aller à La Nouvelle-Orléans. Vraiment. Il faisait à nouveau nuit. Il devait être très tard. Les étoiles devaient briller au-dessus des champs, des marais, de l'autoroute, avec ses rambardes argentées et ses lumières blanches. Se mettre en route.

– Allez, ma belle.

– Je te l'ai dit, nous ne pouvons pas faire de bébé. Ça ne marchera pas.

– Mais ça ne me dérange pas du tout qu'on ne puisse pas faire de bébé. Allez, viens, ma douce. Et si j'éteignais la musique? Tiens, tu veux du bon lait frais? Tu m'as dit que tu en voulais encore, tu te rappelles? Je t'ai apporté de la glace aussi.

– Mmm, c'est bon. Baisse la musique, s'il te plaît.

Elle pouvait enfin bouger. La musique jouait faiblement mais continuait de marteler son esprit, un peu comme un poisson dans un minuscule bocal, qui essaierait de devenir plus grand. C'était agaçant mais surmontable.

Elle arracha la capsule de la grande bouteille et se mit à boire goulûment. Quel bon lait! Pas comme celui de mère, mais du lait quand même. Pas tiède comme le sien. Si seulement mère avait eu plus de lait! Mère lui manquait. Elle aurait voulu se blottir dans ses bras et lui prendre le sein. Quand elle pensait à mère, elle avait envie de pleurer.

Elle avait asséché les seins de mère et cela avait suffi. Elle avait grandi et n'avait quitté mère que lorsqu'elle avait compris qu'il le fallait.

Pourvu que ces gens marron l'aient trouvée et enterrée dignement! Pourvu qu'ils aient chanté et répandu des fleurs. Mère ne se réveillerait jamais plus. Elle ne parlerait plus. Elle n'aurait plus jamais de lait. Mère ne fabriquerait plus une goutte de lait.

Était-elle morte? Aller voir Michael et lui dire ce que mère avait dit. Un sentiment d'amour et de tendresse s'emparait d'elle lorsqu'elle pensait à Michael et à l'amour de mère pour lui. Puis aller à Donnelaith. Et si père l'y attendait déjà?

Elle ne pouvait s'arrêter de boire. Il riait. Il avait remonté le son. Boum, boum, boum. Elle lâcha la bouteille et s'essuya les lèvres. Il fallait se mettre en route.

– Je dois te quitter.

– Pas tout de suite, chérie.

Il s'assit près d'elle, ramassa la bouteille et la mit hors de portée.

– Tu veux de la crème glacée? lui demanda-t-il. Les gens qui aiment le lait aiment aussi la glace.

– Je n'en ai encore jamais mangé.

– Tu vas adorer.

Il ouvrit l'emballage et commença à la nourrir avec une petite cuillère en plastique. C'était encore meilleur que le lait de mère. C'était sucré et délicieux. Un frisson la parcourut. Elle prit la boîte en carton et se mit à manger tout en chantonnant pour accompagner la musique. Soudain, il n'y eut plus rien d'autre que la musique et la glace. Elle tenta bien de se secouer un peu, mais en vain. Un petit bâtiment dans les bois, elle et lui, seuls par terre. Tous les danseurs étaient partis. Il avait voulu le faire. La petite tache de sang, après.

– Il est mort, avait-elle dit.

– Qu'est-ce que tu dis?

– Le bébé. Il est mort. Je ne peux en avoir qu'avec père.

– Oh! Fais attention, tu sais. Tu ferais mieux de garder ça pour toi.

Elle n'avait pas compris ce qu'il voulait dire. Mais il était heureux. Il était gentil et la trouvait très belle. Il n'avait pas besoin de le dire, elle le voyait dans ses yeux. Avec ou sans musique, elle voyait cette lueur d'adoration dans ses yeux. Et il adorait son odeur. Il se sentait plus jeune.

Il la tira pour qu'elle se mette debout. La glace roula par terre. C'était bon d'être dans ses bras, de se balancer à droite, à gauche, à droite, à gauche. C'était comme la cloche qui sonnait le rassemblement dans le vallon.

Il la serrait contre lui et elle sentit ses seins douloureux contre sa poitrine.

– Oh, tu m'as fait du lait! murmura-t-elle.

Elle se redressa et essaya d'échapper à l'emprise de la musique.
– Regarde, reprit-elle.
Elle défit les boutons de sa chemise et se pinça le bout d'un sein. Des gouttes de lait s'échappèrent. Cela ne servirait à rien de boire son propre lait. Mère lui manquait. Elle avait envie de téter. Et lui, il lui avait fait un minuscule bébé qui était mort et maintenant elle avait du lait. La source allait tarir, mais il ne fallait pas recommencer. Et s'il la reprenait? Tant pis. Quand elle retrouverait père, au Commencement, elle aurait besoin de lait. Sa poitrine en serait remplie. De ses entrailles sortiraient un tas d'enfants affamés et magnifiques, jusqu'à ce que le vallon soit de nouveau plein de vie. Comme autrefois, après qu'on les eut chassés de l'île.
Elle se tourna, s'agenouilla et souleva la bouteille de lait. La musique faillit la faire tomber à la renverse.
Elle but jusqu'à la dernière goutte.
– Eh bien, dis donc, on peut dire que tu aimes le lait, toi.
– Oh oui! Beaucoup.
Mais elle ne se rappelait déjà plus ce qu'il avait dit. La musique. Baisser la musique.
Il l'allongea sur le sol.
– Viens, on recommence.
– D'accord, dit-elle. mais je vais encore saigner.
Ses seins lui faisaient un peu mal. Mais c'était sans doute normal.
– Je ne peux pas faire de bébé, n'oublie pas, ajouta-t-elle.
– Tu me le promets, ma douce, ma précieuse fillette? La plus adorable que... j'aie jamais... connue.

Trente-trois

Le conseil de famille débuta à 1 heure dans la salle à manger. Les infirmières avaient promis de prévenir Michael au moindre changement. L'éclairage électrique était inutile à cette heure de la journée. Un flot de lumière traversait les portes-fenêtres, orientées plein sud, et même celle donnant sur la rue, exposée au nord. Les fresques murales de Riverbend révélaient bien plus de détails qu'à la lumière du lustre. Une fontaine à café en argent fin étincelait sur le buffet.
La famille s'assit autour de la table ovale, dans un silence gênant, et le médecin prit la parole.
– Rowan est dans un état stable. Elle absorbe bien son régime liquide. Sa circulation sanguine est bonne. Son cœur résiste parfaitement. La guérison est improbable. Mais Michael souhaite que nous

agissions comme si Rowan allait se remettre, que nous fassions tout ce qui est en notre pouvoir pour la stimuler et qu'elle ait tout le confort possible. Cela signifie de la musique, peut-être des films, ou la télévision, la radio et des conversations calmes. On fera faire des exercices quotidiens sur ses bras et ses jambes. Ses cheveux seront soignés et coiffés. Ses ongles seront manucurés. On prendra soin d'elle comme si elle était consciente.

– Mais elle pourrait se réveiller, s'exclama Michael. Cela pourrait se produire !

– Oui, dit le médecin. C'est possible mais peu probable.

Néanmoins, tout le monde était d'accord. Il fallait tout faire pour elle. Cecilia et Lily exprimèrent leur soulagement. Elles s'étaient senties plutôt désespérées après la longue nuit passée auprès du lit. Béatrice dit que Rowan percevait certainement tout cet amour et cette attention à son égard. Michael expliqua qu'il ignorait quel genre de musique aimait Rowan et demanda si quelqu'un le savait.

Le médecin n'en avait pas terminé.

– Nous allons poursuivre l'alimentation par perfusion tant que le corps sera capable de la métaboliser. Mais il se peut qu'à un moment il ne le puisse plus, que nous ayons des problèmes avec le foie et les reins. Mais nous n'en sommes pas là. Pour l'instant, Rowan reçoit un régime équilibré. L'infirmière certifie que, ce matin, elle a avalé un peu de liquide avec une paille. Nous allons continuer à le lui proposer. Mais, sauf possibilité réelle de la nourrir de cette façon, ce dont je doute, nous continuerons la perfusion.

Tout le monde acquiesça.

– Elle n'a absorbé qu'une goutte ou deux, précisa Lily. Elle a tété comme les bébés le font instinctivement.

– C'est une voie dans laquelle il faut poursuivre ! s'écria Mona. Si ça se trouve, elle apprécie le goût de la nourriture.

– Oui, ça la changerait du goutte-à-goutte, dit Pierce. Nous pouvons tenter, de temps à autre, de...

Le médecin hocha la tête d'un air apaisant et réclama l'attention.

– Si le cœur de Rowan s'arrête, nous n'essaierons pas de la ressusciter par des moyens artificiels. On ne lui fera aucune injection et on ne lui administrera pas d'oxygène. De toute façon, il n'y a pas de respirateur artificiel ici. On la laissera mourir selon la volonté de Dieu. Bien. Puisque vous m'avez posé la question, je vais vous répondre franchement. Cette situation peut s'éterniser. De la même façon qu'elle peut s'interrompre à tout moment. Des patients dans le même cas qu'elle ont survécu des années. Quelques-uns ont repris connaissance, certes. Mais ce sont des cas rares. Tout ce que nous pouvons dire, pour l'instant, c'est que le corps de Rowan se remet de ses blessures et de sa malnutrition. Mais le cerveau... Pour le cerveau, c'est totalement différent...

Le médecin donna quelques poignées de main, reçut des remerciements et se dirigea vers la porte.

Ryan s'assit en bout de table. Il avait l'air un peu plus reposé que la veille et semblait impatient de faire le point.

Toujours aucune nouvelle du kidnappeur ou du geôlier de Rowan. Aucune autre femme Mayfair n'avait été attaquée. La décision avait été prise d'informer les autorités de l'existence de l'« homme » mais sans leur donner trop de précisions.

– Nous avons fait dessiner un portrait-robot que Michael a approuvé. Nous avons ajouté les cheveux, la moustache et la barbe décrits par les témoins. Nous avons demandé un avis de recherche dans tous les États. Mais personne, je dis bien personne, dans cette pièce, ne doit parler de cette affaire en dehors de la famille. Personne ne doit divulguer plus d'informations que nécessaire aux agences qui collaborent avec nous.

– On ne pourrait que gêner l'enquête si on commençait à raconter des histoires de démons et de fantômes, précisa Randall.

– Nous avons affaire à un homme, dit Ryan. Un homme qui marche, parle et s'habille comme n'importe quel autre. Tout semble prouver qu'il a enlevé Rowan et l'a retenue prisonnière. Nous n'avons pas besoin de communiquer aux autorités les échantillons en notre possession.

– En d'autres termes, nous gardons secrets les résultats sanguins, dit Mona.

– Exactement, dit Ryan. Lorsque nous aurons mis la main sur cet homme, nous pourrons divulguer plus de détails sur cette affaire. Et l'homme lui-même sera la preuve vivante de ce que nous avançons. Bien. Aaron a deux ou trois choses à vous dire.

Visiblement, cela ne faisait pas plaisir à Aaron. Il n'avait pas prononcé un mot depuis le début, assis à côté de Béatrice qui avait posé une main protectrice sur son bras. Il était vêtu de bleu foncé, comme le reste de la famille, et semblait avoir renoncé à ses vêtements de tweed. Il faisait plus méridional qu'anglais, songea Michael. Aaron hocha la tête, comme pour apprécier la situation en silence.

– Ce que j'ai à dire ne vous surprendra pas. J'ai rompu tout lien avec le Talamasca. Des membres de notre ordre ont manifestement commis des actes trompant la confiance de la famille. Je vous demande à tous de considérer désormais le Talamasca comme un adversaire et de ne plus coopérer avec tout individu qui se réclamerait de lui.

– Comme c'est intéressant, persifla Fielding.

Il n'avait pas encore parlé depuis le début et sa voix, comme d'habitude, attira sur lui une attention immédiate. Son costume marron aux fines rayures roses semblait aussi vieux que lui. Il disposait du privilège réservé aux très vieilles personnes : dire exactement ce qu'il pensait.

– Vous avez conscience, dit-il en s'adressant à Aaron, que tout cela a commencé à cause de vous?

– Ce n'est pas vrai, dit calmement Aaron.

– Oh que si! Vous étiez en contact avec Deirdre Mayfair lorsqu'elle était enceinte de Rowan. Vous avez...

– C'est absurde, coupa Lauren. Es-tu en train de nous dire qu'Aaron Lightner est responsable des événements qu'il s'est contenté de rapporter? Dieu du ciel! Tu ne te souviens donc pas de ce que tu as vu et entendu par toi-même?

Ryan les interrompit :

– Carlotta a mené une enquête complète sur le Talamasca dans les années 1950. Et je vous garantis qu'elle ne lui a pas fait de cadeau. Elle a cherché tous les moyens juridiques possibles pour attaquer cette organisation et n'en a trouvé aucun. En résumé, il n'y a jamais eu de conspiration du Talamasca contre nous.

Lauren reprit la parole en faisant taire immédiatement les voix qui tentaient de se faire entendre.

– Nous n'avons rien à gagner à poursuivre sur cette voie. Nous avons deux tâches à remplir : prendre soin de Rowan et retrouver cet homme. Un point c'est tout.

Elle regarda les autres, l'un après l'autre, d'abord sur sa droite, puis sur sa gauche, en face d'elle, et termina par Aaron. Elle reprit :

– Les archives du Talamasca nous ont été d'une aide précieuse pour retracer l'histoire de notre famille. Tout ce qui pouvait être vérifié l'a été. Nous n'avons trouvé aucune contradiction ni aucun élément étrange.

– Mais qu'est-ce que ça veut dire? explosa Randall. Comment prétends-tu vérifier des absurdités comme...?

– Tous les faits historiques relatés ont été contrôlés. La toile que Rembrandt a peinte de Deborah a été authentifiée. Les archives concernant le Hollandais Petyr Van Abel, qui sont conservées à Amsterdam, ont été photocopiées pour nos archives personnelles. Mais je n'ai pas l'intention de me lancer dans une grande plaidoirie en faveur de ces documents ou du Talamasca. Cette organisation a pleinement collaboré avec nous pendant la disparition de Rowan. C'est elle qui a enquêté sur la visite de Rowan et Lasher à Donnelaith. C'est elle qui nous a communiqué la description physique la plus précise de cet homme. Nos détectives n'ont fait que confirmer. Aucun autre organisme, qu'il soit séculier, religieux ou juridique, ne nous aurait apporté ce type d'aide. Néanmoins... Aaron nous a demandé de rompre tout contact avec le Talamasca, et à juste titre. Et c'est ce que nous ferons.

Tout le monde se mit à parler en même temps. Lily réclamait des détails sur le départ d'Aaron de l'ordre. Cecilia rappela à tous qu'un homme du Talamasca posait des questions à tout le voisinage.

Anne-Marie demanda des « éclaircissements sur un ou deux points ».

Lauren fit taire tout le monde.

– Le Talamasca a confisqué des informations d'ordre médical. Il refuse de nous communiquer les derniers renseignements qu'il a obtenus. Il s'est coupé de nous, comme Aaron vous l'expliquerait si vous le laissiez s'exprimer. Mais, pour l'instant, nous devons aller de l'avant. C'est aussi simple que ça. Toute mention de l'ordre doit être rapportée au bureau, nous ne devons répondre à aucune question et nous conformer à toutes les mesures de sécurité.

Elle se pencha en avant et baissa la voix pour fixer l'attention de tous :

– Resserrez les rangs !

Un silence pénible tomba.

– Michael, qu'avez-vous à dire ? demanda Lauren.

La question le prit de court. Il avait observé les débats d'un regard détaché, comme s'il s'était agi d'un match de base-ball ou d'une partie d'échecs. Son esprit avait dérivé vers les souvenirs de Julien. Ses paroles. Il devait à tout prix cacher ses pensées. Parler franchement ne servirait à rien. Néanmoins, il parla en toute sérénité.

– Quels que soient le moment et l'endroit, j'éliminerai cet homme. Personne ne pourra m'en empêcher.

Randall commença à dire quelque chose, et Fielding aussi. Michael leva la main.

– Je veux retourner auprès de ma femme. Je veux qu'elle guérisse. J'ai envie d'être avec elle.

– Nous en avons presque terminé, dit Ryan.

Il ouvrit son grand porte-documents de cuir et en sortit des feuilles de papier dactylographiées.

– On n'a retrouvé aucune trace de sang ou de tissu à Saint Martinville, dans la zone où Rowan a été découverte inconsciente. Si elle a fait une fausse couche, comme le pensent les médecins, les preuves sont effacées depuis longtemps. Cette zone est publique et il y a eu au moins deux orages pendant que Rowan était là-bas, plus un autre après sa découverte. Nous avons envoyé deux détectives chevronnés sur les lieux. Mais, jusqu'à présent, nous n'avons aucun indice valable. Nous passons toute la région au peigne fin pour retrouver quelqu'un qui l'aurait vue ou entendue ou aurait été témoin d'un incident qui nous mettrait sur une piste.

Il y eut quelques hochements de tête résignés.

– Michael, nous allons maintenant terminer cette réunion au bureau. C'est au sujet de Mona et de l'héritage. Nous vous laissons ici avec Aaron et reviendrons plus tard dans la soirée, si vous le permettez.

– Bien entendu, répondit Michael. Je suis bien ici. Nous avons mis au point un système de roulement. Hamilton est en haut avec les infirmières. Les choses vont aussi bien que possible, vu les circonstances.

– Michael, dit Lauren. C'est une question délicate, mais... je dois la poser. Savez-vous où se trouve l'émeraude Mayfair?

– Oh, pour l'amour de Dieu! s'écria Béatrice. Ce maudit caillou!

– C'est un problème juridique, dit froidement Lauren. Nous devons trouver l'émeraude et la placer autour du cou de l'héritière.

– J'ignore où elle se trouve, répondit Michael. Je crois que vous m'avez déjà posé la question quand j'étais malade, à l'hôpital. Je ne l'ai pas vue. Et je crois que vous avez fouillé la maison.

– Effectivement, intervint Ryan. Nous pensions avoir peut-être mal cherché.

– C'est probablement lui qui l'a, dit Mona.

Personne ne répondit.

– C'est possible, dit Michael en réprimant un sourire. Il l'a probablement. Il a dû considérer qu'elle lui appartenait. Allez savoir!

Il ne voulait pas avoir l'air cinglé, mais la situation lui parut tout à coup comique. L'émeraude! Lasher l'avait-il dans sa poche? Allait-il essayer de la vendre? Ce serait trop drôle.

La réunion était manifestement achevée. Béa retournait à Amelia Street et les autres allaient en ville.

Mona jeta ses bras autour de Michael, l'embrassa et disparut comme si elle ne voulait pas qu'on voie son regard inquiet ou réprobateur. Michael était un peu étonné. L'espace d'une seconde, il avait ressenti toute la gentillesse dont Mona était capable et puis, d'un seul coup, il n'y avait plus que le vide à l'endroit où elle s'était trouvée.

Béatrice lui donna un baiser pressé puis dit au revoir à son époux.

Un instant plus tard, tout le monde était parti. La lourde porte s'était refermée une énième fois, dans un bruit qui avait résonné dans toute la maison.

Aaron était toujours en bout de table, en face de Michael, appuyé sur ses coudes, le dos tourné aux fenêtres.

– Je suis heureux pour Béa et vous, dit Michael. Vous avez reçu le poème?

– Oui, Yuri me l'a remis. Parlez-moi de Julien. Dites-moi ce qui s'est passé en me considérant non pas comme un espion venu d'outre-Atlantique mais comme votre ami. S'il vous plaît.

Michael sourit.

– Je vais tout vous raconter. Je veux en revivre chaque seconde. J'ai griffonné quelques notes à ce sujet, pour ne pas oublier. En fait, Julien n'avait qu'une chose en tête. Il m'est apparu pour me dire de tuer cette créature, de l'arrêter. Et qu'on comptait sur moi pour le faire.

Aaron parut intrigué.

– Où est votre ami Yuri? demanda Michael. Vous êtes toujours en bons termes, n'est-ce pas?

– Oh oui! Il est retourné dans la maison d'Amelia Street. Il voulait essayer de nouveau avec l'ordinateur de Mona. Elle a dit qu'il pouvait s'en servir pour contacter les Aînés. Mais les Aînés ne répondent pas à ses demandes d'explications. Tout cela est très pénible pour lui.

– Pas pour vous?

Aaron resta pensif un moment, puis dit :

– Non... pas tant que ça.

– Bien. Julien se méfiait du Talamasca. Je crois que mon message était clair à ce sujet. Julien m'en aurait bien dit plus long... mais il revenait toujours à la même chose : la créature est trompeuse et doit être détruite. Je la tuerai dès que j'en aurai l'occasion.

Aaron semblait fasciné.

– Et si vous vous contentiez de la maîtriser? Si vous réussissiez à la coincer dans un endroit d'où...

– Non. Ce serait une erreur. Relisez le poème. Je dois la tuer. Montez jeter un coup d'œil sur ma femme, si vous avez des doutes. Tenez sa main. Je le tuerai. Et j'en aurai l'occasion. Le poème d'Évelyne et la visite de Julien me l'ont promis.

– Vous me faites penser à un homme qui vient de faire une conversion religieuse. Il y a une semaine, vous abordiez le problème avec philosophie. C'était presque désespérant. En fait, vous étiez physiquement malade.

– Eh bien, je croyais que ma femme m'avait abandonné. Je pleurais sur mon épouse et sur mon propre courage, que j'avais perdus tous les deux. Aujourd'hui, je sais qu'elle ne voulait pas m'abandonner. Et pourquoi ne serais-je pas comme saint Paul après sa vision sur la route de Damas? Vous rendez-vous compte que je suis le seul être vivant à l'avoir vu et à lui avoir parlé? Gifford, Édith, Alicia et les autres, dont je ne me rappelle même pas les prénoms. Toutes mortes. Et Rowan muette, tout comme Deirdre. Moi, je ne suis pas mort. Je ne suis pas muet. Je sais à quoi il ressemble. Je connais le son de sa voix. Je suis celui à qui Julien est apparu. Effectivement, j'ai la conviction d'un converti. Ou, peut-être, juste la conviction d'un saint.

Il glissa sa main dans sa poche et en sortit la médaille que Ryan lui avait rendue, celle que Gifford avait trouvée le jour de Noël près de la piscine.

– C'est vous qui me l'avez donnée, vous vous rappelez? reprit-il. Qu'est-ce qui se passe lorsque saint Michel plante son trident dans un démon? Est-ce qu'il se débat en appelant sa mère? Ce doit être difficile d'être saint Michel. Cette fois, je trouverai.

– Julien était donc son ennemi? Vous en êtes certain?

Michael soupira. Il devait monter.

– Que feraient les infirmières si je m'allongeais dans le lit à côté d'elle? Que feraient-elles si je me blottissais contre elle et la prenais dans mes bras?

– Vous êtes ici chez vous, répondit Aaron. Allongez-vous à côté d'elle si vous en avez envie. Dites à tout le monde de rester dehors, derrière la porte.

Michael secoua la tête.

– Si seulement je savais si elle me veut auprès d'elle. Si seulement je savais ce qu'elle veut.

Il réfléchit un long moment.

– Aaron, si vous étiez à sa place, celle de Lasher, où seriez-vous en ce moment? Que feriez-vous?

Aaron hocha la tête.

– Je ne sais vraiment pas. Michael, dites-moi pourquoi Julien était convaincu que Lasher est un être malfaisant. Dites-moi ce qu'il savait.

– Julien a fait des recherches sur ses origines. Il est allé à Donnelaith pour fouiller les ruines. Ce n'était pas tant le fameux cercle de pierres qui l'intéressait, mais la cathédrale. Et un saint du nom de Ashlar. Un saint des Highlands des temps anciens. La créature avait quelque chose à voir avec l'époque chrétienne de ce vallon. Quelque chose à voir avec ce saint.

– Ashlar, j'ai déjà entendu l'histoire de saint Ashlar, dit tranquillement Aaron. C'est dans les dossiers en latin des archives. Je me rappelle l'avoir lue mais pas dans le cadre de cette affaire. Si seulement ils n'empêchaient pas Yuri d'entrer dans les archives informatiques! Mais qu'est-ce que Lasher a à voir avec ce saint?

– Julien ne l'a jamais vraiment su. Il a d'abord pensé que la créature était le fantôme vengeur du saint. Mais c'était plus compliqué. Toutefois, la créature est bien originaire de cet endroit. Elle n'est pas venue du ciel ou de l'enfer et n'a pas toujours existé, contrairement aux mensonges qu'elle a racontés à toutes les sorcières. Elle a commencé son noir destin dans le vallon de Donnelaith. Que savez-vous d'Ashlar?

– C'est une vieille légende écossaise, expliqua Aaron. Tout à fait païenne, en réalité. Michael, pourquoi ne pas m'avoir raconté tout ça?

– C'est ce que je suis en train de faire, Aaron. Mais peu importe. Je vais le tuer. Et nous essaierons de reconstituer son passé une fois qu'il sera mort. Alors, que savez-vous d'Ashlar, le saint écossais?

– C'est un saint qui revient tous les quelques siècles. On en parle dans certains livres. Mais j'ignorais qu'il avait un rapport avec Donnelaith. Voilà un autre mystère. Pourquoi n'était-il pas mentionné dans le dossier? Pourtant, nous faisons tous les recoupements possibles. Nous sommes très méticuleux. Je n'ai jamais lu aucune référence à des légendes se rapportant à Donnelaith.

– Que savez-vous à ce sujet?

– Le saint avait des caractéristiques physiques très particulières. De temps en temps, quelqu'un naissait avec ces mêmes particularités et on le considérait comme la réincarnation du saint. Le nouveau saint. Mais c'était très païen, pas catholique du tout. Pour l'Église catholique, un saint est au ciel, il ne se réincarne pas.

Michael acquiesça et émit un petit rire.

– Pouvez-vous écrire tout ce que Julien vous a dit? demanda Aaron. Il le faut.

– Je le ferai, mais n'oubliez pas ce que j'ai dit. Julien n'avait qu'un seul et unique message. Je dois tuer la créature. Non pas m'y intéresser mais l'éliminer. J'aurais dû le faire à Noël. J'aurais pu mais, bien entendu, Rowan ne voulait pas. Comment aurait-elle pu le vouloir? Ce nouveau-né, ce mystère vivant. Il s'y est toujours pris comme ça, en séduisant les gens. Et maintenant, il est de chair. C'est comme dans la Bible: « Le Verbe s'est fait chair, s'est incarné. »

Aaron hocha la tête.

– Il faut que je vous dise quelque chose que je ne cesse de ressasser dans mon cœur et mon esprit, dit-il. J'aurais dû vous accompagner ici la veille de Noël. Je n'aurais jamais dû vous laisser seul face à lui, et à elle. Je m'en veux énormément.

– Ne condamnez pas Rowan.

– Non, ce n'est pas ce que je veux dire. J'aurais simplement dû être là. Et sachez que, cette fois, je ne vous abandonnerai pas.

– Merci.

Il était 8 heures. Il faisait sombre, froid. On sentait le froid en posant les mains sur les vitres.

Aaron était rentré avec Yuri pour le dîner. Puis Yuri était retourné à Amelia Sreet pour discuter avec Mona. Il avait rougi en l'annonçant à ses amis. Michael comprit pourquoi. Mona plaisait à Yuri. Et puis Yuri avait balbutié :

– Elle me fait penser à moi quand j'avais son âge. Elle est... spéciale. Elle a dit qu'elle me montrerait tout ce qu'on pouvait faire avec son ordinateur. Nous allons... discuter.

Bégaiement, balbutiement, rougissement. Ah, le pouvoir de Mona! se dit Michael. Et maintenant, elle devait faire face à l'héritage, en plus de tout le reste.

Il y avait quelque chose de pur en Yuri, de pur, de loyal et de bon.

– On peut lui faire confiance, avait dit Aaron. C'est un gentleman. Mona sera en sécurité en sa compagnie. Ne vous faites aucun souci.

– Personne ne se fait de souci pour Mona, avait répliqué Michael.

Il se sentait un peu honteux. Il se rappelait quelques-uns des moments sensuels qu'ils avaient passés ensemble. Quand il l'avait prise dans ses bras tout en sachant pertinemment ce qui allait se passer.

Ce n'était pas la première fois dans sa vie qu'il faisait quelque chose de mal en se disant : Et alors ?

Aaron était monté se reposer.

– À mon âge, on a besoin d'une petite sieste après les repas, s'était-il excusé.

Il était épuisé et Michael avait renoncé pour l'instant à parler encore de Julien. Il valait mieux que son ami se repose.

Juste toi et moi, Julien, s'était-il dit.

La maison était très calme.

Hamilton était rentré chez lui pour régler quelques factures. Béa reviendrait plus tard. Il n'y avait qu'une infirmière de service car la profession souffrait de pénurie et tout l'or du monde n'y aurait rien changé. Une aide-infirmière très compétente était en haut, dans la chambre de tante Vivian, et entamait son troisième quart d'heure au téléphone.

Il entendait sa voix monter et baisser.

Debout dans le salon, il regardait dehors, vers la cour latérale. Obscurité. Froid. Souvenirs. Les tambours du défilé. Un homme souriant dans l'obscurité. Soudain, il se revit enfant, ignorant la force et le courage. La peur l'avait ramené aux portes de l'enfance.

Le mouvement des arbres sombres, dehors, le réfrigérait. Cette vision était glaçante. Il n'avait pas envie d'être là à regarder la cour froide et vide, dehors. Il avait envie d'avoir chaud et d'être auprès d'elle.

Il fit demi-tour, traversa lentement le double salon et passa sous l'arche en bois de cyprès.

Silence. Le silence l'entourait de toutes parts.

Il n'y avait absolument personne. Personne dans la salle à manger ni en haut de l'escalier. La lumière de la chambre de tante Vivian était éteinte. Plus personne au téléphone. Le vide, l'obscurité.

Il fallait se rendre à l'évidence : il était complètement seul. Il se dirigea vers la porte d'entrée et l'ouvrit. L'espace d'un instant, il ne comprit pas. Personne à la grille. Personne sous le porche. Personne de l'autre côté de la rue. Juste le silence solennel de Garden District, aussi désert qu'une ville en ruine sous les réverbères immobiles et les branches de chêne. C'était la première fois qu'il n'y avait absolument aucun mouvement dans cette maison.

– Mais où sont-ils passés ? dit-il, pris de panique. Seigneur ! mais qu'est-ce qui se passe ici ?

– Michael Curry ?

Un homme était sur sa gauche. Dans l'ombre, presque invisible, à part ses cheveux blonds. Il avança. Il devait faire au moins cinq centimètres de plus que lui. Michael fixa ses yeux pâles.

– Vous m'avez fait appeler? demanda l'homme avec respect.

Il tendit une main.

– Je suis désolé, monsieur Curry.

– Fait appeler? Qu'est-ce que c'est que cette histoire?

– Vous m'avez fait appeler à l'hôtel par le prêtre. Vous avez demandé que je vienne. Je suis désolé que tout soit terminé.

– Je ne sais pas de quoi vous parlez. Où sont les gardes? Où est le type qui nous surveillait, sur le trottoir d'en face? Où sont tous ces gens?

– Le prêtre les a renvoyés, dit doucement l'homme. Dès qu'elle est morte. Il me l'a dit au téléphone. Et puis, il m'a demandé de venir vous attendre près de la porte. Je suis désolé, pour votre femme. J'espère qu'elle n'a pas souffert.

– Oh non! Ce n'est pas vrai! Elle n'est pas morte. Elle est là-haut. Quel prêtre? Il n'y a pas de prêtre, ici. Aaron!

Il se retourna et fouilla l'entrée du regard, incapable de distinguer ne serait-ce que le tapis rouge de l'escalier. Puis il se rua en avant, monta l'escalier quatre à quatre et se précipita sur la porte de la chambre fermée.

– Bon sang! Elle ne peut pas être morte. On m'aurait prévenu.

La poignée de la porte lui résista. Il se prépara à l'enfoncer et cria :

– Aaron!

Cliquètement de l'intérieur. La serrure. La porte s'entrebâilla, comme de son propre gré. Chaque porte a son propre rythme, sa propre façon de s'ouvrir et se fermer. À La Nouvelle-Orléans, les portes sont très capricieuses. En été, celle-ci gonflait et l'on avait du mal à la fermer.

Il regarda à l'intérieur. Lambris blancs. Bougies allumées, comme avant. Scintillements sur le couvre-lit de soie, sur la cheminée de marbre.

Aaron parlait. Il prononça un nom derrière lui. À résonance russe. Et l'homme blond dit doucement :

– Mais il m'a fait appeler, Aaron. C'est le prêtre qui me l'a dit. Il a réclamé ma présence.

Michael entra dans la pièce. Rowan était étendue sur le lit. Sa poitrine montait et descendait sous le satin rose de sa chemise de nuit propre. Ses mains étaient recroquevillées vers l'intérieur. Sa bouche était ouverte. Il entendait le souffle de sa respiration. Elle était vivante.

Il tomba à genoux près du lit, posa sa tête et fondit en larmes. Il prit sa main froide et la serra, sentant un peu de chaleur humaine. Elle était en vie.

– Oh, Rowan! Ma chérie, ma chérie. J'ai cru...

Puis il se mit à sangloter comme un enfant.

Il ne fit rien pour retenir ses larmes. Aaron était près de lui. Et l'autre homme aussi. Il leva alors lentement les yeux et distingua une silhouette au pied du lit.

Le prêtre! Il y pensa instantanément en apercevant la robe de toile noire démodée et le col romain blanc. Mais ce n'était pas un prêtre.

– Salut! Michael.

Voix douce. Aussi grand qu'ils l'avaient dit. Cheveux noirs et longs tombant sur les épaules. Barbe et moustache soignées et luisantes. Une sorte de Christ ou de Raspoutine au visage blême et baigné de larmes.

– Moi aussi, j'ai pleuré pour elle, dit l'homme dans un murmure. Elle est proche de la mort, maintenant. Elle ne souffrira plus, elle n'aimera plus. Il ne lui restait qu'un peu de lait. Elle est presque partie.

Il se tenait au montant du lit de sa main gauche.

– Lasher!

Cet homme gigantesque lui parut soudain monstrueux. Silhouette fine et parfaite incarnation du danger avec ses yeux bleus fixés sur lui, sa bouche vivante sous la moustache noire, ses doigts blancs, longs et osseux, presque vrillés sur le montant du lit. Monstrueux.

Le tuer. Tout de suite.

Il se releva d'un bond mais Stolov le ceintura.

– Non, Michael. Ne lui faites aucun mal. Vous ne pouvez pas!

Puis un autre homme, un étranger, l'attrapa par le cou. Aaron implora Michael de se calmer et d'attendre.

La silhouette près du lit était toujours immobile, en sécurité. Lasher essuya lentement ses larmes de sa main droite indolente.

– Tout doux, Michael, tout doux, dit Aaron. Stolov, laissez-le. Vous aussi, Norgan. Reculez, Michael, il ne nous échappera pas.

– Seulement s'il renonce à le tuer, dit Stolov. Il ne doit pas le tuer.

– Bien sûr que non, promit Michael.

Il se cabra pour repousser Stolov mais l'autre homme lui serrait trop le cou. Stolov relâcha son étreinte.

La créature le regarda. Des larmes éloquentes continuaient à jaillir de ses yeux.

– Je suis entre vos mains, monsieur Stolov, dit Lasher. Je suis à vous.

Michael envoya un coup de coude dans l'estomac de l'homme derrière lui et le jeta contre le mur. Il repoussa violemment Stolov sur le côté et, en une seconde, fut sur Lasher. Il serra ses mains autour de son cou. Lasher, le souffle bloqué par la terreur, attrapa les cheveux de Michael. Ils roulèrent sur le tapis. Les deux autres se jetèrent sur Michael et se mirent à le tirer en arrière pour le faire lâcher prise, tandis qu'Aaron essayait de détacher ses doigts du cou de Lasher. Aaron, lui aussi, mon Dieu!

Michael fut à deux doigts de perdre connaissance. La douleur dans sa poitrine était vive et poignante. Il la sentit passer dans son épaule et descendre le long de son bras gauche. Les autres l'avaient lâché. Il était assis contre la cheminée, son état l'empêchant de tenter quoi que ce fût. Lasher, essayant toujours de reprendre sa respiration, se remettait péniblement debout. Mince silhouette flottant dans une robe noire trop grande. Les deux hommes se tenaient de part et d'autre de Michael.

– Attendez, Michael! implora Aaron. Nous sommes quatre contre lui.

– Ne lui faites aucun mal, Michael, dit Stolov de son ton toujours aimable.

– Vous voulez le laisser partir, murmura Michael d'une voix rauque.

En levant les yeux, il vit que l'immense silhouette l'observait, les yeux remplis de larmes, qui coulaient le long de ses joues. Si le Christ venait te voir, se dit Michael, tu aimerais qu'il ressemble à ça. C'était ainsi que les peintres le représentaient.

– Je ne vais pas m'échapper, dit Lasher. Je partirai quand ils m'emmèneront, Michael. Les hommes du Talamasca. J'ai besoin d'eux et ils le savent. Et ils ne te laisseront pas me faire de mal.

Il se tourna vers la forme allongée sur le lit.

– Je suis venu voir ma bien-aimée, reprit-il. Je voulais la voir une dernière fois avant qu'on ne m'emmène.

Michael essaya de se mettre debout. Il avait le vertige et la douleur revint le cisailler. Bon Dieu! Julien, donnez-moi la force de le faire. Merde! L'arme! Elle est près du lit. Sur la table. Il voulut dire à Aaron : Appuyez sur la gâchette et faites-lui un trou dans le front.

Stolov s'agenouilla devant lui.

– Calmez-vous, Michael. Ne tentez plus rien. Nous ne le laisserons pas partir seul. C'est nous qui allons l'emmener.

– Je suis prêt, dit Lasher.

– Michael, dit Stolov. Regardez-le. Il est sans défense. Il est en notre pouvoir. Je vous en prie, gardez votre sang-froid.

Aaron contemplait la créature comme s'il était ensorcelé.

– Je vous ai averti, murmura Michael.

– Tu veux vraiment me tuer? demanda Lasher, les larmes jaillissant toujours de ses yeux bleus. Tu me hais à ce point? Juste parce que je voulais devenir vivant?

– Tu l'as tuée, dit Michael d'un tout petit filet de voix. C'est toi qui l'as mise dans cet état. Et tu as tué notre enfant.

– Veux-tu connaître ma version des faits, père? dit la créature.

– Je veux te tuer.

– Comment peux-tu être aussi froid et insensible? Ce que l'on m'a fait ne t'intéresse pas? Tu ne veux pas savoir pourquoi je suis ici? Tu crois que je lui voulais du mal?

Se tenant d'une main au montant de la cheminée et de l'autre à Aaron, Michael réussit à se relever. Il se sentait très faible, proche de la nausée. Respirant lentement, soulagé que la douleur ait disparu, il resta debout à scruter Lasher.

Comme son visage était beau, et sa moustache soyeuse et sa barbe impeccable. Le Jésus du tableau de Dürer. Ses yeux d'un bleu limpide reflétaient quelque âme insondable et mystérieuse.

– Oui, Michael, tu veux savoir. Tu veux entendre toute l'histoire. Ils ne te laisseront pas me tuer, n'est-ce pas, messieurs? Même Aaron ne te laissera pas faire. En tout cas, pas avant que j'aie raconté tout ce que j'ai à dire.

– Mensonges! murmura Michael.

La créature avala sa salive comme si sa condamnation venait de tomber. Il essuya encore une fois ses larmes avec le dos de sa main droite. Comme le ferait un enfant, dans une cour de récréation. Il pressa ses lèvres l'une contre l'autre et prit une profonde inspiration comme si, de la même façon que Michael peu avant, il allait se mettre à sangloter.

Derrière lui, sur le lit, Rowan était inanimée, les yeux fixés sur le vide, hors d'atteinte.

– Non, Michael, dit Lasher. Ce ne sont pas des mensonges. Je te le promets. Nous savons parfaitement que la vérité n'excuse rien. Mais tu n'entendras pas de mensonges.

Encore la salle à manger. Cette fois, la lumière dorée venait de l'éclairage de la cour.

Ils étaient assis autour de la table, dans la pénombre. Les deux portes étaient closes. Lasher était à la place d'honneur, en bout de table. Il avait posé une longue main blanche sur le bois devant lui et l'examinait avec une sorte d'étonnement.

Il leva la tête et jeta un regard circulaire. Il observa les fresques murales comme pour en retenir chaque détail. Il observa les visages des trois hommes, puis celui de Michael, assis sur sa droite.

Clément Norgan n'était toujours pas remis du coup que Michael lui avait porté. Le visage rougi, il était assis de l'autre côté de la table et tentait de reprendre son souffle tout en buvant un verre d'eau. Ses yeux passaient de Lasher à Michael. Stolov était assis à sa gauche.

Aaron était à côté de Michael et lui tenait l'épaule et la main. Michael sentait la pression de ses doigts.

Lasher.

– Oui, dans cette maison, encore une fois, dit Lasher d'une voix sans accent, timide mais profonde, et conscient de l'effet produit par sa beauté.

– Laissez-le parler, demanda Aaron. Nous sommes quatre hommes résolus à ne pas le laisser s'enfuir. Rowan est en sécurité. Laissez-le parler.

– C'est exact, intervint Stolov. Nous sommes ensemble. Laissez-le s'expliquer. Vous avez droit à ces explications, Michael. Personne ne le conteste.

– Vous essayez encore de m'abuser, répondit Michael. Vous avez renvoyé les infirmières et les gardes. Bien joué. Est-ce qu'ils t'ont cru, père Ashlar, ou leur as-tu donné un autre nom?

Lasher eut un long sourire amer.

– Père Ashlar, marmonna-t-il comme pour lui-même.

Il passa sa langue rose sur ses lèvres puis les ferma doucement. L'espace d'une seconde, Michael lui trouva une ressemblance avec Rowan, comme le jour de Noël. Dans ses joues fines, son front et même le contour de ses yeux. Mais la profonde couleur de ses yeux et son regard étaient ceux de Michael.

– Elle ne sait pas qu'elle est seule, dit Lasher avec solennité.

Il parlait lentement en promenant son regard dans toute la pièce sombre.

– Elle n'a pas besoin d'infirmières. Elle ne sait même plus qui est auprès d'elle, qui pleure pour elle, qui l'aime. Elle a perdu l'enfant qu'elle portait. Et elle n'en aura pas d'autre. Tout ce qui va se passer à partir de maintenant se fera sans elle. Son histoire est achevée.

Michael voulut se lever mais Aaron le retint. Les deux autres le regardèrent. Lasher n'avait pas bronché.

– Et vous voulez nous raconter votre histoire, dit craintivement Stolov, comme s'il avait affaire à un personnage royal ou une apparition. Et nous sommes prêts à vous écouter.

– Oui, je vais tout vous raconter. Je vais vous dire ce que je sais, maintenant que je suis en chair et en os. Je vous donnerai tous les détails. Ensuite, vous pourrez porter un jugement.

Michael eut un petit rire sans gaieté qui déconcerta les autres. Et lui-même. Il ne quittait pas Lasher des yeux.

– D'accord, mon fils, dit-il en français. N'oublie pas ta promesse. Pas de mensonges.

Tout le monde se regarda. La créature reprit une attitude solennelle en grimaçant légèrement, comme si elle avait reçu un coup.

– Michael, je ne peux pas parler de ce que j'étais pendant les siècles de ténèbres. Je ne peux pas parler de la créature désespérée, désincarnée que j'étais, sans histoire ni mémoire ni raison qui, justement, aspirait à raisonner au lieu de souffrir, se lamenter et vouloir.

Michael écarquilla les yeux mais resta muet.

– L'histoire que je vais vous raconter est la mienne, celle que j'ai eue avant que la mort ne me sépare de l'enveloppe charnelle dont je n'ai cessé de rêver par la suite.

Il leva les mains et les croisa un moment sur sa poitrine.

– Au commencement... dit ironiquement Michael.

– Au commencement, répéta Lasher sur un ton de souffrance. Au commencement, bien avant que Suzanne ne m'invoque dans le cercle de pierres... Au commencement, lorsque j'avais la vie, telle que je l'ai à nouveau aujourd'hui.

Silence.

– Faites-nous confiance, chuchota Stolov.

Les yeux de Lasher étaient fixés sur Michael.

– Vous n'imaginez pas, dit-il, combien je suis impatient de vous dire la vérité. Je vous mets au défi, après m'avoir écouté, de ne pas me pardonner.

Trente-quatre

LE RÉCIT DE LASHER

Laissez-moi vous ramener à mes tout premiers instants, tels que je me les rappelle, en ignorant volontairement ce qu'on m'a raconté par la suite, dans cette vie ou dans une autre, en ignorant ce que j'ai vu dans mes rêves.

Je me souviens avoir été allongé près de ma mère sur un lit à panneaux lourdement sculptés, aux montants surmontés d'un bulbe et tendu de velours ocre. Les murs de la pièce étaient de la même couleur, à l'exception du plafond qui, comme le ciel de lit, était de bois foncé. Ma mère pleurait. Cette pauvre créature triste aux yeux sombres était terrifiée et tremblait de tous ses membres. Je lui tétais le sein et l'avais en mon pouvoir car j'étais bien plus grand et plus fort qu'elle et, tandis que je buvais son lait, je m'accrochais à elle.

Je savais qui elle était. J'avais été en elle et je savais que sa vie était en danger car, lorsque ma monstruosité serait révélée, on la traiterait immanquablement de sorcière et on la mettrait à mort. Elle était reine. Or, les reines ne pouvaient mettre au monde des monstres. Je savais également que le roi ne m'avait pas encore vu, que les femmes le retenaient hors de la chambre. Elles étaient aussi terrifiées par moi que ma mère.

Je désirais l'amour de ma mère. Je voulais son lait. Les hommes du château tambourinaient à la porte et menaçaient d'entrer de force dans la chambre si on ne leur expliquait pas immédiatement pourquoi on les laissait dehors.

Ma mère ne cessait de pleurer et refusait de me toucher. En

anglais, elle disait que Dieu l'avait maudite pour ce qu'elle avait fait, que Dieu l'avait punie, ainsi que le roi, et que tous ses rêves s'étaient écroulés. Moi, ma difformité, ma taille, le fait évident que j'étais un monstre étaient une punition du ciel. Je ne pouvais être un humain.

Que savais-je à cet instant-là? Que j'étais à nouveau de chair. Que j'étais revenu. Que j'avais réussi, au bout d'un voyage apparemment sans fin, à regagner une fois de plus le port, sain et sauf. J'étais heureux.

Je n'en savais pas davantage, hormis le fait que je devais prendre la situation en main.

J'entrepris donc de calmer les femmes, leur révélant ainsi que je savais parler. Je dis que j'avais bu assez de lait. Que je pouvais sortir et me procurer par moi-même du lait, du fromage et tout ce dont j'avais besoin. Je voulais mettre ma mère hors de danger. Je leur dis donc que, pour le bien de ma mère, il fallait m'emmener du château à l'insu du reste de la cour.

Le fait que je sache parler et raisonner, que je sois non seulement un nouveau-né géant mais, par ailleurs, doté d'un esprit et d'une raison, provoqua un choc et un grand silence. Ma mère se releva et me regarda à travers ses larmes. Elle leva la main gauche et j'aperçus la marque de la sorcière, le sixième doigt. Je savais que j'étais revenu à travers elle parce qu'elle était une puissante sorcière et que, cependant, comme toutes les mères, elle était innocente. Je savais également qu'il me fallait absolument quitter cet endroit pour rejoindre le vallon.

Ma vision du vallon ne comportait ni contour ni couleur ni contraste. C'était juste un concept comparable à un écho. Je ne perdis pas de temps à me demander « quel vallon? » Le danger était trop grand dans ce château. Je voyais encore autre chose : un cercle de pierres et, à l'extérieur, un cercle de personnes entouré d'un autre cercle de personnes et encore un autre et encore un autre. Cette multitude de cercles concentriques tournait et un chant gracieux s'en élevait.

Mais cette vison était fugitive.

J'annonçai à ma mère que je devais retourner au vallon dont je venais. Levant les bras, elle chuchota le nom de mon père : Douglas de Donnelaith. Elle dit aux femmes d'aller le trouver à la cour et de le ramener le plus vite possible. Elle dit également quelque chose que je ne compris pas, une histoire de sorcière s'accouplant avec un sorcier, que Douglas avait été une terrible erreur et que, en essayant de donner un héritier au roi, elle avait commis une faute irréparable pour une sorcière.

Elle retomba en arrière, à demi inconsciente. Par une petite lucarne percée dans la porte menant sur un passage secret, la sage-femme annonça aux hommes la tragique nouvelle : la reine avait mis au monde un enfant mort-né.

Mort-né! Je me mis à rire. C'était un rire doux, aussi étonnant pour moi que respirer ou boire du lait, et réconfortant. Mais cela ne fit qu'effrayer un peu plus les femmes. J'aurais dû naître dans l'amour et la joie.

À travers la porte, des voix disaient que le roi voulait voir son fils.

– Trouvez-moi des vêtements, ordonnai-je aux femmes. Dépêchez-vous. Je ne peux pas rester nu et sans défense.

Elles furent heureuses d'avoir enfin l'occasion d'agir et transmirent le message par la lucarne du passage secret.

Je me demandais comment j'allais être habillé car les vêtements de l'époque ne m'étaient pas familiers. Plus j'observais les dames d'honneur, la sage-femme et ma mère, plus je me rendais compte à quel point les temps avaient changé.

Ne me demandez pas en quoi ils avaient changé. Je n'en sais fichtre rien. Enfin, je fus habillé de vêtements de velours vert empruntés au plus grand et au plus mince des hommes de la suite du roi : une courte cape sans manches bordée de fourrure, une ceinture à la taille et une tunique plutôt longue. Les cuissardes ne m'allaient pas très bien car j'avais les jambes trop longues. Mais la tunique couvrait bien le tout.

En me découvrant dans le miroir, je fus agréablement surpris. Je savais que j'étais beau, sinon les femmes auraient été bien plus effrayées.

Mes cheveux bruns n'atteignaient pas encore mes épaules. Mes yeux étaient marron, comme ceux de ma mère. Je me coiffai du chapeau bordé de fourrure qu'on me remit.

La sage-femme tomba alors à genoux.

– C'est le prince, s'écria-t-elle. C'est l'héritier que le roi désirait tant.

Les autres femmes secouèrent la tête d'horreur et tentèrent de la calmer en disant que c'était impossible. Ma mère tourna la tête sur l'oreiller et redoubla de pleurs en appelant sa mère, sa sœur, ceux qui l'aimaient, sachant d'avance que personne ne prendrait sa défense. Elle ajouta même que, si ce n'était pas un péché mortel, elle se supprimerait.

Je devais fuir. J'avais peur pour ma mère et, en même temps, je la haïssais de ne pas m'aimer, de me considérer comme un monstre. Je savais ce que j'étais, qu'il y avait un endroit pour moi et que j'avais un destin. Son attitude était indigne et cruelle mais je ne trouvais pas les mots pour me défendre. Je voulais la protéger.

Alors que je patientais dans cette chambre éclairée à la bougie, au milieu de toutes ces femmes, sous le sombre plafond de bois, la sage-femme retrouva ses esprits et sa joie première s'envola. Il fallait emmener ce monstre et le détruire.

Détruire! Toujours la même rengaine. Pas cette fois, me dis-je. Je ne me laisserais pas faire. Je devais en apprendre davantage chaque fois et il n'était pas question de me laisser détruire.

Mon père, Douglas de Donnelaith, finit par arriver par le passage secret. C'était un grand homme hirsute, vêtu plutôt grossièrement, mais noble dans son manteau de fourrure.

Il avait reçu la nouvelle au château et avait répondu en grande hâte à l'appel de la reine. Lorsqu'il me vit, son visage exprima l'étonnement et non l'horreur que j'avais lue dans le regard des femmes. Je décelai également en lui un sentiment vital pour moi, une sorte de révérence. Il murmura :

– Ashlar, celui qui revient éternellement.

Ses cheveux étaient bruns et ses yeux marron, traits qu'il partageait avec la pauvre reine et moi-même. J'étais donc Ashlar. Cette nouvelle me pénétra comme si mon père avait jeté ses bras autour de moi et m'avait couvert de baisers. J'étais heureux mais, regardant ma mère, je fondis en larmes. Je dis :

– Oui, père. Mais ce lieu m'est hostile. Il nous faut partir.

Je pris alors conscience que je n'en savais pas davantage sur moi ou sur lui que ce que j'avais entendu. Quelle impression étrange de savoir sans pouvoir formuler ce que l'on sait.

Lui aussi avait peur. Il n'avait pas besoin que je lui dise ce que nous devions faire. Fuir.

– Il n'y a aucun espoir pour la reine, dit-il en se signant, puis en faisant le signe de croix sur mon front.

Nous étions déjà dans l'escalier en colimaçon.

En quelques minutes, nous étions hors du château. Nous nous rendîmes tout droit vers un bateau couvert qui nous attendait sur les eaux sombres de la Tamise. En atteignant le fleuve, je m'aperçus que je n'avais pas dit adieu à ma mère. Une immense tristesse s'empara de moi, soudain remplacée par l'horreur d'être né dans cet endroit sinistre et hostile et à cette période inexplicable. Une fois de plus, un rude combat m'attendait. Si je l'avais pu, j'aurais préféré battre en retraite, mourir. Je regardai l'eau, dont l'odeur nauséabonde venait de la crasse de Londres et j'eus envie de mourir. Dans mon cerveau embrumé, j'aperçus le tunnel sombre par lequel j'étais venu et j'eus envie d'y retourner. Je me mis à pleurer.

Mon père m'entoura de ses bras.

– Ne pleure pas, Ashlar. C'est l'œuvre de Dieu.

– Comment ça, l'œuvre de Dieu? Ma mère va sans doute être brûlée vive.

J'avais à nouveau envie de son lait. J'aurais dû en prendre plus avant de partir. L'idée que l'on pouvait condamner au bûcher ma mère, celle qui m'avait mis au monde, me donnait envie de mourir pour lui éviter cette torture.

Telles furent les premières heures après ma naissance. Tant que je serai de chair, je ne les oublierai jamais. Si je m'en souviens si bien, c'est parce que je me suis réincarné depuis. Mais j'ignorais tout du nom d'Ashlar. Comme vous allez le comprendre, je ne savais pas et ne saurai jamais qui était Ashlar.

J'insiste pour que vous compreniez bien : j'ignorais tout du saint d'origine.

Plus tard, j'allais faire des constatations, on allait me raconter des histoires. J'allais voir la cathédrale Saint-Ashlar et ses vitraux à Donnelaith. On allait me raconter que j'étais lui et que j'étais « revenu ».

Mais ce que je vais vous narrer maintenant est ce dont je me souviens, ce que je savais par moi-même.

Atteindre l'Écosse nous prit des jours et des nuits.

C'était le milieu de l'hiver, les premiers jours après Noël. C'était l'époque de l'année où la peur s'emparait des paysans, où ils pensaient que les esprits se mettaient à marcher et que les sorcières faisaient leur vil travail. C'était l'époque où les paysans se détournaient des préceptes du Christ et où, revêtus de peaux de bêtes, ils allaient de porte en porte pour réclamer leur tribut aux habitants superstitieux. Une vieille coutume.

Nous dormions de temps en temps dans des auberges, lorsqu'il s'en trouvait une sur notre chemin, mais, le plus souvent, à même la paille avec un tas de pauvres bougres, souvent malades et bourrés de vermine. Nous faisions de fréquentes haltes pour que je puisse boire du lait chaud au pis de la vache. C'était bon, mais pas autant que le lait de ma mère. Je mangeais du fromage par pleines poignées.

Nous voyagions à cheval, enveloppés dans de lourdes couvertures et des peaux de bêtes. Pendant la majeure partie de notre périple, je passai mon temps à observer avec étonnement la neige qui tombait, les champs que nous traversions, les petits villages où nous cherchions refuge, avec leurs maisons à colombage et leurs chaumières disséminées. Dans les bois, il y avait des festivités : des feux brûlaient et des hommes vêtus de peaux de bêtes dansaient. Ceux qui restaient chez eux étaient transis de peur.

– Regarde, dit mon père. Les ruines du grand monastère. Là-bas, sur la colline. Cette abbaye a été construite au temps de saint Augustin. Le roi l'a fait brûler. Ce fut une époque de terreur pour tous les chrétiens. Tout a été pillé. Les religieuses ont été expulsées, les prêtres chassés, les statues brûlées, les fenêtres brisées. Les cloîtres abritent maintenant les rats des champs et les miséreux. Il n'en reste plus rien. Et dire que ce fut par la volonté d'un seul homme. Dire qu'un seul homme est capable de détruire le travail de tant d'autres. Ashlar, c'est la raison de ta venue.

J'avais des doutes. En fait, je craignais que cette affirmation ne soit pour mon père qu'une façon d'exprimer sa foi. Mon impression de savoir que la réalité était différente se rapprochait de ce que vous nommez l'incrédulité. C'était une sorte de doute inné, de sentiment que mon père faisait fausse route. Pourquoi ? Je l'ignorais.

Je vis à nouveau les cercles, ces nombreux cercles de silhouettes dansantes. Je tentai de distinguer les pierres, presque au centre.

Je fouillai mon esprit avec conscience et rigueur à la recherche des connaissances avec lesquelles j'étais né. Que j'aie déjà vécu avant était certain. Mais j'ignorais que cet homme était au courant des raisons de ma présence et, même, qui j'étais. J'étais persuadé que la vérité allait m'apparaître. Mais, encore une fois, comment pouvais-je en être persuadé ?

Nous parcourûmes à cheval les ruines du monastère, les sabots de nos montures claquant sur le sol de pierre du cloître sans toit. Je me mis à pleurer. Mon chagrin était immense. Cet endroit désolé, la perte de ma mère. J'étais désespéré. J'étais somme toute malheureux d'être à nouveau de chair. Mon père me réconforta :

– Calme-toi, Ashlar, nous rentrons chez nous. Cela ne s'est pas produit chez nous.

Nous pénétrâmes dans une forêt si sombre que nous distinguions à peine notre chemin. J'avais l'impression que des loups nous suivaient dans le noir. Je sentais leur odeur, leur fourrure et leur faim.

La forêt profonde nous mena jusque dans les montagnes. Les routes étaient de plus en plus escarpées et le point de vue sur la mer était splendide. Finalement, nous dûmes dormir à la belle étoile. Mon père et moi nous blottîmes l'un contre l'autre, sous d'épaisses couvertures, nos chevaux à nos pieds. Je me sentais vulnérable dans le noir, d'autant plus que j'entendais des murmures et des sons étranges.

Vers minuit, mon père se réveilla, se mit à pousser des jurons, se leva et dégaina son épée. Il semblait très en colère mais l'obscurité ne lui répondait pas.

– Ils sont faibles, stupides et éternels, marmonna-t-il.

– Qui, père ?

– Les Petites Gens. Mais ils n'obtiendront pas ce qu'ils veulent. Viens, nous ne pouvons pas continuer à dormir ici. De toute façon, nous ne sommes plus loin de chez nous.

Nous partîmes dans les ténèbres et, bientôt, un morne jour d'hiver, sans grande lumière, se leva.

Enfin, nous nous engageâmes dans l'étroit sentier rocheux du passage secret vers le vallon de Donnelaith.

Mon père me raconta l'histoire. Il existait deux autres accès connus à notre précieuse vallée : la route principale, où passaient sans arrêt les chariots apportant des produits au marché, et le loch, d'où les bateaux emportaient des marchandises par la mer. Ces deux voies étaient empruntées par le flot ininterrompu des pèlerins qui apportaient de l'or sur l'autel de saint Ashlar pour obtenir des miracles et posaient leurs mains sur le sarcophage du saint.

Le récit de mon père me remplit d'effroi. Qu'est-ce que ces gens voulaient de moi? J'avais faim de lait, de crème, de nourriture épaisse, blanche et pure.

Mon père me raconta que les Highlands avaient été le siège de nombreuses guerres. Il y avait eu des batailles rangées et nous, le clan de Donnelaith, avions résisté au roi, qui n'avait pu détruire nos monastères ni saccager nos églises ni nous faire prêter serment contre le pape de Rome. Les Écossais entraient dans la vallée et les commerçants pénétraient dans le port sous bonne garde.

– Nous sommes des Highlands, nous sommes les chrétiens de saint Colomba et de saint Patrick. Nous sommes de la vieille Église irlandaise. Nous ne nous soumettrons pas au prétentieux roi du château de Windsor, qui ose se mesurer à Dieu, ni à l'archevêque de Canterbury, son laquais. Qu'ils soient tous les deux maudits. Que tous les Anglais soient maudits. Ils brûlent les prêtres, ils font des martyrs. Tu comprendras tout cela en temps voulu.

Ces paroles m'apportèrent la paix, mais j'aurais été incapable de dire qui étaient saint Colomba et saint Patrick. En essayant de rassembler mes connaissances innées, j'eus l'impression qu'elles s'étaient amoindries à mesure que nous avancions vers le nord. Avais-je su, dans les bras de ma mère, des choses que j'avais oubliées? Avais-je su des choses dans son ventre? Ces questions me hantaient.

J'étais né. J'étais de chair! J'étais vivant et respirais à nouveau. Les ténèbres s'étaient dissipées. La neige moelleuse qui m'entourait faisait partie du monde des vivants. Le ciel bleu, dont aucun peintre n'était capable de capturer la couleur, était au-dessus de moi. En débouchant sur le vallon, du haut de la montagne, j'aperçus l'immense église.

La neige tombait en petits flocons. J'étais tellement habitué au froid que je ne m'en souciais plus. J'étais sous le charme du paysage qui s'étendait à nos pieds.

– Enveloppe-toi dans une couverture, dit mon père. Nous entrons dans le château. C'est chez nous.

Je n'avais pas envie de prendre le sentier menant au château. J'aurais préféré descendre jusqu'à la ville. C'était un bourg important, à l'époque. Cela n'avait rien à voir avec le petit village pathétique qui s'est construit plus tard sur ses ruines. Elle avait ses murailles et ses créneaux, ses citoyens et ses marchands, ses banquiers et son immense cathédrale. Tout autour, des fermiers vivaient sur une terre fertile qui donnait d'abondantes récoltes et des moutons bien gras.

Dans les collines au-dessus, se trouvaient des propriétés appartenant à des chefs de clan, moins importants mais loyaux envers Donnelaith, qui vivaient en paix sous notre protection.

De la fumée montait des centaines de cheminées serrées à l'intérieur des fortifications et des tours que l'on apercevait de loin en loin dans les bois. L'air fleurait bon les odeurs de cuisine.

Au centre de la ville s'élançait la massive cathédrale, facile à repérer au milieu des maisons. Ses clochers gothiques et ses toits pentus étaient couverts de neige. Son éclairage intérieur faisait ressortir les myriades de couleurs et de motifs enchanteurs de ses grands vitraux. Malgré l'heure tardive, je voyais le mouvement des centaines de gens qui entraient et sortaient.

– Père, je t'en prie, laisse-moi y aller, implorai-je.

J'étais attiré vers cet endroit comme si je le connaissais, ce qui n'était pas le cas. J'étais impatient de le découvrir.

– Non, mon fils, tu viens avec moi.

Nous nous dirigeâmes vers le château surplombant le loch. Chez nous.

Tout en bas, l'eau était couverte de glace mais, au printemps, me raconta mon père, les marchands affluaient par centaines, ainsi que les pêcheurs de saumons, et les rives étaient remplies de commerçants venus échanger leur lin contre la laine, les peaux et les poissons que nous vendions.

Le château, composé d'une succession de tours, n'était guère plus beau que l'affreux tas de pierres dans lequel j'étais né. À l'intérieur, je vis qu'il était moins luxueux que l'autre mais, néanmoins, qu'il fourmillait de vie.

La grande salle ressemblait à une grotte tant ses ornements – sa voûte en ogive et son escalier – étaient sobres. De toute évidence, on l'avait décorée en vue d'un grand banquet et les fées des bois elles-mêmes n'auraient pu créer un décor aussi chaud et charmant.

Le sol était entièrement recouvert de verdure, et de somptueuses guirlandes étaient accrochées de part et d'autre de l'escalier ainsi que sur les ogives et tout autour de la gigantesque cheminée. Des branches odorantes de pin d'Écosse étaient disposées un peu partout. Du gui et du lierre somptueusement arrangés faisaient de magnifiques décorations. Je connaissais toutes ces plantes. Je les connaissais par leur nom.

On aurait dit que les bois, dans toute leur splendeur, étaient entrés dans le château. Des dizaines de torches brillaient le long des murs et des chandelles jetaient leur lueur sur la longue table de banquet. On apportait des bancs pour les convives.

– Assieds-toi à table, ordonna mon père. Et tiens-toi tranquille.

Nous étions arrivés juste avant le début du banquet, un des douze banquets de Noël où tous les proches étaient invités à festoyer. À peine étions-nous assis sur un banc, au bout de la table, qu'entrèrent des hommes et des femmes parés de leurs plus beaux atours.

Leurs vêtements, bien que magnifiques, étaient très différents de ceux que l'on m'avait donnés à la cour de Londres. Beaucoup d'hommes portaient le kilt des Highlands. Les femmes avaient les mêmes coiffes que celles du château du roi mais leurs manches et leurs robes étaient plus simples, de couleurs vives, et plus d'une portait des bijoux.

J'étais fasciné par ces bijoux. On aurait dit que toutes les couleurs et la lumière autour de nous s'y reflétaient, comme happées par les morceaux de verre. Je me dis que si je jetais un rubis dans un verre d'eau, son scintillement et sa brillance feraient virer le liquide au rouge vif.

Mon esprit se délectait de cette sorte d'illusion d'optique. On introduisait dans le foyer une bûche aussi longue qu'un arbre entier. Ses branches, qui n'avaient pas été coupées, étaient brûlées aux extrémités, comme des bras dont on aurait tranché les mains. Le feu faisait rage et mon père m'expliqua en murmurant que c'était la bûche de Noël, que ses frères l'avaient traînée hors des bois jusqu'à cette salle. Elle allait brûler pendant les douze jours de Noël.

Tandis que des dizaines de gens prenaient place de part et d'autre de la longue table, le laird lui-même descendit l'escalier, le père de mon père, Douglas, le comte de Donnelaith.

C'était un homme à la barbe et aux cheveux blancs, aux joues très rouges, habillé d'un vêtement écossais très ornementé. Il était accompagné de trois belles femmes qui n'étaient autres que ses filles, mes tantes.

Mon père me rappela de me tenir tranquille car je commençais à attirer l'attention. Les gens se demandaient : « Qui est ce grand jeune homme ? » Ma barbe et ma moustache brun foncé étaient maintenant longues et l'on ne pouvait plus me prendre pour un enfant. Mes cheveux avaient également poussé.

Lorsque tous les invités furent assis, un chœur de moines prit place sur les marches de pierre. Vêtus de robes blanches, ils étaient tous tonsurés, c'est-à-dire qu'il ne leur restait qu'une couronne de cheveux au-dessus des oreilles. Ils entonnèrent un chant magnifique, à la fois allègre et mélancolique. La musique me frappa avec une telle force que je fus littéralement saisi, comme transpercé par une flèche, et que j'en eus la respiration coupée.

J'étais conscient de ce qui se passait autour de moi. On avait apporté l'énorme tête de sanglier rôti, entourée de verdure, de décorations d'or et d'argent, de bougies et de pommes de pin.

De jeunes garçons apportèrent les sangliers du repas à même les broches sur lesquelles ils avaient cuit, les posèrent sur des dessertes et commencèrent à découper des pièces de viande fumantes.

Je voyais tout cela, je l'entendais. Mais mon esprit était tout entier consacré à la musique des moines, au chant de Noël gaélique qui s'élevait de leurs bouches :

L'enfant qui repose dans les bras de Marie...

C'était un très vieux chant d'Irlande et d'Écosse. Si vous connaissez cette mélodie, vous comprendrez peut-être l'intensité de cet instant pour moi. Mon cœur chantait avec les moines et la pièce entière était absorbée par la musique.

Je ressentais la même béatitude que dans le ventre de ma mère. Où était-ce ailleurs, dans une autre vie ? Je l'ignore. En tout cas, cette sensation était si forte et si profonde qu'elle ne pouvait être nouvelle. Ce n'était pas une sorte d'excitation frénétique mais de la pure joie. Je me rappelai avoir dansé, les bras écartés pour attraper les mains de mes voisins. Cet instant, dans mes souvenirs, me paraissait précieux, comme s'il m'avait beaucoup coûté, longtemps auparavant.

La musique s'arrêta aussi net qu'elle avait commencé. On servit du vin aux moines, qui s'en allèrent. Un gai brouhaha de voix enjouées s'éleva.

Le laird se leva et porta un toast. On servit du vin et tout le monde se mit à manger. Mon père me choisit des morceaux prélevés sur d'énormes roues de fromage et veilla à ce que je les mange à la façon d'un homme normal. Il envoya chercher du lait pour moi, ce qui passa inaperçu auprès des invités très occupés. Tout le monde parlait et riait. Il y eut même quelques disputes violentes entre les hommes les plus jeunes.

Mais, à mesure que le temps passait, je constatais que les gens s'intéressaient de plus en plus à moi, me regardaient puis chuchotaient quelque chose à l'oreille de leur voisin, ou me montraient du doigt. Certains allaient jusqu'à se pencher vers mon père pour lui demander : « Mais qui est cet homme que tu as convié à dîner avec nous ? »

Heureusement, un éclat de rire soudain ou un échange de propos lui évitaient chaque fois de répondre. Mon père mangeait sans enthousiasme et regardait anxieusement autour de lui. Subitement, il se mit debout et leva sa coupe. Je distinguais mal son profil et ses yeux, cachés par sa longue chevelure désordonnée, mais j'entendis sa voix forte, qui domina le vacarme :

– À mon père bien-aimé, à ma mère, mes aïeux et mes parents ! Je vous présente ce garçon, Ashlar, mon fils !

Des applaudissements s'élevèrent de la foule, une sorte de grondement formidable, qui se transforma soudain en un lourd silence entrecoupé de murmures et de halètements. Tout le monde se tut et une foule d'yeux se fixèrent sur mon père et moi. Il baissa la main, m'attrapa et me fit lever. J'étais plus grand que lui, qui était de la même taille que tous les hommes de l'assemblée.

Des chuchotements et des halètements se firent de nouveau entendre. Une des femmes poussa un cri. Les yeux bleus du laird lui-même me lancèrent un regard meurtrier sous d'épais sourcils gris. Effrayé, je regardais tout autour de moi.

Les moines, restés dans le vestibule, réapparurent. Un ou deux s'avancèrent pour m'observer de plus près. L'aspect de ces créatures chauves aux longues robes comme celles des femmes m'étonnait. Mais, plus ils approchaient, plus l'assemblée s'effrayait.

– C'est mon fils! déclara mon père. Mon fils, je vous dis. Ashlar est revenu!

Cette fois, toutes les dames se mirent à crier et quelques-unes tombèrent évanouies. Les hommes se levèrent, tout comme le laird, qui frappa des deux poings sur la table, renversant les coupes, éparpillant les couteaux, répandant du vin et faisant s'entrechoquer les assiettes.

Malgré son grand âge, il grimpa sur son banc.

– Taltos! dit-il à voix basse en me lançant un regard mauvais.

Taltos? Je connaissais ce mot.

L'instinct m'aurait poussé à m'enfuir si mon père n'avait pas maintenu ma main serrée, me forçant à me tenir droit à son côté. Des invités quittaient la salle. La plupart des femmes furent prestement accompagnées hors de la pièce par leurs cavaliers, dont les plus âgés étaient visiblement perturbés.

– Non! s'écria mon père. C'est saint Ashlar, réincarné. Parle-leur, mon fils. Dis-leur que c'est un signe du ciel!

– Mais que dois-je dire, père?

En entendant ma voix, qui ne me paraissait pourtant pas anormale, la compagnie fut prise de panique. Les gens se précipitèrent vers les portes. Poings serrés, le laird monta sur la table à tréteaux et, du bout de ses pieds, écarta de son chemin les assiettes chargées de victuailles. Les serviteurs étaient partis se mettre à l'abri et toutes les femmes avaient disparu.

Seuls deux des moines étaient restés. L'un se tenait devant moi. Grand, mais pas autant que moi, il avait des cheveux roux et des yeux verts. Il m'adressa un sourire qui produisit sur moi le même effet que la musique, une sorte d'apaisement qui me serra le cœur.

Je savais que les autres avaient peur de moi. Ils s'étaient enfuis, saisis par la même panique que les femmes de ma mère, et ma mère elle-même, après ma naissance.

J'essayais de comprendre ce qui se passait. Je dis:

– Taltos.

J'espérais secrètement que ce mot allait faire surgir les révélations contenues en moi. Mais rien ne se passa.

– Taltos, répondit le prêtre.

Je ne le savais pas encore, mais c'était un prêtre franciscain. Il me sourit à nouveau gentiment.

Il ne restait donc plus que mon père, moi, le prêtre, le laird, debout sur la table, et trois hommes tapis contre la cheminée, comme attendant quelque chose.

Leur présence, l'anxiété avec laquelle ils regardaient le laird et le regard du laird lui-même m'effrayaient.

– C'est Ashlar! cria mon père. Vous ne voyez donc pas? Que doit faire Dieu pour vous ouvrir les yeux? Foudroyer la tour? Père, c'est lui!

Je m'aperçus que je tremblais de tout mon corps. C'était une sensation étrange, toute nouvelle pour moi. Même le froid de l'hiver ne m'avait pas fait trembler. Incapable de me contrôler, j'avais l'impression que c'était la terre sous mes pieds qui tremblait et j'avais du mal à rester debout.

Le prêtre s'approcha de moi. Ses yeux verts me rappelaient des pierres précieuses, hormis le fait que leur matière était visiblement molle. Il tendit le bras et caressa doucement mes cheveux, presque tendrement, puis ma joue et ma barbe.

– C'est Ashlar, murmura-t-il.

– C'est le Taltos, c'est le Diable! déclara le laird. Jetez-le au feu.

Les trois hommes près de la cheminée s'avancèrent mais mon père et le prêtre se placèrent devant moi. Vous représentez-vous bien la scène? L'un appelant à ma destruction, comme s'il était l'archange saint Michel, et les autres me prenant sous leur protection.

Je fixai le feu avec terreur, me rendant à peine compte qu'il pouvait me consumer, que je souffrirais mille morts si l'on me jetait dedans et que, une fois encore, je perdrais la vie. J'avais l'impression d'entendre les cris de milliers de suppliciés. Mais, tandis que ma peur atteignait son paroxysme, mon esprit se concentra sur le violent tremblement de mon corps et la tension dans mes mains.

Le prêtre me prit dans ses bras et me conduisit hors de la salle.

– Nul ne détruira ce que Dieu a fait, dit-il.

Je faillis pleurer lorsqu'il me toucha, lorsque ses bras chauds me guidèrent vers l'extérieur.

Le prêtre et mon père m'emmenèrent hors du château. Le laird, me considérant avec suspicion, nous accompagnait. Nous prîmes le chemin de la cathédrale. Il neigeait toujours et les passants étaient emmitouflés dans de gros manteaux de laine et de fourrure. Il était presque impossible de distinguer s'ils étaient des hommes ou des femmes, tant ils étaient couverts, leurs corps voûtés pour se protéger contre le froid. Certains n'étaient pas plus grands que des enfants, mais ils avaient des visages de vieillards noueux.

La cathédrale était ouverte, tout illuminée, et les fidèles chantaient. À mesure que nous avancions, je vis que des décorations de verdure ornaient ses grands portails en ogive. La beauté des chants me transportait de joie, l'odeur des pins embaumait l'air et une fumée délicieuse était portée par le vent.

À l'intérieur, le chant avait quelque chose de jubilatoire, plus discordant mais aussi plus enjoué et enlevé que celui des moines. Je ne fus pas saisi par le rythme, mais plutôt par l'allégresse générale. Les larmes me montèrent aux yeux.

Nous nous mîmes dans les rangs des fidèles qui entraient dans l'église et commençâmes à progresser lentement, Dieu merci, car mes jambes me portaient à peine à cause de la musique. Le laird avait remonté sa cape jusque sur son visage, mon père n'avait pas quitté son manteau de fourrure depuis notre départ et le prêtre avait rabattu sa capuche pour se protéger du froid. Les trois hommes, surpris par ma faiblesse, me soutenaient littéralement, pas après pas.

Le flot des pèlerins avançait donc très lentement vers l'immense nef et, bien que distrait par la musique, je fus ébahi par la taille et la profondeur de la cathédrale. Je n'avais jamais vu de structure aussi haute et gracieuse. Ses fenêtres me semblaient si hautes et étroites, ainsi que ses croisées d'ogives, qu'elles devaient être l'œuvre de dieux. Tout au bout, loin au-dessus de l'autel, se trouvait un vitrail en forme de fleur. Dans mon esprit de nouveau-né, il me parut qu'il ne pouvait être de la main de l'homme. J'étais véritablement impressionné et troublé.

Enfin, tandis que nous approchions de l'autel, j'aperçus ce qu'il y avait au-delà. C'était une grande étable au sol couvert de foin et abritant une vache, un bœuf et un mouton. Ces animaux piaffaient au bout de leur longe et une chaude odeur d'excréments montait du lit de paille. Devant eux se trouvaient un homme et une femme de pierre. Bien entendu, ils n'étaient que des symboles aux yeux et aux cheveux peints. Entre eux, dans un lit minuscule, reposait un enfant de marbre, comme l'homme et la femme, mais plus potelé et plus brillant, aux lèvres souriantes et aux yeux taillés dans du verre scintillant.

Ce fut pour moi une révélation. Je vous ai dit à quel point les yeux du prêtre me faisaient penser à des pierres précieuses, et le rapport immédiat que j'y vis avec les yeux artificiels de ce bébé me laissa tout pantelant.

La musique s'insinuait dans mes pensées, empêchant toute idée cohérente de se former, quand, soudain, la triste vérité m'apparut :

Je n'avais jamais été un enfant nouveau-né comme celui-ci. Tous les gens qui m'entouraient l'avaient été, eux. C'étaient ma taille et le fait que j'étais doué de parole qui avaient terrifié ma mère. J'étais un monstre. C'était une évidence soulignée par la panique qui s'était emparée des femmes à ma naissance. Je savais. Je savais que je n'appartenais pas à la race humaine.

Le prêtre me dit de m'agenouiller et d'embrasser l'enfant, qu'il était le Christ mort pour la rédemption de nos péchés. Puis il pointa le doigt vers le crucifix accroché à une haute colonne sur la droite. Je vis un homme aux mains et aux pieds ensanglantés. Je sus instantanément que l'enfant nouveau-né et le Christ de la croix étaient le même personnage. Les cris des suppliciés me revinrent en mémoire.

La musique me donnait le vertige. Je me sentais au bord de la défaillance. L'instant était peut-être proche, où le passé allait m'être enfin révélé.

En réalité, d'autres moments encore plus douloureux allaient venir et je n'en ai jamais su davantage.

En examinant le crucifix, je me mis à frissonner en pensant à la mort atroce du Christ. Il me semblait monstrueux que quelqu'un ait pu créer un enfant aussi rayonnant pour le faire mourir de cette façon. Puis je me dis que tous les êtres humains venaient au monde pour mourir un jour. Ils naissaient innocents et luttaient pour apprendre à vivre avant même de savoir de quoi il retournait. Je m'agenouillai et embrassai le bébé de pierre, entièrement peint pour ressembler à la réalité. J'observai le visage de l'homme et de la femme puis mon regard se porta sur le prêtre.

La musique s'était éteinte et l'on n'entendait plus que les chuchotements des fidèles résonnant sous la voûte.

– Viens, Ashlar, dit le prêtre en m'entraînant rapidement à travers la foule, impatient de me soustraire à l'attention de tous.

Nous entrâmes dans une chapelle contiguë à la nef principale. Un flot constant de fidèles, admis deux par deux, y pénétrait. Le prêtre ordonna aux moines en robe de bure qui montaient la garde de fermer les portes et de prier les gens de patienter quelques instants. Il prétendit que le laird voulait faire sa prière du soir à saint Ashlar. Cela parut tout naturel. Les pèlerins tombèrent à genoux et se mirent à dire leur chapelet.

Nous nous retrouvâmes seuls dans la chapelle de pierre, dont les murs étaient moitié moins hauts que ceux de la nef. Mais ce lieu saint, plus confiné, n'en était pas moins grandiose. Des rangées de cierges brûlaient sous les fenêtres. Un grand sarcophage orné d'une effigie reposait au centre de la pièce. C'était autour de cette longue boîte de pierre que les gens venaient se recueillir, priaient et baisaient les mains du gisant sculpté qui la surmontait.

– Regarde, mon garçon, dit le prêtre en désignant du doigt non pas le sarcophage mais le vitrail exposé à l'ouest.

Le verre était assombri par la nuit extérieure mais je distinguai le personnage enchâssé dans la résille de plomb. C'était un homme de haute taille vêtu d'une longue robe et coiffé d'une couronne. Il dépassait en taille les personnages qui l'entouraient, ses cheveux étaient aussi longs que les miens, sa barbe et sa moustache étaient taillées comme les miennes.

Trois strophes en latin étaient inscrites dans le verre. Je ne les comprenais pas. Le prêtre s'approcha du mur, me les montra de l'index et les traduisit :

Saint Ashlar, bien-aimé du Christ
Et de la sainte Vierge,
Qui reviendra

Guérir les malades,
Consoler les affligés,
Atténuer la souffrance
De ceux qui vont mourir,

Sauve-nous
Des ténèbres éternelles,
Chasse les démons du vallon,
Sois notre guide
Vers la lumière.

Ces mots m'inspiraient de la révérence. La musique reprit, distante, mais toujours aussi joyeuse. Je résistai, luttant pour qu'elle ne m'envahisse pas, mais en vain. L'enchantement des mots latins se dissipa et l'on m'emmena.

Un instant plus tard, nous étions chez le prêtre, dans la sacristie de la cathédrale, assis à sa table. La pièce était petite et chaude, très différente de celles que j'avais connues jusque-là, sauf, peut-être dans les auberges de village. Je la trouvais très agréable.

Je mis mes mains devant le feu puis, me rappelant que le laird avait eu l'intention de me faire brûler, je les retirai immédiatement et les enfouis sous ma pèlerine de velours.

– Que signifie Taltos? demandai-je soudain en me tournant vers les trois hommes. Pourquoi m'a-t-on nommé ainsi? Et qui est Ashlar, le saint qui revient?

Mon père ferma les yeux de contrariété et baissa la tête. Son père me regarda avec une juste colère, tandis que le prêtre continuait de me regarder comme si j'étais descendu du ciel. Ce fut lui qui me répondit :

– Tu es lui, mon fils. Tu es Ashlar. Dieu a accordé à Ashlar de revenir sans cesse dans le monde pour l'honneur et la gloire de son Créateur et l'a affranchi des lois de la nature, tout comme la Vierge et le prophète Élie sont montés au ciel, corps et âme. Dieu a veillé à ce que tu retournes plus d'une fois dans le monde des vivants en naissant d'une femme et, parfois, du péché d'une femme.

– Ça, c'est sûr! dit sombrement le laird. Quand ce n'est pas l'œuvre des Petites Gens, c'est le fruit du péché d'une sorcière et d'un fils de notre clan.

Mon père était à la fois inquiet et honteux. Je regardai le prêtre.

J'avais envie de parler de ma mère, de son sixième doigt à la main gauche, de la façon dont elle l'avait levé en disant que c'était un doigt de sorcière. Mais je n'osais pas en parler. Le vieux laird voulait me détruire. Je percevais sa haine; elle était pire que la plus terrible indifférence.

– La marque de Dieu est sur cette naissance, ajouta le grand laird. Mon satané fils a accompli ce qu'aucun des Petites Gens n'a été capable de faire pendant des siècles.

– Avez-vous vu le gland tomber du chêne? demanda le prêtre. Comment savez-vous que cet enfant est un échange et non un de vos fils, hein?

– Elle avait le sixième doigt, murmura mon père.

– Et tu as couché avec elle! s'exclama le laird.

Mon père acquiesça de la tête et murmura qu'elle était une grande dame, qu'il ne pouvait révéler son nom mais qu'elle était assez puissante pour l'avoir effrayé.

– Personne ne doit savoir ça, dit le prêtre. Personne ne doit savoir ce qui s'est passé. Je vais prendre en main cet enfant béni et veiller à ce qu'il consacre sa vie à la Vierge et ne touche jamais au corps d'une femme.

Puis il me fit entrer dans une chambre où je devais passer la nuit et verrouilla la porte derrière moi. La fenêtre était minuscule et de l'air froid entrait dans la pièce, mais, à travers elle, je voyais un petit morceau de ciel et quelques minuscules étoiles brillantes.

Que signifiaient donc tous ces mots? Je l'ignorais. Monté sur le lit pour regarder par la fenêtre, j'aperçus la noire forêt et la ligne de crête des montagnes et fus pris de peur. Je crus voir arriver les Petites Gens, les entendre. Ils se servaient de tambours pour paralyser le Taltos, le rendre impuissant afin de l'encercler. *Fais-nous un géant, fais-nous une géante. Engendre une race qui punira les gens et les chassera de la terre.* Nul doute que l'un d'eux allait grimper sur le mur, arracher les barreaux et que tous entreraient dans ma chambre!

Je tombai à la renverse sur le lit mais, lorsque je levai les yeux, les barreaux étaient intacts. J'avais trop d'imagination.

J'avais passé des nuits dans des auberges mal famées remplies de fieffés ivrognes et de femmes de mauvaise vie, et dans les bois, où les loups eux-mêmes fuyaient devant les Petites Gens. Ici, j'étais en sécurité.

Une heure environ avant le lever du jour, le prêtre m'appela. Il devait se passer quelque chose car une cloche sonnait sans interruption. Pendant mon sommeil, je l'avais entendue s'acharner comme le marteau sur l'enclume.

Le prêtre me secoua l'épaule.

– Viens avec moi, Ashlar.

J'aperçus les créneaux de la ville, les torches du guet, le ciel noir étoilé. Le sol était toujours enneigé. La cloche ne cessait de sonner. Son bruit me transperçait et me secouait au point que le prêtre dut me soutenir pour que je marche droit.

– C'est le glas du diable, m'expliqua-t-il. Il sert à chasser les démons et les esprits hors de la vallée, à disperser les Sluagh, les Ganfers et tout être malfaisant rôdant dans le vallon, à mettre en déroute les Petites Gens qui ont osé s'aventurer dehors. Ils savent peut-être déjà que tu es là. Le glas nous protège en les repoussant dans la forêt où ils ne peuvent faire aucun mal, sauf à ceux de leur propre espèce.

– Mais qui sont ces êtres? demandai-je. Le bruit de cette cloche me fait peur.

– Non, mon enfant. Elle ne doit pas t'effrayer. C'est la voix de Dieu. Applique-toi à marcher, nous allons dans l'église.

Son bras était chaud et fort autour de mes épaules. Il me poussa en avant et m'embrassa de nouveau, presque tendrement, sur la joue.

– Oui, mon père, dis-je.

Son affection était aussi agréable pour moi que boire du lait.

La cathédrale était déserte. Le son de cloche me parut plus distant car, le beffroi étant très haut, il s'élevait vers la montagne et ne pénétrait pas à l'intérieur de la cathédrale.

Le prêtre m'embrassa de nouveau tendrement le visage et me fit entrer dans la chapelle du saint. Il faisait froid en l'absence des centaines de corps chauds pressés les uns contre les autres.

– Tu es Ashlar, mon fils. Aucun doute à ce sujet. Maintenant, dis-moi ce que tu te rappelles à propos de ta naissance.

Je n'avais pas envie de répondre. Une honte atroce me prit en revoyant ma mère crier de peur, me repousser avec ses mains tandis que mes lèvres tétaient son sein.

Je restai muet.

– Père, dites-moi qui est Ashlar, dites-moi ce que je suis censé faire.

– Très bien, mon fils, je vais tout te raconter. Tu vas partir pour l'Italie, dans la maison de notre ordre à Assise, et tu y feras tes études de prêtrise.

Je réfléchis mais, en fait, je n'y comprenais rien.

– Dans ce pays, les bons prêtres sont persécutés, poursuivit-il. Hors de cette vallée, les rebelles partisans du roi, les luthériens fanatiques et toutes sortes d'agitateurs cherchent à nous détruire, nous et notre cathédrale. Tu as été envoyé pour nous sauver mais tu dois d'abord recevoir une instruction et être ordonné prêtre. Et, avant toute chose, tu dois te consacrer à la Vierge. Tu ne devras jamais toucher une femme et tu devras faire vœu d'abstinence pour la gloire de Dieu. Ne l'oublie jamais, le péché de la chair n'est pas pour toi.

Fais ce que tu veux avec les autres frères. Du moment que tu sers Dieu, cela n'a aucune importance. Mais jamais avec une femme. Ce soir, des hommes viendront te chercher et t'accompagneront en bateau jusqu'en Italie. Ensuite, lorsque Dieu nous enverra un signe ou te révélera sa volonté, tu reviendras.

– Et que devrai-je faire?

– Conduire les gens dans la prière, dire la messe, leur imposer les mains et les guérir, comme tu le faisais autrefois. Arracher les gens à ces démons luthériens. Être le saint.

J'avais l'impression que c'était un mensonge ou, plutôt, une tâche impossible. Où était l'Italie? Pourquoi devais-je partir?

– En suis-je capable?

– Oui, mon fils, tu en es capable.

Puis, à voix basse, il dit avec un petit sourire malveillant : « Tu es le Taltos. Le Taltos est un miracle. Il peut accomplir des actes miraculeux. »

– Alors, les deux histoires sont vraies! m'exclamai-je. Je suis le saint et je suis le monstre au nom étrange.

– Quand tu seras en Italie, tu iras à la basilique de saint François, le saint te donnera sa bénédiction et tout sera entre les mains de Dieu. Les gens redoutent le Taltos, ils racontent un tas de légendes, mais le Taltos ne revient que tous les quelques siècles et c'est toujours de bon augure. Saint Ashlar était un Taltos et c'est pourquoi, nous qui savons, disons qu'il revient.

– Alors, je ne suis pas un mortel, dis-je. Et vous voulez que j'imite ce saint.

– Tu n'es pas bête pour un Taltos, tu sais? Et, pourtant, tu possèdes la simplicité, la bonté divine. Pour ne pas heurter ton cœur pur, j'exprimerai la situation de cette façon : tu dois faire un choix. Tu peux être le méchant Taltos ou le saint. Que ne donnerais-je pour avoir un tel choix à faire! Pour ne pas être un prêtre sans défense à une époque où les prêtres sont brûlés vifs par le roi d'Angleterre, ou écartelés, ou pis. En Allemagne, le jour où Luther a reçu la révélation de Dieu, il était à la selle en train de déféquer à la face du Malin! C'est ça la religion aujourd'hui. Veux-tu errer dans le vallon et les ténèbres et mener une vie de mendicité et de terreur? Ou préfères-tu être notre saint?

Sans attendre ma réponse, il dit d'une voix basse et triste :

– Sais-tu que sir Thomas More lui-même a été exécuté à Londres, sa tête coupée et plantée sur un piquet du pont de Londres? C'est la putain du roi qui l'a réclamé. Voilà où nous en sommes!

J'avais envie de prendre mes jambes à mon cou. Je me demandai si je pouvais le faire. Je me serais bien enfui tandis que l'aube se levait, que les oiseaux d'hiver commençaient à chanter. Les paroles du prêtre me troublaient et me tourmentaient mais j'avais trop peur des bois avoisinants et de la vallée elle-même pour bouger. Sous l'effet d'une terreur indiscible, mon cœur se mit à battre à tout rompre et mes mains se couvrirent de sueur.

– Un Taltos n'est rien, dit-il en se penchant vers moi. Va dans la forêt si tu veux en être un. Les Petites Gens te trouveront, te feront prisonnier et t'obligeront à engendrer une légion de géants. Mais cela ne sera pas. C'est impossible. Ta progéniture sera monstrueuse ou ne sera pas. Imagine que tu peux devenir un saint!

Ah oui, les Petites Gens! Je le regardai et tentai de le comprendre.

Lourdement armés et couverts de capes de fourrure, plusieurs hommes entrèrent dans la cathédrale. Le prêtre leur donna des ordres en latin, langue que je ne comprenais pas. Je savais qu'on allait m'emmener en Italie par bateau et que j'étais prisonnier. Terrorisé, désespéré, je tournai mon visage vers le vitrail de saint Ashlar, comme s'il pouvait me sauver.

À cet instant précis, un miracle se produisit. Le soleil s'était levé et la lumière extérieure éclaira soudain le vitrail en le teintant de vives couleurs. Le saint sembla s'embraser. Il me souriait, ses yeux sombres brillant dans le verre, ses lèvres roses, sa robe rouge. C'était une illusion d'optique due à la couleur de l'aurore, mais je ne pouvais en détacher mes yeux.

Une intense quiétude s'installa en moi.

Je repensai au visage horrifié de ma mère, à ses cris résonnant dans la petite chambre. Je vis les membres du clan de Donnelaith me fuir comme des rats.

– Sois le saint! me chuchota le prêtre.

À cet instant, je sus ce que je devais faire, mais je n'avais pas le courage de prononcer les mots.

J'observai le vitrail, relevant tous les détails concernant le saint. Il était pieds nus sur les corps gisants des Petites Gens... les Ganfers, les Sluagh, les démons de l'enfer. Il tenait à la main une lance dont la pointe transperçait le corps du diable. J'examinai avec soin les corps bien dessinés des nains. J'entendais mon cœur cogner dans ma poitrine.

La lumière du dehors s'était intensifiée et les couleurs les plus vives du vitrail commençaient à scintiller. Le saint était fait de pierres précieuses. Une vision chatoyante d'or étincelant, de bleu intense, de rouge rubis et de blanc éclatant.

– Saint Ashlar! murmurai-je.

Les hommes armés s'emparèrent de moi.

– Va avec Dieu, Ashlar. Donne-lui ton âme et lorsque la mort reviendra, tu connaîtras la paix.

Telle fut ma naissance, messieurs. Mon retour au bercail. Je vais maintenant vous raconter les événements qui suivirent et les sommets que j'allais atteindre.

On m'emmena donc sans que j'aie revu le vieux laird. Je me demandais si je reverrais un jour le vallon, la cathédrale ou le prêtre. Un petit bateau m'attendait. Il se fraya un chemin entre les plaques de glace qui encombraient le port, puis longea la côte vers le sud jusqu'à un bateau plus grand, sur lequel on me fit embarquer. Dans ma cabine exiguë, je me sentais comme un prisonnier. Je ne buvais que du lait car j'étais dégoûté par toute autre forme de nourriture et la mer houleuse me rendait malade.

Personne ne prit la peine de m'expliquer pourquoi on m'enfermait et nul ne se souciait de mon confort. Bien au contraire, je n'avais rien à étudier ni à lire, ni même un chapelet pour prier. Les hommes barbus chargés de ma surveillance semblaient effrayés par moi et refusaient de répondre à mes questions. Il ne me restait qu'une seule distraction : chanter des chansons en inventant des paroles à partir de mots que je connaissais.

Parfois, j'avais l'impression de fabriquer des paroles comme d'autres fabriquent des guirlandes de fleurs. Je ne me préoccupais que de la beauté des mots. Je chantais pendant des heures. J'aimais le son de ma voix profonde. Allongé, les yeux fermés, je prenais plaisir à chanter des variations des hymnes que j'avais entendues à Donnelaith. J'étais comme en transe et je ne m'arrêtais de chanter que lorsque quelque chose me tirait de cet état de stupeur ou que je sombrais dans le sommeil.

Au bout d'un temps impossible à évaluer, je m'aperçus que nous étions sortis de l'hiver. Nous longions la côte italienne et, à travers le petit hublot à barreaux, je vis que le soleil éclairait de ses rayons des collines vertes et des falaises d'une beauté indescriptible. Nous abordâmes enfin dans une ville énorme. C'était la première fois que j'en voyais une.

Mes deux gardiens me firent débarquer et m'emmenèrent, toujours sans répondre à mes questions, jusqu'à la porte d'un monastère. Ils tirèrent la cloche et me laissèrent seul après m'avoir jeté un petit paquet dans les mains.

Aveuglé par le soleil, je restai là sans bouger. Lorsque je me retournai, je vis un moine qui venait d'ouvrir la porte et m'examinait de la tête aux pieds. Je portais toujours mes beaux vêtements de Londres, maintenant froissés et salis par le long voyage, et ma barbe et mes cheveux avaient beaucoup poussé. Je n'avais rien d'autre que le paquet que, de confusion, je remis au moine.

Il le déballa immédiatement et en sortit une sorte de tissu chiffonné. Je compris qu'il s'agissait d'une feuille de parchemin pliée en quatre.

– Entre, je te prie, me dit gentiment le moine.

Il jeta un regard sur le parchemin qu'il n'avait pas déplié puis partit rapidement en me laissant dans une magnifique cour très calme remplie de fleurs dorées et réchauffée par le soleil de midi. Au loin, j'entendais des chants mélancoliques et des voix masculines semblables à celles des moines de Donnelaith. J'adorais les chants. Je fermai les yeux pour m'imprégner de la mélodie et du parfum des fleurs.

Plusieurs moines arrivèrent alors dans la cour. Ceux d'Écosse étaient vêtus de blanc alors que ceux-ci portaient de grossières robes marron et des sandales aux pieds. Ils m'entourèrent et se mirent à m'embrasser sur les joues et à m'étreindre.

– Frère Ashlar! me dirent-ils, presque en chœur.

Leurs sourires étaient si chaleureux et affectueux que je me mis à pleurer.

– C'est ici que tu vas vivre dorénavant. N'aie plus peur de rien. Tu vas vivre et t'épanouir dans l'amour de Dieu.

L'un d'eux avait le parchemin ouvert dans une main.

– Qu'y a-t-il d'écrit? demandai-je en anglais.

– Que tu as consacré ta vie au Christ. Que tu vas suivre les pas de notre fondateur, saint François. Que tu vas être un prêtre de Dieu.

Nullement effrayés par moi, ils se mirent à nouveau à m'embrasser et m'étreindre. Je compris qu'ils ignoraient tout de moi, qu'ils ne connaissaient pas les circonstances de ma naissance. Examinant en pensée mes mains, mes jambes et mes cheveux, je me dis que, à part ma haute taille et mes longs cheveux, je pouvais passer pour l'un des leurs.

Cette découverte m'interloqua.

Pendant tout le repas du soir, où ils me nourrirent bien mieux qu'ils ne se nourrissaient eux-mêmes, je restai silencieux, ne sachant que faire ou dire. Il semblait évident que je pouvais quitter cet endroit selon mon gré, que j'avais le droit de m'en aller.

Pour quoi faire? me disais-je. Je les accompagnai à la chapelle et chantai avec eux. Lorsqu'ils entendirent ma voix, ils hochèrent la tête et sourirent d'approbation. Bientôt, je fus absorbé par le chant, tout en regardant le crucifix, comme à Donnelaith, symbole du Christ cloué sur la croix. Je vous en parle afin que vous vous représentiez l'effet que pouvait produire sur moi la vision de ce corps torturé, flagellé, sanguinolent, la tête couverte d'une couronne d'épines.

Un grand sentiment de bonheur s'empara de moi et je conclus un marché avec moi-même : j'allais rester quelque temps. Je pouvais m'enfuir à n'importe quel moment mais, si je le faisais, je perdrais cet endroit, je perdrais saint Ashlar.

Le soir, lorsqu'on me mit dans ma cellule, je dis :

– Ce n'est pas la peine de fermer à clé.

Ils furent surpris et embarrassés. Ils n'avaient pas l'intention de m'enfermer et, de toute façon, il n'y avait pas de serrure.

Je m'allongeai, fort de savoir que j'étais là de mon plein gré, par cette chaude nuit sous le ciel d'Italie. Je me mis à rêvasser. De temps en temps, j'entendais chanter dans la chapelle.

Le matin, on vint me chercher pour aller à Assise, et je répondis que j'étais prêt. On m'expliqua que nous allions faire le chemin à pied, car nous étions des franciscains, des frères de l'observance fidèles à la règle de saint François, et que nous ne montions jamais à dos de cheval.

Trente-cinq

SUITE DU RÉCIT DE LASHER

Sur le chemin d'Assise, j'appris à apprécier mes compagnons de voyage et compris qu'ils ne savaient rien d'autre de moi que mon désir de devenir prêtre. J'étais habillé comme eux, en robe de bure marron, avec des sandales aux pieds et une corde autour de la taille. Je ne m'étais pas fait couper les cheveux et portais mes beaux vêtements dans un baluchon, mais j'étais l'un des leurs.

Tandis que nous marchions sur la route, ils me racontèrent la vie de saint François d'Assise, fondateur de leur ordre, et la façon dont il avait renoncé à la richesse pour devenir mendiant et prédicateur, surmontant sa peur pour soigner les lépreux et aimant à ce point toutes les créatures vivantes que les oiseaux se posaient sur son bras et les loups se laissaient apprivoiser par lui.

Pendant qu'ils me parlaient, de magnifiques images se formaient dans mon esprit. La représentation que je me faisais du visage de François était un mélange des traits du père franciscain aux yeux verts que j'avais connu en Écosse et des visages innocents des moines. Ou peut-être était-ce un simple idéal inventé par un aspect de ma personnalité qui commençait à se développer : ma capacité à créer des images et des rêves.

Quoi qu'il en soit, je connaissais François.

Je connaissais sa peur lorsque son père l'avait renié. Je connaissais sa joie lorsqu'il s'était consacré au Christ. Et, avant tout, je connaissais son amour lorsqu'il considérait toutes les créatures vivantes comme ses frères et sœurs. Je connaissais son amour pour les gens que nous voyions autour de nous, les paysans italiens travaillant dans les champs, les citadins, les habitants des monastères et des manoirs qui nous hébergeaient gracieusement pour une nuit.

En fait, plus j'étais heureux, plus je me demandais si les circonstances de ma naissance n'étaient pas un simple cauchemar, un événement qui n'aurait existé que dans mon imagination.

J'appartenais aux franciscains. J'appartenais à saint François. Et si être un saint signifiait être comme François, eh bien, cela me remplissait de joie. Tout ceci me paraissait très naturel, m'apportait la paix et me rappelait le temps où tous les êtres étaient bons, avant que quelque chose de terrible ne se produise.

Partout où nous allions, des enfants aidaient leurs parents dans les champs ou jouaient dans les ruelles des villages. En entrant dans la haute ville d'Assise, nous vîmes des enfants de tous âges, comme dans toutes les villes, et je compris qu'ils n'étaient autres que de petits êtres humains se préparant à devenir des adultes. Ils n'avaient rien de commun avec les Petites Gens, ces ennemis qui voulaient me tuer par jalousie, et dont l'existence m'avait terrifié sans que je sache pourquoi. Comme ils étaient magnifiques, ces petits humains qui grandissaient lentement, qui mettaient des années à atteindre la taille et les capacités que j'avais acquises en quelques jours, après ma naissance!

Voir les mères nourrir leurs nouveau-nés au sein me donnait envie de boire leur lait. Mais ce n'était pas du lait de sorcière. Il n'était pas assez fort, il ne me servirait à rien. Et puis, après tout, j'étais un adulte. J'avais encore grandi pendant le voyage et, pour tout le monde, j'étais un être humain robuste et plein de santé d'une vingtaine d'années.

Quelles que fussent mes réflexions, je résolus de n'en parler à personne et de me comporter comme si de rien n'était. Je me laissai charmer par le paysage, les vignobles, la verdure et, au-dessus de nos têtes, la douce lumière du soleil italien.

Située en altitude, la ville d'Assise offrait une vue magnifique sur la campagne environnante, dont la splendeur détonnait avec les pics et les falaises enneigés qui entouraient Donnelaith.

En fait, mes souvenirs de Donnelaith se faisaient de plus en plus confus. Si je n'avais pas appris à écrire en quelques semaines, ce qui m'avait permis de tout consigner selon un code secret, mes origines se seraient probablement effacées de ma mémoire.

Nous franchîmes les portes d'Assise à midi et l'on m'emmena sans attendre à la basilique San Francesco, à l'autre bout de la ville. C'était un grand édifice qui n'avait pas la froideur de la cathédrale de Donnelaith et dont les arcs étaient non pas brisés mais arrondis. Ses murs étaient couverts de superbes peintures du saint, sous lesquelles était placé son sanctuaire, que les fidèles venaient voir en foule, comme pour saint Ashlar, chez moi.

Par centaines, ils venaient tourner autour de la tombe dépourvue de gisant, posaient leurs mains dessus et la baisaient pieusement. À voix haute, ils adressaient leurs prières à saint François, qui pour obtenir la guérison, qui pour connaître le repos, et lui demandaient d'intercéder pour eux auprès de Dieu.

Je posai moi aussi mes mains sur le sarcophage et priai le saint, que je me représentais comme une silhouette enveloppée de couleurs et de poésie. Je murmurai à la pierre : « François. Je suis ici pour devenir moine, mais tu sais que j'ai été envoyé pour devenir un saint. »

Je ressentais de la fierté. Personne ne connaissait mon secret. Je devais retourner un jour en Écosse, fort des préceptes de saint François, et sauver mon peuple comme me l'avait dit le bon père. Par le biais de l'humilité, j'étais destiné à accomplir de grandes choses.

Mais je ne voulais pas me méprendre sur cette fierté. Si tu dois devenir un saint, me dis-je, tu dois le faire avec conscience. Tu dois suivre l'exemple de François, de ces frères et des autres saints dont ils t'ont parlé. Tu dois renoncer à tout sentiment d'ambition. Car un saint ne peut avoir l'ambition d'être un saint. Tu n'es que le serviteur du Christ, qui peut décider à tout instant que tu ne seras rien du tout. Ne l'oublie jamais.

Malgré cette mise en garde que je m'adressai à moi-même, j'étais très confiant. Mon destin était de briller comme l'image de saint Ashlar dans le vitrail coloré.

Je restai des heures dans le sanctuaire, comme enivré par la dévotion de ceux qui défilaient devant le sépulcre de pierre. Je ressentais leur ferveur comme une musique. Je compris à cet instant que, comme on dirait aujourd'hui, j'étais hypersensible, non seulement à la musique mais à tous les sons en général. Le pépiement aigu des oiseaux, le timbre des voix, les rythmes et les intonations, tout cela me touchait. De plus, quand je rencontrais quelqu'un qui, inconsciemment, ponctuait ses paroles d'allitérations, j'étais quasiment paralysé.

Mais ce qui me paralysait le plus dans ce sanctuaire, c'était l'exultation des fidèles et l'intense dévotion que leur inspirait saint François.

Le même jour, on m'emmena à l'hermitage où François et ses premiers disciples avaient mené une existence recluse. La vue sur la campagne était grandiose. C'était là que François avait marché et prié.

Je n'avais plus aucune envie de m'enfuir. Ce n'étaient pas les vœux de pauvreté, de chasteté ou d'obéissance qui m'inquiétaient, mais la crainte que ma fierté secrète, que la légende de saint Ashlar ne rongent mon âme au lieu de la stimuler.

J'aimerais maintenant faire une petite pause pour attirer votre attention sur un point important. Je n'allais pas quitter l'Italie ni la vie de franciscain pendant plus de vingt ans. Je n'ai pas compté le nombre exact des années.

Je le précise pour que vous compreniez deux choses. D'abord, que pendant toute cette période mon corps est resté vigoureux, leste et fort et n'a pratiquement pas changé. Ma peau s'est quelque peu épaissie, perdant sa souplesse de bébé, et mon visage a pris quelques rides d'expression, mais très peu. Sinon, je suis resté le même... enfin, presque.

Ensuite, cette vie de franciscain me rendait totalement heureux et me paraissait toute naturelle. C'est très important pour la suite.

Noël était l'occasion d'une fête somptueuse en Italie, comme dans les Highlands de mon cauchemar. Ce jour devint pour moi la plus solennelle et la plus importante des fêtes liturgiques et, où que je me trouve en Italie à cette période, je ne manquais jamais de retourner à Assise.

Avant mon premier Noël en Italie, j'avais lu l'histoire de l'Enfant Jésus né dans l'étable, admiré un nombre impressionnant de tableaux représentant cette scène, et m'étais consacré cœur et âme au petit enfant dans les bras de Marie.

Je fermais les yeux et imaginais être le nouveau-né que je n'avais jamais été, sans défense, plein de tendresse et d'innocence. Cela me procurait un sentiment d'extase. Je résolus de voir l'enfant pur qu'était Jésus dans chaque homme et chaque femme à qui je parlais. Lorsque je ressentais de la colère ou de la contrariété, ce qui était fort rare, je pensais à lui. Je m'imaginais le tenir dans mes bras. Je croyais en lui et j'étais persuadé qu'un jour, lorsque mon destin serait accompli, je serais avec lui. Je m'agenouillerais dans l'étable et toucherais sa main minuscule.

Dieu, après tout, était éternel. L'Enfant Jésus, le Sauveur crucifié, Dieu le père, le Saint-Esprit ne faisaient qu'un. Ce fut parfaitement clair pour moi dès le début. C'était tellement évident que les questions de théologie me faisaient rire.

Lorsque je quittai l'Italie, j'étais un prêtre de Dieu, un prédicateur de renom, un chanteur de cantiques, à l'occasion un guérisseur, et un homme qui apportait consolation et bonheur à tous ceux qu'il approchait.

Dès le début, mes manières innocentes et directes étonnèrent. Et personne ne pouvait en deviner la raison : j'étais un enfant. Ma gourmandise pour le lait et le fromage amusait tout le monde. Et la rapidité avec laquelle j'apprenais m'attirait la sympathie de mon entourage. En peu de temps, je sus lire et écrire l'italien, l'anglais et le latin.

Aucune tâche n'était trop ingrate pour moi. J'accompagnais ceux qui soignaient les lépreux, en dehors de l'enceinte de la ville.

Je ne craignais pas la lèpre. Je me savais susceptible de la contracter, mais elle ne pouvait se développer en moi. C'était dû à ma nature particulière. J'avais la capacité de développer ce que je voulais.

Hormis la haine et la violence, rien ne me répugnait. Et cela persista pendant toutes mes années sur terre. Chaque événement m'attristait ou, à l'opposé, me plaisait; le juste milieu m'était étranger.

En vérité, j'étais autant fasciné par les lépreux que les autres en avaient peur. Et, sachant comment François avait surmonté sa propre peur, j'étais déterminé à me montrer aussi grand que lui. Je réconfortais donc les lépreux. Je baignais et habillais ceux qui étaient trop handicapés pour se débrouiller seuls. Ayant entendu que sainte Catherine de Sienne, un jour, avait bu l'eau du bain d'un lépreux, j'en fis joyeusement de même.

Très rapidement, j'eus dans la ville d'Assise la réputation d'être un innocent, un ahuri, un fou de Dieu, pour ainsi dire. Un jeune moine en communion parfaite avec l'esprit de François et faisant naturellement ce que le saint aurait attendu de lui.

Je paraissais si primaire, si incapable de manigance, si enfantin, en quelque sorte, que les gens s'ouvraient à moi et me racontaient tout, encouragés par mon singulier regard. Je les écoutais sans en perdre un mot. J'étais un enfant qui apprenait les grandes vérités de la vie à travers les moindres gestes et confessions des autres.

Le soir, j'apprenais à lire et à écrire et, très vite, me passionnai pour l'écriture, à laquelle je consacrais mes nuits, dormant le moins possible. Je mémorisais aussi chants et poèmes. J'étudiais les peintures de la basilique, les fresques murales de Giotto qui relataient les grands moments de la vie de saint François, y compris la façon dont il avait reçu les stigmates des plaies du Christ, sur ses mains et ses pieds. Je me mêlais aux pèlerins pour discuter avec eux et entendre ce qu'ils connaissaient du monde.

La première année dont je connus le nombre fut 1536. J'allais souvent à Florence pour m'occuper des pauvres, entrer dans leurs taudis et leur apporter du pain et à boire. Florence était toujours la ville des Médicis. L'époque de ses splendeurs était peut-être déjà révolue, comme on l'a dit plus tard, mais personne n'en avait encore conscience.

Au contraire, c'était une ville magnifique et prospère. On y vendait des livres imprimés par milliers d'exemplaires et l'on rencontrait partout des sculptures de Michel-Ange. Les corporations étaient puissantes et la ville était un spectacle permanent de processions, comme celle de Corpus Christi, de tableaux vivants et de pièces de théâtre.

La banque des Médicis était la plus grande du monde.

Partout, dans Florence, des hommes et des femmes lettrés philosophaient et discutaient. C'était la cité du poète Dante et du génie politique Machiavel, de Fra Angelico, Giotto, Léonard de Vinci, Botticelli. Une ville de grands écrivains, peintres, princes et saints. Toute en pierre, elle regorgeait de palais, d'églises, de places, de jardins et de ponts splendides. Elle était unique au monde. C'était du moins ce qu'elle croyait, et moi aussi.

Mes tâches prenant de l'ampleur, je connus bientôt Florence dans ses moindres recoins et j'étais au courant de ce qui se passait dans le monde entier.

Le monde était au bord de la catastrophe et le peuple ne parlait que de sa fin.

Le roi anglais Henri VIII avait renoncé à la foi catholique, la ville de Rome se remettait à peine de son invasion par les troupes protestantes et les Espagnols catholiques à la fois. Le pape et les cardinaux avaient dû trouver refuge au château Saint-Ange, ce qui avait suscité d'amères désillusions et une profonde méfiance parmi le peuple. La peste noire était toujours parmi nous, se réveillant tous les dix ans pour réclamer son lot de victimes. Des guerres faisaient rage sur le continent.

Les pires récits concernaient les protestants. Ce fou de Martin Luther avait réussi à détourner tout le peuple allemand de l'Église catholique et d'autres hérétiques fanatiques, les anabaptistes et les calvinistes, gagnaient chaque jour du terrain dans le royaume des âmes chrétiennes.

On disait que le pape était impuissant contre ces hérésies. On réunissait concile sur concile, mais sans résultat. L'Église s'apprêtait à se réformer elle-même pour répondre aux grands hérétiques, Jean Calvin et Martin Luther.

Pendant ce temps, notre monde à nous, Assise, Florence et les autres villes italiennes, était splendide, opulent et fidèle au Christ. À la lecture des Saintes Écritures, il semblait impossible que Notre Seigneur n'ait pas foulé la Via Appia. L'Italie remplissait mon âme avec sa musique, ses jardins, sa campagne verdoyante. C'était le seul endroit où j'avais envie d'être. Seule Rome me plaisait plus que Florence, à cause de ses dimensions, peut-être, et de la splendeur de la basilique Saint-Pierre. Venise était aussi un pur joyau mais, pour moi, les nécessiteux étaient les mêmes quelle que soit la ville. Les affamés étaient les affamés. Ils m'accueillaient toujours à bras ouverts.

Il me semblait facile et naturel d'être un vrai *poverello*, de ne rien posséder, de trouver un refuge précaire à la tombée de la nuit, de laisser le Saint-Esprit me pénétrer lorsqu'une question complexe m'était posée ou qu'on me demandait d'énoncer une vérité.

Je connus la joie lorsque je prononçai mon premier sermon, sur une place de Florence, les bras écartés, évitant, comme c'était notre coutume, toute querelle théologique, et ne parlant que de ma dévotion à Dieu. « Nous devons être comme l'Enfant Jésus, aussi innocents, confiants et bons. »

Saint François avait voulu que nous soyons de vrais mendiants vagabonds parlant avec leur cœur. Mais notre ordre était tiraillé par des problèmes d'interprétation. Qu'avait vraiment voulu dire saint

François? Quel type d'organisation devait être le nôtre? Qui était réellement pauvre? Qui était réellement pur?

J'évitais toute conclusion ou décision. Je parlais tout haut à François et calquais ma vie sur la sienne. Je me consacrais tout entier aux bonnes œuvres et m'occupais des malades avec certains résultats.

Je ne faisais pas de miracle. Aucun homme ne jetait au loin ses béquilles en disant : « Je marche ! » Mais j'avais une sorte de talent pour faire passer la fièvre des plus malades, pour les ramener du côté des vivants. Vu de l'extérieur, cela pouvait paraître naturel, mais je sentais en moi une sorte de pouvoir, que j'appris à renforcer. La coupe d'eau que je portais moi-même aux lèvres d'un malade lui faisait plus de bien que si elle était tenue par quelqu'un d'autre.

Durant ces premières années, je finis par me rendre compte que nombre de mes frères ne respectaient pas leur vœu de chasteté. Ils avaient des maîtresses ou se rendaient dans les bordels légaux de Florence ou faisaient l'amour entre eux dans l'obscurité de la nuit. En fait, j'étais moi-même sans cesse attiré par de beaux jeunes gens et jeunes filles pour lesquels j'éprouvais du désir, et je faisais parfois des rêves érotiques la nuit. Il faut dire que, en arrivant en Italie, j'étais un jeune homme adulte, et qu'une toison sombre avait poussé autour de mes organes génitaux et sous mes bras. De ce point de vue, j'étais un homme comme les autres.

Je me rappelais les paroles du père franciscain de Donnelaith : « Tu ne toucheras jamais une femme. » J'y réfléchissais sans arrêt. J'avais compris que l'accouplement d'un homme et d'une femme donnait naissance à un enfant et j'avais conclu de l'avertissement du prêtre que je ne devais pas risquer de procréer un monstre comme moi.

Mais quelle sorte de monstre étais-je? Je ne savais plus où j'en étais. Ma naissance et mes origines, cette disgrâce que je ne pouvais confier à personne, torturaient mon esprit.

Également à cette époque, tandis que ma personnalité se forgeait, je m'aperçus que des gens m'observaient. Ils devaient être au courant de mon imposture et, un jour, risquaient de révéler qui j'étais en réalité.

Dans les rues de Florence, je croisais des Hollandais, reconnaissables à leurs vêtements et leurs chapeaux particuliers, qui semblaient toujours avoir les yeux fixés sur moi. Un jour, un Anglais arrivé à Assise vint m'écouter prêcher. C'était par une journée magnifique de printemps, où je citais des passages de la vie de saint François. Je me rappelle les yeux froids de cet homme posés sur moi pendant que je parlais. Il revint jour après jour pendant une longue période.

Je décidai de faire front. Je rendais leur regard à ces hommes étranges et, parfois, m'avançais vers eux. Ils s'enfuyaient, mais revenaient toujours.

Le problème de la chasteté continuait de me harceler. Devais-je ou non avoir une relation charnelle avec une femme et y avait-il un risque d'engendrer un monstre?

Dans mon esprit, il était clair que je voulais faire ce qui était bien aux yeux de Dieu. Autant il me paraissait anodin de prendre une maîtresse ou un amant, autant le défi était grand de renoncer aux plaisirs de la chair, de ne jamais obtenir de réponse à la question qui me torturait.

J'optai pour la voie du saint et ne laissai aucun feu couver en moi. Je devins donc connu pour ma pureté, moi qui ne posais jamais mon regard sur aucune femme, et me consacrais à la guérison des malades.

Une autre passion s'éveilla en moi. J'eus l'idée, toute simple et courante pour l'époque, que chanter pouvait aussi bien rapprocher les fidèles du Christ qu'un témoignage évangélique. J'écrivis donc mes propres cantiques, composés de paroles simples, poétiques mais très rythmées, que je chantais dans les réunions informelles. Très vite, je préférai les chants aux prêches car j'en avais assez de m'entendre proclamer des vérités. Jamais je ne me lassais de chanter.

Bientôt, en me voyant, les gens attendaient de moi quelques notes de musique, ne fût-ce qu'un poème récité au son d'un petit luth. Dans le même temps, je m'amusais à un petit jeu à l'insu de tout le monde : j'essayais de voir combien de jours je pouvais tenir sans parler, en chantant seulement, sans irriter les gens ni qu'ils s'en rendent compte.

Dix ans après mon arrivée en Italie, je fus ordonné prêtre. Cela aurait pu se produire plus tôt, mais je tenais à étudier avec soin et sans précipitation avant d'entrer dans les ordres. Je passais mon temps à voyager, à parcourir les routes, à rencontrer des gens et à les accueillir avec le nom de Dieu. Le temps ne comptait pas. En fait, je n'étais pas pressé de rencontrer mon destin.

À partir de mon ordination, je n'eus plus aucune crainte de la maladie. Je chantais pour ceux qui n'avaient plus le souci du confort physique et j'entrais dans des lieux où personne n'osait aller.

Mais tout n'était pas parfait. De temps à autre, je me rappelais ma naissance. La nuit, je me réveillais en sursaut, me disant qu'elle était imaginaire, puis me recouchais dans l'obscurité. Mais elle ne l'était pas. Je n'avais d'autre mère ni d'autre père que ceux que j'avais connus. Je n'étais pas celui que l'on croyait. Je revoyais la reine, le fleuve et les Highlands comme dans un cauchemar.

Après ces moments tumultueux, j'avais toujours l'impression que les gens qui me suivaient redoublaient de surveillance. Bien entendu, je me faisais le reproche d'avoir trop d'imagination mais, plus j'y pensais, plus ma vie prenait un tour étrange.

Et puis, de temps en temps, je contrais ma nature d'une façon très particulière et spontanée. J'adorais le goût du lait et le diable me tentait sans arrêt par des visions de seins de femme. Même pendant le Carême, je ne supportais pas le jeûne et devais à tout prix boire du lait. C'était le plus grave de mes péchés. Parfois, je prenais du fromage à pleines poignées et le mangeais. Tous les aliments mous m'étaient un régal mais mon appétit pour le fromage et le lait était sans limites.

Un jour, je me promenais dans un pré où paissaient des vaches. Le soleil se levait et j'étais seul. Ou, du moins, le croyais-je. Je me mis à genoux sous une vache et bus au pis, faisant gicler le lait directement dans ma bouche.

Lorsque je fus rassasié, je m'allongeai dans l'herbe en observant le ciel. Je n'étais pas fier de moi. Un vieux fermier arriva. Il portait des vêtements usés mais propres et bien reprisés et son visage était tanné par le soleil.

Il me murmura quelque chose et, rempli de frayeur, s'enfuit en courant. Je me levai et lui courus après, en soulevant ma robe pour ne pas me prendre les pieds dedans.

– Que m'avez-vous dit? lui demandai-je.

L'homme me murmura des paroles hostiles, une malédiction, peut-être, et s'enfuit à nouveau.

J'étais rempli de honte. Cet homme savait que je n'étais pas un être humain et, de ce jour, le fait de tromper mon entourage commença à me ronger l'esprit.

Je revis le fermier en ville. Il me reconnut. J'aurais juré qu'il murmurait des messes basses à mon sujet. Mais je me faisais sans doute des idées. J'oubliai l'incident. Puis, un matin que je sortais de ma cellule, je découvris devant ma porte un grand pichet de lait frais. J'étais très troublé. L'espace d'un instant, je me demandai où j'étais, qui j'étais et ce qui se passait. Je savais seulement que c'était une offrande, et que cela s'était déjà produit bien des fois auparavant : la lande, les Petites Gens, un géant parmi eux s'approchant du cercle et des offrandes de lait. La tête me tournait. C'était la première fois depuis un nombre d'années immémorable que je revoyais le cercle de pierres et les cercles concentriques de silhouettes.

Je ramassai le pichet et bus goulûment le lait, comme à mon habitude. Je levai les yeux et aperçus, de l'autre côté du jardin du monastère, dans l'ombre du cloître, des gens qui s'éloignaient précipitamment.

Je crois que certains moines les virent aussi. Je ne savais que penser et je n'osais en parler à personne. Je dis à saint François que j'étais son instrument et que mon seul souci était de servir Dieu.

Le soir même, j'eus la certitude qu'un Hollandais me suivait. Le lendemain matin, je retournai à Assise pour parler à saint François, renouveler mes vœux et purifier mon âme.

Les jours suivants, une foule de gens vinrent me demander de les guérir. Je leur imposai les mains et obtins parfois des résultats étonnants. Je me rendais compte que les paysans murmuraient à mon sujet et des offrandes de lait commencèrent à faire leur apparition dans les endroits les plus singuliers. Il arrivait qu'en haut d'une rue je trouve un pichet posé sur les pavés.

Depuis peu, j'avais un autre souci : et si je n'avais pas été baptisé! Je doutais que la sage-femme et les dames de la cour terrifiées y aient pensé. Tout en ruminant ce doute, j'essayai de me rappeler tous les détails concernant ce pays du Nord où j'étais né. Si je n'étais pas baptisé, je n'aurais jamais dû être ordonné prêtre, et changer le pain et le vin en corps et en sang du Christ n'avait plus aucun sens.

Mes diverses activités ne parvenaient plus à me distraire de ces idées noires et je sombrai dans la mélancolie. Je ne parlais plus à personne.

Enfin, je réussis à me persuader que j'avais forcément imaginé ma naissance en Angleterre. Donnelaith. Je n'avais jamais entendu parler d'une cathédrale ni de moines de notre ordre dans cet endroit. Henri VIII avait bel et bien persécuté mes coreligionnaires pendant des années, mais la bonne reine Marie venait de réhabiliter le culte catholique.

En revanche, si ce que je croyais imaginer était la vérité, je n'étais vivant que depuis vingt ans et tous mes souvenirs d'enfance s'étaient purement et simplement effacés de ma mémoire. Mais je n'y croyais pas. Et plus je broyais du noir, plus ce qui m'entourait me paraissait suspect, et plus j'étais tourmenté.

Finalement, je décidai de me trouver une femme. J'en avais toujours brûlé d'envie et, vis-à-vis de moi-même, je pris pour prétexte de vérifier si j'étais vraiment un homme.

Je me figurais que, dans les bras d'une femme, je pourrais découvrir si j'étais suffisamment animal pour posséder une âme immortelle! Cette contradiction me faisait rire, mais c'était ce que je ressentais. J'avais envie d'être humain et, pour savoir si je l'étais, je devais commettre un péché mortel.

Je me rendis dans l'un des nombreux bordels de Florence que je connaissais pour y avoir porté les sacrements à plus d'une mourante. Une fois, même, j'y avais administré l'extrême-onction à un malheureux marchand qui avait rendu l'âme dans les bras d'une femme. J'allais souvent dans ce bordel vêtu de mon habit ecclésiastique et cela ne choquait personne.

Cette fois, j'y pénétrai en exultant intérieurement. Les femmes m'accueillirent joyeusement : « Gentil père Ashlar! » Elles me parlaient toujours comme si j'étais un enfant ou un crétin.

Mais le dégoût me prit. Je fis demi-tour, retournai sur la *piazza*, descendis la rue jusqu'au bord de l'Arno et m'engageai sur le pont le plus proche. Il était encombré de gens allant et venant et de boutiquiers très affairés. J'aperçus soudain un homme qui m'observait, que je reconnus tout de suite pour un Hollandais, à sa tenue caractéristique. Je m'avançai vers lui mais, en un éclair, il se fondit dans la foule.

J'étais exténué. J'écartai les bras et me mis à chanter. Au beau milieu du pont, le cœur rempli de peur et de chagrin, je tentai de réconcilier mes souvenirs avec ma dévotion au Christ. Je chantai. Cela n'avait rien d'inhabituel : à cette heure du jour, les rues de Florence étaient un spectacle permanent. Un franciscain illuminé chantant en se balançant pouvait presque passer inaperçu.

Cependant, petit à petit, quelques personnes me remarquèrent. Se détournant de leurs activités, elles commencèrent à se rassembler autour de moi pour m'écouter et me regarder. Absorbé par mon chant, j'aperçus soudain dans mon auditoire une femme magnifique aux longs cheveux blonds et dont les yeux verts ressemblaient à ceux du père de Donnelaith.

Quelque chose d'incroyable se produisit alors. Elle baissa son voile, s'en alla, et je me rendis compte que son visage surmontait en réalité son dos, c'est-à-dire que sa tête était posée à l'envers sur ses épaules. J'étais complètement subjugué.

Le coup de foudre fut aussi instantané qu'insupportable, d'autant qu'une pensée exaltante vint s'y superposer : comme moi, cette femme était un monstre.

Je laissai mon chant s'éteindre et repoussai les badauds qui voulaient me faire l'aumône. Je leur dis d'apporter leurs dons à l'église, à ceux qui les méritaient. Et je suivis la femme, qui m'attendait dans une rue voisine. Une fois de plus, elle montra son visage puis repartit. Nous nous retrouvâmes bientôt dans une petite allée et je continuais de voir son visage dans son dos chaque fois qu'elle relevait son voile.

Finalement, elle fit volte-face dans un frou-frou de soie, de satin et de velours et cogna fort sur une porte. Au moment où celle-ci s'ouvrait et que je me précipitais pour apercevoir une dernière fois la femme, elle m'attrapa par le poignet et me tira à l'intérieur.

C'était un jardin étroit, une de ces cours intérieures fréquentes à Florence, aux vieux murs ocre écaillés, où des fleurs aux couleurs vives s'épanouissaient au soleil. Sous un arbre, trois femmes étaient assises sur un banc. Toutes richement vêtues, elles arboraient des poitrines généreuses qui me rendirent fou. Quant à celle qui m'avait amené, je me rendis compte avec stupéfaction qu'elle était tout à fait normale. Son visage était bien sur le devant de son corps, comme tout le monde. Elle m'avait joué une espèce de tour de passe-passe à l'aide de ses voiles et ses cheveux.

Elle me l'avoua sans attendre et toutes quatre partirent d'un éclat de rire inextinguible.

La tête me tournait. Soudain, les femmes m'entourèrent en me disant : « Père Ashlar, enlevez vos vêtements. Restez un peu avec nous dans ce jardin. » La blonde, qui répondait au prénom de Lucrèce, me raconta qu'elle m'avait jeté un sort pour que je la suive mais que je n'avais rien à craindre, qu'elles n'étaient pas des sorcières. En fait, leurs hommes étaient partis chasser dans la campagne et elles étaient livrées à elles-mêmes.

Partis chasser? C'était vraiment curieux. Mais je compris : ces femmes étaient des putains libres pour la journée et j'étais l'objet de leurs désirs.

– Nous sommes fières de faire votre initiation, jeune puceau, dit la plus âgée, qui était aussi belle que les autres.

Elles m'entraînèrent jusque dans la chambre, m'ôtèrent mes sandales et ma robe, puis se débarrassèrent joyeusement de leurs propres vêtements. Nues comme des nymphes, elles riaient de joie et dansaient autour de moi en chantant, prenant un malin plaisir à choquer le jeune franciscain que j'étais et qui, malgré sa barbe, avait tout d'un enfant.

Mais je n'étais pas choqué. L'étrange réminiscence me vint d'un temps où le monde n'était autre qu'un jardin de délices, où les gens vivaient nus, jouaient, chantaient et dansaient au milieu de fleurs magnifiques et de fruits délicieux.

La peur m'étreignit soudain, et cette vision disparut dans le néant. J'eus alors, malgré moi, un comportement de satyre avec ces femmes, les poursuivant gaiement jusqu'à ce qu'elles s'écroulent avec moi sur le grand lit et me couvrent de baisers. J'empoignai les seins de celle qui était la plus proche et les suçai jusqu'à ce qu'elle crie de douleur. Les autres embrassaient mes épaules nues, mon dos, mes organes génitaux et ma poitrine.

Subitement, je me revis dans la chambre de ma naissance, dans les bras de ma mère, éprouvant le plaisir sauvage de lui téter violemment le sein. Ivre de plaisir, le sexe en érection, je me mis à chevaucher une femme après l'autre, criant d'extase, et les reprenant tour à tour une nouvelle fois.

C'était le soir. Les étoiles brillaient au-dessus de la cour. Le vacarme de la ville s'amenuisait.

Je m'endormis. J'étais avec ma mère, qui ne me haïssait pas et ne criait pas de terreur. C'était une longue créature comme moi, bien trop longue pour être une femme réelle, qui me caressait de ses doigts trop longs comme les miens. Comment personne ne s'était-il aperçu que j'étais un monstre? Comment pouvait-on aussi facilement tromper les gens?

Je rêvais. Dans la brume, des gens criaient et sanglotaient, des hommes couraient de tous côtés. C'était un massacre. « Taltos! » hurla quelqu'un. Je revis le fermier dans le champ, près de Florence, l'entendis murmurer « Taltos! » et vis un pichet de lait devant moi.

Assoiffé, je me réveillai, m'assis, et regardai tout autour de moi. Les quatre femmes étaient immobiles, les yeux ouverts. C'était une vision aussi horrible que le visage de la femme à l'arrière de sa tête. Je tendis le bras pour secouer la blonde, tant son regard était fixe. Au moment même où je la touchais, je vis qu'elle baignait dans une mare de sang. Elles étaient toutes mortes! Une de chaque côté de moi et les deux autres par terre. Le lit était maculé de sang. Incapable de contrôler ma lâcheté, je me ruai dans la cour et m'effondrai près de la fontaine, sur les genoux, tremblant de tout mon corps, refusant de croire ce que mes yeux avaient vu. Je me relevai et retournai sur les lieux. C'était pourtant la vérité. Je posai mes mains sur les femmes mais aucune ne se réveilla. J'étais incapable de les ramener à la vie.

Je ramassai mes affaires, m'habillai et m'enfuis.

Comment étaient-elles mortes? Je me rappelai l'avertissement du franciscain : « Ne touche jamais une femme. »

La ville était plongée dans l'obscurité et je retournai au monastère, où je m'enfermai dans ma cellule. Le matin venu, la nouvelle avait fait le tour de la ville : un nouveau fléau avait frappé.

Comme toujours lorsque j'étais perturbé, je pris à pied le chemin d'Assise. L'hiver approchait et le voyage promettait de ne pas être facile. Mais je ne m'en souciais pas. Un homme me suivait à cheval. J'étais désespéré.

Dès que j'atteignis le monastère, je priai saint François de me guider et la Vierge Marie de me pardonner pour ce que j'avais fait à ces femmes. Je m'allongeai sur le sol de la chapelle, les bras en croix, comme le font les prêtres pour leur ordination. J'implorai la compréhension et le pardon de Dieu et pleurai. Je refusais de croire que mon péché avait tué ces femmes.

Je me représentai l'Enfant Jésus et devins un nouveau-né sans défense. « Christ, viens-moi en aide, notre sainte Mère l'Église, viens-moi en aide. Que dois-je faire? »

Je me confessai à l'un des prêtres les plus âgés.

C'était un Italien de retour d'Angleterre, où de nombreux protestants étaient persécutés. Nous reconstruisions nos monastères et envoyions là-bas des prêtres pour servir les catholiques qui avaient conservé la foi pendant toutes les années de persécution.

Je choisis ce prêtre en particulier parce que je voulais tout lui avouer : ma naissance, mes souvenirs, les choses étranges que l'on m'avait dites. Mais lorsque je m'agenouillai dans le confessionnal, je me rendis compte que j'allais passer pour un fou. Je n'étais autre qu'un homme et j'avais eu dans quelque endroit une enfance que, pour une raison qui m'échappait, j'avais effacé de mon esprit et de mon cœur.

Je lui confessai donc seulement que j'avais fait l'amour avec des femmes, que je leur avais apporté la mort mais que j'ignorais pourquoi.

Mon confesseur se mit à rire doucement, d'une façon rassurante. Je n'avais pas tué ces femmes. Au contraire, Dieu m'avait préservé du fléau qui leur avait ôté la vie. C'était le signe du destin particulier qui m'était réservé. Je ne devais plus y penser. Je n'étais pas le seul prêtre à s'être laissé séduire par une putain. L'important était de se montrer plus grand que le péché et le remords et de continuer à servir Dieu.

– Oublie ta fierté, Ashlar. Tu as succombé comme les autres. N'y songe plus. Tu sais que ce plaisir n'est rien et Dieu t'a épargné ce fléau pour sa propre gloire.

Il ajouta qu'un moment viendrait où l'Angleterre aurait besoin de moi et qu'il me faudrait y retourner.

– La reine Marie est mourante. Si la couronne va à Elizabeth, la fille de la sorcière, les catholiques seront de nouveau persécutés.

Je quittai le confessionnal, fis pénitence et sortis dans les champs balayés par le vent d'hiver.

J'étais malheureux. Je ne me sentais pas absous. Les yeux hagards, je marchais d'un pas incertain. J'avais tué ces femmes, je le savais. Je les avais prises pour des sorcières mais je m'étais trompé. Ce visage dans le dos n'était qu'une illusion.

Mais qu'y avait-il derrière tout cela? Quelle était la clé de ce mystère? Il n'y avait qu'un moyen de le savoir : aller en Angleterre comme missionnaire, combattre les protestants et chercher la vallée de Donnelaith. Si je trouvais le château, la cathédrale et le vitrail de saint Ashlar, je saurais que je n'avais rien imaginé. Je devais retrouver les membres du clan. Je devais découvrir la signification des paroles qu'on m'avait dites, selon lesquelles j'étais Ashlar, celui qui revenait toujours.

Je marchais seul en tremblant, me disant que même dans ma belle Italie il pouvait faire froid. Ou était-ce une réminiscence de l'endroit glacial où j'étais né? Ce fut un moment atroce. Je n'avais encore jamais eu envie de quitter l'Italie. « Tu peux choisir », m'avait dit le prêtre à Donnelaith.

Ne pouvais-je choisir de rester ici au service de Dieu et de saint François? Ne pouvais-je pas oublier le passé? Je ne toucherais plus jamais à une femme. Elles ne mourraient plus. Et saint Ashlar? Quel était ce saint qui n'avait même pas sa fête dans le calendrier? Oui, rester ici. Rester au soleil de l'Italie, dans cet endroit qui est chez toi.

Un homme à cheval me suivait encore. Je l'avais remarqué dès ma sortie de la ville. Un bruit de galop approchait. L'homme était entièrement vêtu de noir et sa monture était noire aussi.

– Puis-je vous proposer mon cheval, mon père?

Il avait l'accent des marchands hollandais. Je l'avais suffisamment entendu à Florence, à Rome et partout où j'étais allé. Ses cheveux étaient blond-roux et ses yeux bleus. Germanique. Hollandais. C'était pareil pour moi. Un homme venant d'un monde où les hérétiques régnaient.

– Vous savez bien que non, répondis-je. Je suis franciscain et ne monte pas à cheval. Pourquoi me suivez-vous? Je vous ai déjà vu bien des fois dans Florence.

– Vous devez me parler, dit l'homme. Vous devez venir avec moi. Les autres n'ont pas la moindre idée de votre nature secrète. Moi, je sais.

J'étais horrifié. C'était comme si une épée suspendue depuis longtemps au-dessus de ma tête venait de tomber. J'en eus le souffle coupé et me pliai en deux comme si j'avais été frappé. En chancelant, j'entrai dans le pré voisin et m'allongeai dans l'herbe tendre en me protégeant les yeux d'une main contre le soleil aveuglant.

Il descendit de cheval et me suivit en le tenant par les rênes. Il s'arrêta volontairement entre le soleil et moi afin que je puisse retirer ma main de mes yeux. Il était de constitution robuste, comme tous les gens du nord de l'Europe, ses sourcils étaient épais et ses joues pâles.

– Je sais qui vous êtes, Ashlar, me dit-il dans un italien teinté d'accent hollandais.

Puis il s'adressa à moi en latin.

– Je sais que vous êtes né dans les Highlands et que vous appartenez au clan de Donnelaith. J'ai entendu le récit de votre naissance peu de temps après votre départ. L'histoire s'est répandue dans de nombreuses régions. J'ai mis des années pour vous retrouver et, depuis, je n'ai cessé de vous observer. Je vous ai reconnu à votre taille, à la longueur de vos doigts, à votre façon de composer des vers et de les chanter, mais aussi à votre appétit pour le lait. Je vous ai vu accepter les offrandes des paysans. Mais savez-vous ce qu'ils vous feraient s'ils le pouvaient? Ceux de votre race ont toujours aimé le lait et le fromage et, dans les régions boisées du monde, les paysans le savent et laissent toujours des offrandes sur une table ou devant une porte.

– De quoi parlez-vous? Me prenez-vous pour un esprit des bois? Quelque génie ou démon familier? Je ne suis rien de tout cela.

J'avais mal à la tête. Cet instant était-il réel? Cette herbe autour de moi tandis que je me mettais debout? Ce ciel bleu au-dessus de ma tête? Ou alors, la réalité était-elle mes affreux souvenirs et les paroles de cet homme?

– Il y a quelques nuits, à Florence, vous avez apporté la mort à des femmes. C'est la preuve.

– Mon Dieu! Vous êtes au courant? C'est la vérité, dis-je en fondant en larmes. Mais comment les ai-je tuées? Pourquoi sont-elles mortes? Je n'ai rien fait de plus que ce que font les autres hommes.

– Vous apporterez la mort à toutes les femmes que vous toucherez. Ne vous en a-t-on pas averti avant votre départ de la vallée? Comme ils ont été fous de vous envoyer au loin! Nous avons observé et vous avons attendu pendant des années. Ils auraient dû nous prévenir. Ils savent qui nous sommes et que nous leur aurions donné de l'or en échange de vous. Mais ils sont complètement bornés.

Je n'en croyais pas mes oreilles.

– Vous parlez de moi comme d'une marchandise! Je suis le fils de mon père!

Se tordant les mains, il continua de m'implorer :

– Nos émissaires n'ont cessé de leur en parler, mais ils sont superstitieux et aveugles.

– Des émissaires? De qui? De Satan? Qui est aveugle? Dieu du ciel! Faites-moi la grâce de m'expliquer. Cessez de me parler par énigmes ou je vous tue! Dites-moi pourquoi j'ai tué ces femmes, sinon, Dieu aie pitié de moi, je vous romprai le cou de mes propres mains.

Furieux, je me levai. L'envie me démangeait de le saisir à la gorge. Ma colère avait été instantanée et totale. Je m'approchai de l'homme et vis qu'il avait peur. J'étais bien plus grand que lui. Lorsque je tendis les mains, il tomba à la renverse.

– Ashlar, écoutez-moi. Ce ne sont pas des mensonges. C'est la pure vérité. Aucune femme ordinaire ne peut porter un enfant de vous. Seules le peuvent une sorcière, une bâtarde naine, née d'un mâle de votre espèce et d'une sorcière, ou une femme de votre race.

J'étais abasourdi. Une femme de ma race! Mon imagination s'emballait : une beauté de haute taille, au teint pâle, au pied léger et aux doigts graciles comme les miens. N'avais-je pas eu une vision de cette créature lorsque j'étais avec les putains? Avais-je rêvé?

J'étais complètement désemparé. Puis, je repensai à ma mère. Elle n'était pas une femme de ma race. Elle avait tendu sa main et montré la marque de la sorcière.

– Vous n'imaginez pas le danger, dit le Hollandais, si les paysans ignares de ce pays ou d'un autre venaient à tout découvrir. Pourquoi croyez-vous que les Écossais vous ont envoyé au loin en grande hâte?

– Arrêtez! Vous me faites peur. Je mène une vie de paix et d'amour au service de mon prochain. On m'a envoyé ici pour que je devienne prêtre.

Le calme revint en moi. Je croyais en mes propres paroles. Je levai les yeux vers le ciel et sa beauté me sembla la preuve absolue de la grâce de Dieu.

– On vous a envoyé au loin pour que les paysans ne vous détruisent pas ainsi qu'ils l'ont toujours fait à ceux de votre race. Votre vue, votre odeur, la promesse de votre semence pourraient leur faire brutalement retrouver leurs manières cruelles et païennes.

– Mais de quelle race parlez-vous?

C'en était trop. Je serrai les poings, incapable de lever la main sur cet homme et de lui faire du mal. De toute ma vie, je n'avais jamais frappé quelqu'un. J'abhorrais la violence. Je me mis à pleurer et m'enfuis.

– Venez avec moi, cria-t-il en courant pour me rattraper. Je ferai des provisions pour le voyage. Vous ne possédez aucun effet personnel, juste le bréviaire que vous avez avec vous. Rien ne nous empêche donc de partir tout de suite pour Amsterdam. Lorsque vous y serez en sécurité, je vous dirai la vérité.

– Il n'en est pas question! Amsterdam! Ce repaire d'hérétiques. C'est en enfer que vous voulez m'emmener!

Je me retournai.

– Et je vous prie de vous expliquer, repris-je. Qu'insinuez-vous? Que je ne suis pas un mortel?

J'étais si menaçant qu'il prit peur et se mit en position de défense.

– Votre corps est trompeur, et votre âme, quelle est-elle? Dans les légendes anciennes, les êtres de votre espèce n'ont pas d'âme à convertir ni à sauver. Sous une forme invisible, ils errent dans les ténèbres pour l'éternité, entre le ciel et la terre. Parce que le ciel vous est interdit, et votre unique espoir est de reprendre une enveloppe charnelle.

J'étais horrifié. D'une part que l'on puisse avoir une telle opinion sur moi et, d'autre part, que de telles créatures puissent exister. Sans âme. Errant dans les ténèbres parce que le ciel leur est interdit. Je me remis à pleurer.

Enfin, je m'essuyai les yeux et regardai l'homme qui avait formulé avec des mots une pensée aussi odieuse. Ses paroles craquaient dans ma tête comme une bûche humide dans un feu. Et plus je le regardais, plus j'avais l'impression de voir un être vil, un émule de Satan.

– Vous prétendez que je n'ai pas d'âme? Comment osez-vous dire une pareille chose?

Hors de moi, je le frappai. Il tomba par terre. J'étais stupéfait par ma force et épouvanté par ce nouveau péché que je venais de commettre.

Je me mis à courir. L'homme me suivit, mais pas de trop près. Il semblait pris de panique lorsque j'entrai dans le monastère. Mais il resta en arrière et je me demandai si c'était la croix, l'église et le lieu saint tout entier qui lui faisaient peur.

Cette nuit-là, je pris ma résolution. Je descendis dans l'église et dormis sur les pierres devant la tombe de saint François, après lui avoir adressé une prière : « Saint François, comment se pourrait-il que je n'aie pas d'âme? Guide-moi. Aide-moi. Marie, mère de Dieu, je suis ton enfant. Je suis désespéré et seul. »

Je tombai dans un profond sommeil, où je vis des anges et le visage de la Vierge. Je me fis tout petit entre ses bras, contre sa poitrine. Saint François me dit que mon destin était de retourner en Écosse, là où tout avait commencé pour moi.

Je n'avais pas envie de quitter Assise juste avant Noël, de ne pas être présent pour la grande procession ni pour aider à préparer la crèche. Mais je savais que, dès que j'en aurais reçu la permission, je partirais.

Aller vers le nord et trouver Donnelaith.

J'allai voir notre père supérieur, un homme sage et amical qui avait servi toute sa vie dans le lieu de naissance de saint François. Il m'écouta calmement puis me dit :

– Ashlar, si tu vas là-bas, tu mourras en martyr. La nouvelle vient d'atteindre l'Italie : la fille de la sorcière Boleyn, Elizabeth, a été couronnée reine d'Angleterre et l'on a recommencé à brûler des catholiques sur des bûchers.

La sorcière Boleyn. Je mis un moment à me rappeler qui elle était : la maîtresse d'Henri VIII, celle qui l'avait envoûté et retourné contre l'Église. Oui, Elizabeth, sa fille. Et la bonne reine Marie, qui avait tenté de ramener le pays à la foi, était morte.

– Cela ne m'arrêtera pas, mon père. C'est impossible.

Je lui racontai tout.

Tout en arpentant la pièce, je parlai et parlai de tout ce qui m'était arrivé depuis le début. Le Hollandais étrange, le vieux laird, mon père, saint Ashlar dans son vitrail, le prêtre qui m'avait dit : « Tu es saint Ashlar qui est revenu. Tu peux être un saint. »

J'étais persuadé qu'il allait se mettre à rire, comme mon confesseur lorsque je lui avais parlé des femmes.

Je fus stupéfait. Le père resta silencieux un long moment puis appela l'un des frères qui, quelques instants plus tard, pénétra dans la pièce.

– Tu peux dire à l'Écossais de venir.

– L'Écossais, demandai-je. Qui est-ce?

– Cet homme est venu d'Écosse pour te ramener et nous l'avons empêché d'accomplir sa mission. Nous ne l'avons pas cru. Mais tu viens de confirmer ses dires. C'est ton frère. Il vient de la part de ton père.

Je fus pris au dépourvu. En fait, en révélant toute l'histoire je voulais que l'on me traite de menteur, que l'on me reproche mon imagination fertile et que l'on me rassure sur la réalité.

– Amenez-moi le jeune fils du comte, dit à nouveau le père supérieur au frère, ébahi.

J'étais un animal traqué. Je regardai les fenêtres comme une voie de fuite possible.

Je craignais terriblement que l'homme qui allait entrer dans la pièce ne soit le Hollandais. C'est impossible, me dis-je. Je suis en état de grâce. Dieu ne laissera pas le diable m'emmener en enfer. Je fermai les yeux et tentai de sonder mon âme. Qui pouvait prétendre que je n'avais pas d'âme?

Entra dans la pièce un homme de haute taille et aux cheveux roux, dont les vêtements rustiques trahissaient l'origine. Il portait un vêtement en tissu écossais, une fourrure mal coupée et des chaussures de cuir grossières. À côté des Italiens civilisés aux atours raffinés, on aurait dit un homme des bois. Quelques mèches de ses cheveux étaient brunes et ses yeux étaient sombres. J'eus l'impression de le reconnaître, mais j'étais incapable de me rappeler d'où.

Puis je revis les hommes près de la cheminée où se consumait la bûche de Noël, le laird ordonnant: « Jetez-le au feu! » et les hommes s'apprêtant à lui obéir. Il faisait partie du clan mais il était trop jeune pour avoir été présent à l'époque.

– Ashlar! dit-il. Nous sommes venus te chercher. Nous avons besoin de toi. Notre père est le laird, désormais. Et il veut que tu rentres chez nous.

Il tomba à genoux et embrassa ma main.

– Ne fais pas cela, dis-je doucement. Je ne suis que l'instrument de Dieu. Embrasse-moi, d'homme à homme, si tu veux, et dis-moi ce qui t'amène.

– Je suis ton frère, dit-il en m'étreignant. Ashlar, notre cathédrale est toujours debout et notre vallée existe encore, par la grâce de Dieu. Mais plus pour longtemps. Les hérétiques menacent de nous attaquer avant Noël. Ils veulent détruire nos rites. Ils nous traitent de païens, de sorciers et de menteurs. Mais ce sont eux qui mentent. Tu dois nous aider à défendre la vraie foi. L'Angleterre et l'Écosse sont ensanglantées.

Je l'examinai pendant un long moment. Puis je regardai le visage enflammé du père supérieur et celui du frère, qui semblait me considérer comme un saint. Je savais ce dont les hérétiques étaient capables et les termes qu'ils employaient à notre égard leur convenaient mieux qu'à nous.

Je pensai au Hollandais dehors, qui attendait et observait. Tout cela était peut-être un de ses tours. Mais non! Cet Écossais était bien le fils de mon père. Leur ressemblance était frappante. Il disait vrai.

– Viens avec moi, me dit mon frère. Notre père nous attend. Tu as répondu à nos prières. Tu es le saint envoyé par Dieu pour nous diriger. Il nous faut partir sans plus attendre.

Je ne pouvais m'empêcher de penser qu'une partie de tout cela était vrai et que l'autre était fausse. Ma naissance. Ma mère, qui était une sorcière et peut-être plus encore. J'étais le saint, et l'heure était venue.

En résumé, je savais parfaitement que ce qui m'attendait était un mélange d'imaginaire et de réalité. Je résolus de tout accepter en bloc.

– Je viens avec toi, mon frère, dis-je.

Et avant que ma raison ne me dicte le contraire, je m'immergeai immédiatement dans le rôle qui m'était attribué.

Je priai toute la nuit pour avoir le courage nécessaire. Si je devais être persécuté, je voulais être assez fort pour accepter de mourir pour ma foi.

Ma mort aurait un sens. À l'aube, j'étais convaincu que mon destin était celui d'un martyr. Mais, avant les flammes mortelles, j'avais beaucoup à faire.

Tôt le matin, j'allai voir notre supérieur et lui présentai deux requêtes. La première était qu'il m'emmène jusqu'au baptistère et me baptise au nom du Père, du Fils et du Saint-Esprit, comme si cela n'avait pas été déjà fait. La seconde était qu'il m'impose les mains et m'ordonne prêtre, comme un autre prêtre l'avait fait pour lui, et un autre pour celui-là, et ainsi de suite, en remontant jusqu'au Christ qui avait posé ses mains sur Pierre en disant : « Tu es Pierre, et sur cette pierre je bâtirai mon Église. »

– Oui, mon fils, mon très cher Ashlar, me dit-il. Viens avec moi. Si tu as besoin de ces gestes pour te procurer la force nécessaire, au nom de saint François, je les ferai pour toi. Pendant toutes ces années, tu n'as rien demandé. Suis-moi.

Ainsi, je fus certain d'être un enfant de Dieu, né de l'eau et de l'esprit, et un prêtre de Dieu bénit par l'onction.

– Saint François, sois avec moi.

Il fut décidé que nous voyagerions principalement à travers la France catholique pour atteindre la mer et je fus dégagé de mon vœu de ne pas monter à cheval. Les circonstances l'exigeaient.

Nous nous mîmes en route pour notre long voyage. Nous étions cinq, tous des Highlanders, et nous nous efforçâmes de brûler les étapes, campant parfois dans la forêt. À part moi, tous les hommes étaient lourdement armés.

Je revis le Hollandais à Paris. Nous étions devant Notre-Dame, un dimanche matin, parmi la foule de cette ville catholique se rendant à la messe. Il s'approcha de moi.

– Ashlar! dit-il. Vous êtes fou de retourner dans la vallée.

– Laissez-moi tranquille, lui criai-je.

Mais quelque chose sur le visage de l'homme me retint : une froideur, une résignation, presque du mépris. Comme s'il était préparé à mon comportement, prévisible et désordonné. Il se mit à marcher à côté de moi. Mon frère et ses hommes le foudroyèrent du regard, prêts à le transpercer de leurs dagues.

– Venez avec moi à Amsterdam, implora-t-il. Je vous y raconterai ma version des faits. Si vous retournez dans la vallée, vous mourrez. On tue les prêtres en Angleterre, et ils vous prennent pour un simple prêtre. Vous serez un animal de sacrifice pour les gens de la vallée. C'est un jeu de dupes.

Je me rapprochai de lui.

– Racontez-moi tout ici, à Paris. Asseyons-nous et je vous écouterai...

Avant que je n'aie achevé ma phrase, mon frère fit tourner le Hollandais sur lui-même et lui assena un coup qui l'envoya s'écrouler parmi la foule. Des cris de panique s'élevèrent.

– On t'a déjà dit de ne pas t'approcher des nôtres et de notre vallée, dit mon frère avant de cracher au visage du Hollandais.

Celui-ci me regarda et je lus de la haine dans ses yeux. Ou était-ce de la contrariété?

Mon frère et ses hommes me tirèrent à l'intérieur de Notre-Dame.

Un animal de sacrifice!

Mon esprit n'était plus en paix. Tout le bénéfice du voyage était perdu. J'aurais juré que plusieurs témoins de l'incident avaient compris qui j'étais et me regardaient avec circonspection et fourberie.

J'allai recevoir la communion.

Mon Dieu, viens en moi, trouve-moi innocent et pur.

La foule de Paris était remplie de silhouettes étranges. Toutes semblaient me regarder. Les bohémiens, les bossus et les estropiés. Je fermai les yeux et chantai dans ma tête.

Le lendemain soir, nous enfilâmes des vêtements ordinaires et embarquâmes pour l'Angleterre. La mer baignait dans un brouillard opaque. Il faisait très froid. J'entrais à nouveau dans le pays de l'hiver, des ciels bas et du soleil parcimonieux, du froid et des mystères, des secrets et des terribles vérités.

Nous touchâmes terre quatre nuits plus tard, clandestinement, car Elizabeth faisait pourchasser et brûler les prêtres. Nous nous enfonçâmes à l'intérieur des terres. En arrivant dans les Highlands, l'hiver s'empara de moi comme une toile d'araignée ayant attendu sa proie. Les montagnes escarpées avaient l'air de dire : « Nous te tenons. Tu as gâché la chance qu'on t'avait donnée. »

Je n'arrêtais pas de penser à l'homme d'Amsterdam. Mais j'étais résolu : dès mon arrivée à Donnelaith, j'exigerais la vérité de mon père. Non pas les légendes, mais la raison pour laquelle j'avais lu de la peur dans les yeux de ma mère et de tant d'autres.

Trente-six

SUITE DU RÉCIT DE LASHER

La vallée était assiégée. Le défilé principal était fermé par des barricades. Nous passâmes par le tunnel secret, qui semblait avoir rétréci et être devenu encore plus dangereux pendant mes années d'absence. Parfois, il était si escarpé, si sombre et envahi d'herbes folles que je crus que nous allions rebrousser chemin.

Des milliers de croyants s'étaient réfugiés dans la vallée pour fuir les guerres de religion qui faisaient rage dans les villes. Ils n'étaient pas aussi nombreux que les habitants de Rome ou de Paris mais, pour ce pays solitaire et désolé, ils étaient beaucoup. Des abris de fortune avaient été dressés le long des murailles de la ville et contre les arcs-boutants de la cathédrale. Un millier de feux envoyaient leur fumée dans le ciel neigeux. Ici et là, des tentes richement ornées donnaient l'impression qu'une guerre princière était en cours.

Le ciel s'assombrissait et le soleil teintait d'orange les nuages des montagnes. La cathédrale était illuminée. L'air était froid, mais pas glacial, et les magnifiques vitraux jetaient dans l'obscurité une lumière ardente. Les eaux du loch retenaient jalousement les dernières lueurs du jour et des gardes armés patrouillaient le long de ses rives.

– J'aimerais d'abord prier, dis-je à mon frère.

– Non, nous devons nous rendre tout de suite au château. Ashlar, c'est un miracle que nous n'ayons pas encore été incendiés. C'est la veille de Noël. Ils ont juré de nous attaquer cette nuit. Parmi nous, certaines factions sont favorables aux protestants et pensent que Calvin et Knox sont la voix de la conscience. Et puis, il y a les vieux, les superstitieux. Une guerre civile peut éclater à tout moment dans notre peuple.

– Très bien, dis-je.

Mais j'étais impatient de voir la cathédrale, de me rappeler la première fois que j'avais vu la crèche, l'enfant, le bœuf, la vache et l'âne attachés à leur piquet, au milieu d'une délicieuse odeur de foin et de verdure. La veille de Noël! L'enfant Jésus n'était donc pas encore dans la mangeoire. J'aurais peut-être le temps de l'y déposer moi-même. Malgré moi, malgré le froid et l'obscurité, je songeai que j'étais chez moi.

Le château était à peu près tel que dans mes souvenirs. Une espèce d'énorme empilement de pierres sans grâce, un édifice aussi laid que ceux construits par les Médicis ou ceux entrevus au cours de mon voyage à travers l'Europe déchirée par la guerre. Sa vue me remplit de terreur. Devant le pont-levis, je me retournai pour embrasser du regard la vallée et la ville, si petite et miséreuse à côté d'Assise. Tout cela me parut soudain grossier et effrayant. C'était un pays de gens hirsutes et bourrus à la peau claire, sans civilisation, que j'étais incapable de comprendre.

Simple lâcheté de ma part? J'avais envie d'être à l'église Sainte-Marie-de-la-Fleur, à Florence, pour écouter les cantiques de la grand-messe. Ou à Assise, pour accueillir les pèlerins de Noël. C'était la première fois, en plus de vingt ans, que je manquais cet événement.

L'obscurité tombant, la foule des rues et de la cathédrale prenait un air menaçant, de même que les bois avoisinants, qui semblaient plus proches, comme s'ils cherchaient à engloutir les rares édifices que l'homme avait bâtis à leur détriment.

L'espace d'une seconde, je crus voir deux petites créatures naines, bien trop laides et contrefaites pour être des enfants, qui, se sauvant rapidement hors de la cour, franchirent le pont du plus vite qu'elles le pouvaient.

Mais cela s'était passé si vite et il faisait si sombre que je n'étais pas certain de les avoir vraiment vues.

Je jetai un dernier regard sur la vallée et sur la majestueuse cathédrale gothique, plus gracieuse que les églises de Florence. Elle valait la peine d'être sauvée.

Mes yeux s'emplirent de larmes.

J'entrai dans le château où j'allais enfin apprendre la vérité.

Dans la cheminée de la salle principale crépitait un grand feu, autour duquel étaient rassemblés un grand nombre de gens vêtus de lainages foncés.

Mon père se leva dès qu'il me vit.

– Que tout le monde sorte! ordonna-t-il à l'assemblée.

Je le reconnus instantanément. Il était d'une majesté impressionnante avec sa large carrure. Il ressemblait un peu à son père mais bien plus vigoureux et moins vieux que lui, lorsque je l'avais connu. Ses cheveux était d'un brun profond parsemé de mèches grisonnantes et ses yeux caves brillaient d'amour.

– Ashlar! s'exclama-t-il. Dieu merci, te voilà.

Il jeta ses bras autour de moi et je me rappelai notre première rencontre, si chaleureuse. J'étais au bord des larmes.

– Assieds-toi près du feu et écoute-moi, dit-il.

Elizabeth, l'infâme fille de la Boleyn, était sur le trône d'Angleterre, mais notre plus grand danger ne venait pas d'elle. John Knox, le presbytérien fanatique, était rentré d'exil et dirigeait la rébellion du peuple dans tout le pays.

– Ces gens sont complètement fous, m'expliqua mon père. Ils

veulent détruire nos statues et brûler nos livres. Nous ne sommes pas des idolâtres. Mais, grâce à Dieu, notre Ashlar est revenu à temps pour nous sauver.

Je frémis.

– Père, nous ne sommes pas des idolâtres et je ne suis pas une idole. Je suis un prêtre de Dieu. Que puis-je contre la guerre? Pendant toutes ces années, j'ai entendu des récits d'atrocités. Et je ne sais pas faire grand-chose.

– Pas grand-chose! Mais tu es notre providence. Les catholiques des Highlands ont besoin d'un chef pour défendre leurs droits. À chaque instant, les protestants et les Anglais peuvent rassembler leur courage et leurs troupes pour forcer l'entrée du défilé. Ils nous ont prévenus que si nous disions la messe de minuit dans la cathédrale ils dévasteraient la ville. Nous avons des moutons et des céréales en suffisance. Si nous tenons bon cette nuit et les douze jours de Noël, ils comprendront que Dieu est avec nous et ils nous laisseront en paix. Cette nuit, tu dirigeras la procession, Ashlar. Tu entonneras les hymnes latines et tu déposeras l'enfant Jésus dans la mangeoire, entre la Vierge Marie et le bon saint Joseph. Sois notre prêtre, Ashlar. Invoque pour nous la miséricorde de Dieu, ce que seuls les prêtres sont habilités à faire.

C'était précisément là le concept que les protestants tenaient pour archaïque. Pour eux, communiquer avec Dieu ne devait pas être l'apanage des prêtres. Même les gens ordinaires pouvaient le faire.

– Père, n'importe quel prêtre peut faire cela, protestai-je. Et même si nous tenons pendant toute la période de Noël, pourquoi renonceraient-ils?

– Noël est la période qui exacerbe leur haine, Ashlar. C'est l'une des plus fastes cérémonies de l'Église catholique et romaine. Nous mettons nos plus beaux vêtements, faisons brûler de l'encens et allumons des cierges. L'Écosse est un pays de superstitions, mon fils. Durant l'époque païenne, Noël était le temps des sorcières, celui où les morts se remettaient à marcher. Hors de cette vallée, on dit que nous recelons des sorcières et que les gens de Donnelaith ont des dons de sorcellerie dans leur sang. On dit que notre vallée est remplie de Petites Gens qui portent en eux les âmes des morts. Nous sommes traités à la fois de papistes et de sorciers par ceux qui se battent à mort en disant que le Christ n'est pas dans le pain et le vin, que prier la Vierge Marie est un péché.

– Je comprends.

Je tremblais intérieurement. Les Petites Gens portent en eux les âmes des morts?

– Ils disent que notre saint est une idole et que nous sommes des adorateurs de Satan. Mais notre Christ est le Christ vivant.

– Donc, mon rôle serait de donner du courage à notre peuple, murmurai-je. Cela ne signifie donc pas que je doive répandre le sang?

– Nous te demandons d'élever la voix pour le fils de Dieu, dit mon père. Rallie les gens et fais taire les mécontents. Il y en a parmi nous, tu sais. Ce sont des puritains qui sont prêts à passer dans l'autre camp. Certains vont jusqu'à dire que nous devrons brûler les sorcières parmi nous si nous l'emportons. Fais taire ces mauvaises langues. Rallie notre peuple autour du nom de saint Ashlar et dis la messe de minuit.

– Je vois, dis-je. Et tu vas leur dire que je suis le saint du vitrail?

– C'est ce que tu es! Pour l'amour de Dieu, c'est ce que tu es! Et tu le sais. Tu es Ashlar, celui qui revient. Celui qui naît en sachant. Pendant vingt-trois ans, tu as vécu dans la sainteté parmi les franciscains et tu es un vrai saint. Que l'humilité ne te fasse pas manquer de courage. Nous avons déjà notre lot de prêtres lâches qui se terrent dans la sacristie, terrifiés à l'idée que les puritains de la ville viennent les arracher à leur autel pour les jeter dans le feu avec la bûche de Noël.

Ces paroles me rappelèrent ce Noël si lointain où mon grand-père avait ordonné qu'on me jette au feu. La bûche de Noël. Allait-on l'apporter ce soir et l'embraser après la messe de minuit, lorsque la lumière du Christ brillerait à nouveau sur le monde?

Je fus soudain sorti de mes pensées par un parfum suffocant dont j'ignorais l'origine. Il était si fort que j'en étais troublé.

– Tu es saint Ashlar, répéta mon père, comme dépité par mon silence.

– Je ne sais pas, père.

– Mais si, tu sais! s'écria une voix inconnue.

Je me retournai brusquement, et aperçus une jeune fille de mon âge, un peu plus jeune, peut-être, aux longues tresses rousses soyeuses tombant dans son dos, vêtue d'une robe brodée. L'odeur qui émanait d'elle embrasa mon corps.

J'étais saisi par sa beauté, ses cheveux ondulés et ses yeux si semblables à ceux de notre père, caves et brillants. Les miens étaient noirs, comme ceux de ma mère. Je me rappelai l'expression employée par le Hollandais : « une femme de votre race ». Mais elle n'en était pas. C'était une femme humaine, j'en étais convaincu. Elle ressemblait plus à mon père que moi. Lorsque je verrais une femme de ma race, je la reconnaîtrais tout de suite, comme pour bien d'autres choses.

– Tu sais que tu n'es pas saint Ashlar! répéta-t-elle avec force. Tu es le Taltos! La malédiction de cette vallée depuis les jours sombres, celle qui se complaît dans notre sang.

– Silence, petite garce! intima mon père. Je vous tuerai de mes propres mains, toi et ceux qui pensent comme toi.

– Ah oui? Comme les bons protestants de Rome? ironisa-t-elle d'une voix claire et sonore, le menton levé et un doigt pointé sur lui. Comment dit-on en Italie, déjà? « Si notre propre père est un hérétique, nous porterons nous-mêmes les fagots qui le brûleront. » C'est bien ça?

– Je crois, ma sœur, dis-je doucement. Mais, je t'en prie, parle-moi avec patience.

– Avec patience? N'es-tu pas né en sachant? Serait-ce un autre mensonge? Et dans les bras d'une reine, n'est-ce pas? Et, à cause de toi, on lui a coupé la tête!

– Silence, Emaleth! hurla mon père. Je n'ai pas peur de toi.

– Tu es bien le seul, père. Regarde-moi, mon frère, et écoute-moi bien.

– Je ne sais pas de quoi tu parles et je n'y comprends... rien, bégayai-je. Ma mère était une grande reine, mais je n'ai jamais su son nom.

J'avais bégayé car j'avais deviné depuis longtemps qui elle était et je me trouvais stupide de prétendre le contraire. Et cette femme le savait.

Un instant, je revis le dégoût de ma mère et sentis le goût de son sein. Je portai mes mains à mon visage. Telles étaient donc les vérités qui avaient motivé mon retour. Mais pourquoi n'étais-je pas resté en Italie? Que m'étais-je imaginé?

– C'était la Boleyn, dit la femme, ma sœur Emaleth. La reine Anne était ta mère. Elle a été condamnée à mort pour sorcellerie et pour avoir mis au monde un monstre.

Je secouai la tête, ne voyant en ma mère qu'une pauvre femme effrayée criant qu'on m'emmène loin d'elle.

– La Boleyn? murmurai-je.

Je repensai à tous les récits de martyres et au refus des chartreux et de tous les prêtres de ratifier l'union du roi et d'Anne Boleyn.

Voyant que je ne la contredisais pas, ma sœur s'enhardit.

– Et la reine qui est sur le trône, aujourd'hui, est ta sœur. Elle est si horrifiée d'avoir dans ses veines le sang qui donne naissance à des monstres qu'elle refuse tout contact avec un homme et a fait le vœu de ne jamais se marier.

Mon père tenta de l'interrompre, mais elle le fit reculer en pointant vers lui un doigt menaçant qui le figea sur place.

– Silence, vieil homme! Tu l'as fait. Tu t'es accouplé avec Anne en sachant pertinemment qu'elle avait le doigt de la sorcière. Tu savais qu'avec son anomalie et ton hérédité le Taltos pourrait arriver.

– Tu ne pourras jamais le prouver, rétorqua mon père. Il ne reste aucun témoin vivant. Et la petite princesse Elizabeth n'était pas au château cette nuit-là. Si elle savait qu'elle avait un frère en vie, qui pourrait revendiquer le trône d'Angleterre, il serait déjà mort. Qu'il soit ou non un monstre.

Je me souvenais. Je comprenais. La reine Anne avait été accusée d'avoir envoûté le roi et d'avoir mis au monde un enfant anormal dans le lit royal. Henri, voulant prouver qu'il n'était pas le père de l'enfant, avait accusé Anne d'adultère et envoyé cinq hommes pour la conduire jusqu'au billot.

– Le coupable est notre père, dit Emaleth. Ce qui fait de moi une sorcière et de toi le Taltos. Et les sorcières de la vallée le savent. Les Petites Gens aussi, ces monstres insignifiants qui ont été proscrits et repoussés dans les collines. Ils rêvent du jour où je prendrai dans mon lit un homme qui aura la semence en lui. Et de mes entrailles pourrait naître le Taltos, comme ce fut le cas pour la pauvre reine Anne.

Elle avança vers moi en me regardant droit dans les yeux. Sa voix cassante résonnait dans mes oreilles. Je voulus me les couvrir mais elle arrêta mes mains.

– Alors, ils l'auront à nouveau, leur démon sans âme, leur sacrifice. Afin de le tourmenter comme jamais un homme ou une femme n'ont été tourmentés. Ah oui! tu sens l'odeur qui émane de moi. De même que je sens la tienne. Je suis une sorcière et tu es le Malin. Nous nous connaissons. Et j'ai fait vœu de chasteté, comme Élizabeth. Aucun homme ne plantera un monstre dans mon ventre. Mais, dans cette vallée, d'autres sorcières peuvent sentir l'odeur du Puissant, le parfum du mal. Le vent leur a déjà appris ta présence. Bientôt, les Petites Gens sauront.

Je songeai aux petites créatures que j'avais aperçues aux portes du château. À cet instant, j'eus l'impression qu'un bruit surprit ma sœur. Elle regarda tout autour d'elle et j'entendis un faible rire provenant de l'escalier obscur.

Mon père fit un pas en avant.

– Ashlar, pour l'amour de Dieu et de son fils divin, n'écoute pas ta sœur! Il est vrai qu'elle est une sorcière. Et elle te hait car tu es le Taltos. Tu es né en sachant, et pas elle. Elle a été un enfant vagissant. Il se peut que, comme ta mère, elle mette au monde un miracle comme toi, mais ce n'est pas certain. Les Petites Gens sont tristes et faciles à apaiser. Ce sont des monstres vieux et communs. Ils ont toujours vécu dans les montagnes et les vallées d'Irlande et d'Écosse. Et ils y seront encore lorsqu'il n'y aura plus d'hommes. Ils n'ont aucune importance.

– Mais qu'est-ce que le Taltos, père? demandai-je. Est-il lui aussi un monstre vieux et commun? D'où vient-il?

Il baissa la tête.

– Nous avons protégé cette vallée contre les Romains, lorsque nous étions des guerriers et que nous rassemblions les grandes pierres. Nous l'avons protégée contre les Danois, les Normands et les Anglais.

– Oui ! s'écria ma sœur. Et nous l'avons protégée contre les Taltos lorsqu'ils ont quitté leur île et se sont réfugiés ici pour fuir les armées romaines.

Mon père lui tourna le dos et me prit par les épaules.

– Maintenant, nous protégeons Donnelaith contre notre propre peuple, au nom de notre souveraine catholique et de notre foi. Marie Stuart, reine des Écossais, est notre seul espoir. Oublie ces histoires de magie et de sorcellerie. Tu es ici dans un but précis. Tu dois mettre Marie sur le trône d'Angleterre et détruire John Knox et son engeance. L'Écosse ne sera plus jamais à la botte des puritains ou des Anglais !

– Il ne répond pas à ta question, Ashlar, cria Emaleth.

– Ma sœur, que ferais-tu à ma place ?

– Quitte la vallée comme tu es venu. Sauve ta vie et les nôtres avant que les sorcières et les Petites Gens ne sachent que tu es ici. Fuis pour qu'ils ne montent pas les protestants contre nous. Tu es la preuve vivante de leur revendication. Tu es le fruit de la sorcière. Si tu fais remonter les anciens rites à la surface, les protestants nous trouveront avec déjà du sang sur les mains. Tu peux tromper les humains qui t'entourent mais tu ne peux remporter la bataille pour Dieu. Tu es condamné.

– Et pourquoi ça ? Pourquoi ne pourrais-je la remporter ?

– Mensonges ! dit mon père. Saint Ashlar l'a remportée. Il était un Taltos et il a fait bâtir la cathédrale à la gloire de Dieu. À l'endroit même où sa femme, la reine païenne, a été brûlée pour sa foi, une source sacrée a jailli du sol. Avec cette eau, il a baptisé tous ceux qui vivaient entre le loch et le défilé. Et il a tué les autres Taltos. Il les a tous éliminés pour que l'homme fait à l'image du Christ dirige la Terre. L'église du Christ est construite sur les Taltos. Si tout cela est de la sorcellerie, alors, la cathédrale est de la sorcellerie.

– Il les a tués, oui, dit Emaleth. Au nom d'un dieu à la place d'un autre. Il a dirigé le massacre des siens pour y échapper lui-même. Il a tué son propre clan. Il a même sacrifié sa femme. Voilà ce qu'est votre grand saint. Un monstre qui trompe ceux qui l'entourent afin de régner, de se repaître de gloire et ne pas subir le sort de ceux de sa race.

– Pour l'amour de Dieu, mon enfant, me dit mon père. Ce qui arrive est un miracle et ne se produit qu'une fois en plusieurs siècles.

Ma sœur se tourna vers moi, résistant à mon père qui la repoussait. Ils me regardaient tous les deux et je les voyais comme des êtres humains. Ils se ressemblaient tellement.

– Attendez, dis-je très doucement. Nous sommes tous nés égaux devant Dieu. Le mot Taltos ne signifie rien. Je suis en chair et en os. J'ai été baptisé et ordonné prêtre. J'ai une âme. Ma monstruosité ne m'interdit pas l'accès du ciel. Ce sont mes actes qui comptent. Nous ne sommes pas prédestinés, contrairement à ce que veulent nous faire croire les luthériens et les calvinistes.

– Personne ne le conteste, dit Emaleth.

– Alors, laisse-moi prendre la tête de notre peuple, Emaleth. Laisse-moi prouver par mes bonnes actions que j'ai en moi la grâce de Dieu. Je ne suis pas mauvais parce que je ne veux pas l'être. Je n'ai jamais fait le mal que malgré moi. Si je suis né tel que tu le dis, et je sais maintenant que c'est vrai, il y a peut-être une raison à cela : pour briser le pouvoir de mon infâme mère et renverser ma sœur pour mettre Marie Stuart sur le trône.

– Né en sachant. Tu es plutôt la dupe de ceux qui te retiennent prisonnier. C'est ce qu'a toujours été le Taltos. « Trouve le Taltos. Fais le Taltos. Engendre-le pour le feu des dieux. Pour que la pluie tombe et fasse pousser nos récoltes », dit-elle par moquerie.

– C'est une vieille histoire qui n'a plus aucune importance, dit mon père. Notre Seigneur Jésus-Christ est notre Dieu et le Taltos n'est pas notre sacrifice mais notre saint. Lorsque les ivrognes du village revêtent les peaux et les cornes d'animaux, c'est pour participer à la procession jusqu'à la crèche, pas pour faire des cabrioles. Nous faisons un avec les anciens esprits et Dieu. Nous sommes en paix avec tous les êtres de la nature car nous avons transformé le Taltos en saint Ashlar. Dans cette vallée, nous avons connu sécurité et prospérité pendant mille ans. Réfléchis, ma fille, mille ans ! Les Petites Gens nous redoutent et ne nous dérangent pas. Nous leur laissons du lait en offrande, le soir, et ils n'osent pas prendre plus que ce que nous leur laissons.

– Notre fin arrive, dit Emaleth. Va-t'en, Ashlar, sinon tu donneras aux protestants exactement ce dont ils ont besoin. Les sorcières de la vallée te reconnaîtront à ton odeur. Pars, il en est encore temps, et retourne vivre en Italie, où personne ne sait qui tu es.

– Mais j'ai une âme, ma sœur, dis-je en haussant la voix autant que je l'osais. Aie confiance en moi. Je peux rallier le peuple. Je peux au moins assurer notre sécurité.

Elle secoua la tête et me tourna le dos.

– Et toi, tu peux le faire ? lui cria mon père d'un air accusateur. Avec tes formules magiques, tes livres et tes incantations odieuses ? Est-ce que tu peux seulement faire quoi que ce soit ? Notre monde est au bord du précipice. Qu'est-ce que tu peux faire, toi ? Ashlar, écoute-moi. Nous sommes une petite vallée et une infime partie du nord du pays. Mais nous avons déjà beaucoup enduré et nous survivrons. Le monde n'est fait que de ça, finalement. De petites vallées et de groupes de gens qui prient, travaillent et s'aiment, comme nous le faisons. Sauve-nous, mon fils. Je t'en implore. Invoque le Dieu auquel tu crois pour qu'il t'aide. Ce que tu es, ce qu'ont fait ton père et ta mère, n'a plus aucune importance.

– Aucun protestant ni aucun catholique ne peut rien prouver contre moi, dis-je. Toi, ma sœur, leur diras-tu ce que tu sais?

– Ils le sauront.

Je sortis de la salle. J'étais un prêtre, non plus un humble franciscain, mais un missionnaire. Et je savais ce que j'avais à faire.

Je traversai la cour du château, puis le pont, et m'engageai sur le chemin enneigé menant à l'église. De tous côtés arrivaient des gens portant des torches. Ils me regardèrent d'abord d'un air mauvais, puis ravi, et murmurèrent entre eux le nom d'Ashlar. Chaque fois, j'acquiesçais de la tête et ouvrais mes mains en signe de paix.

J'aperçus une autre de ces minuscules créatures déjetées enveloppées de noir, qui courut vers moi puis repartit précipitamment. Les autres la virent, se rassemblèrent en chuchotant puis me suivirent sur la route.

Dans les champs, des hommes dansaient. À la lueur des torches, je voyais leurs silhouettes vêtues de peaux de bêtes et leurs têtes ornées de cornes d'animaux. Ils avaient commencé leurs festivités païennes de Noël. Je devais emmener la procession jusqu'à la crèche. Telle était ma mission.

Lorsque j'atteignis les portes de la ville, une multitude de gens me suivaient. À l'entrée de la cathédrale, je leur fis signe d'attendre et me rendis dans la sacristie. Deux prêtres âgés me regardèrent avec effroi.

– Préparez la chasuble, l'aube et l'étole. Je vais rassembler les gens de la vallée. Pour l'instant, un surplis sur ma soutane fera l'affaire. Faites ce que je vous dis.

Ils se hâtèrent de m'aider à m'habiller. Plusieurs jeunes prêtres apparurent et revêtirent leurs habits sacerdotaux.

– Allez! dis-je aux prêtres effrayés. Regardez, ces jeunes gens sont bien plus courageux que vous. Quelle heure est-il? Je dois diriger la procession. Je dois dire la messe avant que les douze coups de minuit sonnent. Protestants, catholiques, païens, je ne peux pas les réunir ni les sauver tous. Mais je peux faire descendre le Christ sur l'autel par l'Eucharistie. Et le Christ renaîtra cette nuit dans notre vallée.

Je sortis de la sacristie et, faisant face à la foule, j'élevai la voix :

– Préparez-vous pour la procession. Qui sera Joseph et qui sera Marie? Trouvez un nouveau-né que je placerai dans la mangeoire avant de dire la messe. Ce soir, que la Sainte Famille soit de chair et de sang. Qu'elle soit de la vallée. Et tous ceux d'entre vous qui revêtiront des peaux de bêtes s'agenouilleront dans la crèche pour représenter le bœuf, l'âne et les agneaux. Avancez, mes fidèles, c'est presque l'heure.

Tous les visages étaient extasiés, transfigurés par la grâce de Dieu. J'aperçus une petite femme difforme qui me regardait de dessous sa grossière pèlerine, l'œil vif, le sourire édenté. La foule se referma sur elle et elle disparut de ma vue. Si les Petites Gens existent, elles appartiennent au diable. La Lumière du Christ les chassera.

Je fermai les yeux, joignis les mains au-dessus de ma tête et entonnai le magnifique cantique de l'Avent :

Viens, viens Emmanuel
Et libère la captive, Israël
Qui pleure en exil sous ces cieux
Jusqu'à ce que vienne le fils de Dieu.

Des voix se joignirent à la mienne, puis le son mélancolique de flûtes, et même de tambourins.

Réjouis-toi
Réjouis-toi
Emmanuel
Viendra à toi
O Israël !

Une cloche se mit à sonner, trop rapide pour être le glas du diable et plus semblable à un clairon appelant les fidèles de la montagne, de la vallée et des rives du loch.

Quelques cris s'élevèrent : « Les protestants vont entendre la cloche. Ils vont nous détruire ! » Mais ils furent couverts par ceux de : « Ashlar, saint Ashlar, père Ashlar. Notre saint est revenu ! »

Les esprits étaient survoltés. Des milliers de voix se mirent à chanter le cantique de l'Avent et je me retirai dans la sacristie pour enfiler en hâte ma chasuble de Noël vert et or. Les autres prêtres m'imitèrent puis s'empressèrent d'aller distribuer des cierges bénits pour la procession. On m'annonça que les fidèles arrivaient en foule.

– Notre père, priai-je, si je meurs cette nuit, je remets mon esprit entre tes mains.

Il était presque minuit. Je priai saint François pour qu'il me donne le courage nécessaire. Lorsque je levai les yeux, j'aperçus ma sœur à la porte de la sacristie. Vêtue de vert foncé, elle me fit signe de sa fine main blanche de passer dans la pièce d'à côté.

C'était une pièce lambrissée, au lourd mobilier de chêne, dont les murs étaient tapissés de livres. C'était probablement un lieu d'entretiens privés ou un bureau. J'aperçus des livres en latin que je connaissais et une statue de saint François, notre fondateur, dont la vue me remplit de joie.

Mon âme était en paix. Je n'avais pas envie de parler à ma sœur, mais de prier. Son odeur m'incommodait.

Elle m'entraîna à l'intérieur. Plusieurs cierges brûlaient. À travers les fenêtres aux carreaux en losange, je voyais la neige tomber. À mon plus grand étonnement, le Hollandais était assis à un bout de la table et me fit signe de m'asseoir. Il avait ôté son chapeau inélégant et semblait impatient que je prenne place.

La puissante odeur émanant de ma sœur me donna à nouveau envie de quelque chose, mais j'ignorais de quoi. Était-ce une envie érotique? Je ne voulais pas le savoir.

Habillé pour célébrer Noël, je m'assis avec précaution et croisai mes mains sur la table.

– Que voulez-vous? demandai-je en regardant tour à tour ma sœur et le Hollandais. Voulez-vous vous confesser afin de recevoir ce soir le corps et le sang du Christ?

– Sauve-toi, dit ma sœur. Va-t'en maintenant.

– Abandonner ces braves gens et la cause? Tu es folle!

– Écoutez-moi, Ashlar, dit l'homme d'Amsterdam. Je vous offre une nouvelle fois ma protection. Je peux vous emmener loin de la vallée dès ce soir, en secret. Laissez ces prêtres lâches rassembler eux-mêmes leur courage.

– M'emmener dans un pays protestant? Dans quel but?

Ce fut ma sœur qui répondit:

– Ashlar, dans les sombres jours de légende, avant que les Romains et les Pictes ne viennent ici, ceux de ta race vivaient sur une île, nus et sauvages, tels des singes. Ils naissaient en sachant, certes, mais n'apprenant jamais davantage que ce qu'ils savaient à leur naissance. Au début, les Romains tentèrent de se reproduire avec eux. Car s'ils pouvaient engendrer des enfants qui devenaient des hommes en quelques heures, ils seraient devenus immensément puissants. Mais ils ne pouvaient engendrer le Taltos qu'une fois sur plusieurs milliers. Et ils s'aperçurent que leurs femmes mouraient à cause de la semence des Taltos mâles et que les Taltos femelles entraînaient les hommes dans des mœurs licencieuses et stériles. Ils décidèrent donc d'éliminer les Taltos de la surface de la terre.

» Mais ta race survécut dans les îles et les Highlands car elle se multipliait comme des rats. Finalement, lorsque la foi chrétienne arriva dans ce pays, lorsque les moines irlandais vinrent répandre la bonne parole au nom de saint Patrick, Ashlar, le chef des Taltos, s'inclina devant l'image du Christ crucifié et déclara que les siens devaient être éradiqués car ils ne possédaient pas d'âme. Il avait une bonne raison à cela, Ashlar. Il avait compris que si les Taltos accédaient à la civilisation, puérils et idiots qu'ils étaient, avec leur capacité à se reproduire, on ne pourrait jamais les arrêter.

» Ashlar n'appartenait plus à sa race. Il appartenait au peuple chrétien. Il alla à Rome pour parler avec le pape Grégoire le Grand. Il condamna les siens et se retourna contre eux. Le peuple organisa leur sacrifice, le plus grand sacrifice païen de tous les temps.

» Mais, au fil des ans, s'est transmise la semence capable de générer ces géants qui naissent en sachant, ces étranges créatures que Dieu a pourvues du don de mimétisme, qui sont capables de chanter mais incapables d'avoir un comportement sérieux.

– Mais c'est faux ! intervins-je. J'en suis la preuve vivante.

– Non, dit ma sœur, tu es un bon disciple de saint François, un mendiant et un saint, parce que tu es un simple d'esprit. Exactement ce qu'était saint François : un fou de Dieu qui marchait pieds nus en prêchant la bonté mais qui n'avait pas la moindre notion de théologie et obligeait ses disciples à renoncer aux biens matériels. C'est pourquoi tu as été envoyé en Italie, parmi les franciscains. Tu es aussi écervelé que les Taltos, qui passaient leurs journées à jouer, chanter et danser et à se reproduire.

– Je suis célibataire, dis-je, horrifié par ce que j'entendais. Je suis consacré à Dieu. J'ignore ce genre de chose. Je ne suis pas une de ces créatures. Comment oses-tu ? François, aide-moi.

– Je connais toute l'histoire, déclara le Hollandais. J'appartiens à un ordre du nom de Talamasca. Nous connaissons les Taltos depuis toujours. Notre fondateur les a vus de ses propres yeux. Son plus grand rêve était de réunir le Taltos mâle avec le Taltos femelle ou avec la sorcière assez forte pour prendre la semence du mâle. Depuis des siècles, nous observons, nous attendons et nous poursuivons le but de sauver deux Taltos, un mâle et une femelle d'une même génération. Ashlar, nous savons où trouver la femelle, vous comprenez ?

Ma sœur eut un mouvement de surprise. Manifestement, elle ignorait ce point et commença à regarder le Hollandais avec suspicion.

– Avez-vous une âme, père ? me murmura-t-il d'une voix aimable. Et une intelligence pour comprendre ce que cela signifie ? Une Taltos femelle ! Une génération d'enfants qui naissent en sachant, capable de marcher et de parler dès le premier jour de leur vie ! Et capables d'avoir immédiatement d'autres enfants !

– Vous êtes complètement fous, dis-je. Vous êtes comme le démon venu tenter le Christ dans le désert. En d'autres termes, vous me proposez de devenir le maître du monde ?

– Parfaitement ! Et je suis prêt à vous aider à rendre le pouvoir à votre race.

– Mais, si vous pensez réellement que je suis ce monstre stupide, pourquoi me proposer si généreusement votre aide ?

– Va avec lui, mon frère, dit Emaleth. J'ignore si cette femelle existe. Je n'ai jamais vu de Taltos femelle, mais elles naissent, c'est certain. Si tu restes ici, tu vas mourir cette nuit. Tu as entendu parler des Petites Gens ? Tu sais qui elles sont ?

Je ne répondis pas. J'avais envie de lui dire que je m'en fichais.

– Ils sont les rejetons des sorcières qui ne réussissent pas à mettre au monde des Taltos. Et ils portent les âmes des damnés.

– Les damnés sont en enfer, fut ma réponse.

– Tu sais bien que non. Les damnés reviennent sous bien des formes. Les morts sont agités, avides, remplis de vengeance. Les Petites Gens séduisent les chrétiennes susceptibles d'être des sorcières, puis dansent et forniquent dans l'attente du Taltos.

» C'est de la sorcellerie, mon frère. Il en a toujours été ainsi. Les Petites Gens attirent les femmes ivres et leur font risquer la mort dans l'espoir qu'elles engendrent un Taltos. Ils veulent créer une race de géants qui, par leur nombre, anéantiraient les mortels.

– Dieu ne les laissera jamais faire, dis-je sereinement.

– Ni les gens de la vallée! reprit le Hollandais. Vous ne comprenez donc pas? Pendant des siècles, ils ont attendu, observé et utilisé le Taltos. Ils sont impatients de réunir un mâle et une femelle afin de procéder à leurs rites cruels.

– J'ignore de quoi vous parlez. Je ne suis pas cette créature.

– Chez moi, à Amsterdam, j'ai un millier de livres qui vous expliqueront que vous et ceux de votre race êtes des créatures miraculeuses. En attendant d'atteindre notre but, nous avons collationné tous les écrits. Si vous n'êtes pas un simple d'esprit, venez avec moi.

– Et qui êtes-vous? demandai-je. L'alchimiste qui prétend fabriquer un grand homoncule?

Ma sœur posa sa tête sur la table et se mit à pleurer.

– J'ai entendu les légendes dans mon enfance, dit-elle amèrement en essuyant ses larmes. J'ai prié pour que le Taltos ne vienne jamais. Aucun homme ne me touchera jamais car je ne veux pas risquer d'être la mère d'une telle créature. Et si cela se produisait quand même, je l'étranglerais avant qu'elle ne boive le lait de sorcière à mon sein. Mais toi, mon frère, tu es venu au monde, tu as bu le lait et tu as grandi. Tu as été envoyé au loin pour ta survie. Et maintenant, tu es revenu pour que s'accomplissent les pires prophéties. Tu ne comprends toujours pas? Les sorcières sont en train de se passer le mot. Les Petites Gens savent. Les protestants assiègent la vallée. Ils attendent l'occasion de fondre sur nous. Ils attendent l'étincelle qui mettra le feu aux poudres.

– Ce sont des mensonges. Des mensonges pour empêcher que la Lumière du Christ ne revienne éclairer le monde cette nuit. Vous entendez les cloches? Je vais dire la messe, maintenant. Ma sœur, ne viens pas devant l'autel avec tes superstitions païennes. Je ne déposerai pas le corps du Christ sur ta langue.

Je me levai et le Hollandais s'empara de moi. De toutes mes forces, je me dégageai.

– Je suis un prêtre de Dieu, dis-je. Un disciple de saint François. Je suis venu célébrer la messe de Noël dans cette vallée. Je suis Ashlar, et je me tiens à la droite de Dieu.

Sans m'arrêter, j'allai aux portes de la cathédrale. Je les ouvris et une grande rumeur s'éleva de la foule. Dans ma tête résonnaient les paroles incohérentes et les menaces que j'avais entendues. Tout cela n'était que de la démonologie.

Je sortis parmi les gens et les bénis. *In nomine patris, et filii, et spiritus sancti, amen.* Une ravissante jeune fille s'avança. Les cheveux couverts d'un voile bleu, elle était la Vierge Marie de notre crèche. À ses côtés se tenait un jeune garçon aux pommettes roses, qui s'était noirci le menton et les joues au charbon pour avoir l'air barbu. C'était notre saint Joseph. On plaça dans mes bras un adorable poupon de quelques jours, minuscule et rose.

Des hommes couverts de peaux de bêtes portaient des cierges à la main. Toute la ville brillait de mille bougies, et le lieu saint, derrière moi, allait recevoir cette lumière.

Une fraction de seconde, j'aperçus à nouveau une minuscule créature bossue et lourdement vêtue. Mais ce n'était pas un monstre. C'était un de ces nains, si nombreux dans les rues de Florence. Je ne fus pas surpris que les fidèles l'évitent et aient l'air soulagés lorsqu'il s'en alla, de tels êtres effrayant souvent les ignorants. Nul ne saurait les en blâmer.

La cloche commença à sonner les douze coups de minuit. C'était Noël. Le Christ était revenu. Les joueurs de cornemuse, en kilt, entrèrent dans la cathédrale. Les enfants ressemblaient à des anges, avec leurs tenues blanches. Toutes sortes de paroissiens, riches et pauvres, en haillons ou magnifiquement vêtus, franchirent les portes.

Nos voix s'élevèrent : « Christ est né. Christ est né. » Le rythme des tambourins et des cornemuses me submergea et ma vue se brouilla. Mais je continuai de marcher, les yeux fixés sur l'autel et la crèche installée sur sa droite, devant le chancel de marbre. Dans mes bras, le bébé criait comme pour annoncer lui aussi la bonne nouvelle.

Je n'avais jamais été comme lui. J'étais un être qui avait été vénéré à une époque lointaine. Peu importait. Dieu avait posé son regard sur moi. Il connaissait mon amour pour lui et son peuple, pour l'enfant Jésus né à Bethléem et tous ceux qui prononçaient son nom.

J'atteignis enfin le vaste sanctuaire, fis une génuflexion et déposai le bébé sur son lit de paille. Il redoubla de cris, se sentant abandonné. Le pauvre! Mes yeux se remplirent de larmes en voyant sa perfection, sa symétrie et le brillant naturel de ses yeux et de sa voix.

Je reculai. La Vierge Marie s'était agenouillée près de l'enfant et, à la droite du petit berceau, le jeune saint Joseph était prosterné. Des bergers arrivèrent, chacun portant un agneau sur ses épaules, et l'on amena un âne et un bœuf. Les chants redoublèrent, soutenus par les cornemuses et les tambourins. Je me balançais en rythme, les yeux embrumés. Irrésistiblement happé par la musique, je me rendis compte que je n'avais adressé aucun regard à mon saint, dans son vitrail. Peut importait. Il n'était que verre et passé.

Les enfants de chœur étaient prêts. J'allai jusqu'au pied des marches et commençai la messe.

Au moment de la consécration, tandis que les clochettes tintaient pour marquer cet instant sacré, je levai l'hostie. Ceci est mon corps. Je pris le calice. Ceci est mon sang. Je mangeai le corps et bus le sang.

Enfin, je me tournai pour donner la sainte communion aux fidèles. Ils affluèrent tous vers moi, jeunes et vieux, faibles et vigoureux, pour recevoir l'hostie consacrée.

Au-dessus de nos têtes, entre les arcs élancés de l'énorme bâtisse, les zones d'ombre étaient peu à peu gagnées par la chaude lumière qui s'insinuait dans le moindre recoin.

Le laird lui-même, mon père, vint recevoir la communion, accompagné de ma sœur Emaleth. À la dernière seconde, celle-ci baissa la tête afin que nul ne remarque que je ne lui donnais pas d'hostie. Tous défilèrent : des oncles que j'avais entraperçus il y avait si longtemps, des parentes, des chefs et leurs clans, des fermiers, des bergers, des marchands de la ville. Leur nombre paraissait infini.

La communion sembla durer au moins une heure, pendant laquelle nous distribuâmes l'hostie, coupe après coupe, jusqu'à ce que chaque homme et chaque femme de la vallée ait reçu le Christ vivant dans son cœur.

Je n'avais ressenti un tel bonheur dans aucune église d'Italie, dans aucun champ où j'avais contemplé le ciel créé par Dieu et ses étoiles scintillantes. Lorsque je me retournai pour prononcer les paroles finales, « Allez dans la paix du Christ », je lus le courage, le bonheur et la paix sur tous les visages.

La cloche se mit à sonner plus fort, renforçant le sentiment général d'allégresse. Les cornemuses entonnèrent une mélodie joyeuse, accompagnées par les tambours.

– Au château ! cria la foule. C'est l'heure du festin du laird.

Des hommes vigoureux du village me hissèrent sur leurs épaules.

– Nous résisterons aux forces du mal, criaient les gens. Nous lutterons jusqu'à la mort, s'il le faut.

Il était heureux que l'on me porte, car la musique était si enlevée et forte que je n'aurais pu marcher. Elle m'absorbait complètement. Tandis qu'on me faisait traverser la nef, je pensai, cette fois, à lancer un regard vers la noire silhouette de mon saint, enchâssée dans le vitrail.

Demain, au lever du soleil, je viendrai te voir, songeai-je. François, sois avec moi. Dis-moi si j'ai bien fait. Puis la musique me submergea de nouveau. J'étais incapable d'autre chose que de me tenir droit sur les épaules de ceux qui me faisaient sortir de l'église et entrer dans l'obscurité du dehors. La neige luisait sur le sol et les torches du château éclairaient la nuit au loin.

La grande salle du château était somptueusement décorée de verdure, comme la première fois que j'y avais pénétré, et des dizaines de cierges étaient allumés. Les villageois me déposèrent devant la table de banquet et l'on traîna l'immense bûche de Noël jusque dans la bouche béante de la cheminée. On y mit le feu.

– Brûle, brûle pendant les douze nuits de Noël, chantaient les villageois.

Les cornemuses retentissaient, les tambours battaient. Entrèrent alors les serviteurs apportant plats de viande et pichets de vin.

– Nous aurons finalement notre fête de Noël, cria mon père. Nous ne vivrons plus dans la peur.

De jeunes garçons apportèrent la hure de sanglier sur son énorme plateau, et les bêtes rôties sur leurs broches noircies. Tout autour de moi, les femmes avaient revêtu leurs plus beaux atours et les enfants dansaient en cercle. Finalement, tous se levèrent et commencèrent la danse du clan.

– Ashlar, me dit mon père, tu as ramené le Seigneur parmi nous. Que Dieu te bénisse.

Je m'assis, étonné, et regardai le spectacle, mon cerveau battant au rythme des tambours. Les joueurs de cornemuse dansaient aussi, ce qui tenait de l'exploit, les cercles se brisaient et se reformaient. L'odeur de la nourriture était riche et suffocante. Le feu flamboyait dans l'âtre.

Je posai ma tête contre le dossier de mon siège et fermai les yeux, me laissant bercer par les rires, les chants et la musique. Quelqu'un me donna à boire, et je bus. Quelqu'un me donna à manger, et je mangeai. En ce jour de Noël, j'avais le droit de manger de la viande.

Soudain, je perçus un changement d'atmosphère dans la pièce. Je pensai à une acalmie passagère, mais je me rendis compte que les tambours battaient bien plus lentement tandis que des cornemuses s'élevait une sorte de plainte.

J'ouvris les yeux. L'assemblée était silencieuse. Le vertige m'empêchait de bouger. Les joueurs de tambour et de cornemuse avaient pris une étrange expression figée.

Ce n'était plus la musique de Noël. C'était bien plus austère et, à la fois, magnifique. Je voulus me lever, mais la musique m'en empêcha. Elle ne comportait plus de mélodie, mais une sorte de cadence lancinante et répétitive.

L'odeur frappa mes narines. Ah! ce n'est que ma sœur, me dis-je, réprimant le désir qu'elle suscitait en moi.

Une sorte de halètement émana de la foule amassée dans la

grande pièce, jusque sur les marches de l'escalier. Certains se retournèrent en masquant leurs yeux, d'autres reculèrent contre les murs.

– Qu'est-ce qui se passe? criai-je.

Mon père était figé, incapable de prononcer un mot. Ma sœur, les membres de notre clan et les autres chefs étaient tout aussi pétrifiés. Les tambours battaient. Les cornemuses gémissaient et grinçaient.

L'odeur se fit plus forte et je luttai pour rester debout. Un groupe de gens vêtus de noir et blanc entra dans la salle.

Je connaissais ces tenues austères, ces cols blancs raides. Les arrivants étaient des puritains. Étaient-ils venus pour ouvrir les hostilités?

Avançant tous ensemble, ils avaient l'air de cacher quelque chose au milieu d'eux.

J'avais envie de crier : Regardez! Des protestants!Mais aucun son ne sortit de ma bouche. L'odeur se rapprochait.

Enfin, le groupe s'ouvrit et, au milieu du cercle, j'aperçus une naine courbée, la bouche écartelée par un sourire, le dos déformé par une bosse, le regard incandescent.

– Taltos! Taltos! cria-t-elle en avançant vers moi.

L'odeur venait d'elle! Ma sœur se précipita vers moi mais mon père l'attrapa, la força à se mettre à genoux et la maintint dans cette position, tandis qu'elle se débattait.

– Nous allons faire des géants ensemble, mon grand frère, mon époux! dit la petite femme hideuse.

En ouvrant ses bras, elle écarta les pans de sa robe en guenilles. Ses seins énormes pendaient sur son petit ventre.

L'odeur pénétra dans mes narines et ma tête. La femme monta sur la table devant moi et parut grandir et s'embellir sous mes yeux. Ses bras minces et graciles et ses longs doigts blancs se tendirent pour caresser mon visage. Une femme de ma race!

– Non, Ashlar! hurla ma sœur.

Le poing de mon père s'abattit sur sa tête et le corps d'Emaleth roula sur le sol.

La femme devant moi rayonnait de joie. Je vis ses cheveux roux doré s'allonger à vue d'œil, descendre dans son dos nu et entre ses seins. Soulevant ce voile, elle me révéla son corps et prit ses seins dans ses mains. Puis elle les lâcha et ouvrit pour moi les lèvres secrètes de la bouche humide entre ses jambes.

Sa beauté, la musique et la passion que je ressentais soudain m'envoûtaient. On me fit monter sur la table, au-dessus de la femme allongée.

– Taltos! Taltos! Faites le Taltos!

Les tambours se mirent à battre de plus en plus fort. Les cornemuses bourdonnaient. Sous moi, au milieu de la toison dorée, la bouche béante me souriait, humide, souple et luisante. Je la voulais, je la sentais, il me la fallait.

Je sortis mon sexe, l'introduisis dans la fente et me mis à pilonner la femme, incapable de m'arrêter.

Je ressentis la même extase qu'au sein de ma mère ou avec mes putains de Florence. Leurs rires, leur poitrine généreuse, leur nid offert sous leurs jupes, leurs cuisses fermes resserrées autour de moi, m'arrachant des cris d'orgasme. Mais ce n'était pas terminé. Je continuai ma besogne, me reprochant de m'être privé si longtemps d'un tel plaisir.

La table grinçait et branlait. Les coupes étaient tombées par terre. Mon corps était couvert de sueur, une chaleur infernale nous consumait.

Sous moi, sur les dures lattes de bois, au milieu du vin répandu et des restes de viande, la femme superbe avait disparu, remplacée par la harpie naine au sourire hideux.

– Peu m'importe! Peu m'importe! Je la veux! criai-je, dévoré par le désir.

La salle entière se mit à rire, rivalisant de vacarme avec les cornemuses et les tambours. Je me mis à hurler comme une bête féroce.

Des entrailles de la vieille femme sortit le nouveau Taltos: d'abord ses longs bras luisants et ses doigts fins qui s'allongeaient, puis sa tête étroite et glissante. La mère criait de douleur. Il s'extrayait lui-même du ventre qui l'avait conçu, naissait, et me regardait avec des yeux dénués d'étonnement, comme s'il savait déjà!

Il glissa hors de la femme, grandissant à vue d'œil, les yeux brillants, la bouche ouverte, sa peau tendue aussi parfaite que celle d'un bébé humain. Il retomba sur sa mère, comme moi autrefois, et se mit à la téter, un sein après l'autre.

Lorsqu'il se releva, l'assemblée se mit à crier de joie et à applaudir.

– Le Taltos! Un autre! Une femme! Faites des Taltos jusqu'au lever du jour.

– Arrêtez! criai-je.

Mais le monstre nouveau-né, l'enfant qui n'en était pas un, chevauchait déjà la vieille harpie et la violait aussi sûrement que je l'avais fait. On en amena une autre, que l'on me força à pénétrer et, une fois encore, l'odeur me submergea, m'empêchant de penser à autre chose qu'à mon désir dévorant.

Dans la salle, les gens tapaient du pied et chantaient. Leurs voix ne faisaient qu'une, monotone et incessante. Lorsqu'on me tira en arrière, mes yeux roulaient dans leurs orbites, incapables de voir. On me jeta du vin sur le visage et j'assistai à la naissance du nouveau Taltos.

– Taltos! Taltos! hurlaient les gens. C'est une femme! Nous les avons tous les deux!

L'assemblée redoubla de cris de joie et tout le monde se mit à danser, bras dessus, bras dessous, et à sauter sur les bancs.

Le visage du laird était rempli de haine et d'horreur. Il criait vers moi en secouant la tête mais je n'entendais pas.

– Faites-en jusqu'au petit matin! Et brûlez-les.

Tandis que je tentais de me rétablir sur les genoux, ils saisirent le premier-né et le jetèrent dans la cheminée.

– Arrêtez! Pour l'amour de Dieu, arrêtez! hurlai-je.

Mais personne ne m'entendait, pas même moi, tant le vacarme était à son comble. Je ne l'entendais même pas crier de douleur, je ne voyais que la terreur sur son visage d'enfant. Je me mis à genoux et baissai la tête.

– Mon Dieu, aide-nous! C'est de la sorcellerie. Ils nous ont fait nous multiplier aux seules fins de nous sacrifier. Mon Dieu, arrête-les, je t'en prie.

La foule grondait, ondulait, exultait.

Soudain, des cris stridents fendirent l'air, dominant le tumulte. Des soldats avaient forcé les portes! Ils se ruèrent par centaines dans la pièce, armés de boucliers et d'épées, et se mirent à trancher les têtes et plonger leurs lames dans les corps. Les hommes tentaient en vain de protéger les femmes. Même les enfants n'étaient pas épargnés.

Les assaillants s'emparèrent de moi et m'entraînèrent hors de la salle avec les Taltos et les créatures qui les avaient engendrés. Les hurlements et les cris de guerre résonnaient jusque dans les montagnes.

– Seigneur! Aide-nous, implorai-je. Ceci n'a rien à voir avec ta justice. Punis seulement les coupables, pas les innocents.

On me jeta sur le sol de la cathédrale pour me traîner jusqu'au bout de l'allée centrale. Les vitraux volaient en éclats, des flammes s'élevaient de tous côtés. La fumée noire m'étouffait. La crèche flambait et les animaux attachés suffoquaient dans le feu qui les retenait prisonniers.

Je fus projeté contre la tombe de saint Ashlar.

– Par la fenêtre! Par la fenêtre! entendis-je.

Tous les bancs et les ornements de la cathédrale brûlaient. La fumée était épaisse, les suppliciés hurlaient. Soudain, on me saisit par les bras et les jambes, on me fit balancer d'avant en arrière et mon corps vola dans les airs en direction du grand vitrail.

Ma poitrine et mon visage heurtèrent le verre, qui explosa, et je sus que j'allais mourir. J'allais enfin retrouver la paix et rejoindre Dieu, auprès de qui je comprendrais enfin ce qui s'était passé.

Je vis la vallée, la ville incendiée, les taudis embrasés, des corps inanimés. J'étais toujours vivant.

Une meute de gens se précipita sur moi en criant :

– Emmenons-le au cercle. Emmenons-les tous, les sorcières et les Taltos. Brûlons-les dans le cercle.

J'essayais de respirer, fou de terreur, tel un animal acculé. Non, pas les flammes!

On me releva, et j'aperçus autour de nous l'ancien cercle de pierres dressées vers le ciel, se découpant sur le brasier de la ville derrière nous, les flammes dévorant la cathédrale, ses vitraux à jamais brisés.

Une pierre me frappa, puis une autre. Une troisième mit mon œil en sang. J'entendis le crépitement des flammes, je sentis la chaleur, tandis qu'on me lapidait. J'étais déjà presque mort lorsque le feu commença à me lécher...

– Mon Dieu, je me remets entre tes mains. Ton serviteur Ashlar ne peut plus rien. Enfant Jésus, prends-moi. Saint François, aide-moi. Sainte Marie, mère de Dieu, maintenant et à l'heure de notre mort...

Et puis...

Et puis...

Rien.

Ni Dieu.

Ni Jésus dans mes bras.

Ni mère de Dieu.

Ni Lumière.

Ni jugement.

Ni ciel.

Ni enfer.

Les ténèbres.

...

C'est alors que Suzanne m'appela dans la nuit. Ashlar, saint Ashlar.

Un petit être de chair et de sang, à peine visible dans le cercle. Sa voix.

– Viens, mon Lasher, entends ma voix.

– Qui suis-je, mon enfant?

Était-ce enfin moi qui parlais? Était-ce ma voix?

Ni passé, ni avenir, ni souvenirs...

Juste une faible vision dans la brume, une silhouette tendant les bras vers le ciel, au milieu du cercle.

Et sa réponse enfantine, son rire, son amour:

– Tu es mon Lasher, celui qui me vengera. Viens à moi, Lasher!

Trente-sept

Les mains à plat sur la table, la tête baissée, Lasher était assis en silence. Michael ne dit rien et regarda prudemment en direction de Clément Norgan, puis d'Aaron, puis d'Erich Stolov. Le visage d'Aaron était rempli de compassion, celui de Stolov d'étonnement. Le visage de Lasher était très calme, presque serein. Des larmes coulaient à nouveau de ses yeux. Il les porte comme des joyaux, se dit Michael, qui frémit de tout son corps, comme pour briser l'envoûtement de la beauté, de la douce voix de la créature.

– Je suis à vous, messieurs, dit-il simplement, en regardant Erich Stolov. Après tous ces siècles, je suis venu à vous pour que vous m'aidiez. Vous me l'avez déjà proposé une fois. Vous m'avez fait connaître votre dessein et je ne vous ai pas cru. Me revoici, à nouveau pourchassé et menacé.

Stolov, mal à l'aise, lança un regard à Aaron et Michael. Norgan observait Stolov, comme dans l'attente d'un signal.

– Vous avez bien fait, dit Stolov. Vous avez été sage. Nous sommes prêts à vous emmener à Amsterdam. Nous sommes ici dans ce but.

– Oh non! intervint Michael. Il n'en est pas question.

– Michael, que voulez-vous? interrogea Stolov. Croyez-vous que nous allons rester immobiles pendant que vous le détruirez?

– Michael, tu as entendu le récit de mon histoire, dit tristement Lasher en essuyant ses larmes.

– Personne ne vous fera de mal, assura Stolov.

Puis, se tournant vers Michael:

– Nous l'emmenons avec nous dans un endroit où il ne fera plus aucun mal à personne. Ce sera comme s'il n'avait jamais existé...

– Attendez, dit Lasher d'une voix brisée. Michael, tu m'as écouté.

Il se pencha en avant, les yeux implorants. Sa ressemblance avec le Christ de Dürer était frappante.

– Michael, tu ne peux pas me faire du mal, reprit-il d'une voix mal assurée. Tu ne peux pas me tuer. Peux-tu me reprocher d'être ce que je suis? Regarde-moi dans les yeux. Tu ne peux pas, et tu le sais pertinemment.

– Tu n'apprends jamais rien, n'est-ce pas? murmura Michael.

Aaron pressa plus fort l'épaule de Michael.

– Personne ne tuera personne, dit-il. Nous l'emmenons avec nous à Amsterdam. J'accompagne Erich et Norgan. Je veux m'assurer qu'on l'emmène directement à la maison mère et qu'on le met...

– Non, c'est impossible, dit Michael.

– Michael, intervint Stolov, il constitue un mystère bien trop important pour qu'on le laisse détruire en un instant par un seul homme.

– Je ne suis pas d'accord, dit Michael.

– Nous commençons seulement à comprendre, plaida Aaron. Vous vous rendez compte de ce que cela signifie ? Michael, reprenez vos esprits.

– Je me rends très bien compte, justement. Et Rowan l'avait compris aussi. Ce mystère, comme vous dites, doit être éliminé.

Il regarda Stolov et poursuivit :

– C'était votre but depuis le début, n'est-ce pas ? Non pas d'observer, d'attendre et de réunir des informations, mais de faire ce qu'a dit le Hollandais. Unir un Taltos mâle et un Taltos femelle et redonner vie à la race.

Erich secoua la tête.

– Aucun mal ne sera fait à personne, et surtout pas à lui. Nous voulons seulement l'étudier, apprendre.

– Espèce de menteur ! Vous êtes tous impliqués, et vous aussi, Aaron. Il a fini par vous séduire aussi.

– Michael, regarde-moi, dit Lasher dans un murmure. Prendre une vie humaine exige la plus grande volonté, la plus grande vanité. Mais la mienne ? Je t'en supplie, ne me fais pas retourner dans l'inconnu sans réfléchir. Non, tu ne le feras pas. Pas toi. Tu ne seras pas aussi cruel.

– Pourquoi veux-tu me convaincre ? Ces types ne suffisent pas pour te protéger ?

– Michael, tu es mon père ! Aide-moi. Viens avec nous à Amsterdam.

Il se tourna vers Stolov.

– Vous avez la femme ? La Taltos femelle ? Moi, j'ai échoué dans toutes mes tentatives, et vous, vous l'avez.

Stolov resta muet, le regard ferme.

– Tout ceci n'est que pure fantaisie, intervint Aaron. Nous n'avons aucune Taltos femelle. Mais nous vous offrons un abri, un sanctuaire où nous pourrons vous interroger et consigner par écrit votre histoire. Et nous vous aiderons par tous les moyens en notre possession.

Lasher sourit à Aaron puis regarda Stolov. Il écrasa une nouvelle larme de ses doigts fins. Michael ne le quittait pas des yeux.

– Aaron, ils ont tué le Dr Larkin, dit Michael. Et le Dr Flanagan aussi, à San Francisco. Ils détruiront tous les obstacles qui barreront leur chemin. Ils veulent le Taltos, le Hollandais l'a dit à Ashlar voici cinq cents ans. Nous avons été leurs dupes tous les deux. Et vous le saviez lorsque vous êtes entré dans cette pièce.

– Je ne peux pas le croire, répondit Aaron. Je ne peux pas. Stolov, dites quelque chose. Norgan, appelez Yuri. Il est avec Mona dans l'autre maison. Téléphonez là-bas, il faut qu'il vienne.

Norgan ne fit pas un geste. Stolov se leva lentement en disant :

– Michael, cet instant va être pénible pour vous. Vous voulez le détruire, vous venger.

– Vous ne l'emmènerez pas, dit Michael. N'essayez même pas.

– Ne bougez pas, ordonna Aaron. Attendez Yuri.

– Pour quoi faire ? interrogea Michael. Pour que vous soyez encore plus nombreux contre moi ? Vous n'avez donc pas lu le poème que je vous ai donné ?

– Quel poème ? demanda Lasher. Vous en connaissez un ? Récitez-le-moi, s'il vous plaît. J'adore les poèmes. Rowan les récitait si bien.

– Je connais des milliers de poèmes, dit Michael. Écoute cette strophe et tâche de comprendre.

Laisse le diable se raconter et
La puissance de l'ange susciter.
Les morts en témoins reviendront
L'alchimiste en fuite mettront.

– Je ne comprends pas, dit innocemment Lasher. Quelle en est la signification ? Je ne vois pas. Il n'y a pas assez de rimes.

Soudain, Lasher regarda le plafond. Stolov aussi. Ou, plutôt, il tendit l'oreille en regardant dans le vide pour concentrer son attention.

C'était une petite musique accompagnée d'un grincement. Le gramophone de Julien.

Michael se mit à rire.

– Comme si j'en avais besoin. Comme si je l'avais oublié.

Se levant brusquement de sa chaise, il se rua vers Lasher, qui recula pour lui échapper et se réfugia derrière Stolov et Norgan.

– Ne le laissez pas me tuer ! supplia Lasher. Père, tu ne peux pas faire ça. Je ne veux pas finir comme ça !

– Eh bien, tu vas voir ! menaça Michael.

– Père, tu es comme les protestants, qui ont voulu détruire le vitrail pour toujours.

– C'est ce qu'ils ont fait de mieux !

La créature se tourna vers la gauche et s'arrêta net en regardant vers la porte de l'office.

En un clin d'œil, Michael vit. La silhouette de Julien se tenait là, vive, avec ses cheveux gris et ses yeux bleus, les bras croisés, barrant le chemin.

Mais Lasher s'était déjà précipité dans le hall d'entrée, suivi de près par les autres, qui tentaient de le rattraper. Michael repoussa violemment Aaron et se mit à leur poursuite. Il assena un coup à Stolov, qui tomba sur le côté, et envoya un coup de poing à Norgan, qui roula par terre.

Lasher s'était arrêté. Pétrifié, il regardait vers le devant de la maison. Michael aperçut à nouveau la silhouette de Julien, dans la même position, se découpant dans l'immense encadrement de la porte.

Il en profita pour se ruer sur Lasher, qui sauta sur le côté, pivota et courut vers l'escalier.

Michael était sur ses talons. Tendant les bras, il manqua de peu le bas de la soutane et le talon de la chaussure noire. Il entendit Stolov crier juste derrière lui et sentit sa main sur son épaule.

Sur le palier, devant la porte donnant accès à l'arrière de la maison, Julien était encore là. Lasher faillit tomber en reculant, puis traversa le couloir en courant et prit l'escalier menant au second étage.

– Laissez-moi! cria Michael à Stolov.

– Vous ne le tuerez pas, répondit celui-ci.

Michael fit volte-face, serra son poing et l'abattit sur le menton de l'homme, qui partit à la renverse et dévala l'escalier.

Michael observa avec remords le corps s'écraser en bas.

Pendant ce temps, Lasher avait trouvé un refuge, la chambre du second étage, et avait tiré le verrou.

Se précipitant derrière lui, Michael cogna contre la porte, d'abord avec son poing, puis avec son épaule. La troisième fois, il prit son élan et les gonds cédèrent.

Le petit gramophone était en marche. La fenêtre donnant sur le toit du porche était ouverte.

– Non, Michael! Pour l'amour de Dieu. Ne me fais pas ça, murmura Lasher. Qu'ai-je fait, à part vouloir vivre?

– Tu as tué mon enfant, rétorqua Michael. Et tu as laissé ma femme entre la vie et la mort. Tu as pris la chair vivante de mon enfant et t'en es servi. Et tu as détruit ma femme, comme tu as détruit sa mère, sa grand-mère, et toutes les autres. Je vais te tuer avec plaisir. Au nom de saint François, de saint Michel, de la Vierge Marie et de l'Enfant Jésus que tu aimes tant!

Le poing droit de Michael s'écrasa sur le visage de Lasher. La créature chancela et se mit à tourner en rond, du sang coulant de son nez.

– Non! Ne fais pas ça, je t'en prie!

– Tu voulais devenir chair et os? Eh bien, tu vas voir comment meurt un être de chair et d'os.

– Seigneur! Aide-moi, gémit Lasher.

Michael s'avança mais Lasher lui lança un coup de pied dans le tibia et, d'un coup de poing, l'envoya cogner contre le mur. Michael fut surpris par la puissance du coup, de la part d'un être qui paraissait si frêle.

Il se releva, à moitié assommé. La douleur était revenue dans sa poitrine. Non, pas maintenant.

– Espèce de salaud, s'écria-t-il, tu as de la force mais, cette fois, cela ne te suffira pas.

Il se précipita sur lui mais Lasher esquiva le coup et frappa à nouveau la mâchoire de Michael.

– Michael, le marteau! dit Julien.

Le marteau. Sur le rebord de la fenêtre ouverte. Le marteau avec lequel il était parti à la recherche du cambrioleur, plus tôt dans la soirée, pour ne trouver que Julien! Il l'attrapa par le manche, le tint des deux mains au-dessus de sa tête, et l'abattit de toutes ses forces sur le crâne de Lasher.

La tête métallique traversa les cheveux, la peau de la fontanelle et s'enfonça plus bas. De stupéfaction, Lasher ouvrit grand la bouche, en un ovale parfait. Le sang jaillit comme une source. Lasher leva les mains comme pour comprimer le jet puis les retira, le sang coulant dans ses yeux.

Michael retira le marteau de la plaie et l'abattit une nouvelle fois, plus profondément, dans le crâne. N'importe quel homme aurait déjà succombé, mais Lasher oscilla, vacilla, le sang giclant de sa tête.

– Dieu, aide-moi! cria-t-il.

Le sang coulait en rigoles sur son nez, dans sa bouche et sur son menton.

Michael leva à nouveau son outil.

Norgan apparut soudain, hors d'haleine, le visage rouge, et se précipita entre eux pour s'interposer, à l'instant où Michael abaissait le marteau. Il mourut sur le coup, le front transpercé, et tomba en avant, tandis que Michael reprenait son arme.

Lasher ne tenait plus debout. Il chancelait en gémissant, le visage tout ensanglanté. Il regarda vers la fenêtre ouverte. Une frêle jeune femme était sur le toit, l'émeraude luisant autour de son cou. Elle portait une robe courte à fleurs et faisait un signe.

– Oui, je viens, ma chérie, dit Lasher.

Il grimpa sur le rebord de la fenêtre et avança à quatre pattes sur le toit.

– Attends, mon Antha, tu vas tomber.

Il se releva en cherchant son équilibre. Michael grimpa jusqu'au toit goudronné et se mit debout. La fille avait disparu. La lune brillait. Michael prit son élan, frappa Lasher à la tempe avec le marteau et le fit basculer dans le vide.

Lasher tomba sans un cri et s'écrasa de tout son poids sur les dalles.

Michael mit le marteau dans sa ceinture, attrapa des deux mains le treillis de fer et commença à descendre dans la vigne vierge et les épais bananiers. Arrivé presque en bas, il sauta dans la végétation, qui amortit sa chute.

La créature gisait sur les pavés de l'allée. Elle était morte, ses yeux bleus fixant le ciel, sa bouche béante.

Michael s'agenouilla près du corps et s'acharna sur la tête de Lasher. Coup après coup, il fit exploser les os du front et des joues, les mâchoires, jusqu'à ce qu'il ne reste qu'une bouillie de sang et de pulpe.

Enfin, il ne resta plus rien. Le visage de Lasher était complètement déchiqueté et son corps inanimé semblait fait de caoutchouc ou de plastique. Michael acheva sa besogne en plantant son marteau dans la gorge, jusqu'à ce que le cou et la tête soient pratiquement séparés.

Finalement, il s'assit contre les piliers du porche, le souffle court, le marteau ensanglanté dans la main. Sa poitrine était douloureuse, mais il ne s'inquiéta pas. Il contempla le cadavre, puis le jardin obscur, puis le clair de lune. Des cheveux noirs de Lasher étaient accrochés à la peau sanguinolente de son nez écrasé, de ses dents et de ses os cassés.

Michael se mit péniblement debout. La douleur était insoutenable. Il enjamba le corps et marcha jusqu'au milieu de la pelouse verte. Il parcourut des yeux la façade sombre de la maison voisine et ne vit aucune lumière. Les ifs, les bananiers et les magnolias masquaient complètement les fenêtres. Il regarda vers la haie sombre longeant la grille du devant. La rue était déserte.

Aucun mouvement dans la cour. Aucun dans la maison. Aucun derrière la grille. Il n'y avait pas eu de témoin. Dans le profond silence et les ombres de Garden District, la mort avait encore frappé et personne n'avait rien remarqué.

Que faire maintenant? Il tremblait de tout son corps. Ses mains étaient gluantes de sang et de sueur. Sa cheville lui faisait mal. Il avait dû se la fouler en descendant le treillis ou en sautant au sol. Peu importait. Il pouvait marcher et bouger, essuyer le marteau. Il regarda vers le fond du jardin, au-delà de la piscine, vers la grille menant à l'arrière-cour. Il aperçut les énormes bras du chêne de Deirdre qui se dressaient vers le ciel, se découpant sur les nuages.

– Sous le chêne. Quand j'aurai repris ma respiration. Quand je... quand je...

Il tomba à genoux dans l'herbe et s'affala sur le côté.

Trente-huit

Il resta longtemps allongé dans l'herbe. Il ne dormait pas. La douleur montait et retombait. Au bout d'un moment, il prit une profonde inspiration. Il n'avait plus si mal. Il s'assit et la douleur le reprit, martelant sa poitrine, mais de façon bien plus atténuée. Il se leva et traversa les dalles.

La maison était obscure et calme. Ma Rowan bien-aimée. Aaron... Mais il ne pouvait pas laisser le corps mutilé là.

Il était toujours au même endroit, mais semblait peut-être un peu aplati et même tordu. Michael se pencha et attrapa le torse sous les épaules. La tête se détacha, les lambeaux de chair qui la retenaient encore s'étant collés sur le sol.

Il reviendrait la chercher plus tard. Il porta le corps en laissant les pieds traîner par terre et le tira sur le chemin dallé, contourna la piscine et se dirigea vers l'arrière-cour.

Ce n'était pas pénible. Le corps n'était pas si lourd. Au début, il avait pensé l'enterrer sous le lagerstrœmia, devant la maison, là où, enfant, il avait aperçu « l'homme » pour la première fois en passant devant la maison. Il le regardait en souriant.

Mais on aurait pu le voir de la rue. Non, l'arrière-cour était plus appropriée. Personne ne le verrait sous le chêne de Deirdre. Et puis, il y avait les deux autres corps, Norgan et Stolov. Il savait que Stolov était mort, à la façon dont il était tombé. Il s'était brisé le cou. Norgan aussi était mort.

La cour était sombre et humide. À cause de l'obscurité, il distinguait à peine les racines du chêne. Il posa le corps et replia les bras sur la poitrine. On aurait dit une longue et mince poupée, avec des pieds et des mains énormes, blanche comme du plastique, froide et immobile.

Il retourna près du porche, ôta son pull-over et sa chemise, remit son pull-over, puis étala sa chemise par terre. Il souleva la tête, en prenant garde de ne pas se tacher de sang. Il réussit à avoir la plus grande partie de la peau et des os écrasés et les posa sur le vêtement. Il ramassa le reste à la main, une masse gluante et sanguinolente. Il nettoya le résidu avec son mouchoir, et noua le tout en paquet.

Il rapporta la tête au pied du chêne, puis verrouilla la porte menant à l'arrière-cour, au cas où quelqu'un viendrait.

La pelle était dans la remise. Il ne s'en était jamais servi. C'était le travail des jardiniers.

Sous l'arbre, la terre était détrempée par les pluies de printemps et il n'eut aucun mal à creuser une tombe suffisamment profonde. En revanche, les racines le gênèrent. Il dut creuser plus loin de la base de l'arbre qu'il ne l'avait prévu. Enfin, il obtint un trou étroit au contour irrégulier, qui n'avait rien à voir avec les tombes rectangulaires des films d'horreur ou des enterrements des temps modernes. Il y glissa le corps, puis la chemise contenant la tête. Avec la chaleur et l'humidité de l'été proche, les restes se décomposeraient rapidement. La pluie commença à tomber.

Il regarda dans le trou noir mais n'aperçut qu'une fine main blanche. Ce n'était vraiment pas une main normale, avec ses doigts trop longs et ses grosses articulations. On aurait plutôt dit un objet en cire.

Il leva les yeux vers la cime de l'arbre. La pluie tombait, mais ne transperçait pas l'épais feuillage.

Le jardin était froid, vide et calme. Aucune lumière dans la maison d'invités. Aucun bruit chez les voisins, derrière le mur.

Il jeta un dernier regard dans le trou. La main était plus petite, plus fine. Elle semblait avoir moins de substance. Les doigts étaient entremêlés et n'avaient plus de forme distincte.

Une lueur brilla dans la cavité. Une sorte de luciole verte.

Il s'agenouilla, se pencha au bord du trou, posant la main gauche de l'autre côté pour se stabiliser et, de sa main droite, ramassa la chose verte et brillante.

Il faillit perdre l'équilibre, puis sentit sous ses doigts les bords biseautés de l'émeraude.

Il tira sur la chaîne, qui se détacha du linge sanglant. Dans sa paume couverte de boue, il contempla l'objet.

– Je t'ai trouvée, murmura-t-il.

La créature la portait donc à son cou, sous ses vêtements. Il la leva et la tourna pour y faire refléter la lumière de la lune. Cela ne lui procurait aucune joie particulière. Juste la satisfaction d'avoir récupéré l'émeraude Mayfair, de l'avoir tirée de l'oubli en la sortant de la tombe anonyme de celui qui avait finalement perdu.

Perdu.

Sa vue se brouilla. Mais il se sentait divinement bien. Il prit l'émeraude et sa chaîne d'or et les enfouit dans la poche de son pantalon.

Il ferma les yeux. Il faillit à nouveau perdre l'équilibre et glisser dans l'excavation. La main n'était plus visible, des mottes de terre avaient dû s'ébouler dessus.

Un bruit parvint à ses oreilles. Peut-être une porte qui se fermait. Y avait-il quelqu'un dans la maison?

Faire vite, le plus vite possible, malgré la fatigue.

Vite. Pendant un quart d'heure, il combla le trou avec la pelle.

La pluie chuchotait tout autour de lui, illuminant les feuilles des camélias et les dalles de l'allée.

Il se mit debout près de la tombe, en s'appuyant sur la pelle, et prononça la strophe suivante du poème de Julien :

Sacrifie la chair non mortelle
Use d'armes simples et cruelles
Car mourant proches de la vérité
Vers la lumière vont les âmes torturées.

Il s'adossa au tronc du chêne et ferma les yeux. La douleur se mit à battre en lui, comme si elle avait attendu patiemment pour se manifester. Pendant une minute, il eut du mal à respirer. Puis il se détendit et reposa ses membres, son cœur et son esprit. Sa respiration redevint régulière et facile.

Il s'assoupit, au bord de la rêverie. Il avait l'impression de descendre dans les ténèbres où d'autres l'attendaient, nombreux, pour le questionner, le réconforter, l'accuser, peut-être. L'air était-il rempli d'esprits ? Fallait-il dormir pour les voir en face, entendre leurs cris ?

Il l'ignorait. De vieilles images lui revinrent, des fragments de légendes, d'autres rêves. Mais il ne se laisserait pas glisser. Il ne se laisserait pas descendre...

Il dormit d'un sommeil léger, sûr, avec pour seule compagnie les soupirs de la pluie qui ne l'atteignait pas. Dans son jardin, sous la voûte de l'arbre majestueux.

Brusquement, il repensa au corps blanc mutilé dormant sous lui, si l'on pouvait employer le verbe dormir pour un mort.

Les vivants dormaient. Mais les morts ? Qu'advenait-il d'eux ?

Tant de siècles plus tard, Lasher avait subi une autre défaite et avait été enterré dans le plus grand secret.

Il se réveilla en sursaut et faillit crier.

Trente-neuf

La maison était illuminée de haut en bas. Il crut apercevoir quelqu'un à l'étage. Probablement Eugenia. La pauvre, elle avait dû entendre les bruits de lutte. Peut-être même avait-elle découvert les corps. Mais ce n'était qu'une ombre derrière une fenêtre, il n'était pas sûr. Et il était bien trop loin pour entendre le moindre bruit.

Il rangea la pelle dans la remise. La pluie se mit à tomber plus fort, apportant avec elle sa délicieuse odeur caractéristique.

Il y eut un grondement de tonnerre et un éclair blanc fendit le ciel. De grosses gouttes tombèrent sur sa tête, son visage et ses mains.

Il déverrouilla la grille et alla au robinet près de la piscine. Après avoir ôté son pull-over, il se lava les bras, le visage et le torse. La douleur était toujours poignante et il remarqua que sa main gauche était faible. Mais il arrivait à la fermer. Il regarda vers le chêne. Avec l'obscurité, on ne distinguait rien de particulier.

La pluie tombait dru sur les dalles et lavait le sang de Lasher. Il ne resta bientôt aucune trace.

Complètement trempé, il restait là, immobile. Il aurait bien fumé une cigarette, mais la pluie l'aurait éteinte. À travers la fenêtre de la salle à manger, il aperçut l'image floue d'Aaron, toujours assis à la table, comme s'il n'en avait jamais bougé. La haute silhouette sombre de Yuri était là aussi. Et puis une troisième personne, qu'il ne reconnaissait pas.

Tout le monde était là. Cela devait arriver. Quelqu'un avait dû venir... Béatrice, Mona ou un autre, et prévenir tout le monde.

Lorsque tout le sang eut disparu, il alla à la porte d'entrée de la maison.

Deux voitures de police étaient stationnées devant la grille, girophares allumés, et un groupe d'hommes, dont Ryan et Pierce, discutaient. Mona était là aussi, vêtue d'un jeans et d'un sweat-shirt. Il eut envie de pleurer en la voyant.

Pourquoi ne m'arrêtent-ils pas? se demanda-t-il. Pourquoi ne viennent-ils pas me chercher? Combien de temps suis-je resté ici? Combien de temps m'a-t-il fallu pour creuser la tombe?

Tout cela était bien vague dans son esprit.

Aucune ambulance. Mais cela ne voulait rien dire. Sa femme était peut-être morte et son corps déjà emporté. Aller auprès d'elle, se dit-il. Quoi qu'il arrive, on ne m'emmènera pas d'ici sans que je l'embrasse une dernière fois.

Il avança vers les marches du perron.

Ryan l'aperçut.

Michael, Dieu merci, vous êtes de retour! Quelque chose d'inexcusable s'est produit. C'est un malentendu regrettable. Juste après votre départ. Je vous promets que cela ne se renouvellera pas.

– De quoi s'agit-il?

Mona le regardait fixement, son jeune visage magnifique impassible. Ses yeux étaient si étonnamment verts. Il repensa aux pierres précieuses évoquées par Lasher.

– Une espèce de confusion avec les gardes et les infirmières, dit Ryan. Tout le monde, sans exception, est rentré chez soi. Même Henri. Aaron était seul ici et il dormait.

Mona adressa à Michael un discret geste de dénégation.

– Rowan va bien? demanda Michael.

Il avait déjà oublié ce que Ryan venait de dire. Mais, à son comportement, il était clair que Rowan n'était pas morte.

– Oui, elle va bien. Elle est restée seule pendant un certain moment et la porte n'était pas fermée. De toute évidence, quelqu'un a dit aux gardes qu'on n'avait plus besoin d'eux. Un prêtre de la paroisse, mais nous ne l'avons pas encore retrouvé. Quoi qu'il en soit, il a dit aux infirmières que Rowan était... était...

– Mais elle va bien?

– Oui. En fait, rien n'a été touché et rien ne s'est passé. Eugenia était dans sa chambre. Mona et Yuri ont trouvé l'endroit désert en arrivant. Ils ont réveillé Aaron et m'ont appelé.

– Je vois, dit Michael.

– Nous ignorions où vous étiez. Puis Aaron s'est rappelé que vous étiez parti faire une longue promenade. Je suis venu le plus vite que j'ai pu. Tout était en ordre. Évidemment, j'ai congédié les employés. Ceux-ci sont tous nouveaux.

– Je comprends, dit Michael en hochant la tête.

Ils montèrent les marches et entrèrent. Tout avait l'air à sa place. Le tapis rouge grimpant les marches d'escalier, le tapis oriental devant la porte. Quelques éraflures marquaient le sol, mais c'était normal sur un plancher ciré.

– J'ai doublé la garde, dit Ryan, et les équipes d'infirmières. Personne ne doit quitter cette maison sans l'autorisation expresse d'un membre de la famille. Il faut que vous puissiez aller vous promener en étant sûr que quelqu'un veille sur Rowan.

– Oui, dit Michael. Je vais monter la voir.

Rowan portait une chemise de nuit propre en soie blanche. Elle était telle qu'il l'avait laissée : même expression douce, mains croisées sur la poitrine, allongée sur un drap bordé d'un ruban bleu. La chambre sentait la propreté, la bougie et les fleurs jaunes posées dans un vase sur la table des infirmières.

– Jolies fleurs, commenta Michael.

– Oui, c'est Béa qui les a apportées, dit Pierce. Quoi qu'il arrive, Béa apporte toujours des fleurs. Je ne crois pas que Rowan se soit aperçue de quoi que ce soit.

– Non, certainement pas.

Ryan continuait de s'excuser, de promettre que cela ne se produirait plus. Hamilton Mayfair sortit de l'ombre, salua de la tête, et y retourna sans un bruit.

Béatrice entra dans la pièce dans un cliquetis, de bracelets probablement. Avant même de la voir, Michael sentit son baiser et son parfum au jasmin. L'odeur lui fit penser au jardin en été. L'été. Il n'était plus très loin. Béatrice mit ses bras autour de Michael et le serra.

– Mais vous êtes tout mouillé!

– C'est vrai, dit Michael, j'avais oublié.

– Ne vous inquiétez pas, tout va bien. Mona et Yuri se sont

occupés de tout. Nous voulions que tout soit parfait pour votre retour.

– C'est très gentil de votre part.

– Tu es épuisé, intervint Mona. Tu devrais te reposer.

– Allez enlever ces vêtements trempés, dit Béatrice. Vous allez attraper froid. Vos affaires sont dans la chambre du devant?

Il hocha la tête.

– Je vais t'aider, dit Mona.

– Aaron. Où est-il? demanda Michael.

– Il se porte comme un charme, répondit Béatrice. Ne vous faites aucun souci pour lui. Il prend son thé dans la salle à manger. Je descends vous chercher à boire. Mona va vous aider. Dépêchez-vous d'enlever tout ça.

Elle le détailla de la tête aux pieds. Il avait des taches partout sur son pull-over et son pantalon. Ses vêtements sombres étaient si mouillés qu'on ne pouvait distinguer le sang de l'eau. Quand ils seraient secs, oui.

Mona ouvrit la porte de la chambre du devant et le précéda à l'intérieur. Le lit conjugal était toujours là, avec son baldaquin blanc. Et encore d'autres fleurs. Des roses jaunes. Les rideaux étaient ouverts et la lumière des réverbères filtrait à travers les branches des chênes. Cette chambre ressemble à une maison dans les arbres, songea-t-il.

Mona l'aida à ôter son pull-over.

– Tu sais quoi? demanda-t-elle. Ces vêtements sont vraiment trop vieux. Je vais te rendre un réel service et les brûler. Cette cheminée est en état de fonctionnement?

Il acquiesça.

– Qu'avez-vous fait des deux corps? questionna-t-il.

– Chut! Ne parle pas si fort. Yuri et moi nous en sommes occupés. N'en parle plus jamais.

– Je l'ai tué, tu sais.

– J'aurais aimé le voir. Juste une fois!

– Non, tu n'aurais pas aimé le voir. Et je te conseille de ne pas chercher où il est ni de me demander où je l'ai mis.

Elle ne répondit pas. Son visage était serein, déterminé, au-delà de son influence, de sa tendresse. Ce mélange d'innocence et de maturité était stupéfiant. Sa fraîcheur et sa beauté étaient intactes.

Il enfouit une main dans sa poche et en sortit l'émeraude boueuse. Mona écarquilla les yeux, muette de stupéfaction.

– Emporte-la avec toi, dit-il dans un souffle. Elle est à toi maintenant. Et n'essaie jamais de comprendre.

Elle prit un air grave, dans lequel ne transparaissait aucune émotion. Ressentait-elle une sorte de respect ou était-elle absorbée dans ses pensées?

Elle referma sa main sur l'émeraude, comme pour la cacher, et, de sa main fermée, serra le paquet de vêtements sales.

– Va prendre un bain, maintenant, dit-elle calmement. Après, tu te reposeras. Moi, je m'occupe de ton pantalon, tes chaussettes et tes chaussures.

Quarante

La lumière le réveilla. Il était assis dans la chambre, près du lit. Rowan fixait la lumière comme si elle la voyait. Il ne se rappelait pas s'être endormi.

Pendant la nuit, il lui avait raconté l'histoire d'un bout à l'autre. Tout. Le récit de Lasher et sa mort sous les coups de marteau, assenés en plein dans la membrane souple au sommet de son crâne. Il ne savait même pas s'il avait parlé assez fort pour qu'elle l'entende. Il s'était dit qu'elle voudrait savoir. Savoir que c'était terminé et comment cela s'était passé.

Puis il s'était tu. En fermant les yeux, il avait réentendu la douce voix de Lasher parler de l'Italie, du soleil, de l'Enfant Jésus.

Est-ce que Rowan avait tout compris?

Où était l'âme de Lasher? Saint Ashlar reviendrait-il? Où? À Donnelaith? Ici? Impossible de savoir.

– De toute façon, je serai mort d'ici là, avait-il dit doucement. Il a mis un siècle pour apparaître à Suzanne. Mais je crois qu'il n'est plus là. Il a trouvé la lumière. Et Julien aussi, probablement. Julien l'a peut-être aidé. Les vers d'Évelyne étaient peut-être vrais.

Il avait récité le poème tout haut, d'une voix douce, et marqué un temps d'arrêt avant la dernière strophe.

Les bébés non humains détruis
Envers les purs sois sans merci
Ou Eden n'aura pas de Printemps
Ou notre genre aura fait son temps.

Il avait fait une nouvelle pause avant de poursuivre :

– J'avais de la peine pour lui. C'était horrible. Mais je devais le faire. D'abord, pour ma femme et mon enfant et, ensuite, parce que les autres ne l'auraient pas fait. Je le savais. Il les aurait tous séduits et ils auraient succombé. Il était obligé. C'était toute l'horreur de la situation : il était pur.

Ensuite, il s'était endormi. Il avait rêvé de l'Angleterre, de vallées enneigées et d'immenses cathédrales. Ces rêves lui reviendraient probablement pendant longtemps, voire pour toujours.

Il y avait du soleil et il pleuvait en même temps. Bonne chose.

– Chérie, tu veux que je te chante quelque chose? Je dois connaître à peu près vingt-cinq chants irlandais.

Mais il s'était ravisé en repensant à Lasher, avec ses grands yeux bleus innocents, chantant pour les gens. En revoyant sa barbe noire et le duvet sur sa lèvre supérieure, sa vivacité enfantine.

Mort. Je l'ai tué. Il frissonna. C'était le matin.

Hamilton Mayfair entra.

– Vous voulez du café? Je vais m'asseoir à côté d'elle. Elle est si... jolie ce matin.

– Elle est toujours jolie. Merci, je vais descendre un instant.

La maison était baignée de lumière. La pluie éclaboussait les carreaux.

L'odeur du feu que Mona avait fait dans la cheminée planait encore. Cela lui donna envie d'en allumer un grand dans le salon pour se réchauffer en buvant son café.

Il traversa le salon jusqu'à la première cheminée, sa préférée, celle dont le manteau de marbre était décoré de roses sculptées. Il s'assit en tailleur et s'appuya contre le jambage. Il n'avait pas le courage de se faire une tasse de café ni d'aller chercher le petit bois et les bûches. Il ignorait qui était dans la maison. Il ne savait pas quoi faire.

Il ferma les yeux. Mort et enterré. Tu l'as tué. C'est fini.

La porte d'entrée s'ouvrit, se referma, et Aaron entra dans la pièce. Il ne vit pas tout de suite Michael et sursauta en l'apercevant.

Aaron était rasé de près et portait une veste gris pâle, une chemise blanche et une cravate. Son épaisse chevelure blanche était peignée avec soin et ses yeux clairs étaient reposés.

– Je sais que vous ne me le pardonnerez jamais, dit Michael. Mais je devais le faire. C'est pour cette raison que j'ai été envoyé ici.

– Oh, il n'est pas question de pardon entre nous. N'y pensez plus. Chassez cette idée de votre esprit. Cela ne pourrait que vous faire du mal. C'est juste que... je ne pouvais pas vous aider. Je n'aurais pas pu le faire moi-même.

– Pourquoi? À cause du mystère que représentait cette créature? Parce que vous aviez pitié d'elle? Parce que vous l'aimiez?

Aaron réfléchit. Il jeta un regard furtif, comme pour vérifier qu'ils étaient bien seuls. Il avança et s'assit sur le bord d'une chaise en tapisserie.

– Honnêtement, je n'en sais rien, dit-il d'un air grave. Mais je n'aurais pas pu le tuer.

– Et l'ordre? Vous avez des nouvelles?

– Je n'ai obtenu aucune réponse. On me laisse des messages pour que j'appelle Amsterdam et Londres. Pour que je revienne. Mais je n'irai pas. Yuri trouvera la réponse. Il est parti ce matin. Cela lui fendait le cœur de laisser Mona mais il le fallait. Il a promis de nous appeler tous les soirs. Il est tellement épris de Mona que seule cette mission pouvait le faire partir. Il tient à avoir un entretien avec les Aînés pour savoir le fin mot de l'histoire, c'est-à-dire si Stolov et Norgan étaient venus pour ramener Lasher et, le cas échéant, si c'était sur l'ordre des Aînés.

– Et vous? Qu'en pensez-vous? Ou, plutôt, que soupçonnez-vous, devrais-je dire?

– Je n'en sais vraiment rien. Par moments, je me dis que j'ai été dupe toute ma vie. Je crois qu'ils viendront bientôt et que je vais mourir, comme les deux médecins. Et si cela se produit, je vous demande de ne rien tenter. Vous n'y pourrez rien. À d'autres moments, je n'imagine pas que l'ordre soit autre chose qu'un groupe d'érudits qui font des recherches. Je ne crois pas qu'il ait un objectif occulte. Cela me paraît impensable. Un jour ou l'autre, nous apprendrons que Stolov et Norgan avaient pris sur eux de faire se reproduire la créature. Lorsque les renseignements médicaux sont tombés entre leurs mains, ils n'ont pu résister à la tentation. Comme Rowan l'a fait, dans un but purement médical, en emmenant Lasher hors de cette maison. « Les érudits le mal nourriront. Et les savants l'admireront. »

– Vous avez sans doute raison. Ils ont fait une découverte dangereuse et utile. Et ils auraient agi à l'insu des Aînés. Peu importe. Je ne me sens plus concerné. Et, quel que soit l'aboutissement des recherches de Yuri, je ne veux pas le savoir. Au fait, pensez-vous qu'il soit en danger?

Aaron poussa un soupir de découragement.

– Ils l'ont repris. C'est ce qu'ils prétendent, en tout cas. Il n'a pas peur d'eux, c'est une certitude. Il est retourné à Londres pour les affronter. Je l'estime assez fort pour se protéger lui-même.

Michael pensa à Yuri, à leur brève rencontre, à l'innocence, la sagacité, la force qu'il dégageait.

– Je ne m'inquiète pas trop pour lui, reprit Aaron. Surtout à cause de Mona. Il veut revenir pour elle et, donc, il sera d'autant plus prudent.

Michael sourit et hocha la tête.

– C'est juste.

– J'espère pour lui qu'il trouvera les réponses à ses questions. L'ordre et le mystère des Aînés sont devenus pour lui une obsession. Mona le sauvera peut-être. Comme Béatrice m'a sauvé. C'est étrange, le pouvoir de cette famille, vous ne trouvez pas? Je parle d'un pouvoir qui n'a rien à voir avec... lui.

– Et Stolov et Norgan? Quelqu'un va les chercher?

– Non, ne vous tracassez pas pour ça non plus. Yuri s'en occupe. De toute façon, il n'y a aucune trace de leur passage ici. Personne ne les cherchera. Vous verrez.

– Vous semblez très résigné et pas du tout heureux.

– Il est encore un peu tôt pour être heureux. Mais je le suis vraiment plus qu'avant. Et je ne vais pas renoncer à ce à quoi j'ai cru pendant toute ma vie à cause de deux hommes qui se sont mal comportés.

– Lasher vous a pourtant appris le véritable objectif de l'ordre?

– Oui. Mais c'était il y a si longtemps. C'était une autre époque. Les gens croyaient à des choses auxquelles ils ne croient plus maintenant.

– Vous avez probablement raison.

Aaron soupira et haussa les épaules.

– Yuri saura. Il va revenir.

– Vous ne semblez pas avoir vraiment peur pour votre vie. S'ils ont effectivement de mauvaises intentions, j'entends.

– Non. En fait, je ne suis pas persuadé qu'ils vont s'en prendre à moi. Je les connais... un peu... après toutes ces années.

Michael ne dit rien.

– Et je ne suis plus des leurs, poursuivit Aaron. D'aucune façon. Cet endroit est mon foyer, maintenant. Je suis marié et je resterai pour toujours avec Béatrice. Cette famille est la mienne. Pour le reste, le Talamasca, ses secrets, ses desseins... je m'en moque. Et quand je me moque de quelque chose, vous pouvez me croire, je peux être très obstiné.

– Pourquoi n'avez-vous pas appelé la police, pour Stolov et Norgan?

Aaron parut surpris.

– Vous connaissez la réponse. Je vous devais bien ça, non? De toute façon, ce sont Mona et Yuri qui ont pris la décision, en réalité. J'étais trop secoué pour réfléchir sainement. Nous sommes allés au plus simple. Par principe, c'est toujours ce qu'il faut faire.

– Le plus simple.

– Oui, comme ce que vous avez fait avec Lasher.

Michael ne dit rien.

– Et il y a encore beaucoup à faire. La famille ne sait pas encore qu'elle est en sécurité. Cela viendra. Il y aura bien des changements lorsque tout le monde aura compris que c'est fini. Que l'on peut ouvrir les volets et laisser entrer le soleil.

– Oui.

– Nous allons prendre les meilleurs médecins pour Rowan. Ah, au fait! J'ai apporté une cassette enregistrée. C'est le Canon de Pachelbel. Béa m'a dit que Rowan l'adorait. Elles l'ont écouté ensemble, un jour, chez Béa. Chez Béa! J'en oublie que c'est chez moi aussi.

– Croyez-vous à tout ce qu'il a dit? Le Taltos, les légendes, les Petites Gens?

Aaron réfléchit un bon moment.

– Je ne veux plus de mystères, répondit-il, visiblement étonné par son propre calme. Tout ce que je veux, c'est être avec ma famille. Que Deirdre me pardonne de ne pas l'avoir aidée. Que Rowan me pardonne de ne rien avoir fait. Et que vous me pardonniez aussi d'avoir laissé retomber sur vous le fardeau de tuer la créature. Et puis, je veux oublier.

– La famille a gagné, dit Michael. Julien a gagné.

– C'est vous qui avez gagné. Et les victoires de Mona ne font que commencer. Elle est un peu votre fille, maintenant. Je crois que je vais aller la voir. Elle dit qu'elle est si amoureuse de Yuri qu'elle va devenir folle s'il n'a pas appelé à minuit. Il faut aussi que je voie Vivian et que je rende visite à Évelyne l'Ancienne. Voulez-vous m'accompagner? La promenade est magnifique jusque là-bas.

– Non, pas maintenant. Un peu plus tard. Allez-y, vous!

Il y eut un instant de silence.

– On vous réclame, à Amelia, dit Aaron. Mona espère que vous voudrez bien superviser la restauration de la maison. Il n'y a pas eu une seule réparation depuis des années.

– C'est une maison superbe. Je l'ai vue.

– Elle a besoin de vos talents.

– C'esteffectivementpeut-êtredansmescordes.Allez-y,maintenant.

La pluie revint le lendemain matin. Michael était assis sous le chêne, près de la terre fraîchement retournée, et observait les touffes d'herbe déracinées.

Ryan sortit pour lui parler, restant avec précaution sur les dalles pour ne pas salir ses chaussures. Visiblement, il n'y avait rien d'urgent. Ryan avait l'air reposé, comme s'il sentait que le cauchemar était terminé.

Il ne jeta pas même un regard vers le monticule de terre sur la tombe. Ce n'était rien de plus qu'un amas de terre humide entre les racines d'un gros arbre, là où l'herbe ne pouvait pousser.

– J'ai à vous parler, dit Michael.

Ryan afficha une soudaine expression de lassitude et de peur, puis se reprit.

– Tout danger est passé, reprit Michael. Vous pouvez renvoyer les gardes et ne conserver qu'une infirmière pour la nuit. Nous n'avons besoin de rien d'autre. Renvoyez aussi Henri, si vous voulez. Donnez-lui une bonne retraite ou un dédommagement quelconque. Ou alors, faites-le engager chez Mona.

Ryan se contenta de hocher la tête.
– Je vous charge d'expliquer ça à la famille. Dites bien à tout le monde que le danger est passé, que les femmes ne risquent plus rien. Plus aucun médecin ne mourra. À cause de cette affaire, en tout cas. Il se peut que vous ayez des nouvelles des gens du Talamasca. Dans ce cas, envoyez-les-moi. Les femmes ne doivent plus avoir peur. Quant à ces médecins morts, je ne possède aucun élément qui puisse être utile. Absolument aucun.
Ryan sembla sur le point de poser une question, mais il se ravisa.
– Entendu, je m'en occupe, dit-il. Ne vous faites aucun souci. Et je m'occupe aussi du problème des médecins. Quant à Henri, votre suggestion est excellente. Je vais l'envoyer à Amelia. Patrick devra s'y faire. De toute façon, il n'est pas en position de discuter. Je suis venu voir comment vous alliez. Me voilà rassuré.
Ce fut au tour de Michael de hocher la tête. Il sourit.

Après le déjeuner, il reprit sa place à côté du lit de Rowan. Il avait congédié l'infirmière, dont la présence l'insupportait. Il avait envie d'être seul. Quand elle avait fait allusion à sa mère malade, à Touro Infirmary, il avait sauté sur l'occasion :
– Tout va bien ici. Allez lui rendre une petite visite. Revenez à 6 heures, demain matin.
Elle avait été très reconnaissante.
Par la fenêtre, il la regarda partir. Elle alluma une cigarette avant d'atteindre le coin de la rue, puis se dépêcha pour attraper son tram.
Une grande jeune femme observait la maison, les mains posées sur la grille. Elle était plutôt jolie, avec ses longs cheveux blond vénitien. Mais elle était maigre comme bien des femmes d'aujourd'hui. C'était peut-être une cousine venue présenter ses respects. Espérons que non. Il s'écarta de la fenêtre. Si elle sonnait, il ne répondrait pas. C'était si bon d'être enfin seul.
Il retourna à sa chaise et s'assit.
Le revolver était toujours sur la table en marbre. Il était laid ou beau, selon ce que l'on ressent pour les armes. Il n'avait aucune répulsion pour les armes, mais il n'aimait pas celle-ci. Il se voyait trop bien se tirer une balle dans la tête avec. Il regarda Rowan et songea : Non, pas tant que tu auras besoin de moi, ma chérie. Pas avant que quelque chose n'arrive... Il s'arrêta.
Il se demanda si elle éprouvait des sensations.
Le matin, le médecin avait dit qu'elle avait repris des forces mais que son état végétatif restait inchangé.
On lui avait fait absorber des lipides. On avait fait fonctionner ses bras et ses jambes. On lui avait mis du rouge à lèvres. On lui avait brossé les cheveux.
Et puis, il y avait Mona.

– Yuri ou non, elle a besoin de moi, dit-il à voix haute. Enfin, pas vraiment. Mais s'il se passait encore autre chose, elle serait très affectée. Les autres aussi, d'ailleurs. De toute façon, je dois être là le jour de la Saint-Patrick pour les accueillir à la porte. Pour leur serrer la main. Je dois m'occuper de cette maison jusqu'à ce que...

Il s'adossa à la chaise en pensant à Mona, dont les baisers étaient si chastes depuis le retour de Rowan. Ravissante petite Mona. Et ce petit malin de Yuri. Ils étaient donc amoureux l'un de l'autre.

Mona était peut-être en train de travailler sur Mayfair Medical. Avec Pierce, sans doute.

– Nous n'allons pas laisser notre fortune familiale entre les mains de cette délinquante juvénile! avait explosé Randall, la veille.

Il se disputait avec Béa devant la chambre de Rowan.

– Oh, calme-toi! avait répliqué Béa. C'est complètement ridicule. Elle est un symbole, pauvre idiot. Comme une reine dans un système de monarchie parlementaire. Rien de plus.

Les jambes étirées sous le lit, les mains crispées sur sa poitrine, Michael contemplait toujours l'arme. Sa détente gris argent, si tentante, son barillet chargé et son étui de plastique noir.

Plus tard, peut-être, se dit-il.

De toute façon, il ne pensait pas employer ce moyen. Plutôt une boisson contenant un poison lent. Il se glisserait ensuite sur le lit, à côté de Rowan, la prendrait dans ses bras et s'endormirait.

Quand elle mourra. Oui. Je ferai ça.

Il devait penser à mettre l'arme dans un endroit sûr. Avec les enfants, il fallait se méfier. On avait amené des enfants voir Rowan, ce matin. Et puis, le jour de la Saint-Patrick, il y en aurait des tas. Grand défilé sur Magazine Street. Des chars. Des gens jetant des pommes de terre et des choux, tous les ingrédients nécessaires pour un ragoût de mouton à l'irlandaise. C'était la coutume. La famille adorait cette fête.

Ranger l'arme. Silence.

La pluie tombait. La maison craquait comme si elle était habitée. Pourtant, il était seul avec Rowan. Une porte claqua quelque part. Une voiture, dehors? Ou la porte d'une autre maison?

La pluie tapait sur les rebords en granit des fenêtres. C'était un bruit particulier à cette pièce octogonale.

– J'aimerais... J'aimerais avoir quelqu'un à qui me confesser, murmura-t-il. Le plus important est que tu n'as plus à te faire du souci. C'est bel et bien fini. Mais j'aimerais une sorte d'absolution. C'est curieux. Quand j'ai échoué, à Noël, c'était terrible. Aujourd'hui, j'ai gagné, mais je me sens encore plus mal. Il y a des batailles qu'on n'a pas envie de livrer. Et gagner coûte trop.

Le visage de Rowan était toujours immobile.

– Tu aimerais entendre de la musique, ma chérie? Tu veux que j'aille chercher ce vieux gramophone? Je trouve qu'il a un son réconfortant. À part toi et moi, je me demande si quelqu'un d'autre l'écoute. Je vais le chercher.

Il se leva et se pencha pour l'embrasser. Ses lèvres souples n'offrirent aucune résistance. Goût de rouge à lèvres. Souvenir de collège. Il sourit.

Il trouva le gramophone dans la mansarde et le ramassa, ainsi que les disques de *La Traviata.*

La fenêtre était fermée.

Le plancher était propre.

Il repensa à Julien, debout devant la porte d'entrée, barrant le chemin à Lasher.

– Et dire que je n'ai pas encore repensé à vous depuis ce moment, pensa-t-il tout haut. J'espère que vous avez trouvé votre voie.

Le temps s'écoulait. Il se demanda s'il allait pouvoir réutiliser cette pièce. Il lança un regard vers la fenêtre et le toit du porche. Antha faisant signe à Lasher de s'approcher. « Les morts en témoins reviendront, murmura-t-il. C'est ce que tu as fait. »

Il descendit lentement l'escalier puis s'arrêta, soudain, sans savoir exactement pourquoi. Quel était ce bruit? Il posa doucement par terre le gramophone et les disques.

Une femme pleurait. Ou était-ce un enfant? C'était un long sanglot. Ce ne pouvait être l'infirmière. Cela semblait provenir de la chambre de Rowan.

Et si c'était elle? Non, ce n'était pas sa voix.

– Oh, ma chérie! disait la voix en pleurant. Je t'aime tellement. Oui, bois. Bois le lait, prends-le. Oh, ma pauvre mère! Ma pauvre chérie!

Michael ne comprenait pas. Son esprit était dévoré par une peur silencieuse. Il descendit l'escalier à pas prudents, pour éviter tout bruit, et jeta un coup d'œil par la porte entrouverte.

Une grande fille était assise sur le bord du lit. Une longue jeune fillc au teint pâle, aussi svelte que Lasher, dont les mèches blond vénitien tombaient le long de son dos gracieux. C'était celle qu'il avait aperçue en bas, dans la rue! Rowan était dans ses bras, assisc, accrochée à elle, et tétait le sein nu de la fille.

– C'est ça, mère. C'est bien. Bois, dit la jeune fille, des larmes coulant sur ses joues. Oui, ça fait mal, mais bois. C'est notre lait. Notre bon lait.

L'immense fille fit un mouvement en arrière, écarta ses cheveux et donna son sein gauche. Rowan se mit à boire frénétiquement en levant la main gauche, comme pour saisir la tête de la fille.

Celle-ci aperçut Michael. Ses yeux remplis de larmes s'écarquillèrent. Comme ceux de Lasher, ils étaient énormes. Son visage était un ovale parfait. Sa bouche était celle d'un chérubin.

Rowan émit un gémissement puis, soudain, se redressa et attrapa les cheveux de la fille de sa main gauche. Elle ôta sa bouche de son sein et se mit à hurler :

– Michael, Michael, Michael !

Puis elle se recroquevilla contre la tête de lit, les genoux pliés sur sa poitrine, et pointa son index vers la fille, qui sauta sur ses pieds en se bouchant les oreilles.

– Michael !

La frêle jeune fille sanglotait. Son visage était fripé comme celui d'un bébé et ses yeux n'étaient plus qu'une fente.

– Non, mère, non !

Elle posa ses longs doigts sur son front blanc et sa bouche tremblante.

– Michael, tue-la ! cria Rowan. Tue-la ! Arrête-la !

La fille recula en pleurant contre le mur.

– Mère ! Mère !

– Tue-la ! cria encore Rowan.

– Je ne peux pas, cria aussi Michael. Pour l'amour de Dieu, je ne peux pas !

– Alors, je vais le faire.

Elle se leva et attrapa l'arme sur la table de chevet. La tenant de ses deux mains tremblantes, elle ferma un œil et appuya sur la détente. Elle tira trois fois sur le visage de la fille. La pièce sentait la fumée et la poudre.

Le visage partit en éclats. Le sang jaillit à la place du visage explosé.

Le long corps mince s'affaissa lourdement sur le sol, les cheveux s'étalant sur le tapis.

Rowan lâcha le revolver et fondit en larmes, comme l'avait fait la fille. Une main sur la bouche, elle descendit du lit et commença à marcher en vacillant, cherchant à atteindre le montant du lit.

– Ferme la porte, dit-elle d'une voix frémissante.

Elle semblait au bord de l'évanouissement.

Elle marcha difficilement jusqu'au corps et s'agenouilla à côté de lui en pleurant de plus belle.

– Oh, Emaleth ! Mon bébé, mon tout-petit.

La fille était morte, les bras écartés, la chemise ouverte, le visage n'étant plus qu'un amas de chair et de sang.

– Mon pauvre bébé ! Ma pauvre chérie ! pleurait Rowan.

Elle posa sa bouche sur le sein de la fille.

La pièce était silencieuse. On n'entendait que le bruit de succion. Rowan passa à l'autre sein et se mit à téter avec ardeur.

Michael était pétrifié d'effarement.

Enfin, elle s'assit, essuya sa bouche et poussa une espèce de grognement, suivi de nouveaux sanglots.

Michael s'agenouilla à côté d'elle.

Rowan fixait le cadavre, puis, soudain, cligna des yeux comme pour éclaircir sa vision. Une goutte de lait pointait sur le mamelon droit de la fille. Elle la prit sur le bout de son doigt et la porta à ses lèvres.

Les yeux embués de larmes, elle posa sur Michael un regard intense, comme pour lui faire comprendre qu'elle savait tout. Elle était au courant de tous les événements et, maintenant, elle était de nouveau là. Elle était revenue. Elle était guérie.

Tout en pleurant, de ses mains tremblantes et froides elle prit celles de Michael pour le réconforter.

– Tu n'as plus à t'inquiéter, Michael. Je vais l'emporter sous l'arbre. Personne n'en saura rien. Je le ferai. Je la mettrai avec lui. Tu en as assez fait. Je m'occupe de ma fille.

Les yeux fermés, la tête penchée sur le côté, elle se remit à pleurer doucement en caressant la main de Michael.

– Ne t'en fais pas. Mon bébé, mon Emaleth. Je vais te mettre moi-même en terre.

10 heures du soir
5 août 1992

Cet ouvrage a été réalisé par la
SOCIÉTÉ NOUVELLE FIRMIN-DIDOT
Mesnil-sur-l'Estrée
pour le compte des Éditions Robert Laffont
en février 1995

Imprimé en France
Dépôt légal : janvier 1995
N° d'édition : 36057 - N° d'impression : 29986